ハヤカワ・ミステリ文庫
〈HM㉘-1〉

ミスティック・リバー

デニス・ルヘイン
加賀山卓朗訳

MYSTIC RIVER

by

Dennis Lehane

Translated by
Takuro Kagayama
Published 2003 in Japan by
HAYAKAWA PUBLISHING, INC.
This book is published in Japan by
arrangement with
ANN RITTENBERG LITERARY AGENCY, INC.
through JAPAN UNI AGENCY, INC., TOKYO.

妻、シーラに

(彼には)女は理解できなかった。バーテンダーやコメディアンに女は理解できないといった意味ではなく、貧しい人々に経済は理解できないという意味で。生涯毎日ジラード銀行ビルのまえに立ったところで、中で何が行なわれているのか推察できるわけではない。だから心の奥底では誰もがセヴン・イレヴンに強盗にはいりたいと思っているのだ。

——ピート・デクスター『神のポケット』

通りの石が物言わぬわけがなく
家の中にこだまが響かぬわけがない

——ゴンゴラ・イ・アルゴテ(一五六一〜一六二七。スペインの詩人)

ミスティック・リバー

登場人物

ショーン・ディヴァイン	州警察の刑事
ジミー・マーカス	雑貨店経営者
デイヴ・ボイル	ショーンとジミーの友人
マリータ	ジミーの前妻。故人
ケイティ	ジミーとマリータの娘
アナベス	ジミーの妻
ナディーン セーラ	ジミーとアナベスの娘
ローレン	ショーンの妻
シレスト	デイヴの妻
マイクル	デイヴとシレストの息子
ブレンダン・ハリス	ケイティの恋人
ジャスト・レイ	ブレンダンの父
エスター	ブレンダンの母
レイ	ブレンダンの弟
ジョニー・オシア	レイの親友
ダイアン・セストラ イヴ・ピジョン	ケイティの親友
ボビー・オドネル	ケイティの元恋人
セオ・サヴェッジ	アナベスの父
ヴァル・サヴェッジ ケヴィン・サヴェッジ チャック・サヴェッジ アル・サヴェッジ	アナベスの兄弟
ホワイティ・パワーズ	州警察の部長刑事
ジョー・スーザ クリス・コナリー	同刑事

第一部　狼から逃げた少年たち（一九七五年）

1　岬と集合住宅地

ショーン・ディヴァインとジミー・マーカスが子供だった頃、ふたりの父親は〈コールマン・キャンディ〉の工場で一緒に働き、温めたチョコレートのむっとするような臭いをいつも家に持ち帰ってきた。臭いは彼らの着る服や、寝るベッドや、車の座席のビニールの背もたれに永遠に染みついて離れなかった。ショーンの家の台所は菓子の〈ファッジクル〉の臭いがし、バスルームは〈コールマン・チュー・チュー・バー〉の臭いがした。十一歳になるまでに、ショーンもジミーも大の甘いもの嫌いになってしまった。そして残りの生涯、コーヒーはブラックで飲み、デザートは一切口にしないことになった。

土曜になると、ジミーの父親はディヴァイン家にふらっと現われて、ショーンの父親とビールを飲んだ。彼はジミーも一緒に連れてきたので、一杯のビールが六杯になり、やがて二、三杯のデュワーズ（スコットランド高地産のウィスキー）に代わるあいだ、ジミーとショーンは裏庭で遊んでいた。ときにふたりにデイヴ・ボイルが加わることもあった。女の子のような手首をして、眼の悪い子供で、いつも伯父たちから習ったというジョークを飛ばしていた。そんな彼らの耳に、台所の遠いほうの窓についた網戸を通して、ビールの缶のプルタブを開けるプシュッという音や、突然の激しい笑い声や、ミスター・ディヴァインとミスター・マーカスがラッキー・ストライクに火をつけて蓋を閉めるジッポのパシンという重い音が聞こえてきた。

ショーンの父親は工場の現場主任で、ジミーの父親より待遇がよかった。背が高く、色白で、ゆったりとした気安い笑顔の持ち主だった。ショーンは父親のその笑顔が何度となく母親の怒りを静めるのを眼にした。体内のスウィッチを切るかのように、彼女の怒りを消し去ってしまうのを。ジミーの父親はトラックの荷積みをしていた。小柄で、もつれた黒髪が額にかかり、いつも眼の奥で何かが動き回っているような男だった。彼には、忙《せわ》しないほど素早く動く癖があった。瞬きするあいだにもう部屋の反対側に行っている。ディヴ・ボイルには父親がおらず、伯父ばかりが大勢いた。いつも土曜に姿を見せたのは、ただ糸屑のようにジミーにまとわりつく才能を持ち合わせていたからだ。ジミーが父親と一緒に家を出ると、彼らの車の横にさっと現われ、息を切らせて、「やあ、ジミー」と眼に哀しげな期待を込めて言うのだった。

彼らは皆、ダウンタウンのすぐ西側にあるイースト・バッキンガムに住んでいた。狭苦しい雑貨屋や、小さな遊び場、血がついてまだピンク色の肉を陳列窓に吊り下げる肉屋の並ぶ一角。バーにはアイルランド系の名前がつき、ドッジ社のダーツが縁石にずらりと停められている。女たちはハンカチをかぶって頭のうしろで結び、がま口のついた模造革の煙草入れかのように——戦争に送り込まれた。若者たちは街角からごっそり連れ去られ——宇宙船にさらわれたを持ち歩く。数年前まで、若者たちは街角からごっそり連れ去られ——宇宙船にさらわれたかのように——戦争に送り込まれた。そして一年かそこら経って、虚ろな顔でむっつり不機嫌になって戻ってくるか、二度と戻ってこなかった。日中、母親たちは新聞の安売りクーポンを漁り、夜になると父親たちはバーに出かけた。誰もが互いに知り合いだった。戻ってこない若者たちを除いて、誰もこの地を離れなかった。

ジミーとデイヴは、バッキンガム大通りの南側、ペニテンシャリー水路沿いの集合住宅地の出身だった。ショーンの家のある通りからわずか十二区画ほどしか離れていないが、ディヴァイン家は大通りの北側——岬の上にあった。そして岬と集合住宅地はあまり交流がなかった。

岬が金色の通りと銀色のスプーンで輝いていたわけではない。そこも労働者階級、ブルーカラーの暮らす単なる岬で、アルファベットのAの形をした簡素な家のまえにシヴォレーやフォードやドッジが停まる場所だった。しかし、岬の人々は家を所有し、集合住宅地の人々は借りていた。岬の家族は教会に行き、互いに助け合い、選挙のある月には街角でプラカードを掲げた。集合住宅地の家族は勝手気ままに生きていて、ときに動物並みの生活をし、ひとつのアパートメントに十世帯が住み、ショーンとセント・マイクスの友人たちが〝ウェリーヴィル〟と呼ぶ街の通りにはごみが散乱していた。みな失業手当で生活し、子供たちを公立の学校にやって、離婚する者も多かった。ショーンが黒いズボンを穿き、青いシャツに黒いタイを締めてセント・マイクス教区の学校にかようあいだ、ジミーとデイヴはブラクストンのルイス・M・デューイ校にかよった。〝ルーイ&デューイ〟の少年たちは普段着で学校に行き、それは恰好よかったが、五日のうち三日は同じ服を着なければならず、それは恰好悪かった。彼らはいつも脂ぎっていた――脂ぎった髪、脂ぎった肌、脂ぎった襟元や袖口。少年たちの多くはでこぼこのにきび痕を残し、早々に学校を中退した。少女たちの何人かはマタニティ・ドレスで卒業式に出た。

だからもし父親同士の関係がなかったら、彼らが友達になることはなかっただろう。平日に顔を合わせることはなかったが、土曜日は相変わらず一緒で、最近はそれに選択肢が加わっていた。裏庭で過ごすもよし、ハーヴェスト通りの先の砂利置き場をぶらつくのもよし、地下鉄に飛び乗ってダウンタウンに向かってもよかった。眼にするものもない暗闇のトンネルを走り抜け、線路がカーヴするたびに列車のガタガタいう音とブレーキの悲鳴を聞く。消えてはまた点く車内灯を見て、ショーンは電車が息をついているようだと思った。ジミーと一緒にいると、どんなことでも起きた。地下鉄に、通りに、映画館に、守るべきルールがあると頭でわかっていても、ジミーはそれを外に表わさなかった。

一度、南駅のプラットフォームでオレンジ色のストリート・ホッケーのボールを投げ合っていたことがある。ジミーがショーンの投げたボールを取り損ね、ボールは跳ねて線路の上に落ちた。ショーンがジミーの動きを捕らえる間もなく、ジミーはプラットフォームから飛び降りて、小ネズミや大ネズミや給電用の第三軌条の只中にいた。

プラットフォームの上は大騒ぎとなり、人々はジミーに大声で呼びかけた。ひとりの女性は葉巻の灰のような顔色をしてフォームに膝をつき、声を限りに叫んだ――こっちに戻って、早く戻るのよ、なんてこと、早く！　ショーンの耳に重い轟きが聞こえた。ワシントン通りで電車がトンネルにはいる音か、上の道を走るトラックの音が。それはプラットフォームの上にいる人たちの耳にもはいった。彼らは腕を振り回し、地下鉄職員の姿を求めて頭を左右に振った。ひとりの男は前腕で娘の両眼を覆った。

デイヴは肘でショーンを小突き、「すごい、なあ？」と言った。場ちがいに大きな声で。

ジミーは線路の真ん中を通って、プラットフォームの反対側の端についた階段まで歩いていった。トンネルがぽっかりと真っ黒な口を開けている。さらに重い轟きが駅を揺るがした。人々は今や飛び跳ね、拳を尻に打ちつけていた。ジミーはゆっくりと時間をかけてぶらつき、肩越しに振り返って、ショーンと眼が合うとにやりと笑った。

デイヴは言った。「笑ってるよ。気が狂ってる。なあ？」

ジミーがセメントの階段の最初の段に足を乗せるや、いくつかの手がさっと突き出されて彼を引っ張りあげた。ショーンはその足が左側に振られ、頭が右側に垂れるのを見た。大きな男に抱え上げられるとジミーは藁《わら》人形か何かのように小さく、軽く見えたが、人々が肘をつかんでも胸にしっかりボールを抱いていた。向こうずねから先をプラットフォームの端から突き出して。ショーンは隣りでデイヴがぶるぶる震え、我を忘れているのに気がついた。ジミーを引き上げている人々の顔にはもう心配も怖《おそ》れもない。わずか一分前に眼にしたどうしようもない無力感はすっかり消え失せていた。それに代わってショーンは、怒りと、怪物のような形相を見た。今にもジミーにのしかかって肉を食いちぎり、死ぬまで殴りつけようとしているような、歪んで猛り狂った面貌を。

人々はジミーをプラットフォームにすっかり引き上げ、押さえ込んだ。いくつもの指が彼の肩に食い込み、皆これからどうすべきか指示してくれる人間を求めて左右を見まわした。そこへ電車がトンネルを出てきて、誰かが叫んだ。けれど別の誰かは、ショーンに煮えたぎる釜を囲む魔女たちを連想させる甲高い笑い声で笑った。というのも、電車は轟音を立てて、反対側の線路を北へ走っていったから。ジミーは自分を押さえ込んだ人たちの顔を見上げて、ほらね、と言わんばかりの面持ちだった。

ショーンの横でデイヴはけたけた笑っていたかと思うと、手の中に嘔吐した。

ショーンは眼をそらした。いったい自分の居場所はどこにあるのだろうと思いながら。

その夜、ショーンの父親は彼を地下の工具部屋に連れていって坐らせた。部屋は物で埋まっていた。黒い万力、釘やネジの詰まったコーヒー缶、部屋を半分に分ける作業台、その下にきれいに積まれた材木の山。大工用のベルトに引っかけられた金槌はホルスターに下がる銃を思わせた。帯鋸の刃が留め金からぶら下がっている。ときおり近所の便利屋を務めていたショーンの父親は、この部屋に降りてきては鳥の巣箱を作ったり、妻が花を飾る窓辺の棚を作ったりしていた。かつて友人たちと家の裏口のポーチを作ろうとしたこともあったが、火ぶくれができるほど暑かった、ショーンが五歳の夏に計画を断念していた。以来、彼は平和と静寂がほしくなるたびにここへ降りてきていた。あるいはショーンか、ショーンの母親か、自分の仕事に対して——そのどれかであることがショーンにはわかった——腹を立てたときに。ちっぽけなテューダー朝風、コロニアル様式、ヴィクトリア朝風、スイスのバンガロー風の巣箱は、結局地下室の隅に積んでおかれた。使い切るだけの鳥を見つけようと思ったらアマゾンに住むしかないほどの数があった。

ショーンは古びた赤いバー・スツールに腰掛け、分厚く黒い万力の内側に指をはわせて、そこに残る油とおが屑の交じり合った感触を確かめていた。父親は言った。「ショーン、何度言えばわかるんだ」

ショーンは指を引っ込め、油を手のひらになすりつけた。

父親は作業台の上に散らばった釘を拾い、黄色のコーヒー缶に入れた。「ジミー・マーカスと仲がいいのはわかるが、これからふたりで遊ぶときには、必ず家が見える場所にいなさい。この家だぞ、彼の家じゃなくて」

ショーンはうなずいた。今のように父親が静かにゆっくりと話し、ひとつひとつのことばに石つぶてがついているように思えるときには、言い返しても無駄だ。

「わかったか？」彼の父親はコーヒー缶を右に押しやって、ショーンを見下ろした。

ショーンはうなずいた。そして父親の太い指が万力の端からおが屑を擦《こす》り落とすのをじっと見つめた。

「いつまで？」

父親は手を伸ばして、天井に埋め込まれた鉤《かぎ》の埃をひと筋なぞった。そしてそれを指のあいだでこね、作業台の下のごみ箱に捨てた。「まあ、しばらくのあいだだな。それと、ショーン」

「はい」

「このことについては、今絶対に母さんに言っちゃいかん。今日の派手な騒ぎのあとで、もうジミーとは二度と会わせたくないと言ってるから」

「それほど悪いやつじゃないよ。あいつは――」

「悪いやつだとは言ってない。ただ無茶なだけだ。そして母さんはもう充分無茶な人生を味わってきた」

ショーンは父親が〝無茶〟と言ったときに、何かが彼の顔に閃くのを見た。一瞬眼にしたそれは、もうひとりのビリー・ディヴァインだということがわかった。伯父や伯母たちの会話から漏れ聞いた断片を繋ぎ合わせて、ショーンが作り上げたもうひとりの父親。伯父や伯母は〝昔のビリー〟と呼んでいた。コルム伯父は一度微笑みながら〝破壊屋〟と言った。ショーンの生まれる少しまえに姿を消したビリー・ディヴァイン。戻ってきたら今の物静かな、慎み深い男に変わっていた。太い器用な手先であり余るほどの巣箱を作る男に。

「今話したことをよく憶えておけよ」と父親は言い、ショーンの肩を軽く叩いて放免した。

ショーンは工具部屋を出て、ひんやりとした地階を歩きながら、自分がジミーと一緒にいて愉しいのは、父親がマーカスさんと一緒にいて愉しいのと同じことなのだろうかと思った。

土曜から日曜にかけて飲み、突然大声で笑い合うあの関係と。そして母さんが怖れているのはそのことなのだろうかと考えた。

それから何度目かの土曜日、ジミーとデイヴ・ボイルはジミーの父親なしでディヴァイン家にやって来た。ふたりはショーンが朝食を終える頃に裏口のドアを叩き、ショーンは母親がドアを開き、会いたかったかどうかわからない相手に挨拶するときによく使う丁寧な声音で「おはよう、ジミー。おはよう、デイヴ」と言うのを聞いた。

この日ジミーはおとなしかった。いつもの狂気じみたエネルギーは鳴りを潜め、すべて体の中に蓄えられているように思えた。その力がジミーの胸を内側から叩き、彼がそれを押さえつけているのが感じられる気がした。ジミーはいつもより小さく、暗かった。針で刺せば、ぱちんと弾けてしまいそうに。ショーンは以前にもこういう彼を見たことがあった。ジミーはいつも塞《ふさ》ぎ込みがちだった。けれどショーンはそのたびに思う。ジミーは多少なりとも自分の気分を切り替えることができるのだろうか、それとも風邪の咽喉の痛みだとか、こちらの都合におかまいなく訪ねてくる母のいとこたちのように、突如として憂鬱な気分が訪れるのかと。

ジミーがこうなると、デイヴ・ボイルは取り返しがつかないほど事態を悪化させた。皆を幸せな気分にすることを自らの使命と心得ているようで、そんな彼の態度は決まって最後には人々を怒らせてしまうのだった。

家の外の歩道に立って何をしようか考えるあいだ、ジミーは自分の殻に閉じこもり、ショーンはまだ寝ぼけ眼だった。三人とも、頭の中ではこれからの一日ですることをさまざまに思い描いていたが、行動範囲はショーンの家の通りの端から端までしかない。そこでデイヴは言った。「なあ、どうして犬は自分の玉を舐めるか知ってるか？」

ショーンもジミーも答えなかった。このジョークはすでに何千回も聞いていたので。

「舐められるからさ！」デイヴ・ボイルは甲高い声で言って腹を押さえた。おもしろすぎて腹が痛いと言わんばかりに。

ジミーは、市の作業員が歩道の数ブロック分を敷き直している場所の木挽台のところまで歩いていった。作業員は長方形の形に置かれた四つの木挽台のまわりに黄色い〝注意〟のテープを張り渡して新しい歩道の区画にはいれないようにしていたが、ジミーはテープをぱちんといわせて新しい区画にはいり込み、その端に腰を下ろして〈プロ・ケッズ〉の靴を古い区画のほうへ投げ出し、木の小枝を使ってまだ柔らかい舗装の上に細い線を刻んだ。それはショーンに老人の指を思わせた。

「おれの父さんはもうおまえの父さんと働いてないんだ」

「どうして？」ショーンはジミーの傍らにしゃがみ込んだ。枝は持っていなかったが、ほしかった。なぜかわからないが、ジミーがすることをしたかった。そんなことをしたら父親に折檻《せっかん》されることはわかっていても。

ジミーは肩をすくめた。「父さんはみんなより頭がよかったのさ。だから怖がらせてしまったんだ、あんまりものを知りすぎてたから」

「鋭すぎることをね！」とデイヴ・ボイルは言った。「だよな、ジミー？」

だよな、ジミー？　だよな、ジミー？　デイヴはときにオウムのようだ。

ショーンは、キャンディについて人はどれほど知ることができるのか、知ったところでそれがどれほど重要なことかと思った。「どんなこと？」

「職場をどうやってうまく経営するかってことさ」ジミーの声に確信はなかった。彼は肩をすくめた。「その手のことだ、いずれにしろ。重要なことだ」

「へえ」

「職場を経営するんだ。だよな、ジミー？」

ジミーはセメントにさらに溝をつけた。デイヴ・ボイルも枝を見つけてきて、柔らかいセメントの上に屈み、丸を描き始めた。ジミーは眉をひそめて自分の枝を放り投げた。デイヴは手を止め、ジミーを見て、どうしよう？　といった顔をした。

「なあ、かっこいいこと知ってるか？」ジミーの声がわずかに高くなり、ショーンは血がかき立てられる思いがした。ジミーの〝かっこいい〟はおそらく普通の人の考えとはちがうからだ。

「なんだよ」

「車を運転する」

「なるほど」ショーンはゆっくりと言った。

「ほら」──ジミーは両手を広げた。枝とセメントのことはすっかり忘れ去って──「このブロックをひと回りするだけさ」

「ひと回りね」とショーンは言った。

「かっこいいと思わないか？」ジミーはにやっと笑った。

ショーンは自分の口元が歪み、顔に笑みが広がるのを感じた。「かっこいいな」

「たぶん何よりもかっこいいぜ」ジミーは地面から一フィートほど跳び上がった。眉を上げてショーンを見て、また跳んだ。

「ああ、かっこいい」ショーンはすでに手で大きなハンドルを握っているような気がした。

「ああ、ああ、そうさ」ジミーはショーンの肩にパンチを食らわせた。

「ああ、ああ、そうさ」ショーンもジミーの肩に拳を叩きつけた。何かが胸の奥で波立ち、体の中を駆け巡り、まわりのものすべてが勢いを持って輝き始めた。

「ああ、ああ、そうさ」とデイヴは言ったが、彼のパンチはジミーの肩からはずれた。

一瞬、ショーンはデイヴがそこにいたことさえ忘れていた。デイヴといるとしょっちゅうそういうことが起きる、理由はわからないが。

「ほんとにめちゃめちゃかっこいいぜ」ジミーは笑ってまた跳び上がった。

ショーンはもうそうなった自分たちを思い描くことができた。ジミーとショーンがまえの席に坐り（デイヴは後部座席、もしいればだが）、車が動いている。十一歳のふたりがバッキンガムじゅう車を乗りまわしている。友達にクラクションを鳴らし、ダンボーイ大通りで年上の少年たちとスピードレースを繰り広げ、排気ガスの雲の中、きいっと甲高い音を立てて路面にタイヤの跡を残す。窓から飛び込んでくる風の匂いを嗅ぎ、髪がたなびくのを感じた。

ジミーは通りを見渡した。「車にキーをつけたままにしてる人を知ってるか？」

ショーンは知っていた。グリフィンさんはいつもキーを座席の下に隠している。ドッティ・フィオレはグラヴ・コンパートメントに入れてるし、マコウスキ爺さん――フランク・シナトラのレコードを耳障りな大音量で四六時中かけている酔っ払い――は、大抵イグニションにさしたままにしている。

しかしジミーの視線を追い、キーが残っていることがわかっている車を探すうちに、ショーンは両眼の奥に鈍い痛みが広がるのを感じた。車のトランクや屋根に照り返す激しい陽の光を浴びて、通りと、そこに建ち並ぶ家の圧力を感じた。岬全体の期待がのしかかってくるような気がした。自分は車泥棒をするような子じゃない。いつか大学に行って、工事現場主任やトラックの荷積み役よりずっと立派な、いい仕事に就くんだ。ショーンはそんな計画を胸に描き、よく考えて慎重に振る舞えば計画は実現できるものと信じていた。一本の映画が上映されるあいだ、どんなにつまらなくても、意味をなさないように思えても、終わりまでずっと席を離れないのと同じことだ。ときに大詰めで辻褄が合うこともあるし、結末それ自体がかっこいいこともあるから、途中の退屈は耐えて坐っていたい気分になる。

彼はほとんどそう口に出しかかった。しかしジミーはすでに通りを歩き始め、窓から車の中をのぞき込み、ディヴは彼の横について走っていた。

「これはどうだ？」ジミーはカールトンさんのベルエアに手を伸ばした。彼の声は乾いた微風に大きく響いた。

「なあ、ジミー」ショーンは彼のほうに歩いていった。「また今度にしないか？」

ジミーの顔がたるみ、狭くなったように思えた。「なんだって？　やろうぜ。おもしろいよ。めちゃめちゃかっこいい。だろ？」

「めちゃめちゃかっこいい」とディヴは言った。

「坐ったらダッシュボードの先も見えないよ」

「電話帳がある」ジミーはきらめく陽光の中で微笑んだ。「おまえの家から電話帳を持ってくればいい」

「電話帳だ」とディヴは言った。「イエイ！」

ショーンは腕を伸ばした。「だめだ、やめよう」

ジミーの笑みが消えた。彼は肘から先を切り落としてやろうかというような眼でショーンの腕を見た。「どうしておもしろいのにやろうとしないんだ、え？」彼はベルエアのドアの取っ手を引っ張ったが、鍵がかかっていた。一瞬、ジミーの頬がぴくっと引きつり、下唇が震えた。ショーンが哀しくなるほど、荒れ果てた孤独の色を浮かべて、ジミーはショーンの顔を見た。

ディヴはジミーを見て、それからショーンに眼を移した。その腕がぎごちなく振られて、ショーンの肩を殴った。「そうだよ、どうしておもしろいことをやろうとしないんだ?」

ショーンはデイヴに殴られたことが信じられなかった。このデイヴに。

思わず彼はデイヴの胸を突き飛ばし、デイヴは地面にへたり込んだ。

ジミーはショーンを小突いた。「何してるんだよ」

「おれを殴った」とショーンは言った。

「殴っちゃいないさ」とジミーは言った。

信じられないというふうにショーンの眼が見開かれた。ジミーはそれを真似した。

「殴ったよ」

「殴ったよ」とジミーは女の子の声で言って、ショーンをまた突いた。「こいつはおれの立派なご友人だぞ」

「おれだってそうさ」

「おれだって」とジミーは言った。「おれだって、おれだって、おれだって」

デイヴ・ボイルは立ち上がって笑った。

ショーンは言った。「やめろ」

「やめろ、やめろ、やめろ」ジミーはまたショーンを突いた。両手の手首の内側がショーンの脇腹にめり込んだ。「かかって来いよ。来たいのか?」

「かかって行きたいのか?」そういって今度はデイヴがショーンを小突いた。

ショーンはどうしてこんなことになったのかわからなかった。何がジミーをこんなに怒らせたのかも、どうしてデイヴがそもそも彼を殴るなどという愚かなことをしたのかも、もう思い出すことさえできなかった。さっきまで三人で車の脇に立っていたのに、いつの間にか道の真ん中でジミーが彼の体を突いている。怒って歪んだ顔に、黒く小さな眼をして。そこにデイヴまで加わろうとしている。

「さあ、来いよ。かかって来い」

「おれは――」

もうひと突き。「来いよ、女の子ちゃん」

「ジミー、どうしてただ――」

「だめだ。このプッシー野郎。ショーン、さあどうする?」

ジミーはまたショーンを突こうとして、手を止めた。ショーンのうしろから何かが近づいてくるのを見て、またあの荒れ果てた孤独感(それに疲れも混じっていることに突然ショーンは気がついた)が彼の顔に襲いかかってきた。

こげ茶色の車。警官が運転するような角張って長いプリマスあたりの車種で、バンパーを彼らの足の間際で停め、ふたりの警官がウィンド越しに三人を見つめた。ガラスに反射して泳ぐ木々と重なって、彼らの顔は水の中にいるように見えた。

ショーンは朝が忽然と様変わりしたことに気がついた――穏やかさが災いへと移ろったことに。

運転席の男が外に出てきた。警官のように見えた。クルーカットにしたブロンドの髪、赤ら顔、白いシャツ、黒と金色のナイロン生地のネクタイ。重そうな下腹がベルトのバックルに垂れかかり、重なったパンケーキのように見える。もうひとりは病人のようだった。痩せて、疲れた表情を浮かべ、席に坐ったままだった。脂ぎった黒髪を片手の指で梳くように、頭を押さえている。そして三人の少年が運転席側のドアに近づいてくるのを、サイドミラーでずっと捕らえていた。

でっぷり太ったほうが彼らに指を曲げ、胸のまえで小刻みに動かして、三人を眼のまえに立たせた。「質問だ、いいな？」彼が大きな下腹の上に屈むと、ばかでかい頭がショーンの視界を埋めた。「おまえらは道のど真ん中で喧嘩してもいいと思ってるのか？」

ショーンは、金色のバッジが大男のベルトの右の腰の横に留められているのに気がついた。

「よくありません」

「聞こえないぞ」警官は耳の横に手をかざした。

「よくありません」

「よくありません」

「不良仲間か、え？　おまえらは」彼は大きな親指を振って助手席の男を指した。「おれとおれの相棒は、善良な市民を通りから締め出すイースト・バッキーの不良連中は見飽きてるんだ。わかるか？」

ショーンとジミーは何も言わなかった。

「ごめんなさい」とディヴは言った。今にも泣き出しそうだった。

「この通り沿いに住んでるのか?」と大きな警官は訊いて、通りの左側の家に眼を走らせた。すべての住人を知っていて、嘘をついたら逮捕するぞと言わんばかりに。

「ええ」とジミーは言い、肩越しにショーンの家を振り返った。

「はい」とショーンは言った。

デイヴは何も言わなかった。

警官は彼を見下ろした。「どうした? 何か言えよ、おまえ」

「えっ?」デイヴはジミーを見た。

「こいつを見るんじゃなくて、おれを見ろ」大きな警官は鼻孔から大きな音を立てて息をしていた。「ここに住んでるのか、おまえは?」

「えっ? いいえ」

「いいえ?」警官は腰を曲げてデイヴに顔を近づけた。「だったらどこに住んでる?」

「レスター通り」まだジミーから眼を離さない。

「集合住宅地のカスが岬をうろついてるってか」さくらんぼのように赤い唇の裏を、舌がロリポップを舐めるようにぐるりと回った。「それじゃ話にならんだろう、え?」

「はい?」

「おまえの母さんは家にいるのか?」

「います」涙がひと筋デイヴの頬を伝い、ショーンとジミーは眼をそらした。

「なら、おまえの母さんと話させてもらおう。不良息子が何をしてたかってことをな」

「ぼく……ぼくは……」デイヴは涙声になった。

「はいれ」警官は車のうしろのドアを開け、ショーンはリンゴの匂いを――鼻を突く、十月の匂いを――嗅いだ。

デイヴはジミーを見た。

「さあ、はいれ」と警官は言った。「それとも手錠をかけられたいか？」

「ぼく――」

「なんだ！」警官は堪忍袋の緒が切れたようだった。開いたドアの上部をぱしんと叩いた。「早く中にはいれ」

デイヴはしゃくり上げながら後部座席に乗り込んだ。

警官は短く太い指をジミーとショーンに突き出した。「さっさと行って、ママに何をしてたか話すんだな。またおれのいる通りで喧嘩しているところを見つけたら、ただじゃすまんぞ」

ジミーとショーンはあとずさり、警官は車にさっと乗って走り去った。ふたりは車が角で右に曲がるのを見つめた。遠ざかり、影になって黒ずんだデイヴの顔が振り返って彼らを見返していた。通りにはまた誰もいなくなった。ジミーとショーンは車のいた場所に立ち、足元を見つめ、あらゆる音が消されたかのようだった。車のドアがばたんと閉まってから、あらゆる音が消されたかのようだった。

ショーンはまた感情の波が湧き起こるのを感じた。ただ今度は口の中で汚れたペニー銅貨の味がした。胃の中をスプーンでこそげ取られたような気がした。

ジミーは言った。

「おまえが始めたんだ」

「あいつだよ」

「おまえだ。なのにあいつがやられた。あいつの母さんは頭がおかしいんだ。あいつが警官ふたりに家まで連れてこられたら、何するかわかったもんじゃない」

「ぼくが始めたんじゃない」

ジミーは彼を突いた。ショーンは今度は突き返した。そしてふたりは地面の上に倒れ、転がりながら殴り合った。

「おまえたち！」

ショーンはジミーから転がって離れ、ふたりはまた警官が戻ってきたと思い込んで立ち上がった。しかし眼にはいったのはショーンの父親で、家のまえの階段を降りてくるところだった。

「何してるんだ」

「別に何も」

「何も、ね」ショーンの父親は歩道に降りると眉をひそめた。「道の真ん中からどきなさい」

ふたりは歩道の彼のそばまで来た。

「三人いたんじゃなかったのか？」ミスター・ディヴァインは道を見渡した。「ディヴはどこだ」

「えっ？」

「ディヴだよ」ショーンの父親はショーンとジミーを見た。「ディヴは一緒じゃなかったのか？」

「何？」

「道の真ん中で喧嘩してたんだ」

「道の真ん中で喧嘩してたら警官が来たんだ」

「いつ？」

「五分ほどまえ」

「そうか。で、警官が来て？」

「ディヴを乗せていった」

ショーンの父親はもう一度通りの左右に眼を配った。「なんだって？ 乗せていった？」

「家に連れていくって。ぼくは嘘をついたんだ、ここに住んでるって。でもディヴは集合住宅地に住んでるって言って、そしたら警官が——」

「どういうことなんだ？ ショーン、警官はどんな恰好をしてた？」

「えっ？」

「彼らは制服を着てたか？」

「ううん、着てなかった」

「じゃあなぜ警官だとわかった」

「わからなかったよ。でも彼らが……」

「彼らが、なんだ」

「バッジをつけてたから」ジミーが言った。「ベルトに」

「どんなバッジだ」

「金色の」

「わかった。だがそこになんと書いてあった」

「書いてあった？」

「バッジの上の文字だよ。読めなかったのか？」

「うん。わからなかった」

「ビリー？」

三人はポーチに立ったショーンの母親を見上げた。彼女は緊張して、訝《いぶか》しげな顔をしていた。

「ハニー、警察に電話してくれないか。この通りで喧嘩してた子供を拾った刑事がいるかどうか確認してくれ」

「子供？」

「デイヴ・ボイルだ」

「まあ、どうしましょう。彼のお母さんは」

「今は黙っておこう。いいな？　まず警察がどう言うか確認しようじゃないか」

ショーンの母親は家の中に戻っていった。ショーンは父親を見た。手をどこに持っていけばいいのかわからないようだった。ポケットに入れ、そこから出し、ズボンで拭いた。彼は低い声で「まさかな」と言い、通りの角を見据えた。まるでデイヴがうろついているかのように。ショーンの視界にはいらない揺らめく蜃気楼を見ているかのように。

「茶色だったよ」ジミーは言った。

「何が？」

「車が。こげ茶色だった。プリマスか何かだと思う」

「ほかには？」

ショーンは車を思い描こうとしたが、何も浮かんでこなかった。それが視界を遮っていたことは思い出せても、中を見通すことはできなかった。ミセス・ライアンのオレンジ色のピントと、彼女の家の生け垣の下半分を隠していたのは憶えていたが、当の車を思い浮かべることができなかった。

「リンゴみたいな匂いがした」と彼は言った。

「何？」

「リンゴ。リンゴみたいな匂いがしたんだ」

「リンゴみたいな匂いか」彼の父親は言った。

一時間後、ショーンの家の台所で、別のふたりの警官がショーンとジミーに一連の質問をした。三人目の男が現われて、ふたりの話にもとづいて茶色の車に乗っていた男の似顔絵を描いた。スケッチ帳に描かれたばかでかいブロンドの警官は実物よりもっと卑しい雰囲気で、顔もさらに大きかったが、あとはそっくりだった。サイドミラーから眼を離さなかった二番目の男は誰に似ているとも言えなかった。真っ黒な髪というだけで、あとはぼんやりしていた。ショーンもジミーも彼のことをよく憶えていなかった。

ジミーの父親が現われて、台所の隅に立っていた。怒りをたぎらせ、心ここにあらずといった体《てい》で。眼を潤ませ、体を揺らしているので、うしろの壁が動いているようにも見える。彼はショーンの父親に話しかけず、誰も彼には話しかけなかった。突然わっと活気づくいつもの能力は影を潜め、ショーンの眼に彼は普段より小さく見えた。生身の人間らしさが薄れ、眼をそらせてまた戻すと、壁紙に溶け込んでしまっているのではないかという気がした。

四回か五回、同じ話を聞いたあとで、皆は去っていった。警官も、似顔絵を描いた男も、ジミーと彼の父親も。ショーンの母親は寝室にはいってドアを閉めた。数分後、ショーンの耳にくぐもった泣き声が聞こえてきた。

ショーンはポーチに出て階段に坐り、ついて来た父親は、おまえは何も悪いことをしたわけじゃないと言った。おまえとジミーは車の中にはいらなくて利口だったと。父親はショーンの膝をぽんと叩き、何もかもうまくいくさと言った。デイヴは今晩にも家に帰ってくる。

今にわかる。

父親はそこで押し黙った。ビールを飲み、ショーンの横に坐っているが、ショーンは父親の心が自分の横からふっと離れていくような気がした。そうして、おそらく奥の寝室で母親と一緒にいるか、地下室にはいって巣箱を作っていると。

ショーンは眼を上げて、通りに並ぶ車の列を、そこに反射する光を見た。そして自分に言い聞かせた。これは——このことすべては——何か全体として意味をなす計画の一部なのだと。自分にはそれがまだわからないだけなのだ。きっといつかわかる日が来る。デイヴが車で連れ去られ、ジミーと路上を転げまわって喧嘩していたときに体内を駆け巡っていたアドレナリンが、やっと毛穴から老廃物のように脱け出した。

彼は自分とジミーとディヴ・ボイルがベルエアの脇で喧嘩していた場所を見つめながら、アドレナリンが体を去ってできた虚しい空間がまた満たされるのを待った。〝計画〟が形を改め、意味をなすのを待った。そうして通りを眺め、そこに流れる低いうなりに耳を傾け、さらに待った。やがて父親は立ち上がり、ふたりは家の中に戻っていった。

ジミーは父親のあとについて集合住宅地に歩いて帰った。彼の父親はわずかに体を揺らし、煙草をつぶれた吸い口まで何本も吸いながら、ひとり言をつぶやいていた。家に着いたらジミーを殴るかもしれないし、殴らないかもしれない。どちらもありそうで予測がつかなかった。職を失ってから、彼はジミーに二度とディヴァイン家には行くなと命じていた。言いつけに背いた報いは受けなければならない。ジミーにはわかっていた。しかしそれは今日ではないかもしれない。父親にはよくある眠気まじりの酔いが漂っていた。これがいつもの調子なら、ふたりで家に帰ったあとで台所のテーブルについて坐り、飲んだくれて、腕に頭を載せて眠り込んでしまうはずだ。

ジミーはそれでも念のため、父親から数歩分離れてついて行き、野球のボールを空中に投げ上げてはグラヴで受け止めた。それはショーンの家からくすねてきたものだった。警官たちがディヴァイン一家に別れを告げ、誰もジミーと彼の父親には話しかけずに廊下を玄関に向かい始めたときに、ショーンの寝室のドアが開いていて、ボールを包み込んだグラヴが床に落ちているのが眼にとまったのだ。ジミーは手を伸ばしてグラヴを拾い上げ、そのまま父親と玄関のドアをくぐった。どうしてグラヴを盗んだのか自分でもわからなかった。それを拾い上げたときに父親の眼に浮かんだ一瞬の驚きとプライドのせいではない。そんなものはどうでもよかった。父親などクソくらえだ。

グラヴを盗んだのは、ショーンがディヴ・ボイルを殴ったこと、彼が車泥棒から女々《めめ》しく尻込みしたこと、そのほかふたりが友達だったあいだにあったいろいろなことと係わっていた。ジミーがいつも抱いていた感情――ショーンが彼に何かをくれるときには、それが野球カードだろうと、キャンディ・バー半分だろうと、どんなものだろうと、〝恵んでやる〟と言われているような気がしたこと――と関係があった。

グラヴをつかんで家を出ると、すぐにジミーの気持ちは浮き立った。すばらしい気分になった。それから少し経って、バッキンガム大通りを渡る頃になると、ものを盗んだときにいつも感じる恥ずかしさとばつの悪さ、自分にそんなことをさせた何かや誰かに対する怒りが湧き起こってきた。そのまた少しあとで、クレッセント通りを歩いて集合住宅地にはいる頃になると、建ち並ぶおんぼろの三階建てのアパートメントと、手の中のグラヴを見て、胸を貫くようなプライドを感じた。

ジミーはグラヴを盗み、悪いことをしたと思った——ショーンがきっと哀しがるから。ジミーはグラヴを盗み、してやったりと思った——ショーンがきっと哀しがるから。

ジミーは眼のまえで父親がよろめくのを見た。老いぼれのクソ親爺はくしゃっと地面に倒れて今にも汚れた水溜まりになってしまいそうに見えた。ジミーはショーンを憎んだ。

彼はショーンを憎んだ。そもそも友達になれるなどと思ったのが愚かだった。このグラヴを一生持ち続けることはわかっていた。しっかり手入れをし、誰にも見せず、決して使わないことがわかっていた。そうなるまえに死んでいるだろう。

ジミーは眼のまえに広がる集合住宅を眺めた。彼と父親は高架鉄道の下の暗闇を抜け、クレッセント通りが下りきるところまで近づいていた。貨物列車が轟音を立てて、古びて壊れかけたドライヴィン・シアターとその向こうのペニテンシャリー水路のまえを通り過ぎていった。彼には——胸の一番深いところで——わかっていた、デイヴ・ボイルには二度と会えないと。ジミーが住んでいるレスター通りでは、盗みは日常茶飯事だ。ジミーも四歳のときに車のおもちゃ《ビッグ・ホイール》を、八歳のときに自転車を盗まれた。父親は車を盗られた。母親は裏庭の洗濯紐からあまりに多くのものを盗み取られて、洗濯物を家の中に干すようになった。人はものを盗まれると、単にどこかに置き忘れたのとはまったく異なる感情を抱く。胸の奥で、どうしても戻ってこないものと感じる。彼がデイヴに対して抱いた思いはまさにそれだった。きっと今頃ショーンは、野球のグラヴに対して同じことを感じているだろう。グラヴが置いてあった床の何もない空間に立ちつくし、論理を超えたところで、グラヴは二度と、何があっても返ってこないと感じているだろう。

まったく残念だった。ジミーはデイヴのことが好きだったので。なぜだか理由はよくわからなかったけれど。デイヴの何かが――おそらくいつも身近にいたということが――そう感じさせるのだろう。たとえ半分は、いることさえ気づいていなかったとしても。

2　四日間

結局、ジミーはまちがっていた。

デイヴ・ボイルは姿を消した四日後に家に帰ってきた。警察車の助手席に坐って。彼を家まで送ってきたふたりの警官は、彼にサイレンを鳴らさせてやり、ダッシュボードの下に固定した散弾銃の床尾に触らせてやった。そのうえ、名誉バッジも与えた。警官たちがレスター通りの母親の家まで彼を送り届けると、新聞記者やテレビのリポーターがその瞬間を捕らえようと待ち構えていた。警官のうちのひとり、ユージーン・クビアキは車からデイヴを抱き上げ、その脚をぐるんと回して歩道を飛び越えさせ、泣き笑いしながら体を震わせている母親のまえに降ろした。

その日、レスター通りは人で溢れていた。親たち、子供たち、郵便配達夫、レスター通りとシドニー通りの角でサンドウィッチ屋を経営している、ずんぐりむっくりの〝ポーク・チョップ〟兄弟、そして〝ルーイ&デューイ〟でデイヴとジミーたち五年生を教えているミス・パウエルまで。ジミーは母親と立っていた。彼女はジミーの頭を腰のあたりに引き寄せ、湿った手のひらを彼の額にぴったり押しあてていた。デイヴが身に受けたものがなんであれ、自分の息子がそれを受けていないことを確かめるように。ジミーは、クビアキ警官がデイヴを歩道のうえでぐるりと回し、ふたりが昔からの友達のように笑い合い、ミス・パウエルが手を叩いているのを見て、嫉妬の刺すような痛みを覚えた。

ぼくもあの車の中にはいりかかったんだ、ジミーは誰かにそう言いたかった。ほかの誰をおいてもミス・パウエルに。彼女は美しく、清潔感があって、笑うと上の歯の一本がほんの少し曲がっているのが見えた。そのせいで彼女はジミーにとって一層美しかった。ジミーは彼女に、自分もほとんどあの車にはいるところだったと言って、彼女が今デイヴに向けているような表情を見せてくれるか確かめたかった。いつも彼女のことが頭から離れない、そう言いたかった。想像の中でジミーは彼女より年上で、車を運転できて、彼女をいろいろな場所へ連れていく。彼女は何度も笑い、ふたりはピクニックの弁当を広げる。彼が何を言っても彼女は笑い、あのかわいらしい歯を見せて、手のひらで彼の頬に優しく触れる。

ミス・パウエルはしかし、ここでは居心地の悪い思いをしていた。ジミーにはそれがわかった。彼女はデイヴにいくつかことばをかけ、彼の顔に触れ、頬にキスをした――二度も。ほかの人たちが集まってきて、ミス・パウエルは脇によけ、ひび割れた歩道に立って、タール紙が巻き上がって建材が露わになった、傾きかけの三階建てを見上げた。ジミーの眼に彼女はいつもより若く、しかし同時に気むずかしく映った。突然、尼僧めいた雰囲気を漂わせ、丸い鼻をうごめかして何かを嗅ぎ取ろうとしているように見えた。

ジミーは彼女のそばに行きたかった。が、母親が彼を捕らえて離さず、身をよじらせても意に介さなかった。ミス・パウエルはレスター通りとシドニー通りの角まで歩いていき、ジミーが見つめる中、誰かに必死で手を振った。ヒッピーのように見える男が、ヒッピーのように黄色いコンヴァーティブルを停めた。ドアには陽に焼けて色褪せた紫の花びらが描かれている。ミス・パウエルは車に乗り込み、ふたりは走り去った。ジミーは思った——やめてくれ。

彼は無理矢理母親の手から逃れた。通りの真ん中に立ち、群集がデイヴを取り囲むのを見た。あの車に乗っていればよかったと思った。乗ってさえいれば、今デイヴが集めている敬意のいくらかを自分も感じることができたのに。何か特別な人間であるかのように自分に向けられた人々の眼を見ることができたのに。

レスター通りは大騒ぎの様相を呈してきた。誰もがカメラからカメラへと走りまわっていた。テレビや朝刊に出ることを狙って——ああ、デイヴは親友だよ、子供の頃から一緒だった、いいやつだ、助かって本当によかったよ。

誰かが消火栓を開け、水が安堵のため息のようにレスター通りに降り注いだ。子供たちは靴を道端に放り投げ、ズボンの裾をまくり上げて、ほとばしり出る水の中で飛び跳ねた。アイスクリーム販売車がはいってきて、デイヴは好きなものをなんでも取れと言われ——〝店がもつよ〟——汚らしい男やもめのパキノーさんも、いつもはリスに空気銃を撃ち（親が見ていないときには子供にも撃つ）、静かにしやがれクソ野郎と誰彼かまわずわめき立てているのに、このときは窓を開け、網戸にスピーカーを立てかけた。そしていつものように、ディーン・マーティンが《想い出はかくの如く》や《ヴォラーレ》やほかの曲を次々と歌い始める。普段は聞くだけで吐きそうになるその歌が、この日にはぴったりだった。音楽はレスター通りをきらきら輝くクレープ紙のように流れていき、消火栓から噴き出す激しい水音と混じり合った。〃ポーク・チョップ〃兄弟の店の裏手でカード賭博を経営している男たちが、折り畳み式のテーブルと小さなグリルを持ち出してきた。間を置かず、別の誰かがシュリッツとナラガンセットの詰まったクーラーを運んできて、あたりの空気はホットドッグとイタリアン・ソーセージを焼く豊かな匂いで満たされ、漂う煙と、何かの焦げる匂いと、ビールの缶を開けるぷしゅっという音が、ジミーにフェンウェイ・パークと夏の日曜日を思い出させた。大人たちが心からくつろぎ、子供のように振る舞って、誰もが笑い、誰もがいつもより若く、軽やかで、互いに一緒にいることを愉しんでいるときの、あの胸の締めつけられるような喜びを。

これこそ、父親に殴られたり、好きなものを誰かに盗まれたりしたあとのどす黒い憎悪の只中にあってさえ、ジミーがこの場所で育つことを愛した理由だった。こうやって皆は、一年分の痛みと、不満と、切れた唇と、仕事の不安と、積年の恨みを、突如として忘れ去り、自分たちの人生に悪いことなど何もなかったかのようにくつろぐ。聖パトリックの日や、バッキンガムの日、ときに独立記念日や、レッドソックスの調子がいい九月のある日、あるいはちょうど今のように、皆が失ったと思っていたものが見つかったこんな飛び切りの日には、近所は爆発的に浮かれ騒ぐ。

そこが岬とのちがいだ。岬でも近所で集まってパーティをすることはもちろんあるが、それはあらかじめ計画されていて、必要な許可も取り、車のまわりでは互いに気を配り、芝生にも注意を払う——気をつけて、その柵はさっきペンキを塗ったばかりだから。

集合住宅地では半分の家に芝生はなく、柵はたるんでいる。けれど、それがなんだ。騒ぎたいときに騒げばいい。なぜか？　みんなそうする値打ちのある人間だから。今日はボスはいない。福祉局の調査員も借金の取り立て屋もいない。警官はって？——もちろんいる。ほかのみんなに混じって。クビアキ警官はグリルに手を伸ばしてスパイスの利いたソーセージをつまんでいるし、彼の相棒はあとで飲もうとビールをポケットに放り込んでいる。リポーターたちはとうの昔に引き揚げ、陽は傾きかけて、通りにあの夕餉《ゆうげ》どきのきらめきを与えていたが、女たちは誰も料理しておらず、誰も家の中へはいろうとはしなかった。

デイヴを除いて。デイヴはいなくなっていた。消火栓の噴水の下から出て、折り上げたズボンを伸ばし、Tシャツをまた着て、ホットドッグを待つ列に並んだときに、ジミーは気がついた。デイヴのパーティは最高潮に盛り上がっていたが、デイヴは家の中に戻ったにちがいない。彼の母親も。ジミーが彼らの二階建ての家を見ると、日除けが寂しげに引かれていた。

その引かれた日除けを見て、なぜか彼はミス・パウエルを思い出した。あのヒッピーみたいな車に乗り込む彼女を。右足のふくらはぎと踵をしなやかに曲げて車に乗り込み、ドアを閉めた彼女をじっと見つめたのを思い出して、穢れたような哀しい気持ちになった。彼女はどこに行こうとしていたのだろう。今頃高速道路に乗って、レスター通りを音楽が流れていったように、彼女の髪を風が流れているのだろうか。ヒッピーの車に乗ったふたりに宵闇が訪れて、やがてふたりは……どこへ？　ジミーは知りたかった。しかし知りたくない気持ちもあった。明日学校で彼女に会えば――ディヴが戻ってきたお祝いに全校が一日休みにならないかぎり――訊きたくなるかもしれない。いや、訊きたくない。

ジミーはホットドッグをもらい、ディヴの家の向かいの曲がり角に腰掛けて食べた。半分食べかけたところで、日除けのひとつが巻き上がり、ディヴが窓辺に立って、彼のほうを見下ろした。ジミーは食べかけのホットドッグを上げて挨拶したが、ディヴは気がつかなかった。二度同じ動作を繰り返しても。彼はただじっとジミーを見つめていた。ディヴの眼は見えなかったが、ジミーは彼の眼が虚ろなのを感じた。虚ろで、非難が込められていた。

ジミーの母親が曲がり角の彼の隣りに腰を下ろし、ディヴは窓辺から離れていった。ジミーの母親は小柄で、痩せていて、色がないくらい薄いブロンドの髪をしていた。華奢な体つきなのに、動くときには両肩にレンガを載せているようだった。そして何度もため息をついた。声を漏らしていることに気づいてないのではないかとジミーが思うようなため息だった。ジミーは母親が彼を身ごもるまえの写真を見たことがある。その頃の彼女はもっとふくよかで若かった。まるで十代の少女のように（計算してみると、実は本当にそうだった）。写真の彼女の顔はもっと丸く、満面に美しい笑みを浮かべていた。ほんのわずか怯えが混じっているようにも思えたが、興味を掻き立てられているようでもあり、ジミーにはどちらとも言えなかった。父親は、ジミーは生まれてくるときに母親を殺しかかったと何千回も言った。彼女から血がどんどん流れ出てきて、もう止まらないのではないかと医者が心配したと。それで母さんは生気を使い果たしてしまったのだと父親は言った。もちろん次の子供は考えられなかった。誰もあれを繰り返したいとは思わなかった。

彼女は手をジミーの膝において言った。「調子はどう、GIジョー？」母親はいつもちがった渾名《あだな》で彼を呼んだ。よくその場の思いつきで。ジミーは、そのうちの半分は誰のことを指しているのか、わからなかった。

彼は肩をすくめた。「わかってるでしょ」

「デイヴに声をかけなかったわね」

「母さんがぼくを離さなかったからだよ」

彼女は彼の膝から手を離し、黄昏とともに深まってきた寒さに自分の体を抱いた。「そのあとのことよ。彼がまだ外にいたとき」

「明日学校で会うよ」

母親はジーンズのポケットを探り、ケントの煙草を取り出すと、一本火をつけ、慌てて煙を吐き出した。「彼は明日は行かないと思うけど」

ジミーはホットドッグを食べ終えた。「そう、でもすぐにまた行くでしょう？」

母親はうなずいて、口から何度か煙を吐いた。両肘を抱き、煙草を吸って、デイヴの家の窓を見上げた。「今日、学校はどうだった？」と言ったが、答に興味を持っているようには思えなかった。

ジミーは肩をすくめた。「まあまあさ」

「担任の先生に会ったわ。かわいい人ね」

ジミーは何も言わなかった。

「本当にかわいいわ」母親は吐き出した煙の灰色のリボンに向かって繰り返した。

ジミーはそれでも何も言わなかった。ほとんどいつも、両親に何を言っていいのかわからない。母親はやつれすぎていた。ジミーには見えない場所に遠い眼差しを送り、煙草を吹かして、話しかけても半分は同じことを何度か繰り返さないと聞こえない。父親は大抵不機嫌だった。たまに機嫌がよく、愉しく思えるようなときにも、すぐに不機嫌な酔っ払いに戻って、半時間前には笑ってすませられたことで彼を殴る人間に変わることをジミーは知っていた。そして、たとえどんなにそうでない振りをしようと、自分の中には父親と母親がいる――母親の長い沈黙と父親の突然の怒りの発作を身の内に秘めている――ことに気がついていた。

ミス・パウエルのボーイフレンドになるのはどんな気持ちだろうと思っていないときには、彼女の息子になるのはどんな気持ちだろうと考えることがあった。

母親は今彼のほうを見ていた。煙草を耳の脇に掲げ、小さな眼に詮索の色を浮かべて。

「何？」と彼は言って、ためらいがちに微笑んだ。

「とてもいい笑顔をしてるわ、カシアス・クレイ」彼女は微笑みを返した。

「そう？」

「そうよ。女心を狂わせる男になるわ」

「おっと。そりゃいい」とジミーは言って、ふたりは笑った。

「もう少ししゃべるといいんだけどね」と母親は言った。

あんたもね、とジミーは言いたかった。

「でもいいわ。女は口数の少ない男が好きだから」

母親の肩越しに、父親が覚束《おぼつか》ない足取りで家から出てくるのが見えた。服には皺が寄り、顔は寝過ぎか、酒か、その両方でむくんでいた。眼のまえで繰り広げられているパーティを、それがどこから来たのか想像もつかないといった眼で眺めていた。

母親はジミーの視線をたどり、もう一度彼に眼を戻したときには、いつものやつれた様子に戻っていた。笑顔は完全に消え去り、笑うことができたら驚いてしまうような顔つきになった。「ねえ、ジム」

彼は母親に〝ジム〟と呼ばれるのが大好きだった。一緒にひとつのことに係わっているような気がするので。

「うん？」

「あなたがあの車の中にはいらなくてよかったわ、本当に」彼女は彼の額にキスをした。ジミーは彼女の眼が輝くのを見た。彼女は立ち上がると、父親に背を向けたまま、ほかの母親たちのところへ歩いていった。

ジミーは眼を上げて、デイヴがまた窓辺で彼を見下ろしているのに気がついた。部屋のどこかに柔らかな黄色い光が灯り、彼の背後から差していた。今度は、ジミーは手を振ろうとしなかった。警察もリポーターもすっかり引き揚げ、パーティが、始まった理由などおそらく誰も思い出せないほど盛り上がっている中で、ジミーはアパートメントの中のデイヴを感じた。頭のおかしい母親とたったふたりきりで、茶色の壁と薄い黄色の光に囲まれて、通りに息づくパーティを見下ろしているデイヴを。

そして、改めてよかったと思った。あの車にはいらなくて。

傷もの。それが昨晩、ジミーの父親が母親に言ったことばだった。「生きて見つかったとしても、あの子はもう〝傷もの〟だ。二度と元には戻らない」

デイヴは片手を上げた。肩の脇に上げて、長いことそのままにしていた。ジミーは手を振り返して、哀しみが道端の草のように心の中に生まれ、奥深くまではいり込んで、小さな波になって広がるのを感じた。その哀しみが何に係わっているのかはわからなかった──父親、母親、ミス・パウエル、この場所、それとも窓辺に立って手をぴくりともさせずに上げたままでいるデイヴ──が、そのひとつ、あるいはすべてが係わっているとしても、そのものは二度と元には戻らないという確信がジミーにはあった。曲がり角に坐ったジミーは十一歳。だがもはやそうは感じられなかった。彼はもっと歳を取ったように感じた──両親のように。この通りのように。

傷もの。ジミーは思った。そして手を膝に戻した。デイヴがうなずき、日除けを下ろして、静かすぎるアパートメントの部屋の中へ戻るのを見つめた。茶色の壁に囲まれ、時計の時を刻む音だけが響く部屋へ。そしてジミーは哀しみが彼の中に根を張り、温かい我が家を見つけたように胸の内に居坐るのを感じた。彼はそれをまた外に押し戻したいとは思わなかった。彼の中のある部分が、そんなことをしても意味がないと理解していた。

　立ち上がって、曲がり角を離れたが、一瞬何をすればいいのかわからなかった。何かを殴りつけるか、馬鹿げたことをやり始めたいという、むずがゆいような、そわそわした気持ちになった。が、そこで胃が鳴り、まだ腹が空いていることに気がついたので、残っていることを期待してホットドッグをもらいに戻っていった。

　数日のあいだ、デイヴ・ボイルは近隣だけでなく、州全体でちょっとした有名人だった。翌朝の《レコード・アメリカン》紙の見出しは、〝少年、姿を消し、発見さる〟だった。折り目のすぐ上に、玄関ポーチに坐ったデイヴの写真が載った。母親が細い腕を彼の肩から胸にまわし、集合住宅地の子供たちがデイヴと母親の両側で笑いながらカメラにポーズを取っている。誰もがこのうえなく幸せそうに見えた——デイヴの母親を除いて。彼女は凍《い》てつく日にバスに乗りそこねたような顔をしていた。

　新聞の一面で彼と一緒に写った同じ子供たちが、一週間と経たないうちに、学校で彼のことを〝異常なやつ〟呼ばわりし始めた。デイヴは彼らの顔を見て、そこににじむ悪意に自分たちは気づいているのだろうかと思った。デイヴの母親は、きっと親たちに吹き込まれたのだ、気にしちゃいけないと言った。ね、デイヴィー、どうせすぐに飽きて、何もかも忘れてしまって、来年にはまた友達に戻ってるから。

デイヴはうなずき、自分には誰もがいじめてやりたいと思うような雰囲気があるのだろうか――見えない印でも顔についているのだろうか――と思った。車にいたやつらもそうだ。どうしてやつらは自分を選んだのだろう。どうして自分はあの車に乗るけれど、ジミーとショーンは乗らないことがわかったのだろう。振り返ってみると、デイヴにはそう思えて仕方がなかった。あいつらは（彼はふたりの名前を知っていた、少なくとも互いに呼び合う名前を。しかしどうしてもその名前を使う気になれなかった）ショーンとジミーを車に乗せようとすると、ひと悶着起きることがわかっていたのだ。ショーンは叫びながら家に駆け込む、たぶん。そしてジミーは、殴って気絶でもさせないかぎり車に連れ込むことはできない。〝大きな狼〟は数時間運転したあとでこう言った。「あの白いTシャツのガキを見たか？おれを見る眼つきが怖がってなかった。なんでもないような顔をしてたよ。あいつはいつか誰かをひどい目に遭わせるぜ、それでひと晩寝られないなんてこともなくな」

相棒の〝脂ぎった狼〟は微笑んだ。「ちょっとした闘いは好きだけどな」

〝大きな狼〟は首を振った。「車に連れ込もうとするだけでおまえの親指を食いちぎるさ。がぶっとな。あのチビ野郎は」

それで彼らに間の抜けた渾名を与えてやることができた――〝大きな狼〟と〝脂ぎった狼〟。それでデイヴは彼らを獣として――人間の皮を被った狼として――とらえ、自分は物語の登場人物——〝狼にさらわれた少年〟——と見なすことができた。〝狼から逃げた少年〟は湿った森の中を抜け、エッソのガソリンスタンドにたどり着いたのだった。〝冷静で知恵のある少年〟は、いつも脱出口を見つけ出す。

しかし学校では、彼はただの〝連れ去られた少年〟だった。姿を消していた四日間で何があったのか、誰もがたくましく想像を巡らした。ある朝、手洗いでジュニア・マキャフリーという七年生が小便器に沿ってデイヴの横に近づいて言った。「やつらはおまえにしゃぶらせたのか？」そして七年生の仲間たち全員が笑い、キスの音を立て始めた。

デイヴは震える手でズボンのジッパーを上げ、真っ赤な顔でジュニア・マキャフリーを睨みつけた。眼に憎らしげな光を浮かべると、ジュニアは眉をひそめて、彼の頬を張り飛ばした。

その音は手洗いの中でこだました。ひとりの七年生が女の子のように息を呑んだ。

ジュニアは言った。「何か言いたいのかよ、このおかま。えっ？　もう一回殴ってやろうか、おかま野郎」

「泣いてるよ」と誰かが言った。

「泣いてるわ！」とジュニア・マキャフリーは金切り声を上げた。デイヴの涙は一層激しくなった。頬の感覚がなかったのが刺すような痛みに変わったが、つらいのは痛みではなかった。痛みをつらいと思ったことはあまりない。それで泣いたこともなかった。自転車で転んで、ペダルで踵をすっぱり切ってしまい、七針縫ったときでさえ。彼に切り込んできたのは、少年たちが発散するありとあらゆる感情だった。憎しみ、嫌悪、怒り、軽蔑。そのすべてが彼に向かってきた。彼にはなぜだかわからなかった。これまで生きてきて他人に迷惑をかけたことなど一度もないのに。それなのに彼らは自分を憎んでいる。憎まれて、ひとりぼっちになった気がした。腐っていて、罪深く、卑小な人間になった気がした。そんなふうに感じたくなくて、彼は泣いた。

その涙を見て皆は笑った。ジュニアはしばらく飛び跳ねていた。デイヴの泣きじゃくる様を真似て、顔をゴムのように歪めながら。デイヴがやっと落ち着きを取り戻し、ときどき鼻をすすり上げるだけになると、ジュニアはまた彼に平手打ちを食らわせた。同じ場所に、同じくらいの力で。

「おれを見ろ」とジュニアは言った。デイヴは眼窩からまた涙がどっと込み上げてくるのを感じた。「おれを見るんだ」

デイヴは眼を上げてジュニアを見た。その顔に、思いやりか、人間らしさか、哀れみのかけらでも――ないよりはましだ――浮かんでいることを期待して。しかし眼にはいったのは、怒りと、ぎらぎらした嘲りだけだった。

「そうだろう」とジュニアは言った。「しゃぶったんだな」

彼がもう一度デイヴに平手打ちの手を上げたので、デイヴは頭を下げ、身を縮こまらせた。しかしジュニアは友達と歩いていった。皆笑いながら、手洗いから去っていった。

デイヴは、ときどき彼の家に泊まっていく母親の友人のピーターズさんが一度言ったことを思い出した。「男には、やられちゃならないことがふたつある。唾を吐かれることと、平手打ちだ。このふたつは殴られるより悪い。どちらかをやられたら、できればそいつを殺すようにしろ」

デイヴは手洗いの床にへたり込み、自分にそれができればと思った。誰かを殺す意志さえあれば。まずジュニア・マキャフリーから始め、もしまた会ったら〝大きな狼〟と〝脂ぎった狼〟を片づける。しかし実際にそんなことができるとはとても思えなかった。どうして人がほかの人間に対して卑しい行動を取れるのかわからなかった。理解できない。どうしてもわからなかった。

手洗いでの出来事があって、噂がどこか高いところから降ってきたかのように学校じゅうに広まった。三年生から上の誰もが、ジュニア・マキャフリーがデイヴに何をしたか、それにデイヴがどう反応したかを耳にしていた。かくして判定が下され、デイヴは、学校に戻ってきた最初の頃には友達と言ってもよかった何人かの同級生でさえ、彼のことを伝染病患者のように扱い始めたことに気がついた。

彼が廊下を通りかかると、全員が〝ホモ〟と囁いたり、頬の内側に舌先を押しつけて膨らませたりするわけではない。実のところ、デイヴのほとんどの仲間たちは単に彼を無視した。しかしある意味でそれはよりひどかった。沈黙の中に置き去りにされたような気がした。

家を出てたまたま出くわしたようなときには、ジミー・マーカスは彼のそばを黙って歩いて登校した。そうしないとばつが悪かったから。廊下ですれちがったり、教室にはいる列の中で出会っても、ジミーは「よう」と声をかけた。デイヴはジミーと眼が合うと、その顔に哀れみと当惑の入り混じった奇妙な表情が浮かんでいるのに気がついた。まるで何か言いたいことがあるのにことばにできないのをもどかしく思っているようだった。もっともジミーは、地下鉄の線路に飛び降りるとか、車泥棒をするとかいった気のふれたような考えに突如として取り憑かれないかぎり、すこぶる機嫌がいいときにもあまりしゃべらなかったが。しかしデイヴは、彼らの友情は（正直なところ、自分たちは本当に友達だったかということさえデイヴにはわからなかった。ジミーにあれほどつきまとったことをいささか恥ずかしく思い始めてもいた）デイヴがあの車に乗り込み、ジミーが根が生えたかのように通りにとどまったときに死に絶えたのではないかという気がした。

結局、ジミーはデイヴと同じ学校に長くはとどまらないことになる。だから一緒に歩くことさえも避けられるようになった。学校でジミーはずっとヴァル・サヴェッジとつき合っていた。サヴェッジは、小柄で、チンパンジーほどの脳みそしかないサイコ野郎で、二度停学を食らい、教師であれ、生徒であれ、等しく恐怖で震え上がらせるような、荒れ狂う暴力の嵐を巻き起こす人間だった。ヴァルについて語られるジョークは（本人がいるまえでは誰も口に出さなかったけれど）、彼の両親は、彼の大学資金を蓄えているのではなく、保釈金を蓄えているというものだった。デイヴがあの車に乗り込むまえから、ジミーは学校へ着くとすぐにヴァルと行動をともにしていた。デイヴを連れて、カフェテリアの台所に潜り込んでスナックをくすねたり、新しい屋根を見つけて登ったりすることもあったが、車の事件があってから、デイヴはそれからも締め出されていた。突然仲間はずれにされたことでジミーを恨みはしなかったけれど、デイヴは、ときにジミーの上に漂っていた黒い雲が、まるで裏返しの後光のように彼について離れなくなったことに気がついた。

ついにジミーは車を盗んだ。ショーンの家の通りで最初に試みてから一年近く経った頃で、それでジミーは〝ルーイ&デューイ〟を退学になり、街の半分をバスで横切ってカーヴァー校にかよいながら、イースト・バッキーの白人の少年がほとんど黒人ばかりの学校で過ごすのはどういうことかを知ることになった。しかしやがてヴァルも一緒にバス通学することになり、デイヴはほどなくふたりがカーヴァー校の恐怖となったことを知った。頭がいかれていて、怖れることを忘れてしまったふたりの白人少年になったことを。

盗んだ車はコンヴァーティブルだった。ある教師の友人のものだったという噂をデイヴは聞いたが、どの教師かはわからずじまいだった。ジミーとヴァルは、教師たちが放課後、家族や友人たちと職員用ラウンジで忘年会を開いていたときに、学校の駐車場から車を盗み出した。ジミーが運転し、ふたりはバッキンガムじゅうをスピンしてまわり、クラクションを鳴らし、女の子に手を振りながら、エンジンを目一杯ふかした。やがて警察車が彼らに気づき、ふたりはローム・ベイスンの〈ゼイアーズ〉デパートメント・ストアの裏の大型ごみ容器に車をぶつけて完全に破壊した。ヴァルは車から出るときに足首をひねり、ジミーはがら空きの駐車場の柵を登りかけていたところを、彼を助けるために引き返した。デイヴはそれをいつも心の中で戦争映画の一場面のように思い描いた——銃弾が飛び交う中を、勇敢な兵士が倒れた親友を救いに戻る（警官が銃を撃っていたかどうかは疑わしいが、デイヴにとってはそちらのほうが恰好よかった）。警官は彼らをその場で逮捕し、ふたりはジュヴィ拘置所で一夜を過ごした。その年度はもう数日しか残っていなかったため、彼らは六年生を終えるまで通学を認められたが、家族は、翌年からはほかの学校を探してくれと告げられた。

デイヴはそのあとほとんどジミーとは顔を合わさなかった。十二歳まで年に一、二度といったところだった。デイヴの母親は、学校の行き帰り以外には一切彼の外出を許さなかった。あの男たちがまだ外にいて、リンゴの匂いのする車を運転し、待ち伏せをしていると信じ込んでいた。熱線追尾ミサイルのように、デイヴを相変わらず狙っていると。

デイヴはそうではないことを知っていた。つまるところ、やつらは狼だ。狼は夜を嗅ぎまわり、もっとも手近で、逃げ足の遅い獲物を見つけ出して仕留めるのだから。しかし彼らは以前より頻繁にデイヴの心を訪れるようになっていた。〝大きな狼〟と〝脂ぎった狼〟、彼らが彼にしたことの視覚イメージとともに。映像がデイヴの夢に襲いかかってくることはめったになかったが、それはふとした拍子に忍び寄ってきた——母親のアパートメントの恐ろしい静けさの中や、漫画を読むか、テレビを見ようとして長いこと黙っているときや、窓からレスター通りを眺めているときに。映像が訪れると、デイヴは眼を閉じて意識から締め出そうとし、〝大きな狼〟の名前がヘンリーで、〝脂ぎった狼〟の名前がジョージだったことを思い出すまいとした。

ヘンリーとジョージ。デイヴの頭の中を駆け巡る映像とともに声が叫ぶ。ヘンリーとジョージ。ヘンリーとジョージ。ヘンリーとジョージ。このチビ野郎め。

デイヴはその声に、自分はチビ野郎なんかじゃないと言う。自分は〝狼から逃げた少年〟だと。そして映像を追いやるために、逃げ出した場面を頭の中で再生する。ほんの些細なことに至るまで――閉じ込められた部屋のドアの蝶番《ちょうつがい》に見つけた割れ目、彼らが一杯引っかけに出かけた車の音、頭の部分のとれたネジ。それを梃子に使って割れ目を少しずつ広げ、やがて錆びた蝶番がぱちんと音を立て、ナイフの刃の形をした木片が飛び散る。そうして〝頭のよかった少年〟は部屋を脱け出し、まっすぐ森に駆け込み、夕方の太陽を目印に一マイル離れたエッソのガソリンスタンドにたどり着いたのだ。その光景は衝撃的だった――丸い形の青と白の看板。陽の名残はあったが、夜に向けてすでに明かりが灯されていた。それはデイヴの体に何かを突き刺した。ネオンの白色光。それはデイヴをひざまずかせた、森が終わり、古びた灰色の舗装が始まる場所に。ガソリンスタンドの経営者、ロン・ピエロはそんな彼を見つけたのだった――膝をつき、看板を見上げている彼を。ロン・ピエロは痩せていたが、鉛のパイプもへし折るような手をしていた。デイヴは何度も、もし〝狼から逃げた少年〟が本当に映画の登場人物だったら、何が起こっていただろうと考えた。きっと少年とロンは意気投合し、ロンは父親が息子に教えることを少年にみんな教えてくれ、ふたりは馬に鞍をつけ、銃に弾丸を込めて、終わりない冒険の旅に出るだろう。ロンと少年は昔ながらのすばらしい時を過ごす。ふたりして荒野の英雄になり、狼の群れを制圧するだろう。

ショーンの夢では、通りが動いた。ドアからリンゴの匂いのする車の中をのぞき込むと、通りが彼の足首をつかんで、車のほうへすべらせていく。デイヴが車内にいて、座席の上で押しつぶされそうな恰好で反対側のドアに身を寄せ、口を開けて声にならない叫び声を上げている。通りはショーンを車のほうへ運ぶ。夢の中で見えるのは、開いたドアと後部座席だけだ。警官のようだった男は見えない。助手席に坐っていた相棒も。ジミーもいない。ジミーはずっと彼の脇にいたはずなのに。彼の眼に見えるのは座席と、デイヴと、ドアと、床に散らかっていたごみだけだ。今にして思えば、それが自分でも聞いたとは思わなかった警報ベルだった——床にごみが散乱していたことが。ファストフードの包み紙、皺くちゃになったチップスの袋、ビールやソーダの缶、発泡スチロールのコーヒーカップ、汚い緑色のTシャツ。眼が醒めて、見た夢のことを考えて、やっと夢の中の後部座席の床が本物の車の床と同じだったことに気がついた。ごみのことはそのときまで思い出さなかった。警官たちが家の中にはいってきて、言い忘れている細かいことはないかと彼に必死で考えさせたときでさえ、車のうしろが汚れ放題だったことに思いも及ばなかった。思い出せなかったのだ。しかし夢の中で光景は甦った。この〝警官〟と〝相棒〟は何か胡散臭《うさんくさ》いと、それと知らず彼が意識したのは、何をおいてもそれが原因だった。ショーンは本物の警察車の後部座席を近くで見たことはなかったが、心のどこかで、少なくともごみだらけではないだろうと思っていた。たぶんあのごみの下には食べかけのリンゴの芯がいくつか転がっていたのだろう。だからあの車はあんな匂いがしたのだ。

デイヴの誘拐があってから一年後、ショーンの寝室に父親がはいって来て、ふたつのことを話した。

まず、ショーンはラテン校に合格した、九月からの七年生はそこで始めることになると。父さんと母さんはおまえのことを心から誇りに思う、と父親は言った。何かを成し遂げたいと思ったら、行くべき学校はラテンだ。

そして彼はドアから出ていきながら、ふと思い出したようにショーンに言った。

「ひとりは捕まったそうだ、ショーン」

「えっ？」

「デイヴを連れてったやつらのうちのひとりだよ。逮捕された。死んだよ。独房で自殺したんだそうだ」

「そうなの？」

父親は振り返って彼を見た。「そうだ。もう悪い夢は見なくていい」

しかしショーンは言った。「もうひとりは？」

「捕まったやつが」と父親は言った。「もうひとりは死んだと警察に言ったそうだ。去年、車の事故で死んだってな。わかったか？」父親はそう言って、ショーンはその様子から彼がこれ以上話を続けるつもりがないことがわかった。「そろそろ食事だから手を洗いなさい」

父親は出ていき、ショーンはベッドに坐っていた。マットレスが膨らんでいる。下に新品の野球のグラヴを入れてあるからだ。グラヴにはボールがはいっていて、太めの赤いゴムが革を押さえつけている。

もうひとりも死んだのか。車の事故で。ショーンは、彼がリンゴの匂いのする車を運転していたことを祈った。崖から飛び出して、本人もろとも奈落の底まで落ちていったことを祈った。

第二部　哀しい眼をしたシナトラたち（二〇〇〇年）

3 髪を濡らす涙

ブレンダン・ハリスはケイティ・マーカスを狂おしいまでに愛していた。映画に出てくる恋愛のように。血の中でオーケストラの音楽が鳴り響き、耳から溢れ出すほどに。寝ても醒めても、日がな一日、一刻一秒に至るまで彼女を愛してやまなかった。たとえケイティ・マーカスが太って醜かろうと愛したにちがいない。肌が荒れ、胸がなく、上唇が厚くかさついていても愛しただろう。歯がなくても愛しただろう。髪の毛がまるでなくても愛しただろう。

ケイティ。その名前の響きが頭の中を駆け巡るだけで、ブレンダンは体の隅々にまで笑気ガスが行き渡るような気がした。水の上を歩き、ベンチプレスで大型トレーラーを持ち上げて、終わったら通りの向こうに放り投げられるような気がした。

ブレンダン・ハリスは今やすべての人々を愛していた。ケイティを愛し、ケイティも彼のことを愛していたからだ。ブレンダンは交通渋滞を愛し、スモッグを愛し、掘削機の音を愛した。ブレンダンが六歳のときに彼と母親を見捨ててから、誕生日にも、クリスマスにもカード一枚よこさない、能なしの父親を愛した。月曜の朝を愛し、腑抜けも笑わすことのできないホームコメディを愛し、RMV（車両登録局）の列に並ぶことを愛した。仕事さえ愛せる気がした、二度と戻るつもりはなかったけれど。

ブレンダンは翌朝家を出ようとしていた。母親を残し、みすぼらしいドアをくぐり、壊れかけた階段を降り、車がそこらじゅうに二重駐車していて、人々がそこらじゅうに坐り込んでいる大通りを堂々と歩き、ブルース・スプリングスティーンの歌の主人公のように出ていくのだ。《ネブラスカ》や《ザ・ゴースト・オヴ・トム・ジョード》のスプリングスティーンではなく、明日なき暴走・二つの鼓動・ロザリータのブルース――〝賛歌〟のブルースで。そう、賛歌だ。それこそ今の彼にふさわしい。車のバンパーが脚のうしろにぶつかって止まろうと、クラクションがけたたましく鳴ろうと、アスファルトの道の真ん中を颯爽と歩いていく彼に。そしてバッキンガムの中心部にたどり着き、ケイティの手を取って、すべてに永久の別れを告げ、飛行機に飛び乗り、ヴェガスに行き、祭壇のまえに立つ。手に手を取り、エルヴィスが聖書の一節を読み上げ――汝はこの者を妻としますか――そしてケイティが自分を夫にすると誓って、それから――ああ、もうどうでもいい、ふたりは結婚し、いずこともなく姿を消して、二度と戻らない、戻るものか、彼とケイティふたりだけ、残りの人生が眼のまえに大きく晴れ晴れと開けていて、それはまるで過去を――世界を――こそげ落とした命綱だ。

彼は寝室の中を見まわした。服は詰めた。アメリカン・エクスプレスのトラヴェラーズ・

チェックも詰めた。ハイトップ・シューズも。彼とケイティの写真も。携帯用CDプレーヤーも、CDも、洗面道具も。

彼は自分があとに残そうとしているものを眺めた。バードとパリッシュ（ともにNBLボストン・セルティクス）のポスター。フィスク（MLBボストン・レッドソックス、シカゴ・ホワイトソックス）が七五年のあのホームランで手を振っているポスター。白いシーツにくるまれたシャロン・ストーンのポスター（ケイティを部屋に初めて連れてきた夜から、丸めてベッドの下に隠してあったが、捨てるに捨て切れず……）。クソの足しにもならないCDの残り半分。そのほとんどは二度ほどしか聴いていない。M・C・ハマーだと、けっ。ビリー・レイ・サイラス（カントリーミュージシャン）、なんてこった。ジェンセンのステレオセットにソニーの抜群のスピーカー。合わせて二百ワット。去年の夏、ボビー・オドネルの下請けで屋根を葺いたときにもらった金で買ったものだ。

実はそれが初めてケイティと会話するほど近づいたきっかけだった。まるで十年前のように懐かしく思えることもあるし、ほんの一分前のような気もする。ケイティ・マーカス。もちろん彼女のことは知っていた。近所でケイティを知らない者などいない。彼女はそれほど美しい。しかし彼女のことを本当に知っている者はごくわずかだった。美しさはときにそんなふうに働く。男を怖れさせ、距離を置かせる。映画の中で、カメラの捉える美しさが人を手招きするように見えるのとは異なる。現実の世界では、美しさは人を踏み入らせず、尻込みさせる柵となる。

それにしてもケイティ。彼女はボビー・オドネルと一緒にやって来た最初の日から――オドネルが差し迫った仕事を片づけるために数人の下働きの若者たちと街じゅうに散っていき、彼女のことなどまるで忘れてしまったかのように放っておいた、あの最初の日から——しっかりした、ごく普通の女性だった。彼が屋根に水切り板を取り付けるあいだ、仲間の仕事師のようにそばに寄り添っていた。彼の名前も知っていた。そして言った。「ブレンダン、どうしてあなたみたいにいい人がボビー・オドネルのところで働いてるの?」〝ブレンダン〟。毎日言っているかのように自然に口から出たそのことば。ブレンダンは屋根の端に膝をついたまま、気が遠くなるような気がした。気絶だって。考えてもみなかった。

そして明日——もうすぐよ、と彼女は言った——ふたりは旅立つ。ふたりきりで。永遠に。

ブレンダンはベッドに仰向けに転がり、自分の上を月のように漂っていく彼女の顔を思い描いた。眠れないことはわかっていた。神経が張りつめていた。それでもかまわない。彼は横たわり、ケイティはふわふわ漂い、微笑み、彼女の眼は、彼の眼の奥の暗闇で輝いている。

その日の夜、仕事のあとで、ジミー・マーカスは義理の弟のケヴィン・サヴェッジと〈ウォーレン・タップ〉でビールを飲んだ。ふたりは窓際の席について、子供たちがストリート・ホッケーをするのを眺めた。子供たちは全部で六人で、暗がりにかまわず戦っていた。もう顔の区別はつかない。〈ウォーレン・タップ〉はかつての家畜飼育場の脇道に引っ込んだ場所にあって、車の出入りも少なく、ホッケーには最適だった。ただ街灯はこの十年間まともに点いたためしがなく、夜のゲームには使えない。

ケヴィンは口数が少なく、飲むにはいい相手だった。しゃべらないのはジミーも同様で、ふたりは坐ってビールをちびちびやりながら、ゴムの靴底と木製スティックのヘッドがぶつかり合う音や擦れる音、硬いゴムのボールが車のホイールキャップに当たって弾かれるときのけたたましい金属音を聞いていた。

三十六歳になり、ジミー・マーカスは静かな土曜の夜を愛するようになっていた。混んでうるさいバーにも、酔ったうえでの告白にも魅力を感じなくなった。刑務所から出て十三年、通りの角に店を持ち、家には妻と三人の娘がいて、自分はかつての神経の張りつめた少年から、落ち着いたペースの人生——ゆっくりと飲むビール、朝の散歩、ラジオから聞こえる野球中継——に価値を見出す男に生まれ変わったと信じていた。

彼は通りを見やった。四人の子供はあきらめて家に帰ったが、ふたりはまだ残っていて、闇に包まれてボールを引っかきまわしていた。ほとんど彼らの姿を捕らえることはできないが、スティックのぱしんと鳴る音と、狂ったように動き回る足音に、彼らの猛々しいエネルギーを感じ取ることができた。

若さが弾けるあのエネルギーは、どこかに向けられなければならないものだ。ジミーが子供の頃には——と言うより、二十三歳になる間際まで——あのエネルギーが彼の行動をすべて支配していた。けれどそのうち……それをどこかへ収めるすべを学んだのだ、と彼は思った。どこかへしまい込んだのだ。

彼の長女のケイティは今そのことを学びつつある。十九歳で、眼をみはるほど美しく、ありとあらゆるホルモンが非常警報を鳴らして押し寄せている。しかしこのところ彼は、娘に優美さのようなものが備わってきたことに気がついていた。それがどこから来たのかはわからない——ある少女たちはしとやかな女性へと変貌を遂げ、別の少女たちは少女のままで一生を終える——が、ふと気がつくとケイティに、安らぎ、静謐さといったものが備わっていたのだ。

この日の午後、彼女は店を出ていくときに、ジミーの頬にキスをして言った。「お父さん、またあとで」それから五分経っても、ジミーは彼女の声がまだ胸に響いているのに気がついた。あの子の母親の声だ、と思い至った。彼が娘の声として憶えているより少し低く、自信に溢れている。ジミーは、いつそんなものが娘の声帯に宿ったのだろう、どうして今まで気がつかなかったのだろうと考えた。

あの子の母親の声。娘の母親は、亡くなってほとんど十四年経ったあとで、娘をとおして彼のもとに帰ってきたのだ。こんなふうに言いながら——この子はもう一人前の女性よ、ジム。すっかり大人になったわ。

一人前の女性。なんとね。いつの間にこんなことになったのだろう。

土曜の夜。デイヴ・ボイルはその夜、外出しようとさえ思っていなかった。確かに長い一週間を働いたあとだった。けれど彼は、土曜も火曜と大して変わらないと思える歳になっていた。バーで飲むことが家で飲むことよりそれほど愉しいわけではないと思える歳に。家では少なくともテレビのリモコンは思いどおりになる。

だから彼は、すべてが終わり、なされたあとで、自分にこう言い聞かせることになる――〝運命〟が手を下したのだと。〝運命〟は――幸運はほとんどなく、悪運だらけだったが――かつてデイヴ・ボイルの人生に手を下した。〝運命〟の差し伸べる手は彼を導くものではなく、いかにも不機嫌で気まぐれという感じがした。〝運命〟がどこか雲の上に坐っていて、誰かが話しかける――今日は退屈してるんじゃないか、〝運命〟？〝運命〟は答える――ちょっとね。ただデイヴ・ボイルでもいたぶってやろうと思ってるんだ。ほんの気晴らしに。どうしてやろうか？

だからデイヴは、〝運命〟の姿を見ればすぐにそれとわかった。

おそらくその土曜の夜、〝運命〟は自分の誕生日か何かで、ついに昔馴染みのデイヴにいい目を見させてやろうと思ったのだ。結果の痛みを与えずに息抜きをさせてやろうと。〝運命〟は言う――世間に一発かましてやれよ、デイヴィー、今度は反撃を食らわないことを約束するから。まるでチャーリー・ブラウンのためにフットボールを地面につけたルーシーが、このときばかりは意地悪をせずに見事に蹴らせてやるかのように。それほど予定外のことだった、まったくもって。デイヴは数日後の夜更け、誰もいない台所で手を広げて、陪審に話しかけるように低い声で言うことになる――わかってくれよ、あんなつもりじゃなかったんだ。

その夜、彼は息子のマイクルにおやすみのキスをして、階下《した》に降り、ビールを取りに冷蔵庫に向かった。すると妻のシレストが今日は〝女性たちの夜〟だと言った。

「またか？」デイヴは冷蔵庫を開けた。

「四週間ぶりよ」とシレストはふざけたような一本調子で言った。ときにデイヴ・ボイルは、その声音に背骨をしゃぶられているような気がする。

「嘘だろう」デイヴは食器洗い機にもたれてビールの蓋を開けた。「今日は何を選んだ？」

「《グッドナイト・ムーン》よ」とシレストは眼を輝かせ、両手を握り合わせて言った。

ひと月に一度、シレストと〈オズマ・ヘア・デザイン〉の同僚三人は、デイヴとシレスト・ボイルのアパートメントに集まって、タロットカードで互いの運勢を読み、ワインをしこたま飲み、それまで作ったことのない料理に挑戦するのだった。夜の締めは魅力的な女性の出てくる映画の鑑賞で、大抵は、肉欲に駆られた孤独なキャリア・ウーマンが昔ながらの睾丸肥大のカウボーイを相手に本物の愛と大きな一物を手に入れる話か、でなければふたりの女性が女性らしさの真の意味を悟り、本物の友情の深さを知った途端、第三幕でひとりが不治の病にかかり、ペルーほどの大きさのベッドの中で、美しく、完璧な死を迎える話だった。

〝女性たちの夜〟に、デイヴには三つの選択肢があった。マイクルの部屋に坐って、息子の寝顔を眺める。シレストと使う裏の寝室にこもって、ケーブルテレビのチャンネルをどれか選ぶ。そして、こっそりドアから出ていって、四人の女が鼻を鳴らすのを聞かなくてすむ場所を見つける。睾丸肥大男は決まって拘束されることを望まず、簡素な生活を求めて丘へ帰ることを決意するからだ。

デイヴは通常〝三番目のドア〟を選んだ。

この日の夜も同じだった。まずビールを空け、シレストにキスをした。彼女が彼の尻をつかみ、激しいキスを返してくると、胃に小さな乳状の固まりができた。彼はドアから出ていき、マキャリスターさんのアパートメントを越えた先の階段を降りて、正面玄関を出て、集合住宅地の土曜の夜に踏み出した。〈バッキーの店〉かその先の〈タップ〉まで歩いていこうかと思ったが、家のまえで数分思案した末、車で出かけることにした。岬のほうまで出向いて、たむろしている女子大生とヤッピーどもを眺めるとするか。彼らはこのところ岬に群れをなして押し寄せていて、あまりに混み合ってきたために、いくらかは集合住宅地のほうにまで溢れ出しているほどだった。

彼らはレンガ造りの三階建てを我先に買い求めた。もはや〝三階建て〟などではなく、ある日突然〝アン女王様式〟と呼ばれ始めた建物を。建設業者がまわりに足場を組み、魚の腸《はらわた》を抜くように中身を取り出し、作業員が日に夜を継いで働くと、三カ月後には、〈L・L・ビーン〉族がヴォルヴォを正面に停め、〈ポッタリー・バーン〉の箱を運び込むようになる。ジャズが窓の網戸から柔らかくこぼれ出し、住人たちは〈イーグル・リッカーズ〉でポートワインのようなごみを買って、ドブネズミのような犬を近所の散歩に連れ出し、猫の額のような芝生を芸術的に刈り込む。これまでガルヴィンやトウーミー大通りまでは、単なるレンガの三階建ての街並みだったものが——岬がなんらかの意味で先を走っているとするなら——いずれ集合住宅地の南端のペン水路まで、サーブが走り、グルメ食料品店の袋がダース単位で見られるようになるだろう。

つい先週も、デイヴの大家のマキャリスターさんは彼に言った（さりげなく、くだけた調子で）。「家の値段は上がる一方だよ。もうぐんぐん上がってる」

「で、今は決定を先送りにしてるけど」とデイヴは、十年来住んでいるアパートメントのはいった建物を振り返ると言った。「そのうちいつかあなたは――」

「そのうちいつか？」マキャリスターは彼を見た。「デイヴ、もう固定資産税で溺れそうなんだよ。定額所得者だと、くそっ。でもしばらくは売らないだろうって？　二年、よくて三年のうちに売らなきゃ、国税局のクソ野郎に召し上げられちまう」

「そしたらあなたはどこへ？」デイヴは考えていた、ぼくはどこへ？

マキャリスターは肩をすくめた。「わからん。たぶんウェイマスかな。レミンスターに何人か友達がいる」

すでに何度か電話して、いくつか空き家を見てまわったような口振りだった。

アコードを岬に乗り入れて、デイヴは自分と同年代か、自分より若くてまだそこに住んでいる人間を知っているか思い出そうとした。赤信号でアイドリングしていると、ふたりのヤッピーが、そろいのクランベリー色の丸首セーターとカーキ色の半ズボンといった恰好で、かつて〈プリモ・ピッツァ〉だった店の外の舗道に坐っていた。店は今〈カフェ・ソサイエティ〉と呼ばれていて、強そうな割に性別を感じさせないふたりのヤッピーが、スプーンでフローズン・ヨーグルトを口に運んでいた。陽焼けした脚を歩道に投げ出して、足首で交叉させ、店のまばゆい白色ネオンの下の正面の窓に、ぎらつくマウンテン・バイクを立てかけていた。

この開拓者精神どもが開拓者の権利を無理矢理押しつけてきたら、自分はいったいどこに住めばいいんだ、とデイヴは思った。彼とシレストの築いたものの上にあれが押し寄せてきたら。このままバーとピザ屋がカフェに変わり続けると、運がよければ、自分たちはパーカー・ヒル開発プロジェクトの二寝室のアパートメントに入居を認められるかもしれない。十八カ月間順番を待たされた挙句、階段は小便臭く、カビだらけの壁はドブネズミの死体の腐臭を放ち、麻薬中毒者と飛び出しナイフの達人が廊下を徘徊し、白いケツが寝入るのを待っている場所へ引っ越すことができるかもしれない。

一度、マイクルと車の中にいるときにパーカー・ヒルの住人に車を乗っ取られそうになってから、デイヴは二二口径の銃を座席の下に忍ばせていた。射撃場でさえ撃ったことはなかったが、しょっちゅう手にとって、銃身を眺めた。銃身越しに見てやったら、あのおそろいのヤッピーたちはどんな顔をするだろうと想像を巡らせて、彼は微笑んだ。

そこで信号が青に変わった。彼は停まったままだったが、うしろでクラクションがけたたましく鳴り、ヤッピーたちは眼を上げて、自分たちが引っ越して来たばかりの、この新しい近所で起きた騒動はなんだろうと、彼のへこんだ車を見つめた。

デイヴは交差点を越えていった。突然の彼らの視線に窒息しそうになりながら——突然の、謂《いわ》れのない彼らの視線に。

その夜、ケイティ・マーカスはふたりの親友、ダイアン・セストラとイヴ・ピジョンと外出した。ケイティの集合住宅地での――おそらくはバッキンガムでの――最後の夜を祝うために。ジプシーが彼女たちに金粉をまぶし、すべての夢は叶うと告げたかのように。一緒に買ったスクラッチ式の宝くじが大当たりになり、同じ日に、妊娠テストで三人とも妊娠していないことがわかったかのように。

三人は〈スパイアーズ・パブ〉の奥のテーブルの上にメンソール煙草のパックをぱしっと置き、カミカゼ・ショットとミケロブ・ライトを軽く飲み干し、見映えのいい男が三人のうちの誰かにこれぞという視線を投げかけるたびに黄色い声を出した。彼女たちは、一時間前に〈イースト・コースト・グリル〉で極上の食事を終え、バッキンガムに戻ってきて、駐車場でマリファナ煙草をまわしのみしたあとでバーにはいって来たのだった。何もかもが――互いに百回は語り合った昔話も、ダイアンのろくでなしの彼氏がまた彼女を殴った話も、イヴの口紅が突然はみ出したことも、ふたりの小太りの男がビリヤード台のまわりをよたよた歩いていることも――腹がよじれるほどおかしかった。

店が混み始め、人々がカウンターを三重に取り囲み、飲み物を得るのに二十分かかるようになると、三人は岬の〈カーリーズ・フォリー〉に移った。車の中でもう一本マリファナ煙草をやり、ケイティは妄想の尖った欠片《かけら》に頭を引っ掻かれているような気がした。

「あの車、わたしたちを尾《つ》けてるわ」

イヴはバックミラーに映ったライトを見た。「そんなことないわ」

「バーを出てからずっとうしろにいるわよ」

「もう、ケイティったら情けない。三十秒ほどまえからよ」

「あら」

「あら」とダイアンが真似た。そしてしゃっくりと一緒に笑うと、マリファナ煙草をケイティに戻した。

イヴは低い声で言った。「静かね」

ケイティは話の行き先が見えた。「やめて」

「静かすぎる」とダイアンは同意した。そしてぶっと吹き出した。

「いけすかないやつら」とケイティは言って、ふたりにむっとされるかと思ったが、その代わりに激しいくすくす笑いの発作に巻き込まれた。そのまま後部座席に倒れ込み、体をずらして、頭のうしろを肘掛けと座席のあいだに落ち着けると、マリファナを吸ったあとの得たい瞬間に感じる、頬をピンか針でちくちく刺されるような感覚を味わった。くすくす笑いは徐々に収まり、彼女は夢の中にいるような気分で、青白い車内灯をじっと見つめた。これだ。このために生きているのだ——愛する男と結婚するまえの日の晩に、馬鹿のように笑う親友たちと、馬鹿のように笑うために（式はヴェガスで、結構。一日酔いで、結構）。これが生きることの目的だったのだ。これが夢だったのだ。

バー四軒、ウィスキーのストレート三杯、ペーパーナプキンに書かれたいくつかの電話番号を経て、ケイティとダイアンはすっかり酔いが回り、〈マッギルズ〉のカウンターに飛び乗って、ジュークボックスからは何も流れていないにもかかわらず、《ブラウン・アイド・ガール》に合わせて踊り始めた。イヴは「すべって、流れ」と歌い、ケイティとダイアンは歌詞のように〝滝のほとりですべって、流れ〟、腰を振り、髪の毛が顔にかぶさるまで頭を振った。〈マッギルズ〉では恰好の出し物と歓迎されたが、二十分後の〈ブラウン〉では中にさえ入れてもらえなかった。

このときダイアンとケイティとイヴは互いに寄りかかり、イヴはまだ歌っていた（曲はグロリア・ゲイナーの《アイ・ウィル・サヴァイヴ》）。それがはいれなかった原因の半分で、メトロノームのように体を揺らしていたのが残りの半分だった。

〈ブラウン〉で門前払いを食らったとなれば、千鳥足のイースト・バッキー三人娘を受け容れてくれる店はただひとつ、集合住宅地でも最悪の場所にあり、湿ったごみ溜めの臭いがする〈ラスト・ドロップ〉だけだった。ホラー劇場さながらのその店では、最悪の醜女と醜男が前戯のダンスを踊り、盗難防止装置のついていない車は一分半ともたない。

ローマン・ファローが、最近つき合っている女と現われたのは、彼女たちがそこに落ち着いた頃だった。ローマンの好みは、小さく、ブロンドで、眼の大きい、グッピーのような女だ。ローマンが現われるのは、バーテンダーにとってはありがたい。勘定の五割近いチップを払うので。しかしケイティにとってありがたくなかったのは、ローマンがボビー・オドネルの友人だったことだった。

ローマンは言った。「そうとう聞こし召したようだな、ケイティ」

ケイティは微笑んだ。ローマンのことが怖かったから。ローマンはほとんどの人間を怖がらせた。ハンサムで、頭もよく、その気になればめっぽうおもしろい。しかしローマンには虚ろな穴があった。本物の感情らしきものがまったく欠けていて、眼には〝空室〟の札が下がっているようだった。

「ちょっと酔っ払ったわ」と彼女は認めた。

それはローマンをおもしろがらせた。彼は完璧な歯並びをちらっとのぞかせて短く笑い、タンカレーをひと口飲んだ。「ちょっと酔っ払ったって？　はっ、上等じゃないか、ケイティ。では質問しよう」と彼は穏やかに言った。「今晩、あんたが〈マッギルズ〉でうすら馬鹿みたいな真似をしたのをボビーが聞いて喜ぶと思うか？　あんたがしたことを彼が聞きたいと思うか？」

「いいえ」

「おれだって聞きたくないさ、ケイティ。言いたいことがわかるか？」

「ええ」

ローマンは耳のうしろに手を当てた。「はあ？」

「ええ」

ローマンは手の位置はそのままにして彼女のほうに身を寄せた。「聞こえない。なんだって？」

「今すぐ家に帰るわ」とケイティは言った。

ローマンは微笑んだ。「本当に？　したくないことを無理にしろと言うのは気が進まない」

「いえ、いいの。もう充分愉しんだから」

「そうか。そうだろうな。ここの勘定は払っとくよ」

「いえ、いいわ。ありがとう、ローマン。もう現金で払ったの」

ローマンは頭の鈍そうな女の肩に手をまわした。「タクシーを呼ぼうか？」

ケイティは口をすべらせて、車で来たからと言いそうになったが、踏みとどまった。「いえ、いいえ。無理よ、夜中のこんな時間に。自分たちで停めるから大丈夫」

「ああ、だろうな。わかった、じゃあ、ケイティ、また」

イヴとダイアンはすでに戸口にいた。実際は、ローマンを見た瞬間から。

歩道に出てダイアンは言った。「なんてこと。あの人、ボビーに電話すると思う？」

ケイティは、自信はなかったが、首を振った。「いいえ。ローマンは悪い知らせを運んだりはしないわ。片づけるだけよ」彼女は手をしばらく顔に当てた。眼を閉じると、アルコールが血の中でむずがゆい固まりに変わるのが感じられ、孤独の重みが増した。彼女はずっと孤独だった、母親が亡くなってから。そして母親が亡くなったのは、はるか昔のことだった。

駐車場でイヴが胃の中のものを戻し、いくらかがケイティの青いトヨタのうしろのタイヤに跳ねかかった。彼女が吐き終えると、ケイティはハンドバッグからマウスウォッシュの小さな瓶を取り出して、イヴに渡した。イヴは言った。「運転できる?」

ケイティはうなずいた。「何? ここから十四ブロックほど? 大丈夫よ」車を駐車場から出すと、ケイティは言った。「これがこの街を出るもうひとつの理由。この汚らわしい場所からさっさと出て行きたいの」

ダイアンは急に投げやりな調子で声を上げた。「そうね」

三人は慎重に集合住宅地を進んでいった。ケイティはスピードを二十五マイルに抑え、右側車線からはみ出さないように気持ちを集中させていた。ダンボーイ大通りを十二ブロック行って、クレッセント通りに曲がると、道はさらに暗く、静かになった。集合住宅地の南端でシドニー通りにはいって、イヴの家を目指した。道すがらダイアンは、ボーイフレンドのマットの家に行って、へべれけに酔った姿を見せて泊めてくれとせがむより、イヴの寝椅子に倒れ込もうと心を決めていた。そこで彼女とイヴは、シドニー通りの壊れた街灯の下で車を降りた。雨が降り始めていて、ケイティの車のフロントガラスを水滴が走っていたが、ダイアンとイヴは気づく様子もなかった。

ふたりは振り返り、腰を屈めて、開いた助手席側の窓からケイティをのぞき込んだ。夜の最後の一時間に飲んだ苦い酒で、ふたりの顔は張りを失い、肩は落ちていた。ケイティは片方の頰に彼女たちの哀しみを感じながら、フロントガラスについた雨の滴を見つめた。ふたりの肩に、残りの人生が、ぎごちなく重みを増し、惨めに伸しかかる気がした。幼稚園以来の親友たち。このまま二度と会わないかもしれない本当の友達。

「幸せになるわよね?」ダイアンの声には、ぷつぷつ泡立つような響きがあった。ケイティはふたりのほうを向いて、微笑んだ。あらんかぎりの笑顔で顎がまっぷたつに裂けてしまいそうだったけれど。「ええ、もちろんよ。ヴェガスから電話する。遊びに来て」

「今どき航空券は安いから」イヴは言った。

「本当に安いわ」

「本当に安いわよね」とダイアンは同意した。敷石の欠けた歩道に眼をそらすにつれ、声はか細くなって消えた。

「さあ」とケイティは言った。ことばがまばゆく弾けるように飛び出した。「誰かが泣き始めるまえに行くわ」

イヴとダイアンは窓越しに手を伸ばし、ケイティはうしろ髪を引かれる思いでそれぞれの手を握った。ふたりは車からあとずさり、手を振った。ケイティは手を振り返し、クラクションを鳴らして走り去った。

ふたりは舗道にたたずみ、ケイティの車のテールライトが赤く尾を引き、シドニー通りの半ばで大きく曲がって見えなくなるまでじっと見つめていた。言い残したことがあるような気がして仕方がなかった。雨の匂いがして、公園の反対側を暗く静かに流れるペニテンシャリー水路のアルミ箔の匂いがした。

残りの生涯、ダイアンは車の中に残っていればよかったと思うことになる。彼女は一年経たないうちに男の子を産み、やがて若者になったその息子に（彼が父親そっくりの卑しい人間になるまえ――岬で道を渡ろうとしていた女性を酔っ払い運転で轢き殺すはるかまえに）説明する。母さんはあの車に残るつもりだった、たまたま思いついて車から降りることにして、何かを変えたような気がした、時間の端っこを削ぎ落としたような感じがしたと。自分の人生はほかの人の悲劇的な瞬間を傍らで見ていることに費やされ、自分にはその瞬間を押しとどめる力はないのだと。彼女は刑務所の訪問日に息子を訪ねて、同じことを繰り返す。息子は凝りをほぐすように両肩を回し、椅子の上で体を動かして言う。「ねえ、煙草持ってきてくれた？」

イヴは電気技師と結婚して、ブレイントゥリーの農家風の家に引っ越す。そしてときおり、夜遅く、夫の大きな優しい胸に手を置いて、ケイティのこととこの夜のことを話す。彼は耳を傾け、彼女の髪と背中を撫でるが、自分のほうからはあまり話さない。話すことはないからだ。イヴはときにそうやって彼女の友達の名前を呼ばなければならない。それを聞き、舌に載せる感触を得るために。彼らは子供を持つ。イヴは子供たちのサッカーの試合を観にいき、サイドラインの脇に立つ。そしてときどき唇を開いて、ケイティの名前を微かにつぶやく。自分自身に向かって。湿り気を帯びた四月のフィールドの上で。

けれどその夜、ふたりはただの酔っ払ったイースト・バッキーの娘だった。ケイティはシドニー通りのカーヴでバックミラーのふたりの姿が消えるのを見て、家に向かった。夜になるとこのあたりは死んだようになる。ペン公園を見晴らす家のほとんどは四年前の大火で焼け落ち、黒焦げの廃屋になったり、板を打ちつけられていた。ケイティはただもう家に帰り、ベッドにもぐり込んで、早起きし、ボビーか父親が彼女を探そうと思い始めるよりずっとまえに遠くへ旅立ってしまいたかった。雷雨のあいだに着ていた服を脱ぎ捨てるように、この街を脱ぎ捨てたかった。手の中で丸めて、放り捨て、二度と見たくなかった。そこで、長年思いも及ばなかったことを思い出した。五歳のときに母親と動物園に歩いていったことを。なぜそんなことを思い出したのかはわからない。脳の中に垂れ下がったマリファナと酒の蔓《つる》が、記憶の蓄えられている細胞を刺激したのでもないかぎり。母親は彼女の手を取り、コロンビア通りを動物園のほうへ歩いていった。ケイティは母親の手の骨の感触を思い出した。その手首の皮膚の下に細かい震えが走っていたことを。彼女は母親のほっそりした顔と、やつれた眼、体重を失って鷹のようになった鼻、萎《しな》びたこぶのような顎を見上げた。そして五歳で、好奇心旺盛で、哀しくなったケイティは言った。「どうしてお母さんはいつも疲れてるの？」

母親の強張《こわば》ってやつれた顔は、乾いたスポンジのように皺だらけになった。彼女はケイティの傍らにしゃがみ込み、両手をケイティの頬に当てて、赤い眼でじっと見つめた。ケイティは母親が怒っているのだと思った。が、彼女は微笑み、微笑みは一瞬にしてくしゃくしゃに縮こまり、顎がぎごちなく動いた。「ああ、かわいい子」彼女はケイティを自分のほうへ引き寄せた。そして顎をケイティの肩にかけて、「ああ、かわいい子」と繰り返した。そのとき、ケイティは髪が母親の涙で濡れるのを感じた。

彼女は今それを感じることができた。車のフロントガラスを濡らしている霧雨のように、優しく彼女の髪を濡らした涙を。母親の眼の色を思い出そうとしていると、誰かが通りの真ん中に横たわっているのが見えた。タイヤのまえにずだ袋のように横たわっていた。彼女は鋭く右にハンドルを切った。何かが左うしろのタイヤにどすんとぶつかった。ああ、なんてこと、ああ、神様、いや。はねてないって言って。お願い、神様。

彼女のトヨタは通りの右側の縁石に突っ込んだ。足をクラッチからはずすと、車はがくんとまえに揺れ、ばんと音を立てて止まった。

誰かが彼女に声をかけた。「ハイ、大丈夫？」

ケイティは彼が近づいてくるのを見た。見知った顔で、害を及ぼさないとわかって安心しかかったところで、彼が手に持った銃に気がついた。

朝の三時に、ブレンダン・ハリスはついに眠りに落ちた。

眠りながら彼は笑っていた。ケイティが彼の上を漂い、彼のことを愛していると言い、彼の名前を囁いた。その柔らかな息遣いは彼の耳へのキスのようだった。

4　もう出歩かないで

その夜、デイヴ・ボイルは結局〈マッギルズ〉に腰を落ち着けた。〝巨人〟スタンリーとバーの隅に坐り、レッドソックスの遠征試合を観た。ペドロ・マルティネスがマウンドに君臨し、ソックスはエンジェルスを完膚なきまでに叩きのめしていた。ペドロが罰当たりな猛スピードで投げるので、ボールはホームベースの上に差しかかる頃にはアドヴィル錠（頭痛薬）のように見えた。三回までに、エンジェルスの打者は怖れをなした。六回が来る頃には、さっさと家に帰って愉しい食事のことでも考えたいといった風情になった。ギャレット・アンダースンが末期のため息のようなポテンヒットをライト前に落とし、ペドロのノーヒット・ノーランの希望を断つと、八－〇の試合に残っていたなけなしの興奮も外野席を越えて流れ去り、デイヴは、実際の試合よりも、照明や、観客や、アナハイム・スタジアムそのものにより多くの注意を払っていることに気がついた。

彼は外野席の観客たちの顔に一番注目した。嫌悪感と敗北の疲労感を浮かべ、ファンはダグアウトの選手たちよりも負け試合を深刻に捉えているように見えた。おそらく実際にそうなのだ、とデイヴは思った。観客の何割かにとっては、これが今シーズンでただ一回、観戦できた試合だろうから。子供たちと妻を連れ出し、カリフォルニアの夕間暮れに行楽用のクーラーを手に家を出て、三十ドルの入場券を五枚買い、安っぽい座席に坐る。子供たちの頭に二十五ドルの帽子を載せ、何がはいっているかわからない六ドルのハンバーガーと四ドル五十セントのホットドッグを気の抜けたペプシで流し込み、べとつくアイスクリーム・バーを舐めて、溶けたクリームを手首の毛に垂らす。デイヴにはわかった――彼らは元気づけられ、気持ちの高揚を感じるために球場を訪れる。日常生活から離れて、まれに見る勝利の醍醐味を味わうために。競技場や球場は大聖堂のようだ――照明と祈りのつぶやきが低いうなりとなり、四万の心臓が同じ思いを込めて鼓動を打っている。

勝ってくれ。おれのために。子供たちのために。おれの結婚生活のために。あんたたちの勝利を車に持ち帰り、さもなくば負け続けの人生に戻るまでのあいだ、家族と一緒にその栄光に浸らせてくれ。

おれのために勝ってくれ。勝て。勝て。勝て。

しかしチームが負けると、皆の希望は粉々に砕け散り、会衆と共有していた幻の一体感もともに潰《つい》える。チームは彼らを失望させ、頑張ってもうまくいかないのが普通であることをただ思い出させる。希望を抱いても、希望は死に絶える。そして彼らはセロファンの包み紙と、ポップコーンと、湿気《しけ》て柔らかくなった紙コップの山に囲まれて坐り、もう何も感じなくなった人生の残骸の中にまた投げ捨てられ、酔って怒った見知らぬ人間の大群と、夫の最近の失敗を静かに数え上げ始めた妻と、情緒不安定の子供三人とともに、暗い道を、暗い駐車場に向かってとぼとぼ歩いていく。そうして車に乗り込み、家に帰るのだ。大聖堂がそこから救い上げてやると約束した元の場所へ。

デイヴ・ボイルは、七八年から八二年まで、ドン・ボスコ工業高校の野球チームでショートの花形選手として輝かしい時代を過ごした経験で、世の中にファンほど移り気なものはないということを知っていた。いかに彼らが必要か、いかに彼らが憎たらしいか、いかにひざまずいて手をつくような気持ちで同意の喝采を乞わなければならないか、一体となった彼らの心を傷つけて怒らせたときには、どれほどどうしろめたい気持ちになるかを知っていた。

「あの女たちを見てみろよ、信じられん」と〝巨人〟スタンリーが言った。デイヴが眼を向けると、ふたりの娘が突然カウンターの上に立ち上がり、三人目が調子はずれの《ブラウン・アイド・ガール》を歌うのに合わせて踊っていた。カウンターの上のふたりは腰を振り、尻を揺すっている。右の娘はぽっちゃりした肌をして、輝く灰色の眼で〝わたしを犯して〟と訴えている。まさに女盛りだが薄っぺらだ、とデイヴは思った。おそらく最初の六カ月はマットレスの上で申し分のない相手だが、これから二年後にはすっかり盛りを過ぎているだろう。顎を見ればわかる。やがて太って、締まりがなくて、普段着を着れば、さほど遠くない昔に欲望の対象になったとは想像もできないような女になっているだろう。

けれどもうひとりは……

デイヴは彼女を子供の頃から知っていた。ケイティ・マーカス。ジミーと、可哀そうな亡きマリータとの娘。今は彼の妻の従姉、アナベスの義理の娘になっているが、すっかり大人の女になって、体のどの部分を取っても、揺るぎなく、みずみずしく、抵抗しがたい魅力を放っている。彼女が踊り、胸や腰を突き出し、くるっと回り、笑い、ブロンドの髪をヴェールのように顔に垂らしたかと思うと、またうしろに跳ね上げ、振り上げた頭に合わせてミルクのように白い咽喉が柔らかなカーヴを描くのを見て、ディヴは油が燃えたときの煙のように黒い情念が胸の内に湧き起こるのを感じた。それはどこから来たのでもない、彼女から来た。彼女の体から彼の体に移ってきたのだ。ふと眼と眼が合い、汗をかいた彼女の顔に、気づいたという表情が浮かんだときに。彼女が小さく動かした指は、彼の胸の骨をじかに撫で、心臓に届いてうずかせた。

彼はバーの男たちを見まわした。ふたりの娘が踊るのを神が与え給うた幻影のように呆然と眺める顔。ディヴはそんな彼らの顔に、エンジェルスのファンが試合の最初の頃に見せたのと同じ憧れを見た。満たされずに家路につくことを切なく受け容れながら抱く、哀しい憧れを。あとはただ、妻と子供が二階でいびきをかいている朝の三時に、バスルームで自分の一物をしごくしかない哀しい男たち。

ケイティが頭上できらめき、揺らめくのを見て、ディヴは、モーラ・キーヴニーが裸で自分の下に横たわっていた様を思い出した。ビーズのような汗を額に浮かべ、眼はゆるみ、酒と欲望で視線が泳いでいた。彼に対する欲望。ディヴ・ボイル。野球の花形選手。三年間だけの集合住宅地の誇り。十歳のときに誘拐されたあの少年だとは誰も言っていなかった三年間。それどころか彼は地元のヒーローだった。モーラは彼のベッドにいた。〝運命〟は彼の側にいた。

デイヴ・ボイル。あの頃、未来があれほどはかないものだとは知らなかった。それはどれほどすばやく消え去って、驚きも、希望の兆しもない、うんざりする現在だけを残していくことか。ひとつ死んでは次に連なる日々に緊迫感はまるでなく、台所のカレンダーが三月を示しているうちに、また新たな一年が終わってしまう。

もう夢を見るのはやめた、と人は言う。もうわざわざ自分に苦痛を与えるのはやめだと。しかし贔屓のチームがプレーオフに出場したり、映画を観たり、オレンジ色に暮れなずむアルーバ（西インド諸島南部）の島の広告看板を見たり、ハイスクールでつき合った女――好きになって、別れた女――に少しではすまないくらい似ている娘がすぐそこで眼を輝かせて踊っているのを見たりすると、人は言うのだ、クソ食らえ、もう一度夢を見ようじゃないかと。

ローズマリー・サヴェッジ・サマルコは、危篤の床に就いたときに一度（十回の危篤のうちの五番目で）、娘のシレスト・ボイルにこう言った。「神様に誓って、わたしがこの人生で得たたったひとつの喜びは、あんたの父さんの金玉を引っぱたいてやることだったよ。晴れた日の濡れたシーツみたいにさ」

シレストはよそよそしい笑みを投げて、顔を背けようとしたが、母親の関節炎を病んだ指先は彼女の手首を挟み、骨に達するまで締めつけた。

「よくお聞き、シレスト。わたしはもうすぐ死ぬ。だからとんでもなく真剣なの。人生には何か得られるものがある――運がよければね――そしてそれはそもそも大したものじゃない。わたしは明日には死ぬから、娘にはわかってもらいたいの。ひとつだけ得られるんだよ。わかる？　この世でたったひとつ、あなたに喜びを与えるものが。わたしのは、チャンスがあるたびにろくでなしの父さんの金玉を殴ってやることだった」彼女の眼が輝き、唇につばが飛んだ。「信じてなさい、そのうちわかるから。父さんはそれが大好きだったよ」

シレストは母親の額の汗をタオルで拭き取った。そして微笑むと、低い囁き声で「ママ」と言った。母親の唇にタオルを当ててつばを取ってやり、彼女の手のひらを撫で、そのあいだじゅうずっと、ここから出ていかなければ、と考えていた。この家から。この近所から。貧しすぎ、腹を立てすぎ、そのことに対してクソ長いあいだ手をこまねいていることに無力感を覚えすぎて人々の頭が腐ってしまった、この狂った場所から。

彼女の母親はしかし、生き続けた。大腸炎も、糖尿病の発作も、腎不全も、二度の心筋梗塞も、片方の胸と結腸の癌性腫瘍も生き延びた。ある日、膵臓の機能が予告もなしにぴたりと止まったが、一週間後にはつらつと息を吹き返し、医者たちはシレストに、母親が亡くなったら体を調べさせてくれとしつこいくらい頼み込んできた。

最初の何度かはシレストも訊き返した。「どの部分をですか？」

「すべてです」

ローズマリー・サヴェッジ・サマルコは、集合住宅地に大嫌いな兄がひとりおり、フロリダに彼女とは話をしようともしない妹がふたりいた。彼女はあまりに見事に夫の股間を殴りつけたので、夫は彼女から逃げるために早死にした。シレストは彼女が八回流産した末にできたひとりっ子だった。子供の頃シレストは、ほとんど彼女の姉や兄になりかかった者たちが地獄の辺土を漂いながら、おまえは運がよかったなと考えているところを想像したものだった。

十代になると、シレストは、きっと誰かが現われて自分をここから連れ出してくれるだろうと信じて疑わなかった。見た目も悪くないし、性格もひねくれておらず、温厚で、笑い方も心得ている。だからどう考えてもここを出られるはずだと思っていた。問題は、何人かの候補者に出会いはしたものの、彼らに彼女を夢中にさせる素養がないことだった。ほとんどの男はバッキンガム出身で、大抵イースト・バッキーの岬か集合住宅地出身の不良どもだった。数人はローム・ベイスンの出で、ひとりは彼女が〈ブレイヌ・ヘアスタイリング・スクール〉にかよっていたときに知り合った山の手出身の男だったが、ゲイだった。まだ本人は気がついていないようだったけれど。

母親の健康保険は屁ほどの役にも立たず、すぐにシレストは自分が、母親の恐ろしい病気にかかる恐ろしい治療費の最低限のところを支払うためだけに働いていることに気がついた。とは言っても、母親の惨めさに終止符を打つほど〝恐ろしい〟病気ではなかったわけだが。母親が惨めさを愉しんでいなかったとは言えない。どんな病気との闘いも、デイヴの言う〝ローズマリーの人生はあんたの人生より不幸〟ショーをまわりに押しつける新たな切り札になった。テレビのニュースを見ていて、火事で家とふたりの子供をなくした母親が悲しみのあまり歩道に泣き崩れているのを見ると、ローズマリーはちっと舌を鳴らして言った。「子供はいつだってまた作れるさ。同じ年に大腸炎と肺病を患って生きることを考えてみな」

デイヴは硬い微笑を浮かべ、またビールを取りにいくのだった。

ローズマリーは、台所の冷蔵庫のドアが開く音を聞いて、シレストに言った。「あんたは彼の単なる愛人だね、ハニー。彼の妻の名前はバドワイザーだ」

シレストは言った。「ママ、やめてよ」

母親は言った。「何を？」

シレストが結局落ち着いた――妥協した？――のは、デイヴだった。見てくれもよく、陽気で、めったなことでは動じないように思えたので。結婚した頃には、レイシオン社（レキシントンにある防衛関連電子機器、航空機製造会社）のメール室を司る、いい仕事に就いていて、人員削減でその職を失ったときにも、ダウンタウンのホテルの物流センターの仕事を（以前のほぼ半分の給料で）得て、文句ひとつ垂れなかった。デイヴは、実際ほとんどどんなことにも文句を言わず、ハイスクールにはいるまえの子供の頃のことはほとんどしゃべらなかった。そのことをシレストが妙に思い始めたのは彼女の母親が亡くなった翌年からだったけれど。

最後の仕事をやってのけたのは脳卒中だった。シレストがスーパーマーケットから帰ってくると、母親がバスタブの中で死んでいた。首を傾げ、何か酸っぱすぎるものをかじったかのように、唇を極端に顔の右側に寄せて。

葬儀が終わって数カ月は、シレストは自分を慰めるために、少なくともこれで母親の際限のない恨み節と残忍なひそひそ話から解放されて楽になると考えた。が、そうはいかなかった。デイヴの給料は、マクドナルドより時給で一ドルほど高いだけだった。生前ローズマリーにかかった治療費は幸いなことに娘に引き継がれなかったが、葬儀の費用はちがった。シレストは自分たちの生活が財政的に破綻しているのを目の当たりにして——返済に何年もかかる請求書、収入不足、トン単位で出ていく金、マイクルと彼がかよい始めた学校がらみの請求書の山、地に堕ちた信用——残りの人生を息を詰めて過ごさなければならないような気がした。彼女もデイヴも大学を出ていないし、これからはいる見込みもない。テレビのニュースをつけるたびに、失業率の低さと国家レヴェルで自覚された雇用確保が吹聴されていたが、それはほとんど熟練労働者と、医師などの出世を約束された職種以外の仕事を喜んで引き受ける臨時雇用者についての統計であることに触れる者はいなかった。

ときにシレストは、母親を見つけた浴槽の隣りのトイレに腰を下ろすことがあった。暗闇の中で。ただそこに坐り、泣くのをこらえながら、人生の来し方を振り返る。篠突く雨が窓ガラスを叩く日曜の朝三時にも、彼女はそうしていた。そこへデイヴが血だらけになって帰ってきた。

彼は彼女がいるのを見て驚いたようだった。彼女が立ち上がると、うしろに飛びすさった。

彼女は「ハニー、どうしたの？」と言って、彼に手を伸ばした。

彼はびくっと身を引き、踵をドアの側柱に当てた。「切られたんだ」

「えっ？」

「切られた」

「デイヴ、なんてこと、いったいどうしたの？」

彼はシャツを上げ、シレストはその肋骨に沿って長く深い切り傷が赤く泡立っているのを見た。

「ああ、ひどいわ。お医者さんに行かなきゃ」

「いや、だめだ」と彼は言った。「ほら、そんなに深くはないよ。血がすごく出てるだけで」

彼は正しかった。よく見てみると傷は十分の一インチもなかった。しかし、長い。血もひどい。それでも、シャツと首についた血のすべてを説明するには不充分だったけれど。

「誰がこんなことを」

「頭のいかれた黒野郎さ」と彼は言い、シャツを剝ぎ取って、流しに放り込んだ。「ハニー、やっちまったよ」

「え？　何を？」

彼は彼女を見て、眼をぐるりと回した。「相手が襲ってきたんだ。だから、おれはそいつを殴ろうと手を振りまわした。そしたら切りつけられた」

「デイヴ、あなた、殴りかかったの？　ナイフで？」

彼は蛇口から水を出し、首を流しに傾けて、水を飲んだ。「どうしてだかわからない。頭がどうにかなっちまったんだ。完全にいかれて。ベイビー、あいつをやっちまったんだよ」

「え……？」

「めった切りにした、シレスト。脇腹を切りつけられて、猿なみのクソ野郎になっちまった。やつを殴り倒して、馬乗りになって、そして、やっちまった」

「正当防衛だったの？」

彼は手で〝どうだか〟といった仕種をした。「法廷がそう判断するとは思えない、正直言って」

「信じられない、ハニー」彼女は両手で彼の手首を握った。「何が起こったのか詳しく話して」

四分の一秒ほど彼の顔をのぞき込んで、彼女は吐き気を覚えた。夫の眼の奥に何かほくそ笑むようなもの——興奮して、自らを祝福しているような色を認めたからだ。

光のせいだわ、と彼女は思い直した。頭上にある安っぽい蛍光灯の光のせいだ。なぜなら、彼が顎を引き、彼女の手を撫でると、吐き気は嘘のように消えたから。彼の顔も普通に戻った。怯えてはいるけれど普通の顔に。

「車のほうに歩いてたんだ」とデイヴは言った。「そしたらそいつが近寄ってきて、火を貸してくれと言った。シレストは便座の蓋の上に深く腰掛け、彼は彼女のまえにひざまずいた。

煙草は吸わないと言ったら、そいつは自分もだと言った」

「吸わない？」

デイヴはうなずいた。「で、おれの心臓は一分間に百五十回ほど打ち始めた。あたりにはおれとそいつしかいなかったから。そのときやつの手にナイフが見えて、そいつは言った。〝財布か命かだ、カス野郎。そのどちらかをもらっていく〟」

「本当にそう言ったの？」

デイヴは身を引いて、首を傾げた。「どうして？」

「別に」シレストはなんとなくおかしな気がした。ちょっとできすぎじゃないかと。まるで映画か何かのようだ。しかし今どき映画はケーブルテレビやら何やらで誰もが観ている。だからこの強盗も、映画の中の強盗から言うべきことを学んだのかもしれない。夜遅く、鏡に向かって、ウェズリー・スナイプスやデンゼル・ワシントンのように聞こえるまで練習しているのかもしれない。

「で……で、おれは言った。〝なあ、頼むよ。このまま車で家に帰らせてくれよ〟だがそれはまったく馬鹿な考えだった。そう聞いてやつは車のキーも寄越せと言い始めた。そしておれはただ……わからない、ハニー、おれは怖くなる代わりに無性に腹が立ったんだ。ウィスキーを飲んだ空元気《から》かもしれないが、わからない、いずれにせよ、やつを押しのけて車にはいろうとした。そこで切りつけられたんだ」

「向こうのほうから殴りかかってきたって言わなかった？」

「シレスト、最後まで話させてくれないか」

彼女は彼の頬に触れた。「ごめんなさい、あなた」

彼は彼女の手のひらにキスをした。「だから、そうだ、やつがおれを車に押しつけて殴りつけてきたから、おれはさっとよけて殴り返した。そしたらチンピラ野郎は切りつけてきた。ナイフに肌を切られる感触があって、おれは……ただもうカッとなったんだ。拳でやつの頭の横を殴りつけたら、やつはまさかと思ったらしく、〝くそっ、この下衆《げす》野郎〟って感じになった。おれはまた殴りかかり、それが首の横に当たったのか、やつは倒れた。ナイフが地面に飛んで、おれはやつに飛びかかり、そして、そして……」

デイヴは浴槽の中を見つめた。口を開けて唇をすぼめていた。

「何？」とシレストは言った。辻強盗が片手を拳に握りしめ、もう一方の手にナイフを構えて、デイヴに襲いかかってくる様を想像しながら。「何をしたの？」

デイヴは彼女の膝に眼を戻した。「無性に腹が立ったんだ。ひょっとしたら殺してるかもしれない。頭を駐車場の舗装に叩きつけて、顔面を思い切り殴りつけ、鼻を砕いて、もうきりがなかった。恐ろしく激していて、怯えていて、考えられたのは、ただきみとマイクルのことと、車までたどり着けなかったかもしれない――どこかのイカれたやつが食い扶持を稼ぐために働きたくないからといって、クソみたいな駐車場で殺されてたかもしれない――ってことだけだった」彼は彼女の眼を見て、もう一度言った。「殺してしまったかもしれない、ハニー」

彼は若返って見えた。眼を見開き、顔は青く、汗をかいている。髪の毛は汗と、恐怖と、血？――そう、血だ――で頭に張りついている。

エイズ、と彼女は一瞬思った。もしその男がエイズに罹《かか》っていたら？

彼女は考えた――だめ、今この場に対処しなければ。今のことに集中して。

デイヴは彼女を必要としていた。いつにないことだ。そのとき彼女は、何も不平を言わないデイヴにどうして苛立ちを覚えるようになったのかわかった気がした。誰かに文句を言うことは、ある意味で助けを求めることだ。自分の悩みを解決してほしいとその人に頼むことだ。しかしデイヴは彼女を必要としたことがなかった。だから何ひとつ不平を言わなかったのだ、仕事を失ったときにも、ローズマリーが生きていたときにも。しかし今、彼は彼女のまえにひざまずき、必死になって、自分は人を殺したかもしれないと言っている。彼女に、大丈夫よと言ってもらいたがっている。

大丈夫だ。ちがうだろうか？　まっとうな市民から金を奪おうとしたのだから、計画どおり事が運ばなかったらひどい目に遭って当然だ。残念だが、死んでも仕方がない。シレストは考えた。ええ、残念だわ、でも待って、愉しんだら対価は支払わなければならないでしょう。

彼女は夫の額にキスをした。「あなた」と彼女は囁いた。「シャワーを浴びて。服はわたしが片づけるから」

「そう？」

「そうよ」

「服をどうする？」

見当もつかなかった。燃やす？　そうしてもいい。でもどこで？　アパートメントの中では無理だ。裏庭しかない。しかしすぐに、夜中の三時に裏庭で服を焼いているところをもし誰かに見られたらという考えが湧いた。実のところ、どんな時間に見られても事情は変わらない。

「洗うわ」思いついて彼女は言った。「よく洗って、ごみ袋に入れて、埋める」

「埋める？」

「だったらごみ捨て場に捨てる。あ、そうだわ」――口よりも速く頭が回っていた――「火曜の朝までごみ袋を隠しておく。ごみの日だったでしょう？」

「ああ……」彼はシャワーをひねり、彼女を見つめながら、待っていた。脇腹の傷は黒ずんできて、それを見た彼女はまたエイズのことが心配になった。あるいは肝炎。血液が他人を殺したり、害したりするあらゆる病気のことが頭に浮かんだ。

「来る時間はわかってる。毎週きっかり七時十五分よ。六月の第一週を除いて。その週は大学生たちが休暇にはいって、余計なごみを山のように残していくから、だいたい遅れるんだけど……」

「シレスト。ハニー、つまりどういうことだ？」

「ええ、つまり収集トラックが来るのが聞こえたら、階下《した》に降りて彼らを追いかけるの。いかにもひと袋出し忘れてたかのように。そしてうしろの圧縮機に放り込むのよ。ね？」彼女は笑みを作った。とてもそんな気分ではなかったけれど。

彼は片手をシャワーの下に入れてみた。体のほかの部分はまだ彼女のほうを向いている。

「わかった。なあ……」

「何？」

「きみはこのことに耐えられるか？」

「ええ」

肝炎。A型、B型、C型、と彼女は考えた。エボラ熱。危険すぎる病気。

彼の眼がまた見開かれた。「人を殺しちまったかもしれない。ハニー、なんてこった」

彼女は彼に近づき、手を触れたかった。彼女は部屋から出ていきたかった。彼の首を優しく撫でて、大丈夫よと言いたかった。どこかへ逃げて、事が終わったと思えるまで隠れていたかった。

彼女はその場を動かなかった。「服を洗うわ」

「わかった」と彼は言った。「ああ」

彼女はトイレの掃除に使うゴム手袋を流しの下から引っぱり出し、両手にはめて、ゴムに裂け目はないかと調べた。ないことに満足すると、彼のシャツを流しから取り出し、ジーンズを床から拾い上げた。ジーンズも血で黒く染まっており、白いタイルに跡を残した。

「どうしてジーンズについたの？」

「何が？」

「血よ」

彼は彼女の手からぶら下がっているジーンズを見た。そして床に眼を落とした。「やつの上に馬乗りになったんだ」彼は肩をすくめた。「わからない。飛び散ったんだと思うけど、シャツと同じように」

「まあ」

彼は彼女と眼を合わせた。「ああ」

「そう」彼女は言った。

「そうだ」

「そう、これ、台所の流しで洗うわ」

「わかった」

「わかったわ」と彼女は言い、あとずさってバスルームから出ていった。残った彼はシャワーの水に手を入れては出し、温かくなるのを待っていた。

台所で彼女は服を流しに入れ、水を出して、血と、体を薄く削り取ったような小片と、まちがいなく――ああ、神様――脳の一部が、排水口へと流れていくのを見つめた。人の体がどれほどの血を流せるかということに彼女はいつも驚く。ひとり六パイントの血が流れているというけれど、シレストには、もっと流れているように思えてならなかった。四年生のとき、彼女は友達と公園を走りまわっていてつまずいた。地面に倒れまいとして、草むらからまっすぐ飛び出していた割れたガラス瓶の破片に手をついてしまった。手のひらの主な動脈と静脈がすべて切れた。それが十年のうちに、徐々にではあれまた繋がったのは、若さだけが理由だった。それでも、すべての指先に感覚が戻ったのは二十歳になってからだった。しかし、彼女の記憶にもっとも鮮明に残っているのは血だった。草の中から手を抜くと、何かにぶつけたかのように肘がずきずきしたが、切れた手のひらから血が噴き出していて、ふたりの友達は悲鳴を上げた。家に帰って、流しに手をかざすと、母親が救急車を呼んでいるあいだに流しは血でいっぱいになった。救急車の中で、隊員は彼女の手が腿ほどの太さになるまで包帯を巻いてくれたが、幾重にも巻かれた布は二分と経たないうちに深紅に染まった。病院に着くと、彼女は車つきの白い担架に載せられ、シーツの皺が赤い川の流れる小さな渓谷になるのを眺めた。血は担架の上に収まりきらなくなると、床に垂れ、いくつか血溜りを作った。それを見て母親は長く大きな悲鳴を上げ、市立病院の救急外来の研修医はほかの患者を飛ばして、シレストを列の最初にもっていくことにした。それだけの血がたったひとつの手から流れ出したのだ。

そして今度は、これだけの血がひとつの頭から流れ出した。デイヴが他人の顔を殴りつけ、舗道に打ちつけたことによって。恐怖でヒステリーを起こしていたのだ、まちがいない。彼女は手袋を水に晒《さら》して、穴がないかもう一度確かめた。ない。食器洗いの洗剤をTシャツに振りかけ、スティールたわしでごしごしこすり、絞って、シャツから垂れる水がピンクでなく、透明になるまで何度も同じことを繰り返した。ジーンズもそうやって洗い始める頃には、デイヴはシャワーから出て、腰にタオルを巻いて台所のテーブルについて坐り、うしろの食器棚の中に彼女の母親が残していた、白く、長い煙草を吸いながら、ビールを飲み、彼女を見ていた。

「やられた」と彼は低い声で言った。

彼女はうなずいた。

「わかるだろ？」と彼は囁いた。「ただ土曜の夜らしい夜を期待して外出する。天気もいい。そしたら、このざまだ……」彼は立ち上がって彼女のそばまで来た。オーヴンにもたれかかって、彼女がジーンズの左脚を絞るのを見つめた。「どうして裏の洗濯機で洗わないいんだ？」

彼女は彼を上から下まで眺めて、脇腹の切り傷がシャワーのあとですでに皺の寄った白い傷痕になっているのに気がついた。神経質な笑いがこみ上げてきた。それを呑み込んで、彼女は言った。「証拠よ」

「証拠？」

「はっきりとはわからないけれど、血とか……ほかのものって、流しの排水管より洗濯機の中にくっつく可能性が高いんじゃないかしら」

彼は低く口笛を吹いた。「証拠ね」

「証拠よ」と彼女は今度はにやっと笑って言った。謀《はかりごと》を胸に秘め、危険で、やり甲斐のある大仕事に荷担しているような感じを抱きながら。

「すごいよ」と彼は言った。「きみは天才だ」

彼女はジーンズを絞り終わり、水を止めて、小さくお辞儀をした。

朝の四時だというのに、彼女はここ何年のうちで一番はっきりと眼が醒めていた。それは、八歳のときのクリスマスの朝のような眼醒めだった。彼女の血はカフェインに変わっていた。

これまでの生涯、こんな出来事を待ち望んでいたのだ。そんなはずはないと言っても、実際そうなのだ。劇的《ドラマ》な事件に巻き込まれること。未払いの請求書とか、金切り声でわめきたてる夫婦喧嘩などといったドラマではない。断じてちがう。これが本物の人生なのだ。現実より大きな現実。超現実だ。夫が悪者を殺したかもしれない。もし悪者が本当に死んでいたら、警察は犯人を見つけようとするだろう。そしてもし捜査の手がここに――ディヴに――及んだら、彼らには証拠が必要だ。

彼女は警官たちが台所のテーブルにつき、手帳を開き、コーヒーと前夜の酒の匂いを漂わせながら彼女とディヴに質問しているところを思い描くことができた。物腰は丁寧だが、恐ろしい。彼女とディヴは丁寧に応じるが、涼しい顔をしているのだ。

なぜなら結局証拠が必要だから。そして彼女はその証拠を流しの排水口に、その先の暗い下水管に流してしまったから。夜が明けたら、彼女は流しの下の排水管をはずしてそれも洗ってしまう。中に漂白剤をぶちまけて元どおりにする。シャツとジーンズをビニールのごみ袋に入れて、火曜の朝まで隠しておき、ごみ収集トラックのうしろに放り込む。それはつぶされ、ちぎられ、腐った卵や食べかけのチキンや古いパンと一緒に圧縮される。彼女はそうやって自分が現実より大きく、偉くなったように感じる。

「孤独になった気がする」とディヴは言った。

「なんですって？」

「誰かを傷つけると」彼は低い声で言った。

「でもしょうがなかったわ」

彼はうなずいた。その体は台所の薄明かりの中で灰色に見えた。さらに若返って見える。母親の胎内から今出てきて、空気を求めてあえいでいるかのように。「わかってる。しょうがなかった。でも孤独になる。まるで……」

彼女は彼の顔に触れた。彼の喉仏はことばを呑み込んで盛り上がった。

「別世界にいるみたいに」と彼は言った。

5　オレンジ色のカーテン

日曜日の朝六時、娘のナディーンの初聖体を四時間半後に控えて、ジミー・マーカスは店にいるピート・ギリビオスキから電話を受けて、店はすでにてんてこ舞いだと言われた。

「てんてこ舞い？」ジミーはベッドの上に起き上がり、時計を見た。「おい、ピート、頼むよ、朝の六時だぞ。おまえとケイティで六時の仕事がさばけなかったら、教会に行った連中が最初に押し寄せる八時にはどうなるんだ」

「そこなんだよ、ジム。ケイティがまだ来てないんだ」

「ケイティがなんだって？」ジミーはカヴァーを跳ねのけてベッドから出た。

「まだ来てないんだ。五時半には来ていなきゃならないのに。だろ？　ドーナツの配達係は裏でクラクションを鳴らしまくってるし、コーヒーもまだできてない――」

ジミーは「なるほど」と言って、廊下をケイティの部屋に歩いていった。家に忍び込むすきま風が足に冷たい。五月初旬の朝の空気には、まだ三月の午後の刺すような冷え込みがあった。

「バーを梯子して公園で飲んだあと、ラリってましたって顔に書いてある建設作業員の集団が五時四十分頃やって来て、コロンビアだけじゃなくてフレンチ・ローストまで飲みきっちまった。デリはまるでクソみたいな有様だし。土曜の夜働かせるのにあの小僧たちにいったいいくら払ってんだ、ジム？」

ジミーはまた「なるほど」と言って、ケイティの部屋のドアを素早く叩いて、押し開けた。ベッドは空《から》で、なお悪いことに、整えてあった。つまり昨晩ここで寝なかったのだ。

「給料を上げてやるか、あの無用の阿呆どもをお払い箱にするか、どちらかにしてくれ」とピートは言った。「あと一時間準備したところで――おはようございます、カーモディさん。今コーヒーをいれてるところですからね、すぐにできます」

「おれが行く」とジミーは言った。

「それと、新聞の日曜版がまだ縛ったままなんだ。チラシが上についてる。ごみみたいな――」

「おれが行くと言ったろう」

「ああ、本当に？　ジム、助かるよ」

「ピート？　サルに電話してくれ。八時半に来られるか訊いてみてくれ、十時じゃなくて」

「そうするか？」

ピートの受話器を通して、鳴らしっぱなしのクラクションの音が聞こえた。「それとピート、イーザーの息子にさっさとドアを開けてやれ。ドーナツを抱えて一日じゅう待ってるわけにはいかないんだから」

ジミーは電話を切り、寝室に戻った。アナベスはベッドに起き上がり、シーツから脱け出してあくびをしていた。

「店から?」と彼女はもう一度長いあくびをするあいだにことばを引き出した。

彼はうなずいた。「ケイティが行ってない」

「よりにもよって今日――」とアナベスは言った。「ナディーンの初聖体の日に仕事に行かなかったの。教会にも来なかったらどうする?」

「教会には来るさ」

「わからないわよ、ジミー。昨日の晩飲みすぎて店をパスしたのなら、どんなもんだか……」

ジミーは肩をすくめた。ことケイティの話になると、アナベスに何かを言って聞かせることはできない。アナベスは義理の娘に対してふたつの態度しか取らない――苛ついて霜が降りるほど冷たいか、大いに意気投合して親友のように振る舞うかだ。ふたつのあいだはない。ジミーは、ちょっとした罪悪感とともに、このややこしさの大半は、ケイティが七歳のときにアナベスがいきなり生活に加わったことに端を発していると思っていた。ケイティはやっとこれから父親を知ろうという年頃で、母親を亡くしたことからまだ立ち直っていなかった。父親とふたりきりの寂しいアパートメントに女性が加わることを素直に喜び、そう口にもしたけれど、母親の死で傷ついてもいた――回復不能とは言わないまでも、胸の奥深くで。ジミーにはそれがわかった。そして、何年もかけて喪失感が忍び寄り、心の壁を切り破るたびに、ケイティはそのはけ口をアナベスに求めた。アナベスは、生身の母親として、マリータの亡霊がなったであろう——あるいは、なり得た——存在に匹敵することはできなかった。

「なんなの、ジミー」アナベスは、ジミーが寝るときに着たTシャツの上にスウェットシャツを着込み、ジーンズを探しているのを見て言った。「あなた、まさか行くつもりじゃないでしょうね？」

「一時間だけだ」ジミーはジーンズがベッドの支柱にからまっているのを見つけた。「長くて二時間。どっちみちサルが十時に来て、ケイティと代わることになってた。今、ピートが彼に電話して、早めに来てくれるように頼んでる」

「サルは七十何歳かでしょ？」

「つまり、また寝るだろうかってことだ。小便に行きたくなってたぶん四時頃起きてるが、そこからずっとAMC（アメリカン・ムーヴィー・クラシックス）を観てるんだから」

「ちっ」アナベスはシーツをすっかり足元に押しやって、ベッドから出た。「くそケイティ。また今日も一日をめちゃくちゃにするつもりなの？」

ジミーは首が熱くなるのを感じた。「最近あの子がどんな日を目茶苦茶にしたって言うんだ」

アナベスは彼に手の甲を手刀のように上げて見せて、バスルームにはいっていった。「いったいどこにいるか見当はついてるの？」

「ダイアンかイヴのところだ」ジミーは、彼女が肩越しに上げた問答無用の手にたじろぎながら言った。アナベス——まちがいなく彼の生涯の伴侶——まったく彼女は、ときにどれほどの影響を他人に及ぼすことができるかわかっていない。否定的な態度を取ったり、そんな雰囲気になったときに、どれほどの腐食作用を与えられるか、まるで理解していない（サヴェッジ家の人間に共通した特徴ではあるが）。「あるいは男友達のところだろう」

「そう？　最近は誰とつき合ってるの？」アナベスはシャワーの栓を開け、出てくる水が温まるまで洗面台のほうに身を引いていた。

「おれよりよく知ってると思った」

アナベスは歯磨きチューブを探して洗面台の棚を掻きまわしながら、首を振った。「十一月に〝リトル・シーザー〟と別れた。それだけ知れば充分よ」

ジミーは靴を履きながら微笑んだ。アナベスはいつもボビー・オドネルのことを〝リトル・シーザー〟と呼んだ——それよりはるかにひどい呼び方をするとき以外には。それはただ彼が冷ややかな眼をした悪党になりたいと思っているからではなく、エドワード・G・ロビンソン（主にギャング映画で活躍した男優。三〇年の《リトル・シーザー》で演じたギャングのボス役が有名）のようにチビで小太りだったからだ。去年の夏の数カ月は、皆に緊張が走った。ケイティがオドネルとつき合い始め、サヴェッジ兄弟がジミーに、もし必要ならあの野郎の一物を切り落としてやると言ったからだ。クソ袋のような人間が愛しい義理の姪とつき合っているので義憤に駆られたのか、単にボビーが強すぎる競争相手になったからなのか、実のところジミーにはわからなかったけれど。

別れを切り出したのはケイティ自身だった。夜中の三時に彼女のもとに何度となく電話がかかり、クリスマスも近い頃、ボビーとローマン・ファローが玄関のポーチに現われたときには危うく流血沙汰になりかかったことを除けば、後始末はつつがなく進んだ。

アナベスがボビー・オドネルを毛嫌いしていることにジミーは興をそそられた。彼女が彼を嫌うのは、彼がエドワード・Gと似ていて、彼女の義理の娘と寝たからというだけでなく、ボビーのことをプロからはほど遠い半端な犯罪者だと思っているからではないか、という気がときにした。彼女は自分の兄弟たちのことをおそらくそんなプロだと思っていたし、夫についてはまちがいなく、マリータが死ぬまで長年その道のプロだったことを知っていた。

マリータは、ジミーがウィンスロップにあるディア・アイランド刑務所で二年間の刑期を務めていた十四年前に、この世を去った。ある土曜の訪問時間、もじもじする五歳のケイティを膝に抱え、マリータはジミーに、このところ腕のほくろが黒ずんできたから地元の病院に行くつもりだと言った。念のためね、と彼女は言った。それから四回目の土曜日には、化学療法を受けていた。ほくろのことを彼に言ってから六カ月後に、彼女は死んだ。ジミーは土曜日が来るたびに、煙草の灰や、汗や、精液の跡や、一世紀以上にわたる受刑者の戯言《たわごと》と悲嘆にまみれたダークウッドの机の向こう側で、妻の体がピューレになって、白い粉に変わっていくのを見せられた。生涯最後の月、マリータは体が弱りすぎて来るに来られず、手紙を書くこともできず、ジミーは電話の会話で我慢するしかなかった。話しているあいだも、彼女は疲れ果てているか、薬の影響を受けているか、その両方——大抵は両方——だった。

「わたしがどんな夢を見るかわかる?」彼女は一度、ゆっくりとそう言った。「いつも見る夢なの」

「なんだい、ベイビー？」

「オレンジ色のカーテン。大きくて、分厚いカーテンなの。ただ……」唇の開く音、水を飲む音がした。「……風にはためいているの。高いところにある物干し紐から下がっているのよ、ジミー。ただはためいて。ほかには何も起こらないの。ぱた、ぱた、ぱた。大きな、大きな野原にいくつもカーテンが下がっていて、はためくばかり……」

彼は続きを聞こうとしたが、話はそこまでだった。それまで何度かあったように、話している途中でマリータにうとうとされたくなかったので、彼は言った。「ケイティはどうしてる？」

「え？」

「ケイティはどうしてる、ハニー？」

「あなたのお母さんがわたしたちの面倒をよく見てくださるの。哀しがってるわ」

「誰が？　母さん？　それともケイティが？」

「ふたりとも。ねえ、ジミー。そろそろ切らなきゃ。気分が悪いの。疲れたわ」

「わかった、ベイビー」

「愛してるわ」

「おれも愛してる」

「ジミー？　わたしたち、オレンジ色のカーテンなんてつけたことなかったわよね？」

「ないな」

「妙ね」と彼女は言って、電話を切った。

それが彼女の最後のことばだった――〝妙ね〟。

ああ、妙な話だよ。揺りかごに寝かされて厚紙のモビールを見上げていた頃からあった腕のほくろが突然黒ずんだかと思うと、その二十四週間後には――最後に夫と一緒にベッドで寝て、夫の脚に自分の脚を絡めてからほとんど二年近く離れたまま――棺に入れられ、地中に埋められるなんて。そのとき夫は、五十ヤード先で足首と手首に枷をはめられ、武装した警備員に両脇を固められて立ちすくんでいた。

ジミーは葬儀の二カ月後に出所し、家を出たときに着ていた服と同じ服を着て台所に立ち、見知らぬ自分の子供に笑いかけた。彼のほうは四歳までの彼女を憶えていても、彼女のほうは忘れていた。憶えているのは最後の二年間だけで、彼がこの家にいたときのおぼろげな記憶の断片しかない。そしてそれからは土曜日に古机の反対側で面会を許されただけだった。インディアンの霊の行き交う埋葬地に建てられた、湿った悪臭の漂う建物の中で。風吹きすさび、壁には滴が垂れ、天井が異様に低いあの場所で。台所に立ちすくみ、娘にじっと見つめられて、ジミーはこれほどの無力感を覚えたことがなかった。ケイティのまえに屈み、小さな手を取り、心の眼で部屋の上を漂うようにふたりを見下ろしたときの半分も、孤独を感じ、怯えたことはなかった。漂う彼は考えていた――ああ、こいつらふたりはなんて可哀そうなんだ。知らない同士が小汚い台所で互いに品定めをして、互いに憎み合わないように努力し——母親が死んで、ふたりきりになったのだから——次に何をすればいいのかわからずに、途方に暮れている。

この娘——生きて、呼吸していて、あらゆる部分が未完成のこの生き物——は、好き嫌いにかかわらず、今彼に頼りきっている。

「母さんは天からおれたちのことを見下ろして微笑んでいるからな」とジミーはケイティに言った。「おれたちを誇りに思ってる。心から」

ケイティは言った。「またあの場所に戻らないといけないの？」

「いや。もう二度と戻らない」

「どこかほかの場所へ行くの？」

ジミーはその一瞬、ディア・アイランドのようなクソ溜めで——あるいはそれよりひどい場所で——もう六年、務めてもいいと思った。台所で見知らぬ我が娘と二十四時間過ごすよりよほどましだ。この恐ろしい将来の未知数、彼に残された若者としての人生に永遠に封をするこのコルク栓と過ごすより。

「それはない」と彼は言った。「ずっと一緒にいるよ」

「お腹が空いた」

そのことばはジミーを打ちのめした——なんてこった、これからこの子が腹を空かすたびに食べ物を与えなければならないのだ。残りの一生のあいだずっと。まったく、なんたることだ。

「いいとも」と彼は顔で笑みが引きつるのを感じながら言った。「何か食べよう」

ジミーは自分の経営する雑貨屋〈コテッジ・マーケット〉に六時半頃到着し、レジと、ロトくじの販売機の電源を入れた。ピートは、イーザー・ガスワミが持ってきたキルマー通りの〈ダンキン・ドーナツ〉のドーナツと、トニー・ブーカのパン屋から届けられた、ペイストリー、カンノーリ(油で揚げたパン生地にクリームを詰めた菓子)、パンケーキで包んだハムやソーセージをコーヒー・カウンターに並べた。多少手がすくと、ジミーは裏のコーヒー沸かし機からカウンターの大型魔法瓶にコーヒーを移し、日曜版の《グローブ》と《ヘラルド・トリビューン》と《ニューヨーク・タイムズ》の紐を切った。そしてチラシと漫画を真ん中に挟み込み、レジの下のキャンディの棚の正面にきれいに並べた。

「サルは何時に来るって?」

ピートは言った。「頑張っても九時半だとさ。車がいかれたんで地下鉄で来なきゃならないそうだ。ここからだと路線ふたつにバスひとつだ。それにまだ着替えてもないって」

「くそっ」

七時十五分頃、ふたりは夜勤明けにやって来るそこそこの人波をさばいた。ほとんどはD9地区の警官で、聖レジーナ病院の看護婦が何人か、あとは集合住宅地のバッキンガム大通りからローム・ベイスンまでのクラブで違法残業している娘たちがちらほらだった。全員、疲れた表情を浮かべていたが、同時に興奮して陽気になっていて、強烈な解放感のオーラを放っていた。ともに同じ戦場をくぐり抜け、泥だらけ、血だらけになりながら、五体満足でしっかり立っていることを喜んでいた。

本格的な早朝の人込みが押し寄せるまえの五分間の休憩で、ジミーはドルー・ピジョンに電話して、ケイティを見ていないかと訊いた。

「ああ、来てると思うよ」とドルーは言った。

「本当に?」ジミーは自分の声に希望の光が射すのを感じ、普段自分に認めているよりずっと心配していたことに気がついた。

「来てると思う」とドルーは言った。「見てこよう」

「助かるよ、ドルー」

硬材の床を歩いていくドルーの重い足音を聞きながら、ハーモン婆さんのスクラッチ式宝くじ二枚の会計をレジに打ち込み、老女の香水の刺すような刺激に激しくまばたきしそうになるのをこらえた。ドルーが電話に戻ってくる音がして、胸の鼓動が少し早まるのを感じながら、ハーモン婆さんに十五ドルの釣りを渡して、手を振った。

「ジミー?」

「ああ、ドルー」

「すまん。泊まってるのはダイアン・セストラだった。イヴの寝室の床で寝てたけど、ケイティはいなかった」

ジミーの胸の鼓動が、ピンセットで挟まれたかのようにぴたりと止まった。

「そうか。気にしないでくれ」

「イヴが言うには、ふたりは一時頃、ケイティに降ろしてもらったそうだ。彼女はそこからどこへ行くか言わなかったらしい」

「わかった」ジミーはわざと明るい口調になった。「探してみるよ」

「誰かに会ってるのかな?」

「十九歳の娘だぞ。誰がいちいち記録していられる?」

「つらい真実だ」とドルーはあくびをしながら言った。「イヴにしたって、ジミー、かかってくる電話はみんなちがう男からだ。きちんと整理しようと思ったら、まちがいなく勤務表がいるよ」

ジミーはくすくす笑いを搾り出した。「ま、いずれにせよありがとう、ドルー」

「いつでもどうぞ、ジミー。元気でな」

ジミーは電話を切り、何かを読み取ろうとするかのようにレジのキーボードを見つめた。ケイティがひと晩じゅう戻ってこないのはこれが初めてではない。実際、両手の指で数え切れないほどだ。仕事をさぼったのも初めてではない。どちらの場合も、普通は電話してきたが。ただ、もし映画スター並みの外見とシティボーイの魅力を兼ね備えた男に出会っていたら……。ジミーは十九歳という年齢がどんなものだったか思い出せないほど十九歳の気持ちから遠ざかっているわけではなかった。だから、大目に見ているとケイティに思わせることは決してなかったけれど、彼女の行動をとやかく咎めるほど心の底では偽善的になれなかった。

ドアの上に鋲でとめたリボンから垂れ下がっているベルが鳴り、ジミーが眼を上げると、青色の髪に頭巾をかぶってロザリオを持った最初の一団が、朝の冷え込みや、説教のことばや、道に散らかったごみのことをぺちゃくちゃとしゃべりながら店になだれ込んできた。

ピートはデリのカウンターから首を突き出すと、調理台をきれいにするのに使っていたタオルで手を拭いた。そして外科手術用のビニール手袋の詰まった箱をカウンターの上にぽんと置き、二番目のレジのうしろについた。ジミーのほうに身を寄せると彼は言った。「地獄へようこそ」そこへ次の〝聖なる〟一群がほとんど間を置かずにはいって来た。

ジミーはほとんど二年近く日曜日に働いておらず、それがどれほどの騒ぎになるかを忘れていた。ピートは正しかった。普通の人がまだ寝ている朝の七時から聖セシリア教会のミサに詰めかけた青い髪の狂信者たちは、聖なる買い物の衝動をジミーの店にぶちまけ、ペイストリーとドーナツの棚を滅ぼし、コーヒーを飲み干し、牛乳やヨーグルトのはいった冷却器を襲って空っぽにし、新聞の束を半分にした。商品棚に押しかけ、足元に散らばるチップスの袋やピーナッツの殻を踏みつぶし、並ぶことなど端から無視して、ところかまわず、デリと、ロトと、スクラッチ式宝くじと、〈ポール・モールズ〉と〈チェスターフィールズ〉の注文をがなりたてた。青と白と禿げの頭が海原のように揺れているまえで、カウンターのまえにだらだらと居坐り、ジミーとピートの家族のことを訊きまわって、糸屑のついた最後の一ペニーまできっちり釣り銭を数え上げ、未来永劫とも思える時間をかけて、買ったものをカウンターから持ち上げて、荒れ狂う次の怒鳴り声に場所を譲るのだった。

ジミーは、オープン・バーのついたアイルランド人の結婚式に最後に招かれて以来、これに多少なりとも近い混乱を眼にしたことはなかった。最後のひとりがドアから通りに出ていき、やっと壁の時計で八時四十五分を確認したときには、スウェットシャツの下に着たTシャツも、皮膚も汗みずくだった。店の真ん中で起こった爆発を眺め、ピートに眼をやると、思いがけない親しみと同胞意識を感じ、七時十五分にやって来た警官たちや看護婦や売春婦のことを思い出した。日曜八時の飢えた老人たちの爆風を互いに生き延びたというだけで、ピートとの友情が新たな高みに到達したような気がした。

ピートは彼に疲れた笑みを送った。「これで三十分ほどのんびりできる。裏に出て煙草を吸ってきてもいいかな？」

ジミーは笑った。晴れ晴れとした気分になり、自分がこの界隈に築き上げたささやかな商売に、突如奇妙なほどの誇りを感じた。「当たりまえだろ。ひと箱吸ってきな」

通路を掃除し、乳製品を補充し、ドーナツとペイストリーの盆をまた埋めていると、ベルが鳴った。見ると、ブレンダン・ハリスと弟の〝だんまり〟レイがカウンターのまえを横切って、パン、洗剤、クッキー、紅茶が積まれているスペースへ向かっていった。ジミーはセロファンでペイストリーとドーナツを包む作業に没頭し、ピートがさっきの彼のことばを裏で長々と休憩していいという意味に受け取っていないことを祈った。今すぐここへ帰ってこい。

彼はちらっと眼を上げて、ブレンダンが棚越しにレジのほうをのぞき見ていることに気がついた。強盗を企てているか、誰か眼にしたい人間がいるかのように。一瞬無分別にも、ジミーは、店の外でマリファナを取り引きしていることでピートを馘《くび》にしようかと思った。が、ふと我に返り、かつてピートがまっすぐに彼の眼を見て、店でマリファナを取り引きして彼の生涯の仕事を危険に晒すようなことはしないと誓ったことを思い出した。ジミーにはそれが真実であることがわかった。あらゆる嘘つきの上に君臨する大魔王でもないかぎり、ジミーにずばり質問されたあとでまっすぐ見据えられて、嘘をつける人間はいない。ジミーはあらゆる顔の引きつりや、ことばの彩や、眼の動きに通じていた。それがどんなに小さなことでも必ず見破った。それは、彼が自分の父親をじっと見つめて、酔ったうえで——守られたためしのない——約束をさせてきたことから学んだものだった。それを飽きるほど見れば、〝動物〟が顔をのぞかせたときには必ずわかるようになる。だからジミーはピートが自分の眼をまっすぐに見て、店で取り引きはしないと誓ったのを憶えていた。そしてそれが真実であることを知っていた。

だったらブレンダンは誰を探しているのか？　強盗を企てるほど愚かだったのか？　ジミーはブレンダンの父親、ジャスト・レイ・ハリスを知っていたから、かなりの量の愚かさが遺伝子に組み込まれていることは承知していたが、口の利けない十三歳の弟を連れてイースト・バッキーの岬から集合住宅地までの店を襲おうと考えるほど愚かな人間はいない。加えて、あの家族でもし脳みそを持っている人間がいるとすれば、それはブレンダンだということをジミーはしぶしぶ認めていた。内気だが、文句なしの美男子。それにジミーははるか昔に、多くのことばの意味がわからなくて黙っている人間と、内省して観察し、よく聞いて、すべて自分の中に取り入れる人間の区別を学んでいた。ブレンダンには後者の人格が備わっていた。人のことが少しわかりすぎて、そのせいで神経質になっているのは見ればわかった。

彼はジミーのほうを向いた。眼と眼が合い、青年はジミーにおどおどした親しげな笑みを向けた。あまりに多くのものを視線に込め、ほかに胸に隠していることがあるのを必死で埋め合わせようとしているように。

ジミーは言った。「何か、ブレンダン？」

「いや、ちがうんです、マーカスさん。あの、ちょっと母の好きなアイリッシュ紅茶でもと思って」

「〈バリーズ〉？」

「ああ、そうです」

「ひとつ向こうの通路だ」

「ありがとう」

ジミーがレジのうしろにつくと、急いで吸った煙草の嫌な臭いを振りまきながらピートが戻ってきた。

「サルはいつ来るんだっけ？」とジミーは訊いた。

「もういつ来てもおかしくない頃だけど」ピートはスクラッチ式宝くじのロールの下のスラ

イド式の煙草の棚にもたれて、ため息をついた。「彼はのんびり屋だよ、ジミー」

「サルか?」ジミーはブレンダンと〝だんまり〟レイが中央の通路の真ん中に立って手話で会話するのを見た。ブレンダンはバリーズの箱を脇の下に抱えていた。「七十代も終わり近いんだから」

「どうしてのんびりしてるのかはわかるよ」とピートは言った。「ただ言いたかったのは、もし今朝八時に、あんたとおれの代わりに、彼とおれがついてたらってことさ、ジム。サルがいたらまだ今頃大騒ぎだろうぜ」

「だから遅いシフトにまわしたんだけどな。まあ、とにかく、今朝はおまえとおれでも、おまえとサルでもなくて、おまえとケイティだったんだ」

ブレンダンと〝だんまり〟レイはカウンターまで来ていた。ジミーは彼が娘の名を呼んだときに、ブレンダンの顔がぴくっと動いたのを見た。

ピートは煙草の棚から離れて言った。「これだけかい、ブレンダン?」

「え……あの……あの」とブレンダンはども り、弟のほうを見た。「ええ、そうです。レイに確かめないと」

手がまた動いた。あまりに速くて、話し声になっていたとしてもついていけないのではないかと思うほどだった。ただ、手のほうは電動仕掛けで生き生きと動いているのに、〝だんまり〟レイの顔は石のように無表情だった。ジミーの眼には、彼はいつもどことなく不気味で、父親より母親に似て見える。虚ろな顔は何かから身を守ろうとしているかのようだ。そうアナベスに言ったら、彼女は、障害者に無神経だと彼をなじった。が、ジミーはそうではないと思っていた。レイの無表情ともの言わぬ口には、何か金槌で叩き出したくなるようなものが住まっていた。

手のやり取りを終え、ブレンダンはキャンディの棚に屈み込んで、〈コールマン・チュー・チュー・バー〉を持ってきた。ジミーはまた自分の父親を思い出した。キャンディ工場で働いていた、あの年の父親の臭いを。

「《グローブ》もお願いします」とブレンダンは言った。

「わかった」とピートは言って、レジを打った。

「日曜日はケイティがいるのかと思った」ブレンダンはピートに十ドル札を手渡した。

ピートは眉を上げた。キャッシュのキーを押すと、レジが開いて彼の腹に当たった。「ほう、うちの店長の娘に惚れてるのか、ブレンダン」

ブレンダンはジミーのほうを見ようとしなかった。「いや、いや、まさか」彼は笑ったが、笑いは口から出た途端に消え果てた。「ちょっと思っただけですよ。ほら、いつもいるから」

「妹が今日、初聖体なんだ」とジミーは言った。

「ああ、ナディーンが？」ブレンダンはジミーを見た。眼を開きすぎ、笑みを広げすぎていた。

「ナディーンだ」とジミーは、どうしてブレンダンはこれほど早く名前を思い出せるのかと

「ぼくとレイからもお祝いを言っておいてください」

「いいとも、ブレンダン」

ブレンダンは、ピートが紅茶とキャンディ・バーを袋に入れるあいだ、視線をカウンターに落としていた。「じゃあ、あの、また。さあ、レイ、行こう」

レイは話しかける兄のほうを見ていなかったが、動き始めた。ジミーは通常レイについて皆が忘れていることをまた思い出した。彼は耳が聞こえないわけではない、ただしゃべれないだけなのだ。近所で、あるいはほかの場所で、そういう例を見たことのある人はほとんどいないけれど。

「なあ、ジミー」とピートは兄弟が出ていくと言った。「ひとつ訊いてもいいか？」

「どうぞ」

「どうしてあの子をそこまで嫌うんだ」

ジミーは肩をすくめた。「嫌うというのとはちょっとちがうかもしれない。ただ……言っちまえば、なあ、あの口の利けない小僧はちょっと気味が悪いと思わないか？」

「彼のことか？」とピートは言った。「ああ、ちょっと変わったやつだな。いつも人のことをじっと見つめてるからな、こっちの顔に何かつまみ上げたいものが見えるかのように。だろ？　でも言いたかったのは彼のことじゃない。ブレンダンのほうだよ。あいつはいいやつのように思えるけどな。内気だが礼儀正しくて。手話で話す必要はないのに自分のほうからそうしてるだろ？　弟に、ひとりじゃないんだよってことをわからせようとしているみたいに。いいやつだよ。だが、ジミー、あんたは飛びかかって鼻をそぎ落としてやるって顔で彼を見る。彼を怯えさせてる」

「そんなことはないさ」

「ある」

「本当に？」

「本当だ」

ジミーはロトの販売機に眼を移し、汚れた窓ガラス越しに、朝の空の下で湿って灰色に見えるバッキンガム通りを眺めた。血の中にブレンダン・ハリスのためらいがちな笑みを感じ、体がかゆくなった。

「ジミー、ちょっと言ってみただけだよ。そんなに真剣な話じゃなくて――」

「サルが来た」とジミーは言って、窓の外を見続けた。ピートから顔をそらし、老人がよたよたと通りを渡ってくるのを見つめた。「そろそろ来てもいい頃だよな」

6　折れてるからさ

ショーン・ディヴァインの日曜日——一週間の停職明けの最初の勤務の日——は、夢から無理矢理呼び戻されることで始まった。目覚し時計の鳴る音で引き剝がされるように眼醒め、体の震えとともに現実を認識した。子宮から出てきた赤ん坊が、もう二度とあの場所へは戻らせてもらえないと思い知るように。事細かに憶えているわけではない。断片的ないくつかの場面だけが印象に残っていて、そもそも物語の体裁をなしていなかったような気がした。しかしその生々しい肌触りが剃刀の先のように後頭部にはいり込み、ショーンは午前中をずっとびくついて過ごすことになった。

夢には妻のローレンが出てきた。起きてからもまだ彼女の体の匂いがした。彼女は実際より色濃く、長い、濡れた砂色の髪をして、白い水着を湿らせていた。すっかり陽焼けして、踵と足の指先に薄く砂がついていた。彼女は海と太陽の匂いを嗅ぎ、ショーンの膝の上に坐って鼻にキスをし、長い指で彼の咽喉をくすぐった。ふたりはビーチハウスのデッキにいて、打ち寄せる波の音は聞こえるが、海は見えなかった。海原があるべき場所には、何も映っていない、フットボールのフィールドほどの広さのテレビ画面があった。画面の真ん中を見ると、自分の姿だけが映っていて、ローレンの姿はなかった。まるでショーンが空気を抱きしめているかのように。

けれど手の中には生身の体があった。温かい体が。

次に憶えているのは、家の屋根の上に立っていて、ローレンの肉体がすべすべした金属の風見鶏に変わっていたということだった。巨大な穴があくびをするようにぽっかり口を開けていて、その底で逆さになったヨットが浜辺に引き上げられていた。すると彼は裸になって、見たこともない女とベッドにいた。彼女を感じ、夢の不思議な論理で、ローレンが家の別の部屋にいて、ヴィデオでふたりを見ているのを感じた。突然、カモメが窓ガラスを割って飛び込んできて、ガラスが角氷のようにベッドの上に飛び散り、ショーンはまた完全に服を着て、それを見下ろしていた。

カモメはあえいで言った。「首が痛い」ショーンはそこで「折れてるからさ」と答えようとして眼が醒めた。

眼が醒めても、夢は頭のうしろからどろどろと流れ出しているようで、その糸屑や綿毛がまぶたの裏や舌の上に貼りついていた。彼は眼を閉じたまま、目覚し時計の鳴る音を聞いた。これは別の夢で、まだ本当は眠っていて、時計の音はただ心の中だけで鳴っていることを願いながら。

ついに彼は眼を開け、見知らぬ女の引き締まった体の感触とローレンの肌に残っていた海の匂いをまだ脳のどこかに引きずったまま、そこは夢でも、映画でも、やたら哀しい歌でもないことを理解した。

ここはシーツであり、寝室であり、ベッドだった。窓辺に置いた空《から》のビール缶であり、太陽であり、ベッド脇のテーブルでひたすら鳴り続ける目覚し時計だった。いつも修理しようと思って忘れる、ぽたぽた垂れる水道の蛇口だった。彼ひとりしかいない、彼の人生だった。

ショーンは目覚しを止めたが、すぐにはベッドを出なかった。二日酔いになっていることを知りたくないために、頭を上げたくなかった。もし二日酔いだったら、職場復帰の一日目は二倍長く感じられるだろう。あらゆる人間にへいこらし、あらゆるジョークを笑って受け容れなければならない停職明けの初日は、最初から恐ろしく長いものになるだろう。

彼は横になったまま、通りの騒音を聞いた。《レターマン》（番組《トーク》）だろうと《セサミストリート》だろうと、とにかく大音量でテレビをつけたままの隣りの阿呆どもの騒音。寝室の天井のファンや、電子レンジや、煙探知器の雑音。冷蔵庫のうなり。働くコンピュータもうなる。携帯電話や情報端末《パーム・パイロット》も鳴る。台所でも、居間でも何かが鳴っていて、通りもこの家の下から駅までブーブー鳴りっぱなし、ファナル・ハイツからイースト・バッキーの集合住宅地までの家々も鳴っている。

最近では何もかもがうるさく鳴るようになった。すべてが速く、変わりやすく、なめらかに動くようにできている。誰もがこの世界と歩調を合わせ、世界とともに動き、成長している。

いつからこんなことになったのだろう。

それが彼の知りたいことだった。心から。このペースはいったいいつから始まったのだろう。いつから自分はすべての人間の背中ばかり見つめるようになったのだろう。

彼は眼を閉じた。

ローレンが去ったときから。

それが答だった。

ブレンダン・ハリスは電話を見て、鳴れと念じた。腕時計を見た。二時間遅れている。ケイティと時間とはファースト・ネームで呼び合うような親しい仲ではなかったから、驚くには当たらないが、よりにもよって今日この日に。ブレンダンは早く行きたかった。いったい、店にいないとすれば、彼女はどこにいるのだろう。計画では〈コテッジ・マーケット〉にいるあいだに彼女は電話してきて、義理の妹の初聖体に立ち会い、そのあとで彼と落ち合うことになっていた。しかし仕事に行っていない。そのうえ電話もしてこない。

彼のほうから電話はできなかった。それがつき合い始めた最初の夜からふたりの最大の問題だった。ケイティは通常三つの場所のどれかにいた。ブレンダンと交際を始めた最初の頃はボビー・オドネルのところ、あるいは父親と継母とふたりの義理の妹と過ごしてきたバッキンガム大通りのアパートメント、または気の狂った伯父連中がどっさり住んでいるその階《う》上《え》のアパートメント。伯父のうち、ニックとヴァルは伝説となった乱暴者で、衝動のコントロールをまったく欠いた人間だった。そして彼女の父親、ジミー・マーカスがいた。ブレンダンにもケイティにもわからない理由で、ブレンダンのことを心底憎んでいる。ただケイティはひとつはっきりと知っていた。長年にわたって、彼女の父親はとにかくハリス家から離れることを肝に銘じている。ハリス家の人間をひとりでも家につれて来たら、即刻勘当しようかというほどの激しさだ。

ケイティによれば、父親は普段はものわかりのいい人間だった。が、彼女はある夜、ブレンダンの胸に涙を落として言った。「あなたのことになると気が狂ったようになるの。頭がおかしいわ。ある晩、父が酔ってたのね。かなり酔っ払ってたんだけど、母を怒鳴り散らし始めたの。わたしのことを母がどれくらい愛してるかとかいったことで。そしてこんな……こんなふうに言ったのよ。〝くそハリス家のやつらめ。ケイティ、あいつらは人間の屑だ〟って」

人間の屑。そのことばの響きがブレンダンの胸に夥《おびただ》しい痰のように貼りついた。

「〝あいつらから離れているんだ。それがおまえの人生にただひとつ要求することだ、ケイティ。頼む〟って」

「で、どうする?」とブレンダンは訊いた。「ぼくと別れる?」

彼女は彼の腕の中で体を動かし、哀しげな笑みを浮かべた。「わからない?」

正直言って、ブレンダンには皆目わからなかった。ケイティは彼のすべてだった。彼の女神。ブレンダンはしかし、ただのブレンダンだ。

「わからない」

「あなたは優しいわ」

「ぼくが？」

彼女はうなずいた。「レイや、お母さんや、ほかのなんでもない人たちに接するところを見てきたけれど、あなたは本当に優しいわ、ブレンダン」

「優しい人は大勢いるよ」

彼女は首を振った。「いい人は多いけど、優しいというのとはちがう」

ブレンダンはそのことを考えた。これまでの人生で彼のことを嫌った人間に会ったことがないのは認めるしかなかった。人気コンテストといった意味ではなく、〝ハリス家の息子はいいやつだ〟といった意味で。敵ができたことはないし、小学校以来喧嘩をしたこともない。自分に向けられたひどいことばを最後に聞いたのはいつかも思い出せなかった。それはひょっとしたら彼が〝優しい〟からなのかもしれない。あるいはケイティが言うように、めったにない性格なのかもしれない。それとも彼はただ人を怒らせるタイプの人間ではないというだけなのかもしれない。

つまり、ケイティの父親を除いては。それはまったくの謎だった。彼の抱いている感情が憎しみであることは否定のしようがなかった。

つい半時間前にも、ブレンダンはミスター・マーカスの店でそれを感じた。感染ウィルスのように彼の体内から発散されていた、静かに蓄積された憎しみを。ブレンダンはそれに怯《ひる》んだ。そのせいでどもった。家に帰るあいだもレイのほうを見ることができなかった。その憎しみのせいで自分を不潔なもののように――まるで髪にはシラミが湧き、歯は黒く汚れているかのように――感じていたので。謂れのない憎しみであるという事実も――ブレンダンはミスター・マーカスに何もしていないし、そもそもろくに知りもしない――気休めにはならなかった。ブレンダンがジミー・マーカスを見ると、相手は彼に火がついていても怒りがおさまらないといった眼で見返してきた。

ブレンダンは、ケイティのふたつの電話番号のどちらかに電話して、先方に発信番号を見られるか、スター69（*69をプッシュすると、最後にかけてきた相手に自動的に電話をかけるサーヴィス）で呼び出されて、憎きブレンダン・ハリスが彼らのケイティになんの用があるのだと思われる危険を冒すことはできなかった。もう百万遍も電話に手を伸ばしたが、ミスター・マーカスや、ボビー・オドネルや、サヴェッジの狂った兄弟の誰かが電話を取ることを思うと、そのたびに汗をかいた手で受話器を架台に戻すのだった。

ブレンダンはあれほど怖い人間を見たことがなかった。ミスター・マーカスは、ブレンダンが人生の半分の時間かよい続けてきたごく普通の雑貨屋の店主なのだが、彼には、ブレンダンをあからさまに嫌っていることのほかに、人を不安にさせる何かがあった。ブレンダンにはわからないある素質――その男のまわりでは声を落とし、眼を合わすまいとするような何か――があった。ボビー・オドネルも、そんな男のひとりで、何をして生計を立てているのか誰もよく知らなかったが、どちらにしろ人は彼を見たら道を渡って避ける。サヴェッジ兄弟について言えば、彼らは人々に受け容れられる正常な振る舞いから太陽系ひとつ分は離れている。集合住宅地で生まれた中でもっとも凶暴で、骨の髄まで狂っている見下げはてた兄弟で、千ヤードの距離もものともしない鋭い眼と気性を持っていて、一触即発、彼らを怒らせる項目をすべて挙げたら旧約聖書ほどの厚さのノートが必要になる。彼らの父親は、それはそれで病んだ下衆《げす》野郎だったが、痩せて聖人の仲間入りをした母親と一緒に、次から次へと兄弟たちをこの世に送り込んだ。ろくでもない組立部品工場を真夜中に経営しているかのように、きっちり十一ヵ月おきに。兄弟たちは日本製のラジオほどの大きさの寝室に詰め込まれ、不潔で、怒りに駆られて育った。すぐそばには、かつて集合住宅地の上を走り、太陽をすっかり遮っていたが、ブレンダンが子供の頃に取り壊された高架鉄道があった。アパートメントの床は東に大きく傾き、列車が兄弟たちの住む部屋の外を、一日の例外もなく、二十四時間のうち二十一時間通り過ぎて、窓を叩き、三階建てのあばら屋を揺らしていた。それがあまりに激しいものだから、兄弟たちはほとんどベッドから落ち、朝は互いの上に折り重なって眼が醒めた。そうやって河岸のドブネズミのように苛立つ朝を迎え、互いに怒りをぶちまけながら自分たちの山から脱け出して一日を始めたのだった。

子供の頃、彼らは外の世界に対してそれぞれの名前を持っていなかった。単にサヴェッジ兄弟と呼ばれるひと群れ、土埃の中をタスマニアン・デヴィルのように動きまわる手足と脇の下と膝ともつれた髪の集合体だった。土埃が近づいてくると、人々は道をよけ、自分のところへ来るまえに誰かほかの餌食を見つけるか、兄弟にしかわからない汚らわしい妄想に囚われて旋風のように通り過ぎていってくれるのを祈った。

実際、人知れずケイティとつき合うようになるまで、同じ集合住宅地で育ったというのにブレンダンは彼らが何人いるのかさえよく知らなかった。ケイティは彼のために説明した。ニックが一番年上で、ウォルポール刑務所で最低十年の刑期を務めるために六年ほど近所を離れている。ヴァルがその次で、ケイティによれば一番親切だ。で、チャック、ケヴィン、アル（いつもヴァルと混同される）、ウォルポールから出てきたばかりのジェラード、そして最後がスコット。末っ子で、母親が生きていたときには一番のお気に入り、兄弟でただひとり大学を出ていて、ただひとり同じ家に――兄弟たちがまえの入居者を脅して別の州に追放するのに成功してから借り切っている一階と三階のアパートメントに――住んでいなかった。

「評判が悪いのは知ってるわ」とケイティはブレンダンに言った。「でもみんないい人たちなのよ、まあ、スコットを除いて。彼はちょっと仲良くなるのがむずかしいの」

スコット。一番〝まともな〟男だと。

ブレンダンはもう一度腕時計を見て、ベッドの脇の時計も確かめた。そして電話を見た。ベッドに眼を移す。ついこのまえの夜にもケイティと眠りに落ちたベッド。彼女の首のうしろを見つめて、そこにある細いブロンドの髪の毛を数え、腕を彼女の腰にまわして手のひらを温かい下腹部に乗せ、彼女の髪の毛の匂いと、香水と、柔らかな汗の匂いを鼻孔に満たしながら眠りについたベッド。

彼はもう一度電話を見た。

鳴れ、この野郎。鳴るんだ。

ふたりの少年が彼女の車を見つけた。九一一番に通報したが、電話をかけたほうは息を切らせて、ことばを口にするあいだにも、何か自分の力を越えるものに捕らわれているようだった。

「車があるんだけど、中が血だらけで、ええと、ドアが開いていて、ええ――」

九一一番の係員は割り込んで訊いた。「車はどこにありますか？」

「集合住宅地です」と少年は言った。「ペン公園の近く。ぼくと友達で見つけたんだ」

「通りの住所がわかりますか？」

「シドニー通り」少年は吐き出すように言った。「中が血だらけで、ドアが開いてる」

「きみの名前は、坊や？」

「彼女の名前を知りたがってる」少年は友達に言った。「おれのことを〝坊や〟だとさ」

「坊や」と係員は言った。「きみの名前と言ったんだ。いい、きみの名前は？」

「やめた、かかわりたくねえや」と少年は言った。「じゃあな」

少年は電話を切った。係員はコンピュータの画面で、電話はイースト・バッキーの集合住宅地のキルマー通りとノーセット通りの角の公衆電話からかけられたことを調べ上げた。シドニー通りのペニテンシャリー公園の入口から半マイルほど離れている。彼は情報を指令所に伝え、指令所はシドニー通りに人員を送り込んだ。

パトロール隊のひとりが電話してきて、人員の追加を要求し、現場捜査の技師も一、二名、そうだ、殺人課かそういった組織からもひとり、ふたり来てもらったほうがいいかもしれないと言った。まあ、こっちの考えだが。

「死体は見つかりましたか、三十三号、どうぞ」

「いいえ、指令所」

「三十三号。死体がないのにどうして殺人課の立ち会いが必要なのですか、どうぞ」

「車の状態です、指令所。いずれ近いうちに死体が見つかるような気がするんです」

ショーンは復帰後の初日を、クレッセント通りに車を停めて、シドニー通りとの交差点にある四つの青い木挽台のまわりを歩くことから始めた。木挽台にはまず現場に駆けつけたボストン市警察のスタンプが押してあった。しかしショーンは、道すがら警察無線で聞いた内容から、この事件は州警察殺人課、すなわち彼の部隊に属すると判断していた。

車は、聞くところによればシドニー通りで発見された。つまり市の管轄だが、血の痕がペニテンシャリー公園まで続いており、公園は公有地の一部として州の管轄になる。クレッセント通りを公園の端に沿って歩いていくと、最初にショーンの眼にとまったのは、ブロックを半分下りたところに停められている現場捜査班のヴァンだった。

さらに近づくと、同じ課のホワイティ・パワーズ部長刑事が、運転席側のドアの開いた車から数フィートのところに立っていた。先週殺人課に送り込まれてきたばかりのスーザとコナリーが、コーヒーカップを手に公園の入口のまわりの草むらを調べている。ふた組のパトロール班の車と現場捜査班のヴァンが砂利の路肩に停められていた。現場捜査の技師たちは、車を検分しながら、発泡スチロールのコップの蓋を捨てた上に、証拠になるかもしれないものを踏みつけているスーザとコナリーを睨《ね》めつけていた。

「よう、悪ガキ」ホワイティ・パワーズの眉が驚きで釣り上がった。「もう誰かが電話したのか？」

「ええ」とショーンは言った。「でもパートナーはいません、部長刑事。アドルフが休んでるんで」

ホワイティ・パワーズはうなずいた。「おまえは手を叩かれ、あの無能なドイツ人は突然健康診断だ」彼は腕をショーンの体にまわした。「おまえはおれと組む、仮釈放のあいだな」

なるほど、そういうことか。ショーンに規律を守ることができるかどうかを課のお偉い方が判断するまでのあいだ、ホワイティが彼に眼を光らせているというわけだ。

「静かな週末だと思ったんだがな」とホワイティは言って、ショーンをドアの開いた車のまえへ連れていった。「昨日の晩は郡のどこも死んだ猫より静かだったよ、ショーン。パーカー・ヒルで刺傷事件があった。ブロムリー・ヒースでも。オールストンでもどこかの大学生がビール瓶で殴られたが、どれも致命傷にはならず、すべて市の事件だった。パーカー・ヒルの犠牲者だったかな、昔ながらの大振りのステーキ・ナイフを鎖骨から突き出したまま、ひとりでマサチューセッツ総合病院の救急治療室に歩いていって、受付にいた看護婦にこのあたりにコーラの自動販売機はないかと訊いたそうだ」

「で、教えてやった？」とショーンは訊いた。

ホワイティは微笑んだ。彼は今、州警察殺人課でもっとも頭の切れる人間のひとりで、これまでもずっとそうだったから、よく笑った。だがこれから輪番につくというときに電話を受けたにちがいない。スウェットパンツに息子のホッケー用のジャージ、つばをうしろにして野球帽を被り、素足に青味がかった虹色のサンダルを履いて、金バッジはジャージの上にナイロン紐で垂らしていた。

「なかなかいいシャツですね」とショーンが言うと、ホワイティはまた力なく笑った。そのとき、一羽の鳥が公園から頭上に飛び立ち、ふたりの上で弧を描いて、耳障りな声でギャーと鳴いた。その鳴き声がショーンの背骨に嚙みついた。

「おい、三十分前はソファに坐ってたんだぞ」

「アニメを見ながら？」

「プロレスだ」ホワイティは草むらとその先の公園を指差した。「彼女はここのどこかにいるはずだ。だが、まだ探し始めたばかりだし、フリールは、死体が見つかるまで〝行方不明者〟と呼ぼうと言ってる」

鳥がまた彼らの頭上を飛んだ。今度は少し低く。鋭い鳴き声は今度はショーンの脳の下部に居坐り、そこをかじり始めた。

「われわれの事件なんでしょう?」とショーンは訊いた。

ホワイティはうなずいた。「犠牲者がまた公園から逃げ出してきて、一ブロック先で殺されたのでもないかぎり」

ショーンは空を見上げた。鳥は頭でっかちで、短い肢《あし》を、中央に灰色の縞のはいった白い胸に引き寄せていた。ショーンには種類はわからなかったが、もともと自然によく接するほうではない。「なんです、あれ?」

「ヤマセミだ」とホワイティは言った。

「嘘だ」

彼は手を上げた。「神に誓ってもいい」

「子供の頃しょっちゅう《野生の王国》を見てたんですか?」

鳥はまた激しく鳴き、ショーンは撃ち落としたくなった。

ホワイティは言った。「車を見るか?」

「〝彼女〟と言いましたね」現場保存用の黄色いテープの下をくぐって、車のほうへ向かいながら、ショーンは言った。

「現場捜査班がグローヴボックスに登録証を見つけた。車の持ち主はキャサリン・マーカス」

「くそっ」とショーンは言った。

「知り合いか?」

「知ってるやつの娘かもしれない」

「そいつとは親しいのか？」

ショーンは首を振った。「いや、近所で見かけたら挨拶する程度です」

「本当に？」ホワイティは、今この場で事件をほかの人間の手に渡したいのかと訊いているのだった。

「ええ」とショーンは言った。「クソみたいに」

車のまえまで来ると、ホワイティは開いた運転席側のドアを指差した。現場捜査班の技師がうしろに退いて、伸びをした。背中を反らし、両手の指を絡めて空に突き上げた。「何も触らないでね。誰が担当？」

ホワイティは言った。「おれだ。公園は州の管轄だから」

「でも車のある場所は市の管轄内よ」

ホワイティは草むらを指差した。「血が州の管轄地の上に飛び散ってる」

「それはそうだけど」技師はため息をついた。

「地方検事補がこっちに向かってる」とホワイティは言った。「彼がどちらか決めるだろう。それまでは州が担当する」

ショーンは公園まで続く草むらをひと目見て、もし死体が見つかるとすればこの中だろうと思った。「これまでにわかったことは？」

技師はあくびをした。「発見したときにドアは開いてた。キーはイグニションに挿し込まれ、ヘッドライトは点いてた。まるで待ってたみたいに、わたしたちが現場に到着して十秒後にバッテリーが切れたわ」

ショーンは運転席側のドアのスピーカーについた血の痕に気がついた。いくらかはスピーカーの中にまで垂れて、黒く乾いていた。彼はひざまずいて首を回し、ハンドルの上にも黒い染みがついているのを見た。三番目の血痕は、運転席のビニールカヴァーの肩のあたりに開いた弾痕のまわりに、ほかのふたつより大きく広がっていた。ショーンは振り向いてドア越しに車の左側の草むらを眺め、首を伸ばしてドアの上から外を見て、地面にできたばかりの窪みを認めた。

ホワイティを見上げると、ホワイティはうなずいた。「たぶん犯人は車の外に立ったんだろう。マーカス家の娘は、もし運転していたとすれば、そいつにドアをぶつけた。で、クソ野郎は彼女を撃つ。そうだな、肩か、ひょっとしたら二の腕を。どちらにせよ、彼女は逃げ出す」彼は最近人の足で踏まれて平らになった草むらを指差した。「公園のほうへ走りながら、草を踏んだんだ。彼女の傷はそうひどくなかったにちがいない。草むらにはあまり血が散ってなかったから」

ショーンは言った。「公園の中には、すでに捜索隊がはいってる？」

「今のところ、ふた組な」

現場捜査班の技師は鼻を鳴らした。「ここのふたりより少しは優秀なんでしょうね」

ショーンとホワイティが彼女の鋭い視線を追うと、その先でコナリーがたまたまコーヒーを草むらに垂らし、そこを見下ろしてコップに毒づいた。

「なあ」とホワイティは言った。「ふたりとも新米なんだ。大目に見てやってくれ」

「もう少し指紋を採らなきゃならないの」

ショーンはうしろに下がって彼女に場所を譲った。「登録証のほかに何か身分証明書はあった？」

「ええ。座席の下に財布が落ちてたわ。運転免許証にはキャサリン・マーカスとあった。助手席のうしろにもバックパックがあったわ。今ビリーが中身をチェックしているところ」

ショーンは彼女が首を振って示した、ボンネットの向こうにいる男を見た。車のまえに膝をつき、眼のまえに濃紺のバックパックを置いている。

ホワイティは言った。「免許証に、何歳と書いてあった？」

「十九歳よ、部長刑事」

「十九歳か」ホワイティはショーンに言った。「で、おまえは彼女の父親を知ってるわけか。まったくひどいな、彼は苦悩の世界にまっしぐらだ。気の毒に、まだ何も知らないだろうが」

ショーンは首を巡らし、ギャーと鳴いて水路のほうへ素早く引き返していった孤独な鳥の姿を追った。太陽の光がくっきりとひと筋、雲間を縫って射してきた。ショーンは鳥の声が耳管を通って脳に達するのを感じた。その瞬間、十一歳のジミー・マーカスの――彼らがほとんど車を盗みかけたときの――顔に見た、あの荒れ果てた孤独感を思い出し、記憶に体を貫かれた。ショーンはペニテンシャリー公園に繋がる草むらに立ち、あの孤独を今また感じた。二十五年の歳月がテレビ・コマーシャルのようにあっという間に過ぎ去ったかのように、あのとき、ジミー・マーカスの中にあった、疲れ果て、怒りに駆られ、助けを乞うような孤独を、朽ちかけた木の芯からくり貫かれた髄のように感じることができた。それを振り払うために、彼はローレンのことを考えた。今朝の夢を彩り、海の匂いがした、長い砂色の髪のローレンを。彼はローレンのことを考え、あの夢の空洞にまた這いのぼり、頭を埋めて消えてしまえたらどんなにいいだろうと思った。

7 血の中に

ジミーとアナベスの次女、ナディーン・マーカスは、日曜の朝、イースト・バッキーの集合住宅地の聖セシリア教会で、初めて聖餅を受けた。彼女は、両手を手首から指先までぴったり合わせ、白いドレスに白いヴェールをまとって、小さな花嫁か雪の精さながらに、四十人のほかの子供たちと回廊を歩いてきた。ほかの子たちがふらふらしているのに、彼女だけはすべるような足取りで。

少なくともジミーにはそう見えた。我が子を贔屓目に見ているのは誰よりも彼自身が一番よく知っていたが、それでも自分が正しいのには自信があった。このごろの子供たちは、好きなときにしゃべったり大声を上げたりする。親のまえで悪いことばを吐き、あれが欲しいこれが欲しいとせがみ、大人たちにまったく敬意を払わず、テレビか、コンピュータの画面か、その両方のまえで時間を費やしすぎる中毒者のような、やや朦朧として熱っぽい眼をしている。彼らはジミーに銀色のピンボールの球を思わせた。あるときぼんやりしていたかと思うと、次の瞬間には眼にはいるものすべてにぶつかって跳ね返り、ベルを鳴らして端から端へ飛びまわる。何か頼めばたいていは叶えられる。叶えられなければもっと大声で頼む。

それでも答が思わしくなければ叫ぶ。すると両親は——ジミーの見るところ、揃いも揃ってプッシー野郎ばかりだが——たいてい折れる。

ジミーとアナベスは娘たちを溺愛していた。彼らを幸せにし、愉しませ、愛されていると感じてもらうために懸命に努力した。しかしそのこととわがままを受け容れることとのあいだには微妙なちがいがある。ジミーはそのちがいがどこにあるのか娘たちにはっきりわからせるようにしていた。

たとえばこのふたりのガキども。列になってジミーの脇の通路を歩いてくるが、互いに小突き合い、大声で笑い、修道女が静かにと言うのにもかまわず、まわりの人におどけて見せる。しかも大人の何人かはそれに笑顔を返している。なんてこった。ジミーが子供の頃だったら、両親が飛び出してきて、ふたりの髪をつかんで引っ張り上げ、尻を叩いて、言うことを聞かなければもっと叩くぞと囁いた上で下ろした。

父親のことが大嫌いだったジミーは、そんな昔風のやり方もろくでもないことを知っていた。疑問の余地はない。だがどこかに中間の解があるはずだ。ほとんどの人は見逃しているが、どこかに、子供が親に愛されていることを知りつつ、それでも親には従わねばならず、故あって世の中にはルールが存在し、ノーと言われたときには本当にノーで、単にかわいいからといって我がもの顔では振る舞えないということがわかる中間地帯があるはずなのだ。

もちろん、そんな環境をずっと維持していい子を育てても、彼らに惨めな思いをさせられることはある。たとえば今日のケィティのように。仕事に出てこなかっただけでなく、義理の妹の初聖体にまで姿を見せないとは。いったい何を考えてるんだ？　たぶん、何も考えていない。それが問題なのだ。

　ナディーンが通路を進んでくるのに眼を戻し、ジミーは誇らしい気持ちで胸が一杯になって、ケイティに対する怒りは（それにもちろん、小さいが決して消えないしこりとなってい た心配も）多少薄らいだ。いずれまたぶり返してくるのはわかっていたが。初聖体の儀式はカソリックの子供の人生にとって一大イヴェントだ。きれいに着飾り、皆に愛され、おだてられ、そのあとで〈チャック・E・チーズ〉の店に連れていってもらえる日。ジミーは子供たちの人生に、明るく、長く記憶に残る出来事を作るべきだと思っていた。だからケイティが現われないことに無性に腹が立った。彼女は十九歳。いいだろう。義理の妹の人生など、おそらく男たちや、着る服や、ろくに身分証明書を調べないバーにもぐり込むことの愉しさには遠く及ばないのだろう。それはジミーにも理解できた。できるからこそケイティには寛大なところを見せてきた。が、家族の行事を――とりわけケイティ自身が若かったときに、彼女の人生を豊かにしようとジミーが心血注いだ行事を――パスするなど、もってのほかだ。

　彼は怒りがまた湧き上がってくるのを感じた。彼女が現われるや、ここ数年頻繁になった、アナベスが言うところの〝議論〟を始めることになるのがわかっていた。

　まあ、いいだろう。クソくらえだ。

　というのも、ナディーンが近づいてきたからだった。ほとんどジミーの席の真横まで。アナベスは、横を通るときにお父さんのほうを見ないようにとナディーンに約束させていた。

浮ついた女の子のようなことをして、真剣な聖体の儀式を台無しにしてはだめよと。しかしナディーンはほんのわずか横を盗み見た。母親を怒らせる危険を承知で、父親への愛を示しているのがジミーにはわかった。祖父のセオには笑顔を見せなかった。ジミーの奥の席にずらりと並んだ六人の伯父たちにも。大したものだ、と彼は思った。彼女はゆっくりとジミーの列に近づいてきたが、まだ越えていない。左の眼がちらっと眼尻のほうに寄った。ジミーはそれをヴェール越しに見て、ベルトのバックルの高さに三本の指を立てて小さく振り、大きな無言の〝ハイ！〟を口で作った。

ナディーンの微笑みは、ヴェールもドレスも靴も及ばないほど真っ白に輝いた。ジミーはその笑顔が胸の奥で、眼で、膝で爆発するのを感じた。彼が人生を捧げる女性たち――アナベス、ケイティ、ナディーン、そして末娘のセーラ――は、帽子を落とすだけでそんなことをやってのける。ちらっと見たり、微笑むだけで彼の膝をがくがくさせ、彼を弱気にさせる。

ナディーンは下を向き、小さな顔を強張らせて笑みを隠したが、アナベスの眼はごまかせなかった。彼女はジミーの脇腹と左の腰に肘打ちを食らわせた。彼は彼女のほうを向き、顔を赤らめながら言った。「なんだよ」

アナベスは、家に帰ったらお仕置きよといった視線を投げ、またまっすぐまえを見た。唇を固く閉じていたが、その両端はぴくぴく震えていた。ジミーにはわかっていた、あとは持ちまえのあどけない少年の声で「まずかった？」と言いさえすればいいと。そうすればアナベスはどうにも我慢ができずにげらげら笑い始めるだろう。教会には、何か笑わなければという気にさせるものがある。それに昔からジミーの大いなる才能のひとつは、女性なら誰でも笑わせることができることだった。

しかしジミーはそのあとしばらくアナベスから眼をそらしていた。ミサの流れに従い、子供たちがひとりずつ順番に、生まれて初めての聖餅を両手で受け取る秘蹟の儀式を眺めた。丸めて持っていた式次第のパンフレットは手のひらの熱で柔らかくなっていたが、彼はそれで腿を軽く叩きながら、ナディーンが聖餅を手から取り上げて舌の上に載せ、頭を垂れて十字を切るのを見た。アナベスは彼に身をもたせかけて耳元で囁いた。「わたしたちのかわいい子。すばらしいわ、ジミー。なんてかわいいんでしょう」

ジミーは彼女に腕をまわして引き寄せた。スナップ写真のように、人生のある瞬間をぴたりと止めてしまえればいいのにと思った。その中にとどまって、何時間だろうと、何日だろうと、また外に出る気になるまでずっと浮かんでいられればいいのに。彼は横を向いてアナベスの頬にキスをした。彼女はさらに寄りかかり、ふたりの眼は娘に――宙に浮かぶ天使のような愛娘に――釘づけになった。

侍の刀を持った男が公園の隅に立っていた。ペン水路に背を向け、片足を地面から上げて、もう一方の足を軸にゆっくりと回り、刀を頭のうしろに妙な角度で振り上げていた。ショーン、ホワイティ、スーザ、コナリーの四人は、〝こりゃなんだ?〟と互いに目配せしながら、ゆっくりと男に近づいていった。男はゆっくりと回転を続けており、草むらに沿ってほぼ一列で彼に近づいている四人は眼にはいらないようだった。刀を頭上に振りかぶり、胸のまえまで振り下ろした。四人とは二十フィートほど離れていたが、百八十度回ったので彼らに背を向ける恰好になった。ショーンは、コナリーが手を右の腰にやり、ホルスターの留め金をはずし、グロックの床尾に手を当てているのを見た。

何かとんでもないことが起きて、誰かが撃たれたり、男が切りつけてこないうちに、ショーンは咳払いをして言った。「失礼。もしもし？　失礼します」

男はショーンの声が聞こえたかのように、わずかに首を曲げたが、相変わらず集中して回り続け、少しずつ彼らのほうを向いた。

「すいませんが、武器を草の上に置いてください」

男は片足を地面に戻し、四人のほうを向いて、眼を見開き、ひとりずつ確認して――銃がひとつ、ふたつ、三つ、四つ――刀を差し出した。彼らに刃を向けようとしているのか、手渡そうとしているのか、ショーンにはわからなかった。

コナリーが言った。「どうした――耳が聞こえないのか？　さあ、地面に置けよ」

ショーンは「しいっ」と言って足を止めた。六十ヤードうしろのジョギングコースに沿って見つかった血痕のことを考えて、男から十フィートの距離を保っていた。四人とも血痕の意味することを嫌というほど知っていて、小さな飛行機ほどの長さの剣を振りかざしているブルース・リーを見上げた。もっとも、ブルース・リーはアジア人だが、この男はまちがいなく白人で、若い――おそらく二十五歳ぐらいだ。黒い縮れ毛、髭剃りあとの濃い頬をして、白いTシャツを灰色のスウェットパンツにたくし込んでいる。

彼はぴくりとも動かなくなった。剣が四人に向けられているのは恐怖のせいだ、とショーンははっきりわかった。脳が過熱して、体に命令を出せなくなっている。

「さあ」とショーンは、男がまっすぐに彼のほうを向くほど鋭い声音で言った。「お願いだ。いいか？ 刀を地面に置いてくれ。手を開いて落とすんだ」

「あんたらはいったい誰だ？」

「警察だ」ホワイティ・パワーズはバッジを見せた。「ほら、だから私を信じて、その刀を落としなさい」

「ああ、わかった」と男は言って、あっけなく指の力を抜いた。刀は草むらに落ちて、どさっと湿った音を立てた。

ショーンはコナリーが彼の左側にまわり、飛びかかる体勢を整えるのを待って、手を伸ばし、男の眼を見据えて言った。「名前は？」

「はあ？ ケントだ」

「ケント、調子はどうだ？ 私は州警察のディヴァインだ。武器から数歩下がってもらいたい」

「武器？」

「刀だよ、ケント。そこから数歩下がってくれ。ラスト・ネームは、ケント？」

「ブルワーだ」と彼は言い、うしろに下がって両手を挙げた。警官たちが一斉にグロックを抜いて撃ち始めると信じたかのように。

ショーンは微笑んで、ホワイティにうなずいた。「さて、ケント、ここで何をしてたのかな？　バレエか何かのように見えたけど」そして肩をすくめた。「持ってるのは刀だが、しかし……」

ケントは、ホワイティが屈んでハンカチで刀の柄を握り、ゆっくりと持ち上げるのを見た。

「剣道だ」

「何だって、ケント？」

「剣道だよ」とケントは言った。「武道のひとつだ。火曜と木曜に稽古にかよって、毎朝練習してるんだ。練習してるだけだよ」

コナリーはため息をついた。

スーザはコナリーを見た。「おれを馬鹿にしてるんだろう？」

ホワイティは刀を差し出して、刃をショーンに見せた。油が引かれ、輝いていて、汚れひとつついていないので、打たれたばかりなのかもしれない。

ホワイティは刃を開いた手の上にすべらせた。「これよりもっと研いだスプーンを見たことがあるぜ」

「研いだことはない」とケントは言った。

ショーンは頭の中でまた鳥が鳴いたような気がした。「ああと、ケント、どのくらいここにいた？」

ケントは、彼らの百ヤードうしろにある駐車場を見た。「十五分だ、せいぜい。いったいなんなんだ、これは」彼の声は徐々に自信を得て、怒気を含み始めた。「街なかの公園で剣道の練習をしたって違法じゃないだろう、おまわりさん？」

「捜査中なんだ」とホワイティは言った。「それと私は〝部長刑事〟だ、ケント」

「昨晩遅くから今朝にかけて、どこにいたか説明してもらえるかな？」とショーンは訊いた。

ケントはまた緊張したようで、首を傾げながら息を大きく吸った。そしてしばらく眼を閉じて、息を吐き出した。「そう、そう。昨日の晩は友達とパーティにいたよ。ガールフレンドと一緒に家に帰った。寝たのは三時頃かな。今朝は彼女とコーヒーを飲んで、ここへ来た」

ショーンは鼻の先をつまんでうなずいた。「刀は没収させてもらうよ、ケント。警官のひとりと兵舎に来てもらって、いくつか質問に答えてもらってもかまわないかな？」

「兵舎？」

「警察署のことだ」とショーンは言った。「別の呼び名があってね」

「なぜ？」

「ケント、とにかく警官と来てもらえないか？」

「ああ、いいけど」

ショーンがホワイティを見ると、ホワイティは渋い顔をした。ケントは怯えきっていて、まず真実しか話していないだろうし、刀が鑑識から発見なしで戻ってくることはわかっていたが、捜査の糸口はすべて手繰り寄せ、追跡調査報告を書かなければならない。書類仕事が机の上でパレードの山車《だし》のように見え始めるまで。

「黒帯を取るんだ」とケントは言った。

四人は振り返って彼を見た。「はあ？」

「今度の土曜日に」とケントは言って、玉の汗を浮かべた顔を輝かせた。「三年かかったけど、でも、ああ、だから今朝ここに来たんだ。きちんと型ができてるか確認するために」

「なるほど」とショーンは言った。

「なあ、ケント」とホワイティが言い、ケントは彼に笑顔を向けた。「わからないでもないが、つまり、いったい誰がそんなクソみたいなことを気にするんだね」

ナディーンやほかの子が教会のうしろから外に流れ出す頃には、ジミーはケイティに腹を立てるよりも、不安が勝ってきた。どんなに夜更かししても、ジミーの知らない男たちと遊び歩いても、ケイティは決して義理の妹ふたりを悲しませることはなかった。妹たちは姉を崇拝し、彼女はそれに応えてふたりをかわいがった。映画に連れていき、ローラーブレードを教え、アイスクリームを買ってやった。最近は次の日曜日のパレードに向けてふたりを焚きつけている。まるでバッキンガムの日が国民誰もに知られた祭日――それも聖パトリックかクリスマス級――であるかのように。水曜の夜には早く家に帰ってきて、ふたりを二階に上がらせ、パレードで着る服を選ばせて、自分はベッドの上に坐ってちょっとした演出を試みた。妹たちは衣装をつけたモデルのように部屋の中を行ったり来たりし、髪の毛や視線や歩き方についてケイティに矢継ぎ早に質問した。当然ながら、ふたりの妹が一緒に使っている部屋にはサイクロンのあとのように脱ぎ捨てられた服が散らばったが、ジミーは気にしなかった。ケイティは妹たちのためにまたイヴェントを作ってやっているのだ。ジミーが彼女に教え込んだ、まるで些細なことを重大でかけがえのない出来事に変える技を使って。そんな彼女がなぜナディーンの初聖体に来なかったのだろう。

ひょっとしたら、のちに語り種《ぐさ》になるような大酒を飲んだのかもしれない。あるいは本当に、映画スターの顔立ちと溢れる個性を兼ね備えた男に出会ったのかもしれない。それともただ忘れただけなのか。

ジミーは信者席から離れて、アナベスとセーラと一緒に通路を出口に向かった。アナベスは彼の手を握りしめ、彼の硬い顎の線と遠い眼差しを見た。

「絶対大丈夫よ、彼女は。二日酔いかもしれないけど、大丈夫」

ジミーは微笑み、うなずいて彼女の手を握り返した。アナベスは、ジミーの心を読み、ここぞというときに手を握り、優しく現実を語る、ジミーにとってはかけがえのない心の支えだった。彼の妻であり、母であり、親友、妹、愛人、司祭のすべてだった。彼女がいなかったら、まちがいなくディア・アイランドに戻っていたし、ひょっとしたらそれよりひどいノーフォークやシーダー・ジャンクションといった最大規模の刑務所に送られ、つらい刑期を務め、歯を腐らせていたにちがいなかった。

彼がアナベスに会ったのは、刑務所から釈放されて一年後、保護観察を解かれるまでにあと二年というときだった。彼とケイティとの関係は少しずつ固まりつつあった。彼女は彼がいつもまわりにいることに慣れた——まだ用心はしていたが、打ち解けてきた——ようで、ジミーのほうはずっと疲れていることに——一日十時間働き、街なかを慌てて運転してケイティを拾ったり、自分の母親に預けたり、学校で降ろしたり、昼間保育に預けたりして疲れることに——慣れた。彼は疲れ、怖れていた。それが当時の彼の生活につきもののふたつだった。そのうちそれを当たりまえと思うようになった。彼は眼が醒めるなり怖れた——ケイティが夜、妙な寝返りを打って窒息していないか、経済が螺旋を描いて悪化して職を失わないか、ケイティが学校の休み時間にジャングルジムから落ちはしないか、彼の与えられないものが必要になるのではないか、人生がこのまま怖れと愛と疲労の応酬とともに永遠に続くのではないかと。

ジミーはその疲労を、アナベスの兄弟のひとり、ヴァル・サヴェッジがテレーズ・ヒッキーと結婚した日にも教会に持ち込んでいた。花嫁も花婿も醜く、怒りやすく、背が低かった。ジミーは、これから数年にわたって、ふたりが見分けのつかない獅子鼻を振り立て、バッキンガム大通りのあちこちに癇癪玉を投げ、破裂させるところを想像した。ヴァルは以前ジミーが仲間を率いていた頃に彼の下にいたことがあり、部下を警察に売って逐電できると誰もが思っていたときにジミーが彼らのためにあえて名乗り出て、つらい二年の刑期を務め上げ、三年間の保護観察を受ける身になったことに、感謝の念を抱いていた。小さな手足に小さな脳のヴァルは、もしジミーが、近所にいたわけでもないプエルトリコの女と結婚していなかったら、とっくの昔に彼を神と崇めていただろう。

マリータが亡くなると、人々は囁いた。ほらな。ものごとの流れに背くとこうなるんだよ。だがケイティは将来まちがいなくぐっと来る女になるね。ハーフはいつもそうだ。

ジミーがディア・アイランドから出てくると、いくつもの申し出が舞い込んだ。ジミーはプロ——近隣では最高の強盗のひとりだった。必ず殿堂入りのリストに載るほどの。だからジミーが、いや、断わるよ、堅気《かたぎ》になるんだ、子供がいるから、と言っても、人々はうなずいて微笑んだ。つらい時期が来て、車の支払いとケイティのクリスマス・プレゼントのどちらかを選ばなければならなくなったら、彼が真っ先にこの道に戻ってくることはわかっていた。

しかしそうはならなかった。家宅侵入の天才、法的に飲酒を認められる歳になるまえから手下を率いていた男、ケルダー・テクニクス社の強盗や、その他あらゆる犯罪の背後にいる男、ジミー・マーカスは、きっぱりと堅気を貫き、人々は彼に嘲笑われているのではないかと思うほどになった。アル・ディマルコの雑貨店を買い取る話までまことしやかに語られた。ケルダーの仕事で得たと言われているまとまった金で、老人を名ばかりのオーナーとして隠退させて。店の主人になって、エプロンをしているジミー——まあ、いいけど、と人々は言った。

ダンボーイ大通りの〈KオヴC〉で開かれたヴァルとテレサのパーティで、ジミーはアナベスにダンスを申し込んだ。居合わせた人々はすぐに納得した。音楽に合わせて寄り添うふたりのなだらかな曲線、雄牛のような大胆さで互いに見つめ合って傾けた首、彼女の腰のくびれた部分を彼の手のひらが優しく支え、彼女がそれに体をもたせかけるその様子を見て。ふたりは幼なじみだ、と誰かが言った。彼のほうが何歳か年上だけど。きっとこの関係はずっと昔からあったのだ。プエルトリコ人が死ぬのを——神様が彼女を死なせてくれるのを——待っていたのだ。

ふたりが踊ったのはリッキー・リー・ジョーンズの歌だった。その歌詞の数行は、理由はわからないがいつもジミーの心を震わせた——〝さようなら、男たち、わたしの大切な友達、哀しい眼をしたシナトラたち……〟彼はその歌詞をアナベスに唇でつぶやいた。体を揺らし、心が解き放たれて、ここ数年で初めての安らぎを感じた。リッキーの哀しみに沈んだ声とコーラスに合わせてまた口を動かした。〝さようなら、寂しい通り〟アナベスの澄んだ緑の眼に笑いかける。彼女も柔らかな、秘密めいた笑顔を返し、彼の心にひびがはいる。ふたりはそうしてこれが百回目であるかのように踊った。本当は初めてだったけれど。

彼らは最後まで店に残っていた。広い入口のポーチに坐り、ライト・ビールを飲み、煙草を吸いながら、各々車に帰っていく招待客に会釈した。そして夏の夜が冷え込むまでそこにいて、ジミーは彼女の肩に自分の上着を掛け、刑務所や、ケイティや、マリータのオレンジ色のカーテンのことを話した。彼女のほうは、狂った兄弟たちがひしめくサヴェッジ家のただひとりの娘として育ったことや、ある冬、ニューヨークでダンスの勉強をしたが、才能がないとわかってやめたことや、看護学校の生活について話した。

〈KオヴC〉の支配人にポーチから蹴り出され、ふたりはぶらぶらとサヴェッジ家に歩いていって、ヴァルとテレサの夫婦になって初めての大喧嘩を眼にした。ふたりはヴァルの冷蔵庫からビールの六本パックを取り出すと家を出て、暗い〈ハーレーズ〉ドライヴイン・シアターにはいり、水路のほとりに坐って、沈んだ波の音に耳を傾けた。シアターは四年前に閉鎖され、公園・レクリエーション課と運輸省のずんぐりした黄色の掘削機とダンプトラックが毎朝やって来ては、ペン水路沿いの一帯を土砂と崩れたセメントの山に変えていた。やがて公園になるという話だったが、今のところはただ取り壊されたドライヴイン・シアターで、茶色の土と黒や灰色のアスファルトの醜い塊が山と積まれた向こうに、スクリーンが白くぼんやりと浮かび上がっていた。

「みんな、あなたの血の中にあるって言ってるわ」とアナベスは言った。

「何が?」

「盗み、犯罪……」彼女は肩をすくめた。「わかるでしょう」

ジミーはビール瓶のまわりで彼女に微笑み、ひと口飲んだ。

「そうなの?」と彼女は言った。

「たぶんな」今度は彼が肩をすくめる番だった。「おれの血の中にはいろいろなものがある。だけどどれもが外に現われるわけじゃない」

「いい、悪いを言おうとしてるんじゃないの。信じて」彼女の顔からも、声からも、何も読み取れなかった。どんな答を聞きたいのだろう、とジミーは思った。それでも生活はできてる？　どうしようもない？　金持ちにしてやるよ？　もう二度と犯罪は犯さない？

アナベスは穏やかかな、離れて見ればほとんど印象に残らないような顔をしていた。が、近くで見ると、そこには他人に理解できないさまざまな表情が浮かんでいた。その奥で、眠ることなく狂おしいほど精神が活動しているような何かが。

「たとえばきみの血の中にはダンスが流れているだろう？」

「わからない。そうかも」

「でもきみはもう踊れないと言われて、ダンスをやめた。胸は痛むけれど、そのことに向き合わなければならない」

「そうね……」

「そうだ」と彼は言って、石のベンチのふたりのあいだに置いてあった煙草のパックから一本取り出した。「だから、そう、昔やってたことに関しては、おれは腕がよかった。でも逮捕され、妻が死に、娘をひどい目に遭わせてしまった」彼は煙草に火をつけ、ふうっと吐き出して、心の中で百回は繰り返したことばを、この場でしっかり言い表わそうとした。「もう二度と娘をひどい目には遭わせない、アナベス。わかるだろ？　おれがあと二年刑務所にはいったら、あの子はもたない。おれの母親？　彼女は健康じゃない。おれがまた食らってるあいだに死んだらどうなる？　やつらはあの子を連れていって、州の保護下に置いて、子供のためのディア・アイランドに閉じ込めるんだ。そんなろくでもないことを許すわけにはいかない。だから、そういうことだ。血の中にあろうが、血の外に出ようが、そんなことはクソ食らえだ、とにかくおれは堅気を通す」

ジミーはじっと自分の顔を見つめる彼女の視線を受け止めた。彼女が彼の説明に傷はないか、嘘の欠片《かけら》でも嗅ぎ取れないかと探っているのは察しがついた。今の説明がなんとか地を離れて飛んだことを祈った。こんなときに備えて長いこと練習してきたのだから。それに実際、彼が言ったことはほとんど真実だった。言わなかったのはただひとつ、ほかの人間には――それが誰であろうと――絶対に明かすまいと心に誓ったことだけだった。だから彼はアナベスの眼を見て、彼女が決断を下すのを待った。そしてあの夜のミスティック・リバーのほとりのイメージ――男が膝をつき、唾を顎から滴らせながら、金切り声で赦しを乞うた――を頭から締め出そうとした。絶えずドリルの刃先のように彼の頭に食い入ろうとするイメージを。

アナベスは煙草を手に取った。彼が火をつけてやると、彼女は言った。「わたし、あなたに最初からぞっこんだったのよ。知ってた？」

ジミーの頭は動かず、視線も穏やかだったが、訪れた安堵感は彼の体をジェット噴流のように駆け抜けた。半分の真実を売り込むことができたのだ。アナベスとこれからうまくいっても、二度とこの話をする必要はない。

「嘘だろ？　きみがおれに？」

彼女はうなずいた。「ヴァルに会いに初めてうちに来た日のこと憶えてる？　わたしは何歳だったかしら、十四か十五？　ジミー、いいわ。ともかく台所であなたの声を聞いただけで肌が粟立ったの」

「なんと」彼は彼女の腕に触った。「もうそんなことはないだろう」

「まあ、そんなことあるわよ、ジミー、今だってそうよ」

ジミーはミスティック・リバーが遠く流れていくのを感じた。ペン水路の汚れた深みに溶け込んでいくのを。彼から離れ、あるべき場所へと遠く流れ去っていくのを。

ショーンがジョギングコースに戻ると、現場捜査班の女性捜査官が来ていた。ホワイティ・パワーズは無線で、現場にいるすべての捜査班に公園内の徹底捜査と不審者の拘留を命じ、ショーンと捜査官の脇にしゃがみ込んだ。

「血痕はあっちに続いてるわね」と彼女は公園の奥を指差しながら言った。ジョギングコースは小さな木の橋を渡り、下りながら曲がって、草木の鬱蒼と茂る公園の奥へとはいる。そして古いドライヴイン・シアターのスクリーンの裏手をぐるっとまわって終点に至る。「あそこにもっとあるわ」彼女はペンで差した。ショーンとホワイティは振り返り、ジョギングコースの向かい側の草むらを見て、木の橋の脇に血の飛沫が飛んでいるのを見た。高い楓の木の葉が昨晩の雨から血痕を守ったのだ。「彼女はあの川に逃げたんだと思う」

ホワイティの無線機が耳障りな音を立て、彼はそれを口元に持っていった。「パワーズだ」

「部長刑事、売店まで来てください」

「すぐに行く」

ショーンは、ホワイティがジョギングコースを駆け、曲がった先の売店に向かうのを眼で追った。息子のホッケー・シャツの裾が腰のまわりではためいていた。

ショーンは腰を上げ、公園を見まわして、そのとてつもない広さを――すべての藪、丘、水を――実感した。振り返って、ペン水路の二倍は暗く、汚れた水が流れる、小さな木の橋の下の川を見た。決して流れていかない油の膜に覆われて、夏場は蚊の大群が飛びまわる。

ショーンは土手沿いにまばらに生えた緑の木立の中に赤い点を見つけ、よく見ようと歩き始めた。女性捜査官もそれに気づき、あっという間に彼の横に並んだ。

「名前は？」とショーンは訊いた。

「カレンよ」と彼女は言った。「カレン・ヒューズ」

ショーンは彼女と握手し、ふたりはジョギングコースを渡って、赤い点に注意を凝らした。

ふと気づくと、ホワイティ・パワーズが音も立てずにすぐそばまで走ってきて、息を切らしながら立っていた。

「靴が片方見つかった」とホワイティは言った。

「どこで？」

ホワイティは振り返ってジョギングコースの先の売店を曲がったあたりを指差した。「売店の中だ。女性の靴でサイズは六」

「触らないで」とカレン・ヒューズは言った。

「当たりまえだろ」とホワイティは言って、彼女にキッと睨みつけられた。カレン・ヒューズは見る者の内面すべてを震え上がらせる氷河のような眼差しを持っていた。

「失礼。つまり——当然です」

ショーンは木に眼を戻した。赤い点は今や点ではなく、ちぎれた三角形の布だった。肩ほどの高さに伸びた細い枝からぶら下がっている。三人はそのまえにしばらく立った。カレン・ヒューズはうしろに下がると、四つの異なる角度から何枚か写真を撮り、バッグに手を突っ込んで中を探った。

布はナイロン——はっきりわかった——おそらく上着の切れ端で、血でぬらついていた。カレンはピンセットでそれを枝から摘み上げ、しばらく見つめたあとでビニールバッグに入れた。

ショーンは腰を屈め、首を伸ばして、川をのぞき込んだ。そして反対側の岸に眼をやり、柔らかい土にハイヒールの踵のあとらしきものを認めた。

彼はホワイティを軽く突いて指差した。ホワイティも見た。カレン・ヒューズも気がつき、支給されたニコンのシャッターをすぐに切った。そして背中を伸ばし、橋を渡ると、土手に下りてさらに何枚か写真を撮った。

ホワイティはしゃがんで橋の下をのぞいた。「この下にしばらく隠れてたのかもしれんな。殺人者が現われ、彼女は向こう岸に渡って、また逃げ始める」

ショーンは言った。「どうしてどんどん公園の奥にはいって行ったんだろう。ほら、水に背を向けたわけでしょう？　なぜ入口のほうへ引き返さなかったんだろう」

「方向がわからなくなってたのかもしれない。暗かったし、撃たれてもいた」

ホワイティは肩をすくめて、無線で指令所に連絡した。

「パワーズ部長刑事だ。一八七（〝殺人進行中〟の警察コード）の可能性が強くなってきた。ペン公園の一斉捜査のために、空いた人員はすべて寄越してくれ。それと、もしいたら潜水夫もかき集めてくれ」

「潜水夫ですか？」

「そうだ。フリール警部補と地方検事局の誰かにできるだけ早く来てもらいたい」

「警部補はそちらに向かっています。検事局にも知らせました。どうぞ」

「了解。以上だ、指令所」

ショーンは土についた踵のあとを見ていって、その左側に引っ掻いた跡が残っているのに気がついた。犠牲者が土手を這い上がって越えたときに手の指で掘ったものだ。「昨日の晩、ここで何が起こったか想像がつきますか？」

「想像してみようとも思わんよ」とホワイティは言った。

教会の階段の最上段に立つと、ジミーはペニテンシャリー水路をぎりぎり視界に収めることができた。高速道路の高架のはるか向こうに横たわる一本の暗い紫色の線。それと境を接する公園が水路のこちら側で唯一の緑だった。公園の中央にあるドライヴイン・シアターの白い銀幕の最上部が高架の上からわずかにのぞいていた。それはまだそこに立っていた。州が破産法第十一条の競売手順に則《のっと》って借入金で土地を買い取り、公園・レクリエーション課に売り払ってからずいぶん経つ。公園・レクリエーション課は続く十年で美化に取り組んだ。スピーカーを支えていた支柱を引っこ抜き、土地を平らに均《なら》して緑を育て、水路沿いに自転車道とジョギングコースを切り開き、柵で囲まれた売店を造って、カヌーをする人たちのために——さほど漕ぎ出さないうちにどちらの端も水門にぶつかって引き返すことになる——ボートハウスと水際に降りる階段までこしらえた。けれどスクリーンは残った。北カリフォルニアから持ち込まれた植木でできた袋小路の先に、根が生えたように立っていた。夏になると地元の劇団がスクリーンに中世風の背景を描き込んで、そこでシェイクスピアを演じた。アルミ箔の刀を手に舞台の上をまえへうしろへ飛び跳ね、〝耳をそばだてる《ハーク》〟だの〝いかにも《フォースース》〟だの、屁のようなことばを言い連ねた。ジミーは二年前の夏、アナベスと娘たちを連れて劇を観に行った。アナベスとナディーンとセーラは第一幕が終わるまでに舟を漕いでいたが、ケイティはしっかりと眼を開けて、毛布の上で身を乗り出し、膝に肘をついて顎を手の甲に載せていた。ジミーも同じだった。

その夜の演目は《じゃじゃ馬馴らし》で、ジミーにはほとんどが理解できなかった。ある男がフィアンセを引っぱたいて矯正し、どうにか受け容れられる召使いのような妻にするまでの話ということしか。ジミーはそこに芸術を感じなかったが、解釈するうちに多くを失ってしまったのだろうと思った。ケイティはしかし、満身にそれを感じていた。何度も笑い、静まり返り、それより多く心を奪われた様子で、終わったあとでジミーに「魔法だわ」と言った。

ジミーはそれがどういう意味なのかまるでわからなかったし、ケイティも説明できなかった。彼女はとにかく〝夢中になった〟と言い、それから六カ月のあいだ、卒業したらイタリアへ行くと言い張った。

ジミーは、教会の階段から遠くイースト・バッキーの集合住宅地のはずれを見やり、思った――イタリアか、いいとも。

「お父さん、お父さん！」ナディーンが友達の輪から飛び出し、ジミーのほうに走ってきて、階段の一番下に達した彼の脚に「お父さん、お父さん」と叫びながら全力でぶつかった。

ジミーは彼女を持ち上げた。ドレスから糊の匂いがふわっと立ち昇った。彼は彼女の頰にキスをした。「いい子だ、いい子だ」

母親が彼女の眼から髪をどけてやるのと同じ仕種で、ナディーンは二本の指の背で顔からヴェールを払った。「このドレス、かゆいの」

「父さんもかゆいよ」とジミーは言った。「着てもないのに」

「ドレスを着たらおかしいわ、お父さん」

「こんなふうにぴったり合えばおかしくないさ」

ナディーンは眼をくるりと回して、ヴェールの硬い冠の部分を彼の顎の下にこすりつけた。

「くすぐったい?」

ジミーはナディーンの頭の向こうにアナベスとセーラを見て、彼ら三人が胸の中を吹き過ぎ、体の中を満たし、同時に彼を塵に変えるのを感じた。

今この瞬間、銃弾が雨あられのように背中に降り注いでもかまわない。それでもいい。そうなっても彼は幸せだった、人がこれ以上望めないほど。

たったひとつ――彼は人込みにケイティの姿を探した。最後の最後に駆けつけるのではないかと期待して。が、代わりに眼にはいったのは州警察の車だった。全速力でバッキンガム大通りの角を曲がってきて、大きく左車線にはみ出しながらローズクレア通りにはいり、うしろのタイヤで中央分離帯を蹴った。けたたましいクラクションと鋭いサイレンの音が朝の空気を切り刻んだ。ジミーは運転手がアクセルを床まで踏み込み、エンジン音が急に上がるのを聞いた。車はローズクレア通りをペン水路に向かって駆け抜けていった。その数秒後に黒い警察車が続いた。サイレンは鳴らしていなかったが、見まちがえようはない。運転手はエンジンを響かせ、時速四十マイルできっちり九十度曲がってローズクレアにはいっていった。

ジミーはナディーンを地面に降ろし、突如として血の中に不快な確信を得た。すべてが惨めに落ち着くべき場所に落ち着いたような気がした。二台の警察車が高架の下を疾走して急に右折し、ペン公園の入口に繋がる道にはいるのを眼にして、彼はエンジンのうなりと、タイヤの軋む音と、浮き上がる毛細血管と細胞とともに、血の中にケイティを感じた。

ケイティ、と彼は大声を上げそうになった。なんということだ、ケイティ。

8　マクドナルド爺さん

シレストは日曜の朝、排水管のことを考えながら眼醒めた。家々を、レストランを、映画館を、商店街を貫くネットワーク。やがて四十階建てのオフィスビル群の最上階から広大なフロアをひとつずつ降りていく、巨大な骸骨さながらの管構造に繋がり、より大きな下水網に流れ込んで、都市を、街を抜け、ことばよりも切実に人々を結びつける。われわれが消費したものを――われわれの体が、人生が、皿が、野菜を置くトレーが受け付けなかったものを――流し去るためだけに。

みんなどこへ行くのだろう？

そう考えたことは、まえにもあったような気がした。ぼんやりと。羽ばたくこととなしに飛行機はどうして空中にとどまることができるのだろうと考える程度に。けれど今は本当に知りたかった。彼女は空《から》のベッドに坐り、不安と好奇心に駆られて、デイヴとマイクルが三階下の裏庭でプラスティック・ボールの野球をする音に耳を傾けた。どこへ行くのだろう、とまた考えた。

必ずどこかへ行くはずだ。流されるものすべて――石鹸も、シャンプーも、洗剤も、トイレットペーパーも、酒場で吐いたものも。コーヒー滓《かす》も、血の痕も、汗の染みも、ズボンの折り返しに溜まった泥や襟の内側の垢も、皿から流しの生ごみ処理機にこそげ落とされた冷たい野菜も、煙草も、小便も。脚や、頬や、腿のつけ根や、顎から剃ったこわい毛も。それらは皆、何千、何百という似たようなものと毎夜出会い、害虫がたかって毛羽立った暗い管路に注ぎ込み、広大な墓地へと流れ込む。そこで奔流となった水と混ざり合い、やがてどうっと……どこへ？

もう海へは捨てていないはずだ。捨てているのだろうか。そんなことはできない。バクテリアを利用した下水処理だとか、未処理の下水を圧縮する技術を聞いたことがあるような気もしたが、映画の中で見た話かもしれず、映画はいつも戯言だらけだ。もし海でないとすると、どこだろう？　もし海だとすると、なぜだろう？　ほかにいい方法があるはずだ。しかし彼女は、そこでまたあらゆる配管とあらゆる廃棄物を思い出し、思い悩むのだった。

バットがボールに当たる、プラスティックの虚ろなぱしんという音がした。デイヴが「わお！」と叫び、マイクルが歓声を上げ、犬が一度吠えた。ボールを弾いたバットのように歯切れのよい声だった。

シレストはベッドの上に仰向けに転がった。そのとき初めて自分が裸で、十時過ぎまで寝ていたことに気がついた。どちらも、マイクルがよちよち歩きを始めてからはめったにないことだった。朝の四時にデイヴの生々しい傷痕のまわりにキスをしたのを思い出して、罪悪感のさざなみが胸に打ち寄せ、胃の底で消えるのを感じた。台所でひざまずき、彼の毛穴から染み出す恐怖とアドレナリンを味わったのだ。エイズや肝炎の心配など、彼を味わいたいという突然の欲求のまえにはひとたまりもなかった。体に体をただもう押しつけたかった。彼の肌に舌をすべらせながらバスローブをはだけ、半分の丈のTシャツと黒い下着だけになって、玄関ポーチから忍び込んだ夜気が踵と膝頭を冷やすのを感じた。恐怖がディヴの肌に半ば苦く、半ば甘い味を与えていた。傷痕から咽喉仏までゆっくりと舌を走らせ、腿のあいだに手を当てて硬くなるのを確かめ、彼の息が荒くなるのを聞いた。これがずっと続けばいいと思った——彼の味と、突然自分の体にみなぎった力が。彼女は体を起こして彼に覆いかぶさった。舌と舌を絡ませ、彼の髪に差し入れた指に力を込め、駐車場の出来事から来る苦痛を彼から吸い出して自分に取り込むところを想像した。彼の頭を抱いて肌を押しつける。やがて彼は彼女のシャツを剝ぎ取り、胸の谷間に口を沈めた。股間に腰を埋めて揺らすと、彼はうめき声を上げた。彼女はディヴにわかってほしかった、これが彼らなのだと。この肉と肉の圧迫感が、折り重なった体が、匂いが、欲望が、愛が——そう、愛だ。ほとんど彼を失いかけた今、これまでにも増して深く愛しているのだから。

彼の歯が胸に食い込み、傷をつけ、痛いほど吸いつけた。彼女はさらに体を彼の口に押しやり、痛みを喜んで受け容れた。血を吸われてもかまわない。彼は彼女を吸い、彼女を求め、指先を彼女の背に食い込ませて、恐怖を彼女の上へ、中へ解き放っているのだから。彼女はそれをすべて取り込んで、彼のために吐き出してやる。そうしてふたりはこれまでのどんなときより力が満ちるのを感じる。彼女はそう確信した。

初めてデイヴとつき合い始めた頃、ふたりの性生活はとどまるところを知らず、彼女は、あざと嚙み痕と背中の搔き傷を作って、ローズマリーと一緒に住んでいたアパートメントに帰ってきた。麻薬中毒者が注射の合間にこうなるのではと思えるような切羽詰まった疲労感とともに、骨まで揉みしだかれた気分で。しかしマイクルが生まれてからは――実のところ、ローズマリーが癌第一号のあとでふたりの家へ移り住んでから――シレストとデイヴは、ホームコメディで際限なく笑い飛ばされる、先の見えた夫婦の決まり仕事に陥っていた。すっかり飽きてしまったか、充分なプライヴァシーがないかで、おざなりの前戯と、申しわけ程度のオーラル・セックスをしたあとでメイン・イヴェントに移るような。それとて長年のうちに、メイン・イヴェントと言うよりは、天気予報とジェイ・レノのトークショーのあいだに暇つぶしをする何かといったものに成り下がっていた。

けれど昨夜は――昨夜はまさに、今ベッドに横たわっていてさえ、その痛みが骨の髄まで届くようなメイン・イヴェント、タイトル・マッチと呼ぶにふさわしい情熱だった。

そのときまた外からデイヴの声がした。集中しろ、集中するんだ、とマイクルに叫んでいる。それを聞いて、彼女は悩んでいたことを思い出した。排水管のことより、台所での狂おしいセックスより、ひょっとしたら今朝這うようにしてベッドにもぐり込むよりもっとまえから悩んでいたのだ――彼が嘘をついたということを。

彼女は、彼が最初に帰宅して、バスルームにいたときからそれに気がついていたが、そのときは無視しようと決めたのだった。けれどリノリウムの床に仰向けになり、彼を迎え入れるために背中と腰を床から浮かせたときに、また気がついた。薄く上薬《うわぐすり》をかけたような彼の眼に見入るうちに――彼がはいってきて、彼女のふくらはぎを尻の上に引き上げ、最初に突き上げてきたときに――彼の話はまるで辻褄が合わないとはっきり悟ったのだった。

まず、どこの世界に〝財布か命かだ、カス野郎。そのどちらかをもらっていく〟などと言うやつがいるだろう。馬鹿馬鹿しい。これは彼女がバスルームで確信したように、映画の台詞だ。もし仮に強盗が台詞を用意していたとしても、いざとなって本当に言うわけがない。あり得ない。シレストは、十代後半のときに〈コモン〉で金を奪われたことがあった。強盗はぴりぴりした感じのする黒人の男で、平らで薄い手首をして、茶色の眼を泳がせながら、寒く人気《ひとけ》のない黄昏どきに彼女に近づいてきた。飛び出しナイフを彼女の腰に突きつけ、凍てつく眼差しをちらりと光らせて「何を持ってる?」と囁いた。

ふたりのまわりには、葉をすっかり落とした十二月の木々と、二十ヤード先のビーコン通りの錬鉄製の門の向かい側を足早に家に向かう会社員の姿しかなかった。強盗はナイフを彼女のジーンズにさらにめり込ませた。切りはしなかったが、圧力を加えた。彼の息は腐臭とチョコレートの臭いがした。彼女は財布を渡し、ふらつく茶色い眼を見ないように努め、ナイフ以外にもっと武器があるんじゃないかと馬鹿げた考えを抱いた。男は彼女の財布をポケットにすべり込ませると、「ラッキーだったな、おれに時間がなくて」と言った。そして急ぐでもなく、怖れるでもなく、パーク通りのほうへ悠然と去っていった。

彼女はほかの女性から似たような話をいくつも聞いていた。男は、少なくともこの街では、自分から望みでもしないかぎりめったなことで金を奪われたりはしない。しかし女はしょっちゅうだ。暗示的なものであれ、直感的なものであれ、強姦される危険はどこにでも転がっているし、強盗もしかりだが、彼女が聞いた中で、小利口な台詞を吐く強盗に遭った例などひとつもない。そんな時間はないのだ。できるだけ手短にすませなければならない。誰かが叫び始めるまえに、さっさと奪って逃げなければならないから。

それに、彼を襲った男が片手にナイフを持ち、もう一方の手で殴りつけてきた話があったけれど、もしナイフを持っていた手が利き手だったとすると、いったいどこの世界に、利き手以外で殴りつけてくる人間がいるのだろう。

そう、彼女は、デイヴがとんでもない状況に陥り、殺すか殺されるかといった精神状態に追い込まれたことは信じられた。そう、彼がそんな事態をわざわざ求めにいく人間でないことも確かだ。でも……それでも彼の話には傷があり、隔たりがあった。シャツの内側の口紅の跡を説明するのと同じだ。心にやましいところは何もなかったとしても、説明は——どんなに馬鹿げて聞こえようと——きちんとできなければならない。

刑事がふたり台所にいて、彼女とデイヴに質問しているところを想像した。デイヴが口を割るのはまちがいないように思えた。冷たい観察眼に晒され、質問を何度も繰り返されれば、彼の説明は支離滅裂になってしまうだろう——彼女が彼の子供時代のことを訊いたときのように。もちろん彼女も噂話は聞いたことがあった。集合住宅地は大都市に抱かれたほんの小さな町だし、人の口に戸は立てられない。だから彼女は一度デイヴに、子供のときに何か恐ろしいことがあったのかと訊いた。誰にも打ち明けられないようなことが。妻である彼女には打ち明けてもいいのだからと言うつもりだった。当時、彼の子供を宿していた彼女には。

ところが、彼は途方に暮れたように彼女を見た。「ああ、あのこと？」

「どんなことだったの？」

「ジミーと、あいつ、ショーン・ディヴァインと遊んでたんだ。ああ、きみも知ってるよな。一度や二度はやつの髪を切ったことがあるだろう？」

シレストは思い出した。彼は確か警察のどこかに勤めていたけれど、市警じゃなかった。背が高く、カールした髪と、人の心にすべり込む飴色の声をしている。ジミーと同じさり気ない自信を漂わせていた。類まれな美男子か、ほとんど疑念に悩まされない人間に自然に身についた自信を。

シレストはそんなふたりと一緒にいるデイヴを、たとえ少年時代といえども思い描くことができなかった。

「そうね」と彼女は言った。

「で、車が停まって、おれは中にはいり、さほど経たないうちに逃げ出した」

「逃げ出したの」

彼はうなずいた。「たいしたことじゃないよ、ハニー」

「でも、デイヴ――」

彼は彼女の唇に人差し指を当てた。「これで終わりだ、いいね？」

彼は微笑んでいた。が、シレストは彼の眼に――なんだろう？――穏やかなヒステリーの色を認めた。

「つまり――なんだ？――野球をしたり缶蹴りをしたのは憶えてる」とデイヴは言った。「ルーイ&デューイに通って、授業中起きてるのが大変だったことも。誕生日のパーティだとか、くだらない集まりのことも憶えてる。だけど恐ろしく退屈な時期だったよ。今やハイスクールなんて……」

彼女はしゃべらせておいた。アメリカン・メッセンジャー・サーヴィスの仕事を失ったときに彼が嘘をつくのを黙って聞いていたのと同じように（デイヴはまた経費削減のせいだと言っていたけれど、近所の人たちは次の週からも出かけていってはあちこちで職を見つけていた）。あるいは、母親は突然の心臓発作で亡くなったと彼が言ったときと同じように。近所じゅうの人間が知っている話では、ハイスクールの最上級生だったデイヴが家に帰ると、母親がオーヴンの脇に坐っていたということだった。台所のドアを閉め、床との隙間にタオルを詰めたうえで、ガスを部屋じゅうに満たして。デイヴには嘘が必要なのだ、彼女はそう信じるようになった。自分の歴史を書き換えて、どこか心の奥底にしまい込み、それとともに生きられるようになるまで作り直しているのだ。もしそれで彼がよりよい人間になっているのなら――ときに遠い眼をすることはあっても、愛情に溢れた夫で、思いやりのある父親なら――誰が彼を責められよう。

でもこの嘘は――シレストはジーンズと手近にあったデイヴのシャツを身につけながら思

った――デイヴを滅ぼしてしまうかもしれない。あるいは彼らを。彼女も彼の服を洗い、正義を妨げる行為に加担したのだから。もしデイヴが正直に打ち明けてくれなかったら、彼女に彼を助けるすべはない。そして警察が来たら（来るに決まっている。テレビとちがって、どんなに愚かで酔っ払った刑事でも、こと犯罪についてはふたりよりはるかに頭が切れる）、彼らはフライパンの端で卵を割るようにデイヴの話を粉々にしてしまうだろう。

デイヴの右手の痛みは耐えがたいほどになっていた。拳は二倍の大きさに膨らみ、手首に一番近い骨は皮膚を突き破りそうな感じがした。だから自分を甘やかして、マイクルにふわふわしたへなちょこ球を投げてやろうかと思ったが、あえてそうしなかった。プラスティックの球でカーヴやナックルボールが打てなかったら、二倍の速さで飛んでくる硬球を見定めて、十倍は重いバットで打ち返すことなど到底できない。

彼の息子は七歳にしては小柄で、この世界をあまりに信じすぎていた。それは素直さを絵に描いたような顔と、希望の光を宿した青い両眼に表われている。デイヴはそんな息子の気性を愛していたが、忌み嫌ってもいた。自分にそれを取り除いてやる勇気があるかどうかはわからなかったが、いずれそうしなければならない。さもなくば世界が代わりにその役を果たすことになる。息子の中にある優しい、壊れやすい何かはボイル家の呪いだった。同じ何かがあるために、デイヴは三十五歳にしてしょっちゅう大学生にまちがわれ、この界隈を離れたときには酒屋で身分証明書を見せろと言われる。髪の生え際はマイクルの歳の頃から変わっていなかった。顔には皺ひとつなく、彼自身の青い眼も潑剌として邪気がなかった。

デイヴは、マイクルが教えられたとおりにバッターボックスにはいり、帽子をいじって、バットを肩の上に高く構えるのを見た。膝を少し揺らして、伸ばしたり縮めたりしている。デイヴが注意して徐々に直そうとしている癖だが、直るたびにまた顔面痙攣のように戻ってくる。デイヴはその弱点を突いてやろうと、すぐさまボールを投げた。腕が伸びきるまえにリリースするナックルボールだった。手のひらの真ん中が、球を握る力で悲鳴を上げた。

マイクルはしかし、デイヴが素早いモーションにはいるなりふらつくのをやめ、ボールがふわっとベースの上で落ちると、バットを低く振って、三番ウッドを使うように下からすくい上げた。希望に満ちた笑みがさっとマイクルの顔に表われ、自分の才能にいささか驚いているような表情と混ざり合った。デイヴはボールを取り損ねそうになったが、かろうじて地面に叩き落とし、胸で何かが砕けるのを感じた。息子の顔から笑みが消えた。

「よう、よう」とデイヴは息子に打撃の醍醐味を教えてやることにして言った。「今のはすごいスウィングだったじゃないか」

マイクルはまだしかめ面をしていた。「だったらどうして叩き落とせたの？」

デイヴはボールを芝生から取り上げた。「わからない。リトル・リーグの子供たちより父さんのほうがずっと背が高いから？」

マイクルはためらいがちに微笑んだが、今にも吹き出しそうだった。「そう？」

「質問するけど、二年生で身長が五フィート十インチあるやつはいるか？」

「いない」

「その身長の父さんでさえ飛び上がらなきゃ取れなかった」

「そうだね」

「そう。だから記録はヒットだ。父さんは五フィート十インチで精一杯がんばった」

マイクルはようやく笑った。さざなみのような、シレストの笑いだった。「わかった……」

「だけど膝が動いてたぞ」

「わかってるよ」

「バッターボックスに立って構えたら、動くのはやめるんだ」

「でもノーマーは――」

「ノーマーのことはよく知ってる。デレク・ジーターのことも。おまえのヒーローだ、いいとも。プロで一千万ドル稼げるようになったら好きに動きまわっていい。だがそれまでは？」

マイクルは肩をすくめて、芝生を蹴った。

「マイク、それまでは？」

マイクルはため息をついた。「それまでは、基本に忠実に」

デイヴは微笑んで、ボールを上に投げ、落ちるところを見ずに取った。「だけどいい当たりだったぞ」

「本当に？」

「もちろん。岬のほうに飛んでいくところだった。アップタウンまで届きそうだった」

「アップタウンまで？」とマイクルは言って、また母親のさざなみのような笑いをきらめかせた。

「誰がアップタウンに行くって？」

ふたりが振り返ると、シレストが裏口のポーチに立っていた。髪をうしろでまとめ、裸足で、色褪せたジーンズの上に皺だらけのデイヴのシャツを着ていた。

「やあ、お母さん」

「ハイ、坊や。お父さんとアップタウンへ行くの？」

マイクルはデイヴを見た。それは突然ふたりのあいだのジョークになり、マイクルはくすくす笑った。

「行かないよ」

「デイヴ？」

「この子が打ったボールのことさ、ハニー。ボールがアップタウンまで飛んでいくって言ったのさ」

「ああ、ボールね」

「殺しちゃったんだよ、お母さん。お父さんが叩き落としちゃったの。背が高いからって」

デイヴは、彼女がマイクルに眼を向けていても彼のほうを見ているのを感じた。見て、待って、彼に何かを訊きたがっているのを。昨日の夜の彼女のしゃがれ声を思い出した。台所の床から起き上がり、彼の首をつかんで、耳元に唇を寄せ、こう言ったのを。「もうわたしはあなた。あなたはわたし」

ディヴは彼女が何を言っているのか皆目見当がつかなかったが、その声は好きだった。彼女の声帯が発するそのしゃがれ声は、彼を絶頂寸前まで押し上げた。

けれど今は、それも彼の頭の中にはいり込んで、突《つ》きまわそうというシレストの新たな企みのように思えて、腹が立ってきた。誰であろうと、ひとたび彼の頭の中にはいれば、そこで眼にするものに嫌気がさして逃げ出すに決まっているのだから。

「どうした、ハニー？」

「ああ、なんでもないわ」すでに外はかなり暖かくなってきていたが、彼女は腕で自分を抱きかかえていた。「ねえ、マイク、何か食べた？」

「まだ」

シレストはディヴに眉をひそめた。マイクがいつもの赤黒いシリアルを食べ、砂糖でハイにならないうちにボールをいくつか打ったことが、世紀の犯罪であるかのように。

「ボウルに入れておいたわ。ミルクもテーブルよ」

「いいね。お腹がぺこぺこだ」マイクルはバットを落とした。ディヴは彼がバットを放って階段を駆け上がっていったことに裏切りを感じた。腹ぺこだと？　で、なんだ、おれが口をテープで貼ったからそう言えなかったとでも言うのか？　くそっ。

マイクルは母親を抜いて、三階へと繋がる階段を、早く昇りきらないと消えてしまうかのように急いで上がっていった。

「朝食はいいの、デイヴ？」

「午《ひる》まで寝てたのか、シレスト？」

「十時十五分よ」とシレストは言い、デイヴは、昨晩の台所の乱交でふたりの結婚にまた汲み上げた善意が煙と化して、隣りの家の庭に漂っていくのを感じた。

彼は無理に笑みを浮かべた。本物の笑顔を作れば、誰もそれを無視できない。「で、どうしたんだ、ハニー？」

シレストは庭に降りてきた。裸足が芝生の上で薄い茶色に見える。「ナイフはどうしたの？」

「何？」

「ナイフよ」と彼女は肩越しに振り返ってマキャリスター家の寝室の窓を見ながら囁いた。

「強盗が持っていたナイフ。どこへやったの、デイヴ？」

デイヴはボールを空中に投げ、背中で受け止めた。「なくなった」

「なくなった？」彼女は唇を閉じて、芝生を見下ろした。「それ、大変よ、デイヴ」

「何が大変なんだ、ハニー」

「どこでなくなったの？」

「とにかくなくなった」

「絶対に？」

ディヴは絶対になくなったことを知っていた。彼は微笑んで、彼女の眼を見た。「絶対に」

「でもあなたの血がついてるのよ。あなたのDNAが、ディヴ。もう永久に見つからないほど、確実に〝なくなった〟の？」

その質問に対する答はなかったので、ディヴは妻が話題を変えるまで彼女の顔をじっと見つめた。

「今朝の新聞を見た？」

「もちろん」と彼は言った。

「何か載ってた？」

「なんについて？」

シレストは口からしゅっという音を漏らした。「なんについ、い、いてですって？」

「ああ……ああ、そうか」ディヴは首を振った。「いや、何も載ってなかったよ。あのことに触れたものはなかった。ほら、ハニー、遅かったから」

「遅かったですって。お願いよ。都市面は見た？ あそこは一番入稿が遅いから。みんな警察の捜査記録を待ってるの」

「新聞社で働いてるのか？」

「冗談じゃないのよ、ディヴ」

「わかってるよ、ハニー。朝刊には何も載ってなかったって言ってるだけじゃないか。なぜか？　知らない。午《ひる》のニュースを見て、何が出るか確かめようじゃないか」

シレストはまた芝生に眼を落とし、自分自身に何度かうなずいた。「何か見ることになるの、デイヴ？」

デイヴは彼女からあとずさった。

「つまり、誰だか黒人の男が、瀕死の状態で、なんとかって店の駐車場の外で見つかったとか。なんて店だっけ？」

「ああと、〈ラスト・ドロップ〉だ」

「ああと、〈ラスト・ドロップ〉？」

「そうだ、シレスト」

「あ、そう、デイヴ」と彼女は言った。「そうでしょうとも」

そして彼女は戻っていった。背中を向け、ポーチの階段を上がり、家の中にはいった。デイヴは彼女が裸足で階段を上がる柔らかい足音を聞いた。

それがいつも彼らのすることだった。去ってしまうこと。いつも物理的にというわけではない。感情的に？　あるいは精神的に？　必要とするときには決してそこにいない。彼の母親と同じだ。警察が彼を家へ連れ帰った翌朝、母親は彼のために朝食を準備した。背中を見せ、《マクドナルド爺さん》を口ずさみ、ときおり肩越しに振り返っては、彼におどおどした笑みを向けた。彼のことを、まるでよく知らない下宿人か何かと思っているように。

母親はどろどろの卵と、黒焦げのベーコンと、焼き足りない湿ったトーストの載った皿を彼のまえに置き、オレンジジュースは要るかと訊いた。

「お母さん」と彼は言った。「あいつらは誰なの？　どうしてあいつらは――」

「デイヴィー」と彼女は言った。「オレンジジュースは要る？　聞こえなかった」

「要るよ。ねえ、お母さん、わからない、どうしてあいつらは――」

「さあどうぞ」とジュースを置く。「朝食を食べて。そしたらわたしは……」母親は台所で手を振った。何をすべきかまるでわからずに。「わたしは……あなたの服を洗うわ。いいわね？　それから、そうね、デイヴィー、映画を観に行きましょう。どう？」

デイヴは母親を見た。彼が口を開いて、彼女に話すのを待っている様子はないかと眼で探った。車のこと、森の中の家のこと、大きなやつのアフターシェイヴ・ローションの臭いのことを話すのを。母親にそんな気配はなく、代わりに明るく激しい陽気さが顔に表われていた。金曜の夜の外出に備えて、雰囲気のぴったり合う服を探し、希望にはちきれそうな顔つきをしていた。

デイヴは顔をうつむけて卵を食べた。母親が台所から廊下を歩いていくあいだ、ずっと《マクドナルド爺さん》を歌っているのが聞こえた。

裏庭に立ち、痛む拳を抱えて、彼にはまたその歌が聞こえた。マクドナルド爺さんは牧場を持っていた。そこではすべてが最高だった。動物を育て、畑を耕し、種を蒔き、実りを刈り入れ、すべてはクソったれのように最高だった。みんな仲良し、鶏も、牛も。誰も何も話す必要はない。悪いことは何ひとつ起こらないから。誰も何も秘密を持っていない。秘密は悪い人のものだから――卵を食べないような。リンゴの匂いのする車に変な男たちと乗り込んで、四日間いなくなってしまうような。そんな悪い人が家に帰ってみると、知っていた人たちもみんないなくなって、似たような顔をした別人に代わり、誰も彼の話に耳を貸さなくなっていた。ほかのことはしても、彼の話にだけは耳を貸さなくなっていた。

9　ペン公園の潜水夫

ローズクレア通りのペン公園の入口に近づく途中で最初にジミーの眼にはいってきたのは、シドニー通りに停まった警察犬のヴァンだった。うしろのドアが開けられ、ふたりの警官が長い革の紐に繋がれた六四のジャーマン・シェパードに四苦八苦していた。ジミーは教会を出てから、走りそうになるのを必死でこらえてローズクレア通りを歩いてきて、シドニー通りを渡る高架道路の脇の小さな見物人の群れに到達した。彼らのいる地点からローズクレアは上り坂になり、高速道路の下をくぐり、ペン水路の上を通り、川向こうではヴァレンツ通りと名前を変えて、バッキンガム地区からショーマット地区にはいる。

人々が集まっている場所は、シドニー通りが行き止まりになる十五フィートのコンクリートの壁で、錆びついたガードレールに膝頭をつけると、イースト・バッキーの集合住宅地を南北に走る最後の通りを見下ろすことができた。その見晴らしのよい場所から数フィート東寄りで、錆びたガードレールは途切れ、紫の石灰石の階段になる。子供の頃、ときにそこは彼らの遊び場所になった。暗がりに腰を掛け、四十オンスのミラーの瓶を回し飲みしながら、ハーレーズ・ドライヴイン・シアターの白いスクリーンがちかちか瞬くのを眺めたものだった。デイヴ・ボイルが一緒に来ることもあった。取り立ててデイヴのことを好きな人間がいたわけではなかったが、彼はこれまでに作られた映画はほとんどすべて観ていて、皆が酔ったときに、物言わぬ画面に台詞をつけることができた。ときにデイヴは上映映画にのめり込み、いろいろな登場人物に合わせて声の調子まで変えてみせた。そのうち彼は突然野球がうまくなり、ドン・ボスコの花形選手になって、皆はただおもしろがるために彼を呼ぶことはできなくなったのだった。

どうしてそんな思い出がいきなり押し寄せてきたのか、ジミーにはわからなかった。自分がどうしてガードレールの脇に凍りついたようにたたずみ、眼を見開いてシドニー通りを見下ろしているのかも。あえて言えば、犬と関係があるのかもしれなかった。ヴァンから飛び降り、神経を尖らせて歩きまわり、肢《あし》の爪でアスファルトを掻いている彼らの様子と。調教師のひとりはトランシーバーを口元に当てている。ヘリコプターが一機、ダウンタウンの上空に現われて、太ったハチのように彼らのほうに飛んできた。ジミーが瞬きするたびに、その姿は大きくなっていった。

新米の警官が紫色の階段を封鎖し、ローズクレアの少し先では、警察車二台と何人かの青い制服を着た警官が、公園にはいる道のまえで通行を規制していた。

犬は一度も吠えなかった。ジミーは振り返って、最初に見たときからそれがずっと引っかかっていたことに気がついた。二十四本の肢で苛々とアスファルトを掻いていても、それは兵士が一糸乱れず行進するときの集中力を思わせる確固とした動きで、ジミーは彼らの黒い鼻先とすらっとした脇腹に恐ろしいほどの能力を感じ、その眼は赤々と燃える石炭のようだと思った。

シドニー通りの残りの部分は暴動を間近に控えた待合室のようだった。警官が通りを埋め尽くし、公園に続く草むらを隊列を組んで捜索している。ジミーの立つ場所から公園は一部しか望めなかったが、そこでも青い制服と暗い色合いのスポーツコートが草の中を盛んに動きまわり、ペン水路のほうをのぞき見ながら、互いに声をかけあっているのが見えた。

シドニー通りでは、警官たちは警察犬のヴァンの向こう側にある何かのまわりに集まっており、何人かの私服の刑事も道の反対側に停めた警察車の車体にもたれてコーヒーを飲んでいた。しかし誰一人として、普段警官がするように、最近の勤務であった戦闘話に花を咲かせている様子はなかった。ジミーは張りつめた緊張を感じた——犬にも、静かに車にもたれかかった警官にも、ヘリコプターにも。ヘリコプターは今やハチなどではなく、シドニー通りの上を轟音を立てて飛び過ぎ、高度を下げて、ペン公園に植えられた木々とドライヴイン・シアターのスクリーンの向こう側へ消えていった。

「よう、ジミー」エド・デヴォーがM&Mの袋を歯で開けながら、肘でジミーを突いた。

「何が起きてるんだ、エド？」

デヴォーは肩をすくめた。「ヘリコプターは二機目だ。最初のは三十分ほどまえにおれの家の上を飛びまわってた。かみさんに言ったよ、〝ハニー、誰も言ってくれなかったが、おれたちはワッツ（ロサンジェルスで大規模な人種暴動があった地区）に引っ越したようだ〟って」彼はチョコをいくつか口に流し込むと、また肩をすくめた。「だからどんな騒ぎだろうと思って来てみたんだ」

「何か聞いたか?」

デヴォーは手のひらを上にして見せた。「何も。おふくろの財布よりぴっちり口を閉ざしてる。だがやつらは真剣だぜ、ジミー。すごいよ、シドニー通りを考えられるかぎりあらゆる角度から封鎖してる。クレッセント、ハーバーヴュー、スーダン、ロムジー、どこもかしこも警官と木挽台だらけだ。聞いたとこじゃ、ずっと先のダンボーイまで行ってるらしい。通りの連中は外出できなくて、怒り狂ってるらしい。ペン水路をボートが行ったり来たりしてるらしいし、ブー・ベア・ダーキンが電話してきて言うには、家の窓から潜水夫が水にはいるのが見えたそうだ」デヴォーは指差した。「ほら、あいつを見てみろよ」

ジミーはデヴォーの指の先を追って、シドニーのはるか先で三人の警官が焼け焦げた三階建てから酔っ払いを引っ張り出すのを見た。酔っ払いは気に入らないらしく、抵抗していたが、警官のひとりが彼の頭を階段の燃えかすに叩きつけた。ジミーはエドが言ったことばをまだ頭の中で反芻していた——潜水夫。警察は、何か見込みのあるもの、生きたものがいると思わないかぎり潜水夫を潜らせたりはしない。

「連中は遊んじゃいないな」デヴォーは口笛を吹いて、ジミーの服を見た。「なんでそんなに着飾ってんだ?」

「ナディーンの初聖体だ」ジミーは警官が酔っ払いを引き立て、耳元で何か言って、オリーヴ色のセダンに手荒く連れ込むのを見た。車の運転席の上の屋根には警告灯が斜めに載っていた。

「そうか、おめでとう」とデヴォーは言った。

ジミーは感謝の笑みを浮かべた。

「だったらこんなとこでいったい何してるんだ?」

デヴォーはローズクレア通りを振り返って、聖セシリア教会のほうを見た。ジミーは突然、馬鹿馬鹿しい気がした。確かに、シルク・タイを締め、六百ドルのスーツを着て、こんなところでいったい何をしているのだ? ガードレールの下に生えている雑草で靴まで汚して。

ケイティ。彼は思い出した。

それでも馬鹿げているという思いは消えなかった。ケイティは義理の妹の初聖体に来なかったのだ、酔っ払って寝過ごしたか、今つき合っている男ともっと寝物語を続けたくて。くそっ。引っ張ってでもこないかぎり、どうして彼女は教会に現われたりしよう。ケイティの洗礼まで、ジミー自身も優に十年は教会から遠ざかっていた。そのあとも、アナベスに会うまでは、また定期的に通うことはなかった。だから教会を出て、警察車がローズクレア通りに突入するのを見て、何か不吉なことが起こる予兆めいたものを感じたのだとしたら、それはひとえにケイティのことが心配だったから——そして彼女に腹を立てていたから——だった。警官が何人かゆっくりとペン公園のほうへ歩いていくのを見ているあいだも、彼女はずっとジミーの心から離れなかった。

しかし今は? 今、彼は愚か者になったような気がしている。愚かで、着飾りすぎていて、アナベスに娘たちを〈チャック・E・チーズ〉の店へ連れていかせるなんて、どうしようもなく馬鹿げたことをしたものだと思っている。あとで合流するからと言うと、アナベスは、苛立ちと混乱と抑えようのない怒りの入り混じった表情で彼を見た。

ジミーはデヴォーのほうを向いた。「ほかのみんなと同じように、なんだろうと思っただけさ」彼はデヴォーの肩を叩いた。「だがもう行くよ、エド」と彼は言った。シドニー通りでは、ひとりの警官が車のキーをもうひとりに渡し、その警官は警察犬のヴァンに乗り込んでいた。

「わかった、ジミー。元気でな」

「おまえもな」とジミーは言いながら、眼は通りを見ていた。警察犬のヴァンはバックして止まり、ギアを変えてハンドルを右に切り、ジミーはそこでまた不快な確信を抱いた。

人はそれを魂で感じる、ほかのどんな場所でもなく。ときに魂で――論理を越えた場所で――真実を悟る。そしてそれが直面したくない、あるいは直視できるかどうかわからない類いの真実である場合には、だいたいその勘は当たっている。厳しく醜い真実から身を隠そうと、人はあえて眼をつぶり、精神科医にかかり、長々とバーで過ごし、テレビのまえで脳を麻痺させるけれど、頭で理解するはるかまえから魂は真実を悟っている。

ジミーはそんな不快な確信が靴に爪を立て、彼をその場に縛りつけるのを感じた。どんなときより速く走って逃げ出し、その場に立ちすくんでヴァンが路肩から離れるのを見ることだけは避けたかったが、爪は彼の胸まで這いのぼっていた。太く冷たい爪が、大砲から発射されたかのように彼に貼りつき、眼を閉じようにも押さえつけて見開かせていた。ヴァンが道の真ん中に達し、ジミーはその車体が遮っていた車を見つめていた。皆がまわりに集まって、ブラシで指紋を採り、写真を撮影し、中をのぞき込み、採取して袋に入れられたものを通りや歩道に立つ警官に渡している、その車を。

ケイティの車。

同じ型式ではない。別の車のように見える。彼女の車。右前のバンパーがへこみ、右のヘッドライトのガラスが割れている。

「どうした、ジミー。ジミー？　ジミー！　こっちを見ろ。大丈夫か？」

ジミーはエド・デヴォーを見上げた。いつの間にこうなっていたのかわからなかった。膝を落とし、両手を地面に突いて、アイルランド人たちの顔が彼を見下ろしていた。

「ジミー？」デヴォーは手を差し出した。「大丈夫か？」

ジミーは彼の手を見て、どう応えればいいかわからなかった。潜水夫、と彼は思った。ペン公園の潜水夫。

ホワイティは、川を越えて百ヤードほど行った森の中にいるショーンを見つけた。公園の開けたあたりでは、血の痕も、証拠となる足跡も消えていた。まえの晩の雨が、木や草の覆っていない部分はすべて洗い流していた。

「犬が古いドライヴイン・シアターのスクリーンの近くで何かを嗅ぎあてた。来てみるか?」

ショーンがうなずくと、彼のトランシーバーが鳴った。

「ディヴァインだ」

「ここにある人が来ていて――」

「どこだ」

「シドニー通り側です」

「続けて」

「いなくなった娘の父親だと言っています」

「やつは現場で何してやがるんだ?」ショーンは顔に血が上って熱く、赤くなるのを感じた。

「もぐり込んできたんですよ。どう言えばいいんですか?」

「押し戻しとけ。心理学者は現場に向かってるか?」

「来る途中です」

ショーンは眼を閉じた。誰もが来る途中だ。皆クソみたいな交通渋滞に捕まったかのように。

「だったら学者が来るまで父親をなだめとけ。訓練は受けただろう」

「ええ、でもあなたを出せと言ってるんです」

「おれを」

「あなたのことを知っていると言ってます。あなたがここにいることを誰かから聞いたって」

「いや、だめだ。いいか――」

「ほかの人たちも一緒にいます」

「ほかの人たち？」

「ものすごい形相をしたやつらです。半分は小人みたいに背が低くて、みんな似たような顔をしています」

サヴェッジ兄弟だ。くそっ。

「すぐに行く」とショーンは言った。

今この瞬間にもヴァル・サヴェッジは逮捕されそうだった。チャックもおそらく同様だった。めったなことで収まらないサヴェッジ家の血が今や地獄のようにたぎっていて、兄弟は警官たちにわめき散らし、警官たちは今にも警棒で殴りかかる寸前に見えた。

ジミーは、どちらかと言うとまともなケヴィン・サヴェッジと一緒にいた。その数ヤード先の現場保存用のテープが張り渡された場所で、ヴァルとチャックは指を突き出して叫んでいた――中にうちの姪がいるんだぞ、この脳たりんのクソまみれの腐れチンポコめ。

ジミーは抑制の効いたヒステリーを感じていた。爆発したい欲求を露骨に抑えているので、体に感覚がなくなり、少し酔ったような気分だった。いいだろう、十フィート先にある、あれは彼女の車だ。そう、昨晩以来誰も彼女のことを見ていない。運転席の背もたれには血の痕がはっきりと見えた。そう、確かに、あまりいい状況とは言えない。しかしこれほどの部隊が公園の大捜索を行なっていて、いまだに死体袋は運び出されていない。そういうことだ。

ジミーは年かさの警官が煙草に火をつけるのを見た。それを口から引っこ抜いて、燃える火口を鼻の静脈に押しつけてやりたいと思った。さっさと戻っておれの娘を探しやがれ。

彼は十をうしろから数えた。ディア・アイランドで学んだ秘策だった。ゆっくりと、ひとつひとつの数字が脳の暗闇に灰色に浮かんで漂うのを見るつもりで数える。ここで叫んだら、現場から蹴り出されてしまう。嘆きや、心配や、血から湧き上がってきて電気のように体内を駆け巡る恐怖を表に出しても結果は同じだ。彼がそうした途端にサヴェッジ兄弟は核武装し、この日を、彼の娘が最後に目撃された通りでなく、監房の中で過ごすことになる。

「ヴァル」と彼は呼ばわった。

ヴァル・サヴェッジは、現場保存のテープ越しに、無表情な警官の顔のまえに突き出していた指を引っ込めて、ジミーのほうを振り向いた。

ジミーは首を振った。「少し落ち着けよ」

ヴァルは今度は彼に食ってかかった。「このクソったれどもはおれたちを締め出してるんだぜ、ジム。通さないつもりなんだ」

「彼らは彼らの仕事をしてるだけだ」とジミーは言った。

「これがやつらの〝仕事〟だと、ジム？　どう考えてもドーナッツ・ショップは方角がちがうぜ」

「助けてくれる気はないか？」とジミーは兄の横ににじり寄ったチャックに言った。ヴァルの二倍近く背丈があるが、危険度は半分ほどだ。とは言え、彼にしても大半の人間より危険だったが。

「いいとも」とチャックは言った。

「ヴァル？」とジミーは言った。「どうしてほしいか言ってくれ」

「なんだと？」ヴァルの眼玉はぐるぐる回り、怒りが体臭のように噴き出していた。

「助けてくれるか？」

「ああ、ああ、助けたいとも、ジミー。ちくしょうめ、まったく、わかるだろ？」

「わかるさ」とジミーは言った。声が高くなりかかったのをなんとか呑み込んだ。「嫌というほどわかる、ヴァル。中にいるのはおれの娘だぞ。そのおれの話が聞こえてるのか？」

ケヴィンがジミーの肩に手を載せ、ヴァルは一歩身を引いて、しばらく足元を見た。

「悪い、ジミー。悪かったよ、な？　興奮してただけだ。つまり――くそっ」

ジミーは声に平静を取り戻して、懸命に頭を働かせた。「おまえとケヴィンだ、いいな、ヴァル。ふたりでドルー・ピジョンの家に行ってくれ。そして彼に何が起こってるか話すんだ」

「ドルー・ピジョン？　なんでまた？」

「すぐに説明する、ヴァル。彼の娘のイヴにも話してくれ。もし一緒にいたらダイアン・セストラにも。彼女らがケイティを最後に見たのはいつか訊いてくれ。何時か、正確にだ、ヴァル。酒を飲んでいたか、ケイティは誰かと会う予定がなかったか、それと、誰とつき合っていたか。できるか、ヴァル？」とジミーは訊いて、願わくばヴァルを抑えてくれそうなケヴィンを見た。

ケヴィンはうなずいた。「わかった、ジム」

「ヴァル？」

ヴァルは彼の肩越しに公園に繋がる草むらを見て、ジミーに眼を戻し、小さな頭を振った。

「ああ、ああ」

「彼女らは友達だ。厳しく当たっちゃいけないが、答は聞き出してくれ、いいな？」

「いいとも」とケヴィンは言って、ジミーにしっかり理解したことをわからせた。そして兄の肩を叩いた。「さあ、ヴァル、行こう」

ジミーはふたりがシドニー通りを歩いていくのを見つめた。隣りのチャックは苛立って、誰かを殺してしまいそうだった。

「大丈夫か？」

「くそっ」とチャックは言った。「大丈夫さ。おれが心配してるのはあんただ」

「心配しなくていい。もう落ち着いた。ほかにどうしようもないさ、な？」

チャックは答えず、ジミーはシドニー通りの娘の車の先に眼をやった。ショーン・ディヴァインが公園から出てきて、ジミーに眼を据えたまま、草むらを越えてきた。背が高く、颯爽としているが、顔にはジミーがずっと嫌いだったあの表情を相変わらず浮かべていた。世の中がいつもいい目を見させてきた人間のあの表情を、ショーンは大きなバッジのように身につけていた。それはベルトにつけた警察のバッジよりはるかに大きく、本人は気づいていなくても人を怒らせる。

「ジミー」とショーンは言って、握手をした。「よう」

「やあ、ショーン。おまえがここにいるって聞いたんでな」

「早朝からだ」ショーンはうしろを見て、ジミーに眼を戻した。「今は何も言えない、ジミー」

「娘は中にいるのか?」ジミーは耳にはいる自分の声が震えているのに気がついた。

「わからない、ジム。まだ見つかっていない。言えるのはそこまでだ」

「だったらおれたちを中に入れてくれ」とチャックは言った。「探すのを手伝ってやれる。一般市民が行方不明の子供とかいろいろ探し出す話が、よくニュースに出るじゃないか」

ショーンは眼をジミーからそらさなかった。まるでチャックがそこにいないかのように。

「それより少し込み入ってるんだ、ジミー。われわれが現場を一インチ刻みで捜索し終わるまでは、警察以外の人間を入れるわけにはいかない」

「現場はどこだ?」とジミーは訊いた。

「今のところ公園全部だ。なあ――」ショーンはジミーの肩を叩いた。「ここに来たのは、今きみたちにできることはないと言うためだ。申しわけない。本当に残念だけど、そういうことなんだ。もし何かわかったら、ジミー、それがなんであれ、とにかく最初に見つかったものをすぐに伝えるよ。約束する」

ジミーはうなずいて、ショーンの肘に触れた。「少し話せるか？」

「いいとも」

ふたりは歩道にチャック・サヴェッジを残して、通りを数ヤード歩いていった。ショーンは身構え、ジミーが何を口にしようと仕事と割り切って動じない覚悟だった。ジミーを見返す警官の眼に、慈悲は微塵も感じられなかった。

「あれはおれの娘の車だ」とジミーは言った。

「わかってる。おれは――」

ジミーは手を上げた。「ショーン？　あれはおれの娘の車だ。中には血がついている。彼女は今朝仕事に現われなかった。妹の初聖体にも。昨日の晩から誰も彼女を見ていない。いいか？　おれの娘の話をしてるんだぞ、ショーン。おまえに子供はいないから何もかもわかってもらおうとは思わないが、しかし頼むよ。おれの娘なんだから」

ショーンの警官の眼は、警官の眼のままだった。ジミーはわずかに揺さぶることさえできなかった。

「何を言えっていうんだよ、ジミー？　昨日の夜彼女と一緒にいた人間を教えてくれるのなら、警官を送って話を聞かせる。彼女に敵がいたって言うのなら、一網打尽にしてやる。いったい何を――」

「やつらは犬を使ってやがる、ショーン。おれの娘に犬だぞ。犬に潜水夫だ」

「ああ、そうだ。それに加えて、警察の人間のクソ半分は公園に来ている、州警察と市警の両方だ。ヘリコプター二機にボート二艘、彼女はおれたちが見つける。だがおまえができることはないんだよ、な？　少なくとも今は。何もないんだ。わかるか？」

ジミーは振り返って、歩道の上に立つチャックを見た。眼を公園へ続く草むらに向け、体をまえに屈めて、自らの皮膚を引き裂いてしまいそうに見える。

「どうして潜水夫がおれの娘を捜してるんだ、ショーン？」

「捜せるところはすべて捜してるんだ、ジミー。公園には水場も多い。だから彼らが出てるのさ」

「娘は水の中にいるのか？」

「わかっているのは、いなくなったってことだけだ、ジミー。それだけだよ」

ジミーはショーンからしばらく眼をそらした。うまくものが考えられなかった。頭が暗く粘ついていた。彼は公園の中にはいりたかった。ジョギングコースを歩いて、ケイティが自分のほうへ歩いてくるのを見たかった。彼はものが考えられなくなった。ひたすら中にはいる必要を感じた。

「悪夢のような報道対応はどうだ？」とジミーは訊いた。「おれを逮捕しなきゃならなくなって、サヴェッジ兄弟の全員が公園の中に突入して愛する姪を捜そうとする事態を招きたいか？」

ジミーは話し終えた途端、それが主導権を握ろうとする控えめな脅迫であることに気がついた。そしてショーンもそれに気づいたのが、たまらなく嫌だった。

ショーンはうなずいた。「それは困る。信じてくれ。だがやむを得ない場合には、ジミー、対応するさ」ショーンはメモ帳を開いた。「さあ、昨日の晩、彼女が誰と一緒にいたか、何をしていたか教えてくれないか。そしたらすぐに――」

ジミーはすでに歩き出していたが、そこでショーンのトランシーバーがけたたましく鳴った。ジミーが振り返ると、ショーンはそれを口へ持っていった。「どうぞ」

「見つかりました」

「なんだって？」

ジミーはショーンのほうへ近づいて、トランシーバーの向こう側に感情を押し殺せない声を聞いた。

「見つかった、と言ったんです。パワーズ部長刑事があなたに来てほしいと言っています。できるだけ早く。ええと、今すぐに」

「場所は？」

「ドライヴイン・シアターのスクリーンです。とにかく、とんでもない状況です」

10　証　拠

シレストは台所のカウンターに置いた小さなテレビで十二時のニュースを見た。アイロンをかけながら見ていて、ふと自分は一九五〇年代の主婦とまちがわれるのではないかと思った。召使いのように雑用をこなし、子供の面倒を見る。夫は金物の弁当箱を持って職場に出かけ、手の中の飲み物とテーブルの上の食事を期待して家に帰ってくる。しかし現実はそうではなかった。デイヴは、ほかの欠点はどうあれ、こと家事に関してはまめに手伝った。雑巾がけをし、掃除機をかけ、皿を洗う。その間シレストは、好きな洗濯をする。服を選り分けてたたみ、アイロンをかける。きれいになって皺を伸ばされる衣類の温かい匂いに包まれて。

彼女は母親譲りのアイロンを使っていた。六〇年代初期の年代ものだ。レンガのように重く、やたらシューシュー音を立て、なんの前触れもなく蒸気を噴き出すが、シレストが営業の口車と宇宙時代のテクノロジーという謳い文句に乗せられてここ数年のうちに買った新しい機種と比べて、軽く二倍は有能だった。母親のアイロンは、フランスパンが切れるほど服をぴんとし、プラスティックの外枠のついた新しい機種を五、六回押しつけてもとれないような頑固な皺を一回のなめらかな動きで消し去った。

最近はすべてのものが——ヴィデオにしろ、コンピュータや携帯電話にしろ——壊れるために作られているように思えて、シレストは腹が立つことがあった。彼女の親の時代には、ものは長持ちするために作られていた。彼女とデイヴはいまだに彼女の母親のアイロンとミキサーを使い、枕元にはずんぐりした黒いダイヤル式の電話を置いていた。なのに一緒に暮らし始めてから、納得のいく時期よりはるかまえに使えなくなった買い物を、いくつか捨てなければならなかった。ブラウン管の切れたテレビ、青い煙を吐いた掃除機、風呂の湯よりほんのわずか温度が高いだけの液体しか作れなくなったコーヒーメーカー。それらにしろ、ほかの電気器具にしろ、ごみと一緒に捨てるしかない。たいていは修理するより新品を買うほうが安いので。ほとんどの場合。そして結局はさらに金を払って、メーカーが推奨する——そりゃそうでしょうとも——〝次世代〟モデルを買わされることになるのだ。ときおりシレストは、これは彼女の人生における品物の話ではなくて、彼女の人生そのものの話だ、という考えを頭から意識的に締め出しているのに気がついた。彼女の人生は重みも永続性も与えられておらず、実は都合がいいときにさっさと壊れてしまうように設計されているのかもしれない。使い道のあるいくつかの部品はほかの人のためにリサイクルにまわされて、彼女の残りの部分は消えてしまうのかもしれない。

そうやってアイロンをかけながら、使い捨てにされる自分のことを考えていると、ニュースが始まって十分ほどして、ニュースキャスターが深刻そうな表情でカメラを見つめ、市郊外のとあるバーの外で行なわれた悪質な襲撃の犯人を警察が捜索していると告げた。シレストはテレビに近づいて音量を上げた。ニュースキャスターは言った。「そのニュースとハーヴェイの天気予報は、コマーシャルのあとで」。次にシレストが見たのは、女性のマニキュアをした手が、温めたキャラメルの中をくぐらせたようなオーヴン用の深皿をこすっているところだった。うしろの声が新開発の洗剤の効用を説いている。シレストは叫びたくなった。ニュースもまた、使い捨ての電気器具と変わりはしない。人の気をそそり、横目ですり寄るために作られていて、約束どおり届けられるとまたしても信じた人々を、陰でせせら笑っている。

彼女は音量を調節し、カスみたいなテレビの安っぽいつまみを引きちぎりたい衝動と戦って、アイロン台に戻った。デイヴは三十分前にマイクルを連れて、膝当てとキャッチャーマスクを買いに出かけていた。出がけに、ラジオのニュースを聴くと言っていたが、シレストはそれが嘘か確かめるために彼の顔を見ようともしなかった。マイクルは、小柄で痩せていながら、キャッチャーの素質があることがわかった。〝神童〟とコーチのエヴァンスさんは言った。彼の歳と腕の太さにしては〝弾道ミサイル〟級の球を投げると。シレストは、キャッチャーをやりながら育った子供たちのことを考えて——通常体格がよく、鼻がつぶれていて、前歯が欠けている——怖いわとデイヴに言った。

「最近のマスクはな、ハニー、人食い鮫の檻みたいなものなんだ。トラックがぶつかれば、トラックのほうが壊れちまう」

彼女は一日考えて、デイヴに取り引きを申し出た。マイクルは、キャッチャーだろうとほかのポジションだろうと好きに野球をしていい、ただ最高の道具を使い、そしてここが決め手なのだが、フットボールのチームにはいらないと約束すれば。

フットボールの選手だったことのないデイヴは、十分間のおざなりな議論で彼女に同意した。

そういうわけで彼らは今、マイクルが父親と同じ道をたどれるように、野球の道具を買いにいっている。そしてシレストはアイロンを綿のシャツから数インチ上に浮かせて、テレビをじっと見つめていた。ドッグフードのコマーシャルが終わり、ニュースがまた始まった。

「昨晩、オールストンで」とニュースキャスターは言った。シレストは心がすとんと落ち込むのを感じた。「ボストン・カレッジの二年生が人気のナイトクラブの外でふたりの男に襲われるという事件がありました。情報筋によれば被害者の名前はケアリ・ウィティカー。ビール瓶で殴打され、重態となっています……」

そこまで聞いて、彼女は小さな濡れた砂の塊がぽたぽたと胸の中に落ちていくのを感じ、〈ラスト・ドロップ〉の外で男が襲われたり、殺されたりした事件を見ることはないという思いを強くした。そして、次はスポーツですという予告とともに天気予報が始まると、それは確信に変わった。

今頃すでに男は見つかっているはずだ。もし死んでいたのなら（〝ハニー、殺しちまったかもしれない〟）、記者連中は分署の誰かから聞くか、捜査日誌を見るか、単に警察の無線を傍受して情報を仕入れているにちがいない。

だからきっとデイヴは強盗に加えた暴力の激しさを過大に評価していたのだ。たぶん強盗は——あるいは誰であれ——デイヴが去ったあとで、傷を舐めるためにどこかへ這っていったのだ。たぶん昨晩、流しに渦を巻いて流れていったのは、脳の一部ではなかったのだ。でも血は？　どうやったら人はあれほどの血を頭から流して、生き残ることができるのだろう。立ち去ることは言うに及ばず。

最後のズボンにアイロンをかけ、すべての衣類をマイクルか、彼女か、デイヴの簞笥にいれ終わると、彼女は台所へ戻って、これといってやることを思いつかずに部屋の真ん中にたたずんだ。テレビはゴルフ中継に変わっていて、ボールを打つ柔らかなぱしっという音と、喝采のくぐもったざわめきが、朝からむずがゆい気がしていた彼女の中の何かを、しばしなだめてくれた。それはデイヴに起こった問題と、穴だらけの彼の話の先にあるものだったが、同時にそれらとも係わりがあった。昨晩あったこと、彼が血だらけでバスルームのドアをはいって来た光景と関係があった。血が彼のズボンから床のタイルに垂れ、彼の傷の上で泡立ち、ピンク色の渦となって排水管に流れていって。

排水管だ。そうだ。それを忘れていたのだ。昨日の夜、彼女はデイヴに流しの下の排水管を漂白して、証拠を残らず消してしまうと言ったのだった。彼女はすぐに取りかかった。台所の床に膝をつき、流しの下の戸棚を開けて掃除用具やぼろ布の中をのぞき込み、一番奥のほうにレンチを見つけた。流しの下に手を入れることに抱いている病的な恐怖感を払いのけようと努めながら手を伸ばす。理性では説明できないその感覚は、ぼろ布の山の下にドブネズミが隠れているにちがいないというもので、そいつは空気に彼女の肌の匂いを嗅ぎとって鼻先を布の中から突き出し、ひげをぴくぴく動かして……

彼女は引ったくるようにレンチをつかみ出した。そして念のため、それでぼろ布や洗剤の缶を叩いた。馬鹿げた怖れであることは重々承知していながら、それでもしっかりと叩いた。だから人はそれを〝恐怖症〟と呼ぶのだ。彼女は底のほうにある暗い場所に手を突っ込むのがとにかく嫌いだった。ローズマリーはエレヴェーターを怖がった。彼女の父親は高所恐怖症だった。デイヴは地下室に降りていかなければならなくなると、必ずどっと冷や汗をかいた。

彼女はこぼれる水を受け止めるために、排水パイプの下にバケツを置いた。仰向けになって手を伸ばし、レンチでトラップのプラグを緩め、手で回してパイプをはずした。水が飛び出し、プラスティックのバケツに飛沫を跳ね上げて溜まっていった。バケツから溢れ出すのではないかと少し心配になったが、やがて流れは雫を垂れる程度に収まり、水が切れたあとでトウモロコシのひげと小さな粒の黒い塊がバケツに落ちてきた。次は戸棚の背面の壁に一番近いナットだった。それにはしばらく時間がかかった。ナットはなかなか動かず、シレストは戸棚の底に足をつけて踏んばり、レンチで思い切りねじったので、レンチか彼女の手首のどちらかがぽきんと折れてしまうのではないかと思った。そこでナットが甲高い金属音を立てて、やっと一インチの何分の一か動き、シレストはレンチを持ち直してさらにねじった。

ナットは今度はさっきの倍ほど動いたが、まだ抵抗を続けた。

数分後、彼女はすべての排水管を眼のまえの台所の床に並べていた。髪とシャツは汗で濡れていたが、彼女は純然たる勝利の喜びに近い達成感を覚えた。筋肉と筋肉がぶつかり合うような、手強く甘えを許さない男性的なものに挑んで、勝ったかのように。ぼろ布の山の中にマイクルの着られなくなったシャツを見つけ、それを手でねじってパイプの中を掃除できる形にした。何度か中をこすって、パイプが古い錆だけ残してあとはきれいになったことに満足すると、シャツを食料雑貨用のビニール袋に入れた。パイプと漂白剤のボトルを裏のポーチに持っていき、パイプの中を漂白した。液体を端から端まで流して、去年の夏枯れて冬のあいだじゅうずっと捨てられるのを待っていた鉢の植木の乾いてひび割れた土の上に垂らした。

それが終わると、はずすときよりずっと簡単だと思いながらパイプを元に戻して、プラグを取り付けた。昨晩デイヴの服を入れたビニールのごみ袋を見つけ、それにマイクルのぼろぼろになったシャツを入れた袋を加えて、プラスティックのバケツの中身をトイレに流し込み、ペーパータオルできれいに拭いて、ほかのものと一緒にごみ袋に放り込んだ。

これで終わりだ。証拠はすべて片づけた。

少なくとも彼女が何か手を加えられる証拠はすべて。もしデイヴが、ナイフのことや、残された指紋のことや、彼の犯罪——正当防衛?——の目撃者について彼女に嘘をついていたら、それについてはどうしようもない。しかし彼女は自分の家の中の難局にうまく対処した。

彼が昨晩帰ってきてから彼女に投げかけたすべての問題を受けとめて、処理した。それらを見事に克服した。彼女はまた気持ちが浮き立つのを感じた。これまでにないほど力と活気に満たされ、自分はどこでも通用すると思った。そして突如として、自分はまだ若く、力強かったことをはっきりと思い出し、何があっても使い捨てのトースターや壊れた掃除機にはならないと確信した。彼女は両親の死も、何年間もの家計の危機も、息子が六歳のときに肺炎になりかかった恐怖も乗り越えて生きてきた。その過程で弱くなったわけではなく、ただ疲れていたのだが、本来の自分の姿を思い出した今、それも変わる。世の与える鞭打ちの刑にいささかも怯まず、むしろ近づいていって言う。いいわ、来なさい。最悪のものをよこしなさい。いつでもかまわない。わたしは萎《しぼ》みもしないし、死にもしない。だから気をつけることね。

　彼女は緑色のごみ袋を床から持ち上げ、手で痩せこけた老人の首のようになるまでひねり、固く絞って一番上を結んだ。そこでひと息ついて、老人の首とはまたおかしなものを連想したものだと思った。どこから思いついたのだろう？　そこで彼女はテレビの画面が消えているのに気がついた。さっきまでタイガー・ウッズがグリーンを歩いていたと思ったのに、今は真っ暗になっている。

　画面に一本白い線が浮かび上がって、シレストは、もしまたブラウン管が切れたのなら、即刻玄関から放り出してやると思った。いや、結果などくそくらえだ、今すぐ捨ててやる。

　しかし白い線は報道室に切り替わり、女性の総合司会者が顔を曇らせ、切羽詰った調子で言った。「番組の途中ですが、今はいった臨時ニュースをお伝えします。ヴァレリー・コラピが、行方不明の女性を捜して警察が大規模な捜索を行なっている、イースト・バッキンガムのペニテンシャリー公園の現地にいます。ヴァレリー？」

シレストは報道室がヘリコプターからの映像に切り替わるのを見た。ぶれの激しい映像が、シドニー通りと、ペニテンシャリー公園と、公園の外を歩きまわって進攻中の軍隊のように見える警官の一群を上空から捉えていた。公園の中をうごめく何ダースという小さな人影が、遠くからアリのように黒く見えた。水路には警察のボートも出ている。人影はアリが列を作るように着実に、ドライヴイン・シアターのスクリーンを囲む小さな森のほうへ向かっていた。

ヘリコプターが風に流され、カメラが動いて、一瞬シレストは水路の向こう側のショーマット大通りとその先に広がる工業地帯を見た。

「こちらはイースト・バッキンガムの現場です。警察は今朝早く到着し、行方不明の女性を捜すために大規模な捜索を開始して、午後に至っています。未確認の情報筋が《ニュース・フォー》に伝えたところによりますと、女性の乗り捨てられた車には殺人の痕跡が残っていたということです。ヴァージニア、これが――まだ映っていないかもしれませんが……」

ヘリコプターのカメラがショーマット沿いの工業団地から気分が悪くなるような半回転をして、シドニー通りに停まっている、ドアの開いた濃紺の車を映し出した。警察がレッカー車で牽引しようとしているその車は、何かしら絶望の色を漂わせていた。

「これです」とリポーターは言った。「今見ているこれが行方不明の女性の車と言われているものです。警察は今朝この車を見つけ、直ちに捜索に踏み切りました。さて、ヴァージニア、今のところ行方不明の女性の名前も、これほどの規模で――見ればおわかりでしょうが――警察官が出動している理由も確認できていません。しかし《ニュース・フォー》が入手した情報では、捜索は古いドライヴイン・シアターのスクリーンのあたりに集中しつつあるようです。ご承知のように、夏のあいだ地元の劇場になる場所ですね。しかしこれは今日われわれのために上演されている演劇ではありません。これは現実です。ヴァージニア？」

シレストは今彼らが言ったことを理解しようとした。彼女の近所を実際に占拠するほどの勢いで警察が押し寄せていること以外、何かわかったとは言えなかった。

女性司会者も、カメラの横からわからない言語で合図を出されたかのように困惑した顔をしていた。彼女は言った。「このニュースについては順次お伝えします……進展があり次第。では通常の番組に戻らせていただきます」

シレストは何度かチャンネルを変えてみたが、ほかの局はまだこの事件を取り上げていないようだったので、またチャンネルをゴルフに戻して音量を上げておいた。

誰かが集合住宅地で行方不明になっている。女性の車がシドニー通りに乗り捨てられていた。しかし警察は、女性ひとりが行方不明になっただけでこれほどの大捜索は行なわない。車にまさに大捜索だった。シレストはシドニー通りに州警察も市警もいるのに気がついた。車に何か暴力の跡が残っていたにちがいない。リポーターはなんと言っただろう？

殺人の痕跡。それだ。

血。彼女はまちがいないと思った。車に残っていたのは、血だとしか考えられない。証拠。

そして彼女はまだ手の中にある、口をねじられたごみ袋を見下ろして思った。

デイヴ。

11 赤い雨

ジミーは黄色いテープの民間人側に立って、警官がばらばらに並んだ列に向かい合っていた。ショーンは草むらを通って公園に戻っていった。一度も振り返らなかった。

「マーカスさん」とジェファーツという警官が言った。「コーヒーか何かお持ちしましょうか?」警官はジミーの額を見た。ジミーはそのゆるい眼差しと親指の横で腹を掻く仕種に、多少の軽蔑と哀れみが含まれているのを感じた。ショーンがふたりを互いに紹介した。ジミーに、これはジェファーツ警官、いいやつだと。そしてジェファーツに、ジミーは女性の父親だと——ええと、乗り捨てられた車の持ち主の。ジミーの要るものがあったら渡してやって、タルボットが着いたら紹介してやってくれ。ジミーは、タルボットというのは警察で働く精神科医か、山のような学資ローンとバーガー・キングの臭いのする車を持ったださしない福祉指導員だろうと思った。

彼はジェファーツの申し出を無視して、道の向かいにいるチャック・サヴェッジのところへ歩いていった。

「どうしてる、ジミー?」

ジミーは首を振った。今感じていることをそのままことばにしようとしたら、彼自身も、チャックもそこらじゅうに吐いてしまうと思ったので。

「携帯電話は持ってるか？」

「ああ、もちろん」チャックは両手をウィンドブレーカーの中に入れて掻きまわし、携帯電話を見つけ出してジミーの手に置いた。ジミーは四一一番をダイヤルし、市と州の名前を求める録音の声を聞いた。彼は一瞬ためらい、声に出した。自分のことばが何マイルもの銅線を延々と旅して、最後には眼に赤いライトのついた巨大なコンピュータの中心部に渦を巻いて落ちていくところを思い浮かべた。

「何をお探しですか？」とコンピュータは訊いた。

「〈チャック・E・チーズ〉」ジミーは、娘の空《から》の車が停まった道の真ん中で馬鹿げた店の名前を口にすることに苦い恐怖を味わった。電話を歯で思い切り嚙んで、ぱきんと割りたい衝動に駆られた。

番号がわかると、彼はダイヤルした。店員がアナベスを呼び出すあいだ、待たなければならなかった。誰かわからないが電話に出た人間は、保留にせずに、ただ受話器をカウンターに置いただけだったので、ジミーは店内で妻の名前が金属めいた音で呼ばれるのを聞くことができた。「アナベス・マーカスさん、案内係までお越しください。アナベス・マーカスさん」ベルが鳴り響き、八十人から九十人といった子供たちが狂ったように駆けまわって、互いの髪を引っ張り合い、金切り声で叫び、騒ぎを必死で収めようとする大人たちの声と交じり合うのが聞こえた。ほどなく妻の名前がもう一度呼ばれ、店内に響いた。ジミーは、聖セシリアの初聖体に参加した子供たちの集団がピザを求めて彼女のまわりに群がる中、彼女が呼ばれた名前に顔を上げ、混乱して、困った表情を浮かべているところを思い描いた。

そこで彼女のくぐもった怪訝そうな声がした。「わたしの名前を呼びました?」

一瞬ジミーは電話を切りたくなった。彼女になんと言おう? 電話してどうなる? はっきりしたこともわからず、狂ったように想像力を働かせて怖くなっただけなのに。もう少し黙っておいて、彼女と娘たちを平和な気持ちにしておいてやるほうがいいのではないか?

しかし彼はこの日、人が傷つくようなことをすでに嫌というほど見ていた。そして、自分がシドニー通りのケイティの車の脇で恐怖に髪を逆立てていることを知らせなかったら、アナベスを傷つけることになると思った。彼女は、娘たちと過ごす無上の喜びを価値のないものと感じ、悪くすればうわべだけの約束か、彼女に対する攻撃ととらえてしまうだろう。そしてそのことを忘れず、そのせいでジミーを憎むだろう。

また彼女のくぐもった声がした。「これ?」そして受話器をカウンターから取り上げる、こすれるような音がした。「もしもし?」

「ベイビー」とジミーはなんとか言って、空咳をした。

「ジミー?」声にわずかに棘《とげ》がある。「どこにいるの?」

「ああ……シドニー通りだ」

「何かあったの?」

「彼らは車を見つけたよ、アナベス」

「誰の車を？」

「ケイティの」

「彼らって？　警察？　警察ってこと？」

「ああ。ケイティは……行方不明になってる。ペン公園のどこかで」

「ああ、神様。嘘でしょ？　いや、いやよ、ジミー」

今やジミーは、あの身の毛もよだつような凶々《まがまが》しい確信が体を満たすのを感じた。脳の棚の奥に押し込めていた、想像するだに恐ろしい思いが。

「まだ何もわかっていない。でも彼女の車はひと晩じゅうここにあって、警察が――」

「ああ、神様、ジミー」

「――彼女を捜索してる。警官が山のようにいる。だから……」

「今どこにいるの？」

「シドニー通りだ。なあ――」

「通りですって？　なんてこと。なぜ公園の中じゃないの？」

「やつらが入れてくれないんだ」

「やつら？　やつらって何様よ、え？　彼女はやつらの娘だっていうの？」

「いや、なあ、おれは――」

「中へはいりなさい。当たりまえでしょう。彼女は怪我をしてるかもしれないのよ。どこかに横たわって。傷を負って、寒い思いをして」

「わかるよ。だがやつらが――」

「わたしも行くわ」

「わかった」

「中にはいって、ジミー。まったく、あなたいったいどうしたの？」

彼女は電話を切った。

ジミーは電話をチャックに返した。アナベスの言うとおりだと思った。彼女はまったく正しい。この四十五分間何もしなかったことを生涯悔やむだろうと、身を切られるような思いで悟った。身をすくませ、頭の中で這って逃げなければこのことを考えられなくなるだろう。いつ彼はこんな男に成り下がってしまったのだろう。自分の長女がいなくなっているときに、クソ警官ごときに、はい、いいえ、そのとおりです、などと従う男に。いつこんなことになってしまったのだろう？　いつ店のカウンターで男の印を売り払ってしまったのだろう？たかがまっとうな市民のふりをすることと引き替えに。

彼はチャックのほうを向いた。「トランクのスペアタイヤの下にまだボルトカッターがあるか？」

チャックは何か悪事を働いているところを捕まえられたような顔をした。「人は生きてかなきゃならないんだ、ジム」

「車はどこにある？」

「通りを行ったところだ。ドーズとの交差点」
ジミーは歩き始め、チャックは小走りでついて行った。「無理やり中へはいるのか？」
ジミーはうなずいて、さらに足を速めた。

売店の柵のまわりを走るジョギングコースに達すると、ショーンは手がかりを求めて花土を調べている何人かの警官にうなずいて、ほとんどの顔に、すでに話を聞いた緊張がみなぎっているのを見た。公園全体に、彼が長年働くうちにいくつかの犯行現場で感じた空気が満ちていた――誰かほかの人間の悲運を受け容れるじっとりした空気が。

彼らは公園にはいったときから彼女が死んでいることを知っていた。ごく少数の人間がまだ希望を捨てないでいることはショーンもわかっていたが。いつものことだ。現場に真実を知って乗り込み、可能なかぎり時間を費やすあいだ、まちがっていてくれと祈り続ける。ショーンはまえの年、赤ん坊がいなくなったという夫婦の事件に携わったことがあった。夫婦が白人で、地位もあったために、あらゆるメディアが飛びついた。しかしショーンも、ほかの警官も、夫婦の話がでたらめで、赤ん坊が死んでいることはわかっていた。たとえふたりが互いの尻を慰め合い、赤ん坊はたぶん元気だと甘い声で警官たちに請け合い、その朝近隣で目撃された疑わしい移民という馬鹿げた手がかりを与えようとしても。赤ん坊は、夕暮れどきに、掃除機のごみ袋に入れられて地下室の階段の隙間に押し込められているところを発見された。ショーンはその日、新入りの警官が泣くのを見た。若者は警察車にもたれて肩を震わせていたが、ほかの警官は怒ってはいたものの、驚いているようには見えなかった。まるでひと晩じゅう同じ腐った夢を見続けていたかのように。

警官たちが家に持ち帰り、バーや分署のロッカールームに持ち込むのはそれだった――人間がいかにいやらしく、愚かで、取るに足らないか、ときに残忍なまでにそうであるか、そして人間は口を開けば必ず嘘をつくこと、はっきりわかる理由もなく誰かがいなくなれば、普通は死んでいるか、それよりはるかにひどい目に遭っている、その事実を困惑しながらも受け容れること。

そしてしばしば、一番ひどい目に遭うのは犠牲者ではない。つまるところ彼らは死んでいて、それ以上苦痛を与えられるわけではない。最悪なのは彼らを愛していて、その死を乗り越えて生きていかなければならない者たちだ。今や生ける屍となり、ショックで精神を砕かれ、心臓は裂け、残り滓《かす》の人生をよろめきながら歩いていかなければならない。体の中には血と臓器しか残っておらず、苦痛ももはや感じなくなって、最悪のことがときに本当に起こるものだということ以外、頭の中は空っぽになる。

――ジミー・マーカスのように。ショーンはどうすれば彼の眼を見て、ああ、彼女は死んだよ、と言えるのか見当もつかなかった。おまえの娘は死んだよ、ジミー。誰かが彼女を永遠に連れ去ってしまった。ジミー、すでに妻を亡くした男。くそっ。なあ、わかるか、ジミー、神様はおまえにもうひとつ貸しがあるとおっしゃった。それを取り立てにきたんだ。これで説明がつくといいけどな。じゃあまた。

ショーンは川に架かった短い板張りの橋を渡り、小径をたどって、ドライヴィン・シアターのスクリーンに異教徒の聴衆のように向かい合っているこんもりした丸い木立にはいっていった。スクリーンの袖の扉に繋がる階段の下に、皆が立っていた。カレン・ヒューズがしきりにカメラのシャッターを切っている。ホワイティ・パワーズはドアの側柱にもたれ、中をのぞき込んで、メモを取っていた。検死医助手がカレン・ヒューズの横にひざまずき、大勢の制服警官とボストン市警の青い服が三人のまわりを動きまわっていた。コナリーとスーザは階段の上の何かを調べており、お偉方——市警のフランク・クラウザーと、ショーンの指揮官である州警察のマーティン・フリール——が少しはずれて、スクリーンの下に広がる舞台の上に立ち、頭を寄せ合い、下を向いて話し込んでいた。

もし検死医助手が、彼女は公園の中で死んだと言えば、事件は州の管轄となって、ショーンとホワイティが担当する。ジミーに話をするのはショーンの仕事になる。犠牲者の人生に通じ、取り憑かれるのは、ショーンの仕事になる。事件を解決し、少なくとも、片がついたと皆に幻想を抱かせるのは、ショーンの仕事だ。

ボストン市警はしかし、事件を扱いたいと言うかもしれない。フリールの判断で市警に任せることもできる。公園はまわりをすべて市に囲まれているし、犠牲者の命に対する最初の攻撃は市の管轄区内でなされたからだ。この事件は注目を集めるとショーンは確信していた。市内の公園での殺人。地元のポップ・カルチャーの名所となりつつある場所——その近隣——で発見された犠牲者。一見はっきりしない動機。殺人者の影もない。ケイティ・マーカスの傍らに精液でも残していないかぎり。そんなことはありそうになかった。あればショーンも耳にしているはずだ。報道機関は事件を大々的に取り上げるだろう。考えてみれば、ここ数年、市内でこの手の犯罪はまったくと言っていいほどなかった。忌々しい記者連中は、涎《よだれ》を垂らしてペン公園を埋め尽くすだろう。

ショーンは事件を引き受けたくなかった。過去の経験が少しでもものを言うとするなら、彼が担当することになるのはほぼ眼に見えていたが。ドライヴィン・シアターのスクリーンの裾に至る坂を下りていった。眼はクラウザーとフリールに据えて、彼らの頭のほんのわずかな動きからも評決を読み取ろうとした。もしケイティ・マーカスがあそこにいれば――そのことについてショーンはあまり疑念を抱いていなかったが――集合住宅地は蜂の巣を突《つつ》いたような騒ぎになる。ジミーはまず措くとして――彼はどのみち緊張病のようになるだろう――サヴェッジ兄弟はどう反応するだろう。凶悪犯罪課には、あのいかれた兄弟のほとんど全員についてドアストップの重しほどのファイルがある。それも州警察の分だけで。ショーンは、ボストン市警の連中が、サヴェッジ兄弟がひとりも拘留されていない土曜日は皆既日食のようだと言っているのを知っていた。起こっているのがとても信じられなくて、警官たちがわざわざ自分の眼で確かめに来る。

スクリーンの下の舞台で、クラウザーが一度うなずき、フリールが首を巡らせた。彼はあたりを見まわし、ショーンと眼が合った。ショーンは事件が彼とホワイティの手に渡ったことを知った。少量の血がスクリーンの台座までの階段に散っていて、そこからドアまでの階段には血の痕がさらについていた。

コナリーとスーザが階段の血から眼を上げて、険しい表情でショーンにうなずき、階段が台座と交叉する部分にある割れ目をまたのぞき込んだ。カレン・ヒューズがうずくまっていた位置から立ち上がってショーンに近づいてきた。親指でカメラのつまみを動かすと、フィルムが最後まで巻き上がるシューっという音が聞こえた。彼女はバッグから新しいフィルムを取り出し、カメラの裏を開けた。ショーンは、彼女の銀色がかった金髪がこめかみから前髪にかけて少し濃い色なのに気がついた。彼女は無表情に彼のほうを見ると、使い切ったフィルムをバッグに入れ、新しいフィルムを装塡した。

ホワイティは検死医助手の脇にひざまずいていた。彼が鋭い囁き声で「なんだって？」と言うのが聞こえた。

「言ったとおりです」

「確かなのか？」

「百パーセント確かとは言えませんが、そうだと思います」

「くそっ」ホワイティは振り返って、近づいてくるショーンを認め、首を振って、親指を検死医助手のほうへぐいと動かした。

彼らのうしろまで上がってくるとショーンの視界は開け、ふたりの肩が下がって、ドアから見下ろしたところに死体がうずくまっているのが見えた。幅三フィートもない壁と壁の隙間で、背中を左側の壁につけ、右側の壁に足を踏ん張っている。ショーンはひと目見て、超音波診断器に映った胎児のようだと思った。彼女の左足は裸足で、泥だらけだった。靴下だったものが破れ、くしゃくしゃになって、足首に引っかかっていた。右足には地味な黒い平底の靴を履いていて、これにも乾いた泥がこびりついていた。売店で片方の靴をなくしたあとも、もう片方の靴は履いていたのだ。殺人者は終始背後に迫っていたにちがいない。が、彼女はここまで来て隠れた。つまりしばらくのあいだ、犯人をまくことができたのだ。何かが彼の足を遅らせたことになる。

「スーザ」と彼は呼ばわった。

「はい？」

「連中にここへ来るまでの道をチェックさせてくれ。藪の中を見て、破れた服だとか、引っ掻いて剝がれた皮膚だとか、そんなものを探すんだ」

「足跡の石膏型を取ってるやつがひとりいますけど」

「ああ、だがもっと人数が要る。手配してくれるか？」

「わかりました」

ショーンは死体に眼を戻した。柔らかな濃い色のズボンに、襟ぐりの広い紺のブラウス。上着は赤く、破れていて、ショーンはこれは週末用の恰好だと思った。集合住宅地出身の娘の普段着にしては上等すぎる。彼女はどこかすばらしい場所、ひょっとしたらデートに出かけていたのだ。

なのに何かの拍子でこんな狭い通路に押し込められて生涯を終えることになった。彼女が最後に眼にしたのは、そしておそらく臭いを嗅いだのは、この白カビの生えた壁になった。彼女はまるでここに赤い雨を避けにきたように見えた。土砂降りの赤い雨が髪と頬に飛び散り、服に縞模様を作ったように見えた。膝は胸に押しつけられ、右肘を右膝に立てて固く握った拳を耳元にかざし——ショーンはそれを見て、女性というよりまだ小さな子供を連想した。身を縮こまらせて、すぐそばに迫った恐ろしい音を避けようとしている。音を止めて、やめて、と死体は訴えていた。お願いだからやめて。

ホワイティはその場を離れ、ショーンはドアのすぐそばに屈んだ。これだけの血が体じゅうに飛び散り、体の下に溜まり、白カビがまわりのコンクリートにはっていても、ショーンは彼女の香水の匂いを嗅ぐことができた。ほんの微かに、ほんのり甘く、わずかに官能的で、そのほのかな香りはショーンにハイスクール時代のデートを思い出させた。暗い車の中で、恐慌を来したように衣服をまさぐり合い、肉体と肉体がこすれて火花を散らしたことを。赤い雨の下に、ショーンはいくつか黒いあざを認めた。手首と、前腕と、踵に。何かで殴打された痕だった。

「犯人は彼女を殴ったんでしょうか？」とショーンは言った。

「そう見える。彼女の頭から流れた血を見ろよ。頭蓋骨のてっぺんが割れてるんだ。何で殴ったにしろ、犯人はそれを折ってるな。あまりに強く振り下ろしすぎて」

狭い通路の彼女の反対側には、木製の荷運び台と、舞台の大道具のようなものが積まれていた。木のスクーナー船、大聖堂の屋根、ヴェネチアのゴンドラか何かの舳先。彼女はそれらを動かすことができなかった。通路にはいったが最後、行き止まりになってしまった。誰であれ、彼女を追っていた人間に見つけられたら、彼女は死ぬ運命にあった。そしてそいつは彼女を見つけたのだ。

そいつはドアを開けて彼女を見つけた。彼女は体を固く丸めて自らを守ろうとした。盾になるものは自分の手足ぐらいしかなかった。ショーンは首を伸ばして彼女の握りしめた拳のまわりをのぞき込み、顔を見た。顔にもまた血の筋が走り、眼は拳のように固く閉じられていた。すべて消え去ってくれと祈るかのように。まぶたは最初恐怖で、今は死後硬直で固まっていた。

「彼女か？」とホワイティ・パワーズは訊いた。

「えっ？」

「キャサリン・マーカス」とホワイティは言った。「彼女か？」

「ええ」とショーンは言った。彼女は顎の右寄りに小さな傷痕があった。ほとんど目立たないし、時とともに薄くなっていたが、近所でケイティを見かけるとその傷が眼についた。ほかがあまりにも完璧だったので。彼女の顔は、母親譲りのやや色の濃い細面に、骨太な父親のハンサムな容貌と、青い眼と、金髪を完全に受け継いでいた。

「百パーセントまちがいありませんか？」と検死医助手が訊いた。

「九十九パーセント」とショーンは言った。「保管所で父親が最終確認するよ。だが、ああ、彼女だ」

「後頭部を見たか？」ホワイティは屈んで、ペンで彼女の肩から髪の毛を払った。

ショーンはうしろをのぞき込んで、頭蓋骨の下部に小さな穴が空いているのに気がついた。首のうしろが血で黒く染まっていた。

「撃たれたってことか？」ショーンは検死医のほうを向いた。

彼はうなずいた。「銃創のように見える」

ショーンは身を引いて、香水の匂いと、血と、白カビの生えたコンクリートと、そぼ濡れた木材から遠ざかった。一瞬、ケイティ・マーカスの握りしめた拳を耳元から下ろしてやれればと思った。まるでそうすることで、眼に見える傷と、まちがいなく衣服の下にもある傷が消え去り、赤い雨が髪と体から蒸発し、彼女がこの墓場から立ち上がって、ちょっと疲れた表情で眠そうに瞬きし始めるかのように。

右手で人々の騒ぐ音がした。何人かが同時に叫び、激しくつかみ合う音がして、警察犬がうなり、狂ったように吠えた。眼を向けると、木立の向こう側から、ジミー・マーカスとチャック・サヴェッジが木のあいだを縫って突進してくるのが見えた。木立の手前の地面は緑が植えられ、刈り込まれ、ゆったりとスクリーンに向かって下り始める。夏は人々が草の上に毛布を敷いて演劇を見る場所だ。

少なくとも八人の制服とふたりの私服警官が、ジミーとチャックを取り押さえようとしていた。チャックは捕まったが、ジミーは素早く、巧みに動いた。一連の予測できない動きで体をさっと翻して、警官たちのあいだをすり抜け、捕まえようとする者は空をつかむしかなかった。坂を駆け下りる途中で転ばなかったら、スクリーンに到達するのを止められるのはクラウザーとフリールしかいないところだった。

しかし彼は濡れた草に足をすべらせて転び、腹から倒れながら、ショーンと眼と眼を合わせて、顎で地面を打った。角張った頭をした、ハイスクールではいかにもフットボールのタイトエンドだったような体つきの若い警官が、橇《そり》に飛び乗るようにジミーの上にまたがり、ふたりはそこから数フィート、坂をすべり落ちた。警官はジミーの右手を背中にまわし、手錠を取り出した。

ショーンは舞台の上に出て大声で言った。「おい！　おい！　彼は父親だ。引き止めとくだけでいい」

若い警官は、泥だらけで、怒りも露わにショーンのほうを見やった。

「引き止めておいてくれ」とショーンは言った。「ふたりとも」

彼はスクリーンのほうへ戻りかけた。そのとき、ジミーが彼の名前を呼んだ。ひどくしわがれ、頭の中の叫び声が声帯を見つけて剝ぎ取ってしまったような声だった。「ショーン！」

ショーンは足を止めた。フリールが彼を見つめていた。

「おれを見ろ、ショーン！」

ショーンは振り返って、ジミーが若い警官の下で体をアーチのように反らしているのを見た。顎に土の黒い塊がつき、そこから髭のように草が垂れていた。

「見つけたのか？　おれの娘か？」とジミーは叫んだ。「そうなんだな？」

ショーンはジミーの眼をじっと見つめたまま動かなかった。彼の視線を捉えて離さなかった。ショーンが今見たものを、ジミーの大きく揺らぐ視線が捉えるまで。もう終わったということ、最悪の恐怖が現実のものとなったことを汲み取るまで。

ジミーは叫び始めた。口から涎の筋が垂れた。警官がもうひとり、ジミーの上に乗っている警官を助けるために坂を駆け下りてきた。ショーンは眼をそらした。ジミーの叫び声は咽喉から発せられる低い咆哮となって空中に響いた。鋭くも、金切り声でもない、獣の最初の嘆きの声だった。ショーンは長年のあいだに犠牲者の両親の叫びを何度となく聞いてきた。いつもそこには哀調があった。神や理性に、戻ってきてこれはすべて夢だったと言ってくれと嘆願する響きが。しかしジミーの叫び声にはそれがまるでなかった。ただ愛と怒りが等しく入り混じった声で、鳥をずたずたにして木から落とし、ペン水路じゅうに響き渡った。

ショーンはドアのところに戻ってケイティ・マーカスを見下ろした。新入りのコナリーが彼の脇に来て立ち、ふたりはしばらく何も言わずに眼を落としていた。ジミー・マーカスの叫び声はさらにしわがれ、ぼろぼろになった。息をするたびにガラスの粒を呑み込んだかのようだった。

ショーンは、拳を固めて顔の横にかざし、赤い雨にずぶ濡れになったケイティを見下ろし、その先の、彼女の行く手を阻んだ木製の舞台道具を見た。

右手では、ジミーが警官に坂を引き上げられながらもまだ叫んでいた。ヘリコプターが森の上空すれすれをかすめて、空気を切り裂き、低いエンジン音を立てて機体を傾けると、また戻ってきた。警察のヘリコプターより軽い音なので、ショーンはどこかのテレビ局だろうと思った。

コナリーは口の端からつぶやいた。「今までこれほどのを見たことがありますか？」

ショーンは肩をすくめた。見ていたとしてもどうということはない。あれこれ比較するのはとうの昔にやめていた。

「あの、つまり、これは……」コナリーは口ごもり、ことばを探した。「これじゃまるで……」彼は死体から眼をそらし、木立のほうを見た。なすすべもなく眼を見開き、また何か言おうとしているようだった。

が、彼は口を閉じ、しばらくしてことばを探すのをあきらめた。

12　人それぞれの色

ショーンはドライヴイン・シアターのスクリーンの下で、上司のマーティン・フリール警部補と舞台にもたれ、ホワイティ・パワーズが鑑識のヴァンを誘導しながら、ケイティ・マーカスの死体が見つかったドアの入口までバックさせるのを眺めていた。ホワイティはうしろに下がりながら両手を上げてときに右、左と合図していた。声がくっきりした口笛の音と一緒に大気を突き抜ける。口笛は彼の下の歯の隙間から小犬の吠え声のように鳴っていた。

ホワイティは、自分の両側に張り巡らされた現場保存用のテープから、ヴァンのタイヤ、サイドミラーに映る運転手の緊張した顔へと次々に眼を配り、まるで運送会社の就職試験を受けているかのように、ヴァンの太いタイヤを思った位置から一インチとずれない場所に停めようとしていた。

「もう少しだ。まっすぐ。もう少し。もうちょっと。よし」ヴァンが思いどおりの場所に停まると、彼は車の横に一歩踏み出してうしろのドアを叩いた。「うまいぞ」

ホワイティはうしろのドアを開け、左右に目一杯開いて、スクリーンの裏が誰からも見えないようにした。ケイティ・マーカスが死んだドアのまわりに壁を巡らすことなど、ショーンは思いも寄らなかった。そして、ホワイティは彼より犯行現場での経験がはるかに長いことを思い出した。老兵ホワイティは、ショーンがハイスクールのダンス・パーティで女の子に触ることばかり考え、顔のにきびをつぶさないように気をつけている頃から警官をやっているのだ。

ふたりの検死医助手が席から外に出ようとすると、ホワイティは言った。「そこから出ちゃいかん。うしろから出なさい」

ふたりは開けたドアを閉めて、うしろから死体を回収しに出ていった。彼らの姿が見えなくなると、ショーンは決定的なものを感じた。いよいよこれは自分の事件だと思った。ほかの警官たちや、何チームかに分かれた技師たちや、ヘリコプターで頭上を回っていたり、公園を取り巻く犯行現場保存の境界線の向こう側にいる記者連中は、いずれほかのことをするためにいなくなり、彼とホワイティのふたりがケイティ・マーカスの死の最大の分け前を得ることになる。報告書をファイルし、宣誓供述書を準備し、室内循環する空気と溢れた灰皿のためにすえた臭いの漂う部屋で、ほとんどの警官がほかの事件——交通事故、窃盗、自殺——に取りかかったあとも、ずっと彼女の死について捜査を続ける。

マーティン・フリールは舞台の上に乗り、そこに坐って、小さな足を地面の上でぶらぶらさせた。〈ジョージ・ライト〉ゴルフコースの後半九ホールから駆けつけたので、青いポロシャツとカーキ色のズボンの下から日焼け止めの臭いがする。垂らした両足の踵を舞台のまえで当てて鳴らし、ショーンは微かに彼の苛立ちを感じた。

「きみはパワーズ部長刑事と仕事をしたことはあるな？」

「ええ」とショーンは言った。

「何か問題はあったか？」

「ありません」ショーンはホワイティがひとりの制服警官を脇に呼んで、スクリーンの裏側の木立を指差しているのを見た。「彼とは去年、エリザベス・ピテック殺害事件で一緒に働きました」

「差止命令を勝ち取っていた女性か？」とフリールは言った。「元の旦那が命令について何か言ったんだったな」

「〝命令は彼女の人生を支配するのかもしれないが、だからと言っておれの人生も支配するとは限らない〟です」

「二十年の懲役だったか？」

「ええ、仮釈放なしの二十年です」ショーンは、誰かが彼女にもっと強い命令を出してやればよかったのにと思った。彼女の子供は孤児院で育っていて、何が起こったのかもわからず、自分がどこの誰の子供かさえ知らない。

警官はホワイティから離れると、制服警官を数名引き連れて、裏の木立に向かっていった。

「彼は飲むんだってな」とフリールは言い、片方の足を舞台の上に上げて膝を抱えた。

「勤務中に飲んでるのは見たことがありません」とショーンは言って、フリールの眼にはどちらが謹慎期間にあるように見えるのだろうと思った。彼か、ホワイティか。ホワイティは屈んで、ヴァンのうしろのタイヤのそばにあった草の塊を見つめ、スウェットパンツの裾を、まるでブルックス・ブラザーズのスーツを着ているかのように折り返した。

「聞いたところでは、きみのパートナーは例のくだらん障害申告をしてる。背骨を傷めたとかで、保障を引き出して、フロリダでジェットスキーをしたり、パラセイリングをしてリハビリする腹なんだろう」フリールは肩をすくめた。「きみが戻ってきたら一緒にやりたいとパワーズが言ったんだ。で、きみは戻ってきた。またこのまえみたいな事件は起こさんだろうな？」

ショーンはへつらう覚悟はできていた、とくにフリールに対して。だから声にたっぷりと悔恨をにじませて言った。「起こしません。一時的な判断ミスでした」

「何度かあった」とフリールは言った。

「はい」

「きみの私生活は乱れている。それが問題だ。仕事に跳ね返らないようにすることだ」ショーンはフリールを見て、眼に帯電した電極の輝きを認めた。議論を挑めない場所にフリールがいることを示す輝きだった。

もう一度ショーンはうなずいて、機嫌を取った。

フリールは彼に冷たい笑みを投げ、別のヘリコプターがスクリーンの上で弧を描き、合意された高度より低く飛ぶのを見た。フリールは、日暮れまでに誰かに解雇手当を渡すぞという顔になった。

「犠牲者の家族を知ってるんだってな」とフリールはヘリコプターから眼を離さずに言った。

「ここで育ったから」

「育ったのは岬のほうです」

「つまりここだ」

「ここは集合住宅地です。若干ちがいます」

フリールは手を振って無視した。「きみはここで育った。そしてほとんど最初に現場に駆けつけた。犠牲者の家族も知っている」彼は手を広げた。「私はまちがってるか？」

「何についてです？」

「この事件を扱うきみの能力について」彼はショーンに、夏のソフトボールのコーチのような笑みを見せた。「きみは私の部下の中でももっとも頭が切れるひとりだ。懺悔もしてる。試合に戻ってくるかね？」

「はい」とショーンは言った。喜んで。この仕事を続けられるならなんでもします。

ふたりはヴァンを見た。中の床に何かがどすんと置かれ、車体がタイヤを押し下げた。車体が弾むのを見て、フリールは言った。「やつらはいつも放り投げるんだ。知ってたか？」

彼らはいつもそうだった。ケイティ・マーカスは、今や暗く暑いビニールの死体袋に入れられ、ジッパーを閉められている。ヴァンの中に投げ入れられ、髪の毛はビニールに当たってもつれ、臓器は柔らかくなりつつある。

「なあ」とフリールは言った。「十歳の黒人少年が腐ったギャングの銃撃戦で撃たれるより、私の嫌いなことがわかるかね？」

ショーンは答を知っていたが、黙っていた。

「十九歳の白人の娘が私の管轄する公園で殺されることだ。こうなると人々は〝ああ、不景気がひどいからね〟とは言わない。彼らは哀しく物思いに沈んだりはしない。怒りを覚え、誰かが手錠をはめられて六時のニュースに出ることを望む」フリールはショーンを軽く突いた。「ちがうか？」

「そのとおりです」

「それが彼らの望むことだ、つまるところ彼らはわれわれなのだから。それがわれわれの望むことだ」フリールはショーンの肩をつかんで、まっすぐに彼のほうを見た。

「はい」とショーンは素直に言った。フリールの眼に奇妙な光が宿っていて、ある人たちが神や、ナスダックや、〝世界を繋ぐインターネット〟を信じているように、彼も自分の言っていることを信じているように思えたからだ。フリールはあらゆる意味で〝再生派〟だった。何が〝再生〟したのか、ショーンにはよくわからなかったけれど。ただフリールが仕事の中に、ショーンがまるで気がつかないものを見つけているのはわかった。慰め、あるいは確信にもとづく信念とも言えるようなものを。正直に言うと、ときにショーンは彼の上司を阿呆ではないかと思うことがあった。生や死について馬鹿げた決まり文句を言い、ものごとを正しくする道だの、癌を治すだの、皆でひとつの心の集合体となろうだの、誰も聞く耳を持たないようなことを並べ立てる。

しかし一方で、フリールはショーンに父親を思い出させた。鳥の飛んでこない地下室で巣箱作りに精を出していた父親を。そしてショーンは父親の頭にあった考えが大好きだった。マーティン・フリールは、数代をさかのぼって、第六〝兵舎〟の殺人課で警部補を務めていたが、ショーンが知るかぎり、誰も彼のことを〝マーティ〟だとか、〝相棒〟だとか、〝親爺〟とは呼ばなかった。道で見かけると、会計士か、保険代理店の査定人か、その手の人間に見える。穏やかな顔立ちに、穏やかな声。茶色の髪は頭の上にわずかに馬蹄型に残っているだけだ。州警察の叩き上げにしては小柄な男で、歩き方に特徴がないから人込みで簡単に見失ってしまう。妻とふたりの子供を愛し、冬はパーカからスキー場のリフト券を取るのを忘れ、教会に足繁く通い、財政面、社会面では保守的だった。

しかし穏やかな顔と穏やかな声から予測がつかないのは彼の精神だった。密度が濃く、現実主義と道徳主義が揺るぎなく結合している。マーティン・フリールの管轄区で重大犯罪を犯せば――そう、彼の管轄区だったのさ、知らなかったのなら気の毒だが――彼はそれをきわめて個人的に捉える。

「頭は鋭く、神経は尖らせていてほしい」と彼はショーンが殺人課に配属された初日に言った。「あからさまに怒ってはならない。怒りは感情で、感情はあからさまにするものではないから。しかし常に苛立っていてほしい。ここの椅子が硬すぎることに。大学の友達がみんなアウディを運転していることに。クソ間抜けな犯罪者どもが、われわれの管区内で凶悪犯罪を犯してもいいと思っていることに。苛立ってくれ、ディヴァイン、苛立つ勢いで事件に深く踏み込んで、曖昧な捜索令状や検挙の根拠不充分で検察側がぶっ飛ぶようなことがないようにしてくれ。事件をすべて解決して、小汚い犯罪者どもを小汚い監房にひとり残らず放り込んで、残りの小汚い一生をそこで過ごさせてやれ」

兵舎でこれは〝フリールの大演説《スピール》〟と呼ばれていて、課に配属された警官全員が着任の最初の日に聞かされることだった。フリールの話が大抵そうであるように、これもどこまでが彼の信じていることで、どこからが熱血刑事ここにありといった冗談なのかわからないところがあった。しかし皆これを受け容れた。でなければ疲れる。

ショーンは州警察殺人課で二年勤めていた。その間、ホワイティ・パワーズのチームの誰より高い検挙率を誇り、フリールはいまだに彼のことを、よくわからないといった眼で見ることがあった。今フリールは彼の中の何かを推し測るように見つめ、ショーンがこの事件の試練――彼の公園で殺された娘――に耐えられるか判断しようとしていた。

ホワイティ・パワーズが、報告書の束をめくりながらふたりのほうへ歩いてきて、フリールにうなずいた。「警部補」

「パワーズ部長刑事」とフリールは言った。「今のところどうだ？」

「予備的な所見では、死亡時刻はだいたい午前二時十五分から二時三十分。性的暴行の形跡はなし。死因はおそらく後頭部の銃創、ただし棒で殴られたことによる外傷の線もないわけではありません。銃撃者はおそらく右利き。弾丸《たま》は犠牲者の左側の荷運び台にめり込んでいました。三八口径のスミスのようです。射撃特性班が見ればはっきりしたことがわかりますが。水路の潜水夫は今、凶器を捜しています。犯人が銃か、少なくとも彼女を殴った代物を捨てていることを期待して。何かのバットか、棒のようなものと思われます」

「棒ね」とフリールは言った。

「シドニー通りで聞き込みにあたっていた市警のふたりの話ですが、ある女性が、一時四十五分頃、車が何かに当たってエンストする音を聞いたと言っているそうです。彼女の死亡時刻のほぼ三十分前です」

「物証は何がある？」とフリールは訊いた。

「それについては、雨にやられました。ひょっとしたら犯人のものかもしれない、きわめて判別しにくい足跡がいくつかと、はっきり犠牲者のものとわかる足跡がひと組ありました。ドアからスクリーンの裏手にかけて約二十五の異なる足跡が見つかりましたが、犠牲者のものか、犯人のものか、この事件とはなんの関係もなくて、ただ夜中に飲みにきたり、ジョギングの途中でひと息ついたりした二十五人の人間のものなのかわかりません。ドアの脇と中に血がついていますが、このうちいくらかは犯人のものかもしれませんし、そうでないかもしれない。当然ながらほとんどは犠牲者のものです。それから犠牲者の車のドアにいくつかはっきりと指紋がついていました。物証についてはこんなところです」

フリールはうなずいた。「地方検事があと十分か二十分で電話してくるんだが、何か言えることがあるかね？」

パワーズは肩をすくめた。「犯行現場は雨にだいぶやられたとお伝えください。あと、われわれはベストを尽くしていると」

フリールは拳の中であくびをした。「ほかに私が知っておくべきことは？」

ホワイティは振り返って、スクリーン裏のドアに繋がる小径——ケイティ・マーカスの足が最後に踏んだ地面——を見た。

「足跡がないのが癪に障ります」

「きみはさっき雨にやられたと……」

ホワイティはうなずいた。「しかし彼女のはあるんです。家を賭けてもかまいませんが、あれは彼女のものです。ついたばかりで、ある場所ではヒールの跡があり、別の場所では思い切って跳んでいる。そんな足跡が三つないし四つありました。あれがキャサリン・マーカスのものであることは明らかです。しかし犯人のものは？　何もない」

「繰り返しになるけど」とショーンは言った。「雨のせいでは？」

「彼女の足跡だけ三つ残っていることの説明がつけばな。だがこいつの足跡はひとつも見当たらないんだ」ホワイティはショーンを、次にフリールを見て、肩をすくめた。「まあ、私の癪に障るってことだけですけど」

フリールは舞台から飛び降りて、手の泥を叩いて払った。「よかろう。六人の刑事をつけるから好きに使っていい。この件の鑑識はほかを飛び越して最優先に持ってこさせる。下働きが必要だったら何人警官を使ってもいい。さて、部長刑事、きみのために調達するこれだけの人員をどんなふうに使うか、教えておいてもらおうか」

「これから犠牲者の父親と話して、昨晩の彼女の行動について知っていることを聞き出します。それから、車がエンストするのを聞いたという女性からもう一度話を聞き、公園とシドニー通り近辺から引きずり出した浮浪者連中を取り調べ、鑑識の技師のチームが確固たる物証か、髪の毛でも見つけてくれればその線を洗い出します。ひょっとしたら彼女の爪に犯人の皮膚が残っているかもしれませんし、ドアに指紋がついているかもしれません。あるいは、彼はボーイフレンドで、ふたりは喧嘩したのかもしれません」ホワイティは専売特許のようにまた肩をすくめ、地面の土を蹴った。「そんなところでしょうか」

フリールはショーンを見た。

「捕まえますよ」

フリールはもっといい返事を期待していたように見えたが、うなずくと、ショーンの肘を軽く叩いて、舞台から野外劇場の観客席へと歩いていった。そこにはボストン市警のクラウザー警部補がD6区の上司のギリス警部と並んで話し込んでいて、皆がショーンとホワイティに、最高の〝しくじりやがるなよ〟という視線を飛ばしていた。

「〝捕まえますよ〟だと?」とホワイティは言った。「大学に四年行ったくせに、それが最高の台詞なわけか?」

ショーンはまたフリールと眼が合い、うなずいて、今のが能力と自信のほどがうかがえるうなずきであったことを祈った。「教科書に書いてあったんですよ」と彼はホワイティに言った。「〝あのクソ野郎を仕留めます〟と〝神を称えよ〟のあいだにね。読んだことは?」

ホワイティは首を振った。「その日は病欠だった」

ふたりは検死医助手がヴァンのうしろのドアを閉める音に振り返り、彼が運転席側にまわるのを見た。

「何か仮説はあります？」とショーンは言った。

「十年前なら」とホワイティは言った。「ギャングの成人式だと思っただろう。だが今は？まったくな。犯罪は一層堕落してますます読みにくくなってる。おまえは？」

「嫉妬に駆られたボーイフレンド。型どおりだけど」

「彼女をバットで殴るのか？　その彼は激情を抑圧するのに問題を抱えていた人間の歴史を学ぶべきだな」

「彼らはいつもそうですよ」

検死医助手が運転席のドアを開け、ホワイティとショーンを見た。「誰かが先導してくれるって聞いたんだけど」

「われわれだ」とホワイティは言った。「公園を出たら先に行ってくれていい。だがおれたちは親族を乗せてるから、保管所にはいったら彼女を廊下に置いたままにしないでくれ。わかるな？」

彼はうなずいてヴァンに乗り込んだ。

ホワイティとショーンは警察車に乗り、ホワイティは車をヴァンのまえにつけた。彼らは黄色い現場用のテープが川の流れのように張られた坂を下っていき、ショーンは、太陽が木々のあいだに傾き、ペン公園を鈍い金色に包み込んで、梢に赤い輝きを添えるのをじっと見つめた。自分が死んだら、たぶん一番恋しく思うもののひとつはこれだろうとショーンは思った。この色。どこからともなく現われて人を驚かす色。ただそれは人を少し哀しい気持ちにもさせる。自分がどこにも属さないような、肩身の狭い気持ちにさせる。

ディア・アイランド刑務所にはいった最初の夜、ジミーは同房者に襲われるのではないかと思い、夜の九時から朝の六時までまんじりともせずに過ごした。

同じ房にいたのはウッドレル・ダニエルズというニュー・ハンプシャーのバイク乗りで、ある夜、覚醒剤の取り引きのために州境を越えてマサチューセッツにはいり、バーに立ち寄って寝るまえのウィスキーを何杯か引っかけた末、ビリヤードのキューで、ある男の眼をつぶしたのだった。ウッドレル・ダニエルズはばかでかい肉の塊で、刺青とナイフの傷だらけだった。ジミーをひと目見て乾いた口笛のような笑い声をあげ、そのくすくす笑いは長いパイプのようにジミーの心臓を貫いた。

「あとでな」とウッドレルは消灯時に言った。「あとでな」と彼は繰り返し、また囁くような笑いを漏らした。

だからジミーはひと晩じゅう起きていた。突然上のベッドが軋むのではないかと聞き耳を立て、いざとなったらまずウッドレルの気管をつぶそうと考えた。ウッドレルのやたら太い腕で思い切り殴られたら耐えられるだろうか。咽喉を打て、と彼は自分に言い聞かせた。咽喉を打て、咽喉を打て、咽喉を打て、ああ、どうする、やつが来た……

しかしそれはただウッドレルが寝返りを打って、ベッドのスプリングを軋ませただけだった。彼の体の重みでマットレスがたるみ、ジミーの上に象の腹のように垂れ下がっていた。ジミーはその夜、刑務所は一個の生き物のようだと思った。呼吸するエンジンだ。ドブネズミが戦い、何かを嚙み、甲高い声で狂ったようにチューチュー鳴くのが聞こえた。囁き声、うめき声、シーソーのように何度も上下運動を繰り返すスプリングの軋みが聞こえた。水が垂れ、寝言を言う者がいて、遠くの廊下を歩く看守の足音が響いた。朝の四時に、彼は悲鳴を聞いた。たった一度だけ、現実の音より反響と記憶の中に長くとどまる叫び声だった。そのときジミーは、頭の下から枕を取り出して、上のウッドレル・ダニエルズにこっそり忍び寄り、窒息死させてしまおうかと思った。しかし、手はべたついていて、すべる。それにウッドレルが本当に寝入っているのか、寝ているふりをしているだけなのか、誰にわかる? そもそもジミーには枕をずっと押さえ続ける力がないだろう。あっという間に大男の両腕は彼の頭をつかみ、顔を引っ搔き、手首から肉を削ぎ取り、ハンマーのような拳で耳の軟骨を砕くだろう。

最後の一時間が最悪だった。灰色の光が分厚い壁の高窓からはいり込み、監房を金属のように冷たい空気で満たした。男たちが起きて、監房の中を歩きまわる音がした。耳障りな乾いた咳の音が聞こえた。エンジンがまた回転数を上げた。冷たく、また何かを消費しようと手ぐすねひいて。その機械は、暴力なしでは——人間の肌を味わわないことには——生きられないことを知っていた。

ウッドレルが床に飛び降りた。あまりに素早い動きだったので、ジミーは反応することもできなかった。眼をほんのわずかに開け、呼吸のリズムを深くして、咽喉を殴りつけることができるまでウッドレルが近寄ってくるのを待った。

しかしウッドレル・ダニエルズは、彼には眼もくれなかった。流しの上の棚から本を取り、開けながらひざまずいて、男は祈り始めた。

彼は祈り、パウロの書簡から何節か読み、さらに祈った。ときどき囁くような笑い声が漏れたが、それで祈りのことばが途切れることはなく、ジミーは、あの笑いは本人にはどうしようもない癖なのだと納得した。彼がずっと若かった頃、母親がしょっちゅう漏らしていたため息のように。ウッドレルはもう自分があんな音を立てていることさえ気づいていないにちがいない。

ウッドレルが振り返って、彼にキリストを自らの救い主として受け容れる気はないかと訊く頃には、ジミーは人生で一番長かった夜が終わったことを知った。ウッドレルの顔には、ジミーを救済の道へ誘《いざな》おうとする愚か者の光があった。あまりにはっきりとわかる光で、ジミーは彼に会った瞬間にそれに気づかなかったのが不思議に思えた。

ジミーはこの馬鹿馬鹿しいほどの幸運が信じられなかった。彼はライオンの巣にはいったが、このライオンはキリスト教徒だった。ジミーは、小山のような変人が夜は自分のベッドにはいり、食事のあいだはおとなしくジミーの横に坐っているかぎり、キリストだろうが、ボブ・ホープだろうが、ドリス・デイだろうが、ウッドレルが過熱気味の信者の心で崇拝する誰だろうと喜んで受け容れるつもりだった。

「おれはかつて見失われていた」とウッドレル・ダニエルズはジミーに言った。「しかし今は――神に栄光あれ――また見出されたんだ」

ジミーは思わず大声で言いそうになったものだ――そのとおり、あんたはクソみたいに正しいぜ、ウッドレル。

今日という日までジミーは、忍耐を要する試練が訪れるたびに、それをディア・アイランドの最初の夜と比較していた。そして必要なら一日だろうと二日だろうと、望む結果が出るまでこのまま耐えていられる、と自分に言い聞かせてきた。彼のまわりで轟々と鳴り響き、はあはあとあえぐ、刑務所という生ける機械の中――ドブネズミが甲高い鳴き声を立て、ベッドのスプリングが軋み、叫び声が響くなり死に絶える場所――で過ごした、あの長い最初の夜に匹敵するものなど何もなかったから。

今日までは。

ローズクレア通りのペン公園の入口に立ち、ジミーとアナベスは待っていた。彼らは、州警察が入口の道に設けた最初の境界線の中にはいっていたが、二番目の境界の外にいた。コーヒーと、腰を下ろすための折り畳み椅子を与えられ、警官たちは親切だった。しかし彼らは待たされた。情報をくれと言うと、警官の顔は少し強張り、哀しげになった。そして謝って、自分たちも公園の外の人間と同じように何も知らないのだと言った。

ケヴィン・サヴェッジがナディーンとセーラを家に連れて帰ったが、アナベスは残った。ナディーンの初聖体で着たラヴェンダー色のドレス姿で、ジミーの横に坐っていた。式はもう何週間もまえのことのように思えた。彼女はなけなしの希望にしがみついて、静かに身を固くしていた。ジミーがショーン・ディヴァインの顔に見たものは単なる誤解だったという希望。ケイティの捨てられた車と、彼女が一日いないことと、ペン公園の警官は、不思議となんの係わりもないという希望。彼女がおそらく真実だろうと思っていることが、どういうわけか、どんな形でもいいから、とにかくでたらめだったという希望。

ジミーは言った。「コーヒーをもう一杯飲むか？」

彼女は彼に飾り気のない、遠い笑みを向けた。「いいえ、要らない」

「本当に？」

「ええ」

死体をこの眼で見ないかぎり、娘は本当に死んだとは言えない、そうジミーは思っていた。観客席に連なる丘からチャック・サヴェッジと一緒に引きずり出されてから数時間のあいだ、ずっとそうやって自分の希望に理由を見出してきたのだった。彼女に似た娘なのかもしれない。彼女だとしても、昏睡状態なのかもしれない。それともただスクリーンのうしろの狭い場所にはいり込んでしまって、警官たちも彼女を引っ張り出せないのかもしれない。苦しんでいるけれど、ひょっとしたらひどく苦しいのかもしれないけれど、それでも生きている。そんな赤ん坊の髪の毛のように細くか弱い希望が、完全な確証が得られない場所で、ほのかにちらついていた。

そして言っても詮ないことと知りながら、ジミーのある部分は決して真実を受け容れられなかった。「ねえ、誰も、何も言ってないわけでしょう」と、ふたりでこの寝ずの番について間もない頃、アナベスは言った。「ちがう？」

「誰も何も言ってない」ジミーは彼女の手を撫でた。警察がふたりを境界線の中に入れたことだけで、彼らにとって必要な確認はすでに得られたとわかっていたけれど。

それでも微生物ほどの大きさの希望が、死に絶えるのを拒んでいた——遺体を見下ろして、〝ああ、彼女だ。ケイティだ。おれの娘だ〟と言うまでは。

ジミーは、公園の入口を飾る錬鉄製のアーチの脇に立つ警官たちを見た。アーチは、かつての刑務所《ペニテンシャリー》のただひとつの名残だった——公園や、ドライヴイン・シアターや、今日ここに存在するあらゆるものが生まれるまえに敷地内に建っていた刑務所の。街は刑務所のまわりに生まれ育った、その逆ではなく。看守が岬に住まい、囚人の家族は集合住宅地に身を落ち着けた。それが市に発展したのは、看守が歳を取り、公職を求めるようになってからだった。

アーチの一番近くにいた警官のトランシーバーが大きく鳴り、彼はそれを口に持っていった。

ジミーの手を握ったアナベスの手に力が加わった。彼の手の骨が互いにこすれ合うほどの力だった。

「パワーズだ。そろそろ外に出る」

「了解」

「マーカス夫妻はいるか？」

警官はジミーをちらっと見て、眼を落とした。「はい」

「よし。以上」

アナベスは言った。「ああ、神様、ジミー。ああ、神様」

タイヤが道路で甲高い音を立て、ジミーは数台の車とヴァンがローズクレア通りの境界線の外に停まるのを見た。何台かのヴァンの屋根には衛星通信用のパラボラ・アンテナがついており、ジミーは記者やカメラマンの一団がヴァンから通りに飛び降りて、押し合いながら、カメラを構え、マイクのコードを延ばしてくるのを見た。

「あいつらをここから出せ！」とアーチの脇にいた警官が叫んだ。「今すぐだ！　移動させろ」

外側の境界線にいた警官たちが記者連中に飛びつき、怒号が飛び交った。

アーチの脇の警官はトランシーバーに話しかけた。「こちらデュゲイです。パワーズ部長刑事ですか？」

「パワーズだ」

「こちらは通れません。報道機関です」

「退けろ」

「今取りかかってます、部長刑事」

ジミーは、アーチの二十ヤードほど向こうの路上に州警察の車が曲がってきて、突然停まるのを見た。ハンドルの向こうの警官がトランシーバーを口に当てていて、ショーン・ディヴァインが隣りに坐っている。もう一台の車のラジエター・グリルの先端が警察車のすぐうしろで停まり、ジミーは口がからからに渇くのを感じた。

「やつらを下げろ、デュゲイ。コロンバイン（一九九九年に起こったハイスクール襲撃事件）の犯人みたいなやつらのケツを撃ってもかまわん。とにかく蛆虫《うじむし》どもを退却させろ」

「了解」

デュゲイともう三人の警官がジミーとアナベスの脇を走り過ぎていった。デュゲイは走りながら指差して叫んだ。「あなたがたは封鎖された犯行現場を侵している。すぐに車に戻りなさい。ここへははいれません。今すぐ車に戻りなさい」

アナベスは「ひどいわ」と言った。ジミーは、ヘリコプターの爆音を、聞くより先に感じた。見上げると、それは頭上を飛んでいき、エンジンをかけて停まっている警察車の上で旋回した。運転者がトランシーバーに怒鳴っているのが見え、ほどなくサイレンの音が不協和音になって聞こえた。突然、紺と銀色の警察車の大群がローズクレア通りにはいるあらゆる道路から突入してきて、記者たちは雪崩を打って車に引き揚げ、ヘリコプターは大きく機体を傾けてまた公園のほうへ戻っていった。

「ジミー」とアナベスは、彼がこれまで聞いた中で一番哀しい声で言った。「ジミー、お願い。お願いよ」

「何をすればいいんだ、ハニー？」ジミーは彼女を抱き寄せた。「なんだい？」

「ああ、お願い、ジミー。いや。いやよ」

音だった――サイレン、軋むタイヤ、わめき立てる声、響き渡る回転翼の音。音はケイティだった。死んだ彼女が、彼らの耳元で叫んでいた。アナベスはジミーの腕の中でその声に押しつぶされていた。

デュゲイがまたふたりのまえを走り過ぎて、アーチの下の木挽台を移動させた。ジミーが気づく間もなく、警察車が走ってきて彼のまえに急停止し、白いヴァンがその右側をかすめてローズクレア通りに突入し、急に左に曲がった。ヴァンの横に書かれた〈サフォーク郡検死局〉の文字が見え、ジミーは体じゅうの関節が――足首も、肩も、膝も、腰も――ぼろぼろに崩れて、液体になったのを感じた。

「ジミー」

ジミーはショーン・ディヴァインを見下ろした。ショーンは助手席側の窓を開けて彼のほうを見ていた。

「ジミー、行こう。頼む。乗ってくれ」

ショーンは車から出て、うしろのドアを開けた。ヘリコプターが戻ってきた。今度は高く飛んでいたが、ジミーはその翼が空気を切り裂くのを髪の毛に感じた。

「ミセス・マーカス」とショーンは言った。「ジミー、さあ。車に乗って」

「彼女は死んだの?」とアナベスは言った。そのことばは、ジミーの体内にはいり、酸に変わった。

「お願いします、ミセス・マーカス。乗っていただければお話しします」

集まった警察車が、先導のためにローズクレア通りで二列を作り、サイレンが響き渡った。

アナベスは音に負けずに叫んだ。「わたしの娘は——?」

ジミーは彼女を動かした。同じことばをもう一度聞くのは耐えられなかった。鳴り響く騒音の中、彼女を引っ張ってふたりで警察車の後部座席にはいり、ショーンがドアを閉めて助手席に乗り、ハンドルを持った警官がアクセルを踏んで、同時にサイレンを鳴らし始めた。

彼らは公園の入口の道を猛スピードで走り、先導する車の列に追いつくと、一体となってローズクレア通りに出た。エンジンが叫び、サイレンが叫ぶ車の一群が、高速道路に向かって、叫びながら風を突っ切っていった。いつまでも、いつまでも叫びは続いた。


彼女は金属の台の上に横たわっていた。

眼は閉じられ、片方の靴はなかった。

肌は黒ずんだ紫色で、ジミーが見たことのない翳りを帯びていた。

彼女の香水の匂いがした。冷え冷えとした部屋に染みわたるホルムアルデヒドの悪臭をついて、ほんのわずか匂ってきた。

ショーンはジミーの腰のうしろに手を当て、ジミーは口を開いた。ことばが出ていることさえろくに感じず、この瞬間、自分も眼のまえの体同様に死んでいることを思い知った。

「ああ、彼女だ」と彼は言った。

「ケイティだ」彼は言った。

「おれの娘だ」

13 光

「階上《うえ》にカフェテリアがある」とショーンはジミーに言った。「コーヒーでも飲まないか?」

ジミーは相変わらず娘の遺体を見下ろして立っていた。シーツがまたかけられていたが、ジミーはその上の角をめくって、井戸の上からのぞき込むように彼女を見下ろしていた。自分も彼女を追って飛び込みたいかのように。「死体保管所と同じ建物にカフェテリアがあるのか」

「ああ、大きなビルだから」

「妙な話だな」とジミーは言った。声に色が失われていた。「病理学者がはいって来ると、みんな反対側の席に移動するのか?」

ショーンは、これはショックの初期症状だろうかと思った。「わからない、ジム」

「マーカスさん」とホワイティは言った。「いくつか質問させていただけるとありがたいんですが。つらいことはよくわかりますが……」

ジミーはシーツをまた娘の顔にかけた。唇が動いたが、音は出てこなかった。ジミーは、ホワイティがレポート用紙とペンを持って部屋にいることに驚いたようにそちらを見た。そしてまたショーンのほうに向き直った。

「考えたことがあるか?」とジミーは言った。「ほんの些細な決定が人生の進むべき方向をまるで変えてしまうことがある」

ショーンは彼の眼を見た。「どんなふうに?」

ジミーの顔は青白く、無表情で、眼は車のキーをどこへ忘れたか思い出そうとしているように上を向いていた。

「ヒットラーの母親が彼を中絶しようとして、すんでのところであきらめたという話を聞いたことがある。やつがウィーンを去ったのは、描いた絵が売れなかったからだという話も。だがもし絵が一枚でも売れてたら? もし母親が本当に中絶してたら? 世界はまったくちがう場所になっていたはずだ。だろ? あるいは、ある朝いつものバスに乗り遅れたとする。しょうがないから二杯目のコーヒーと、暇つぶしにスクラッチ式の宝くじを買う。そこでくじが当たる。それでもうバスに乗る必要はなくなる。リンカーンに乗って仕事に行くようになる。ところがある日、交通事故に遭って死ぬ。それもすべてある日バスに乗り遅れたからだ」

ショーンはホワイティを見た。ホワイティは肩をすくめた。

「やめろ」とジミーは言った。「おれの気が狂ったと言いたげな顔をして彼のほうを見るのはやめろ。おれは狂っちゃいない。呆然としてるわけでもない」

「わかった、ジム」

「おれはただ、糸があるって言いたいだけなんだ。人生の糸だ。一本手繰り寄せると、ほかのすべてが影響を受ける。もしダラスが雨だったら、ケネディはコンヴァーティブルには乗らなかっただろうってことだ。スターリンは神学校に残っていただろう。たとえばおまえとおれだって、ショーン、おれたちがデイヴ・ボイルとあの車に乗ってたら？」

「何？」とホワイティは言った。「なんの車だ？」

ショーンは彼に手を上げて、ジミーに言った。「何が言いたいのかわからない」

「わからないか？もしおれたちもあの車に乗ってたら、人生はまるでちがったものになっていただろう。おれの最初の妻のマリータ、ケイティの母親だが、彼女は本当にきれいだった。堂々たる美しさだった。ラテン系の女がときにどんなふうになるかわかるだろう？　豪華そのものだったよ。本人もそれを知ってた。もし彼女に近づきたいなら、相当な度胸が要った。で、おれはクソ度胸の持ち主だったんだ。十六歳でクソ度胸の王者だった。怖いもの知らずだった。彼女に本当に近づいていって、本当にデートを申し込んだ。で、一年後に——なんと、十七歳で、まだただのクソガキだ——結婚して、すでにそのとき彼女はケイティを身ごもっていた」

ジミーは娘の遺体のまわりをゆっくりと、着実な足取りで歩き始めた。

「そういうことだ、ショーン。もしおれたちがあの車に乗り込んで、神のみぞ知る場所で、神のみぞ知ることを、四日のあいだふたりの腐った変態野郎にやられてたら——何歳だ？

十一歳か――おれは十六歳であんなに度胸が坐ってたとは思えない。情緒不安定になって、リタリン（子供の運動過剰症の治療に用いる中枢神経刺激薬）か何かの世話になってたと思う。マリータみたいな敷居の高い豪華な女にデートを申し込むなんて大それたことは、とてもできなかっただろう。だからケイティも生まれることはなかった。そしてケイティは、当然ながら殺されなかったはずだ。しかし彼女は殺された。これもすべておれたちがあの車に乗らなかったからだ、ショーン。おれの言う意味がわかるか？」

ジミーはショーンが同意するのを待っているような眼差しで彼を見た。しかしショーンはどうやって同意すればいいのかわからなかった。ジミーは赦しを求めているように見えた。少年時代、あの車に乗らなかったことの赦しを。殺された子供の父親になってしまったことの赦しを。

ジョギングの途中、ショーンは我知らずギャノン通りの真ん中に立っていることがあった。彼とジミーとデイヴ・ボイルが喧嘩して転がり、見上げるとあの車が待っていた場所に。車から漂ってきたリンゴの匂いをまた嗅いだような気がすることもあった。さっと首を回せば、デイヴ・ボイルがあの車の後部座席に坐って、角を曲がるときに彼らのほうを振り返り、囚われの身となって視界から消えていくのが見える気がした。

ショーンは、十年ほどまえ、同僚と飲んで騒ぎ、血の中を駆け巡る大量のバーボンで哲学的になったときに、実は彼らはあの車に乗り込んだのではないかと思った。三人とも。そして今自分の人生と思っているものは、実は夢にすぎないのではないかと思った。三人は、現実には十一歳の少年のままどこかの地下室に閉じ込められていて、もし逃げられて大きくなっていたらという姿を想像しているだけではないか。

その考えが的を射ていることは、その夜飲めば真っ先に忘れるだろうと思っていたにもかかわらず、それが靴底にはいった小石のようにいつまでも頭の中にとどまっていたことからもわかった。

だからショーンは、ときにギャノン通りの昔の家のまえに立ち、視界の隅に去り行くディヴ・ボイルの姿を見て、鼻孔を満たすリンゴの匂いに気がつき、考えるのだった――行くな、戻ってこい。

彼はジミーの哀しげな視線を捉えた。何か言いたかった。ジミーに、おれもあの車に乗っていたらどうなっていたか考えたことがあると言いたかった。自分の人生はどうなっていただろうという考えが、ときに頭から離れず、曲がり角に近づくたびに漂い、窓越しに呼ばれた名前のようにそよ風に乗って響くのだと。彼はジミーに、自分もときおり昔の夢を見て、びっしょり汗をかいて飛び起きると言いたかった。通りが彼の両足をつかみ、開いたドアのほうへ引きずっていく夢を見ると。あの日から、どうやって生きていけばいいか本当のところはわからず、ときに自分から実体が消え、無重力の中でふわふわ浮いているような気がすると。

しかし彼らは死体保管所にいて、金属の台の上に横たわったジミーの娘の両側に立ち、ホワイティは用紙の上にペンを構えていた。だからショーンは、ジミーの嘆願する顔にただこう言った。「さあ、ジム。コーヒーを飲みにいこう」

アナベス・マーカスは、ショーンが見たところ、タフで芯の強い女性だった。日曜日の遅くに、死体保管所の七階上の冷え冷えとした市営のカフェテリアに坐り、温め直した食べ物のラップと蒸気の匂いに包まれ、義理の娘のことを冷たい態度の公務員に話して、死ぬほどつらいのはショーンの眼にも明らかなのに、決してとり乱さなかった。眼は赤かったが、数分後にはショーンにも彼女が彼らのまえでは、どんなことがあっても、泣き出さないことがわかった。

話しながら、彼女は息を整えるために何度か中断しなければならなかった。ことばの途中で咽喉がつまり、それはまるで拳が胸の中をせり上がり、まわりの器官を圧迫しているようだった。彼女は胸に手を当て、口を少し大きく開けて、酸素を充分取り込んでからまた話し始めた。

「彼女は、土曜は四時半に店から帰ってきました」

「店とは、ミセス・マーカス？」

彼女はジミーを指差した。「夫は〈コテッジ・マーケット〉の店主なんです」

「イースト・コテッジ通りとバッキー大通りの交差点の？」とホワイティは言った。「街で一番のコーヒーを出す」

アナベスは言った。「彼女は家に帰ってきて、シャワーを浴びました。そのあとでわたしたちは食事を――待って、あの子は食べなかったわ。わたしたちと坐って、ふたりの妹に話しかけていたけれど、食べなかった。イヴとダイアンと食べると言って」

「彼女が一緒に出かけた娘たちだ」とホワイティはジミーに言った。

ジミーはうなずいた。

「で、彼女は食べなかった……」とホワイティは言った。

アナベスは言った。「でもあの子たちと――うちの娘たち、妹たちと遊んでいました。来週のパレードのことや、ナディーンの初聖体のことを話して。そして部屋にはいってしばらく電話して、そして、八時頃出かけていきました」

「電話で彼女が誰と話していたかご存知ですか？」

アナベスは首を振った。

「彼女の部屋の電話は」とホワイティは言った。「単独で引いた回線ですか？」

「ええ」

「証拠提出命令を取って電話会社にその回線の通話記録を出させると言ったら、反対なさいますか？」

アナベスはジミーを見て、ジミーは言った。「いいえ。かまいません」

「で、彼女は八時に家を出た。あなたが知るかぎり、友達のイヴとダイアンに会うために」

「そうです」

「その頃あなたはまだ店にいましたか、ミスター・マーカス？」

「ああ。土曜日は午後の交替勤務にはいった。十二時から八時まで」

ホワイティは手帳のページをめくり、ふたりに軽く微笑んだ。「大変なことはわかっています。でもとても助かります」

アナベスはうなずいて、夫のほうを向いた。「ケヴィンに電話したわ」

「そうか。娘たちと話した？」

「セーラと話したわ。もうすぐ帰るって言っといた。ほかのことは何も言わなかった」

「あの子はケイティのことを訊いたか？」

アナベスはうなずいた。

「なんて答えた？」

「帰るからって言っただけ、もうすぐ」とアナベスは言った。ショーンは〝もうすぐ〟が泣き声になりかかったのに気がついた。

彼女とジミーはホワイティに眼を戻し、ホワイティはまたふたりに小さな、慰めるような笑みを向けた。

「この事件は最優先扱いとなることを請け合っておきます。市庁舎のはるかトップから出された命令です。われわれはまちがいは犯しません。ディヴァイン刑事はご家族の友人ですから、いつにも増して熱心に働くだろうと上司が判断して事件の担当になりました。捜査のすべての段階で私と協力していきます。われわれは必ずお嬢さんを傷つけた犯人を見つけ出します」

アナベスは怪訝そうな眼でショーンを見た。「ご家族の友人？　わたしはあなたを知らないわ」

ホワイティは試合から放り出された体《てい》で渋い顔になった。

ショーンは言った。「あなたのご主人と私は友人だったんです、ミセス・マーカス」

「はるか昔にな」

「父親同士が一緒に働いていました」

アナベスはうなずいたが、まだ混乱していた。

ホワイティは言った。「ミスター・マーカス、あなたは土曜日、店で娘さんと割合長いあいだ過ごされたんですね？」

「なんとも言えない」とジミーは言った。「おれはほとんど店の裏にいたから。ケイティはレジに立っていた」

「いずれにせよ、何か普段とちがうことに気がつきませんでしたか？　変な行動を取っていたとか、緊張していたとか、怖がっていたとか。たとえばお客さんと口論になったとか？」

「おれがいたときにはなかったな。午前中、彼女と一緒に働いた人間の電話番号を知らせるよ。ひょっとしたらおれが店にはいるまえに、彼のほうで憶えていることがあるかもしれない」

「感謝します。でもあなたがいらっしゃったときには……」

「彼女はいつもどおりだった。幸せそうで。ただひょっとしたら少し……」

「なんですか？」

「いや、なんでもない」

「今はほんの小さなことが重要なんです」

アナベスは身を乗り出した。

ジミーは困りきって皆のまえで顔をしかめた。「ジミー？」

机から眼を上げると、彼女がドアロに立っていた。ドアのところに突っ立って、コカコーラをストローで飲みながら、おれを見ていた」

「あなたを見ていた」

「ああ。そのとき彼女は、五歳のときにおれが彼女を車に残して雑貨屋へはいっていったときと同じ眼をしていたように思えた。あのときにはわっと泣き出したんだ。おれは刑務所から出たばかりで、母親も亡くなって間もなかったから、思い返すと、たぶん一瞬でも誰かがそばを離れると、もう二度と戻ってこなくなると思ったんだろう。で、土曜の彼女もそんな眼をしていた。また泣き出すかどうかはわからなかったけれど、彼女はあのときの表情をしていた。まるで誰かと二度と会わない覚悟をかためているようだった」ジミーは咳払いをして、眼を見開き、長いため息をついた。「いずれにせよ、娘のあんな表情は長年見たことがなかった。たぶん七、八年。だが土曜日のあの数秒間、彼女はあの眼でおれを見ていた」

「まるであなたに二度と会わない覚悟を決めるみたいに」

「ああ」ジミーはホワイティがそれをレポート用紙に書きとめるのを見た。「なあ、そんなに大袈裟に考えないでくれ。単なる顔つきだ」

「これを何かに結びつけようって話じゃないんです、ミスター・マーカス。それは約束します。これは単なる情報です。そうやっていくんです。情報の欠片《かけら》を集めて、そのうちの二つか三つが符合するまで続けるんです。刑務所にいたっておっしゃいましたか？」

アナベスは聞こえないほど低い声で「なんてこと」と言い、首を振った。

ジミーは椅子の背にもたれた。「ほら来た」

「ただ訊いてるだけですよ」とホワイティは言った。

「シアーズで十五年働いてたって言っても同じことをするわけだな？」ジミーは含み笑いをした。「強盗で服役した。二年間、ディア・アイランドで。手帳に書いとくといい。この情報は娘を殺したやつを捕まえる役に立つかな、部長刑事？　いや、ただ訊いてるだけだが」

ホワイティはショーンのほうをちらっと見た。

ショーンは言った。「ジム、誰かを怒らせるためにこういうことをやってるわけじゃないんだ。もうその件は置いといて、本題に戻ろうじゃないか」

「本題？」ジミーは言った。

「そのケイティの表情のほかに」とショーンは言った。「何か普段とちがって見えたことを憶えてないか？」

ジミーは〝塀の中の囚人〟らしい凝視をホワイティからそむけ、コーヒーを飲んだ。「いや、何も。待て――あいつ、ブレンダン・ハリス――ちがうか、あれは今朝だ」

「近所に住んでるやつなんだが、今日店に来て、ケイティはいるかと訊いた。会うことを期待してたみたいに。だがふたりはほとんど知り合いじゃないんだ。ちょっとおかしな気がした。それだけだが」

「彼がどうした？」

いずれにせよホワイティは名前を書きとめた。

「ひょっとしたら彼女は彼とつき合っていた？」とショーンは言った。

「いや」

アナベスは言った。「それはわからないわ、ジム……」

「わかってるさ」とジミーは言った。「あの子があいつとつき合うはずがない」

「絶対に？」とショーンは言った。

「絶対に」

「どうしてそこまではっきり言える？」

「おい、ショーン、なんだってんだ。おれを詰問する気かよ」

「詰問なんてしてないさ、ジム。どうしておまえの娘がブレンダン・ハリスとつき合ってないってそうはっきり言えるのか訊いてるだけだ」

ジミーは天井を見上げて、口から大きく息を吐いた。

「父親だからわかる。それでいいな？」

ショーンは、ここはこれ以上追及しないことにした。ホワイティにうなずいて質問を譲る。

ホワイティは言った。「その点はどうなんですか？　彼女は誰とつき合っていました？」

「今は誰とも」とアナベスは言った。「わたしたちが知るかぎり」

「昔の男友達はどうでしょう。誰か恨みを抱いているような人間はいませんでしたか？　彼女が振ったか何かで」

アナベスとジミーは互いに見つめ合った。ショーンはふたりのあいだに流れるものを感じた——疑惑。

「ボビー・オドネル」とアナベスはついに言った。

ホワイティはペンを用紙に走らせ、机の向こう側から彼らを見据えた。「私が考えてるのと同じボビー・オドネルですかね？」

ジミーは言った。「さあ。コカインの売人でヒモのオドネル？　二十七歳ぐらいの」

「そいつだ」とホワイティは言った。「ここ二年ほど、あなたがたの近所で起こったかなりの数の厄介ごとに、彼が絡んでると踏んでるんですがね」

「しかしそのどれについても起訴したことはない」

「ふむ。まず第一に、ミスター・マーカス、われわれは州警察です。もし事件がペン公園で起こっていなければ、私はここに来ることさえなかった。イースト・バッキーはほとんどが市の管轄です。市警の仕事に私が口を出すことはできません」

「わたしの友達のコニーに聞かせてやりたいわ。ボビーと彼の仲間に花屋をつぶされたのよ」

「どうして？」とショーンは訊いた。

「彼にお金を払おうとしなかったから」とアナベスは言った。

「なんの金を？」

「花屋をつぶさないための腐った上納金よ」とアナベスは言って、コーヒーを飲んだ。ショーンはまた思った――この女は強硬派《ハード・コア》だ。下手に手を出したら火傷する。

「で、娘さんは」とホワイティは言った。「彼とつき合っていたわけですね」

アナベスはうなずいた。「そんなに長くは続かなかったけれど。数カ月ってとこよね、ジム？　十一月に終わったわ」

「ボビーはどう反応しました？」とホワイティは訊いた。

マーカス夫妻はまた目配せをした。ジミーは言った。「ある晩、ひと悶着あった。彼が番犬のローマン・ファローとやって来たんだ」

「で？」

「われわれは彼らに家へ帰れと言った」

「〝われわれ〟とは？」

アナベスは言った。「わたしの兄弟が階上《うえ》と階下《した》のアパートメントに住んでいるの。彼らがケイティを守ってくれたの」

「サヴェッジ兄弟です」とショーンはホワイティに言った。

ホワイティはまた用紙にペンを走らせ、親指と人差し指の先を目頭に押さえつけた。「サヴェッジ兄弟ね」

「ええ。なぜ？」

「あらゆる面から考えて、この事件が荒れ模様になるのではないかとちょっと心配になったんです」ホワイティは頭を垂れて、今度は首のうしろを揉んだ。「悪気があって言うわけじゃないんですが――」

「それは人がこれから悪気のあることを言うときの常套句だわ」

ホワイティは驚きの笑みを浮かべて彼女を見た。「あなたも知っておく必要があると思うんですが、あなたのご兄弟は、彼ら自身大した評判をお持ちだ」

アナベスはホワイティの笑みに硬い笑みで応えた。「彼らがどういう人間かは知っています、パワーズ部長刑事。気を遣ってもらう必要はありません」

「凶悪犯罪課の友人から数カ月前に聞いた話では、オドネルは高利貸とヘロインの市場にはいり込むと吹聴していたそうです。どちらも、聞いたところ、サヴェッジ兄弟の独占分野のようですね」

「集合住宅地では、やってないわ」

「なんですか？」

「集合住宅地では、やってない」とジミーは妻の手に自分の手を重ねて言った。「つまり自分たちの住んでるあたりで汚い仕事はしないってことだ」

「ほかの人が住んでいるところだけってことですね」とホワイティは言って、その問題をしばらく棚上げにした。

「どちらにせよ、それで集合住宅地は真空地帯になる。そうですね？　開拓のし甲斐がある真空地帯に。もし私の仕入れた情報が正しければ、ボビー・オドネルが開拓をしたがってるわけです」

「それで？」とジミーは席で少し体を起こして言った。

「それで、とは？」

「そいつが娘とどういう係わりがあるんだね、部長刑事？」

「あらゆる面で」とホワイティは言って両手を広げた。「あらゆる面で、ミスター・マーカス。なぜなら双方にとって、ほんの小さなきっかけさえあれば戦争が始められるからです。で、今は理由ができた」

ジミーは首を振った。苦々しい笑いが口元に浮かんだ。

「そう思いませんか、ミスター・マーカス？」

ジミーは顔を上げた。「われわれの近所は、部長刑事、いずれすぐに消えるよ。犯罪もそれにつれて消える。それはサヴェッジ兄弟のせいでも、オドネル一家のせいでも、彼らをつぶそうといきり立っているあんたたちのせいでもない。利率が下がり、固定資産税が上がり、郊外のレストランがまずいから人々が街なかにまた戻っていくせいだ。そしてここへ移ってくる連中は、ヘロインや、一区画に六軒のバーや、十ドルのフェラチオを必要としないやつらだ。彼らの生活はまっとうだ。仕事も愛している。未来も、個人退職年金も、立派なドイツ製の車も持っている。だから彼らが移ってくると――もう移動は始まっているが――犯罪と古い近所の半分は出ていく。だからおれは、ボビー・オドネルと義理の兄弟たちが戦争を始めるってことはあまり心配していない。そもそもなんのために戦争しなきゃならない？」

「今このときのために」とホワイティは言った。

ジミーは言った。「正直なところ、オドネルがおれの娘を殺したと思ってるのか？」

「サヴェッジ兄弟は彼を容疑者と見なすと思います。だからわれわれが仕事をするあいだ、誰かが彼らに話をして、そういった考えから遠ざけておく必要があると思う」

ジミーとアナベスは机の向かい側に坐っていたので、ショーンは彼らの顔つきを読もうとしたが、何も読み取れなかった。

「ジミー」とショーンは言った。「余計な混乱がないほうが事件を早く解決できるんだ」

「そうか？」とジミーは言った。「約束できるか、ショーン？」

「約束する。それだけじゃなく、きれいに解決できる。法廷で邪魔がはいらないから」

「どのくらいかかる？」

「何？」

「娘を殺した人間を刑務所に放り込むのにどのくらいかかると思う？」

ホワイティは手を上げた。「ちょっと待った。われわれと駆け引きしているつもりですか、ミスター・マーカス？」

「駆け引き？」ジミーの顔に囚人の生気のなさが戻った。

「ええ」とホワイティは言った。

「なんとなく感じるんだが――」

「感じる？」

「会話の端々に脅迫めいたものを」

「本当に？」邪心がなさそうに見えるが、眼は相変わらず死んでいた。

「たとえば期限を与えてみたり」とホワイティは言った。

「ディヴァイン刑事はおれの娘を殺したやつを見つけると約束した。おれはただ、それにどのくらいの時間がかかると思うのか、彼の意見が聞きたいだけだ」

「ディヴァイン刑事は」とホワイティは言った。「この捜査の責任者じゃありません。責任者は私です。犯人は誰にしろ、われわれは徹底的に攻めるつもりでいます、ミスターそしてミセス・マーカス。私に必要ないのは、サヴェッジ対オドネル戦争が起こる不安を盾にとって、われわれの尻を叩くことができると思い込む人間です。彼ら全員を公的不法行為で逮捕して、この事件が終わるまで書類仕事を減らしてもいいんですよ」

用務員がふたり、彼らの脇を通り過ぎた。灰色の湯気を立てるじっとり湿った食べ物を盆に載せていた。ショーンは夜が自分たちを包み込み、場の空気がさらによどむのを感じた。

「だったら、いい」ジミーは明るい笑顔で言った。

「何がいい？」

「殺人者を見つけてくれ。おれは邪魔だてしない」彼は妻のほうを向いて席を立ち、彼女に手を差し出した。「行こう」

ホワイティは言った。「ミスター・マーカス」

ジミーはホワイティを見下ろした。妻も彼の手を取って立ちあがった。

「階下《した》に警官がいます。あなたがたを家までお送りします」とホワイティは言って、財布の中を探った。「もし何か思いついたら電話をいただけますか」

ジミーはホワイティの名刺を受け取ると、ズボンのうしろのポケットに入れた。

立ち上がると、アナベスはかなりぐらついて見えた。脚に液体が詰まっているかのように。

彼女は自分の手が真っ白になるほど、夫の手をきつく握りしめた。

「ありがとう」と彼女はショーンとホワイティに囁くような声で言った。

ショーンは一日のやつれが彼女の顔と体に表われ、すっと全身に降りていくのを見た。頭上のまばゆい光が彼女の顔を捕らえ、ショーンは、彼女が歳を取ったらどんなふうに見えるかわかった気がした——自ら求めなかった叡智の傷の残る、端正な女性。

ショーンはことばがどこから出てきたのかわからなかった。自分の声が冷たいカフェテリアに響くまで、口を開いていたことさえ気がつかなかった。

「犯人捜しはわれわれにまかせてください、ミセス・マーカス。もしそれでいいなら。全力をつくします」

アナベスの顔に一瞬、皺が寄った。彼女は大きく息を吸って、数回うなずき、夫とのあいだでわずかにためらって言った。

「ええ、ディヴァインさん、おねがいします。そうしてください」

街なかを横切って戻る途中で、ホワイティは言った。「車の話ってのはなんだ？」

ショーンは言った。「何？」

「マーカスは、子供のときにおまえらが何かの車に乗りかかったと言った」

「おれたちは……」ショーンはダッシュボードに手を伸ばして、うしろのきらめくヘッドライトの流れが映るまでサイドミラーを調節した。ぼやけた黄色の点が夜の闇の中で微かに跳ね、シミー（上半身を揺すって踊るジャズダンス）を踊っていた。「おれたちは……くそっ、車がいたんですよ。おれとジミーとデイヴ・ボイルっていうやつがおれの家のまえで遊んでたんです。みんな、確か、十一歳だった。いずれにせよ、そこへ車がやって来て、デイヴを連れ去ったんです」

「誘拐か？」

ショーンはうなずいた。眼は踊る黄色の光を見ていた。「やつらは警官のふりをしていました。デイヴを言いくるめて車に連れ込んだんです。ジミーとおれは乗らなかった。やつらは四日間デイヴを離しませんでした。彼はなんとか逃げ出しました。今は集合住宅地に住んでます」

「犯人は捕まったのか」

「ひとりは死にました。もうひとりも一年ほど経って逮捕され、監房内で首をくくって死にました」

「まったく」とホワイティは言った。「島があればいいと思うよ。昔のスティーヴ・マックィーンの映画に出てくるみたいな。彼はフランス人ということになってるが、彼以外の人間全員に訛りがあるんだ。彼は単にフランス人の名前のついたスティーヴ・マックィーンなんだな。最後にココナッツの木でできた筏に乗って崖から飛び降りるやつだ。観たことあるか？」

「いいえ」

「いい映画だ。しかし赤ん坊や子供を犯すやつらだけの島があるといいと思わないか。週に数回だけ食料を空輸する。まわりの海には機雷をばらまく。誰も外に出られない。初犯でいきなり島の終身刑だ。申し訳ないが、諸君、きみたちを外に出して誰かに害を与えさせるわけにはいかない。こいつは移る病気だから、だろ？　誰かにされたから、きみたちもするんだろう。でもって誰かに移すわけだ。伝染病みたいに。彼らをひとつの島に放り込んどけば、移る機会も減ろうってもんだ。世代を経るたびに人数が少なくなっていって、数百年経ったら島ごとリゾート・クラブか何かにしてしまえばいい。子供たちはそういう変態どもの話を、今われわれが幽霊の話でも聞くみたいに聞くんだ。われわれが、よくわからんが、そいつらより進化しているものとして」

ショーンは言った。「部長刑事、どうして急に関心を持ったんです？」

ホワイティはにやっと笑って、高速道路の入口に車を進めた。

「おまえの友達のマーカスだが」と彼は言った。「ひと目見た瞬間、刑務所暮らしをしたことがあるのがわかったよ。彼らはある種の緊張感を失わない。大抵、肩のあたりにな。二年間、四六時中背後に気をつけてたら、その緊張感がどこかに染みつくものさ」

「娘を亡くしたばかりだから、それが肩に表われてるのかもしれない」

ホワイティは首を振った。「いや。それは今、腹に来てるはずだ。彼はずっとしかめっ面をしてただろう？　あれは喪失感が腹に居坐って、酸に変わってるんだ。もう百万遍ほど見たよ。しかし、あの肩は刑務所だ」

ショーンはバックミラーから眼をそらし、高速道路の反対車線を行き過ぎる光をしばらく見つめていた。それは標的に飛んでくる弾丸のように彼らの方向に向かってきて、霞んだリボンのようにうしろに流れていき、次々にぼうっと現われては消えた。街が自分たちにまとわりついているような気がした。高層ビル、アパートメント、オフィス・タワー、駐車場、競技場、ナイトクラブ、教会。そのどれかの光が消えても、なんら変わりはない。新しい光が加わっても、誰も気がつかない。けれどそれらは脈打ち、輝き、シミーを踊り、揺らめき、人を見つめる。ちょうど今のように――彼とホワイティの光が瞬いて高速道路を駆け抜けるのをじっと見ている。赤と黄色の光の流れの中を駆け抜ける、もう一対の赤と黄色の光。光はなんということのない日曜の宵闇を、瞬き、そして流れていく。

どこへ？

消えてしまった光のほうさ、馬鹿だな。砕け散ったガラスのほうさ。

真夜中過ぎ、アナベスと娘たちがやっとベッドに行き、話を聞くなり駆けつけたアナベスの従妹のシレストが寝椅子でうとうとし始めると、ジミーは階下《した》に降りていって、サヴェッジ兄弟と共有している三階建ての玄関ポーチに坐った。

ショーンのグラヴを持ってきて、手にはめた。親指ははいらず、グラヴの土手は手のひらの途中で止まってしまった。彼はバッキンガム大通りの四本の車線を眺めながら、ボールを網に投げ入れた。革が革に当たる柔らかいパシンという音が彼の中の何かを慰めてくれた。

ジミーは夜ここに坐っているのが好きだった。道向こうに並ぶ店は閉まり、ほとんどは暗い。夜になると、日中盛んに商業が営まれるこのあたりにも静けさが訪れ、その静けさはほかの場所とは異なっていた。昼間ほぼ絶えることのない喧騒は肺の中に吸い込まれるように消え、また吐き出されるのを待って、溜めておかれる。だから彼はここの静けさを信頼し、身近に感じた。喧騒が戻ってくることを約束する静けさだったから。ジミーは、静けさが喧騒のあとで訪れるどこか田舎に住むことなど想像もできなかった。そんな場所の静けさは繊細で、触れればすぐに壊れてしまう。

しかし彼はここの静けさは好きだった。この雷の鳴るまえのような静寂は。つい先ほどまで、夜はあまりに騒々しかった。妻や娘たちの会話や泣き声で、あまりに激しかった。ショーン・ディヴァインは、ケイティの部屋を捜索するために、ブラケットとローゼンタールというふたりの刑事を送り込んできた。彼らは眼のやり場に困ったように下を向き、申しわけありませんとジミーに囁きながら、抽斗の中や、ベッドやマットレスの下を調べた。ジミーは、話などせずにさっさと終わらせやがれと思った。結局、小さな簞笥に新札で七百ドルはいっていたこと以外に、めぼしいものは見つからなかった。ふたりはジミーにその金と銀行通帳——〝解約〟のスタンプが押されていた——を見せた。最後の現金引き出しは、金曜の午後に行なわれていた。

ジミーは何も答えられなかった。そんなことは予期していなかった。しかしその日の予期していなかった出来事すべての中では、ほとんど影響力を持たなかった。痺れたような感覚がほんのわずか増しただけだった。

「やつを殺してもいいぞ」

ヴァルがポーチに出てきて、ジミーにビールを手渡した。隣りに腰を下ろし、階段の上に裸足の足を載せた。

「オドネルか？」

ヴァルはうなずいた。「喜んでやってやる。わかるだろ、ジム？」

「やつがケイティを殺したと思ってるのか？」

ヴァルはうなずいた。「あるいは誰かにやらせたか。そう思わないか？　彼女の女友達ははっきりそう思ってたぞ。バーでローマンが絡んできて、ケイティを脅したってな」

「脅した？」

「ま、いちゃもんつけたってことだ。まるで彼女がまだオドネルの女みたいに。わかってるだろ、ジミー。ボビーがやったのさ、そうとしか考えられない」

ジミーは言った。「おれはまだ、そこまではっきりとわからない」

「わかったらどうする?」

ジミーはグラヴを足元の階段に置き、ビールの缶を開けた。そしてゆっくりと、時間をかけて飲んだ。

「そいつもまだわからない」

14 二度とあんな気持ちには

彼らは夜を徹して議論した。ショーン、ホワイティ・パワーズ、スーザとコナリー、州警察殺人課からあとふたり、ブラケットとローゼンタール、そして大勢の警官と、現場捜査班の技師、カメラマン、検死医、誰もが事件をスティール製の箱のように叩きに叩いた。彼らは証拠を探して公園内のすべての葉を調べてまわった。図や現地報告で手帳を埋め尽くした。公園から歩ける距離にある家はひとつ残らず聞き込みにまわり、公園や、シドニー通りの焼け跡の家から浮浪者を引きずり出してヴァンを満杯にした。ケイティ・マーカスの車で見つかったバックパックを調べてみたが、出てきたのはありふれたものばかりで、ただラスヴェガスのパンフレットと、線のはいった黄色い紙に書かれたヴェガスのホテルのリストが見つかった。

ホワイティはパンフレットをショーンに見せて口笛を吹いた。「くだらないものの中に手がかりがあるもんだ。彼女の友達から話を聞こう」

イヴ・ピジョンとダイアン・セストラ――ジミーによれば、生きているケイティ・マーカスと最後に会ったまともなふたり――は、同じシャベルで後頭部をしたたか殴られたような顔をしていた。ほとんど絶え間なく頬を流れ落ちるバケツ何杯分もの涙の合間に、ホワイティとショーンは腫れものに触るように質問した。娘たちは、ケイティ・マーカスの生きていた最後の夜の行動を順序立てて話し、行ったバーの名前と、だいたい何時頃はいって、何時頃出たかを告げた。しかし、こと個人的な話題になると、ショーンとホワイティは、ふたりが何かを隠し、答えるまえに目配せを交わし、はっきり答えていたことにも曖昧な返事をし始めるのに気がついた。

「彼女は誰かとデートしていましたか？」

「いいえ、あの、しょっちゅうという意味では」

「たまに、ならどうですか？」

「ええと……」

「どうでしょう？」

「そういうことについてはすぐに教えてくれなかったので」

「ダイアン、イヴ、頼みますよ。幼稚園以来の親友でしょう。その彼女があなたがたに、誰とつき合ってるか言ってない？」

「彼女は秘密主義なところがあったんです」

「そう。秘密主義です。それがケイティでした」

ホワイティは別の突破口を試みた。「すると昨日の晩はとくに変わったことはなかったと？　普段とちがうことは何もなかった？」

「ありませんでした」

「街を出る計画については？」

「えっ？　ありません」

「ない？　ダイアン、彼女は車のうしろにバックパックを入れてたんだ。中にヴェガスのパンフレットがはいっていた。彼女は、すると、誰かほかの人のためにそれを持ち歩いていたのかな？」

「たぶん。わかりません」

イヴの父親がそこで割り込んだ。「ハニー、もし何か助けられることがあるのなら、今話しなさい。ケイティは――なんてこった――殺されたんだぞ」

それがまたバケツ何杯かのむせび泣きをもたらした。ふたりの娘は、地獄に堕ちたかのように泣き始め、互いに抱きついて身を震わせ、口を大きく丸く開けて、ショーンが何度も眼にした嘆きの身振りに全身を貫かれたように見えた。そうなると、マーティン・フリールのことばを借りれば、堤防は崩れ、犠牲者が二度とこの世に戻ってこないことが胸を押しひしぐ。そんなときには、じっと見ているか、その場を去るしかない。

彼らはじっと見て、待った。

イヴ・ピジョンは実際少し鳥のように見える、とショーンは思った。顔つきは鋭く、鼻はかなり細い。しかしそれはほとんど彼女の美点になっている。しとやかさが感じられ、それが細面に貴族的な印象を与えていた。普段着よりフォーマルな恰好が似合う女性だとショーンは思った。彼の見たところ、真剣な男性だけを惹きつけ、女たらしやロミオ的な男を排除する気品と知性を漂わせている。

一方、ダイアンは退廃的な色気を発散していた。右眼のまわりに治りかけた打撲傷の痕があるのを認め、ショーンはイヴよりも強い刺激を受けた——どちらかというと感情や、ひょっとしたら笑いに訴えるものではあったが。消えかかった希望が両方の眼におそろいの傷のように表われ、その切実そうな雰囲気は、ショーンが知るかぎり、肉食獣といった類いの男以外ほとんど惹きつけない。彼女は数年のうちに、九一一番にかかってくるいくつかの家庭内暴力の常連になりそうだとショーンは思った。で、警官が彼女の家のドアにたどり着く頃には、風前の灯だった希望の光さえ、彼女の眼からとうの昔に消え去っているだろう。

「イヴ」ホワイティは、ふたりがついに泣きやむと優しく呼びかけた。「ローマン・ファローについて知りたいんだ」

イヴはいずれその質問をされると覚悟していたかのようにうなずいた。しかしすぐにはしゃべらなかった。親指のまわりの皮膚を嚙み、机の上のパン屑を見つめていた。

「ボビー・オドネルのところにいるあのクソ野郎か？」と彼女の父親は言った。

ホワイティは彼に手を上げて、ショーンのほうをさっと見た。

「イヴ」とショーンは言った。落とさなければならないのはイヴだとわかっていた。ダイアンより口を割るのはむずかしいだろうが、事件と係わりのある細かい情報をより多く提供してくれるのは彼女だ。

彼女はショーンを見た。

「仕返しはない、もしそれを心配してるのなら。ローマン・ファローやボビーのことをしゃべっても、ここだけの話だ。彼らが情報の出所を知ることはない」

ダイアンは言った。「法廷に出たらどうなの？　そしたらどうなるの？」

ホワイティはショーンに思いどおりやっていいと目顔で合図した。

ショーンはイヴに力を注いだ。「もしローマンかボビーがケイティを車から引きずり出すところを見たというのでなければ――」

「それはないわ」

「だったら地方検事はきみたちに公判で証言させることはできない。イヴ、それはない。しつこく頼んでくるだろうが、証言を強制することはできない」

イヴは言った。「あなたは彼らを知らない」

「ボビーとローマンか？　もちろん知ってるとも。麻薬捜査をしてた頃には、ボビーを九カ月拘置したことがある」ショーンは手を伸ばして、机の上の彼女の手から一インチほどのところに置いた。「そのときには脅迫されたよ。だが彼とローマンはそういうやつらだ――話してくれ」

イヴはショーンの手に笑み混じりの苦々しい視線を送って、口をすぼめた。「たわごと…

…だわ」と彼女はゆっくりと言った。

彼女の父親は言った。「ここでそんなしゃべり方をしちゃいかん」

「ミスター・ピジョン」とホワイティは言った。

「いや」とドルーは言った。「うちにはうちの決まりがある。娘にこんな口を利かせるわけにはいきません。まるで――」

「ボビーです」とイヴは言った。ダイアンははっと息を呑んで、気がちがったんじゃないのという眼で友人を見た。

ショーンはホワイティの眉が上がるのを見た。

「何がボビーなのかな？」とショーンは言った。

「ケイティがつき合っていた相手です。ボビーでした。ローマンじゃなくて」

「ジミーはこのことを知ってたのか？」ドルーは娘に訊いた。

イヴは、ショーンがこの年頃の若者の流行病と思っているやり方で、むっつりと肩をすくめた。ゆっくりとひねった体で、そんなこと気にするのも馬鹿らしいと言っていた。

「イヴ」とドルーは言った。「彼は知ってたのか？」

「知ってたし、知らなかったわ」とイヴは言った。ため息をつき、頭をうしろへのけぞらせて、黒味がかった眼で天井を見上げた。「ご両親は、終わったと思ってたわ、しばらく彼女自身も終わったと思ってたくらいだから。終わったと思っていなかったのはただひとり、ボビーだけだった。彼は決して受け容れようとしなかった。何度も彼女のところへ戻っていった。ある夜、彼は彼女を抱えて三階の踊り場から突き落とそうとしたわ」

「それを見たのかい？」とホワイティは言った。

彼女は首を振った。「ケイティから聞いたの。彼はたまたま、六週間か、一カ月ほどまえのパーティで彼女に出くわしたの。そこで彼女を説得して、話をするためにふたりで廊下に出たのね。ただそこは三階のアパートメントだった」イヴは手の甲で顔を拭いた。外見からはとりあえず泣き尽くしたように見えたが。「ケイティが言うには、別れたんだと一生懸命彼を説得しようとしたそうよ。でもボビーは聞き入れず、終いには怒り狂って、彼女の肩をつかんで階段の手すりから押し出したの。そして彼女を抱えて階段の上に持ち上げた。三階だったのよ、頭がおかしいわ。そしてもし彼と別れる《ブレイク・アップ》なら、彼女を粉々に《ブレイク・アップ》してやると言ったの。彼女は彼がいいと言うまで彼の女なんだと。もしそれが嫌なら、そこから下に落としてやると」

「なんてこった」とドルー・ピジョンは、しばらく沈黙が流れたあとで言った。「おまえはあいつらを知ってるのか？」

ホワイティは言った。「で、イヴ、土曜の夜、ローマンは彼女になんて言ったんだ？」

イヴはその瞬間、口ごもった。

ホワイティは言った。「話してもらえないか、ダイアン？」

ダイアンは強い酒が必要といった顔をしていた。「ヴァルに話したわ。だからもういいじゃない」

「ヴァル？」とホワイティは言った。「ヴァル・サヴェッジ？」

ダイアンは言った。「今日の午後、ここへ来たの」

「ローマンが言ったことをサヴェッジには教えるけれど、われわれには教えてくれないと？」

「彼は彼女の家族よ」とダイアンは言って、両腕を胸のまえで組み、彼女としては最高の〝失せやがれ、クソ警官〟という顔をしてみせた。

「わたしが話すわ」とイヴは言った。「まったく。彼は、わたしたちが酔っ払って馬鹿なことをしてるって言ったわ。彼はそんなこと聞きたくないし、ボビーももちろん聞きたくない、家へ帰ったらどうだって」

「だから帰った？」

「ローマンと話したことないの？」と彼女は言った。「彼の口から聞くと、質問が脅迫に聞こえるの」

「実際そうだったんだろう」とホワイティは言った。「彼がバーから出てきみたちのあとをついて来るところを見たとか、そういうことはなかった？」

彼女は首を振った。

彼らはダイアンを見た。

ダイアンは肩をすくめた。「わたしたち、酔っ払ってたから」

「あの夜、それ以上彼とは会わなかったんだね？　ふたりとも？」

「ケイティがわたしたちを家まで送ってくれたんです」とイヴは言った。「わたしの家のまえで降ろしてくれました。それが彼女を見たすべてでした」彼女は最後のことばを呑み込むと、握りしめた拳のように顔をくしゃくしゃにして、また上を向き、大きく息を吸った。

ショーンは言った。「彼女は誰とヴェガスに行くつもりだった？　ボビーかい？」

イヴはしばらく天井を見つめていた。呼吸が不安定になっていた。「ボビーじゃないわ」

彼女はついに言った。

「誰だ、イヴ？」とショーンは言った。「彼女は誰とヴェガスに行くつもりだったんだ？」

「ブレンダンよ」

「ブレンダン・ハリス？」

「ブレンダン・ハリス」と彼女は言った。

ホワイティとショーンは顔を見合わせた。「そう」

「ジャスト・レイの息子か？」とドルー・ピジョンは言った。「しゃべれない弟がいる？」

イヴはうなずき、ドルーはショーンとホワイティのほうを向いた。

「いいやつだ。害はない」

ショーンはうなずいた。害はない。そうだろうとも。

「住所はわかるか？」とホワイティは訊いた。

ブレンダン・ハリスの家には誰もいなかったので、ショーンは署に電話して警官をふたり呼び寄せ、見張りにつかせて、ハリスが戻ったら彼に連絡するよう伝えた。

彼らが次に訪れたのはミセス・プライア宅だった。紅茶とぱさぱさのコーヒーケーキが出され、テレビでは《タッチト・バイ・アン・エンジェル》（地上に舞い降りた三人の天使が、愛を取り戻させるために人間を助ける人気テレビドラマ）が大音量で流されていた。デッラ・リース（天使の指導係）が「アーメン」と叫び、贖《あがな》いについて語る声が、家を出たあと一時間はショーンの頭の中で鳴り響いたほどだった。

ミセス・プライアは、まえの晩の一時三十分頃、窓から外を見ていたと言った。子供がふたり、通りで遊んでいて――あんな時間に、小さな子供ですよ――缶を投げ合い、ホッケーのスティックでフェンシングをし、汚いことばを使っていた。よほど注意してやろうかと思ったが、か弱い老女は用心深くなければならない。子供たちはこの頃頭がおかしいから。学校で銃を乱射したり、あんなぶかぶかの服を着たり、ことばづかいのなってないことといったら。それにふたりは結局、追いかけ合って通りの先へ消えてしまった。そうなればそこからは別の人の問題だ。しかしこの頃の彼らの振る舞いといったら、あれで生きてるって言えます？

「メディロス警官から聞いたのですが、あなたは一時四十五分頃、車の音を聞かれたそうですね」とホワイティは言った。

ミセス・プライアは、デッラがローマ・ダウニーに神の道を説くのに見入り――ローマは厳粛で無垢な眼をして、体の隅から隅までイエスの御心に満たされていた――テレビに数回うなずいたあとで、振り返ってホワイティとショーンのほうを見た。

「車が何かに当たる音がしたんです」

「何に当たったんでしょう」

「今どきの人たちの運転を見てると、自分がもう免許証を持っていないのが祝福に思えます。もうこの辺の道を運転するのが怖いんです。みんな気が狂ってるみたいで」

「そうですね」とショーンは言った。「ほかの車にぶつかったような音でしたか?」

「いいえ」

「人をはねたような音?」とホワイティは言った。

「おお、神様、それはいったいどんな音なんですか? 知りたくもありません」

「すると、とてつもなく大きな音というわけでもなかったんですね」とホワイティは言った。

「なんですの?」

ホワイティは彼女のほうに身を寄せて質問を繰り返した。

「そうです」とミセス・プライアは言った。「どちらかと言えば、石か、歩道の端にぶつかったみたいな音でした。そして車がエンストして、誰かが〝ハイ〟って言ったんです」

「誰かが〝ハイ〟と言った?」

「〝ハイ〟」ミセス・プライアはショーンを見てうなずいた。「そして車のどこかが折れたんです」

ショーンとホワイティは顔を見合わせた。

ホワイティは言った。「折れた?」

ミセス・プライアは小さな青い頭を縦に振った。「わたしのレオが生きてたときに、彼がわたしたちの乗ってたプリマスの車軸を折ったんです。そんな音でした。パキッって」彼女の眼が輝いた。「パキッ！」と彼女は言った。「パキッ！」

「誰かが〝ハイ〟と言ったあとでその音を聞いたんですね」

彼女はうなずいた。「〝ハイ〟と〝パキッ〟です」

「で、窓の外を見たら、何が見えました？」

「あら、いえいえ」とミセス・プライアは言った。「窓の外は見ませんでした。もうガウンを着てましたから。ベッドの中にいたんです。ガウンで窓辺に立つなんて。外から見えるじゃないですか」

「でもその十五分前には、あなたは――」

「お若いかた。その十五分前には、まだガウンは着てなかったんですよ。ちょうどテレビで観ていた映画が終わったところで、グレン・フォードの出るすばらしい映画でしたけど、あら、題名が思い出せるといいんだけど」

「そこであなたはテレビを消して……」

「通りのあの母なし子たちを見て、そして階上《うえ》に上がってガウンに着替えて、それから、日除けを下ろしたんですよ」

「〝ハイ〟と言った声は――」とホワイティは言った。「男性でした、女性でした？」

「女性だったと思います」とミセス・プライアは言った。「高い声でした。あなたがたみたいな声じゃなくて」と彼女は明るく言った。「あなたがたは男らしい素敵な声をしているわ。お母様はさぞかし鼻が高いでしょうね」

ホワイティは言った。「ええ、そうですね。あなたが信じられないくらい」

家を出ると、ショーンは言った。「〝パキッ〟ね」

ホワイティは微笑んだ。「ずいぶん気に入ってたようだな。年配のご婦人にまた若い血が流れたか」

「車軸だと思う？　それとも銃声か」

「銃声」とホワイティは言った。「おれを悩ましてるのは〝ハイ〟のほうだ」

「彼女が銃撃者を知っていて、そいつに〝ハイ〟と言ったということかな？」

「そうかもしれない。保証はできないが」

ふたりはそのあとバーをまわった。収穫は、見たかもしれない、見ていないかもしれないといった酔っ払いの記憶と、ほぼ同じ時刻にいた可能性のある常連客のあまり当てにならないリストだけだった。

〈マッギルズ〉にたどり着く頃には、ホワイティは我慢の限界に達していた。

「ふたりのとびきり若い女――ところで彼女たちは本当に若いぞ、実際、未成年だ――がこのカウンターの上に飛び乗って踊ったってのに、あんたは憶えてないって言うのか？」

バーテンダーはホワイティの質問の途中でうなずき始めた。「ああ、あの娘たちね。わかった、わかった。憶えてるよ。もちろん。彼女たちはすばらしい身分証明書を用意してたんだと思うよ、刑事さん、おれたちは確かめたんだから」

「〝部長刑事〟だ」とホワイティは言った。「さっきはここへ来たかどうかもわからないと言ったのに、今度は身分証明書を確かめただと。彼らがいつここを立ち去ったか憶えてるか、ひょっとして？　それともそこはわざとはっきりしない？」

バーテンダー――あまりに太い二の腕が、おそらく脳への血の流れを止めている若い男――は言った。「立ち去った？」

「店を出たってことだよ」

「さあ――」

「クロスビーが時計を壊すちょっとまえだよ」とスツールに坐っていた男が言った。

ショーンは男を見た。バドワイザーの瓶とウィスキーのショットグラスのあいだに《ヘラルド・トリビューン》を広げている常連客だった。彼は煙草の火を灰皿で揉み消した。

「そのときここにいらしたんですか？」とショーンは言った。

「いた。阿呆のクロスビーが家に運転して帰ると言ったんだ。まわりにいた友達が彼の車のキーを取り上げようとした。そしたらあのクソ頭はキーを彼らに投げつけやがったのさ。それがはずれて時計に当たった」

ショーンは厨房にはいるドアの上の時計を見上げた。ガラスに蜘蛛の巣のようなひびがはいり、針は十二時五十二分で止まっていた。

「彼らが去ったのはこのまえだったんですね？」とホワイティは古参の客に訊いた。「娘たちのことですが」

「五分ほどまえだったな」と男は言った。「キーが時計に当たったときに、おれは思ったんだ。〝彼女たちがいなくなったあとでよかった。こんなクソを見なくてすんで〟ってな」

車の中でホワイティは言った。「もう足取りはだいたいつかめたか？」

ショーンはうなずいて、手帳をめくった。「〈スパイアーズ〉を出たのが九時半、そのあと〈カーリーズ・フォリー〉、〈バンシー〉、〈ディック・ドイルズ・パブ〉と駆け足で梯子して、〈マッギルズ〉にはいったのが十一時半頃、そして一時十分には〈ラスト・ドロップ〉にいました」

「そして彼女はその約三十分後に車を衝突させた」

ショーンはうなずいた。

「バーテンダーのリストに知ってる名前はあるか？」

ショーンは〈マッギルズ〉のバーテンダーが紙に書き記した土曜の夜の常連客のリストを見ていった。

「デイヴ・ボイル」彼はその名前に行き当たって大声を出した。

「子供の頃友達だったやつと同一人物か？」

「そうかもしれない」とショーンは言った。

「話してみる価値はあるかもな」とホワイティは言った。「おまえのことを友達だと思ってるなら、われわれを警官扱いしないはずだ。理由もなく口を閉ざしたりしないだろう」

「もちろん」

「明日の活動リストに加えておこう」

彼らは、岬の〈カフェ・ソサイエティ〉でラッテを飲んでいるローマン・ファローを見つけた。モデルのような女と一緒に坐っていた。彼女は膝頭の骨が頬骨のようにくっきりしていて、顔の皮膚が骨に糊で貼られたように張りつめているので、眼が少し飛び出て見える。スパゲッティのような紐がついた生成りのサマー・ドレスを着ていて、それが彼女をセクシーと同時に骸骨のように見せていた。どうしてそんな器用なことができるのだろうとショーンは思った。きっと完璧な肌の真珠のような輝きのせいにちがいない。

ローマンはシルクのTシャツを、タック入りのリンネルのズボンにたくし込み、ハヴァナかキーウエストの古いRKO映画のセットの防音スタジオから出てきたばかりのように見えた。ラッテを飲みながら女と新聞を読んでいる。ローマンはビジネス欄を読み、彼のモデルはファッション欄をぱらぱらめくっていた。

ホワイティはふたりのまえで椅子を引いて言った。「よう、ローマン、そのシャツは男物の売り場で買ったのか？」

ローマンは新聞に眼をやったまま、クロワッサンをちぎって口に放り込んだ。「パワーズ部長刑事、どうしてる？ ヒュンダイの調子はどうだ？」

ホワイティは笑い、ショーンは彼の横に腰掛けた。「ローマン、ここにいるあんたを見てると、まるでヤッピーだ。朝の準備を整えて、日がな一日iMacで株取引をやってるように見えるよ」

「パソコンを買ってくれよ、部長刑事」ローマンは新聞を閉じ、ホワイティとショーンに初めて眼を向けた。「やあ」と彼はショーンに言った。「どこかで会ったな」

「州警察のショーン・ディヴァインだ」

「そうだ、そうだ」とローマンは言った。「思い出した。法廷でおれのダチに不利な証言をしたんだったな。いいスーツだ。最近はシアーズで警察が買うスーツも上等になったのか、え？　流行に遅れないように」

ホワイティはモデルに眼をやった。「ステーキか何か頼もうか、ハニー？」

モデルは言った。「えっ？」

「それともブドウ糖の点滴でも？　おごるよ」

ローマンは言った。「やめろ。仕事の話だろう？　われわれのあいだだけにしてくれ」

モデルは言った。「ローマン、わからないわ」

ローマンは微笑んだ。「いいんだ、ミカエラ。無視してくれ」

「ミカエラ」とホワイティは言った。「すばらしい名前だ」

ミカエラは新聞から眼を離さなかった。

「何しに来た、部長刑事？」

「スコーンだ」とホワイティは言った。「ここのスコーンが好きでね。それと、ああ、そうだ、キャサリン・マーカスという女性を知ってるか、ローマン？」

「もちろん」ローマンはラッテをひと口飲んで、ナプキンで上唇を拭き、また膝に戻した。

「昨日の午後、死んでるところが見つかったんだってな。聞いたよ」

「そうだ」とホワイティは言った。

「こんなことが起こると近所の評判によくないな」

ホワイティは腕を組んで、ローマンを見た。

ローマンはクロワッサンに噛みつき、またラッテを飲んだ。脚を組み、口をナプキンで拭いて、ホワイティの射るような視線を受けとめた。ショーンは、これがこの仕事で一番飽きてきたことのひとつだと思った。肝っ玉比べ。誰もが互いに睨み合って、一歩も譲らない。

「ああ、部長刑事」とローマンは言った。「ケイティ・マーカスは知ってるとも。そのことを訊きにきたのか？」

ホワイティは肩をすくめた。

「彼女は知ってる。土曜の夜、バーでも会った」

「そして彼女と会話した」とホワイティは言った。

「した」とローマンは言った。

「どんな話をした？」とショーンは言った。

ローマンは、これ以上ショーンの存在を認める必要はないとばかりに、ホワイティから眼をそらさなかった。

「彼女はおれの友達とつき合っていた。そしてあの夜は酔っ払ってた。だから、笑いものになってるぞと教えてやって、ふたりの友達と家へ帰るべきだと言ったのさ」

「あんたの友達ってのは誰だ？」とホワイティは言った。「おい、頼むよ、部長刑事。知ってるくせに」

ローマンは微笑んだ。「満足か？　彼女はボビーとつき合ってた」

「だったら言えよ」

「ボビー・オドネルさ」とローマンは言った。

「ずっと？」

「なんだって？」

「ずっと？」とホワイティは繰り返した。「ずっとつき合ってたのか？　それともつき合ってたことがあるという意味か？」

「ずっとだ」とローマンは言った。

ホワイティは手帳に書き込んだ。「われわれの情報とちがうな」

「そうか？」

「ああ。おれたちの聞いた話だと、彼女は七カ月前にあの青白いケツの穴を捨てたんだが、やつのほうが承知しなかった」

「女ってやつは、あんたも知ってるだろう、部長刑事」

ホワイティは首を振った。「いいや、ローマン。教えてくれないか？」

ローマンは読んでいた新聞を閉じた。「彼女とボビーは、離れたりくっついたりしてたのさ。やつはあるときは彼女の人生を賭けた男で、あるときは待ちぼうけを食わされてた」

「待ちぼうけ？」とホワイティはショーンのほうを向くと言った。「ボビー・オドネルらしいと思うか？」

「全然」とショーンは言った。

「全然」とホワイティはローマンに言った。

ローマンは肩をすくめた。「おれはおれの知ってることを話してるだけさ」

「いいだろう」ホワイティは手帳に書きとめた。「ローマン、土曜の晩〈ラスト・ドロップ〉を出たあとでどこへ行った？」

「われわれはダウンタウンの友達のロフトで開かれたパーティに行った」

「なんと、ロフト・パーティ」とホワイティは言った。「一度行ってみたかったんだ。デザイナーの持ってくる麻薬、モデル、大勢の白人がラップを聴いて、自分たちがどれほど〝ストリート〟か語り合ってるってやつだ。しかし〝われわれ〟ってのは、ローマン、ひょっとするとおまえとアリー・マクビール（人気テレビ番組の主人公の女性弁護士）か？」

「ミカエラだ」とローマンは言った。「ああ、手帳に書くなら、ミカエラ・ダヴェンポートだ」

「ほう、書いとこう」とホワイティは言った。「これは本名かね、ハニー？」

「えっ？」

「きみの本名は」とホワイティは言った。「ミカエラ・ダヴェンポートかね？」

「ええ」モデルの眼がさらに少し飛び出た。「どうして？」

「お母さんはきみが生まれるまえに昼メロを見まくってた？」

ミカエラは言った。「ローマン」

ローマンは手を上げて、ホワイティを見た。「さっき、われわれだけのあいだにしろと言わなかったか？　え？」

「腹を立てたのか、ローマン？　おれに対してクリストファー・ウォーケンになって、勝手に強がるがいい。そうしたいのか？　おまえのアリバイに片がつくまでドライヴしてもいいんだぜ。そうしても全然かまわない。明日の予定はあるか？」

ローマンは、警官が強く出たときに、ほとんどの犯罪者が逃げ込むのをショーンが見てきた場所へ退却した。それは自己の残骸で、そうなると彼らは息さえしていないように見え、こちらを見返す眼は暗く、欲がなく、瞳孔が縮んでいる。

「腹を立ててるわけじゃないさ、部長刑事」とローマンは抑揚のない声で言った。「パーティでおれに会ったやつら全員の名前を喜んで教えるよ。それに〈ラスト・ドロップ〉のバーテンダーのトッド・レインも、おれが店を出たのは二時よりまえってことはないのを証言してくれるだろう」

「いい子だ」とホワイティは言った。「さて、じゃあ友達のボビーはどうだ？　やつは今どこにいる？」

ローマンはにっこりと笑った。「気に入ると思うぜ」

「何が？」

「もしボビーをキャサリン・マーカスの死に結びつけたいのなら、こいつは気に入ると思う」

ローマンは肉食獣の一瞥をショーンのほうに向け、ショーンは、イヴ・ピジョンがローマンとボビーの名を挙げたときに感じた興奮が萎むのを感じた。

「ボビー、ボビー、ボビー」ローマンはため息をつき、ガールフレンドにウィンクしてから、ショーンとホワイティのほうに向き直った。「ボビーは飲酒運転で金曜の夜に捕まった」ローマンはもうひとロラッテを飲んで、間を置いた。「週末はずっと留置場にいたのさ、部長刑事」そして人差し指をふたりそれぞれに小さく振った。「調べてみたらどうだ？」

ショーンはその日の疲れが骨に達し、骨髄をしゃぶっているような気がした。そのとき、無線連絡がはいり、ブレンダン・ハリスと母親がアパートメントに戻ってきたと知らされた。

ショーンとホワイティは夜の十一時に現地に到着し、ブレンダンと、母親のエスターと、台所に坐った。ショーンは、この手のアパートメントがもう造られていないのを神に感謝したい気持ちになった。昔のテレビ番組――たとえば《ザ・ハネムーナーズ》――に出てくるような代物で、電気がぱちぱち音を立て、ぼんやりとしか映らない白黒の十三インチのブラウン管で見たときにだけ、心からいいと思えるようなものだ。〝鉄道〟アパートメントと呼ばれていて、玄関は建物の真ん中、はいって階段を上がるとそこは居間になっている。居間の右には小さなダイニングがあり、そこをエスター・ハリスは寝室に使っていて、配膳室にブラシやくしやいろいろな種類のパウダーを置いていた。その先には、ブレンダンが弟のレイモンドと使っている寝室があった。

居間の左側には短い廊下があり、傾いたバスルームが右に張り出している。廊下の先は台所で、奥まっているので、陽の光は夕方おそらく四十五分ほどしか射さない。色褪せた緑と、脂ぎった黄色に塗られたその台所で、ショーンと、ブレンダンと、ホワイティと、エスターは、金属製の脚のつなぎ目のネジがはずれた小さなテーブルについて坐っていた。卓上には黄色と緑の花柄模様の〈コンタクト〉のペーパーが敷かれていたが、四隅が剝がれ、中央に指の爪ほどの大きさの穴がいくつか空いていた。

エスターはこの場所に溶け込んでいた。小柄で、彫りの深い顔立ち、歳は四十にも、五十五にも見えた。茶色い石鹸と煙草の臭いを放ち、おぞましい青い髪の毛が、前腕と手に浮いたおぞましい青い血管に似合っていた。色褪せたピンクのスウェットシャツをジーンズの上に着て、毛羽立った黒いスリッパを履いている。パーラメントを矢継ぎ早に吸い、ショーンとホワイティが息子に話しかけるのを、どんなに努力してもこれ以上つまらないものはないけれど、ほかに行くところもないからつき合っているのだ、という顔つきで見ていた。

「最後にケイティ・マーカスに会ったのはいつだね？」とホワイティはブレンダンに訊いた。

「ボビーが彼女を殺したんだ、そうだろ？」とブレンダンは言った。

「ボビー・オドネルのことか？」

「ああ」ブレンダンはテーブルの上を指でいじっていた。ショック状態にあるようだった。声は単調だが、不意に鋭く呼吸すると、眼を刺されたように顔の右側が収縮した。

「どうしてそう思う?」とショーンは訊いた。

「彼女は彼を怖がってた。彼とつき合ってたことがあって、もしぼくたちのことが見つかったら、ふたりとも殺されると言ってた」

ショーンは何か反応があるかと母親のほうをちらっと見たが、彼女はひたすら煙草を吸い、長々と吐き出して、テーブル全体を灰色の雲で包んでいた。

「ボビーにはアリバイがあるようなんだ」とホワイティは言った。「きみはどうだね、ブレンダン?」

「ぼくは彼女を殺しちゃいない」とブレンダン・ハリスは呆然と答えた。「ケイティを傷つけたりするもんか。絶対に」

「じゃあ、また訊くが」とホワイティは言った。「最後に彼女に会ったのはいつだね?」

「金曜の夜」

「何時?」

「ええと、八時かそこら?」

「〝ええと、八時かそこら?〟か、ブレンダン、それともはっきり八時?」

「わからない」ブレンダンの顔がゆがんだ。ショーンは、彼の不安がテーブル越しに耳元で鳴り響いているような気がした。ブレンダンは両手を組んで握りしめ、椅子の上で体を揺らした。「ああ、八時だ。〈ハイ・ファイ〉で何枚かピザを食べたから。で……それから彼女はどこかへ行かなきゃならなかった」

ホワイティはレポート用紙に〝ハイ・ファイ、八時、金曜〟と書きとめた。「彼女はどこへ行った？」

「知らない」とブレンダンは言った。

母親は灰皿に築いた吸い殻の山の中へ煙草をまた押しつけた。吸い殻の一本に火が移って、山から煙がひと筋、旋回しながら立ち昇り、ショーンの右の鼻孔にはいり込んだ。エスター・ハリスはすぐに新しい煙草に火をつけ、ショーンは思わず彼女の肺を思い描いた——こぶだらけで、黒檀のように黒い。

「ブレンダン、きみは何歳だ？」

「十九歳」

「ハイスクールを卒業したのは？」

「卒業ね」とエスターは言った。

「ああ、ええと、普通科の証書を去年もらった」とブレンダンは言った。

「だが、ブレンダン」とホワイティは言った。「金曜の夜、ケイティが〈ハイ・ファイ〉を出たあと、どこへ行ったかわからないわけだ？」

「ええ」とブレンダンは言った。ことばが咽喉で湿って消えた。眼が赤くなってきた。「ボビーは彼女とつき合ってたってことで病気みたいにつきまとってるし、彼女の父さんはなぜだかぼくのことを嫌ってるし、だからぼくたちはふたりの関係を黙っているしかなかったんだ。ときに彼女はぼくにどうしても行き先を告げないことがあった。ひょっとしたらボビーと会って、たぶん、彼らの関係は終わったと説得してたのかもしれない。わからないけれど。あの夜は、ただ家に帰ると言ってたよ」

「ジミー・マーカスがきみのことを嫌ってる？」とショーンは言った。「なぜだろう？」

ブレンダンは肩をすくめた。「見当もつかない。でもケイティに、ぼくとは絶対に会ってほしくないって言ったんだ」

母親は言った。「なんなの？　あの盗っ人は自分のほうがうちの家族より立派だと思ってるわけ？」

「彼は盗っ人じゃないよ」

「盗っ人だったわ」と母親は言った。「あんたはそんなことも知らないの、え、普通科証書？　あいつは昔とんでもない強盗だったのよ。娘にもきっと遺伝してたさ。父親と同じくらいひどかったんじゃないの。あんたは運がよかったよ」

ショーンとホワイティは互いに目配せをした。エスター・ハリスはショーンがこれまで会った中で、おそらくもっとも惨めな女だった。性根が腐りきっている。

ブレンダン・ハリスは母親に何か言おうと口を開けたが、また閉じた。

ホワイティは言った。「ケイティはバックパックにラスヴェガスのパンフレットを持っていた。行くつもりだったらしいな、きみと、ブレンダン」

「ぼくたち……」ブレンダンは頭を垂れた。「そう、ぼくたちはヴェガスに行くつもりだった。結婚するつもりだったんだ。今日」彼は顔を上げ、ショーンはその赤い下まぶたに涙が溢れるのを見た。ブレンダンは、涙が落ちるまえに手の甲でぬぐい、言った。「そういう計画だったんだ」

「わたしを置いていくつもりだったの？」とエスター・ハリスは言った。「ひと言も言わずに？」

「母さん、ぼくは――」

「あんたの父親みたいに？　そういうこと？　弟とわたしを残して、何も言わずに？　そんなことをするつもりだったの、ブレンダン？」

「ハリスさん」とショーンは言った。「手近な問題をまず片づけてよろしいですか？　ブレンダンが説明する時間はあとでたっぷりあります」

彼女は、札付きの詐欺師か、昼夜おかまいなしの社会病質者にショーンがしょっちゅう見てきた眼つきで彼を見た。今は取り合う価値もないが、このまま強気でくるのなら、おまえに生傷を残してやるといった眼つきだ。

彼女は息子を見た。「そういうことをするの？　え？」

「母さん、ねえ……」

「ねえ何よ？　なんなのよ、え？　それほどひどいことをわたしがした？　え？　あんたを育てて、食べさせて、吹けやしないサックスまでクリスマスに買ってやったことのほかに、わたしが何をした？　あのサックスはまだクロゼットにはいったままだよ、ブレンダン」

「母さん――」

「だめ。取ってきなさい。この人たちにあんたがどれだけうまいか聴かせてやりなさい。さあ、早く取ってきな」

ホワイティは眼のまえの茶番が信じられないといった顔でショーンを見た。

「ハリスさん」と彼は言った。「そんなことはしてくださらなくてかまいません」

彼女はまた煙草に火をつけた。マッチの頭が怒りで震えていた。「ただ、この子を食べさせただけなのに」と彼女は言った。「服を買ってやって、育てただけなのに」

「そうです」とホワイティが言ったところで、ふたりの子供がスケートボードを小脇に抱えてはいって来た。ふたりとも十二歳、あるいは十三歳といったところで、そのうちひとりはブレンダンにそっくりだった。整った顔立ちに黒い髪、しかし眼には母親から受け継いだものがあった――ぞっとするような焦点のずれが。

「やあ」ともうひとりの子供が台所にはいって来て言った。ブレンダンの弟のように、彼も歳の割には小さく見えた。気の毒に、頬がこけて面長で、子供の体に卑しい老人の顔が載っているようだった。糸の束のような金髪の下からのぞき込むような眼つきをしている。

ブレンダン・ハリスは手を上げた。「やあ、ジョニー。パワーズ部長刑事、ディヴァイン刑事、こちらは弟のレイ、それから彼の友達のジョニー・オシア」

「やあ、ふたりとも」とホワイティは言った。

「やあ」とジョニー・オシアは言った。

レイはふたりにうなずいた。

「彼は話さないの」と母親は言った。「父親は黙らせることができなかったけど、息子はしゃべれない。まったく、人生はクソみたいに公平だわ」

レイの手がブレンダンに何か示して、ブレンダンは言った。「ああ、この人たちはケイティのことで来たんだよ」

ジョニー・オシアは言った。「公園にボードしに行ったら、閉まってた」

「明日は開く」とホワイティは言った。

「明日は雨だよ」と子供は言った。学校のある日の夜十一時にスケートボードができないのはあんたたちのせいだと言わんばかりに。ショーンは、いつから親は子供をここまで野放しにするようになったのだろうと思った。

ホワイティはブレンダンのほうに向き直った。「彼女の敵を誰か思いつくかね？　誰でもいい、ボビー・オドネルは除いてだが、彼女に腹を立てていたような人間は？」

ブレンダンは首を振った。「彼女はいい人でした。本当にいい人間だった。みんなに好かれてた。何を言えばいいのかわからない」

オシア少年は言った。「もう行ってもいい？」

ホワイティは片方の眉を釣り上げた。「誰かいけないと言ったかね？」

ジョニー・オシアとレイ・ハリスは台所から出ていった。ふたりがスケートボードを居間の床に放り投げ、レイとブレンダンの部屋にはいって、十二歳の少年が立てるあらゆる騒音を立てるのが聞こえた。

ホワイティはブレンダンに訊いた。「土曜の夜一時半から三時のあいだはどこにいた？」

「寝てました」

ホワイティは母親を見た。「そのとおりですか？」

彼女は肩をすくめた。「窓から出て非常階段を降りなかった、とは言えないわ。わたしが言えるのは、この子は十時に部屋にはいって、次に見たのは翌朝九時だったってことだけ」

ホワイティは椅子の上で伸びをした。「わかった、ブレンダン。悪いが、嘘発見器にかけさせてもらわなきゃならない。やってもらえるか？」

「ぼくは逮捕されるの？」

「いや。嘘発見器にかけさせてもらうだけだ」

ブレンダンは肩をすくめた。「なんでもいいや。かまわない」

「それからこれは私の名刺だ」

ブレンダンは名刺を見た。そしてそこから眼をそらさずに言った。「彼女のことを本当に愛してたんだ。ぼくは……もう二度とあんな気持ちにはなれない。こういうことは、二度は起こらないものなんだよね？」彼はホワイティとショーンを見上げた。眼はもう乾いていたが、その中にのぞく痛みは、ショーンが身をよけたいと思うようなものだった。

「一度も起こらないものだ、普通はな」とホワイティは言った。

彼らは一時頃、嘘発見器を四回見事にクリアしたブレンダンを自宅に送り届けた。そのあとホワイティは、明日も早いから寝ておけと言って、ショーンを彼のアパートメントで降ろした。ショーンは誰もいないアパートメントにはいり、耳に痛いほどの静寂を聞き取り、血の中に大量のカフェインとファストフードの澱がたまって、脊柱を上ってくるのを感じた。冷蔵庫を開けてビールを取り出し、カウンターについて坐って、飲んだ。夕方の音と光が頭の中に溢れかえっていて、ついに自分もこれに耐えられない歳になったかと思った。死と、愚かな動機と、愚かな犯人と、汚れた包み紙のような感覚のすべてに飽き飽きしたのかと。

しかし最近、彼は何に対しても飽きていた。人にも。本にも、テレビにも、夜のニュースにも。ラジオで聴く歌はどれも、何年もまえにラジオで聴いて、それほど好きでもなかった歌とそっくりだ。彼は自分の服にも、自分の髪型にも、他人の服にも、他人の髪型にも飽きていた。筋の通ったことを願うのにも。署内の政治にも。比喩的であれ、直接的であれ、誰が誰をいじめているのかといったことにも。ある主題について人が言えることはすべて聞いたような気がして、最初に聞いたときでさえ新鮮でなかったのに、そんなものの再生を毎日何度も聞かされているような感じがした。

たぶん単に人生に飽きたのかもしれない。毎朝嫌々起きて、多少のちがいしかない天気と料理で、同じ腐った一日を過ごすことに。そしてひとりの娘の死にかまっていることに。どうせ次が続くのに。あるいはそのまた次が。殺人者を刑務所に送ることも、たとえ終身刑であったとしても、もはや大した満足感をもたらさなかった。結局、彼らを我が家へ——それぞれ愚かで滑稽な人生を送る場所へ——帰してやるようなものだから。それに死者は死んだままだ。ものを奪われ、レイプされた者は、奪われ、レイプされたままだ。

彼は、治療の必要な鬱病とはこういうものだろうかと思った。完全な無感覚。うんざりするような希望のなさ。

ケイティ・マーカスは死んだ。そう。悲劇だ。頭の中ではわかっていても、痛みとして感じることができなかった。彼女とて新たな死体にすぎない。またひとつ光が消えただけ。

彼の結婚もそうだった。砕け散ったガラスでなかったら、なんと言おう。くそっ。彼は彼女を愛していた。けれど彼らは、同じ種《しゅ》の中でふたりの人間が異なることのできる目一杯まで異なっていた。ローレンは演劇と、本と、映画に打ち込んでいた。字幕がついていようがいまいが、ショーンにはまるで理解できなかった。彼女はおしゃべりで、感情的で、ことばを眼のくらむような層にまで積み上げるのが好きだ。それはどんどん昇っていき、やがて聳《そび》え立つ言語の塔となり、ショーンは三階あたりで迷ってしまう。

彼が彼女を初めて見たのは、彼女が大学の舞台の上で、若者たちの笑劇の捨てられた娘の役をやっていたときだった。これほど生気に溢れ、光り輝いていて、あらゆること――経験、食欲、好奇心――を人一倍備えている女性を捨てる男がいることなど、観客の誰ひとりとして、一瞬たりとも信じていなかったけれど。その頃でも彼らは奇妙なカップルだった。ショーンは物静かで、現実的で、彼女といるとき以外は感情をあまり表に出さなかった。一方ローレンは、洒落た自由主義者の走りのような夫婦のひとり娘で、両親は平和部隊で働くあいだ、娘を世界じゅうに連れていき、彼女の血を、人間の一番いいところを見て、触って、調べ上げたいという欲求で満たしたのだった。

彼女は演劇の世界にうまく溶け込んだ。最初は大学生の女優として、それから黒い箱のような地方の劇場の演出家として、やがてより大きな、巡業を行なう劇団の舞台監督として。

しかしふたりの結婚の負担となったのは彼女の巡業ではなかった。実のところ、ショーンはいまだに原因がわからなかった。何か彼と、彼の沈黙と、警官誰もが抱くようになる軽蔑の兆し――哀しいかな、人間全般に対する軽蔑と、前向きな心や他人をいたわる気持ちが信じられなくなってくること――に係わりがあるのではないかという気はしたが。

かつて魅力的に思えた彼女の友達は、現実世界に遅れをとった芸術論と空疎な哲学に包まれて子供じみて見えた。現実の青いコンクリートの舞台で、人々が、ただやりたかったといった程度の理由で強姦し、盗み、殺し合うのを見て夜を過ごすうちに、彼は、ポニーテールの頭をした連中（妻も含め）が週末のカクテル・パーティで、人が罪を犯す動機について夜通し語り合うのに、ある日突然耐えられなくなった。動機など単純なもの――人は愚かなのだ。せいぜいチンパンジーの群れなのだ。しかしもっとひどい。チンパンジーはスクラッチ式の宝くじのことで殺し合いなどしないから。

彼女は彼が強情で、扱いにくく、依怙地になってきていると言った。彼はそれに答えなかった。議論の余地はなかったので。問題は彼がそうなったか否かではなく、そうなったのがいいことか、悪いことかだった。

しかしそれでも、ふたりは愛し合っていた。そして彼らなりのやり方で努力した。ショーンは自分の殻を破ろうとし、ローレンはその中にはいろうとした。ふたりのあいだにあるものがなんであれ、人として、化学反応で惹き合うように、互いに一緒にいたいという気持ちは持っていた。つねに。

が、妻の浮気は覚悟しておくべきだったのかもしれない。あるいは覚悟していたのだ。そしておそらく彼を心から悩ませたのは妻の浮気ではなく、それに続く妊娠だったのだ。

くそっ。彼は妻のいない台所の床に坐り込み、手のひらの下を額に当て、去年何度となく繰り返したように、どうして彼の結婚が破綻してしまったのか、はっきりと理解しようとした。が、見えるのは砕け散った破片ばかりだ。彼の心の部屋じゅうに、結婚の残骸が散らばっていた。

そのとき電話が鳴った。彼には受話器を台所のカウンターから取り、〈話す〉のボタンを押すまえからわかった——彼女からだ。

「ショーンだ」

電話の向こうで、牽引トレーラーのエンジンのくぐもった轟きと、高速道路を駆け抜ける車の柔らかな通過音が聞こえた。すぐさま彼は思い描くことができた——高速道路の休憩所、すぐそこにはガソリンスタンド、ロイ・ロジャーズとマクドナルドのあいだに並ぶ公衆電話。ローレンはそこに立ち、耳を澄ませている。

「ローレン」と彼は言った。「わかってるんだ、きみだろう」

誰かがキーの音をじゃらじゃら言わせながら、公衆電話の脇を歩いていった。

「ローレン、何か言ってくれ」

トレーラーはギアをローに入れ――エンジン音が変わった――駐車場を横切り始めた。「彼女は元気か？」とショーンは言った。思わず〝おれの娘は元気か？〟と言いかけて、彼の娘かどうかわからないと思った。彼女の娘であるのは確かだが。彼はもう一度「彼女は元気か？」と言った。

トラックはセカンドにギアを入れ、砂利を噛むタイヤの音はだんだん遠のいて、休憩所の出口から道路へ出ていった。

「胸が痛い。つらすぎる」とショーンは言った。「なんでもいいから話してくれないか？」

彼はホワイティが愛についてブレンダン・ハリスに言ったことを思い出した。ほとんどの人には一度だって起こらない。彼は、妻が電話のところに立ち、トラックが出ていくのを眺め、受話器を口ではなく耳に押しつけているところを思い描くことができた。彼女はすらっと背が高く、チェリーウッドの色の髪をしている。笑うときには指で口を隠す。大学時代、暴風雨のキャンパスを走り、雨宿りにはいった図書館のアーチ道で、彼女は初めて彼にキスをした。彼女の濡れた手が首のうしろに触れたとき、ショーンの胸で何かが解き放たれた。記憶が生まれた昔から胸の中で固く閉じられ、息を殺していた何かが。彼女は、彼の声はこれまで聞いた中で一番きれいだと言った。ウィスキーと、薪をくべた煙のような響きがすると。

彼女が家を出てからふたりで繰り返している儀式は、彼女が切ると決めるまで彼が話し続けるというものだった。彼女は決してしゃべらなかった。彼のもとを去ってからかけてきた電話では、一度も。休憩所からだろうと、モーテルからだろうと、荒れ果てた――この街の、テキサスとメキシコの国境の、あるいはそのあいだのどこかの――道端に立ち並ぶ、埃まみれの公衆電話からだろうと。耳にはいって来るのはいつも物言わぬ電話回線の微かな雑音だけだったが、彼には彼女からだとわかった。電話線をとおして彼女を感じた。彼女の匂いさえ感じることもあった。

会話は――もしそう呼べるのであれば――彼がどれだけ話すかによって十五分も続くことがあった。しかしこの夜、ショーンはとにかくくたくたで、彼女を――妊娠七カ月のある朝、彼のもとから姿を消した彼女を――恋慕うのにも疲れきり、彼女に対する思いが彼に残された唯一の感情であることにも嫌気がさしていた。

「今日は無理だ」と彼は言った。「死ぬほど疲れていて、苦しんでいて、なのにきみは声さえ聞かせてくれようとしない」

台所に立ったまま、彼は彼女に希望のない三十秒の返答時間を与えた。誰かがタイヤに空気を入れるベルの音がした。

「じゃあ、ベイビー」と彼は言った。ことばが咽喉の粘膜に絡まった。彼は電話を切った。

彼は静かにたたずんだ。空気ポンプのベルの音が、台所に降りてきた沈黙の響きと相俟《あいま》って耳元でこだまし、心臓に重い衝撃を与えた。

このことに責め苛まれるだろう。彼にははっきりわかった。今晩から明日にかけて。ひょっとしたら今週中ずっと。彼は儀式の決まりを破った。彼のほうから電話を切った。ちょうどそのときに、彼女が唇を開き、話そうとしていたら？　彼の名前を呼ぼうとしていたら？　たまらない。

そのイメージがシャワーに向かう途中も彼を捕らえて離さなかった。公衆電話に立ち、口を開けて、咽喉元までことばが出かかった彼女のイメージから走って逃げ出したかった。ショーン――と彼女は言おうとしていたかもしれない――家に帰るわ。

第三部　沈黙の天使

15 完璧な男

月曜の朝、シレストは従姉のアナベスと、弔問客が続続と訪れる家の台所にいた。アナベスはコンロのまえで、まわりが見えないほどの熱心さで料理をしていたが、そこへジミーがシャワーから出てきて、台所に首を伸ばし、何か手伝うことはないかと訊いた。

子どもの頃、シレストとアナベスは、従姉妹というより姉妹のようだった。シレストは互いにいがみ合う両親のひとり娘だったので、ふたりはよく一緒に過ごし、中学生の頃にはほとんど毎晩のように電話し合った。そんな関係も、シレストの母親とアナベスの父親の仲が親密から冷淡を経て敵意に変わり、不和が広がった長年のうちに、わからないほどわずかずつ変わっていった。これと指摘できる事件は何もなかったのに、兄と妹の仲たがいは徐々にその娘たちに忍び寄り、シレストとアナベスは公式な行事――結婚、誕生、それに続く洗礼、ときにクリスマスやイースター――でしか顔を合わさなくなった。シレストをもっとも滅入らせたのは、はっきりした理由がなかったことだ。壊れようもないと思っていた関係が、ただ時間と、家族間のいざこざと、若さの勢いのためにこうも簡単にばらばらになってしまうことが、彼女の胸を痛ませた。

しかし彼女の母親が亡くなってから、ふたりの仲は元に戻りつつあった。去年の夏も、彼女とディヴは、アナベスとジミーと連れ立って気軽な野外バーベキューに出かけたし、冬には二度、一緒に食事と飲み物を愉しんだ。出かけるたびに会話は弾むようになり、シレストは、気まずい思いを抱いて疎遠になっていた十年間が遠のき、そこにローズマリーという名前を見た気がした。

ローズマリーがこの世を去ったとき、アナベスはシレストのそばにいてくれた。三日間毎朝家に来て、暗くなるまでそこにいた。パンを焼き、葬儀の手配を手伝い、母を思って泣くシレスト――愛はあまり示してくれなかったけれど、それでも母は母だった――のそばに坐っていた。

そして今はシレストがアナベスに寄り添っている。アナベスほど何もかも備わった人間に誰かの助けが必要だとは、シレストも含め、ほとんどの人が思っていなかったが。

しかしシレストは従姉のそばに立ち、彼女が料理をするのを眺め、言われれば冷蔵庫から食料を取ってやり、かかってくる電話をほとんどさばいていた。

そこへジミーが顔を出した。娘が死んだことを知ってまだ二十四時間も経っていないのに、妻に何か手伝うことはないかと訊く。髪はまだ濡れていて、ろくにくしも入れていない。シャツは胸に張りついて湿っている。裸足で、悲嘆と睡眠不足のために眼の下に隈ができている。シレストは思った、なんてこと、ジミー、あなた自身はどうなの？　あなたは自分のことを考えたことがあるの？

家じゅうにいるほかの人々——居間やダイニングに溢れ、玄関近くの廊下をうろつき、ナディーンとセーラの部屋のベッドにコートを積んでいる人々——はジミーを頼りにしている。彼のために何かすることなど思いつきもしないかのように。彼だけがこの残酷なジョークを説明でき、彼らの苦悩を和らげることができ、ショックが収まったあとの新たな苦痛の波に彼らの体が押しつぶされるのを防いでくれるかのように。ジミーはごく自然に指揮官のオーラを発していた。本人はそのことに気づいているのだろうかとシレストはよく思った。重荷に感じることはないのだろうか。重荷になるにちがいない、とくにこんなときには。

「どうしたの？」とアナベスは言った。眼は、黒いフライパンの上でぱちぱち音を立てるベーコンの上に注がれていた。

「何かやることはないか？」とジミーは訊いた。「コンロはおれが見ててもいいぞ」

アナベスはガスレンジの上に弱々しい笑みを投げ、首を振った。「大丈夫よ」

ジミーはシレストのほうを見て、〝そう思うか？〟と眼で訊いた。

シレストはうなずいた。「ここはわたしたちで大丈夫よ、ジム」

ジミーは振り返って妻を見た。シレストはその眼差しに限りなく優しい痛みを感じた。ジミーの心がまた涙一滴分、ぽたりと彼の胸の底に落ちていった気がした。ジミーは体を屈め、コンロの上から手を伸ばして、人差し指でアナベスの頬骨に浮かぶ玉の汗を拭き取った。アナベスは言った。「やめて」

「こっちを見ろ」とジミーは囁いた。

シレストは台所から去らなければと思ったが、少しでも動くと、彼女の従姉とジミーのあいだにある何か——とてもはかない何か——をぽきんと折ってしまいそうな気がした。

「だめ」とアナベスは言った。「ジミー？　今あなたを見たら、自分を失ってしまう。こんなに人がいるまえでそうなるわけにはいかないわ。だからお願い」

ジミーはコンロから離れた。「わかった、ハニー。わかったよ」

アナベスは下を向いて囁いた。「また泣き崩れたくないの」

「ああ」

一瞬、シレストは、彼らが裸で彼女のまえに立っているような気がした。ひとりの男とその妻が愛を交わしているところを見ているような、それほど親密なやり取りに立ち会っている気がした。

廊下の反対側の端のドアが開き、アナベスの父親のセオ・サヴェッジが家にはいって来た。両肩にビールのケースを載せて廊下を歩いてくる。彼はとてつもない大男だった。赤ら顔で二重顎をした人間版のアラスカヒグマ。しかし船のマストのような両肩にビールのケースを抱え、狭い廊下を窮屈そうに進んでいても、不思議とダンサーのような優美さを漂わせている。シレストは以前から、こんな小山のような大男から発育の途絶えた子供が次から次へと生まれたことに驚いていた。ケヴィンとチャックがかろうじて彼の背丈と体格のいくらかを受け継ぎ、アナベスだけが彼の身体に備わる優美さを受け継いでいる。

「ちょっとどいてもらえるか、ジム」とセオは言った。ジミーが脇によけると、セオは彼のまわりを巧みにくるりとまわって台所にはいって来た。そしてシレストの頰にさっと唇を当て、優しく「どうしてる、ハニー？」と訊き、ケースを台所のテーブルの上に置いて、娘の腹に両手をまわすと、彼女の肩に顎を載せた。

「なんとかやってるか、え？」

アナベスは言った。「がんばってるわ、父さん」

彼は彼女の首の横にキスをして――〝我が娘よ〟――ジミーのほうを向いた。

「クーラーがあったろう。そこに入れよう」

ふたりは食料貯蔵室の床の上に置いたクーラーにビールを入れ、シレストは、訪れた友人や家族たちが持ってきた食料を開ける作業にまた戻った。彼らが今朝早く家へ帰り始めてから取りかかっていたが、食料は山のようにあった。アイルランドのソーダパン、パイ、クロワッサン、マフィン、ペイストリー、種類のちがうポテトサラダが三皿。ロールパンの袋、デリの肉料理の皿、鉄鍋にはいったスウェーデン風ミートボール、温めたハムが二本、くしゃくしゃのアルミフォイルに包まれた大きな七面鳥。アナベスが料理をする必要は何もなかった。皆それはわかっていたが、彼女が料理をしていなければならないこともわかっていた。だから彼女はベーコンを焼き、繋がったソーセージをゆで、フライパンで二回分スクランブルド・エッグを作り、シレストはできた料理をダイニングの壁に寄せたテーブルにせっせと運んだ。この食べ物は故人の家族を慰めるためのものなのだろうか、それとも自分たちが食べることで悲嘆を呑み込んでしまうためのものなのだろうか、と思った。ひたすら食べ、コーラと酒とコーヒーと紅茶で流し込み、とことん満腹になって眠気をもよおすためのものなのか。通夜や、葬式や、追悼式や、ちょうど今のような悲しい集まりで人がするのはそういうことだ――食べ、飲み、話す。食べ、飲み、話すことができなくなるまで。

彼女は居間の人込みにデイヴを見つけた。ケヴィン・サヴェッジと寝椅子の上に坐り、話している。が、ふたりともとくに愉しそうにも、くつろいでいるようにも見えず、寝椅子の上で身をまえに乗り出して、まるでどちらが先に降りるか根競べをしているようだった。シレストは夫のことを思い、胸の疼きを覚えた。目立たないが、決して消えることのない異質な者の雰囲気が、ときに彼のまわりに漂う。とりわけこういった集まりでは。結局、皆彼のことを知っているのだ。少年時代の彼に何が起こったかを。もし彼らがそれを受け容れ、彼を色眼鏡で見ずにいられるとしても（おそらく彼らはできる）、デイヴのほうはそうはいかない。彼の人生をすべて知っている人たちのまわりに快適な場所を見つけ、そこで心からくつろぐことはできない。シレストと連れ立って、近所を離れた職場の同僚や友人たちと外出するときには、デイヴはゆったり構えて、自信に溢れ、小気味よく冗談は飛ばすわ、突飛なことに気づくわで、誰よりも愉快な仲間だった（〈オズマ・ヘア・デザイン〉の彼女の友人たちとその夫連中はデイヴのことが大好きだった）。しかし生まれ育ち、根を下ろしたこの場所では、彼は会話をするたびに言葉を最後まで言うことができず、ほかの人の足並みより必ず半歩遅れていて、冗談で笑うのはいつも最後だった。

彼女は彼の視線を受けとめて笑顔を返し、このアパートメントにいるかぎり彼は孤独ではないことを伝えたかった。が、ひとかたまりの人々がダイニングと居間のあいだのアーチつきの通路を通り抜け、シレストは彼の姿を見失ってしまった。

自分が愛し、ともに暮らしている人といかに顔を合わせていないか、いかに有意義な時間を過ごしていないかということに気がつくのは、大抵、大勢の人間の中にいるときだ。彼女はこの一週間、デイヴとあまり一緒に過ごしていなかった。彼が強盗に遭った土曜の夜の台所の床の上を除いて。昨日からは、ほとんど彼の姿を見ていなかった。昨日の六時、彼女はセオ・サヴェッジから電話を受け、こう言われた。「ハニー、つらい知らせがある。ケイティが死んだ」

シレストはとっさに反応した。「彼女は死んでないわ、セオ伯父さん」

「口にするだけで私自身、死にそうな気持ちになるが、彼女は死んだ。あの可哀そうな子は殺されたんだ」

「殺された」

「ペン公園で」

シレストはカウンターの上のテレビを見た。六時のトップ・ニュースはまだ生放送で、ドライヴィン・シアターのスクリーンの端に集まりつつある警官たちをヘリコプターから捉えていた。リポーターたちはまだ犠牲者の名前は知らされていなかったが、若い女性の死体が発見されたことは確認していた。

ケイティじゃないわ。ちがう、ちがう、ちがう。

シレストは、アナベスのところへ駆けつけるとセオに言い、その電話からずっと、朝の三時から六時まで家に戻ってうたた寝したときを除いては、アナベスと一緒だった。

それでも彼女はまだ信じられなかった。アナベスとナディーンとセーラと泣きに泣いたあとでも。居間でアナベスの肩を抱き、従姉が五分間、嗚咽の発作で胸を波打たせて激しく震えるのを支えたあとでも。彼は泣きもせず、ひとり言を言ったり、何か音を立てているわけでもなかった。ただ枕を顔に当てて、娘の髪と頬の匂いを何度も、何度も嗅いでいた。吸って、吐いて、吸って、吐いて……

そういったことのあとでも、彼女はまだ事実を完全には受け容れていなかった。ケイティが今にもドアからはいって来て、台所に駆け込み、レンジの上の皿に載ったベーコンをつまみ食いしそうな気がした。ケイティは死んでいない。そんなはずはない。

そう思うのも、あの論理的でない考えがシレストの脳の一番深い溝に引っかかっているからだろうか。ニュースでケイティの車を見るなり、論理を超越したところで〝血――デイヴ〟と考えてしまった、それが尾を引いているのだろうか。

彼女はデイヴが居間で人々から離れているのを感じた。彼がひとりで寂しい思いをしているのを。夫が善良な人間であることはわかっていた。欠点はあるが、人はいい。彼女は彼を愛していた。彼女が愛している以上、彼はいい人間だ。そして彼がいい人間なら、ケイティの車の血は、彼女が土曜の夜、ディヴの服から洗い落とした血とはなんの関係もない。だからケイティはまだ、どんな形でもいいから生きていなければならない。ほかの選択肢はあまりに背筋が寒くなるものばかりだから。

それに非論理的だ。まったくもって。シレストは台所に食べ物を取りに戻りながら改めて思った。

その挙句、クーラーを台所の床の上で引きずってダイニングに運び込もうとしているジミーとセオにぶつかりそうになった。セオは最後の瞬間に危うく身をかわして言った。「この子には気をつけてくれ、ジミー。暴走車だから」

シレストは、セオが女性に期待するとおり遠慮がちに微笑み、伯父が彼女を見るときにいつも感じる気配に耐えた。十二歳になってからいつも感じていたのだが、伯父の視線は心なしか彼女に長くとどまりすぎる。

彼らは彼女をよけるようにして、それぞれ特大のクーラーを運んでいった。ふたりは奇妙な取り合わせだった。セオは血色がよく、体も声もやたら大きい。ジミーは色白で静か、体のどこにも余計な脂肪がついておらず、何ひとつ無駄なところがない。いつも軍の基礎訓練キャンプから帰ってきたばかりのように見えた。ふたりはドア付近をうろついていた人たちをかき分け、ダイニングの壁に寄せたテーブルのところまでクーラーを引きずっていった。

シレストは、ふたりがクーラーをテーブルの下に置くのを部屋じゅうの人たちが見つめているのに気がついた。まるで彼らの重荷が硬く赤いプラスティック製の特大クーラーではなく、ジミーが今週埋葬しなければならない娘――彼ら全員をここに呼び寄せ、話をさせ、食べさせている娘――であるかのように。そして彼らが彼女の名前を口に出す勇気を持っていることを確かめようとしているかのように。

ふたりがクーラーを横に並べ、居間とダイニングの人込みの中を行ったり来たりするのを見て――ジミーは当然ながら落ち込んでいたが、訪問客のひとりひとりのまえで立ち止まっては、上品とも言える仕種で感謝のことばを述べ、両手で彼らの手を握り、セオはいつもどおりの粗野な自然児ぶりを発揮していた――何人かの人々は、長年のあいだにふたりはなんと仲良くなったことだろう、部屋の中を一緒に動きまわる様子は、まるで血の繫がった本物の親子のようだと語り合った。

ジミーとアナベスが結婚した当初は、とてもこんなふうになるとは考えられなかった。セオはその頃、彼の友人たちには知られていなかった。大酒飲みで喧嘩好き、タクシー会社の配車係の収入を、数知れぬ無法酒場の用心棒の仕事で補い、心からその仕事を愛していた。社交的で、すぐに笑ったけれど、常に陽気な握手には挑戦が潜み、くすくす笑いには脅しが込められていた。

一方、ジミーは、ディア・アイランドから帰ってきて以来、物静かで生真面目だった。人当たりはよかったが、それも控えめで、いろいろな集まりでは蔭のほうに引っ込んでいた。彼は、何か口にすれば人が耳を傾けるような人間だった。ただ、めったに口を開かないので、いつ開くのか、そもそも開くことがあるのかと誰もが思うのだけれど。セオはとくに人に好かれることはなかったが、愉快な男だった。ジミーはとくに愉快ではなかったが、人に好かれた。そんなふたりが友達になることなど、誰ひとりとして予想していなかった。ところがこうだ。セオはジミーの背中に眼を光らせ、ジミーがうしろに倒れて床に頭を打たないように、いつでも手を伸ばして支えるつもりでいる。ジミーは人人のあいだを縫って歩きながら、ときおり立ち止まっては、セオの巨大なプライム・リブのような耳に何か話しかけている。最高の親友、と人々は言った。ふたりはそう見える。最高の親友に。

午《ひる》近くなってきたので——実際は十一時だったが、まあ、どこかでは午だろう——立ち寄る人々はコーヒーより酒を、ペイストリーより肉料理を持ってくるようになった。冷蔵庫が一杯になると、ジミーとセオ・サヴェッジは、クーラーと氷を探しに三階のサヴェッジ家のアパートメントへ上がっていった。ヴァルが、チャックとケヴィンと、ニックの妻のエレインと住んでいるアパートメントへ。エレインは黒い服を着ていた。ニックが刑務所から帰ってくるまで喪に服しているつもりかもしれないし、あるいは人々が言うように、黒が好きなだけかもしれない。

セオとジミーは配膳室の食器乾燥機の横にクーラーを二個と、冷凍庫に氷の袋をいくつか見つけた。氷をクーラーに入れ、空いた袋をごみ箱に捨て、台所を引き返す途中で、セオは言った。「ちょっと止まれよ、ジム」

ジミーは義父を見た。

セオは椅子のほうを見てうなずいた。「荷物を降ろしな」

ジミーは従った。クーラーを椅子の脇において腰を下ろし、セオが話し始めるのを待った。

セオ・サヴェッジはこのアパートメントで七人の子供を育ててきた。寝室が三つしかなく、床は傾き、排水管の音がやたらうるさいこのアパートメントで。だから残りの生涯、誰に対しても、一度も謝る必要はないのだ、とセオはジミーに言ったことがある。「七人だぞ」と彼は言った。「どれも二年と間を置かず。それが全員あのクソ狭いアパートメントで、肺も裂けよとばかりにわめいてるんだ。子育ての喜びなんてことを言うだろう？　おれは仕事から帰って、あの騒音の中にはいるなり、〝そんなものがあるなら見せやがれ〟と思ったよ。喜びなんてひとつもなかった。ひどい頭痛はあったがな。それこそ山のように」

ジミーがアナベスから聞いた話では、普段彼女の父親はその頭痛の種のところに戻ってくると、食事をするあいだだけなんとか家にいて、またさっさと外へ出ていったということだった。それにセオ自身も、育児であまり睡眠不足になったことはないと言っていた。子供はほとんど男の子で、セオに言わせれば男の子など単純だ。食べさせて、喧嘩と野球のやり方を教えてやれば、大抵うまく育つ。甘やかされることが必要なら、それは母親が与える。息子が父親のところへ来るのは、車を買う金か、誰かの保釈金が必要になったときだけだ。父親が甘やかすのは娘のほうだ、と彼はジミーに言ったものだ。

「そんなこと言ったの？」とアナベスはジミーがその話をすると言った。

ジミーは、セオがどんな父親でも一向にかまわなかった。ことあるごとに、彼がジミーとアナベスの、親としての不甲斐なさを責め、薄笑いを浮かべながら、悪く言うつもりはないんだが、しかしな、おれだったら子供があんなことをしたらただじゃおかないぞ、と言いさえしなければ。

そう言われると、ジミーはただうなずいて、礼を言い、無視するのだった。

今もジミーは、向かいの椅子に腰掛けて下を向き、床を見つめているセオの眼に、そんな小賢しい老人の微かな光を見た。セオは、下の階から響いてくる足音と人の声に哀しげな笑みを漏らした。「結婚式と通夜でしか家族や友達と会わないようだな、ジム」

「そうだな」とジミーは言って、前日の四時から頭を離れない感覚を振り払おうとした——本来の自分が肉体から浮遊し、いささか狂気じみた足取りで空中を歩き、皮膚をとおしてまた体に戻る方法を考えているうちに羽ばたくことにすっかり疲れ、地球の黒い核めがけて投げられた石のように沈んでいく。

セオは両手を膝に置きじっとジミーを見つめた。ジミーは顔を上げ、セオと眼を合わせた。

「今のところどうだ？」

「まだ完全には呑み込めてない」

「そうなったときには本当につらいぞ、ジム」

「想像できる」

「地獄の苦しみだ。それは保証する」

ジミーはまた肩をすくめ、胃の底からかすかにある感情が——怒りだろうか？——ふつふつと湧き起こるのを感じた。これが今の彼に必要なものだとは。苦痛についてのセオ・サヴェッジの説教が。くそっ。

セオは身を乗り出した。「ジェイニーが死んだときのことだ。彼女の魂に平安あれ。ジム、おれは六カ月立ち直れなかった。あの美しい妻は、ある日そばにいたと思ったら、次の日にはいなくなっていた」彼は太い指を鳴らした。「あの日、神は天使を天に召され、おれは聖人を失った。しかしありがたいことに子供たちはその頃までに大きくなっていた。だから六カ月間立ち直らなくてすんだ。そういう贅沢ができた。しかし、おまえはそうじゃない」

セオは椅子の背にもたれ、ジミーはまた湧き起こる感情を味わった。ジェイニー・サヴェッジが亡くなったのは十年前だが、セオは六カ月よりはるかに長く酒に溺れた。優に二年は。人生のほとんどの期間、溺れていた酒ではあったけれど、ジェイニーが死んでからは家を抵当に入れるほどになっていた。彼女が生きていたときには、一週間前のパンほども彼女のことを気にかけていなかったのに。

ジミーはセオに耐えた。そうするしかない。つまるところ、彼は家内の父親なのだから。外から見れば、ふたりは友達のように見えるだろう。ひょっとしたらセオ自身も友達だと思っているかもしれない。歳とともに彼も丸くなり、娘をあけすけに可愛がり、孫を甘やかすまでになっていた。しかし、過去に犯した罪で人を判断しないことと、その人間からアドヴァイスを受けることはまるで別ものだ。

「言いたいことがわかるか?」とセオは言った。「嘆きに溺れすぎてはいかんということだ、絶対に、ジム。嘆いて身近にある責任をおろそかにしてはならない」

「身近にある責任」とジミーは言った。

「そう。おれの娘と小さな子供たちの面倒を見てもらわなきゃならん。今、何よりそれが大切なことだ」

「なるほど」とジミーは言った。「おれがそのことを忘れているかもしれないと思ったわけだ、セオ?」

「忘れてるとは言ってない。ひょっとしたらそういうこともあるかもしれないと言ってるだけだ」

ジミーはセオの左の膝頭をじっと見つめ、それがぽんと赤く弾けるところを想像した。

「セオ」

ジミーはもう片方の膝頭が弾けるのを見て、今度は肘に取りかかった。「ずっとこの話をしようと待ち構えてたわけか?」

「今ほどの機会はない」セオは高笑いしたが、そこには警告が含まれていた。

「たとえば明日」ジミーの鋭い眼差しはセオの肘を離れ、眼に移った。「明日でもよかったはずだ。ちがうか、セオ?」

「今言ったことが気になるのか、ジミー?」セオは苛立ち始めた。激しい気性の大男だから、人々に怖れを抱かせるのはジミーも知っていた。通りを歩く人々の顔に恐怖が浮かんでいるのを見慣れ、それを敬意の眼差しと取りちがえていることも。「なあ、思ったんだが、これを言うのに適した機会なんてのはそもそもない。だろ？　だからすぐに言ってしまおうと思ったんだ。つまり、できるだけ早く」

「もちろん」とジミーは言った。「確かにあんたが言ったように、今ほどの機会はないな」

「そうだ、わかってくれたか」セオはジミーの膝を叩いて立ち上がった。「立ち直れるさ、ジミー。まえに進むんだ。苦痛は消えないが、まえに進むんだ。おまえは男だから。おれはアナベスに言ったんだ——おまえたちの結婚式の夜だったかな——〝ハニー、おまえは本当に昔気質《むかしかたぎ》な男と結婚したな。完璧な男。一流の戦士。おまえが結婚した男は——〟」

「袋に入れられたみたいだった」とジミーは言った。

「なんだって？」セオは彼を見下ろした。

「昨日の夜、死体保管所で身元確認をしたときに、ケイティはそんなふうに見えた。誰かに袋に入れられて、パイプで散々殴られたみたいに」

「ああ、なあ、その話は——」

「人種もわからなかった、セオ。黒人にも見えたし、母親のようなプエルトリコ人にも見えた。アラブ人にも。だが白人には見えなかった」ジミーは膝のあいだで握り固めた両手を見て、台所の床の染みに眼をやった。左足のそばに茶色のがひとつ、テーブルの脚のそばにからし色のがひとつ。「ジェイニーは寝ているあいだに死んだ、セオ。あらゆる点から見て、そうだ。ベッドにはいって、そのまま眼醒めなかった。平和な気持ちで」

「ジェイニーのことは話さなくてもいい。わかったか？」

「おれの娘ならいいのか？　彼女は殺されたんだぞ。ちょっ、としたちがいだ」

しばらく台所は沈黙に包まれた——空いたアパートメントの下の階に人が大勢いるときにそうなるように、沈黙が静かにうなっていた。セオはここで話を続けるほど愚かだろうか、とジミーは思った。話すがいい、セオ。馬鹿なことを言うがいい。おれはそういう気分だ。身の内に湧き起こる感情を誰かにぶつけたい気分だ。

セオは「ああ、わかったよ」と言った。ジミーは鼻から大きく息を吐いた。「わかる。だがジム、すべてを引き受ける必要はない——」

「なんだと？」とジミーは言った。「なんのすべてだ？　誰かがおれの娘に銃を押しつけ、頭のうしろを吹き飛ばしたってのに、あんたはおれの嘆きに——なんだ——順位づけしようってのか？　お願いだ、教えてくれ。さっきあんたが言ったことをおれがきちんと理解しているか。要は、あんたはここに立って、家族のクソ大長老を演じようってわけか？」

セオは自分の靴に眼を落とし、鼻息を荒くし、両手の拳を握ったり開いたりした。「おれにそんな資格はない」

ジミーは立ち上がって、台所のテーブルの下に椅子を戻した。クーラーを床から持ち上げ、ドアのほうを向いて、彼は言った。「もう階下《した》へ行かないか？」

「いいとも」とセオは言った。椅子はその場に置いたままで、もう一個のクーラーを床から持ち上げた。「わかった、わかったよ。悪かった、よりにもよって今朝こんな話をするなんて。おまえのほうでまだ心の準備ができてないのにな。だが——」

「セオ？　放っといてくれ。しゃべらないでくれないか。どうだ？　いいな？」

ジミーはクーラーを持って階段を降り始めた。セオの感情を傷つけただろうかと思ったが、傷つけたからといってなんだ、とすぐに思い直した。彼などくそくらえだ。今頃彼らはケイティの検死解剖に取りかかっているだろう。ジミーはまだ彼女の寝室の匂いを嗅ぐことができるけれど、検死医のオフィスでは、外科用メスと胸を広げる器具が並べられ、骨を切断する鋸がうなりを上げている。

その日の午後、人が少し引き揚げたあとで、ジミーは裏口のポーチに出て、その上に張り渡された洗濯紐に、土曜の午後から干されてはためいている洗濯物の下に坐った。陽の光が体を暖め、ナディーンのデニムのオーヴァーオールがまえにうしろに揺れて髪を撫でた。アナベスと娘たちはひと晩じゅう泣き明かし、アパートメントを泣き声で一杯にした。ジミーはいつでも仲間に加わることができたが、そうしなかった。ショーン・ディヴァインの眼に、娘は死んだと告げる表情を見て、彼は坂の途中で叫んだ。身を引き絞るように絶叫した。しかしそれ以来何も感じられなくなっていた。だから今彼はポーチの上に坐り、涙よ出てこいと念じた。

彼はケイティの姿を思い浮かべて自分をとことん苦しめた。赤ん坊のケイティ。ディア・アイランドの傷だらけの机の向こうに坐ったケイティ。彼が刑務所を出た半年後に、彼の手の中で母親はいつ帰ってくるのかと訊き、泣き疲れて寝入ったケイティ。バスタブで歓声を上げる幼いケイティ、学校から自転車で帰ってくる八歳のケイティもいた。笑うケイティも、ふくれっ面をしたケイティも、怒って顔をしかめたケイティも、台所のテーブルで割り算を教えてやると、わからなくなってまた顔をしかめたケイティも。ダイアンとイヴと、ブランコに乗ってまえに蹴り出そうとしているやや成長したケイティの姿もあった。のんびり夏の日を過ごしている三人は、思春期まえのぎごちない体つきをしていて、歯列矯正用のブリッジをはめ、脚は体のほかの部分がとても追いつけないほど早く、長く伸びている。ベッドの上で腹ばいになったケイティは、セーラとナディーンにのしかかられている。中学校の卒業記念ダンスパーティでドレスを着たケイティ。初めて車の運転を教えたときには、曲がり角から発車して走り始めるなり、グランド・マーキス（マーキュリー車）の彼の隣りで顎を震わせていた。ティーンエイジャーになると、彼に面と向かって大声を上げ、不機嫌になることもあった。しかしそんな表情を、太陽のように明るく可愛らしい表情よりいとおしく感じたことも何度となくあった。

彼女の姿を見て、見て、見たけれども、彼は泣くことができなかった。

そのうち来るさ、と彼の中の穏やかな声が言った。今はショックを受けているだけだ。

しかしショックは収まってきた、と彼は頭の声に答えた。セオが階下でおれに絡んできてから徐々にな。

ショックが収まれば、何かを感じるようになる。

もう感じてるさ。
それは嘆きだ、と声は言った。悲しみだ。
嘆きでも、悲しみでもない。怒りだ。
怒りも少しは感じるかもしれない。しかしそのうちやり過ごすことができる。
おれはこの怒りをやり過ごしたくない。

16 また会えて嬉しいよ

デイヴがマイクルを学校から連れて帰ってきて、角を曲がると、ショーン・ディヴァインともうひとりの男が、ボイル家のまえに停めた黒いセダンにもたれて立っていた。黒いセダンには州政府のプレートがついていて、トランクには火星に電波を送れるほどアンテナが立っている。十五ヤード離れていても、ショーンの隣りにいる男がショーンと同じ警官であることがデイヴにはわかった。顎が上向きに少し突き出て、警官のカーヴを描いている。驚いたように体をうしろに引いているが、いつでも飛びかかる準備ができているように見えるのも警官らしい。もしそれで足りないなら、四十半ばの男の海兵隊員ふうの髪型と、飛行士用の金縁のサングラスは、見紛いようのない手がかりだ。

デイヴの手がマイクルの手を固く握りしめた。胸の中で、氷水で冷やしたナイフの刃を肺にぺたっと押し当てられたような感じがした。彼は立ち止まりかけた。足に根が生えたかのように、動けなくなった。しかし何かが彼をまえに押しやった。自分がごく普通に、なめらかに動いているように見えることを祈った。ショーンの頭が彼のほうを向く。眼は何かを見ているふうでもなく、虚ろだったが、デイヴを見た途端、焦点が合って細くなった。

ふたりは同時に微笑んだ。ディヴは目一杯の明るさで、ショーンのほうも大きくにっこりと。ディヴは、ショーンの顔に本物の喜びが表われているような気がして、驚いた。

「ディヴ・ボイル」とショーンは車から離れて手を差し出した。「どうしてた？」

ディヴはその手を握り、ショーンに肩を軽く叩かれてまたびくっと驚いた。

「〈タップ〉で会って以来だな」とディヴは言った。「六年ぶりか？」

「ああ、そんなところだ。元気そうだな」

「おまえはどうしてた、ショーン？」そう言うディヴの体に温かみが広がり、脳は逃げろと命じた。

でもなぜ？　昔から残っているものなど、もうほとんどない。それは、決まり文句のように唱えられる刑務所、麻薬、警察力のせいばかりではない。郊外の発展がそれらを消し去ってしまったのだ。ほかの州が、他人と同じように暮らすことへの誘惑が、ゴルフを愉しみ、商店街をぶらつき、小さな商売を立ち上げ、金髪の妻と結婚し、大画面のテレビを買いながら、ひとつの大きな国になることが、こぞって昔のものを滅ぼしていったのだ。

そう、残っているものはほとんどない。ディヴはショーンの手を握ったまま、誇りと、幸せと、奇妙な哀しみを胸に感じ、ジミーが地下鉄の線路に飛び降りた日のことを思い出した。あの頃、土曜日はおしなべて、不可能なことなど何もない日だった。

「元気さ」とショーンは言った。本気で言っているように聞こえた。ただ彼の笑みに何かが割り込んだような気がしたけれど。「で、このおチビさんは誰だ？」

ショーンはマイクルのまえに腰を屈めた。

「息子だ」とデイヴは言った。「マイクルだ」

「やあ、マイクル。はじめまして」

「ハイ」

「おれはショーン。お父さんのずっと昔の友達だよ」

デイヴはショーンの声がマイクルの何かに光をともすのを見た。ショーンは確かに特別な声を持っている。あらゆる映画の予告編で語りかけるナレーターのような声だ。マイクルはその響きに顔を輝かせ、おそらくは父親と、この自信に満ちた見知らぬ長身の男とのあいだに、自分や友達と同じ通りで遊び、同じ夢を見た、かけがえのない子供時代があったことを思い描いているのだ。

「はじめまして」とマイクルは言った。

「こちらこそ、マイクル」ショーンはマイクルの手を握り、背を伸ばしてデイヴと向かい合った。「この子は男前だな、デイヴ。シレストはどうしてる？」

「元気そのものさ」デイヴはショーンが結婚した女性の名前を思い出そうとしたが、彼らが大学で知り合ったこととしか思い出せなかった。ローラだったか？　それともエリン？

「彼女によろしく伝えてくれ」

「いいとも。まだ州警察にいるのか？」雲間から陽の光が射し、政府の車の黒いトランクに跳ね返ったので、まぶしさにデイヴは眼を細めた。

「ああ」とショーンは言った。「そうだ、こちらはパワーズ部長刑事。おれの上司だ、デイヴ。州警察殺人課の」

デイヴはパワーズ部長刑事の手を握った。〝殺人〟のひと言がふたりのあいだを漂った。

「調子はどうです？」

「いいですよ、ミスター・ボイル。あなたは？」

「上々です」

「デイヴ」とショーンは言った。「少し時間があったら、手短にいくつか訊きたいことがあるんだが」

「いいとも。何かな？」

「中へはいりましょうか、ミスター・ボイル？」パワーズ部長刑事は、首を傾けて、デイヴのアパートメントの正面玄関を指した。

「ああ、もちろん」デイヴはまたマイクルの手を取った。「どうぞ」

階段を昇り、マキャリスター家のアパートメントのまえを過ぎて、ショーンは言った。

「このあたりでも家賃は上がってるんだってな」

「このあたりでもな」とデイヴは言った。「ここを岬に変えようってことだろう、五つ目の角に必ずアンティークの店があるような」

「岬ね」ショーンは乾いた笑いを漏らした。「おれの父親の家を憶えてるか？　あそこはコンドミニアムに変わったよ」

「嘘だろ?」とデイヴは言った。「きれいな家だったのに」

「土地の値段が上がりきるまえに売っちまったのさ」

「で、今はコンドミニアム?」とデイヴは言った。狭い階段に声が響いた。「ヤッピーどもは一区画買うのに、親爺さんがあの場所を丸ごと売ったくらいの料金を払ってるんだろうな」

「そんなとこだ」とショーンは言った。「どうすべきなんだろうな、まったく」

「わからない。しかしなんとかして止めなきゃならないとは思うよ。やつらを、どこか知らないが生まれ育った場所に送り返すとかね、そう、あの腐った携帯電話と一緒に。こないだおれの友達がなんて言ったかわかるか、ショーン? 〝この近所に必要なのはクソみたいに押し寄せる犯罪の波だな〟だぞ」デイヴは笑った。「それで地価も元の値段に下がる。家賃もな。だろ?」

パワーズ部長刑事は言った。「ペン公園で娘が殺されつづければ、ミスター・ボイル、望みどおりになりますよ」

「おれはそんなこと望んでませんよ」とデイヴは言った。

パワーズ部長刑事は言った。「だろうね」

「お父さん、〝クソ〟って言ったよ」とマイクルは言った。

「すまなかった、マイク。もう言わない」彼は振り返ってショーンに片眼をつぶり、アパートメントのドアを開けた。

「奥さんはいますか？」とパワーズ部長刑事は部屋にはいりながら言った。

「えっ？　あ、いいえ、いません。さあ、マイク、宿題をしなさい。いいね？　すぐにジミー伯父さんとアナベス伯母さんのところへ行かなきゃならないんだから」

マイクルは、大人の会話から締め出されたときに子供が見せる諦めの表情で、階段のほうへ向かった。そして肩を落とし、踵に氷の塊をくりつけられたように足を引きずって、母親と同じため息をひとつ漏らすと、階段を昇っていった。

「どこでも同じだな」とパワーズ部長刑事は居間の寝椅子に坐りながら言った。

「なんですか？」

「あの肩の恰好が。息子も彼ぐらいの歳には、寝なさいと言われるといつもあの仕種をしていた」

デイヴは「そうですか？」と言い、コーヒーテーブルの向こうのふたり掛けのソファに腰を下ろした。一分かそこら、デイヴはショーンとパワーズ部長刑事に眼をやり、ショーンとパワーズ部長刑事は彼を見返して、三人とも互いに期待するように眉を上げていた。

「ケイティ・マーカスのことは聞いたか」とショーンは言った。

「もちろん」とデイヴは言った。「今朝見舞いに行ったところだ。シレストはまだ行っている。しかし、まったく、ショーン、ひどい犯罪だ」

「そのとおり」とパワーズ部長刑事は言った。

「もう捕まえたのか？」とデイヴは言った。そして腫れ上がった右手の拳を左の手のひらでさすり、自分が何をしているかに気がついた。椅子の背にもたれ、両手をポケットの中にすべり込ませて、くつろいでいるふりをした。

「必死で捜査しています。ご心配なく、ミスター・ボイル」

「ジミーの様子はどうだ?」とショーンは訊いた。

「なんとも言えないな」ディヴは、パワーズ部長刑事から眼を離すことができてほっとしたようにショーンのほうを向いた。パワーズの顔には何か好きになれないものがあった。嘘をつけばすぐにわかるといった眼つきかもしれない。クソくだらない人生でついた嘘を最初から最後まで見透かされそうな眼つきだ。

「ジミーがどんなやつか知ってるだろう」とディヴは言った。

「そうでもない、この頃は」

「何もかも自分の中に押し込めている」とディヴは言った。「あの頭の中で実際何が起こっているのか説明することはできないよ」

ショーンはうなずいた。「われわれが今日来たのはな、ディヴ……」

「おれは彼女を見た」とディヴは言った。「もう知ってるかもしれないが」

彼はショーンを見た。ショーンは両手を広げて、待った。

「あの夜」とディヴは続けた。「彼女が死んだ夜だと思うけど、おれは彼女を〈マッギルズ〉で見た」

ショーンと警官は目配せを交わし、ショーンは身を乗り出して、ディヴに親しみを込めた視線を向けた。「ああ、実はディヴ、そのことで来たんだ。あの夜〈マッギルズ〉にいた人間をバーテンダーがなんとか思い出したリストの中におまえの名前があったんだ。ケイティは派手なショーを演じたらしいな」

ディヴはうなずいた。「彼女ともうひとりがカウンターに上がって踊ってた」

警官は言った。「かなり酔っ払ってたわけだ」

「ええ、でも……」

「でも？」

「害のない酔い方でしたよ。踊ってたけど、脱いだりしてたわけじゃないし。彼らは、よく知らないけど、せいぜい十九でしょう？」

「十九歳で酒を振る舞われたってことは、そのバーはしばらく酒類販売免許を失うってことだ」とパワーズ部長刑事は言った。

「飲まなかった？」

「何？」

「未成年のときに一切酒を飲みませんでした？」

パワーズ部長刑事は微笑み、その笑顔は眼つきと同じようにディヴの頭蓋に食い込んだ。まるで男のあらゆる部分が彼の内面をのぞき込んでいるかのように。

「〈マッギルズ〉を出たのはいつ頃でした、ミスター・ボイル？」

ディヴは肩をすくめた。「おそらく一時かそこら？」

パワーズ部長刑事は膝の上に開いた手帳にそれを書き込んだ。

デイヴはショーンを見た。

ショーンは言った。「念には念を入れてるだけだよ、デイヴ。スタンリー・ケンプと一緒だったのか？〝巨人〟スタンリーと」

「ああ」

「彼はどうしてる？　子供が癌になったとか聞いたけど」

「白血病だ」とデイヴは言った。「数年前に亡くなった。四歳だった」

「なんと」とショーンは言った。「ひどい話だな。シリンダをフル稼動させて走ってたと思ったら、角を曲がった途端に妙な胸の病気になって、五カ月後に逝ってしまう。それがこの世界だよ」

「まさにこの世界だ」とデイヴは同意した。「だがスタンはその割には大丈夫だ。エディソン（電力会社）でいい仕事に就いてるし、火曜と木曜の夜には、相変わらずパーク・リーグでバスケットボールをしてる」

「相変わらずゴール下で怖れられて？」ショーンはくすっと笑った。

デイヴも笑った。「肘を目一杯使ってるよ」

「娘たちはいつ頃バーを出ていった？」とショーンは彼の笑いがまだ残っているうちに訊いた。

「わからない」とデイヴは言った。「確かソックスの試合が終わりかかってた頃だ」

どうしてショーンは質問をすべり込ませたのだろう？　単刀直入に訊いてもよかったのに、〝巨人〟スタンリーの話など持ち出して、質問のまえにデイヴを和ませようとした。ちがうだろうか？　それとも単に思いついたから訊いただけか。デイヴにはどちらとも言えなかった。おれは容疑者なのか？　本当にケイティ殺害の容疑者なのだろうか？

「遅い試合だった」とショーンは言っていた。「カリフォルニアだったから」

「は？　ああ、十時三十五分からだったな。そうだな、彼女たちはおれが出る十五分前ぐらいに出たかな」

「だとすると十二時四十五分頃ですか」ともうひとりの警官は言った。

「だいたいそうです」

「彼女たちがどこへ行ったか見当はつきませんか？」

デイヴは首を振った。「それきり姿を見ませんでした」

「そう？」パワーズ部長刑事のペンは膝の手帳の上をさまよっていた。

デイヴはうなずいた。「ええ」

パワーズ部長刑事は手帳に何か書き込んだ。ペンが小さな爪のように紙を引っ掻いた。

「デイヴ、車のキーを投げつけた男のことを憶えてるか？」

「なんだって？」

「名前は、ええと」ショーンは手帳のページをめくった。「ジョー・クロスビー。友達が酔った彼のキーを取り上げようとしたら、彼は自分からそれを投げつけたんだ、腹を立ててな。

そのとき店にいたか？」

「いや。どうして？」

「馬鹿げた話だと思わないか」とショーンは言った。「キーを渡すまいとしていたのに、つい放り投げちまうなんて。酔っ払いの思考法ってやつか？」

「そうだな」

「あの夜、何か奇妙なことに気がつかなかったか？」

「どういう意味だ？」

「たとえば誰かバーにいたやつが、あまり友好的でない眼で娘たちを見ていたとか。よくいるだろ、若い女性をどす黒い憎悪の眼で見るようなやつらが。卒業記念ダンスパーティの夜にひとりで家にいたことをまだ根に持ってて、十五年後も腐りきった生活を送ってるような。それもこれもあいつらが悪いからだといった眼で女を見るような。そういうやつらを知ってるだろ？」

「何人かはな」

「あの夜、そういうやつらはバーにいなかったか？」

「見たかぎりじゃいなかったな。つまり、ほとんど試合に熱中してたから。実際、彼女たちにも気がつかなかったんだ、ショーン、カウンターに飛び乗るまで」

ショーンはうなずいた。

「いい試合だった」とパワーズ部長刑事は言った。

「ああ」とデイヴは言った。「ペドロがいたから。八回にあのミスがなかったら、ノーヒット・ノーランだったかもしれない」

「そのとおりだね。彼は給料に見合った仕事をしてる」

「今の球界で最高の選手だね」

パワーズ部長刑事はショーンのほうを向いて、ふたりは同時に立ち上がった。

「これだけですか？」とデイヴは言った。

「ええ、ミスター・ボイル」彼はデイヴの手を握った。「ご協力に感謝します」

「どういたしまして。いつでもどうぞ」

「あっと」とパワーズ部長刑事は言った。「忘れてた。〈マッギルズ〉を出てからどこへ行きました？」

止めようと思うまえに答が口から飛び出していた。「ここです」

「家に帰った？」

「ええ」デイヴは視線をそらさず、声も乱さなかった。

パワーズ部長刑事はまた手帳を開いた。「一時十五分までに帰宅」彼はそう書いて眼を上げ、デイヴを見た。「そんなところですか？」

「だいたいそうです」

「わかりました、ミスター・ボイル。ありがとうございました」

パワーズ部長刑事は階段を降りていったが、ショーンはドアのところで立ち止まった。

「また会えて嬉しかったよ、デイヴ」

「おれも」とデイヴは言って、子供の頃、ショーンの何が気に入らなかったかを思い出そうとした。が、答は出てこなかった。

「またビールでも飲もう」とショーンは言った。「近いうちに」

「ああ、そうしよう」

「じゃあ、元気で、デイヴ」

ふたりは握手を交わし、デイヴは腫れた手に加えられた力にひるみそうになるのをこらえた。

「おまえもな、ショーン」

ショーンは階段を降りていき、デイヴはそれを踊り場で見送った。ショーンは肩越しにさっと手を上げて振り、デイヴも手を振り返した。ショーンに見えないのはわかっていたけれど。

彼はジミーとアナベスの家に戻るまえに、台所でビールを飲むことにした。マイクルがショーンともうひとりの警官が去ったのを聞きつけて駆け下りてこないことを祈った。数分の平和なひとときが必要だった。頭をすっきりさせる時間が。彼は居間でさきほど起こったことを完全にはつかみきれていなかった。ショーンともうひとりの警官は、まるでデイヴが事件の目撃者か容疑者であるかのように質問をしてきたけれど、かといって詰問口調でもなかったので、ディヴは彼らが来た本当の理由をはかりかねていた。その不確かさが、正真正銘の、ひどい頭痛をもたらしていた。なんであれ状況がはっきりせず、足の下の地面がつるつるすべって動いているような気がするとき、ディヴの脳はふたつに割れそうになる。肉切り包丁で切られたように。それが頭痛をもたらし、さらにひどいことになる場合もある。

なぜなら、ときにディヴはディヴでなくなったから。彼は〝少年〟になった。〝狼から逃げた少年〟に。それだけではなく、〝狼から逃げて大きくなった少年〟に。それは普段のディヴ・ボイルとはまるで異なる生き物だった。

〝狼から逃げて大きくなった少年〟は、黄昏どきに森の中を静かに、姿を見せずに動きまわる獣だった。ほかの者が見ることも、向かい合うことも、知ることもできず、知りたいとも思わない世界に住んでいた。われわれの住む世界の脇を流れる暗い川のような世界に。コオロギやホタルの世界、一秒の何百万分の一か閃くのを眼の端で捉えても、振り向けば消え去ってしまっているような世界に。

ディヴが多くの時間を過ごしているのは、そんな世界だった。ディヴとしてではなく、〝少年〟として。〝少年〟はたくましく育っていた。より短気で、偏執病的で、ディヴの想像も及ばないようなことをやり遂げるまでに。普段〝少年〟はディヴの夢の世界に住んでいて、狂暴さを内に秘め、暗い木立の中を飛ぶように走り抜け、ときおりさっと姿を見せるだけだった。そうしてディヴの夢の森にいるかぎり、彼は無害だった。

しかしディヴは、子供の頃から不眠症に悩まされていた。発作は何年、何ヵ月といった安らかな眠りのあとで不意に訪れ、そうなると彼は常に眼が冴え、ほとんど睡眠のない、苛立って心のざわつくあの世界に逆戻りしてしまうのだった。それが数日続くと、視界の隅にものが見え始める。大抵の場合はネズミで、床や机の上を矢のように横切る。黒いハエが部屋の隅を飛びまわり、隣りの部屋に飛んでいくこともある。眼のまえの空気が突如として弾けて、小さな稲妻が走る。人はゴムのようにぐにゃぐにゃし始める。そこで〝少年〟が夢の森の出口をまたぎ、眠りのない世界に踏み込んでくる。通常ディヴは彼を押さえ込むことができたが、ときに〝少年〟はディヴを震え上がらせた。〝少年〟は耳元で吠え立てた。〝少年〟は都合の悪いときに笑うことができた。〝少年〟は、普段ディヴの顔を覆っている仮面の裏からにたりと笑って向こう側の人々に姿を見せるぞと、ディヴを脅した。

ディヴはこの三日間、あまり寝ていなかった。毎晩ベッドに横になり、妻の寝顔を眺めていた。〝少年〟が脳組織のスポンジの中で踊り、眼のまえで稲妻が弾けた。頭をはっきりしさえすれば、何もかもうまくいく。そう自分に言い聞かせていると、マイクルが階段を降りてくる音がした。ばらばらにならないように耐えていれば、すべてがゆっくり動くようになり、ぐっすり長く眠ることができ、〝少年〟は森に帰る。人はゴム人形でなくなり、ネズミは穴に戻り、黒いハエもネズミについていく。

ディヴがマイクルを連れてジミーとアナベスの家に戻ったのは四時過ぎだった。人はまばらになり、家の中には生気を失ったものの気配があった——ドーナツやケーキが半分なくなった盆、皆が一日じゅう煙草を吸っていた居間の空気、ケイティの死。朝から午過《ひる》ぎまでは、人々の共有する哀しみと愛が静かに部屋を満たしていたのに、ディヴが戻ってくる頃には、もっと冷たい、いわば引き揚げどきの雰囲気に変わっていた。椅子が絶えず床を引っ掻く音や、廊下から聞こえる押し殺した別れのことばに焦り、血が熱を持つような雰囲気に。

シレストに聞くと、午後もだいぶ経った頃から、ジミーはほとんど裏口のポーチにいるということだった。アナベスの様子を見に何度か家の中に戻ってきて、お悔やみのことばをいくつか受けては、また人々のあいだを縫ってポーチに出ていき、とうの昔に乾いて強張った洗濯ものの下に坐っているようだった。ディヴはアナベスに、何か手伝うことはないか、必要なものはないかと訊いたが、彼女は彼が言い終わらないうちに首を振り、ディヴは訊くも愚かだったと思った。もし本当に必要なものがあるなら、アナベスはディヴに声をかけるまえに軽く十人か十五人に頼むことができる。ディヴは自分がなぜここにいるのかを思い出そうと努め、こんなことで腹を立てるのはよそうと思った。自分は人が困って助けを求めにくるような人間ではない。それはわかっていた。彼という人間はまるでこの惑星に存在しないも同然だ。自分はこれからの一生を、誰からもほとんど頼られることなく、ただ流れていくのだと知り、彼は深く失望し、あきらめてもいた。

そんな幽霊じみた気分で、彼はポーチに出た。ジミーにうしろから近づくと、はためく衣服の下で古びたビーチチェアに坐っていた彼は、ディヴの足音を聞きつけて、首を少し傾げた。「邪魔かな、ジミー?」

「ディヴ」ジミーは椅子の横に来たディヴに微笑んだ。「いや、邪魔なもんか。坐ってくれ」

ディヴはジミーの正面にあったプラスティックの牛乳の箱に腰を下ろした。ジミーのうしろのアパートメントから、ほとんど耳に届かないほどの話し声と食器のかちゃかちゃいう音――生活のざわめき――がわずかに漏れていた。

「一日話す機会がなかったな」とジミーは言った。「調子はどうだ?」

「おまえこそどうなんだよ」とディヴは言った。「まったく」

ジミーは両腕を頭の上に伸ばしてあくびをした。「みんなが訊くんだよ。まあ、そういうものなんだろうな」彼は腕を下ろし、肩をすくめた。「一時間ごとに変わっていく気がする、今のところ。おれは大丈夫だ。そのうちまた変わるかもしれないが。たぶん変わるんだろう」彼はまた肩をすくめて、ディヴを見た。「その手、どうした?」

ディヴは手を見た。まる一日説明を考える時間があったのに、思い出しては忘れていた。「これ? 知り合いが寝椅子を家に運び込むのを手伝ってたんだけど、持ち上げて階段を上ろうとしたときに柱にひどくぶつけてね」

ジミーは首を伸ばして彼の拳を眺めた。指と指のあいだの傷だらけの皮膚を。「ほう、そうか」

ジミーが信じていないのがわかった。ディヴは、この次誰かに訊かれたときのためにもっともらしい嘘を考えておこうと思った。

「よくある間抜けな話さ」とディヴは言った。「どうすればわざわざ怪我をすることができるかって話。だろ?」

ジミーは手のことは忘れて、ディヴの顔を見ていた。ジミーの表情が和らいだ。「会えて嬉しいよ」

思わず「本当に?」と口に出かかった。

ジミーを知って二十五年になるが、ディヴは、ジミーが彼と会って嬉しそうにしているところを見た憶えがない。会ってもかまわないと思っているのを感じることはあったが、それはまた別の話だ。従姉妹同士の女性とそれぞれ結婚して、また互いの人生に係わりを持つようになっても、ジミーは、ディヴとちょっとした知り合い以上の関係だったことを憶えている素振りは一度も見せなかった。そのうちディヴも、ジミーの考えるふたりの関係を事実として受け容れるようになった。

ふたりは友達だったわけじゃない。レスター通りで、スティックボールも、缶蹴りも、戦争ごっこもしなかった。一年間、土曜日が来るたびに、ショーン・ディヴァインと三人でハーヴェスト通りの採石場で戦争ごっこをしたり、ポープ公園の近くの自動車修理工場の屋根から屋根へと飛び移ったり、チャールズ通りの映画館で座席に縮こまり、叫びながら《ジョーズ》を観たりしなかった。一緒に自転車の横すべりも練習しなかったし、どちらがスタスキーでどちらがハッチをやるか（TV《刑事スタスキー&ハッチ》）、どちらが《事件記者コルチャック》のコルチャックをやるかで喧嘩もしなかった。七五年の猛吹雪のあと、ソマーセット・ヒルで一緒にカミカゼ降下をやらかして、そりをばらばらにもしなかった。そしてあの車は、リンゴの匂いをさせながらギャノン通りに現われなかった。

しかしジミーは娘の遺体が発見されたこの日、ここに坐って、会えて嬉しいよ、デイヴ、と言う。そしてデイヴは、二時間前にショーンと会ったときにも思ったように、相手が本当に嬉しいと思っているのを感じることができた。

「こっちも会えて嬉しいよ、ジム」

「うちの娘たちはどうしてる？」とジミーは言った。悪童のような笑みが眼に浮かびかかった。

「大丈夫だと思う。ナディーンとセーラはどこだ？」

「セオと一緒だ。なあ、シレストにお礼を言っておいてくれ。今日彼女がいてくれたのは天の恵みだ」

「ジミー、もう感謝する必要はないよ。おれもシレストもできることがあったら、なんでもする」

「わかってる」ジミーは手を伸ばしてデイヴの前腕をぎゅっとつかんだ。「ありがとう」

その瞬間、デイヴはジミーのためなら家まで持ち上げられそうな気がした。ジミーがここに置いてくれと言うまで、家を胸の高さに抱えていられると思った。

そしてなぜそもそもポーチに出てきたのか、理由を忘れそうになった。土曜の夜、〈マッギルズ〉でケイティを見たと言おうと思ったのだ。今言っておかなければならない。でなければ、どんどん先延ばしになって、ついに口に出したときには、なぜもっと早く言わなかったのかとジミーが不審に思う。ジミーが誰かほかの人間から聞くまえに、自分の口から言っておく必要があった。

「今日誰に会ったかわかるか？」

「誰だ？」とジミーは言った。

「ショーン・ディヴァインだ」とデイヴは言った。「憶えてる？」

「もちろん」とジミーは言った。「まだやつのグラヴを持ってるよ」

「えっ？」

ジミーは首を振って話題を変えた。「やつは警官だ。実は今、ケイティの事件を調べてる……捜査してる」

「ああ」とデイヴは言った。「おれのところへ来た」

「来た？」とジミーは言った。「ほう。おまえになんの用があったんだ、デイヴ？」

デイヴはできるだけさり気なく、くつろいだ感じを装った。「土曜の夜、実は〈マッギルズ〉にいたんだ。ケイティもいた。で、おれはそこにいた人間のリストに載ってたんだ」

「ケイティもいたって？」とジミーは言った。眼がポーチから離れ、すっと細くなった。

「土曜の夜にケイティを見たのか？　おれのケイティを？」

「ああ、ジム。おれもいたし、彼女もいた。彼女は友達ふたりと店を出て――」

「ダイアンとイヴか？」

「ああ。いつも一緒にいた娘たちだ。彼らは店を出て、それきりだった」

「それきりか」とジミーは遠くを見つめながら言った。

「いや、つまり、おれが見た範囲ではってことだけど。でもそんなわけで、おれはリストに載ったんだ」

「リストに載った、ね」ジミーは微笑んだが、その笑みはデイヴに向けられたものではなかった。遠くを見つめるうちに眼にはいったにちがいない、別の何かに向けられていた。「その夜、ケイティと何か話したか？」

「ケイティと？　いいや、ジム。〝巨人〟スタンリーと野球を見てたんだ。彼女にはうなずいて挨拶しただけだ。次に眼を向けたときにはいなくなってた」

ジミーはしばらく黙って坐っていた。鼻から大きく息を吸い込んで、何度か自分にうなずいた。そしてやっとデイヴのほうを向き、壊れた笑みを浮かべた。

「いいもんだよな」

「何が？」とデイヴは言った。

「ここに坐っていることが。ただ坐っているのがいいんだ」

「そう？」

「ただ坐って近所を眺めてるだけでいい」とジミーは言った。「普段は、寝てるとき以外、仕事やら子供のことやらで働きづめで、ゆっくりものを考える暇なんてほとんどないだろ。今日も見てみろよ。こんな〝普段からかけ離れた日〟――そんなものがあったとして――でさえ、本当にこまごましたことを片づけなきゃならない。ピートとサルに電話して店のやりくりを頼まなきゃならないし、娘たちが起きたら服を着せ、きちんとした恰好をさせなきゃならない。女房にも眼を配ってなきゃならない、耐えきれているかどうか。だろ?」彼はデイヴに、頭が変になりそうだといった笑みを送り、前屈みになって、体をわずかに揺らした。両手を握りしめ、ひとつの大きな拳を作っている。「握手して、お悔やみのことばを受け、冷蔵庫に食べ物やビールを入れる場所を見つけ、義理の親爺に我慢し、検死局に電話して、いつ我が子の遺体を引き取れるのか訊かなきゃならない。それからリード葬儀社と聖セシリアのヴェラ神父と式の打ち合わせをして、通夜と葬式のあとの集まりの仕出し屋を探して――

――」

「ジミー」とデイヴは言った。「おれたちもいくらか手伝うよ」

しかしジミーはデイヴなどいないかのようにしゃべり続けた。

「――どれもしくじるわけにはいかないんだ。どんなにクソくだらないことでも。もししくじれば、あの子はもう一度死んでしまい、彼女の人生についてみんながあと十年憶えていることは、葬式が失敗したってことだけになる。そんなことを人の記憶に残すわけにはいかない。そうだろ? なぜならケイティは、そう、六歳のときからあの子について言えたのは、いつもきちんとしていて、服にもちゃんと気を配ってたってことだから。だからいいもんだ。

気分がいいくらいだ。ここに出て、ただ坐って、近所を眺めて、ケイティについて何か涙を流すことを考えるのは。なぜかというと、デイヴ、誓って言うが、おれはだんだん腹が立ってきてるんだ。まだ彼女のために泣いていないから。実の娘だぞ。なのに、おれは泣いてやることさえできない」

「ジム」

「ん？」

「泣いてるじゃないか」

「嘘だろ」

「顔に触れてみろ」

ジミーは手を顔に持っていって、頬骨の涙に触れた。手を離し、濡れた指先をしばらく眺めた。

「なんてこった」と彼は言った。

「ひとりになりたいか？」

「いや、デイヴ。よければもう少しここにいてくれ」

「いいとも、ジム。もちろんいいとも」

17　ほんの少し調べるだけで

マーティン・フリールのオフィスで行なわれる会議の一時間まえに、ショーンとホワイティは、ホワイティが昼食をこぼしたシャツを着替えたいと言ったので、彼の家に立ち寄った。ホワイティは息子のテランスと、市《まち》の境界線のすぐ南に立つ白い煉瓦造りのアパートメント・ハウスに住んでいた。アパートメントは、オフホワイトの壁から壁までベージュの絨毯が敷きつめられ、モーテルの部屋や病院の廊下と同じ淀んだ空気の臭いがした。彼らがはいっていくと、誰もいない部屋にテレビがついていて、ESPN（スポーツ専門テレビ局）が低い音量で流れていた。部屋に不釣り合いなほど大きなテレビ画面のまえに、セガのテレビゲームのいろいろな部品が散らばっている。でこぼこのフトンの載った寝椅子があり、ごみ箱には、ショーンが想像するに、マクドナルドの包み紙がはいっていて、冷蔵庫は冷凍ディナーで埋まっている。

「テリーは？」とショーンは言った。

「ホッケーに行ってると思う」とホワイティは言った。「この時期だからバスケットボールかもしれないが。だが一番熱中してるのはホッケーだ。年がら年じゅうやってるよ」

ショーンは一度テリーに会ったことがあった。十四歳で、すでに図抜けて大きい、小山のような体格の少年だ。ショーンは二年後の大きさを想像して、その彼が氷を蹴散らして全速力で突進してきたら、ほかの少年たちはどれほど恐ろしいだろうかと思った。

ホワイティがテリーを育てているのは、彼の妻が養育を望まなかったからだった。彼女は数年前にふたりを捨て、民事訴訟専門の弁護士と一緒になっていた。弁護士は麻薬の常習者で、そのために法曹界を追われ、横領罪で起訴されていたが、ショーンの耳にはいって来た話では、彼女はそれでも彼のもとを離れていなかった。ホワイティは彼女としょっちゅう連絡を取り合っていた。ホワイティが彼女について話すのを聞くと、彼らが離婚していることをいつも忘れそうになる。

今もホワイティは、ショーンを居間へ案内し、シャツのボタンをはずしながら床のテレビゲームを見下ろして、口では元の妻について語っていた。「スザンヌは、おれとテリーが男の〝夢の家〟を地でいってるって言うんだ。ぐるっと眼を回してな、わかるだろ。ちょっと嫉妬してるんだと思うけど。ビールでも飲むか？」

ショーンはフリールがホワイティの飲酒癖について言っていたことを思い出し、もし彼がアルトイズやバドワイザーの臭いをさせながら会議に出たら、どんな眼で見られるだろうと思った。それに、ホワイティという人間を知っているので、ショーンは、ホワイティに試されている可能性もあると思った。停職明けのショーンは誰からも注目されている。

「水にしますよ」と彼は言った。「それともコーラか」

「いい子だ」とホワイティは言って、にやっと笑った。まるで本当にショーンを試していたが、妙にくつろいだ眼つきと口の端にちらつく舌のせいで、ショーンに見抜かれたと言わんばかりに。「コーラふたつにしよう」

ホワイティは台所からコーラの缶をふたつ持ってきて、ひとつをショーンに渡し、居間の横の廊下沿いの小さなバスルームにはいった。彼がシャツを脱いでシャワーを浴び始めるのが聞こえた。

「通り魔殺人のような気がしてきたな」と彼はバスルームから大声で言った。「そう思わないか？」

「少しね」とショーンは認めた。

「ファローとオドネルのアリバイは鉄壁だ」

「でも誰かを雇った可能性がないわけではない」とショーンは言った。

「そうだな。だがそう思うか？」

「あまり。計画的な殺しにしては粗雑なところが多すぎる」

「だが可能性はゼロではない」

「ええ」

「もう一度、ハリス家の息子に当たってみよう。アリバイはないってことだったな。だが彼が犯人とは思えないな。ゼリーみたいに甘いやつだから」

「でも動機がないわけじゃない」とショーンは言った。「たとえば、オドネルに嫉妬を抱いていたとか、そういうことで」

ホワイティはバスルームから出てきて、タオルで顔を拭いた。白い腹にくっきりと赤く蛇のような傷痕が浮き上がっている。あばら骨の端から端まで笑い顔を作っているように見える。

「ああ、だがあいつが？」彼はうしろのバスルームのほうへ戻っていった。

ショーンは廊下に出た。「おれも彼だとは思いません。でも確実につぶしていかなきゃ」

「うむ。彼女の父親もだな。それとあの頭のいかれた伯父ども。すでに近所の聞き込みに人を遣っている。まあ、この線はないと思うけれど」

ショーンは壁にもたれてコーラを飲んだ。「もし通り魔だったら、くそっ……」

「言ってみろよ」ホワイティは新しいシャツを肩に掛けて、廊下に出てきた。「ミセス・プライアだが」彼はボタンを掛けながら言った。「彼女は叫び声を聞いてない」

「銃声は聞いた」

「いいや、われわれが銃声と言っているだけだ。だが、ああ、おそらく正しいんだろう。しかし叫び声は聞かなかった」

「きっとマーカスの娘は、犯人にドアを打ちつけて逃げるのに忙しかったんでしょう」

「そうかもしれない。だが最初に彼を見たときは？　犯人は彼女のほうに向かってきてたんだろう？」ホワイティはショーンのまえを通り過ぎて台所にはいった。

ショーンは壁から離れて彼について行った。「つまり、彼女はおそらく彼を知ってたってことです。だから〝ハイ〟と言った」

「ああ」ホワイティはうなずいた。「それに、知り合いでもなきゃ、なぜわざわざ車を停める？」

「ちがう」とショーンは言った。

「ちがう？」ホワイティはカウンターにもたれてショーンを見た。

「ちがう」とショーンは繰り返した。「車は何かにぶつかったんですよ。タイヤが路肩に乗り上げてた」

「スリップした形跡はなかったぞ」

ショーンはうなずいた。「きっと時速十五マイルで運転していて、何かの拍子に急にハンドルを切ったんだ」

「それはなんだったんだ？」

「知りません。あなたがボスでしょう」

ホワイティは微笑んで、コーラをひと息で飲み干した。冷蔵庫を開けて、もうひと缶手に取る。「ブレーキも踏まずにハンドルを切らせるものはなんだろう？」

「道路の上にあった何か」とショーンは言った。

ホワイティは新しいコーラの缶を上げて同意した。「しかしわれわれが行ったとき、道路には何もなかった」

「翌朝だったから」

「するとレンガか何かか？」

「レンガは小さすぎると思いませんか？　夜中だったし」

「だったらブロック？」

「なるほど」

「いずれにしろ、何かだ」とホワイティは言った。

「何かですね」とショーンは同意した。

「急にハンドルを切って路肩に乗り上げ、クラッチから足をはずしたので、車はエンストを起こした」

「そこで犯人が現われる」

「彼女の知り合いの誰かが。そして彼は近寄ってきて、彼女を撃った？」

「そして彼女はそいつにドアをぶつけて――」

「車のドアをぶつけられたことがあるか？」ホワイティはシャツの襟を立ててネクタイを首にまわし、結び始めた。

「今のところ経験がありません」

「パンチみたいなものだ。たとえすぐそばに立っていたとしても、百十ポンドの女性がちっぽけなトヨタのドアを押したところで、ちょっとうるさいといった程度の衝撃しか与えられない。カレン・ヒューズの話だと、犯人は六インチの距離から最初の弾丸《たま》を撃ったんだろう。六インチだぞ」

ショーンはホワイティの言いたいことがわかった。「なるほど。でも彼女は座席に倒れ込んでドアを蹴ったのかもしれない。それなら少しは役に立つ」

「ただ、それだとドアが開いていなくちゃならない。一日じゅう蹴ってても、それが閉まってたんじゃなんにもならない。彼女は手で開けてから、腕の力で押し開けたんだろう。だから、殺人者はわざわざうしろに下がって、そこでふいにドアを打ちつけられたか、あるいは……」

「それほど体重のないやつだったか」

ホワイティは結んだネクタイの上に襟を戻した。「それでまた足跡のことを思い出す」

「クソうっとうしい足跡」

「そう！」とホワイティは叫んだ。「クソうっとうしい足跡だ」彼はシャツの一番上のボタンをはめて、ネクタイの結び目を咽喉まですべらせた。「ショーン、犯人は彼女を公園じゅう追いかけまわしたんだ。彼女は全力で走り、彼はそのあとをレイプされた猿みたいに突進した。つまり、公園じゅうを走りまわってたのに、足跡の残るようなところには一度も踏み込まなかったってことか？」

「ひと晩じゅう雨が降ってたから」

「だが彼女のはみっつも見つかったんだぞ。頼むよ。どう考えたっておかしいだろう」

ショーンはうしろの食器棚に頭をもたせかけて、当夜の場面を思い描こうとした——ケイティ・マーカスが、ドライヴイン・シアターのスクリーンに向かう暗い坂道を、両手を振りまわしながら駆け下りている。藪を通り抜けて肌は引っ掻き傷だらけ、髪の毛は雨と汗でじっとり濡れ、血が腕と胸に滴っている。殺人者が――ショーンの頭の中では、暗く、顔がない――血を求める鼓動で耳元をどくどく言わせながら、数秒後に丘の上に現われる。ショーンの想像では、それは大男だ。自然の気紛れが生んだ化け物。しかし頭もいい。道路の真ん中に何かを置いて、ケイティ・マーカスの車を路肩に突っ込ませた。それに、ほとんど人に見られたり、聞かれたりすることのない、シドニー通りの特定の場所を選んでいる。老婦人のプライアが何かを聞きつけたのはまったくの偶然で、殺人者もそこまでは予期していなかった。ショーンでさえ、あんな焼け野原にまだ人が住んでいることを知って驚いたのだから。しかしほかのことに関しては、犯人はまったく抜け目がなかった。

「足跡を消すくらい抜け目がなかったってことかな？」とショーンは言った。

「なんだって？」

「犯人ですよ。彼女を殺したあとで、ひょっとしたら来た道をたどって、足跡に土をかけたのかもしれない」

「あり得る。しかしどうやったら足を踏み入れた場所を残らず憶えていられる？　あたりは暗かった。たとえかりに懐中電灯を持っていたとしても、見なきゃならない地面は広すぎるし、調べて消さなきゃならない足跡も多すぎる」

「でも雨があった」

「ああ」とホワイティはため息をついた。「そいつの体重が百五十ポンドか、それより少なければ雨という理屈も信じられる。でなきゃ……」

「ブレンダン・ハリスは、百五十は超えないように見えた」

ホワイティは不満の声を上げた。「本当にあいつがそんなことをすると思ってるのか？」

「いいえ」

「おれもだ。おまえの知り合いはどうだ？　痩せてたが」

「誰？」

「ボイル」

ショーンはカウンターから離れた。「どうして彼が？」

「今思いついた」

「いや、ちょっと待って――」

ホワイティは手を上げた。「彼はバーを一時頃出たと言っただろう？　でたらめだ。車のキーがバーのクソ時計を止めたのはその十分前だぞ。キャサリン・マーカスがバーを出たのは十二時四十五分。それははっきりしてる、ショーン。だから彼のアリバイには十五分のずれがある。彼がいつ家に帰ったなんて誰にわかる？　つまり、本当に家に帰った時間という意味だが」

ショーンは笑った。「ホワイティ、彼はただバーにいただけですよ」

「彼女が最後に行った場所だ。最後の場所だぞ、ショーン。おまえも言ったじゃないか」

「なんて？」

「卒業記念ダンスパーティの夜に、家にこもっていたようなやつを探してるのかもしれないって」

「おれは――」

「彼がやったと言ってるわけじゃない。それどころか、おおよその見当をつけてるわけでもない。まだな。だがあの男には何かおかしなところがある。ほら、この街にはクソみたいな犯罪の波が必要だと彼が言ったのを聞いただろう。あんな馬鹿げたことを大真面目で言ってた」

ショーンは空いたコーラの缶を台所のカウンターの上に置いた。「リサイクルに協力します？」

ホワイティは眉をひそめた。「しない」

「ひと缶五セントもらえても？」

「ショーン」

ショーンは缶をごみ箱に放り込んだ。「街が高級になっていくのが気に入らないからって、デイヴ・ボイルのような人間が自分の妻の、なんだ、又従妹《またいとこ》を殺すって言うんですか？これほど阿呆くさい話は聞いたことがない」

「自分の料理に文句をつけたと言って妻を殺した男を逮捕したこともある」

「でもそれは夫婦の話だ。長年一緒に暮らしていれば積もり積もったものもあるでしょう。だけど今言ってるのは、〝くそっ、家賃が高くてたまらんぜ。元の値段に下がるまで、何人か人を殺さなきゃ〝ってやつの話ですよね」

ホワイティは笑った。

「なんです」とホワイティは言った。

「そう来たか」とショーンは言った。「わかった。確かに馬鹿げてる。だがあの男には何かある。もしアリバイに穴がなければ許してやる。もし犠牲者が死ぬ一時間前に会っていなければ許してやる。しかし穴はあるし、彼は彼女と会っている。それに彼にはどうも胡散臭いところがある。まっすぐ家に帰ったと言ったよな？ 彼の妻に確認してもらいたい。一階の住人が一時十五分に彼が階段を上がる音を聞いたかどうかも。な？ そうすれば彼のことは忘れる。ところであの手に気がついたか？」

ショーンは何も言わなかった。

「右手が左手の二倍ほどに膨れ上がってた。最近何かに巻き込まれたんだ。それが何かを知りたい。酒場での殴り合いとかいった理由がわかれば、それでいい。そしたらもうとやかく言わないよ」

ホワイティは二本目のコーラを飲み干して、缶をごみ箱に放り投げた。

「デイヴ・ボイル」とショーンは言った。「本気でデイヴ・ボイルのことを調べたいんですか」

「ざっとでいい」とホワイティは言った。「ほんの少し調べるだけで」

一同は、地方検事局の三階にある、凶悪犯罪課と殺人課共用の会議室に集まった。フリールは会議をこの部屋で開くのを好んだ。冷たく、実用的だったから。椅子は堅く、机は黒く、壁はブロックの灰色だ。気の利いた雑談も、あてどない堂々巡りの議論もここでは生まれない。誰もこの部屋には長居しない。仕事をしに来て、また仕事に戻るだけだ。

この日の午後、部屋には九つの椅子があり、すべてに人が坐っていた。上席にはフリール。彼の右には、サフォーク郡地方検事局殺人課の課長補佐、マギー・メイスン、左には、州警察殺人課の別の隊を率いるロバート・バーク部長刑事。ホワイティとショーンは机を挟んで向かい合わせに坐り、ジョー・スーザ、クリス・コナリーと、殺人課からほか二名の刑事、ペイン・ブラケットとシラ・ローゼンタールが同席していた。すべての参加者のまえに、捜査報告書の原本かコピーが置かれ、ほかにも現場写真や、検死報告書、現場捜査班の報告書が散らばり、めいめいが自分のレポート用紙や、手帳や、名前を書きとめたナプキンや、乱暴に描いた犯行現場の図を持ち込んでいた。

ホワイティとショーンが口火を切って、聴取の結果を説明していった。イヴ・ピジョン、ダイアン・セストラ、ミセス・プライア、ブレンダン・ハリス、ジミーとアナベスのマーカス夫妻、ローマン・ファロー。デイヴ・ボイルについては、ホワイティは〝バーの目撃者〟と言うにとどめ、ショーンはほっとした。

次はブラケットとローゼンタールだった。説明はブラケットがほとんどしたが、ショーンの過去の経験からすると、聞き込みにまわったのはほとんどローゼンタールのはずだった。

「父親の店の従業員は全員しっかりしたアリバイを持っており、これといった動機も見当たりません。質問した警官に対し、皆口をそろえて、彼らの知るかぎり犠牲者にはこれといった敵もいなかったし、借金も、麻薬を使っていた様子もなかったと言っていました。犠牲者の部屋を捜索した結果、規制薬物は発見されず、現金で七百ドルが見つかりましたが、日記の類いはありませんでした。銀行口座を調べたところ、犠牲者の預金は、稼いだものを単に振り込んでいるだけで、口座を解約した五日、金曜日の時点まで、大きな預け入れも引き出しもありませんでした。現金は部屋の化粧台の抽斗で見つかりましたが、これは、パワーズ部長刑事が突きとめた、彼女は日曜日に街を出ようとしていたという事実と符合します。近隣の住民にざっと訊いてまわった範囲では、家庭内に不和があった様子は認められませんでした」

ブラケットは話が終わったことを示すために書類を机の上に積み上げ、フリールはスーザとコナリーに顔を向けた。

「われわれは、犠牲者が最後の夜に目撃されたバーで得られたリストを当たっていきました。当夜、店にいた可能性のある七十五人のうち二十八人の常連と話しました。パワーズ部長刑事とディヴァイン刑事が会った、ええと、ファローと、デイヴィッド・ボイルは除いて。ヒューレット、ダートン、ウッズ、チェッキ、マーレイ、イーストマンが残りの四十五人に当たって、予備的な報告を提出しています」

「ファローとオドネルはどうなんだ？」とフリールはホワイティに言った。

「彼らはシロです。もちろん人を雇ってやったのなら話は別ですが」

フリールは椅子の背にもたれた。「金で依頼された殺しにはこれまで何度となく係わってきたが、今回のはどうもそうは見えない」

「もし依頼されていたのなら」とマギー・メイスンは言った。「どうして車の中の彼女を撃たなかったの？」

「撃ったんですよ」とホワイティは言った。

「たった一度じゃなく、という意味だと思う、部長刑事。なぜ撃ちきってしまわなかったんだ？」

「弾丸《たま》が詰まって出なくなったのかもしれません」とショーンは言った。そして部屋じゅうの細くなった眼に、続けて言った。「その可能性はこれまで考えていませんでした。銃の故障。キャサリン・マーカスの反撃。彼女は犯人を打ち倒し、走って逃げる」

部屋にしばらく沈黙が流れた。フリールは人差し指で作った尖り屋根をじっと見つめて、考え込んだ。「可能性はある」と彼はついに言った。「あるけれど、なぜ彼女を棒だか、バットだかで殴る必要がある？　プロの仕業とは思えないんだがね」

「オドネルとファローがプロを雇ったかどうかはわかりません」とホワイティは言った。

「頭が空っぽの人間にわずかの金と薬を与えてやらせたのかもしれない」

「しかしきみは、マーカスの娘は殺人者に声をかけたと言わなかったかね？　もしラリった麻薬中毒者が車に近づいてきたのだとしたら、挨拶などするか？」

ホワイティはうなずきとも取れるような仕種をした。「そうですね」

マギー・メイスンは机に身を乗り出した。「彼女は殺人者を知ってたということなのね？」

ショーンとホワイティは眼を合わせ、上席を見てうなずいた。

「イースト・バッキー、とりわけ集合住宅地にそれなりの数の麻薬中毒者がいないとは言わないけれど、だとすると、そもそもキャサリン・マーカスのような子が彼らと知り合いなのかって話にならない？」

「そうですね」ホワイティはため息をついた。「そのとおりです」

フリールは言った。「われわれ全員のために、殺しの依頼であってくれればと思うよ。しかし、めったやたらに殴ったというのは？　そこにあるのは怒りだろう。自制心の欠如だろう」

ホワイティはうなずいた。「しかし可能性として完全に排除することはできません。そう言いたいだけです」

「それはわかる、部長刑事」

フリールは、話が脇道にそれていささかむっとしているように見えるスーザに眼を戻した。

スーザは咳払いをして、メモを見た。「いずれにせよ、われわれは〈ラスト・ドロップ〉――キャサリン・マーカスが友人を車で送るまえに最後に立ち寄ったバーです――で飲んでいた、トーマス・モルダナードという男に話を聞きました。店には手洗いがひとつしかないらしく、モルダナードはそのまえにできた列に気がついたときに、三人の娘が出ていくのを眼にしました。そして、用を足しに駐車場へ出ていって、そこでライトを消した車の中に誰かが坐っているのを見ました。モルダナードによれば、時刻は一時半きっかりだったそうです。新しい腕時計を買ったので、暗闇で光るかどうか確かめたらしくて」

「で、光ったわけだ」

「明らかに」

「しかし車の男は」とロバート・バークが言った。「ただ寝て、酔いを醒ましていたのかもしれないぞ」

「われわれも最初はそう思いました、部長刑事。モルダナードもそう思ったそうです。しかし、ちがいます。男は座席にまっすぐに坐って、眼を開けていました。警官かとも思ったそうですが、その男は小さな外国車に乗っていました、ホンダかスバルのような」

「少しへこんでいたそうです」とコナリーは言った。「助手席のまえの部分が」

「そうです」とスーザは言った。「だからモルダナードは、売春目当ての客だと思いました。夜は売春がかなり盛んな場所なので。しかしもしそうだとすると、彼はなぜ駐車場に停まっていたのでしょう？　どうして通りを流していなかったのでしょう？」

ホワイティは言った。「なるほど。だとすると――」

スーザは手を上げた。「ちょっと待ってください、部長刑事」彼は興奮に眼を輝かせてコナリーを見た。「そこでもう一度駐車場を調べてみたんです。すると、血が見つかりました」

「血が」

彼はうなずいた。「何気なく通り過ぎれば、誰かが駐車場でオイルを交換したんだろうと思うような跡です。それほど濃い色で、ほとんどひとところに溜まっていました。まわりを見ると、そこここに、血溜りから離れていくように血の痕が残っていて、バーの裏口の通路の壁と床にも何滴か散っていました」

「きみ」とフリールは言った。「いったいぜんたい何が言いたいんだね？」

「あの夜、〈ラスト・ドロップ〉の外で別の誰かが傷つけられたのです」

「どうして同じ夜だと言える？」とホワイティは言った。

「現場捜査班が確認しました。夜間警備員があの夜、駐車場に自分の車を停めて、血痕を隠すと同時に、そのほとんどを激しい雨から守ったのです。犠牲者が誰であれ、彼はかなり重傷を負ったはずです。そして彼を襲った男も怪我をしました。駐車場には二種類の血がありました。現在、病院と、犠牲者が拾った可能性を考えてタクシー会社に照会を出しています。血のついた髪の毛と、皮膚と、頭蓋骨の組織も見つかりました。今、六つの緊急医療施設から連絡を待っています。ほかは否定的な回答を寄越してきましたが、土曜の夜から日曜の早朝にかけて、頭にひどい外傷を受けた犠牲者がどこかの医療施設に転がり込んでいる可能性はきわめて高いと思われます」

ショーンは手を上げた。「キャサリン・マーカスが〈ラスト・ドロップ〉を出た同じ夜に、同じバーの駐車場で、誰かが誰かの頭を陥没させたということか？」

スーザは微笑んだ。「ええ」

コナリーがこぼれ球を拾った。「現場捜査が乾いた血痕を見つけました。血液型はAとBマイナス。Aのほうが Bマイナスより多かったので、犠牲者はおそらくA型です」

「キャサリン・マーカスの血液型はOだ」とホワイティは言った。

コナリーはうなずいた。「髪の毛から判断すると、犠牲者は男性です」

フリールは言った。「全体の筋道はどうなるんだね？」

「わかりません。わかっているのは、キャサリン・マーカスが殺された夜に、彼女が最後に行ったバーの駐車場で、誰かが頭が落ちるほど殴られたってことだけです」

マギー・メイスンは言った。「酔っ払い同士の喧嘩でしょう。だからなんなの？」

「常連客の誰も喧嘩があったことを憶えていないんです、店の中でも、外でも。一時三十分と五十分のあいだで店を出たのは、キャサリン・マーカスと、彼女のふたりの友達と、今言った目撃者のモルダナードだけで、彼は用を足したらすぐに中に戻りました。ほかに誰もはいってきた者はいません。そしてモルダナードは、一時半頃、駐車場で見張っている男を見た。彼に言わせると、その男は〝ごく普通の〟顔立ちで、歳の頃はおそらく三十代半ば、髪は濃い色だったそうです。その男は、モルダナードが店を出た一時五十分にはいなくなっていました」

「その頃、マーカスの娘はペン公園の中を走っていた」

スーザはうなずいた。「はっきりした結びつきがあると言っているわけではありません。何も関係のない話かもしれません。ですが偶然にしてはできすぎのような気がします」

「しかしだ」とフリールは言った。「また訊くが、全体の筋道は？」

スーザは肩をすくめた。「わかりません。仮に、計画的な殺しだったとしましょう。男は駐車場でマーカスの娘が出てくるのをじっと待っていた。そこへ彼女が出てくる。彼は犯人に電話する。そこで、犯人は彼女を待ち構えている」

「で、どうなる？」とショーンは言った。

「どうなるって？　彼女を殺すんですよ」

「いや、車の男のことだ。見張りだよ。彼は何をしてたんだ？　ただ思いついて誰かを石か何かで殴ってやろうと思ったってことか？　おもしろ半分に？」

「誰かに絡まれたのかもしれない」

「どんなことで？」とホワイティは言った。「携帯電話でしゃべったことか？　そんな馬鹿な。

「部長刑事」とスーザは言った。「無視しろってことですか？　ちくしょう、冗談じゃない。何もないってことですか？」

「おれがそんなことを言ったか？」

「いや――」

「言ったか？」とホワイティは繰り返した。

「いいえ」

「そうだ、言ってない。年上の人間は敬うものだ、ジョゼフ。さもなきゃ、スプリングフィールド界隈の覚醒剤の密輸ルートの仕事に戻すぞ。ひどい臭いがして、ラードを缶から直接食うようなバイク乗りや女どもとまたつき合うか？」

スーザはゆっくりと息を吐き出して自分を抑えた。「何かあると思うんです。それだけですよ」

「反対してるわけじゃない。今はまるで孤立して無関係に思えるこの件に人を割くまえに、その〝何か〟を教えてくれと言ってるだけだ。さらに言えば、〈ラスト・ドロップ〉はボストン市警の管轄だ」

「すでに連絡しました」とスーザは言った。

「自分たちの仕事だと言ったか？」

スーザはうなずいた。

ホワイティは手を広げた。「ほらな。担当の警官と連絡を取って、われわれにも結果を知らせてくれ。ただ、今のところは棚上げだ」

フリールは言った。「全体の筋道を話題にしてきたから、きみがどんな筋道を考えているか訊こうじゃないか」

ホワイティは肩をすくめた。「いくつか見当はつけていますが、それだけです。キャサリン・マーカスの死因は後頭部の銃創です。ほかの外傷は、上腕の銃創も含めて、どれも命にかかわるようなものではありませんでした。打撲傷は、平たい面を持つ木製の道具——何かの棒か、材木のようなもの——でもたらされました。検死官は、性的暴行の形跡はないと結論を出しています。聞き込みで、彼女はハリス家の息子と駆け落ちしようとしていたことが判明しました。ボビー・オドネルが彼女の元ボーイフレンドです。問題はオドネルが〝元〟の部分を認めていなかったことですが。彼女の父親はオドネルもハリスも嫌っていました」

「どうしてハリスまで？」

「わかりません」ホワイティはショーンのほうをちらっと見て、また向き直った。「今調べていますが。わかっている範囲では、彼女は翌朝街を出るつもりでいました。ふたりの友達と独身最後のパーティもどきをやって、ローマン・ファローに店を追い出され、友達を車で家まで送る。その頃には雨が降り出して、ワイパーはなんの役にも立たず、フロントガラスは汚れている。彼女は酔っ払っていて路肩を見誤ったか、同じ理由でハンドルを握ったままうとうとしてしまったか、あるいは道にあった何かを避けるために急にハンドルを切った。理由はなんであれ、彼女は路肩に突っ込む。車は止まり、誰かが車に近づいてくる。老婦人の証言によると、キャサリン・マーカスは〝ハイ〟と言いました。そのとき、犯人は最初に銃を撃ったと考えられます。彼女は車のドアを犯人に打ちつけ——あるいは本当に銃弾が詰まったのかもしれない、わかりません——公園に逃げ込む。彼女はそこで育ったようなものだから、犯人をまくことができると思ったのかもしれない。どうしてわざわざ公園に逃げ込んだのか、これも理由は推測することすらできません。ただ、逃げるにしてもシドニー通りるをどちらかへまっすぐ走るしかなく、少なくとも四ブロックは行かないと助けを求められる家並みがなかったということはありますが。開けた場所にいるままだと、犯人は彼女自身の車に乗って追いつくか、簡単に狙い撃ちできたでしょうから。で、彼女は必死で公園に逃げ込む。そしてそこからほぼまっすぐ南東に向かい、売店を抜け、小川の橋の下に隠れる。そしてドライヴィン・シアターのスクリーンに向けて最後の直線を走り――」

「彼女は一貫して公園の奥へ、奥へとはいり込んでいってるわね」とマギー・メイスンは言った。

「そうです」

「なぜ?」

「なぜ?」

「そう、部長刑事」彼女は眼鏡をはずし、眼のまえの机に置いた。「もしわたしが、よく知っている公園の中を追われている女性だとしたら、最初は追跡者を迷わせるか、遅らせるために中へ誘い込もうとするかもしれない。でもチャンスが訪れれば、すぐに外に出ようとするわ。どうして彼女はローズクレア通りを目指して北へ行くか、シドニー通りへ引き返さなかったの? どうしてどんどん公園の奥へはいって行ったの?」

「ショックのせいでしょう。あるいは恐怖の。恐怖は人の思考能力を奪います。それにお忘れなく、彼女の血中アルコール濃度は〇・九でした。彼女は酔っていたのです」

メイスンは首を振った。「それは説得力がないわ。それにもうひとつ、あなたの報告書によれば、ミス・マーカスは、実は追跡者より足が速かったということになるの?」

ホワイティの口が少し開いたが、何を言おうとしていたか忘れたようだった。

「あなたの報告よ、部長刑事。少なくとも二個所でそういうことになる。ミス・マーカスは走り続けるより隠れることを選んでいるわ。庭の売店で一度、橋の下に一度。それでふたつのことがわかる。第一に、彼女は追跡者より足が速かった。でなければそもそも隠れようとする時間が稼げたはずはない。第二に、矛盾しているけれど、彼女は追跡者のまえを走るだけでは充分でないと感じた。このことに、公園の外に出ようとしなかったことを加えると、何がわかる?」

答は誰もわからなかった。

ついにフリールは言った。「きみは何がわかる、マギー?」

「わたしにはこんな可能性もあるような気がするんだけど——彼女は包囲されていると感じてたんじゃないかしら」

一瞬、部屋の空気がぴたりと動きを止め、電気の火花が散ったようにショーンには思えた。

「ギャングか何かってことですか?」ややあってホワイティは言った。

「何かよ」と彼女は言った。「わからないわ、部長刑事。あなたの報告にもとづいて考えてるだけ。わたしとしては、明らかに襲撃者より足が速いのに、この女性がなぜさっさと公園から出ようとしなかったのか、まるで理解できないの。誰かほかの人間も間近に迫っていると思っていないかぎり」

ホワイティは恥じ入るように頭を垂れた。「そのとおりです。ただそういう筋書きだとすると、現場にははるかに多くの物証が残されていなければならない」

「あなた自身、報告書の中で雨について数回触れている」

「はい」とホワイティは言った。「しかしもし何人かの集団が――まあ、最低ふたりだったとしても――キャサリン・マーカスを追ったとすると、今よりもっと多くのものが見つかるはずです。少なくとももういくつかの足跡か、何かそういったものが」

マギー・メイスンは眼鏡を戻し、手の中の報告書に見入った。ややあって、彼女は言った。「ひとつの考え方よ、部長刑事。あなた自身の報告書を見るかぎり、調べてみる価値はあると思うわ」

ホワイティは頭を垂れたままだった。が、ショーンは、下水から発生するガスのように彼の肩から屈辱感が立ち昇ったと思った。

「どうだね、部長刑事?」とフリールは言った。

ホワイティは顔を上げ、皆に疲れた笑みを向けた。「記憶にとどめておきます。まちがいなく。しかしあの近辺でギャングの活動は昔からほとんどありません。その線を捨てて、犯人がふたりいたと仮定すると、また殺しの請け負いの可能性が出てきます」

「なるほど……」

「しかしそうだとすると――今日の会議の結果、その線はかなり薄いということになりましたが――ふたり目の狙撃者は、キャサリン・マーカスが相棒にドアを打ちつけた瞬間に弾倉を空《から》にしないでしょうか。結局のところ、唯一納得のいく説明としては、狙撃者はひとり、あとは酔っ払って、気が動転し、おそらくは出血で失神しかかってはっきりとものが考えられず、悪運を目一杯身に受けてしまった女性がひとり、という構図しかあり得ません」

「でもわたしの考え方ももちろん視野に入れておくわけね」マギー・メイスンは眼を机に落として、苦々しく笑った。

「そうします」とホワイティは言った。「正しいものはなんでも受け容れますよ。神かけて。彼女は殺人者を知っていた。いいでしょう。一応理屈の通る動機を持っている人間は、これまでのところ、ほとんど除外されました。この事件について時間を割けば割くほど、通り魔殺人の可能性が高いような気がしてきます。雨が証拠の三分の二を消し去ってしまい、マーカスの娘には敵ひとりおらず、隠し金の出入りもなく、麻薬の常習癖もない。加えて彼女は、記録に残る犯罪の目撃者でもない。われわれが知るかぎり、彼女が死んでも誰ひとり得をしない」

「オドネルを除いて」とバークは言った。「彼は彼女に街を去ってほしくなかった」

「彼を除いて」とホワイティは同意した。「しかし彼のアリバイは磐石で、殺しを依頼したようにも見えない。すると敵は誰か。誰もいない」

「それでも彼女は死んだ」とフリールは言った。

「それでも彼女は死んだ」とホワイティは言った。「だから通り魔だと思うわけです。金も、愛も、憎しみも動機としてなくなれば、あとはそんなに残っていない。犠牲者にウェブサイトを作って捧げているようなクソまみれのストーカーか、そんな馬鹿げたところしか」

フリールは眉を上げた。

シラ・ローゼンタールが割り込んだ。「その線も調べています。今のところ手がかりなしですが」

「つまるところ、何を探しているのかわかっていないわけだ」とフリールは業を煮やして言った。

「わかっていますよ」とホワイティは言った。「銃を持った男です。ああ、それと棒も」

18　昔知っていたことば

顔も眼も乾いたあと、デイヴをポーチに残して、ジミーはその日二度目のシャワーを浴びた。どうしても泣かなければならないと感じた。その思いは胸で風船のように膨らみ、しまいに息ができないほどになった。

胸の思いが奔流となってほとばしり出たときのために、シャワーにはいって、ひとりきりになりたかった。ポーチでは涙が数滴、頬をすべり落ちただけだったが。自分が、打ち震える水溜まりのようになってしまうのが怖かった。少年時代、彼の出産が母親を死ぬ寸前にまで追いやり、だから父親が彼のことを嫌っていると知って、暗い寝室でさめざめと泣いたように、今もまた泣き崩れてしまうのが怖かった。

シャワーの下で、彼はまたそれが来るのを感じた。昔訪れた哀しみの波。はるか遠い昔から、記憶が生まれると同時に抱いてきた、自分の未来には悲劇が——石灰石のブロックのように重い悲劇が——待ち受けているという感覚。まるで母親の子宮にいるうちに、天使が彼の未来を予言したかのように。生まれ落ちたときには、天使のことばが心のどこかに埋め込まれていたのに、やがてそれが唇からこぼれて消えてしまったかのように。

ジミーは顔を上げてシャワーの飛沫《しぶき》を浴びた。そして口に出さずにこう言った――おれは自分の子供の死に手を貸した。心の底ではわかっている。感じることができる。けれど、どんなふうに手を貸したのかはわからない。

穏やかな声が言った――そのうちわかる。

教えてくれ。

だめだ。

くそったれ。

まだ言い終わってない。

ほう。

いずれ、わかる。

そしておれを地獄へ堕とす？

それはおまえが選ぶことだ。

ジミーは頭を垂れ、死ぬ少しまえのケイティを見ているデイヴのことを思った。ケイティは生きて、酔って、踊っている。踊って、幸せに輝いている。

このこと――ジミー以外の誰かが抱くケイティの像が、彼の持つ像を古びたものにしてしまったこと――が、初めて彼の涙を溢れさせた。

彼がケイティを最後に見たのは、土曜の勤務を終えて彼女が店から出ていくところだった。四時五分、ジミーはフリート・レイの業者に電話で注文をしていて、そちらに気を取られていた。ケイティは屈み、彼の頰にキスをして言った。「お父さん、またあとで」

お父さん、またあとで。

その〝またあとで《レイター》〟──その日の夜遅く《レイター》、彼女の人生の終わり間際《レイター》──が胸を刺すことにジミーは気がついた。もし彼がそばにいたら、もしあの夜、娘ともう少しあと《レイター》まで一緒に過ごしていたら、もっと現在に近い彼女の姿を記憶にとどめることができたかもしれない。しかし、そうしなかった。そうしたのはディヴだった。イヴとダイアンだった。そして彼女を殺したやつだった。

もし死ななければならなかったのなら──とジミーは思った──もしそんなことが運命で決まっていたのなら、なんとかおれの顔を見ながら死んでいってほしかった。おまえが死ぬのを見るのはつらかっただろうが、ケイティ、少なくともおれの眼を見ることで、おまえの寂しさが多少なりとも和らぐのを確かめることができた。

おまえを愛している。どうしようもなく愛している。心の底から愛している。おまえの母親よりも、妹たちよりも、アナベスよりも。神よ、助けたまえ。おれは彼女たちを深く愛している。だがおまえのことを一番愛している。なぜなら、おれが刑務所から出てきて、おまえと台所に坐ったあの日、おれたちは世界にたったふたりきりだったのだから。誰からも忘れ去られ、誰からも望まれず。おれたちは怖れ、途方に暮れ、死ぬほど惨めだった。だがそこから立ち直ったんだよな？　いつの日か怖れも、惨めさも感じなくてすむように、ふたりの人生を価値あるものに変えたんだよな？　おまえがいなけりゃできなかった。おれには無理だった。おれはそんなに強くない。

おまえは美しい女性になっただろう。きっと美しい妻になっただろう。そして奇跡のような母親になっただろう。おまえはおれの友達だった、ケイティ。おまえはおれが怖れているのを見て、それでも逃げ出さなかった。おれは命よりおまえのことを愛している。おまえを恋しく思うことがおれの癌になる。そいつがおれを殺す。

一瞬、シャワーの下に立って、ジミーは彼女の手が背中に触れたような気がした。彼女と過ごした最後の瞬間で、彼が忘れていたのはそれだった。彼女は屈んで、彼の頬にキスしたときに背中に手を置いたのだった。手のひらをぴたりと彼の背骨に当てた。肩甲骨のあいだに。彼女の手は温かかった。

彼は水滴の散った体に彼女の手の感触がいつまでも残っているのを感じながら、シャワーを浴びた。泣きたい気持ちは消え去っていた。悲嘆の中に力が甦るのを感じた。彼は、娘に愛されていたと感じた。

ホワイティとショーンは、ジミーの家の角を曲がったところに駐車場所を見つけ、バッキンガム大通りに歩いて戻ってきた。夕方の空気は肌にひんやりと感じられ、空の色は濃紺に変わりつつあった。ショーンはふと、今ローレンは何をしているだろうかと思った。もし窓辺にいるのなら、彼が見ているのと同じ空を見て、冷気が迫るのを感じているのだろうか。種々雑多なサヴェッジ家の狂った連中と、彼らの妻あるいは女友達に挟まれて、ジミーと彼の妻が暮らしている三階建てに近づいていくと、デイヴ・ボイルが家のまえに停めたホンダの助手席側のドアを開けて、首を突っ込んでいた。デイヴはグラヴ・コンパートメントに手を入れたあとで、ぱしんと閉め、財布を手に背を伸ばした。ドアに鍵をしたところで、デイヴはショーンとホワイティに気がつき、微笑んだ。

「またあなたたちですか」

「風邪みたいなもので」とホワイティは言った。「必ずまた訪れる」

ショーンは言った。「どうしてる、デイヴ？」

「四時間じゃそう変わらない。ジミーの家に来たのか？」

ふたりはうなずいた。

「何か事件に、そうだな、解決の糸口が見つかった？」

ショーンは首を振った。「お悔やみに来ただけだよ。どうしてるかと思って」

「今のところ大丈夫だ。当然ながら、くたくただとは思うけれど。おれの知ってるかぎり、ジミーは昨日からベッドにはいっていない。アナベスが煙草を吸いたくてたまらないって言うもんで、おれが買ってくるって言ったんだ。車に財布を忘れてね」彼は腫れた手で財布を取り上げ、ポケットにすべり込ませた。

ホワイティは両手をポケットに入れ、驚いた振りをして、強張った笑みを浮かべた。

ショーンは言った。「それ、痛そうだな」

「これ？」デイヴはまた手を上げて、考えた。「大したことないんだ、本当に」

ショーンはうなずき、ホワイティにならって硬い笑みを浮かべた。ふたりはその場に立ったまま、デイヴを見つめた。

「このまえの夜、ビリヤードをしてたんだ」とデイヴは言った。「〈マッギルズ〉にビリヤード台があるだろう、ショーン。片側がほとんど壁に寄せられていて、やたら短いキューを使わなきゃならない」

ショーンは言った。「ああ、知ってるよ」

「打つ球が台の縁から髪ひと筋ほどのところにあって、当てようとする球が台の反対側にあったんだ。で、壁際に立ってるのを忘れて、打とうと思い切り手を引いたら、バン！　手が壁を突き抜けるところだったよ」

「そりゃ痛い」とショーンは言った。

「どうでした？」とホワイティは言った。

「えっ？」

「ショットは」

デイヴは眉をひそめた。「かすっただけですよ。もちろんそのあとのゲームはお話になりませんでした」

「でしょうね」とホワイティは言った。「最低でした。それまでは絶好調だったのに」

「ええ」とデイヴは言った。

ホワイティはうなずいて、デイヴの車に眼をやった。「おっと、私と同じ問題を抱えているようだ」

デイヴは振り返って車を見た。「問題なんてありませんけど」

「アコードのタイミング・チェーンを直したら、きっかり六万五千ドルかかりましたよ。知り合いの車にも同じことが起こった。修理にかかる費用といったらブルー・ブック（中古車価格マニュアル）に載ってる販売価格と変わりゃしない。廃車と同じようなもんですよね」

デイヴは言った。「そうですね。これを直すのは夢のまた夢だ」彼は車からふたりに眼を戻した。「さて、煙草を買ってこよう。また家の中で」

「ああ、また」とショーンは言って、デイヴに小さく手を振った。デイヴは歩道を降りて、道を渡っていった。

ホワイティはホンダを見た。「正面のクウォーター・パネルに立派なへこみがある」

ショーンは言った。「おっと、部長刑事、気づいてらっしゃるとは思いませんでした」

「それにビリヤードのキューの話」ホワイティは低く口笛を吹いた。「なんだ？　キューの柄の先を手のひらに当てて持ってたのか？」

「でも問題がある」ショーンはデイヴが〈イーグル・リッカーズ〉にはいるのを見ながら言った。

「どんな問題だ、敏腕刑事？」

「スーザの目撃者が〈ラスト・ドロップ〉の駐車場で見たのがデイヴなら、デイヴはケイティが殺されたときに誰か別の人間の頭を蹴ってたことになる」

ホワイティは失望して顔をしかめた。「そう思うのか？　おれは、三十分後に殺される娘が店を出たときに駐車場で待ってたのは彼だと思う。彼は一時十五分に家に帰ってやしないと思う、本人はそう言ってたが」

酒屋の正面のガラス越しに、デイヴがカウンターに立ち、店員に話しかけているのが見えた。

ホワイティは言った。「現場捜査班が駐車場の地面から採取した血は、そこに何日もあったものだ。酔っ払いの喧嘩だろうってこと以外、何が起こったかを示す証拠はない。バーの客は、あの夜は何もなかったと言ったんだろう？　だったらそのまえの日に起こったのかもしれない。あるいはその日の午後だったのかも。駐車場の血と、デイヴ・ボイルが一時半に車に坐っていたことのあいだにはなんの因果関係もない。だが、ケイティ・マーカスが店を出たときに彼が例の車に乗っていたことには立派な因果関係がある」彼はショーンの肩を叩いた。「さあ、行くか」

ショーンは最後に通りの向かいにいるデイヴを見やった。デイヴは酒屋の店員に現金を渡していた。彼はデイヴを哀れに思った。何をやってもデイヴは人から哀れみを引き出す——生《き》のままで、いくらか醜く、板岩のように鋭い哀れみを。

ケイティのベッドに坐っていたシレストは、警官たちが階段を昇ってくる音を聞いた。重い足音が壁の向こう側の古い階段に響く。彼女はアナベスに頼まれて、ジミーが葬儀屋に持っていくケイティのドレスを取りに、数分前にこの部屋に来たのだった。アナベスは、とても自分でケイティの部屋にはいることはできないの、と謝った。それは肩の出る青いドレスで、シレストは、ケイティがカーラ・アイゲンの結婚式で着たのを憶えていた。髪をアップにして、耳のすぐ上に青と黄色の花をあしらっていた。その日の彼女には、何人かが文字どおり息を呑んだ。シレストは、自分はこれまでの人生でこれほど美しかったことはないと思ったものだ。ケイティは自らの目くるめく美貌にまるで気がついていなかった。アナベスが青いドレスと言った瞬間に、シレストはどの服のことを言っているのかわかった。

そこで彼女は部屋に――昨日の晩、ジミーがケイティの枕を顔に当て、彼女の匂いを嗅いでいるのを見た部屋に――はいり、窓を開けて、喪失の臭いが淀んだ空気を入れ替えた。クロゼットの奥に、衣装ケースにはいったドレスを見つけ、取り出して、そのままベッドの上に坐っていた。下の通りの音が聞こえた。車のドアの閉まる音、歩道を歩く人の途切れがちでやがて遠ざかっていく会話、クレッセントの角でバスのドアが開く音。ベッドの枕元に置かれた、ケイティと彼女の父親の写真を見た。数年前に撮られたもので、父親の肩に乗った彼女は、歯列矯正用のブリッジをはめ、ぎごちなく笑っている。ジミーは彼女の足首を持って、持ちまえのすばらしい笑顔をカメラに向けている。すっかり心を開いた笑顔で、めったに心を開かない彼を見慣れた人は驚くかもしれない。まるで笑顔だけが自制の及ばない場所であるかのようだ。

枕元から写真を取り上げようとしたところで、下の歩道からデイヴの声が聞こえた。「またあなたたちですか」

彼女はベッドに坐り、少しずつ死ぬような気分で、デイヴと警官たちの会話に耳を澄ました。そして、デイヴがアナベスの煙草を買いに通りを渡ったあとで、ショーン・ディヴァインと彼のパートナーが話したことを耳にした。

十秒かそこらのあいだ、彼女はケイティの青いドレスの上に吐きそうになるほどひどい気分を味わった。横隔膜が急に上下して、咽喉が締めつけられ、胃の中のものが煮え立った。体をふたつに折り、なんとかこらえようとした。唇から何度か、叩きつけるように激しい息が漏れ出したが、嘔吐はしなかった。やがてそれは去った。

しかし胸はまだむかついていた。むかつき、べとつき、頭の中は火がついたようだった。何かが荒れ狂って、燃え盛り、視界を暗くして、鼻孔と両眼のすぐうしろに迫ってきた。

彼女はベッドに仰向けになった。ショーンと彼のパートナーは階段を上がってくる。雷に打たれたいと思った。天井が崩れればいい、それとも何か知らない力で持ち上げられて、開いた窓の外に放り出されたい。これから向かい合わなければならない事態より、そういう筋書きのほうがはるかにましだった。でもひょっとしたら、彼は単に誰かをかばっているのかもしれない。見てはならないものを見て、脅されているのかもしれない。ひょっとしたら、警察が質問したのは、単に彼らがデイヴを容疑者と思い込んでいるからかもしれない。だからといって、彼女の夫がまちがいなくケイティ・マーカスを殺したということにはならない。

襲われたという夫の話は最初から嘘だった。彼女にはわかっていた。ここ数日、彼女はわかっていることから身を隠そうとしていた。厚い黒雲が太陽を覆い隠すように、頭の中で覆い隠そうとしていた。けれど、彼の話を聞いたあの夜から、彼女にはわかっていた。強盗が、片手で刺すことができるのに、もう片方の手で殴りかかるわけはないし、〝財布か命かだ、カス野郎。そのどちらかをもらっていく〟などと気の利いた台詞を言うわけがない。それに、小学校以来喧嘩したことがないデイヴのような人間に、武器を取り上げられたり、傷めつけられるはずがない。

もしジミーが家に帰って同じことを言ったとしたら、話はちがう。ジミーは細身だけれど、人を殺してもおかしくない雰囲気がある。喧嘩の仕方を心得ているようだし、人生に暴力が必要だった時期はとっくの昔に通り過ぎたと思えるほど大人に見える。けれどジミーには危険な香りがまだ漂っているし、破壊をもたらす力が見て取れる。

デイヴが放つ香りはまた別のものだ。秘密を持つ男の匂い。ときに汚れた頭の中を汚れた歯車が回り、誰も分け入ることのできない、穏やかすぎる眼の向こうで、幻の人生が流れている。デイヴと結婚して八年のあいだ、秘密の世界はいつ彼女に開かれるのかと思っていたが、結局開かれていない。デイヴはほかの皆と同じ地上の世界で過ごすより、はるかに長い時間を頭の中の世界で生きている。もしかするとふたつの世界が互いの中に滲み出て、デイヴの頭の中の暗闇がイースト・バッキンガムの通りに溢れ出したのかもしれない。

デイヴがケイティを殺すことなど、あり得るのだろうか？

彼はいつも彼女のことを可愛がっていたのではなかったか。

それに、正直なところ、デイヴは——彼女の夫は——殺人などできるのだろうか？　旧友の娘を暗い公園の中で追いかけまわすことなど。彼女を殴り、彼女が叫び、嘆願するのを耳にしながら、後頭部に弾丸を撃ち込むことなど。

なぜ？　なぜそんなことができる人間がいるのだろう？　そして、そんな人間がいるという事実は受け容れるとしても、それがデイヴであるというのは飛躍しすぎではないだろうか。

確かに——と彼女は考えた——彼は秘密の世界に生きている。確かに、子供の頃体験した犯罪のために、彼は完全な人間にはなれないのかもしれない。確かに、強盗については嘘をついたけれど、ひょっとすると嘘をつかなければならない理由があったのかもしれない。

たとえば？

ケイティは〈ラスト・ドロップ〉を出てすぐにペン公園で殺された。デイヴは同じバーの駐車場で強盗を叩きのめしたと言った。意識を失った男を置き去りにしてきたと言ったが、誰も彼を見つけていない。でも警察は、何か駐車場で血が見つかったというようなことをはっきりと言っていた。だから、たぶんデイヴは本当のことを言っていたのだろう。たぶん。

それでも彼女はタイミングについて考えた。デイヴは〈ラスト・ドロップ〉にいたと言った。そのことについて彼は明らかに警察に嘘を言っている。ケイティは朝の二時から三時のあいだに殺された。デイヴがアパートメントに戻ってきたのは三時十分、誰かの血を全身に浴びていて、どうしてそうなったのかという説明にはまるで説得力がなかった。

そして何よりも明らかな偶然の一致は、ケイティが殺され、デイヴが血まみれで家に帰ってきたということだ。

もし彼女が彼の妻でなかったら、そこから導かれる結論に疑問を抱くだろうか？

シレストはまた体をまえに屈め、胃の中のものを吐くまいとし、頭の中でひそひそと囁き続ける声を必死で締め出そうとした。

デイヴがケイティを殺した。どうしよう。デイヴがケイティを殺した。

ああ、神様。デイヴがケイティを殺したんだわ。わたしは死にたい。

「するとボビーとローマンを容疑者からはずしたのか？」とジミーは言った。

ショーンは首を振った。「完全にはずしたわけじゃない。誰かを雇った可能性はあるからな」

アナベスは言った。「でもあなたの顔を見ると、そうだとは思っていないようね」

「ええ、ミセス・マーカス。思っていません」

ジミーは言った。「だったら誰を疑ってるんだ？　容疑者はいるのか？」

ホワイティとショーンは顔を見合わせた。そこでデイヴが台所にはいって来て、煙草からセロファンを取り、アナベスに渡した。「ほら、アンナ」

「ありがとう」彼女は少し困ったような顔でジミーを見た。「どうしても吸いたかったの」

ジミーは優しく微笑んで、彼女の手を叩いた。「ハニー、今はやりたいことをやるといい。それでいいんだ」

彼女はホワイティとショーンのほうを向いて、煙草に火をつけた。「十年前にやめたのよ」

「おれもです」とショーンは言った。「一本もらっていいですか?」

アナベスは笑い、煙草が唇のあいだで揺れた。ジミーはその声を、この二十四時間のうちに初めて聞いたきれいな音だと思った。妻から煙草を渡されてショーンがにやっと笑うのを見て、彼に彼女を笑わせてくれた礼を言いたい気持ちになった。

「悪い子ね、ディヴァイン刑事」アナベスは彼の煙草に火をつけた。

ショーンは煙を吐き出した。「まえにも言われたことがある」

「先週、警視長に言われたたな」とホワイティは言った。「おれの記憶にまちがいがなければ」

アナベスは言った。「本当に?」そしてショーンに温かい興味の眼差しを送った。アナベスは、話すことと同じくらい、聞くことに努力を惜しまない稀有な才能の持ち主だった。

ショーンの笑いが広がり、ディヴは椅子に坐って、ジミーは台所の空気が幾分和むのを感じた。

「停職処分明けなんです」とショーンは認めた。「昨日からまた働き始めたばかりで」

「何をしたんだ」とジミーはテーブルに身を乗り出して言った。

ショーンは言った。「それは言えない」

「パワーズ部長刑事?」とアナベスは言った。

「ええと、ディヴァイン刑事は――」

ショーンは彼のほうを見た。「おれはあんたの話も知ってますよ」

ホワイティは言った。「いいところを突いた。申しわけありません、ミセス・マーカス」

「ねえ、いいじゃない」

「だめです。すいません」

「ショーン」とジミーは言った。ショーンは彼のほうを見て、ジミーの眼が続けてくれと言っているのに気がついた。これがいい、これこそ今必要なものなんだ――ちょっとした息抜きが。殺人にも、葬儀屋にも、失ったものにも関係のない会話が。

ショーンの顔が和らぎ、一瞬、十一歳の彼に戻ったように見えた。彼はうなずいた。

そしてアナベスのほうを向いて言った。「偽の切符で、ある男を嵌《は》めたんです」

「偽の、なんですって？」アナベスは身を乗り出し、煙草を耳元にかざして、眼を見開いた。

ショーンは顔を引き、煙草を吸って、煙を天井に吐き出した。「気に食わないやつがいたんだ。理由は訊かないでほしい。とにかく、一カ月に一度ばかり、車両登録局のデータベースにそいつのナンバーを入力して、駐車違反をしたことにした。いろいろ混ぜてね、ある月は駐車メーターの時間切れ、ある月は商業地域への違法駐車といった具合に。いずれにせよ、その男はシステムに登録されていった。本人が知らないうちに」

「本物の切符を切られなかったからね」とアナベスは言った。

「そのとおり。そして二十一日ごとに延滞金の五ドルが積み重なっていって、ついにある日、法廷に呼び出された」

ホワイティは言った。「そして国に約千二百ドルの借金があることを発見した」

「千百ドルですよ」とショーンは言った。「変わらないか。ともあれ、彼は違反切符を切られたことなどないと言ったけど、法廷はそのことばを信じなかった。耳にたこができるほど聞く台詞だったから。というわけで、男は嵌められた。なんといっても、コンピュータに記録が残っていて、コンピュータは嘘をつかない」

デイヴは言った。「すごいな。しょっちゅうやってるのか？」

「まさか！」とショーンは言い、アナベスとジミーは笑った。「やるわけないよ、デイヴィッド」

「おっと、〝デイヴィッド〟と呼び始めたぞ」とジミーは言った。「気をつけな」

「たった一度、こいつだけにやったんだ」

「どうして見つかった？」

「そいつの伯母さんが登録局で働いてたんです」とホワイティは言った。「信じられます？」

「いいえ」とアナベスは言った。

ショーンはうなずいた。「そんなこと、誰がわかる？　やつは罰金を払ったが、伯母さんにこの件を調べさせた。彼女は情報を入力したのがうちの署であることを突きとめ、おれは過去に問題の男と係わりがあったものだから、警視長にしてみれば、動機を機会に結びつけて容疑者を絞り込むのは簡単だった。で、おれが捕まったわけだ」

「この件で」とジミーは言った。「どれほどひどい目に遭った？」

「それはもうたんまりと」とショーンは認めた。今度は四人がそろって笑った。「巨大なごみの缶に何杯分も」ショーンはジミーがほくそ笑んでいるのを見て、自分も笑い始めた。

ホワイティは言った。「気の毒なディヴァイン先生にとっては最良の年ではなかったようだ」

「報道関係者に見つからなくてよかったわね」とアナベスは言った。

「ああ、それはわれわれが始末したんです」とホワイティは言った。「こいつのケツを蹴り出してもよかったんだが、登録局の女性が突きとめたのは、切符の出どころはどの局かってとこまでで、警察バッジの番号までは特定できなかったんで。で、どう説明したんだっけ？事務処理上のミス？」

「コンピュータの誤作動」とショーンは言った。「かくしておれは損害を全額賠償させられ、無給の停職処分を一週間食らい、三ヵ月の監視下にあるわけです。でももっとひどいことになっていてもおかしくなかった」

「降格とか」とホワイティは言った。

「どうしてやらなかった？」とジミーは言った。

ショーンは煙草を消して、両手を広げた。「なぜならおれは〝敏腕刑事〟だから。新聞を読まないのか、ジム？」

ホワイティは言った。「このエゴ頭が言おうとしているのは、過去数ヵ月で、かなりこみ入った事件を何件か解決したってことなんです。私の隊では最高の〝解決〟率だから。率が下がるまで捨てられないんですよ」

「〝路上の殺人〟の件で」とデイヴは言った。

「デイヴは読んでる」とショーンはジミーに言った。「新聞に名前が載ってるのを見たよ」

「ビリヤードの球の打ち方の本は読まないけれど」とホワイティは微笑んで言った。「手はどうです？」

ジミーはデイヴのほうを見た。眼が合った途端、デイヴが眼を伏せるのを見て、大柄の警官がデイヴをいたぶり、彼に圧力を加えているのをはっきり悟った。かつてジミー自身も嫌というほど味わったから、口調でわかる。警官が攻めているのが、デイヴの手だということもわかった。ビリヤードの球を打つとは、どういうことだろう。

デイヴは口を開けて何か言おうとしたが、ショーンの肩越しに見たものに打ちのめされたような顔をした。ジミーは彼の視線を追って、体じゅうの筋肉を強張らせた。

ショーンが振り返ると、シレスト・ボイルが濃い青のドレスを持って立っていた。ハンガーを肩の高さに上げているので、ドレスは透明人間がまとっているかのように、ふわりと揺れていた。

シレストはジミーの顔を見て、言った。「これ、わたしが葬儀屋に持っていくわ、ジム。持っていかせて」

ジミーは動くことを忘れてしまったようだった。

アナベスは言った。「いいのよ、そこまでしてくれなくて」

「そうしたいの」とシレストは言って、異様なまでに切迫した調子で笑った。「本当に。そうしたいのよ。それでしばらく外に出られるから。だからそうするわ、アンナ」

「いいのか？」とジミーは言った。出てきた声は幾分しわがれていた。

「ええ、もちろん」とシレストは言った。

ショーンはこれほど必死に部屋を出たがっている人間を見たことがなかった。彼は椅子から立ち上がって、彼女に手を差し出した。

「何度かお会いしましたね。ショーン・ディヴァインです」

「ええ、そうですね」ショーンの手の中にするっとはいって来たシレストの手は、汗ですべった。

「一度髪を切ってもらったことがあります」とショーンは言った。

「ええ、そうね。憶えてます」

「あの……」とショーンは言った。

「はい」

「お引き止めするのもなんですから」

シレストはまた追いつめられたように笑った。「いえ、いえ。でもお会いできてよかったわ。行かなきゃ」

「じゃあまた」

「さようなら」

デイヴは言った。「じゃあな、ハニー」しかしシレストはすでに廊下に出て、ガス漏れを嗅いだかのように足早に玄関へ向かっていた。

ショーンは「しまった」と言って、振り返ってホワイティを見た。

ホワイティは言った。「なんだ?」

「手帳を車に忘れてきた」

ホワイティは言った。「おう、取ってきたほうがいいな」

ショーンは廊下に出たあとで、デイヴの「どうして? あなたのを借りればいいのに?」と言っている声を聞いた。

ホワイティがそれにどんなくだらない返答をしたか聞くことはできなかった。ドアを出て、階段を駆け降り、玄関のポーチに立つと、シレストは車の運転席側にたどり着いたところだった。彼女はキーを鍵穴に入れ、ドアを開け、手を伸ばして後部座席の鍵を開けた。うしろのドアを開け、ドレスを慎重に後部座席に横たえた。そしてドアを閉め、車のルーフ越しに、ポーチの階段を降りてくるショーンの姿を認めた。ショーンは彼女の顔に混じりけのない恐怖を見た。今まさに、バスにはねられようとしているような人間の恐怖を。

遠まわしに訊いてもいいし、単刀直入に訊いてもよかった。しかし彼女の顔を見て、ここは単刀直入にいくしかないと思った。唯一の希望は、理由はなんであれ、彼女がひどく動揺しているうちに捕まえることだった。

「シレスト」と彼は言った。「ちょっと質問があるんですが」

「わたしに？」

彼はうなずいて、車に近づき、ルーフに手を置いてもたれかかった。「土曜の夜、デイヴは何時に家に帰ってきました？」

「えっ？」

彼は彼女を眼で捉えたまま、質問を繰り返した。

「どうしてデイヴの土曜の夜に興味があるの？」と彼女は言った。

「大したことじゃないんです、シレスト。われわれは今日、デイヴにいくつか質問をしました。彼はケイティと同じときに〈マッギルズ〉にいたので。で、デイヴの答がどうも要領を得なくて、おれのパートナーが気にしてるんです。おれはただ、あの夜デイヴはちょっと飲みすぎて、細かいことは憶えてないんだろうと思ってるんだけど、相棒はしつこい性質《たち》でね。だから彼がいつ家に帰ってきたのか、正確に知りたいんです。それで相棒もおれの背中を押すのをやめて、われわれはケイティを殺した犯人を見つける仕事に専念できる」

「デイヴがやったと思ってるの？」

ショーンは車から離れて、彼女に首を振った。「何もそんなことは言ってませんよ、シレスト。どうしてそんなことを考えなきゃならないんです？」

「わからないけれど」

「でもあなたはそう言った」

シレストは言った。「えっ？　なんの話なの？　わたし、混乱してるんだわ」

ショーンは可能なかぎり相手を勇気づける笑みを浮かべた。「デイヴが何時に家に帰ったのか早くわかればわかるほど、おれのパートナーはご主人の話の穴を探すのをやめて、ほかのことに取りかかれるんです」

彼女は今にも背後の車の流れに身を投じそうに見えた。それほど自暴自棄で、混乱の極みにあるようだった。ショーンは彼女の夫に感じるのと同じ痛ましいほどの哀れみを、彼女にも感じた。

「シレスト」と彼は言った。これから彼が言うことをホワイティが聞いたら、監視期間の査定にFがつくことはまちがいなかったが。「おれはデイヴが何かやったとは思っていない。神かけて。だがおれのパートナーは上級職です。捜査の進むべき道筋を決めるのは彼だ。デイヴが何時に家に帰ったのか言ってくれるだけでいい。そうすればデイヴは、今後一切われわれに悩まされずにすむんです」

シレストは言った。「でもこの車を見たんでしょう」

「何？」

「さっきあなたたちが話しているのが聞こえたの。ケイティが殺された夜、この車が〈ラスト・ドロップ〉の外に停まっているのを誰かが見たんでしょう。あなたのパートナーは、デイヴがケイティを殺したと思ってる」

くそっ。ショーンはこの事態がとても信じられなかった。

「おれのパートナーはディヴのことを詳しく調べたがってる。意味がちがうんです。容疑者はまだいない、シレスト。いいですか？　まだいないんだ。ただディヴの話には穴がある。その穴を埋めればことは終わる。何も心配は要りません」

彼は強盗に襲われたの、とシレストは言いたかった。体じゅう血だらけで家に帰ってきたんだけど、それは強盗に襲われたからなの。彼はやってないわ。わたしは彼がやったかもしれないと思っているけれど、わたしの別の部分は、ディヴはそんな人間じゃないと訴えている。わたしは彼と愛を交わすのよ。彼と結婚しているの。わたしは殺人者と結婚なんてしないわ、このクソ警官。

彼女は、警察が現われて質問し始めたときに、どうやって心を落ち着かせるつもりだったか思い出そうとした。あの夜、血のついた彼の服を洗いながら、こんな状況に立ち向かう方法を確かに思いついたはずだった。しかしあのとき彼女は、ケイティが死んでいることを知らなかったし、ケイティの死とディヴとの係わりについて警察が質問してくることは想定していなかった。どうしてそんなことが予測できる？　それにこの警官は、物腰も柔らかだし、自信満々だし、魅力的だ。彼女が想像していた、腹が出て、二日酔いで、ぐだぐだ不平を言うタイプとはまるでちがう。しかもディヴの幼なじみだ。この男、ショーン・ディヴァインは、ディヴがさらわれたときに、彼とジミー・マーカスと一緒にいた、とディヴは言っていた。その少年が今やこんなに背が高く、頭がよく、ハンサムに成長したのだ。ひと晩じゅう聞いていても飽きない声と、見つめられると何枚もの皮を剝かれてしまうような気がする眼の持ち主に。

なんてこと。どうやって対処すればいいのだろう。彼女には時間が必要だった。ゆっくり考え、ひとりで冷静に事態を見つめ直す時間が。後部座席から彼女のことを見返してくる亡くなった娘のドレスも、車の反対側から不快な、寝室にいるような眼つきで彼女を見つめる警官も、願い下げだった。

彼女は言った。「寝てたの」

「はい？」

「寝てたのよ」と彼女は言った。「土曜の夜、デイヴが帰ってきたときには。もうベッドの中にいたの」

警官はうなずいた。彼はまた車にもたれ、両手でルーフを軽く叩いた。彼は満足したようだった。まるですべての質問に答が得られたように。彼女は、彼の髪が非常に豊かで、薄い茶色が頭頂に近づくにつれて、ほとんどキャラメル色の縞混じりになることを記憶にとどめた。この人は禿げる心配はないなと思ったことも。

「シレスト」と彼は燻《いぶ》したような琥珀色の声で言った。「あなたは怖れていると思う」

シレストは心臓を汚い手でいきなりつかまれたような気がした。

「怖れていて、何かを隠していると思う。おれはあなたの味方だということをわかってほしいんだ。デイヴの味方でもある。でもあなたを余計に応援したい。なぜなら、今言ったように、あなたは怖れているから」

「怖れてなんかいないわ」彼女はなんとかそう言って、運転席側のドアを開けた。

「怖れてるさ」とショーンは言って、車から離れた。彼女は中にはいり、通りを走り去っていった。

19 ふたりはそうなるはずだった

ショーンがアパートメントに戻ると、ジミーは廊下に出てコードレス電話で話をしていた。ジミーは「ああ、写真のことは憶えておくよ。ありがとう」と言って、電話を切った。そしてショーンを見た。「リード葬儀社からだ」と彼は言った。「遺体を検死局から引き取ったそうだ。遺品を持って来てくれとさ」彼は肩をすくめた。「ほら、手順を詰めるとか、そういったことだ」

ショーンはうなずいた。

「手帳はあったか？」

ショーンはポケットを叩いた。「取ってきた」

ジミーは受話器を何度か腿に当てた。「というわけで、リード社に行ったほうがよさそうだ」

「寝たほうがよさそうな顔に見えるぞ」

「いや、大丈夫だ」

「それならいいが」

すれちがいざまにジミーは言った。「実は頼みたいことがあるんだが」

ショーンは立ち止まった。「もちろん」

「デイヴはもうすぐマイクルを家に連れて帰るから、いなくなる。おまえの予定は知らないが、もしできればしばらくアナベスと一緒にいてやってくれないか。彼女ひとりにならないように。わかるだろ？　シレストが戻ってくるから、そんなに長くはかからないと思う。ヴァルと彼の兄弟が娘たちを映画に連れていったんで、家に誰もいないんだ。アナベスはとてもまだ葬儀屋に行くような気分じゃないだろうから、おれは、つまり……」

ショーンは言った。「心配するな。部長刑事に確認しなきゃならないが、一応勤務時間は数時間前に終わってるから。話をするよ。いいか？」

「助かるよ」

「どういたしまして」ショーンは台所に戻りかけたが、足を止め、ジミーのほうを振り返った。「実は、ジム、訊きたいことがあったんだ」

「言えよ」とジミーは油断のない囚人の顔つきに戻って言った。

ショーンは廊下を引き返してきた。「おまえが今朝話した青年とおまえとのあいだに、何か問題があるという報告がいくつか上がってるんだ。ブレンダン・ハリスのことだが」

ジミーは肩をすくめた。「問題なんてないさ、実のところ。ただあいつのことが気に入らないだけだ」

「なぜ？」

「わからん」ジミーは受話器をズボンのポケットに入れた。「どうもそりが合わない人間ってのがいるだろう?」

ショーンはさらに近づいて、ジミーの肩に手を置いた。「彼はケイティとつき合っていた、ジム。駆け落ちしようとしてたんだ」

「でたらめを言え」とジミーは言って、床に眼を落とした。

「彼女のバックパックにラスヴェガスのパンフレットがはいってたんだ、ジム。いくつか電話したところ、ふたりの名前でTWAに予約がはいっていた。ブレンダン・ハリスもそのことを認めた」

ジミーは肩をすくめてショーンの手を払った。「やつがおれの娘を殺したのか?」

「ちがう」

「百パーセント確かなんだな」

「ほぼ。嘘発見器を悠々パスして、勝利の旗を振ったよ。それにあいつがあんなことをやるとは思えない。どうやら本当におまえの娘を愛していたようだ」

「くそっ」とジミーは言った。

ショーンは壁にもたれて、ジミーがすべてを呑み込むのを待った。

「駆け落ちだと?」ややあってジミーは言った。

「ああ、ジム。ブレンダン・ハリスと、ケイティの女友達の話によると、おまえは彼女がハリスとデートすることにすら大反対だったそうじゃないか。おれが理解できないのはその理由だ。問題のあるやつには見えなかったがな。だろう？　ひょっとしたら、ちょっととろいのかもしれない。わからないが、礼儀正しいし、気のいいやつじゃないか。だからおれも混乱して」

「おまえが混乱する？」ジミーはくすっと笑った。「おれは今しがた、死んだ娘が駆け落ちしようとしてたことを知ったんだぞ、ショーン」

「わかってる」ショーンは、ジミーもそうしてくれることを願って、囁き声になるくらいまで声を落とした。ジミーは、昨日の午後、ショーンがドライヴィン・シアターのスクリーンで見たときに劣らず動揺していた。「ただどうしてかなと思っただけだ。どうして娘を彼に会わせまいとそこまでむきになるんだ？」

ジミーはショーンの横の壁にもたれて、何度か深く息を吸い込み、ゆっくりと吐き出した。

「父親を知ってるからだ。やつは〝ただの《ジャスト》〟レイと呼ばれてた」

「〝正しい《ジャスト》〟って、判事か何かだったのか？」

ジミーは首を振った。「当時、近所にあまりにレイって名前が多かったんだ――ほら、〝クレイジー〟レイ・バチェックとか、〝サイコ〟レイ・ドリアンとか、レイ〝田舎者〟レインなんてのがいただろう――だから、レイ・ハリスは〝ただのレイ〟と呼ばれるようになったんだ。かっこいい呼び名はすべて取られてたから」彼は肩をすくめた。「とにかく、もともと好きじゃなかったんだが、やつは女房を見捨てて姿を消した。彼女があの口の利けない子を身ごもってて、ブレンダンがまだ六歳だったときに。だから、よくわからないが、

〝ドングリは木から離れたところには落ちない〟とでも思ったのかもしれない。だから彼を娘に会わせたくなかった」

ショーンはうなずいた。ジミーの話は信じていなかったが。ジャスト・レイを好きじゃないと言ったジミーの口調には何かがあった。声に小さな引っかかりがあったし、ショーンは仕事柄、数え切れないほど嘘をつかれてきたので、どれほど筋が通っていても聞けばそれが嘘だとわかる。

「それだけか？」ショーンは言った。「それだけの理由なのか？」

「そうだ」とジミーは言って、体を壁から離し、廊下を去っていった。

「いい考えだと思う」ホワイティはショーンと家の外に立って言った。「少し家族にはりついて、ほかに得られるものはないか探ってくれ。ところでボイルの女房にはなんて言ったんだっけ？」

「〝怖れていると思う〟と」

「彼女は彼のアリバイを裏づけたか？」

ショーンは首を振った。「寝ていたそうです」

「でもおまえは彼女が怖れていると思うわけだ」

ショーンは道路に面した建物の窓を見上げた。そしてホワイティに首を傾けて、道の先に行こうと合図した。ホワイティは角まで彼について行った。

「彼女は、われわれが車について話していることを聞いたんです」

「くそっ」とホワイティは言った。「夫に伝わったら、高飛びするかもしれない」

「どこへ？　彼はひとりっ子で、母親は他界してて、収入は低く、友達が多いほうでもない。国を捨ててウルグアイに住むタイプじゃないと思うけど」

「それでも逃げる危険がないわけじゃない」

「部長刑事」とショーンは言った。「彼を起訴できる材料は何もありませんよ」

ホワイティは一歩身を引いて、頭上の街灯の光でショーンを見た。「おれのまえで天真爛漫なところを見せるつもりか、敏腕刑事？」

「ああいうことをやりそうに思えないだけです。それに動機もない」

「やつのアリバイはカスだ、ディヴァイン。話は穴だらけで、もし船だったらとっくの昔に海の底だ。おまえはやつの女房が怖れていたと言った。〝困っていた〟じゃなくて、〝怖れていた〟だ」

「わかりましたよ。ええ、彼女は明らかに何かを隠してます」

「やつが家に帰ったときに、彼女は本当に寝ていたと思うか？」

ショーンはともに少年だった頃のディヴを思い出した。車にはいって泣いていたディヴを。角を曲がる車の後部座席でだんだん暗くなり、遠ざかっていった。ショーンは頭をうしろの壁に思い切り打ちつけて、その映像を叩き出したくなった。

「思いません。彼女はいつ彼が帰ってきたのか知ってると思う。そしてわれわれの会話を聞いたからには、彼があの夜〈ラスト・ドロップ〉にいたことも知っている。だからきっと、あの夜辻褄の合わなかったことをいろいろ頭の中で考え合わせて、今頃すべてのピースを当てはめているにちがいありません」

「そしてそのピースのせいで気が狂うほど怯えている？」

「おそらく。わからないけど」ショーンは建物の土台の崩れた石を蹴った。「なんだか……」

「なんだ？」

「なんだか、そういったそれぞれの部品が互いにぶつかり合ってがらがら言ってるのに、どうもうまく当てはまらない。何か足りない気がするんです」

「本当にボイルがやったとは思わないのか？」

「除外してるわけじゃないんです。それはない。もし一秒でも動機を思い浮かべることができたら、彼だと思うかもしれない」

ホワイティはあとずさって足を上げ、街灯の柱に置いて、ショーンを見た。ショーンはまえにもその眼つきを見たことがあった。法廷で持ちこたえられるかどうかわからない証人を見る眼つきだ。

「わかった」と彼は言った。「動機がないのにはおれも悩んでる。だが大したことじゃない、ショーン。大したことじゃないさ。やつをこの事件に結びつける何かがあったんだろう。でなきゃなぜわれわれに嘘をつく？」

「ちょっと待った」とショーンは言った。「当たりまえでしょう。人は何か理由があって嘘をつくわけじゃない。ちょっとそうしてみたくて嘘をつくんだ。〈ラスト・ドロップ〉の一帯は、夜になると盛んに商売が行なわれる。普通の売春婦、服装倒錯者、ぞっとするような子供たちに至るまで、あらゆる種類の人間が働いてる。きっとデイヴは車の中で気持ちのいいことをしてたから、女房に知られたくないんじゃないか。ひょっとしたら隣りに女がいたのかもしれない。そんなこと誰にわかります？　しかし彼をキャサリン・マーカス殺害の一マイル以内にもって来るようなものは、何ひとつ見つかっていない」

「確かに何もない。嘘をつきまくってることと、あいつは臭いとおれが思ってること以外には」

「思ってる、ね」とショーンは言った。

「ショーン」とホワイティは言い、指で数え上げ始めた。「あいつは〈マッギルズ〉を出た時刻について嘘を言った。家についた時刻について嘘を言った。犠牲者が〈ラスト・ドロップ〉を出たときに駐車場にいた。二軒の店で彼女と一緒にいて、それを隠そうとしている。拳にひどい怪我をしていて、その理由についてたわごとを言う。そして犠牲者を知っている。容疑者は犠牲者の知り合いだってことで意見が一致したよな。それに、彼は平均的な連続殺人犯のプロファイルにぱっちり当てはまる。白人で三十代半ば、かろうじて職を得ていて、きのうおまえから聞いた話だと少年時代に性的暴行を受けている。なあ、冗談を言ってるのか？　新聞の上じゃ、こいつは刑務所にはいっててもおかしくないぞ」

「でも自分で言ったじゃないですか。彼は性的暴行の犠牲者だが、キャサリン・マーカスが性的暴行を受けた形跡はない。おかしいですよ、部長刑事」

「殺したあとでマスでも掻いたんだろう」

「現場に精液はなかった」

「雨が降ったから」

「死体が見つかった場所には降ってなかった。無差別の連続殺人の場合、射精はほとんど——九十九パーセント——必須だ。今回それはどこにあります?」

ホワイティは下を向き、街灯の柱を手のひらで何度か叩いた。「おまえは犠牲者の父親の友人で、容疑者になるかもしれない男の友人だった——」

「そういう言い方はないでしょう」

「——子供の頃に。そのせいで手加減してるだろう。ちがうとは言わせないぞ。おまえは今、足手まといだ」

「おれが——?」ショーンは声を低くして、手を胸から下におろした。「いいですか」と彼は言った。「おれはあなたの容疑者のプロファイルに賛成できないだけだ。多少話の辻褄が合わないことと以上にデイヴ・ボイルに容疑を絞り込める事実が出てくれば、あなたと一緒に喜んで彼を逮捕しますよ。おれがそうするのはわかってるでしょう。しかし今あなたが持ってる情報を地方検事のところへ持っていったところで、彼が何をします?」

ホワイティの手が幾分強く街灯の柱を叩き始めた。

「本当に訊いてるんです」とショーンは言った。「彼はどうします？」

ホワイティは腕を頭の上に伸ばし、震えながらあくびをした。そしてショーンと眼が合うと、うんざりしたように眉をひそめた。「一本取られた。しかし」――指を立てて――「しかしだ、クラブハウス通いのクソ弁護士どの、おれは必ず彼女が殴られた棒を見つける。あるいは銃か、血だらけの服を。正確にはわからないが、必ず何かを見つけ出す。そして見つかった暁には、おまえの友人を逮捕するぞ」

「彼は友人じゃない」とショーンは言った。「あなたが正しいことがわかったら、あなたより先に腰の手錠に手をかけますよ」

ホワイティは街灯から離れて、ショーンのほうへ近づいていった。「手を抜くなよ、ディヴァイン。抜いたらおれを舐めてることになるぞ。そしたら最後、おれはおまえを葬り去る。バークシャーくんだりに飛ばして、ぽんこつスノーモービルのスピード違反を取り締まらせてやる」

ショーンは両手で顔をこすり、髪に指を通して、疲れを拭い去ろうとした。「そろそろ弾道調査の結果が出てるはずだ」と彼は言った。

ホワイティはうしろに下がった。「ああ、ちょうど行こうとしてたところだ。指紋の鑑識結果もすでにコンピュータにはいっているはずだ。調べて、運よく何か見つかることを祈ろう。携帯電話は持ってるか？」

ショーンはポケットを叩いた。「ええ」

「あとで電話する」ホワイティはショーンに背を向け、クレッセント通りを警察車のほうへ歩いていった。ショーンは彼の失望を全身に浴びたような気がした。突然、監視期間が現実味を増して、朝よりも重くのしかかってきた。

バッキンガム大通りをジミーの家へ引き返す途中で、デイヴがマイクルを連れて正面の階段を降りてくるのに会った。

「家へ帰るのか？」

デイヴは立ち止まった。「ああ。シレストが車で出かけたまま戻ってこないなんて、信じられないよ」

「彼女は大丈夫さ」とショーンは言った。

「そうだろうとも」とデイヴは言った。「おれが歩けばすむ話だ」

ショーンは笑った。「どれくらいだ、五ブロックほど？」

デイヴも微笑んだ。「ほとんど六ブロックだ、細かく言えば」

「だったら行ったほうがいい」とショーンは言った。「少しでも明るいうちに。またな、マイク」

「またね」とマイクルは言った。

「気をつけて」とデイヴは言い、ふたりは階段にショーンを残して去っていった。デイヴの足取りはどこかふらついていた。ジミーのところでビールを飲みまくったせいだろう、とショーンは思った。もし本当におまえがやったのなら、デイヴ、飲むのは今すぐやめたほうがいい。ホワイティとおれが狙いを定めたら、脳細胞を総動員しなきゃならなくなるからな。ありとあらゆる脳細胞を。

ペン水路は、日が沈み、しかし空にまだほのかな光が残るこの時間、銀色に輝く。が、すでに公園の木々の梢は黒く沈み、ドライヴイン・シアターのスクリーンはくっきりとした影にしか見えない。シレストはショーマット側に停めた車の中から水路を見下ろし、公園と、そのうしろに埋立地のように広がるイースト・バッキーの街を眺めた。集合住宅地は、ぽつぽつと飛び出す尖り屋根とやや高い家の屋根のほかは、ほとんど公園の蔭に隠れていた。しかし岬の家は集合住宅地の先に延びていて、きれいに舗装されたなだらかな丘の上から住宅地を見下ろしている。

シレストはここまで運転してきたことさえ憶えていなかった。ドレスはブルース・リードの息子のひとりに預けてきた。彼は喪服を着ていたが、あまりにきれいに頬を剃り上げ、あまりに若々しい眼をしているので、これから卒業記念のダンスパーティに行くかのように見えた。葬儀屋を去って、次に憶えているのは、閉鎖されて久しいイサーク製鉄所の裏を走っていたことだった。飛行機の格納庫ぐらいの大きさの空っぽの建物をいくつも通り過ぎ、敷地の一番端にたどり着き、いつしか車のバンパーを腐った杭に当てて、水門を波が叩く、ペン水路のゆるやかな流れに眼を走らせていた。

ふたりの警官がデイヴの車――彼らの車、彼女が今坐っている車――について話しているのを聞いてから、彼女は酔ったような気分だった。それも心の和む、ゆったりしたほろ酔い加減ではない。安酒をひと晩じゅう飲み、家に帰って気を失い、眼醒めたときには頭に霧がかかり、舌が腫れている感覚。毒が回って体が悪臭を放ち、だるく、重く、何ひとつ集中できないような酔い方だった。

〝あなたは怖れている〟と警官は言った。体の芯にずばりと切り込まれて、彼女はただ子供のように喧嘩腰で〝怖れてなんかいないわ〟と否定するしかなかった。怖れてないわ。怖れてる。怖れてないってば。怖れてる。怖れてるのはわかってる。でもわかってるって、いったい誰が？　やめよう、もう考えるのは。

彼女は怖かった。震え上がっていた。恐怖でプディングになったような気がした。

彼女に話すのよ、と彼女は自分に言い聞かせた。なんといっても、彼はまだデイヴなのだから。立派な父親で、彼女に手を上げたことはなく、長年一緒にいて知るかぎり、暴力的な素振りを見せたことなど一度もないのだから。ドアを蹴ったり、壁を殴ることさえ。まだ彼に話はできると彼女は強く思った。

こう言おう。デイヴ、わたしがあなたの服から洗い流したのは誰の血？

デイヴ、土曜の夜、本当は何が起こったの？

話してくれていいのよ。わたしはあなたの妻なんだから。何を言ってもいいのよ。

そうしよう。彼と話すのだ。怖れることなどない。彼はデイヴなのだから。彼女は彼を愛していて、彼も彼女を愛している。だからきっとうまくいくはずだ。彼女はそう信じた。

それでも彼女はそこを離れなかった。ペン水路の岸辺で、廃棄された製鉄所の中で、ちっぽけな人間になったように感じながら。この場所は最近になって土地開発業者が購入した。対岸にスタジアムを造る話がまとまれば、その駐車場になると聞く。彼女は川向こうのケイティ・マーカスが殺された公園を見やった。そうやって、誰かがもう一度動けと言ってくれるのを待っていた。

ジミーはブルース・リードの息子のアンブローズと、彼の父親のオフィスに坐り、式の詳細を詰めていた。こんな大学を出たばかりに見える子供を相手にするのではなく、ブルース本人と話がしたいと思いながら。棺を担うより、フリスビーでも飛ばしているほうがよほど似合っている。このなめらかな、皺のない手が遺体安置室で遺体に触れているところなど想像もできなかった。

ジミーはアンブローズにケイティの誕生日と社会保障番号を告げ、青年はクリップボードにとめた用紙に金色のペンでそれを書き込み、父親の声を若くしたビロードのような声で言った。「結構です。ところで、ミスター・マーカス、カソリックの正式な式になさいますか？　通夜とミサのある」

「ああ」

「では水曜に通夜を行ないましょう」

ジミーはうなずいた。「教会は木曜九時に予約した」

「九時ですね」と青年は言い、それを書きとめた。「通夜の時間はどういたしましょうか?」

ジミーは言った。「二回やる。最初は三時から五時まで。二回目は七時から九時まで」

「七時から九時ですね」と彼は繰り返して、書きとめた。「写真はお持ちいただきましたね。結構です」

ジミーは膝の上に置いた額入りの写真を見た。卒業式のケイティ。浜辺に妹たちといるケイティ。〈コテッジ・マーケット〉の開店記念日に彼と写ったケイティ。彼女は八歳だった。イヴとダイアンと写ったケイティ。シックス・フラッグズ・マジック・マウンテンのケイティと、アナベス、ジミー、ナディーン、セーラ。ケイティの十六歳の誕生日。

彼は写真を横の椅子の上に置いた。咽喉にかすかに焼けつくような痛みを覚えたが、唾を呑み込むと消えた。

「花については考えられましたか?」

「午後、クノップラーに頼んでおいた」と彼は言った。

「広告はどうされます?」

ジミーは青年の眼を初めて見た。「広告?」

「はい」と青年は言って、クリップボードに眼を落とした。「新聞に出す死亡広告の文面です。どんな形がよろしいか、大筋をおっしゃっていただければ、われわれのほうで作成することもできますが。献花より寄付をお願いしたいとか、そういったことです」

ジミーは青年の慰めるような視線を避け、床を見下ろした。この白いヴィクトリア調の建物の地下のどこかで、安置室にケイティが眠っている。ブルース・リードとこの青年とふたりの兄弟のまえで彼女は裸にされる。彼らは彼女をきれいに清め、死に化粧を施し、防腐処理をする。彼らの冷たい、手入れの行き届いた手が彼女を撫で、いろいろな場所を持ち上げる。親指と人差し指を彼女の顎に当て、横を向かせる。彼女の髪をくしけずる。

彼は、見知らぬ他人のまえで裸にされ、色を失った体を晒して、最後に触れられるのを待つ我が子を思った。丁寧に扱われるだろうが、思いやりはなく、事務的だろう。棺に納まった彼女の頭の下にサテンの枕が敷かれ、彼女は人形のように動かない顔と、お気に入りの青いドレスで、対面室まで運ばれてくる。そしてのぞき込まれ、祈られ、何か言われ、悲しまれた末に、埋葬される。彼女のことなど知らない男たちが掘った穴に下ろされる。ジミーは、土くれがどさっと落ちるくぐもった音を聞いた。まるで彼女と一緒に棺にはいっているかのように。

そうして彼女は暗闇の中に横たわる。上には六フィートの土が押し固められ、その上には草や空気があるけれど、彼女にはもう見ることも、触れることも、嗅ぐことも、その存在を感じることもできない。同じ場所に千年横たわり、墓石を訪れる人の足音を聞くこともない。彼女が残してきた世界のどんな音を聞くことも。あいだに押し固められた土があるから。

そいつを殺してやる、ケイティ。警察が見つけるまえに、どうにか見つけ出して、この手で殺してやる。おまえがこれからはいる穴よりもっとひどい穴に放り込んでやる。防腐処理を施すものなど何も残さない。悼むことのできるものも。単にそいつを消し去ってやる。この世に生きていなかったかのように。そいつの名前も、過去も、現在も、誰かの心の中に一瞬存在しただけで、眼醒めるまえに忘れ去られてしまったかのように。

おまえを階下《した》の処理台に載せたやつを見つけ出し、消してやる。そいつの愛した人間は――もしいれば――おまえの愛した人間よりもっと苦しみ抜くことになるぞ、ケイティ。なぜならその人間には、そいつに何が起こったかわからないから。

父さんがそれを成し遂げられるか心配する必要はない、ベイビー。父さんは必ずやる。おまえは知らないが、父さんはまえにも人を殺したことがある。父さんはやらなければならないことをやったんだ。だからもう一度やれる。

彼はブルースの息子に眼を戻した。この仕事に就いて間もないから、長い沈黙には耐えられないようだった。

ジミーは言った。「こう書いてくれ。〝マーカス、キャサリン・フアニータ。ジェイムズと亡きマリータの愛しい娘。アナベスの義理の娘。セーラとナディーンの姉……〟」

ショーンはアナベス・マーカスと裏口のポーチに坐っていた。アナベスはグラスに入れた白ワインをちびちび飲みながら、煙草に火をつけては、半分も吸わないうちに消していた。頭上の裸電球が彼女の顔を照らしていた。強い意志の表われた顔。おそらく可愛いとは言えないが、常に人の印象に残る。見つめられることに慣れていないわけではないが――とショーンは思った――どうして自分が男にとって骨折り甲斐のある女なのかということは忘れがちなのだろう。多少面影がジミーの母親に似てなくもないが、あきらめや挫折感は漂わせていない。さりげなく落ち着き払った様子は、ショーン自身の母親を思わせた。またその点で、実際ジミーにも似通ったところがあった。アナベス・マーカスは愉しい女性だが、浮ついたところはまったくない。

「ところで」と彼女は、ショーンに煙草の火をつけてもらって言った。「このあとはどうするの？　わたしを慰めることから解放されたら」

「おれはそんな――」

彼女は手を振ってそれ以上言わせなかった。「感謝してる。で、どうするの？」

「母親に会いに行きます」

「本当に」

彼は うなずいた。「彼女の誕生日なんです。だから母と父と祝うことになっていて」

「なるほど」と彼女は言った。「離婚してどれくらい経つの？」

「わかります？」

「スーツみたいに身につけてるわ」

「そう。別居してるだけですが。一年ちょっと」

「この街に住んでるの？」

「いや、もう住んでいない。旅行しています」

「何か苦々しそうに言ったわね、〝旅行してる〟って」

「そうかな？」彼は肩をすくめた。

彼女は手を上げた。「あなたにこんなことをし続けるのは嫌なの、ケイティのことを頭から追い出すためにあなたを話題にするのは。だからわたしの質問に答える必要は何ひとつないのよ。わたしは詮索好きで、あなたは興味深い人ってことだけだから」

彼は微笑んだ。「いや。そんなことはない。本当はとても退屈な人間なんですよ、ミセス・マーカス。おれから仕事を取ったら消えてしまう」

「アナベスよ」と彼女は言った。「そう呼んで。わかった？」

「ええ」

「それは信じられないわね、ディヴァイン刑事、あなたが退屈な人間だっていうのは。でも何が妙だかわかる？」

「なんです？」

彼女は椅子に坐り直して、彼のほうを向いた。「あなたは、偽の切符を切るような人間には見えないわ」

「どうして？」

「子供じみてるからよ」と彼女は言った。「そんな子供じみたことをする人には見えない」

ショーンは肩をすくめた。彼の経験では、人は誰しも子供のようになることがある。とくにクソみたいなことが積み重なったときには、人は子供に返るものだ。

一年以上、彼は誰にもローレンのことを話していなかった——両親にも、数少ない友人にも、かつてローレンが家を出たことが〝兵舎〟じゅうに知れ渡ったときに、警視長が手短に推薦した警察専任の心理学者にも。なのに、近しい者を失ったことに苦しむ、他人のアナベスに話すことになろうとは。ショーンは、彼女が彼の失ったものを探ろうとしているのを感じた。それを見て、喪失にまつわる何かをともに分かち合って、おそらくは、彼女だけが取り残された人間でないことを確かめたがっている。

「家内は舞台監督なんです」と彼は静かに言った。「巡業する劇団の。去年国じゅうをまわった《ロード・オヴ・ザ・ダンス》では監督を務めました。そんな仕事です。今はたぶん《アニーよ、銃を取れ》だと思う。正直なところ、わからないけど。いずれにしろ何か過去に上演されたものです。われわれは変なカップルで、つまり、仕事の面でこれほどかけ離れることってあります?」

「でも愛してたんでしょう」とアナベスは言った。

彼はうなずいた。「ええ。今も愛してる」彼は大きく息を吸い、椅子の背にもたれて、吐き出した。「だからおれが切符を切った男は、つまり……」口の中が乾き、彼は首を振った。今すぐ立ち上がって、家から飛び出したい衝動を覚えた。

「競争相手だったのね?」とアナベスは柔らかな声で言った。

ショーンはパックから煙草を一本取り出して火をつけ、うなずいた。「上品な言い方だとそうなる。そう言ってもいいかもしれない。競争相手。彼女とおれはしばらく喧嘩してたことがあったんです。お互い家にいないことも多くて。そこへ、ええと、競争相手が現われて、彼女に言い寄った」

「で、あなたはひどい反応をした」とアナベスは言った。質問ではなく、答として。

ショーンはくるりと彼女に眼を向けた。「立派な反応をする人間なんていますか?」

アナベスは険しい眼つきで彼を見た。あなたに皮肉は似合わないと言わんばかりに。あるいは何かもともと好きでないものを感じたかのように。

「でもあなたはまだ彼女のことを愛している」

「ええ。それに彼女もまだおれのことを愛しているとさえ思う」彼は煙草を消した。「いつも電話をかけてくるんです。かけてくるんだが、何もしゃべらない」

「ちょっと待って、彼女は――」

「わかってる」と彼は言った。

「――電話してくるのにひと言もしゃべらないってこと?」

「そう。それがかれこれ八カ月続いてるんです」

アナベスは笑った。「ごめんなさい。でもこんな奇妙な話はこのところ聞いたことがなかったものだから」

「そのとおりだと思います」彼は蠅が一匹、裸電球に飛んできて、また飛び去るのを見つめた。「そのうち彼女は口を開くはずだ。それをずっと待ってるんです」

彼は自分の中途半端な笑いが夜の中に消えていくのを聞いた。その響きに居心地の悪さを感じた。ふたりは煙草を吸いながら、しばらく黙り込み、狂ったように電球のまわりを飛びまわる蠅の羽音を聞いていた。

「彼女の名前は？」とアナベスは訊いた。「こんなに話したのに、あなたはまだ彼女の名前を一度も言ってないわ」

「ローレン」と彼は言った。「名前はローレンです」

彼女の名前が、蜘蛛の糸のようにしばらく空中に浮かんでいた。

「子供の頃から愛していたの？」

「大学一年生のときから」と彼は言った。「そう。子供と言えば子供でした」

彼は、ふたりが建物の入口で初めてキスをした十一月の嵐の日を思い出した。彼女の鳥肌の感触と、ふたりして震えていたことを。

「きっとそれが問題なのね」とアナベスは言った。

ショーンは彼女を見た。「もう子供ではないことが？」

「少なくともふたりのうちどちらかが」と彼女は言った。

ショーンは、それがどちらなのかは訊かなかった。

「ジミーが言ってたけど、ケイティはブレンダン・ハリスと駆け落ちしようとしてたそうね」

ショーンはうなずいた。

「そういうことなのよ」

彼は椅子の上で向きを変えた。「何がです？」

彼女は洗濯物の掛かっていない紐に煙を吐き出した。「若い頃には馬鹿げた夢を持つものでしょう。つまり、ケイティとブレンダン・ハリスがラスヴェガスで暮らそうと思ってたみたいに。そんなエデンの園がいつまで続いたと思う？　二番目のトレーラー・パークか、二番目の子供ぐらいまでは続いたかもしれないけれど、いずれ来るものは来る。人生は〝そうしてふたりは幸せになりましたとさ〟じゃないし、金色に輝く夕日でも、ほかのくだらないことでもない。人生は働くことよ。あなたの愛する人間はとてもあなたの大きな愛には見合わない。それほど価値のある人間はいないし、きっと相手もそこまで愛されることの重みに耐えられない。だからあなたは落ち込む。失望し、信頼は裏切られ、本当に嫌な毎日を送ることになる。得るものより失うもののほうが多い。そして愛した人間を、愛したのと同じくらい憎むようになる。でも、それでも、あなたは袖をまくり上げて、ありとあらゆることで懸命に働かなければならない。なぜなら、それが歳を取るということだから」

「アナベス」とショーンは言った。「誰かあなたのことをたくましい女性だと言ったことはない？」

彼女は顔をショーンのほうへ向けて、眼を閉じ、夢見るような笑みを浮かべた。「いつも言われるわ」

ブレンダン・ハリスはその夜、部屋にはいって、ベッドの下のスーツケースと向き合った。

半ズボンと、アロハシャツと、スポーツコート一着と、ジーンズ二本が詰め込んである。セーターとウールのズボンは入れなかった。詰めたのはラスヴェガスで着ようと思うものばかりで、冬服は要らなかった。彼とケイティは、身を切る風も、Kマートの保温靴下のセールも、氷の張りついた車のフロントガラスも二度と見ないつもりだった。だからスーツケースの蓋を開けた彼を見返したのは、ずらりと並んだ明るいパステル調と花柄の服――夏の爆発だった。

ふたりはそうなるはずだった。陽焼けして、すっかりくつろぎ、ブーツやコートや他人の期待の重みに煩わされない。ダイキリのグラスにはいった馬鹿げた名前の飲み物を飲み、昼間はのんびりホテルのプールで過ごし、肌は陽焼けどめと塩素の匂いがする。エアコンが氷のように効いた部屋で愛し合い、それでもブラインドの隙間から射し込む光で暖められ、夜がすべてを冷やす頃、ふたりは上等な服に着替えて、ストリップ通りに繰り出す。彼はそんな自分たちを思い描くことができた。建物の数階上からはるか下を眺め、ふたりの恋人たちがネオンの洪水の中を歩いていくところを。光は黒い舗装路を、流れるような赤と黄色と青に染めている。そこに彼らは――ブレンダンとケイティは――いて、建物の大きさで自分たちを小人のように感じながら、広々とした通りの真ん中をぶらぶらと歩いている。建ち並ぶホテルのドアから、チンとかジャンとか言うカジノのけたたましい音が漏れてくる。

今晩はどれにしようか、ハニー？

あなたが選んで。

いや、きみが選びなよ。

だめ、さあ、あなたが選んで。

わかった。だったらここは？

よさそう。

じゃあここにしよう。

愛してるわ、ブレンダン。

ぼくも愛してる、ケイティ。

そしてふたりは白い柱のあいだの赤い絨毯を敷き詰めた階段を昇っていき、煙のこもった、機械音の鳴り響く宮殿の喧騒の中へ足を踏み入れる。夫と妻として。まだ若いけれど、ふたりきりの生活を始めたばかりの。イースト・バッキンガムは百万マイルうしろにあって、ふたりが一歩踏み出すたびにさらに百万マイル遠ざかっていく。

そうなるはずだった。

ブレンダンは床の上に坐り込んだ。一秒でいいからそうする必要があった。一秒か二秒でいい。彼は坐って、ハイトップ・シューズの靴底を合わせ、小さな少年のように両方の踵をつかんだ。体を少し揺らし、顎を胸に当て、眼を閉じた。一瞬、苦痛が和らいだ。暗闇と体の揺れに心が落ち着いた。

そしてそれは過ぎ去った。ケイティが地上からいなくなったこと――完全にいなくなってしまったこと――の恐怖が血の中に逆流してきて、彼は体が粉々に砕け散った気がした。

家には銃があった。父親のものだったが、母親は、彼がいつもそれをしまっていた食器室の取り外しのきく天井の羽目板の裏に置いたままにしていた。食器室のカウンターに坐り、曲がった木製のコーニスの下の縁に手を当て、羽目板を三枚ほど押してみて、重みを確かめる。そこで板を持ち上げ、手を入れて、指でまわりを探ればよかった。銃はブレンダンの記憶が始まる頃からそこにあった。憶えているのは、ある夜遅くバスルームから出てくると、父親がコーニスの下から手を出すのを見たことだった。十三歳になると、ブレンダンは銃を取り出して、友達のジェリー・ディヴェンタに見せさえした。ジェリーは眼を丸くして、「しまえよ、しまえよ」と言った。埃まみれで、撃たれたことはないのかもしれないが、ブレンダンは掃除すれば使えるだろうと思っていた。

今晩、銃を取り出してもいい。そしてローマン・ファローが入り浸っている〈カフェ・ソサイエティ〉か、ボビー・オドネルの所有する〈アトランティック・オート・グラス〉まで歩いていく。ケイティの話では、オドネルはその裏手のオフィスでほとんどの仕事をこなしているということだった。ふたつのうちのどちらかに行って——両方行ければそれに越したことはないが——父親の銃をやつらの顔に突きつけて、引き金を引きまくってもいい。何度も、何度も。弾倉が空《から》になり、ローマンとボビーが二度とほかの女性を殺せなくなるまで。

そうしてもいい。できないだろうか？　映画の中ではみんなそうしてる。ブルース・ウィリスなんて、もし愛する人を殺されたら、床の上に坐って、踵を持って、体を揺らしたりなんかしない。銃で武装するだろう？

ブレンダンはボビーの太った顔を眼のまえに思い描いた。彼が命乞いをしているところを。やめてくれ、ブレンダン！　頼む、赦《ゆる》してくれ！

そしてブレンダンは決めの台詞を言う。たとえば「これでも食らいやがれ、クソ野郎。食らって地獄の底まで墜ちるがいい」

彼はそこで泣き出した。まだ体を揺らし、まだ踵を持ったままで。自分はブルース・ウィリスではないし、ボビー・オドネルは本物の人間で、映画の登場人物ではないことがわかっていた。それに銃は徹底的に掃除しなければならないし、弾丸がはいっているかどうかもわからない。実のところ、どうやって開けるのかさえわからなかった。たとえすべてうまく運んだとしても、彼の手は震えないだろうか？　震えて、飛び跳ねないだろうか？　子供の頃、どうにも逃れようがなく、喧嘩をしなければならなくなったときに拳が震えたように。人生はクソくだらない映画じゃない、それは……クソくだらない人生だ。正しい人間が二時間のうちに勝たなければならず、だから彼が勝つことを誰もが知っている世界のようにはいかない。ブレンダンは、自分に英雄の資格があるのかどうかよくわからなかった。十九年生きてきたが、この方面で試練を与えられたことはなかったので。しかし、相手の職場へ出向いていって――ドアの鍵は開いていなければならないし、まわりに人もいてはならない――そいつの顔を正面から撃てるかどうかわからなかった。自信はなかった。

けれど彼女のことが恋しかった。あまりに恋しくて、そばにいないことが――これからもずっといないことが――あまりにつらくて、歯が痛み、何かをしなければという気になった。

なんでもいいから。そうすれば、この新たに始まった惨めな人生で、たったの一秒でもこの気持ちから解放される。

よし、と彼は決意した。よし。明日、銃を掃除しよう。掃除して、弾丸がはいっているか確かめよう。そこまではやるぞ。銃を掃除する。

そこでレイが部屋にはいって来た。ローラーブレードを履いたままで、新しいホッケーのスティックを杖のように突き、車輪の上で足をぐらぐらさせながら自分のベッドにたどり着いた。ブレンダンは慌てて立ち上がり、頬から涙を拭き取った。

レイはローラーブレードを脱ぎ、手話で訊いた。「大丈夫？」

ブレンダンは言った。「いや」

レイは手を動かした。「何か手伝えることはある？」

ブレンダンは言った。「大丈夫だ、レイ。おまえにできることはない。でも心配しないで」

「母さんは、兄さんは運がよかったって言ってた」

ブレンダンは言った。「なんだって？」

レイは繰り返した。

「そうか？」とブレンダンは言った。「なんでそんなことがわかる？」

レイの手が踊った。「もし兄さんが行ってたら、母さんは物乞いをするしかなかった」

「立ち直ってたさ」

「そうかもしれないし、そうじゃないかもしれない」

ブレンダンはベッドに坐った弟の顔を見据えた。

「今おれを怒らせないでくれ、レイ。いいな？」彼は身をまえに乗り出した。銃のことを考えながら。「彼女のことを愛してたんだ」

レイは、ゴムマスクのように無表情な顔で兄を見返した。

「それがどんな感じかわかるか、レイ？」

レイは首を振った。

「机について坐った途端に試験の答がすべてわかるような感じだ。残りの人生ですべてがうまくいくような。最高の人間になって、そこからもどんどんよくなるような。心が安らいで、永久に歩きまわってしまう、なぜなら勝ったことがわかるから」彼は弟から眼をそらした。

「そんな感じだ」

レイはベッドの脚を軽く叩きながら、兄を見て、ため息をついた。「またそんな感じになれるよ」

ブレンダンは膝をつき、顔をレイの顔のまえに突き出した。「なれない。なるもんか。わかったか、この間抜け。なれないさ」

レイは脚をベッドの上に引き上げ、あとずさった。ブレンダンはきまりが悪かったが、まだ腹を立てていた。口の利けない人間といて困るのはこういうことだ。話すことがやたら馬鹿らしく思えてくる。レイの言うことは、本人が意図するとおりすべて簡潔明瞭だ。ことばを探してもたつくことも、頭より舌が速く回って何かを言い損じることもない。
ブレンダンはしゃべりたかった。口からことばをほとばしらせたかった。情熱的で、混乱していて、とても分別があるとは言えないけれど、真っ正直な、ケイティに捧げる最後のことばを。彼にとってどれほど彼女が大きな意味を持っていたか、このベッドで鼻を彼女の首に押しつけたときに何を感じたか、指と指を絡ませたとき、顎についたアイスクリームを拭き取ってやったとき、車で彼女の横に坐り、交差点が来るたびに彼女が眼を素早く動かすのを見たとき、彼女の話、寝息、いびきを聞いたときにどんな感じがしたか……

彼は何時間もしゃべっていたかった。そしてそれを誰かに聞いてもらいたかった。話すことは単に思いや意見を伝えるだけのものではないことをわかってもらいたかった。ときに話すことは、人の命のすべてを伝えようとすることだ。口を開くまえからそんなことはできないとわかっていても、伝えようとすることそれ自体に何かしら意味がある。伝えようとすることがすべてになる。

しかしレイにはそのことが理解できない。レイにとってことばとは指の動きであり、手を器用に上げたり、下げたり、さっと動かしたりすることだ。レイにとって、ことばは無駄遣いされない。意思の疎通は相手によって変わらない。言いたいことを正確に伝えれば、それで終わりだ。無表情な弟に悲痛な思いをぶちまけ、感情をむき出しにしても、ブレンダンは恥ずかしくなるだけだ。救いにはならない。

彼は、ベッドの上で尻込みし、虫のような眼で彼を見つめている怯えた弟を見下ろし、手を差し伸べた。

「悪かった」と彼は言った。声にひびがはいった。「悪かったよ、レイ、な？　責めるつもりはなかったんだ」

レイは彼の手を取って立ち上がった。

「大丈夫なの？」と彼は手を動かした。また今度感情を爆発させたら、窓から飛び出ると言わんばかりにブレンダンを見据えて。

「大丈夫だ」とブレンダンは手で合図した。「たぶん大丈夫だと思う」

20　彼女が家に戻ってきたら

ショーンの両親は〈ウィンゲート・エステーツ〉に住んでいた。街の三十マイル南、寝室がふたつついた化粧漆喰のタウンハウスが建ち並ぶ、塀で囲まれた住宅地。二十軒ごとに区画が分かれ、そのそれぞれにプールと、土曜の夜にダンスが行なわれるレクリエーション・センターがついている。パー・スリーの小さなゴルフコースが、落ちてきた三日月の欠片《かけら》のように住宅のまわりを囲んでいる。晩春から初秋までは、ゴルフカートのエンジンの低いうなりが空中を漂う。

ショーンの父親は、ゴルフはしなかった。ずっと昔からゴルフは金持ちのスポーツと決めつけていて、それをすることはブルーカラーの出自をある意味で裏切ることになると考えていた。母親はしばらくやっていたことがあるが、すでにやめていた。仲間が彼女のフォームと、わずかなアイルランド訛りと、服装を蔭で笑っていると思い込んだからだ。

そうやって彼らは静かに、ほとんど近所づき合いもせずに暮らしていた。もっともショーンは、父親がライリーという名の風采の上がらない小柄なアイルランド人と知り合い、つき合っているのを知っていたが。ライリーも、やはり〈ウィンゲート〉に来るまえに街の近所に住んでいて、ゴルフも好きではなかった。彼はときおりショーンの父親に加わって、一緒にルート二八の向かい側の〈グラウンド・ラウンド〉で飲んでいた。そして、思えば生まれつき世話好きだったショーンの母親は、体の弱い近所の高齢者の面倒をまめに見ていた。車で薬局へ連れていって薬を調合してもらったり、医者のところへ連れていって、新しく処方してもらった薬を戸棚の古い薬の隣りに並べてやったりした。七十を越えた彼の母親は、そのドライヴで若返り、元気が出ると言い、手を貸すほとんどの人が連れ合いに先立たれているのを見て、自分と夫が健康なのは天の恵みだとありがたがっていた。

「みんな寂しいのよ」とかつて彼女は病気を抱えた友人についてショーンに言った。「お医者さんは言わないけれど、それが彼らの死んでいく原因なの」

しばしば、守衛所のまえを通り過ぎ、十ヤードごとに黄色い徐行帯の出っ張りが車軸をがたがた言わせる道を運転しながらショーンは、ウィンゲートの住人たちが残してきた道や、隣人たちや、人生の亡霊が眼のまえに見えるような気がした。まるで、眼のまえの卵の殻のように白い化粧漆喰と、つんつんした芝生のある今の風景の隅を、給湯設備のないアパートメントや、くすんだ白の冷蔵庫や、錬鉄製の非常階段や、金切り声で叫ぶ子供たちが朝の霧のように流れていくようだった。謂れのない罪悪感――両親を老人ホームに押し込めた息子の罪悪感――が胸にしみる気がした。謂れのない、というのは、〈ウィンゲート・エステーツ〉はとくに六十歳を越える老人向けに造られた住宅地ではなかったからだ（ただ正直なところ、ショーンは六十より下の住人を見たことはなかったけれど）。それに彼の両親はまったく自分たちの意志でここに越してきた。街に対する数十年分の不満と、通りの喧騒と、犯罪と、ここに至るまでの交通渋滞をすっかり忘れて、父親の言う〝夜うしろを振り返らずに歩ける場所〟へ引っ越してきたのだ。

それでも、ショーンは彼らを裏切った気がしてならなかった。両親はショーンが、もっと彼らを近くに住まわせるために努力すると思っていたのではないか。ショーンはここへ来ると、死が見えるような気がした。あるいは少なくともそこへ行くための停留所が。両親がここにいること――ここで時を過ごし、やがて自分たちが誰かに医者に連れていってもらうようになること――も考えたくなかったが、ショーン自身もいずれここか、ほかの似たような場所に住むことになると考えるのが嫌だった。今のように、面倒を見る子供も、妻もいない身であれば、しかしほかにあまり道はない。彼は今、三十六歳。すでにウィンゲートへの道程の半ばすぎにいて、人生の後半は前半と比べ、すさまじい速さで過ぎ去っていくにちがいなかった。

母親が、小さな食卓の上に置かれたケーキのロウソクの火を吹き消した。食卓は形ばかりの台所と広めの居間に挟まれた小部屋にある。彼らは、掛け時計の時を刻む音と、通気孔から漏れてくる自動空調装置の低いうなりを聞きながら、静かに食事をし、紅茶を飲んだ。

食事が終わると、父親は立ち上がった。「皿を洗うよ」

「いいえ、わたしがやるわ」

「坐っていなさい」

「わたしにやらせて」

「坐りなさい、誕生日なんだから」

母親は小さな笑みを浮かべてまた椅子に坐った。ショーンの父親は皿をまとめ、部屋の角を曲がって台所にはいって行った。

「残飯に気をつけて」

「気をつけるよ」

「きれいに流してしまわないと、このまえみたいにまたアリが来るわよ」

「一匹来ただけじゃないか。一匹」

「もっといたのよ」と彼女はショーンに言った。

「六カ月まえの話だろう」と父親は水を流しながら言った。

「それにネズミも」

「ネズミなんて来なかったぞ」

「ファインゴールドさんのところに来たんだって。二匹。ネズミ取りを仕掛けたそうよ」

「うちには来てない」

「だから残飯に気をつけてと言ってるの」

「うるさいな」とショーンの父親は言った。

母親は紅茶を飲んで、カップ越しにショーンを見た。

「ローレンのために記事を取ってあるの」と彼女はカップを受け皿の上に戻しながら言った。

「どこかに置いてるんだけど」

ショーンの母親はいつも新聞記事を切り抜いていて、彼が来るたびに手渡した。あるいはノートを九冊か十冊まとめて郵便で送ってくることもあった。封筒を開け、ノートがきれいに重ねられているのを見ると、ショーンはどれほど彼女を訪問していなかったかを思い出すのだった。記事の主題はいろいろあったが、すべて家事の心得か、自分で何かやろうという類いの内容だった——乾燥機で糸屑を燃やさない方法、冷凍焼けを防ぐには、遺言書の功罪、休暇中にスリに遭わないために、高ストレスの職場で健康を保つコツ(〝心臓を百年動かそう!〟)。ショーンは、これが母親なりの愛情表現であることを知っていた。上着のボタンをつけたり、一月の朝、学校に行くまえにマフラーを直してやったりするのと同じことなのを。ローレンが家を出る二日前に届いた切り抜きのことを思うと、今も笑みがこぼれた——〝試験管ベビーに挑戦!〟。彼の両親は、彼らに子供がいないのはむしろ意図的な選択であることを理解していなかった。自分たちがひどい親になることを(口に出して議論こそしないが)ふたりとも怖れている結果であることを。

彼女がついに妊娠しても、ふたりは彼の両親には知らせなかった。産むか産まないかを決めるうちに結婚生活はふたりのまわりで崩れていった。なかんずくショーンは彼女が俳優と浮気していたのを発見して、「どっちの子供だ、ローレン?」と訊き始めた。ローレンは「そんなに気になるのなら、父子鑑定を受ければいいわ」と切り返した。

ふたりは彼の両親と食事するのを避けるようになった。彼らが街に出てきたときには、家にいないと言い訳して。ショーンは、子供が彼の子供ではないのではないかという怖れと、もうひとつの怖れ――彼の子供だったとしても、生まれてくるのを望んでいないのではないかという怖れ――のあいだで、心がふたつに引き裂かれるような思いがした。

ローレンが家を出たあとも、ショーンの母親は、彼女がいないことについて〝気持ちの整理をしているだけ〟としか言わなかった。そして切り抜きは彼のためではなく、すべてローレンのためのものになった。いつか抽斗が記事で溢れ出し、彼とローレンが力を合わせて閉めるしかなくなるのを待つかのように。

「彼女と最近話したか？」と父親が台所から訊いた。ミントグリーンの壁を隔てているので、顔は見えない。

「ローレンのこと？」

「ああ」

「ほかに誰がいるのよ」と母親がサイドボードの抽斗を引っ掻きまわしながら、明るい声で言った。

「電話はかけてくる。だけど何もしゃべらない」

「たぶん世間話でもしたいんじゃないか、なぜって――」

「いや、父さん、彼女は本当にしゃべらないんだ。ひと言も」

「何も？」

「チャックを閉めたみたいに」

「だったらどうして彼女だってわかるんだ？」

「わかるのさ」

「でもどうして？」

「しつこいな」とショーンは言った。「息遣いが聞こえるんだ。わかった？」

「なんて奇妙な」と母親は言った。「あなたは話すの、ショーン？」

「ときどき。それも最近は減ってる」

「でもまあ、なんとか気持ちは伝え合ってるわけね」と母親は言って、最新の切り抜きを彼のまえに置いた。「興味を持つんじゃないかと思ったって言っといて――」彼女は坐り、両手の手のひらの外側でテーブルクロスの皺を伸ばした。「――彼女が家に戻ってきたら」そして手の下で消えていく皺を見つめた。

「彼女が家に戻ってきたら」と母親は消え入るような声で繰り返した。世のあらゆるものに欠くことのできない道理を知り抜いた尼僧の声で。

「デイヴ・ボイルのことなんだけど」一時間後に〈グラウンド・ラウンド〉の高めのテーブルについて坐り、ショーンは父親に言った。「あのとき家《うち》のまえからいなくなった」

父親は眉をひそめ、残りのキリアンズを霜の降りたジョッキに注ぐことに注意を集中した。泡がジョッキの縁に近づき、ビールが大きめの滴で落ちてくるようになると、父親は言った。

「なんだ？　新聞で調べられないのか？」

「ええと――」

「どうしてわざわざおれに訊く？　えっ？　テレビにも出たじゃないか」

「彼の誘拐犯が捕まったときには出なかった」とショーンは言った。それが充分な説明になって、なぜ自分にそんなことを訊くのか教えろと父親が言い張らないことを祈った。実のところ、ショーンにもはっきりとはわからなかったから。

父親にもう一度、事件の中に身を置いてもらい、新聞や古い事件簿にできない見方で、ショーン自身があの出来事を見つめ直すのを助けてもらいたいと思ったのかもしれない。それに、レッドソックスのブルペンには左投手が必要だとかいった、ありきたりの話題でないことを父親と話したかったのかもしれない。

ショーンはときに、かつて父親と日々の雑事以外のことを話していたような気がしたが（ローレンとのあいだでは雑事ばかりだった）、それがなんだったかをどうしても思い出すことができなかった。若い頃の靄のかかった記憶の中では、父親とのあいだに親しみやはっきりした意思疎通があったと思い込んでいたふしがあり、それは長年のあいだにとてつもない大きさに膨れ上がっていたけれど、実のところそんなものはなかった。

彼の父親は口数少なく、どこにも落ち着かない言葉を最後まで言わずに終えてしまう男で、ショーンは日々の生活の多くを沈黙の解釈に費やしていた。省略で生じたことばの穴を埋め、父親が言おうとしていたことの意味を推し測って。近頃ショーンは、彼自身も、言葉を言い終えたと思っているけれど実は言い終えていないのではないか、彼自身も沈黙の――ローレンの中にも見た沈黙の――創造物ではないかと思うことがあった。そして彼に残されたものが彼女の沈黙だけになるまで、ふたりの結婚に何も手を打たなかったのではないか。沈黙と、彼女が電話してきたときの空気の微かなうなりだけになるまで。

「どうしてそんな昔の話を持ち出すんだ？」彼の父親はついに言った。「ジミー・マーカスの娘が殺されたのは知ってる？」

父親は彼を見た。「ペン公園の娘か？」

ショーンはうなずいた。

「名前は見た」と父親は言った。「親戚かもしれないとは思ったが、まさか実の娘とは……」

「そうなんだ」

「彼はおまえと同い歳だろう。十九歳の娘がいるのか？」

「よくわからないけど、十七歳かそこらで彼女が生まれたんだ。彼がディア・アイランド刑務所に行く数年前に」

「なんてこった」と父親は言った。「可哀そうに。彼の父親はまだ刑務所にはいってるのか？」

ショーンは言った。「彼は死んだよ、父さん」

その咎が父親を傷つけたのがわかった。ギャノン通りの台所に彼を揺りもどしたのが。彼とジミーの父親が、穏やかな土曜の午後、ビールで心地よくなっている。子供たちが裏庭で遊び、皆の大きな笑い声が空中に弾ける。

「くそっ」と父親は言った。「外に出てから死んだんだろうな、少なくとも？」

ショーンは嘘をつこうかと思ったが、すでに首を振ってしまっていた。「中だった。ウォルポール刑務所の。サーホシスの」

「いつ？」

「父さんが引っ越してからそれほど経たない頃。六年前か、おそらく七年前」

父親の口が開いて、声にならない〝七〟の形に動いた。彼はビールをひと口飲んだ。手の甲に浮いた肝斑が頭上の黄色い光でいつもより目立った。「人の行方を失うのなんていともたやすいもんだな。時間を失うのも」

「残念だよ、父さん」

父親は渋面を作った。それが、同情されたり、誉められたときに、彼が唯一見せることのできる反応だった。「どうして？　おまえがやったわけじゃない。仕方ない。ティムは自ら進んで中にはいったんだから、ソニー・トッドを殺して」

「ビリヤードをしている途中に、だっけ？」

父親は肩をすくめた。「ふたりとも酔っ払ってた。ほかに何がわかる？　酔っ払いで、大口を叩いて、気の短いやつらだった。そしてティムはソニー・トッドよりはるかに気性が荒かった」父親はまたビールを飲んだ。「で、デイヴ・ボイルが昔いなくなったことがどう関係するんだね？　名前はなんだ、キャサリンだっけ？――キャサリン・マーカス？」

「そう」

「彼女と」

「関係があるとは言ってない」

「関係がないとも言ってない」

ショーンは思わず笑みをこぼした。取調室にいる輪姦の常習犯なら任せてほしい。大抵の判事より法律に詳しい弁護士を雇おうとしているようなやつでも、ショーンは口を割らせることができた。しかし父親の世代の、釘のように硬く、疑り深い古参兵――大いなる誇りを持って体が強張るまで働き、州や市の役所には毛ほどの敬意も払わない連中――を相手にしたら、ひと晩じゅう怒鳴り散らさなければならない。そして彼らが何も言いたくなければ、朝になっても手元にあるのは答の得られない質問だけだ。

「父さん、関係についてはしばらく気にしないでおこう」

「どうして？」

ショーンは手を上げた。「いい？　この場はぼくに調子を合わせてよ」

「おお、いいとも。だからおれはまだ生きてるんだからな。息子に調子を合わせられるから」

ショーンは、ガラスのジョッキの持ち手を握る手に力がこもるのを感じた。「デイヴの誘拐事件の記録を読んだんだ。担当の捜査官は死んでいた。事件のことを憶えている人間はほかに誰もいなくて、事件は未解決扱いになっていた」

「それで?」

「で、デイヴが家に戻ってきた一年ほどあとで、父さんがぼくの部屋にはいって来て、事件は終わった、警察は彼らを捕まえた、と言ったのを思い出したんだ」

父親は肩をすくめた。「捕まえたのはひとりだけだ」

「だったら、どうして——」

「オルバニーで」と父親は言った。「新聞に載った写真を見たんだ。そいつはニューヨークで何度か性的虐待を行なったと言い、マサチューセッツとヴァーモントでもやったと自供していた。それ以上詳細を追及されるまえに、監房で首をくって死んだんだ。だがおれはやつの顔を、刑事がうちの台所で描いた似顔絵を見て憶えていた」

「それは確か?」

彼はうなずいた。「百パーセント。担当の刑事は——名前はなんだっけな、ええと——」

「フリン」とショーンは言った。

父親はうなずいた。「マイク・フリン、そうだ。彼とは連絡を取り合ってた、まあ、少しだが。だから新聞の写真を見たあとで電話をしたら、彼は〝ああ、同じやつだ。デイヴも確認した〟と言った」

「どっちだった?」

「えっ?」

「それはどっちの男だった?」

「ああ、おまえはどう言ったんだっけ？　〝眠そうな眼をした脂ぎったやつ〟？」ショーンの子供の頃のことばは、テーブルの向かいに坐った父親の口から聞くと、他人のことばのように思えた。「助手席のほうだ」

「ああ」

「で、やつの相棒は？」

父親は首を振った。「車をぶつけて死んだよ。少なくとも相方はそう言った。おれが知ってるのはそこまでだが、もともと知ってることに重きを置かない性質だからな。それにしても、ティム・マーカスが死んだことは教えてくれるべきだった」

ショーンはジョッキの残りを飲み干し、父親の空いたジョッキを指差した。「もう一杯、飲む？」

父親はしばらくジョッキを見つめた。「かまやしないよな。いいとも」

ショーンがカウンターから新しいビールを持ってくると、父親は、カウンターの上のテレビ画面で静かに流れているクイズ番組《ジョパディ！》を見ていた。ショーンが坐ると、彼はテレビに向かって言った。「ロバート・オッペンハイマーってのは誰だ？」

「声が聞こえないのに」とショーンは言った。「どうして正しいとわかるの？」

「わかるものはわかる」と彼の父親は言って、ビールをジョッキに注ぎ、ショーンの質問の愚かさに眉をひそめた。「おまえたちはいつもこうだ。おれにはわからん」

「なんのこと？　おまえたちって？」

父親はビールのジョッキで彼のほうを指した。「おまえたちの年代だ。ちょっと考えれば答は明らかだろうに、何かと質問する」

「ああ」とショーンは言った。「なるほど」

「今日のデイヴ・ボイルの件もそうだ」と父親は言った。「二十五年前にデイヴの身に起こったことが、なぜそんなに重要なんだ？　起きたことはわかりきってるだろう。彼はふたりの小児虐待者と四日間姿を消した。起きたのは、おまえが思うとおりのことさ。それなのに今さら昔の話を掘り返して……」父親はビールを飲んだ。「まったく、理由がわからんよ」

彼は困り切ったような笑みを浮かべ、ショーンもそのままの笑みを返した。

「なあ、父さん」

「なんだ」

「父さんは、過去に起こったことで、何度もあれこれ頭の中で考えないことは何ひとつないって言ったよね」

彼の父親はため息をついた。「それはまた別の話だ」

「同じ話さ」

「いや、別だ。災難は誰の身にも起こりうる、ショーン。誰の身にもだ。例外はない。なのにおまえたちの世代は、かさぶたを見れば剝がさなきゃ気がすまない。そっとしておくことができないんだな。デイヴをキャサリンの死に結びつける証拠はあるのか？」

ショーンは笑った。父親は歯切れの悪い〝おまえたちの世代〟でショーンの脇腹をつついているが、結局彼がずっと知りたがっているのは、ディヴがケイティの死に係わっているかということなのだ。

「いくつか状況証拠があって、ディヴはわれわれが眼を配っておくべき人物になっている、と言っておくよ」

「それが答と言えるか？」

「それが質問と言える？」

父親の晴れやかな笑みが弾けて、優に十五年分の歳月を顔から消し去った。ショーンは、子供の頃、彼のこの笑みが家じゅうに広がり、すべてを明るく照らし出したことを思い出した。

「つまり、あいつらのしたことが、ディヴを若い娘を殺すような人間に変えたのかもしれないってことを探るために、おれをさんざん煩わせてるわけか」

ショーンは肩をすくめた。「そんなところだね」

父親は考え込んで、ふたりのあいだに置かれた皿にはいったピーナッツをいじり、ビールを飲んだ。「おれはそうは思わんな」

ショーンはくすっと笑った。「そんなに彼のことを知ってるの？」

「いや。子供の頃しか知らない。だが彼はそんなものを内に秘めてるとは思えない」

「いい子が大人になってどれほどひどいことをするか、信じられないほどだよ」

父親は片方の眉を上げて彼を見た。「人間性についておれに講義しようってのか？」

ショーンは首を振った。「警察の仕事の話」

父親は椅子の背にもたれ、口の端に笑みをちらつかせて、ショーンをまじまじと見つめた。

「さあ、話してくれ。ご教示いただこう」

ショーンは顔が少し赤らむのを感じた。「なあ、やめよう。ぼくはただ――」

「頼むよ」

ショーンは愚か者になったような気がした。父親がいともたやすく彼にそう感じさせるのには驚く。ショーンの知るほとんどの人にとってはごく普通の意見で通るものが、父親の眼を通すと、背伸びしようとしている子供がもったいぶったことを言ってたまたまうまくいったように聞こえる。

「少しは信用してよ。人間や犯罪について多少は知ってるんだから。そういう仕事をしてるわけだからね」

「で、デイヴが十九歳の娘を無残にも殺したかもしれないと思うのか、ショーン？　裏庭で一緒に遊んだデイヴが？　あの子が？」

「誰でも何かをする可能性はあるさ」

「だったらおれがやったかもしれないわけだ」父親は手を胸に当てた。「あるいは母さんが」

「それはない」

「アリバイを調べたほうがいいぞ」

「そんなことは言ってないよ、なんてこった」

「言ったさ、誰でも何かをする可能性はあると」

「合理的な範囲で」

「ほう」父親は大声で言った。「さっきは聞かなかったぞ」

彼はまたやっていた——ショーンを徹底的にやり込めるつもりだった。ショーンが取調室で容疑者を攻めるように、彼もショーンを攻めていた。ショーンが尋問で腕が立つのもうなずける。名人から直に学んだのだから。

ふたりはしばらく黙って坐っていた。ついに父親は言った。「なあ、おそらくおまえが正しいのかもしれん」

ショーンは父親を見て、話の結論を待った。

「デイヴはおまえが思っているとおりのことをしたのかもしれん。わからないが。子供の頃を憶えているだけで、大人の彼を知ってるわけじゃないからな」

ショーンは父親の眼を通して見た自分を想像しようとした。それが、息子に眼をやったときに父親の見ているものなのか——大人ではなく、子供の彼。ほかの見方をするのはむずかしいのかもしれない。

彼は、伯父たちが彼の父親について話していたことを思い出した。アイルランドから移住してきた十二人兄弟の末っ子。そのとき父親は五歳だった。伯父たちはショーンが生まれるまえに存在していたビル・ディヴァインのことを〝ビル親爺〟と呼んでいた。〝破壊屋〟と。

今でこそショーンは彼らの声音を思い出して、そこに年配の世代が若い世代に寄せる庇護者ぶった態度の片鱗を感じるけれど、ショーンの伯父たちは、末の弟に十二年か、十三年はそんな態度で接したのだった。

彼らは皆死んだ。父親の十一人の兄と姉は全員。末っ子だけが七十五歳近くまで生き延びて、郊外のこんな場所に——使いもしないゴルフコースの隣りに——引きこもった。最後のひとりになったが、それでも一番若かった。常に一番若かった。誰かにほんのわずかでも軽んじられたら、とりわけそれが自分の息子である場合にはいつでも喧嘩腰になる。軽蔑に——あるいはその気配にさえ——耐えるくらいなら、いっそ全世界も敵にまわす。彼に対して強気で振る舞える人間は、皆はるか昔にこの地上から消え去ったのだから。

父親はショーンのビールをちらっと見て、何ドルかのチップをテーブルに置いた。

「そろそろ行くか？」と彼は言った。

ふたりはルート二八を歩いて横切り、黄色の徐行帯とスプリンクラーのある、敷地の入口の道路を上っていった。

「母さんの好きなことを知ってるか？」

「何？」

「おまえが何か書くことだ。ほら、ときどき理由もないのにカードを送るだろ？　おまえが可笑しいカードを送ってくる、おまえの書くことが好きだ、とよく言ってるよ。寝室の抽斗に溜め込んでる。おまえが大学生の頃からのやつを」

「そうなの」

「ときどきまた送ってやってくれ」

「もちろん」

ショーンの車のところまで来ると、父親は彼の二階建ての家の暗い窓を見上げた。

「母さんはもう寝たの？」とショーンは訊いた。

父親はうなずいた。「明日はミセス・コグリンを理学療法に連れていくと言ってたから」

父親は出し抜けに手を伸ばして、ショーンと握手した。「来てくれてよかった」

「こちらこそ」

「彼女は帰ってくるのか？」

〝彼女〟が誰かは訊くまでもなかった。

「わからない。本当に」

父親は薄い黄色の街灯の下で彼を見た。ショーンは自分の答が父親を貫いたのに気がついた。父は息子が苦しんでいるのを知り、見捨てられ、傷ついているのを知った。それが永遠に消えない痛みを残し、二度と取り戻せない何かを彼からすくいとっているのを。

「さて」と父親は言った。「顔色はいい。体には気をつけているようだな。飲みすぎたりしてないか？」

ショーンは首を振った。「働きすぎだけど」

「働くのはいい」父親は言った。

「ああ」とショーンは言い、苦々しく、投げやりな気分が咽喉元にせり上がるのを感じた。

「じゃあ……」

「じゃあ」

父親は彼の肩を叩いた。「じゃあ、また。日曜に母さんに電話するのを忘れないでくれ」と彼は言い、ショーンを車の脇に残して、二十歳若い男の足取りで玄関のほうへ歩いていった。

「元気で」とショーンは言った。父親はわかった印に手を上げた。

ショーンがリモコンで車の鍵を開け、ドアに手をかけようとしたときに、また父親の声が聞こえた。「おい」

「何？」彼は振り返り、父親が玄関のドアのまえに立っているのを見た。上半身は柔らかな闇に包まれていた。

「あの日、あの車に乗り込まなくてよかったな。憶えておけよ」

ショーンは車にもたれ、両手をルーフの上に置いて、暗がりの父親の顔を見定めようとした。

「でもデイヴを守ってやるべきだった」

「子供だったんだ」と父親は言った。「わかるはずがない。もしわかったとしても、ショーン……」

ショーンはことばの残りを胸に沈めた。手でルーフを軽く叩き、暗闇をのぞき込んで父親の眼を探った。「自分にもそう言い聞かせてる」

「そうなのか？」

彼は肩をすくめた。「それでもやはり、わかるべきだったと思うんだ。どうにかして。そう思わない？」

長すぎるほどふたりは何もしゃべらなかった。芝生のスプリンクラーの音の合間にコオロギの鳴き声がした。

「おやすみ、ショーン」と父親はその音を背景に言った。

「おやすみ」とショーンは言い、父親が家の中にはいるのを待って、車に乗り込み、自分の家へ帰っていった。

21 小さな悪魔

デイヴが居間にいるところへシレストが戻ってきた。彼は裂け目のはいった革張りの寝椅子の端に坐っていた。肘掛けの脇には空いたビールの缶が二本立ち、手には新しい缶があり、テレビのリモコンが腿の上に載っていた。彼は全員が叫んでいるように見える映画を観ていた。

シレストは廊下でコートを脱ぎ、デイヴの顔に光が瞬くのを見た。叫び声が大きくなり、恐慌はますます高まり、テーブルが次々と砕け散るハリウッド的な音響効果とともに、人の体の一部がつぶれているとしか思えない音がした。

「何観てるの？」と彼女は訊いた。

「吸血鬼の映画さ」とデイヴは言って、眼は画面に据えたままバドワイザーの缶を口元に持っていった。「吸血鬼の親玉が、吸血鬼退治の連中が開いていたパーティの出席者全員を殺しまくってるんだ。連中はヴァチカンのために働いてるんだけど」

「誰ですって？」

「吸血鬼退治さ。おっと、こりゃひどい」とデイヴは言った。「親玉がちょうど今そいつの頭を切り落とした」

シレストが居間にはいり、画面を見ると、黒服を着た男が部屋の中を飛んで、恐怖に怯える女性の顔をわしづかみにし、首をもぎ取った。

「ひどい、デイヴ」

「いや、恰好いいよ。だってこれでジェイムズ・ウッズが怒ったから」

「ジェイムズ・ウッズって？」

「吸血鬼退治のリーダーだ。すごいんだ、これが」

テレビにジェイムズ・ウッズが映った。革のジャケットにぴっちりしたジーンズ。石弓のようなものを拾い上げて、吸血鬼に向けた。しかし吸血鬼の動きはあまりに速い。ジェイムズ・ウッズを部屋の反対側に蛾か何かのように叩きつける。別の男が部屋に駆け込んできて、オートマティックで吸血鬼を撃つ。あまり利き目はないが、そこで突然ふたりの人間は、自分たちがどこにいるのか忘れていたかのように吸血鬼の横を走り抜けた。

「ボールドウィン兄弟のひとり？」とシレストは言った。寝椅子の肘掛けの背もたれ寄りに腰を下ろし、壁に頭をつけた。

「だと思うよ」

「どっちのほう？」

「さあ。最近わからなくなった」

シレストは、ふたりがモーテルの部屋を横切るのを見た。床には、そんな狭い場所に普通はいらないだろうと思うほどの死体が散らばっている。彼女の夫は言った。「ああ、ヴァチカンはまた最初から吸血鬼退治屋を訓練しなきゃならなくなった」

「どうしてヴァチカンが吸血鬼のことをいつまでも気にするの？」

デイヴは微笑んで、少年のような顔と澄んだ眼で彼女を見上げた。「吸血鬼は彼らにとって大問題だからだよ、ハニー。聖杯の盗人として有名なんだ」

「聖杯の盗人？」と彼女は言って、手を伸ばして夫の髪に指を通したい衝動に駆られた。恐ろしかったこの一日が他愛もない会話の中ですべり落ちていくような気がした。「知らなかったわ」

「実はそうなのさ。大問題なんだ」とデイヴは言ってビールを空けた。画面では、ジェイムズ・ウッズと、ボールドウィン兄弟のひとりと、麻薬をやったような顔をした女が、人気《ひとけ》のない道に停められたピックアップ・トラックめがけて走り、そのあとを吸血鬼が飛んで追いかけていた。「どこにいたんだ？」

「ドレスをリード葬儀社に置いてきたの」

「何時間もまえの話だろう」とデイヴは言った。

「そのあとで、どこかに坐って考えたい気持ちになったの。わかるでしょう？」

「考える、ね」デイヴは言った。「わかるよ」彼は寝椅子から立ち上がり、台所へ行って冷蔵庫を開けた。「きみも飲む？」

飲みたくはなかった。が、彼女は言った。「ええ、飲むわ」

　デイヴは居間に戻ってきて、彼女にビールを手渡した。彼女は、彼が彼女のために缶を開けてくれるかどうかで彼のそのときの気分がわかることがよくあった。缶は開いていたが、それがいい兆候なのか、悪い兆候なのかはわからなかった。夫を見極めることができなくなっていた。

「で、何を考えたの？」彼は自分の缶を開けた。そのぷしゅっという音は、テレビでピックアップがけたたましくタイヤを鳴らしてひっくり返った音よりも大きく響いた。

「あら、わかるでしょう」

「よくわからない、シレスト。わからない」

「いろいろなこと」と彼女は言って、ビールをひと口飲んだ。「この一日、ケイティが死んだこと、可哀そうなジミーとアナベス、そういったことよ」

「そういったことね」とデイヴは言った。「マイクルと家に歩いて帰ってきたときにおれが考えたことがわかるか、シレスト？　母親が、どこへ行くか、いつ帰ってくるか、誰にも言わずに車でどこかへ消えてしまったと聞いたら、マイクルがどれほどまごつくか考えたよ。おれはそのことを大いに考えた」

「あなたに言ったわ、デイヴ」

「何を？」彼は彼女を見上げてまた微笑んだが、そこに少年の面影はなかった。「何を言った、シレスト？」

「ちょっと考えたいって。電話をしなかったのは謝るわ。でもこの数日は本当につらかったの。わたしがわたしじゃない気がした」

「誰も本当の自分じゃない」

「えっ？」

「この映画みたいだと思わないか？」と彼は言った。「誰が本当の人間で、誰が吸血鬼かわからないんだ。この映画はまえにも一部観たことがあるんだけど、あのボールドウィン兄弟のひとり、彼はあのブロンドの女のことを好きになるんだ、彼女は吸血鬼に嚙まれていると知っていながら。彼女はこれから吸血鬼に変わるんだけど、彼は気にしない、な？　彼女のことを愛しているから。でも彼女は血を吸わなきゃならない。だから彼の血を吸って、彼を歩く死体に変えてしまうんだ。つまり吸血鬼伝説ってこういうことだろ、シレスト。そこには何か魅力があるわけだ。殺され、魂が永遠に呪われ、年がら年じゅう人の首に嚙みついて、陽の光から逃れ、ついでにヴァチカンの攻撃隊から逃れなきゃならないとわかっていてもね。きっとそのうち眼が醒めると、人間でいるのがどういうことだったか忘れてるんだろう。そうなればしめたもんだろうな。毒は食らったけれど、それとともに生きる方法が見つかれば毒もそう捨てたもんじゃない」彼は両足をコーヒーテーブルに載せ、缶から長々とビールを飲んだ。「いずれにせよ、それがおれの意見だ」

シレストは身じろぎもせずに黙って寝椅子の肘掛けに坐り、夫を見下ろしていた。「デイヴ、何わけのわからないこと言ってるの？」

「吸血鬼のことだよ、愛しのきみ。狼男と言ってもいい」

「狼男？　言ってることの意味が全然わからないわ」

「そうか？　おれがケイティを殺したと思ってるんだろう、シレスト。それが最近われわれのあいだで意味のあることじゃないのか」

「わたしはそんな……どこからそんな話になったの？」

彼は指の爪でビールの缶のタブをいじった。「ジミーの家の台所できみはほとんどおれを見ることができずに出ていった。彼女の服を、まるで彼女がまだ中にいるみたいに抱えて、おれのほうにちらりと眼を向けることさえできなかった。おれは考え始めたよ。どうしておれの妻はこれほどまでにおれのことを毛嫌いしてるんだろう？　そこで思いついた――ショーンだ。彼が何か言ったんだろう、え？　彼とあのおぞましいクソ相棒がきみに質問したんだ」

「ちがうわ」

「ちがう？　嘘言え」

彼女は彼の落ち着きようが嫌だった。ビールのせいなのかもしれないが、デイヴは普段は飲むとくつろぐのに、今の落ち着きようには、あまりに強く張りつめた、いびつな気配が漂っている。

「デイヴィッド――」

「おっと、〝デイヴィッド〟と来た」

「――わたしは何も考えてないわ。ただ混乱してるだけ」

彼は首を傾げ、振り返って彼女を見た。「ほう、だったら徹底的に話し合おうじゃないか、ハニー。良好な関係を築くための鍵だ――密接なコミュニケーションは」

彼女の当座預金の残高は百四十七ドルだった。ビザ・カードの利用限度額は五百ドルだが、すでに約二百五十ドルは使っている。マイクルをここから連れ出しても、そう遠くへは行けない。どこかのモーテルで二泊か三泊しているうちにデイヴに見つかってしまうだろう。彼はこれまで間抜けだったことはない。必ずふたりを見つけ出す、彼女はそう確信していた。

袋。あのごみ袋をショーン・ディヴァインに渡せば、中のデイヴの服の繊維から血が検出されるのはまちがいない。彼女はDNAに関する技術の進歩について聞いたことがあった。警察は服からケイティの血を検出して、デイヴを逮捕するだろう。

「さあ」とデイヴは言った。「話そう、ハニー。とことん話し合おう。本気で言ってるんだぞ。おれはきみの恐怖を――そうだな――和らげたいんだ」

「怖いわけじゃないわ」

「そんなふうに見える」

「ちがうわ」

「わかった」彼はコーヒーテーブルから足を下ろした。「じゃあ何がきみを――ああと――悩ませてるんだ、ハニー?」

「あなたが酔ってること」

彼はうなずいた。「そう、酔ってる。だからって話ができないわけじゃない」

テレビでは、吸血鬼がまた別の人間の首を切り落としていた。今度は司祭だ。シレストは言った。「ショーンは何も訊かなかった。ただ彼らが話してるのが聞こえたの、あなたがアナベスの煙草を買いにいったときに。彼らに何を言ったのかは知らないけど、デイヴ、彼らはあなたの話を信じてないわ。店が閉まる頃まであなたが〈ラスト・ドロップ〉にいたのを知ってるわ」

「ほかには?」

「ケイティが店を出る頃、駐車場にわたしたちの車がいたのを誰かが見ているの。それと彼らはあなたの手の怪我の話も信じていない」

デイヴは手を眼のまえに持ってきて、曲げてみた。「それだけ?」

「聞いたのはそれだけよ」

「で、きみはどう思う?」

彼女はまた彼に触れそうになった。ほんの一瞬、脅しつけるような雰囲気が夫の体から去り、敗北感に取って代わられた気がした。それが肩と背中に表われ、彼女は手を伸ばして触りそうになったが、思い直した。

「デイヴ、彼らに強盗のことを言って」

「強盗ね」

「そうよ。法廷に行かなきゃならなくなるかもしれないけれど、それが何? 殺人に取り憑かれるよりよほどましだわ」

今だ、と彼女は思った。おれはやってない、と言って。ケイティが〈ラスト・ドロップ〉を出るところなんて見てない、と言って。お願い、デイヴ。

その代わり彼は言った。「どう考えてるかはわかるよ。血まみれで家に帰ってきたと思ったら、同じときにケイティが殺された。おれが彼女を殺したにちがいない、そう思ってるんだろう」

シレストの口からことばが飛び出た。「で、どうなの？」

デイヴはビールの缶を置いて、笑い始めた。脚を上げ、寝椅子のクッションに背中から倒れこんで、笑いに笑った。さながら発作を起こしたようで、あえいで息をするたびにまた笑いが始まった。笑いすぎて眼から涙が溢れ、上半身がぐらぐら揺れた。「おれ……おれ……おれは……」声にならなかった。笑いが強すぎた。それが何度も彼を襲い、彼からあふれ出た。涙が激しく流れ出し、頬を伝って、開いた口にはいり、唇で泡になった。

演技ではなかった。シレストは人生でこれほど恐怖に震え上がったことはなかった。

「は、は、は、ヘンリー」と彼は言った。笑いはやっと少し収まってきた。

「えっ？」

「ヘンリーだ」と彼は言った。「ヘンリーとジョージだよ、シレスト。それがやつらの名前だった。めちゃめちゃおかしいと思わないか？　ジョージは、言うなれば、いろいろ興味を持ってた。だがヘンリーは単なる下衆野郎だった」

「いったいなんの話をしてるの？」

「ヘンリーとジョージ」と彼は明るい声で言った。「ヘンリーとジョージのことさ。やつらに車に乗せられたんだ。四日間のドライヴに。小汚らしい寝袋と一緒におれを石の床の地下室に閉じ込めて、やつらは、シレスト、もう愉しみに愉しみやがったのさ。あのときデイヴを助けにくるやつは誰もいなかった。誰も部屋に飛び込んできてデイヴを救ったりしなかった。デイヴはそれが誰か別の人間に起こっているのだと思うしかなかった。死ぬほど強い人間になって、心をふたつに割ってしまうしかなかった。デイヴはそうしたんだ。はっ、デイヴは死んだのさ。地下室から出てきたのはどこのクソ野郎だかわからない——ま、おれではあるんだが——でもデイヴじゃなかった、それはクソみたいに確かだ。デイヴは死んだんだ」

シレストは口を利くことができなかった。八年ものあいだ、デイヴは彼に起こったと誰もが知っていることについてひと言もしゃべらなかった。彼女に言ったのは、ショーンとジミーと遊んでいて、誘拐され、逃げ出したということで、それが話のすべてだった。男たちの名前も、寝袋のことも聞いたことがなかった。そんなことは何も聞いていなかった。今この瞬間に、結婚生活という夢から醒めて、そこに築き上げてきた理屈づけや、真実の混ざった嘘や、押し殺した欲望や、隠された自我に無理やり直面させられた気がした。互いを知らなかったという、建物破壊用の鉄球のような真実に結婚が粉々に砕かれるのを見ながら、いつか知りたいと願うしかなかった。

「要は、いいか？」とデイヴは言った。「要は、吸血鬼についておれが言ってたようなことさ、シレスト。同じことなんだ。クソみたいに同じなんだよ」

「何が同じなの？」と彼女は囁いた。

「二度と体から抜けないのさ。一度はいると、ずっとそこにとどまるんだ」彼はまたコーヒーテーブルを見つめていた。彼女はその影が薄くなっていくように感じた。

彼女は彼の腕に触れた。「デイヴ、何が抜けないの？　何が同じなの？」

デイヴは彼女の手を見た。牙をむいてその手に食い込ませ、手首から引きちぎってしまいそうな眼つきで。「もう自分の心が信じられないんだよ、シレスト。言っておくけど、おれは自分の心が信じられない」

彼女は手を引いた。彼の肉体に触った部分がひりひりした。

デイヴはふらつきながら立ちあがった。首を傾げ、彼女が誰だかわからず、なぜ彼の寝椅子の端に腰掛けているのかもわからないといった視線を投げた。そしてテレビでジェイムズ・ウッズが誰かの胸に石弓を放つのを見て、囁いた。「みんなぶっ殺しちまえ、退治屋。ぶっ殺せ」

彼はシレストのほうに向き直り、酔っ払いのにたにた笑いを投げかけた。「外に出てくる」

「わかったわ」と彼女は言った。

「外に出て、考えてくる」

「ええ」とシレストは言った。「いいわよ」

「ちょっと考えさえすればたぶん大丈夫だと思う。考えなきゃならないんだ、このことを」

シレストは〝このこと〟が何を指すのかは訊かなかった。

「さて、じゃあ行ってくる」と彼は言って、正面のドアに歩いていった。ドアを開け、敷居をまたいだところで、手がドアに巻きつくように伸び、彼の頭がドアから斜めにのぞくのが見えた。

頭だけ出し、傾けて彼女を見つめながら、彼は言った。「そうだ、ところで、ごみは片づけといたよ」

「えっ？」

「ごみ袋だ」と彼は言った。「きみがおれの服とかいろいろ入れたやつ。さっき出して捨てておいた」

「あら」と彼女は言った。また嘔吐感がこみ上げてきた。

「じゃあまた」

「ええ」首を引っ込めて階段の上に立った彼に彼女は言った。「またあとで」

彼女は彼の足音が一番下の踊り場につくまで耳を傾けていた。玄関のドアがきいっと音を立てて開き、デイヴはポーチに出て階段を降りていった。彼女はマイクルの部屋へ上がっていった。ぐっすり寝入っている。深い寝息が聞こえた。彼女はバスルームへはいると、胃の中のものを戻した。

彼はシレストが車を停めた場所を見つけられなかった。ときどき、とくに吹雪の日など、八ブロックほど行かないと駐車場所が見つけられないことがある。だからひょっとするとシレストは岬のほうまで行って車を置いてきたのかもしれない。ディヴが家からさほど離れないうちに駐車できる場所はいくつかあったが。ちょうどよかったのかもしれない。どう考えても運転するには酔っ払っていたから。長々と散歩すれば頭もすっきりするかもしれない。

クレッセント通りからバッキンガム大通りにはいり、左に曲がった。シレストに説明しようだなんて、まったく何を考えていたんだろう。なんてこった、名前まで言ってしまった――ヘンリーとジョージ。狼男の話まで大声でまくし立てた。くそっ。

そして今や明らかになった――警察は彼を疑っている。監視している。ショーンを久しぶりに会った旧友などと思ってはいけない。そんな関係は過ぎ去り、ディヴは、子供の頃ショーンの何が好きでなかったかを思い出した。何かいつも資格を与えられているような感じ――いつも自分が正しいと確信している感じだ。運のいい子供によく見られるような。そう、まさに運だ。たまたま両親がいて、いい家に住んでいて、新品の服と運動用具に恵まれていて。

くそくらえ、ショーン。あの眼も。あの声も。彼が部屋にはいって来たときに、女どもがみんなパンティを下ろしたように見えたことも。くそくらえ、やつもやつの小ぎれいな顔も。ご立派な道徳観を持ってるような素振りも、おかしくスマートな話も、警官ぶった偉そうな態度も、新聞に名前が載ることも、まとめてくそくらえだ。

ディヴも馬鹿ではない。頭さえすっきりすれば困難なことだってやってのける。ただ頭をすっきりさせればいいだけだ。一度頭を胴体から引っこ抜いてまた元の場所にねじ込めばいいというのなら、その方法だって考えて見せる。

最大の問題は、このところ〝狼から逃げて大きくなった少年〟が顔を出しすぎるということだった。ディヴは、土曜の夜にしたことがそれを収めてくれるのを祈った。土曜の出来事があのクソ野郎を締め出して、心の森の奥深くに追いやってしまうのを。あの夜、彼――〝少年〟――は血を欲していた。とてつもない苦痛をもたらしたくて仕方がなかった。それにディヴは従わざるを得なかった。

最初、それは数回の軽いパンチ、軽いキックだった。それが突如として制御できなくなり、ディヴは身の内に怒りが湧き上がるのを感じ、そこで〝少年〟が出てきた。〝少年〟はどうしようもなく卑劣なやつだった。脳が飛び散るのを見るまで満足しなかった。

しかし、すべてが終わると〝少年〟は姿を消した。どこかへ消えてしまい、あとのごみをディヴに片づけさせた。ディヴは片づけた。見事にやってのけた(望んだほどではなかったかもしれないが、それでも見事なものだった)。そうしたのも、とりわけそれで〝少年〟がしばらくいなくなると思ったからだった。

けれど〝少年〟は最低なやつだった。また現われて、ドアを叩き、ディヴの心の準備ができていようができていまいがお構いなしに、これから行くからなと告げた。やることがあるぜ、ディヴ。

眼のまえの大通りは揺らいで見えた。歩いていると右に左にすべっているような気がした。しかしデイヴは〈ラスト・ドロップ〉に近づいているのがわかった。彼らは売春婦や変態たちが群れをなす二ブロックの肥溜めに近づいていた。かつてデイヴが自分から剝ぎ取ったものを誰もが喜んで売っている場所へ。

おれから剝ぎ取ったんだろう、と〝少年〟は言った。おまえは大きくなった。勝手におれの十字架を背負うなよ。

最悪なのは子供たちだった。彼らは小さな悪魔のようだ。戸口や、分解された車のボディから飛び出してきて、フェラチオをする。二十ドルで体も差し出す。やらないことは何ひとつない。

中でもデイヴが土曜の夜に見た一番若い少年は、どう見ても十一歳に達していない。眼のまわりに垢をため、真っ白な肌をして、もつれた赤毛がどっさりと頭の上に載っている。それが小悪魔的な印象をますます強めている。家でホームコメディを見ているべきなのに、通りに立ち、変態にフェラチオをしている。

デイヴはあの夜〈ラスト・ドロップ〉から出てきて自分の車の傍らに立ったときに、彼を見た。子供は街灯にもたれ、煙草を吸っていた。彼の視線がデイヴの眼をしっかり捉えた瞬間、デイヴは感じた――心が揺れ動くのを。溶けてしまいたい欲望を。赤毛の子供の手を取って静かな場所へ行きたい衝動を。それに屈するのは造作もない。限りなく心が安らぎ、クソみたいに喜びを覚えることだった。屈すればいいのだ、少なくともこの十年間ずっと感じていたことに。

そうだ、と〝少年〟は言った。やっちまえ。

しかし（ここでデイヴの脳はいつもふたつに割れるのだが）彼は心の奥底で、そのことを罪の中でも最悪のものだと思っていた。それは――どれほど誘惑に満ちていようと――二度と元に戻れない一線を越えてしまうことだとわかっていた。その線を越えてしまったら、ヘンリーとジョージと一緒に残りの人生を地下室で過ごしたほうがよかったと思えてしまう。誘惑に駆られると、彼はいつもそうやって自分に言い聞かせてきた。スクールバスの停留所や遊び場を通り過ぎたときにも、夏の公営プールでも。自分はヘンリーとジョージにはならないぞ。それよりはましだ。息子も育てているし、妻も愛している。もっと強くなれ。そうやって年を追うごとに何度も繰り返し言い聞かせてきた。

しかし土曜の夜はどうしようもなかった。土曜の夜、衝動はこれまでになく激しかった。街灯にもたれた赤毛の子供にもそれがわかったようだった。煙草の煙越しに子供がデイヴに微笑むと、デイヴは歩道のほうへ引き寄せられる気がした。サテンでできた坂の上に裸足で立っている気がした。

そのとき別の車が通りの向こう側に停まった。しばらく話したあとで、子供は車のルーフ越しに哀れむような一瞥をデイヴに投げ、車内にはいっていった。その車――ダークブルーと白のキャディラック――は通りを渡り、デイヴのほうに向かってきて、〈ラスト・ドロップ〉の裏手の駐車場にはいった。デイヴは自分の車にはいり、キャディラックはたわんだ柵の上に大きく張り出した木の枝の下にバックで停まった。運転者はライトを消したが、エンジンはかけていた。〝少年〟がデイヴの耳元で囁いた――ヘンリーとジョージ。ヘンリーとジョージ。ヘンリーとジョージ……

しかしこの夜は、〈ラスト・ドロップ〉に至るまえにデイヴは向きを変えた。〝少年〟は耳元で叫んでいたけれど――おれはおまえだ。おれはおまえだ。おれはおまえだ。デイヴは立ち止まって泣きたかった。手近なビルに手をついてさめざめと泣きたかった。〝少年〟の言うことは正しいとわかっていたから。〝狼から逃げて大きくなった少年〟は、彼自身〝狼〟になってしまった。〝少年〟は今やデイヴだった。

〝狼〟デイヴ。

それは最近起こった変化にちがいない。デイヴは魂が移ろって蒸発し、新しい存在に場所を譲るときに感じたはずの胸の痛みを憶えていなかった。しかし変化は確かに起きていた。きっと寝ているあいだに起こったのだろう。

彼は立ち止まることができなかった。大通りのこの界隈は危険すぎる。麻薬中毒者が大勢住んでいて、酔っ払ったデイヴを恰好の餌食にするだろう。今も、通りの向こう側を一台の車がゆっくりと進み、こちらをうかがいながら、彼が獲物の臭いを放つのを待ち構えている。

彼は大きく息を吸い、まっすぐに歩くよう心がけ、自信に溢れ、超然として見えるように気持ちを集中させた。肩を心持ち怒らせ、眼に〝失せやがれ〟といった光を宿し、来た方向を家に向かって引き返し始めた。実のところ頭は一向にすっきりせず、相変わらず〝少年〟

は耳元で叫んでいたが、デイヴは彼を無視することにした。そのくらいは、きっとできる。彼は強い。彼は〝狼〟デイヴだ。

やがて〝少年〟の声は本当に弱まってきた。デイヴが集合住宅地に戻ってくる頃には話しかける程度に収まっていた。

おれはおまえだ、と〝少年〟は友達に話す口調で言った。おれはおまえなんだぜ。

シレストは半分寝ているマイクルを肩に背負って家を出て、デイヴが車に乗っていったことに気がついた。こんな平日夜の遅い時間によく空いていたと思いながら、半ブロック先に停めたのだが、今は代わりに青いジープが停まっていた。

計画外の事態だった。マイクルを助手席に乗せて、荷物を後部座席に置き、三マイル運転して、高速道路沿いの〈エコノ・ロッジ〉に泊まるつもりだったのだ。

「くそっ」と彼女は大声で言って、叫び出したい衝動と戦った。

「お母さん？」とマイクルはもごもご言った。

「大丈夫よ、マイク」

確かに大丈夫かもしれない。パースシア通りからバッキンガム大通りに曲がってきたタクシーがいた。マイクルの荷物を持っていた手を上げると、タクシーは眼のまえに停まり、彼女は〈エコノ・ロッジ〉にたどり着けるのなら六ドルなどなんでもないと思った。今すぐここから連れ出してくれて、ものごとがゆっくり考えられる場所へ連れていってくれるのなら、百ドルだって惜しくない。ドアノブが回り、彼女のことをもう吸血鬼になったと思っているかもしれない男――彼女の心臓に杭を打ちつけ、念のためにすぱっと首を切り落としておこうと思っている男――が帰ってくるのを待たずにすむのなら。

「どちらまで?」シレストが荷物を座席に置いて、マイクルを肩にかついだまま乗り込むと、タクシーの運転手は訊いた。

どこでもいいわ、と彼女は答えたかった。どこでもいいから、とにかくここ以外の場所へ連れていって。

第四部　高級になる街

22　狩りをする魚

「彼の車を牽引した？」とショーンは言った。

「牽引されたんだ」とホワイティは言った。「だいぶ意味がちがう」

朝の渋滞の列から離れ、イースト・バッキンガムの出口に下りる警察車の中で、ショーンは言った。「どんな理由で？」

「乗り捨てられてたんだ」とホワイティは言った。歯のあいだから低い音で口笛を吹きながら、ローズクレア通りにハンドルを切った。

「どこにです？」とショーンは言った。「ひょっとして彼の家のまえに？」

「ちがう、ちがう」とホワイティは言った。「ローム・ベイスンの高速道路沿いだ。高速道路が州の管轄でよかっただろ？　誰かが盗んで、乗りまわした挙句、捨てたようだ。よくある話だ」

ショーンはこの日の朝、自分の娘を抱いている夢から眼醒めた。彼女の名前は知らなかったが、その名を呼んだ。夢の中で何を言ったかは憶えておらず、そんなわけで彼の頭にはまだ靄がかかっていた。

「血がついていた」とホワイティは言った。

「どこに？」

「ボイルの車のまえの座席に」

「どれくらい？」

ホワイティは親指と人差し指を髪の毛の幅ほど離した。「ほんのわずかだ。トランクにもついていた」

「トランクに」とショーンは言った。

「こちらのほうがはるかに多い」

「それで？」

「車は今、鑑識にある」

「いや」とショーンは言った。「それで、と言ったのは、トランクに血があったのはどういう意味かってことです。ケイティ・マーカスは誰のトランクにもはいらなかった」

「それは確かに困った点だ」

「部長刑事、車の調査は終わりですね」

「ちがう」

「ちがう？」

「車は盗まれて、州の管轄区域で見つかった。明らかに保険金狙いだ。それに、言うなれば、もっとも持ち主の目的に適う——」

「もう物理的な調査は終わって、報告書も出したんでしょう」

「耳が早いな」

彼らはデイヴ・ボイルの家のまえで車を停め、ホワイティはシフトをパークに入れて、エンジンを切った。「話をする程度のネタは仕入れた。とりあえず話ができればいい」

ショーンはこれ以上議論しても仕方がないとわかっていたので、うなずいた。ホワイティは、犬が骨を放さないのと同じ粘り強さで直感を追い求めて、殺人課の部長刑事になった。説得するには、直感を捨てさせるのではなく、それを乗り越えなければならない。

「射撃特性は？」とショーンは言った。

「それも妙なんだ」とホワイティは言った。ふたりはデイヴの家を見つめていたが、ホワイティはまだ車から出ようとはしなかった。「銃は、思ったとおりスミスの三八口径だった。一九八一年にニューハンプシャーの販売店から盗まれたうちの一挺だ。キャサリン・マーカスを殺したのと同じ銃が八二年の酒屋の強盗で使われていた。このバッキンガムであった事件だ」

「集合住宅地で？」

ホワイティは首を振った。「ローム・ベイスンの〈ルーニー・リッカーズ〉と呼ばれる店だ。押し入ったのはふたりで、ふたりともゴムのマスクをしていた。彼らは店の主人が正面の入口を閉めたときに裏口からはいって来た。最初の男がまず威嚇のために撃ち、弾丸《たま》はライウィスキーの瓶を砕いて壁にめり込んだ。あとの強盗は型どおりに迅速に行なわれたんだが、弾丸だけは回収された。その弾丸が、マーカスの娘を殺したのと同じ銃から発射されたことがわかった」

「だとすると、これもまた別の方向を指し示してるようには思えませんか?」とショーンは言った。「一九八二年、デイヴは、ええと、十七歳で、レイシオンで働き始めたばかりだ。とても酒屋を襲うとは思えない」

「銃がまわりまわって彼の手に落ちたと考えられなくもない。銃がどうやって人の手に渡るかはおまえもよく知ってるだろう」ホワイティはまえの晩ほど自信たっぷりではなかったが、「さあ、やつを捕まえるぞ」と言って、車のドアを開けた。

ショーンも助手席側のドアから出て、ふたりはデイヴの家に向かった。ホワイティは腰の手錠を親指でいじっていた、どうにか使える理由はないかと思っているように。

ジミーは車を停め、コーヒーカップとドーナツの袋を載せた厚紙のトレーを持って、ひび割れのはいったアスファルトの駐車場を横切り、ミスティック・リバーのほうへ歩いていった。頭上に長く延びるトービン・ブリッジの巨大な金属の塊の上に車がぎっしりと並び、ケイティがジャスト・レイ・ハリスと水辺にひざまずいて、川の中をのぞいている。デイヴ・ボイルもいた。怪我をした手がボクシングのグラヴほどの大きさに腫れ上がっている。デイヴはシレストとアナベスの横で、たるんだ折り畳み式の椅子の上に坐っている。シレストはジッパーのような珍妙な器具を口につけていて、アナベスは煙草を二本いっぺんに吸っている。三人とも黒いサングラスをかけ、ジミーのほうは見ていない。橋の下を見上げ、ただ椅子に坐っていたいの、放っといて、ありがとう、といった雰囲気を漂わせている。

ジミーはコーヒーとドーナツをケイティの横に置き、彼女とジャスト・レイのあいだにひざまずいた。水を眺めて、そこに映った自分の姿を見た。ケイティとジャスト・レイの姿も。水の上の彼らはジミーのほうを向いた。レイは大きな赤い魚を口にくわえていた。尻尾がまだぴくぴくはねている。

ケイティは言った。「ドレスを落としたの」

ジミーは言った。「見えないな」

魚はジャスト・レイの口から飛び出して水に落ち、水面にとどまったまま、はねていた。

ケイティは言った。「あの魚が取ってくれるわ。狩りをする魚だから」

「チキンみたいな味がするんだ」とレイは言った。

ジミーは背中にケイティの温かい手が触れるのを感じた。レイの手も首のうしろに触れた。

ケイティは言った。「どうして取ってきてくれないの、お父さん？」

そしてふたりは彼を押し出した。眼のまえに黒い水面とはねる魚が急に近づいてきて、ジミーは自分が溺れるのがわかった。叫ぼうと口を開けると、魚が飛び込んできて酸素の通り道をふさぎ、彼は黒いペンキのような水に顔を突っ込んだ。

眼を開け、首を回すと、時計は七時十六分を指していた。いつベッドにはいったのか憶えていなかった。はいったのはまちがいない。そこにいるのだから。アナベスが寝ている横に。また新たな一日が始まり、ジミーは一時間と少しのうちに墓石を決める打ち合わせに行かなければならない。ジャスト・レイ・ハリスとミスティック・リバーが彼のドアを叩いている。

いかなる尋問であろうと、成功の秘訣は、容疑者が弁護士を要求する前にできるだけ多くの時間を稼ぐことだ。困難な事件の場合——麻薬ディーラーや、輪姦グループや、バイク集団や、マフィアの連中を相手にする場合——彼らは即座に〝ロ〟を要求する。弁護士が現われるまえに多少は脅し、揺さぶりをかけることはできるが、ほとんどの場合、事件を解決するには物証に頼らなければならない。その手のむずかしい連中を取調室に連れ込んで、それなりの成果が得られたことはショーンにもあまりなかった。

一方、普通の市民や、初めて重罪を犯した者を扱うときには、ほとんどの事件は尋問で片がつく。〝路上の殺人〟の件——ショーンのこれまでで最高の手柄——はまさにそれが当てはまった。ある夜、ミドルセックスで、男が車で家に帰る途中、時速八十マイルに達したところで四輪駆動車の右の前輪がはずれた。はずれたタイヤは高速道路を転がっていった。車のほうは九回か十回転がり、その男、エドウィン・ハーカは即死した。

調査の結果、前輪の両方のナットが緩んでいたことがわかった。大方の見解は、おそらく二日酔いの整備士のミスか何かだろうから、せいぜい過失致死がいいところというものだった。実際、ショーンと彼のパートナーのアドルフは、犠牲者が数週間前にタイヤを交換していたことを確認した。が、ショーンは犠牲者のグラヴ・コンパートメントで見つけた紙切れに首を傾げた。そこには車のナンバーが書きなぐられていて、ショーンが登録局のコンピュータで調べると、アラン・バーンズという名前が出てきた。ショーンはバーンズの家に立ち寄り、ドアに出てきた男に、アラン・バーンズですかと訊いた。男は見るからにびくついて、ああ、そうだけど、なぜ、と言った。ショーンは体じゅうでこれは当たりだと感じながら言った。

「ナットのことでお話をうかがいたいのですが」

バーンズはドア先で自白を始めた。ちょっとあいつの車を壊して、怖がらせてやろうと思っただけだ、とショーンに言った。ふたりは一週間前に、空港のトンネルにはいる合流地点で接触事故を起こし、バーンズは話し合いであまりに腹が立ったものだから、ためらったのちに自分の予定を取り消して、エドウィン・ハーカを家まで尾《つ》け、家の電気がすべて消えるのを待って、車のナットを緩めたのだった。

人は愚かな生き物だ。あまりにくだらないことで殺し合い、捕まえてもらえないかと歩き回り、署名入りの四ページの自白を警官に渡したあとで、法廷にはいって無罪を主張する。人の愚かさ加減を知り抜いていることが、警官の最大の武器だ。彼らに話させること。常に。説明させること。せっせとコーヒーを与えて、テープレコーダーが回っているあいだに罪の重荷を下ろさせることだ。

そして弁護士を呼んでほしいと言われたら——平均的な市民はほとんど全員そうする——

眉をひそめ、本当にそうしたいのかと訊き、よそよそしい雰囲気で部屋を満たす。そして彼らが、三人は友達だと心から思い、弁護士がはいって来て雰囲気が壊れるまえにもうちょっとしゃべっておこうと思うのを待つ。

しかしデイヴは弁護士を要求しなかった。一度も。もたれすぎると背もたれがゆがんでしまいそうな椅子に坐り、二日酔いで、不満げで、とりわけショーンに腹を立てているようだったが、怖がっているようにも、緊張しているようにも見えなかった。そのことがホワイティを苛立たせ始めたのにショーンは気がついた。

「いいですか、ミスター・ボイル」とホワイティは言った。「われわれはあなたがこのまえ言ったのより早く〈マッギルズ〉を出たのを知っている。三十分後に〈ラスト・ドロップ〉の駐車場にいたことも。ちょうどマーカスの娘が店を出た頃だ。それにその腫れた手は、ビリヤードの球を打つときに壁にぶつけてそうなったわけじゃない。わかりきってる」

デイヴは不満げな声を上げた。彼は言った。「スプライトか何か、もらえませんか？」

「もう少しあとだ」ホワイティがそう言うのは、三十分まえにこの部屋にはいって四度目だった。「あの夜、本当は何が起こったのか話してもらえませんか、ミスター・ボイル」

「もう話したよ」

「あなたは嘘をついた」

デイヴは肩をすくめた。「あんたがそう思ってるだけだ」

「ちがう」とホワイティは言った。「事実だ。あなたは〈マッギルズ〉を出た時間について嘘を言った。あの夜、時計が止まったんですよ、ミスター・ボイル。あなたが店を出たという時刻の八分まえに」

「八分きっかり？」

「可笑しいとでも思ってるのか」

デイヴは椅子の背にもたれた。背もたれがゆがむ前に真実が飛び出すかとショーンは期待したが、デイヴは背もたれをぎりぎりまで押して、そこより先には行かなかった。

「いや、部長刑事。可笑しいと思ってるわけじゃない。疲れてるんだ。二日酔いで。それに車は盗まれただけじゃなくて、あんたたちは返してもくれない。〈マッギルズ〉を出たのも実際はおれの言う五分前だったと言うし」

「少なくとも」

「いいでしょう。譲ります。たぶんそうだったんでしょう。あんたたちが見てるほどしっかり時計を見てたわけじゃないし。だからおれが〈マッギルズ〉を出たのは一時五分まえじゃなくて、十分まえだったと言うなら、それでいい。きっとそうだったんでしょう。しまった。でもそれだけだ。そのあとはまっすぐ家に帰った。どこのバーにも寄ってない」

「あなたは見られてるんですよ、駐車場で——」

「いや」とデイヴは言った。「見られたのはクウォーター・パネルのへこんだホンダだ。そうでしょう？　この街にホンダが何台あると思います？　頼むよ」

「同じ場所にへこみのある車はどうなんです、ミスター・ボイル？」

デイヴは肩をすくめた。「そこそこあるんじゃないの」

ホワイティはショーンを見た。ショーンは負けたと思った。デイヴは正しい。助手席側のクウォーター・パネルにへこみのあるホンダはおそらく二十台はあるにちがいない。軽く二十台。もしデイヴが折れたとしても、彼につく弁護士はそれよりはるかに多く見つけてくるだろう。

ホワイティはデイヴの椅子のうしろにまわって言った。「どうしてあなたの車に血がついていたのか教えてもらえますか」

「なんの血？」

「まえの座席についていた血。そこから始めましょう」

デイヴは言った。「スプライトの件はどうなってる、ショーン？」

ショーンは言った。「いいとも」

デイヴは微笑んだ。「なるほど。おまえが善玉ってことか。じゃあついでにミートボールのサンドウィッチもお願いできるか？」

ショーンは椅子から立ち上がりかけていたが、また坐った。「おまえの召使いじゃないんだぞ、デイヴ。しばらく待ってもらわなきゃならない」

「でも誰かの召使いなんだろう、ちがうか、ショーン？」そう言う彼の眼には狂ったようないやらしさと、取りすました横柄さがあり、ショーンはもしかしたらホワイティが正しいのかもしれないと思い始めた。このデイヴ・ボイルを見たら、彼の父親も昨晩と同じ考えを持ち続けるだろうか。

ショーンは言った。「まえの座席の血だ、デイヴ。部長刑事に答えろ」

デイヴは振り返ってホワイティを見た。「裏庭に金網のフェンスがあるでしょう。知ってますよね、てっぺんが内側に曲がってるやつ。このまえ庭仕事をやってたんです。家主が年寄りなんで、おれが代わりにやって、その分家賃をまけてもらってるんです。で、そこに植わってる竹みたいな木を切ってて——」

ホワイティはため息をついたが、デイヴは気がついていないようだった。

「——すべったんだ。手に植木用の電気バリカンを持ってたから、落としたくなかった。だからすべったときに金網のほうに倒れ込んで、切ってしまった」彼は脇腹を叩いた。「ここをね。傷は深くはなかったけれど、ものすごく血が出た。その十分後にはリトル・リーグで練習してる子供を迎えにいかなきゃならなかったから、まだ血は出てたんだろうけど、車に乗った。それくらいしか思いつかない」

ホワイティは言った。「だったらまえの席の血はあなたの血ですか」

「言ったように、それくらいしか思いつかない」

「あなたの血液型は?」

「Bマイナス」

ホワイティは大きくにやりと笑い、椅子のうしろからまわってきて、テーブルの縁に腰掛けた。「おかしいな。まえの席で見つかったのと同じ血液型だ」

デイヴは両手を上げた。「ほらね」

ホワイティはデイヴの手を真似た。「まだだ。トランクの中の血を説明してもらえますか？　そいつはBマイナスじゃなかった」

「トランクの血については何も知らない」

ホワイティは吹き出した。「あなたの車のトランクについていた、優に半パイントはある血について何も知らないと？」

「知らない」とデイヴは言った。

ホワイティは身を乗り出し、デイヴの肩を叩いた。「遠慮なく言うが、ミスター・ボイル、その説明はまずいと思う。法廷で、車に別の人間の血がついていた理由を知らないと言ったら、どんなふうに見えると思います？」

「問題ないと思うけど」

「どうして？」

デイヴは椅子の背にもたれ、ホワイティの手は彼の肩から落ちた。「報告書は書いたんでしょう、部長刑事」

「なんの報告書？」とホワイティは言った。

ショーンは次に何が来るかわかって、くそっ、やられた、と思った。

「盗難車の」

「それで？」

「つまり」とデイヴは言った。「車は昨日の晩おれの手元になかった。盗んだ人間がどんなことに使ったのかは知らないが、きっとあなたは調べたいでしょうね。まっとうなことに使ったとはとても思えないから」

長い三十秒のあいだ、ホワイティは身じろぎもせずに坐っていた。ショーンもホワイティが悟り始めたことを知った――ホワイティは利口に立ち回りすぎて、墓穴を掘った。車で彼らが見つけたものは、法廷ですべて排除される。デイヴの弁護士は、すべて車泥棒が残したものだと言うだろう。

「血はついてしばらく経っていた、ミスター・ボイル、数時間まえなどではなく」

「そう?」とデイヴは言った。「証明できます? 疑問の余地なく、部長刑事? 素早く乾いたのではないと言いきれますか? 昨日の夜は湿気はなかった」

「証明できる」とホワイティは言った。が、ショーンは彼の声にためらいを感じた。デイヴもそれを聞き取っているにちがいない。

ホワイティは立ち上がり、デイヴに背中を向けた。指を口に当て、テーブルをショーンの端まで歩いてくるあいだ、床に眼を落とし、指で上唇を叩いていた。

「スプライトでも飲めば少しは見通しが立つ?」とデイヴは言った。

「スーザが話してた車の目撃者を連れてこよう。トミー、ええと――」

「モルダナード」とショーンは言った。

「それだ」ホワイティはうなずいた。声は少し細くなり、顔は拳のように固まって、考えがまとまらない様子だった。急に椅子を引かれて床に尻餅をつき、どうしてこんなことになったのかわからないといった顔つきをしていた。「ボイルを、ああと、面通しに並ばせて、モルダナードが彼を選ぶか見てみよう」

「選んだらちょっとした進歩だ」とショーンは言った。

ホワイティは廊下の壁にもたれていた。秘書がふたりの脇を通っていった。香水がローレンの使っていたものと同じで、ショーンは彼女の携帯電話に自分のほうからかけてみようかと思った。今日はどうしてる、と訊いて、彼のほうから行動を起こしたら彼女が話す気になるかどうか賭けてみようか。

ホワイティは言った。「やつは落ち着きすぎている。取調室に初めてはいって汗ひとつかかないなんて」

ショーンは言った。「部長刑事、もともとこちらに弱みがあるから」

「冗談はよせ」

「まじめな話。車の件でわれわれがへまをしなかったとしても、ついてたのはマーカスの娘の血じゃない。彼を彼女に結びつけるものはないんです」

ホワイティは取調室のドアを振り返った。「吐かせるさ」

「彼はあそこでわれわれのケツを蹴り倒したんですよ」とショーンは言った。

「おれはまだ準備運動もすんでないぞ」

しかしショーンは彼の顔に疑念を見た。第一級の直感が初めて砕けたところを。ホワイティは自分が正しいと思えば梃子でも動かないし、卑怯な手も使う。しかし具体化するたびに問題を生じる直感に躍起になってしがみつくには、頭がよすぎた。

「まず」とショーンは言った。「あそこで少し冷や汗をかかせたらどうだろう」

「汗なんてかかないさ」

「ひとりで考える時間を与えればかき始めるかもしれない」

ホワイティはドアを焼き払ってやりたいというような眼で見た。「ひょっとしたらな」

「突破口は銃かもしれない」とショーンは言った。「銃をもっと調べましょう」

ホワイティは頰を内側から吸って、やがてうなずいた。「確かに銃についてもっと何かわかるといいな。調べられるか？」

「酒屋の主人は代わってませんか？」

ホワイティは言った。「わからない。記録は八二年だからな。だが当時の主人はローウェル・ルーニーという男だった」

ショーンはその名前に微笑んだ。「なかなかいい響きだ」

ホワイティは言った。「会いにいってくれ。おれはガラス越しにあの腐れ頭を観察して、公園で死んだ娘たちの歌をさえずり始めるのを待つことにする」

ローウェル・ルーニーは八十歳だが、百ヤードの競走でショーンを負かせそうな体つきをしていた。〈ポーターズ・ジム〉のオレンジ色のTシャツに、白い線のはいった青いスウェット、まっさらのリーボックの靴を履いている。店の中を動きまわる様子を見ていると、頼めばジャンプしてカウンターのうしろの一番上の棚のボトルを取ってくれそうだった。

「あそこだよ」と彼は、カウンターのうしろの半パイントのボトルが並んだ列を指差してションに言った。「弾丸は瓶を割ってあの壁にめり込んだんだ」

ションは言った。「怖かったでしょう」

老人は肩をすくめた。「グラスにはいったミルクよりは怖かったが、この近所の夜ほどは怖くなかったな。十年前、トチ狂ったガキがおれの顔にショットガンを突きつけたことがあった。狂犬病にかかった犬の眼で、汗がはいるもんだからしきりに瞬きしてな。あれは怖かった。弾丸を壁にめり込ませたやつらはプロだ。プロとなら話はつけられる。彼らは金が欲しいだけで、世界に腹を立ててるわけじゃないからな」

「それでそのふたりの強盗は……？」

「裏口からはいって来た」とローウェル・ルーニーは言い、素早い身のこなしで、カウンターの反対側の黒いカーテンのかかった貯蔵室のまえに行った。「この裏に荷物の積み下ろしの場所に出るドアがある。ひとり若いやつがパートタイムで働いてたんだが、やつはごみを捨てに外へ出ると、いつもそこでしばらく煙草を吸っていた。で、中に戻ってくるときの半分は鍵をかけ忘れた。やつがぐるだったのか、それとも強盗連中がじっくりやつを観察して脳死状態だと気がついたのか、あの夜、彼らは鍵のかかっていなかったドアからはいって来て、まず威嚇射撃でわしに銃を握らせないようにして、欲しかったものを持っていった」

「その襲撃でいくら盗られました？」

「六千ドル」

ショーンは言った。「すごい額の釣り銭だ」

「木曜日には」とローウェルは言った。「小切手の換金をしてたんだ。今はしてないが、あの頃はわしも阿呆だった。もちろんもしやつらがもう少し賢かったら、午前中、大量の小切手が換金されるまえに襲ってたんだろうが」彼は肩をすくめた。「やつらはプロだと言ったが、このあたりで一番頭の切れるプロというわけでもなかったんだな」

「ドアを開けたままにしておいた男の名前は？」

「マーヴィン・エリス」とローウェルは言った。「ふん、たぶんやつらの仲間だったんだろうな。翌日馘にしてやったよ。結局のところ、やつらがまず威嚇するために撃ったのは、わしがカウンターの下に銃を持ってるってことを知ってたからだ。つまりマーヴィンが教えたか、ふたりのうちのどちらかがここで働いたことがあったんだ」

「そのことを当時、警察に言いましたか？」

「もちろん」と老人は思い出して手を振った。「警察はわしの古い記録を調べて、ここで働いたことのある者全員に質問してたよ。少なくとも自分ではそう言ってた。誰も逮捕しなかったがな。同じ銃が別の犯罪で使われでもしたのか？」

「ええ」とショーンは言った。「ミスター・ルーニ――」

「おい、ローウェルで頼むよ」

「ローウェル」とショーンは言った。「そのときの雇用記録をまだ保管していますか？」

デイヴは取調室のミラー・グラスをじっと見つめた。ショーンのパートナーが――ひょっとするとショーン自身も――鏡の向こうからこちらを見返していることはわかっていた。

それでいい。

調子はどうだ？　おれはスプライトを愉しんでる。中に何がはいってるんだっけ？　レモン香料。そうだ。おれはレモン香料を愉しんでるよ、部長刑事。ううん、美味い。すばらしい。もうひと缶飲むのが待ちきれない。

デイヴは長机の反対側から鏡の中心を見据え、高揚した気分を味わった。そう、シレストがマイクルとどこへ行ったのかはわからない。わからないことの恐怖が、昨晩空けた十五本かそこらのビールより彼の脳を侵した。しかし彼女は戻ってくるだろう。昨日の晩、彼女を怖がらせたかもしれないことはぼんやり憶えていた。吸血鬼の話も、体にはいったきり出てくることのできないものの話も、言ったことはまるで意味をなしていなかったから、おそらく彼女は少し怯えてしまったのだろう。

決して彼女を責めたわけではない。〝少年〟が彼と入れ替わって、醜く凶暴な顔を晒したのは、まったくもって彼の責任だ。

しかし、シレストとマイクルがいなくなってしまったことを除いては、彼は自分が強くなった気がした。ここ数日感じていた優柔不断も一切感じなかった。昨日の晩はなんとか六時間眠ることさえできた。眼が醒めたときには体が腐りかけているようで、口には羊毛が詰まり、頭には花崗岩の重しが載っているような心地がしたが、それでもすこしは気分がよくなっていた。

彼は自分がどんな人間かわかっていた。うまくやり遂げたことも。よくよく考えてみれば、人を殺したことが（それを〝少年〟のせいにすることはできない。殺したのは彼、デイヴだった）彼に力を与えていた。殺した人間の心臓を食べる古代文明の話をどこかで聞いたことがある。彼らは心臓を食べ、その人間を体の中に取り込んだ。それが彼らに力を与えた。ふたり分の力、ふたり分の精神を。デイヴはそれと同じように感じていた。もちろん誰かの心臓を食べたわけではない。そこまで頭がおかしくなってはいない。しかし彼は捕食動物の誇りを感じた。殺人をやってのけたのだ。それも見事に。そして自分の中の怪物を押さえ込むことができた――うら若い少年の手に触れ、その抱擁の中に溶け込むことを熱望した異形の者を。

そいつは完全にいなくなった。ざまあみろ。デイヴの犠牲者とともに地獄に堕ちていったのだ。人を殺すことで、彼は自分の弱い部分を殺した。十一歳のとき――窓辺に立ち、人々が彼の帰還を祝うために開いたレスター通りのパーティを見下ろしたとき――から彼の中に潜んでいた異形の者を殺したのだ。あのパーティでは、自分がとても弱くなり、晒し者になった気がした。みんな蔭で自分のことを笑っているように思えた。親たちはこれ以上ないほど作りものの笑顔を浮かべ、彼は、その表向きの顔の下で彼らが密かに自分のことを哀れみ、怖れ、嫌っているのを見ることができた。その嫌悪を避けるために、彼はパーティを立ち去らなければならなかった。自分が小便の水溜まりになったような気がしたのだ。

しかし今は他人の嫌悪が自らの力になった。今こそ昔の情けない、結局誰でも内容を想像できる秘密より、はるかにましな秘密を持つことになったのだから。今度の秘密は彼を小さく見せるのではなく、大きく見せてくれる。

こっちへ来いよ、と彼は人々に言いたい気分だった。秘密があるんだ。近寄れば耳元で囁いてやる。

おれは人を殺したんだ。

デイヴは鏡の裏側にいる太った警官に眼を凝らした。

おれは人を殺した。だがおまえはそれを証明できない。

今、弱いのはどっちだ？

ショーンは、取調室Cのマジックミラーの反対側のオフィスにいるホワイティを見つけた。ホワイティはそこに立ち、破れた革張りの椅子の座席に片足を載せて、デイヴを見つめながらコーヒーを飲んでいた。

「面通しはしました？」

「まだだ」とホワイティは言った。

ショーンは彼の横に来た。ディヴは彼らをまっすぐに見返し、まるでホワイティが見えているかのように、ぴたりと彼に眼を据えていた。さらに不気味なことに、笑っていた。あるかなきかの笑みだが、確かに笑っている。

ショーンは言った。「気分が悪いでしょう?」

ホワイティは彼のほうを向いた。「だいぶよくなった」

ショーンはうなずいた。

ホワイティはコーヒーカップを彼に上げた。「何かつかんだんだろう。わかるぞ、この野郎。言えよ」

ショーンはもう少し引き延ばして、頭がおかしくなるまでホワイティを焦《じ》らしてやろうかとも思ったが、結局そうする勇気がなかった。

「〈ルーニー・リッカーズ〉で働いたことのある人間で、おもしろいやつを見つけました」

ホワイティはコーヒーカップをうしろのテーブルの上に置き、足を椅子から下ろした。

「誰だ」

「レイ・ハリス」

「レイ……?」

ショーンはにたにた笑いを顔一杯に広げた。「ブレンダン・ハリスの父親ですよ、部長刑事。そして彼には前科がある」

23　ヴィンス坊や

ホワイティは、ショーンの向かいの何もない机の上に腰掛け、保護観察記録を広げた。

「レイモンド・マシュー・ハリス。一九五五年九月六日生まれ。イースト・バッキー、集合住宅地のトゥウェルヴ・メイヒュー通りで育つ。母、デロレス、主婦。父、シーマス、労働者、一九六七年に家族のもとを去る。当然予想される転落人生で、父親は一九七三年、コネティカット州ブリッジポートでこそ泥にはいって逮捕され、そのあと何度か、飲酒および麻薬の影響下における運転で捕まる。父親は一九七九年、ブリッジポートにて心臓発作で死去。同じ年、レイモンドはエスター・スキャンネル——あの幸せそうなくそばあ——と結婚し、MBTA（マサチューセッツ州湾公共交通局）で地下鉄の運転手の職を得る。最初の子供、ブレンダン・シーマスは一九八一年生まれ。その年遅く、レイモンドは地下鉄のトークンの収入を二万ドル横領した罪で起訴される。起訴は最終的に取り下げられたが、レイモンドはMBTAから起訴者を出したってことで馘になる。そのあとはいかがわしい商売——家の修繕屋の日雇い仕事、〈ルーニー・リッカーズ〉の在庫係、バーテンダー、フォークリフトの運転手——を転々とする。少額の現金が紛失した件でフォークリフトの運転手の職を失う。このときにも起訴され、取り下げられ、レイモンドは馘になった。一九八二年、〈ルーニー・リッカーズ〉にはいった強盗の件で容疑をかけられるが、証拠がなく釈放される。同じ年、ミドルセックス郡の〈ブランチャード・リッカーズ〉の強盗でも疑われるが、ここでもまた証拠がなく、釈放される」

「しかし世に知られるようになる」とショーンは言った。

「人気が出てくる」とホワイティは同意した。「一九八三年、前科者の仕事仲間、エドマンド・リースという男が、販売店から漫画の珍品のコレクションを盗んだ件でレイモンドを垂れ込む」

「はっ、漫画だって?」ショーンは笑った。「やるな、レイモンド」

「十五万ドルの価値のある漫画だ」とホワイティは言った。

「おや、失礼」

「レイモンドはそのコレクションを無傷で返して、懲役四カ月、執行猶予一年を食らい、結局二カ月間、刑務所にはいる。そして出てきたときにはちょっとした薬物依存症になってい る」

「なんとね」

「もちろん八〇年代だからコカインだ。そこから前科はどんどん膨らむ。コカインを買うための金の工面は捜査網に引っかからずにやれる知恵があったようだが、薬を調達する段でいつも知恵が足りなかった。執行猶予をふいにして、きっかり一年食らい込む」

「そこで歩いてきた道の過ちに気がつく」

「明らかにちがう。その後、州をまたがる盗品の密輸ルートに係わって、凶悪犯罪課とFBIの共同捜査に引っかかる。ここからが気に入るぞ。レイモンドが何を盗んだか当ててみな。一九八四年だ」

「ヒントはなし?」

「第一印象を言えよ」

「カメラ」

ホワイティはショーンを一瞥した。「カメラなもんか。おれにコーヒーを取ってこい。おまえはもう警官じゃない」

「だったら何です?」

「カード・ゲームだ」とホワイティは言った。「思いつきもしなかっただろう、え?」

「漫画にカード・ゲームね。我らが男にはこだわりがある」

「だがそれで腐るほどの厄介ごともできた。ロード・アイランドでトラックを盗んで、マサチューセッツにはいって来たんだ」

「つまり州をまたがる連邦犯罪」

「つまり」とホワイティは言って、またショーンを見た。「やつは首根っこを押さえられたが、刑期は務めなかった」

ショーンは上半身を起こし、机から足をどけた。「誰かを売ったから?」

「そのようだ」とホワイティは言った。「そのあとは何も犯罪記録がなくなる。レイモンドの保護観察官は、彼は几帳面に面会にやって来たと記している。そして彼は八六年の終わり頃、保護観察を解かれる。ところで雇用記録は？」

ショーンは言った。「あっ、話してもいい？」彼は自分のファイルを開けた。「雇用記録、納税証明、社会保障費の支払い、すべて一九八七年の八月にぴたりと止まってます。彼は姿を消しました」

「全米隈なく調べたか？」

「今話してるあいだにも調査進行中でございます」

「どんな可能性がある」

ショーンは靴を机の上にまた上げ、椅子に反り返った。「一、彼は死んでいる。二、証人保護制度にはいった。三、地下組織に深く、深く潜り込んでいたが、ある日近所にぽんと飛び出すと、銃を手に取り、息子の十九歳のガールフレンドを撃った」

ホワイティはファイルを空いた机の上に放り投げた。「やつの銃かどうかもわからないんだぞ。実際、ごみひとつわかっちゃいない。おれたちは何してるんだ、え、ディヴァイン？」

「いずれ尻尾をつかみますよ、部長刑事。こんなに早くからおれに不満をぶつけないでほしいな。殺人の凶器が使われた、十八年前の強盗の一番の容疑者を見つけたわけだから。彼の息子は犠牲者とつき合っていた。彼には前科もある。だからおれは彼を調べたいし、息子も調べたい。息子にはアリバイがない」

「しかし嘘発見器は楽々パスしたし、こんなことをしでかす素地はないってことでおれとおまえの意見は一致してる」

「まちがってたのかもしれない」

ホワイティは手の甲で眼をこすった。「まちがうのは、吐きそうになるほど嫌いだ」

「でもボイルの件ではまちがってたと言うわけですね」

ホワイティは手を眼の上に残したままで首を振った。「そんなことは言ってない。あいつのことはクソだと思ってるよ。しかしやつをキャサリン・マーカスの死に結びつけられるかってことはまた別だ」彼は手を下げた。腫れた眼のまわりが赤くなっている。「しかしこのレイモンド・ハリスの線もあまり有望とは思えない。いいだろう。もう一度息子に当たってみてくれ。わかった。父親のほうも追ってみよう。しかしそれでどうなる？」

「誰かを銃に結びつけることができる」とショーンは言った。

「銃は今頃、海の中かもしれない。おれだったらそうするね」

ショーンは彼のほうに首を傾げた。「十八年前に酒屋を襲ったあとで、そうしてもよかった」

「確かに」

「ところが彼は銃を捨てなかった。つまり……」

「やつはおれほど賢くない」とホワイティは言った。

「あるいはおれほど」

「なんなら陪審団を呼ぶか」

ショーンは椅子の上で伸びをした。両手の指を組んで腕を頭の上に上げ、筋肉がほぐれるまで天井に向かって突き上げた。大きくあくびをして体を震わせると、力を抜いて頭と手を下げた。「ホワイティ」と彼は言った。朝からずっと訊かなければと思っていた質問を、ここまでずっと引き延ばしてきた。

「なんだ?」

「あなたのファイルにほかの仕事仲間の名前はありますか?」

ホワイティは机からファイルを取り上げて、開き、最初の数ページをめくった。「〝逮捕歴のある仕事仲間〟」と彼は読んだ。「〝レジナルド(通称レジー・デューク)・ニール、パトリック・モラガン、ケヴィン・大仕事・シラッチ、ニコラス・サヴェッジ〟――ふむ――〝アンソニー・ワクスマン……〟」彼は眼を上げてショーンを見た。ショーンはそこに何が書かれているかわかっていた。「〝ジェイムズ・マーカス〟」とホワイティは言った。「〝通称ジミー・フラッツ。レスター・ストリート・ボーイズとも呼ばれる犯罪組織のリーダーと目される〟」ホワイティはファイルを閉じた。

ショーンは言った。「そこからどんどん当たりが出てくるわけだ」

ジミーの選んだ墓石は簡素な白だった。販売員は、ここにだけはいたくないといった趣で、低く、礼儀正しい声でしゃべったが、それでも彼にもっと高価な石を買わせようと働きかけた。天使や童子や薔薇が彫り込まれた大理石の墓石を。「ケルトの十字架のはいったものはいかがでしょう」と販売員は言った。「かなり人気の高いものでして……」ジミーは彼が「……皆様方に」と言うのを待ったが、販売員は口ごもって、「……このところ、えらくたくさんの人たちに」と言った。

ケイティが喜ぶと思ったら、ジミーは大霊廟を建てる金も惜しまなかったが、娘が見栄や度の過ぎた装飾をありがたがらないことはわかっていた。彼女は簡素な服を着て、金《きん》も含まない簡素な宝石を身に着けたものだった。特別な場合でなければ、めったに化粧もしなかった。ちょっと品のある、清らかな感じのものを好み、だからジミーは飾り文字を彫り込むことにした。そちらのほうが彫刻費は二倍かかりますよ、と販売員は言ったが、ジミーはキッとこの小さなハゲタカを見据えて、数歩うしろに下がらせ、言った。「現金、それとも小切手？」

ジミーはヴァルに頼んでここまで連れてきてもらっていた。オフィスを出ると、彼はヴァルのミツビシ3000GTの助手席に乗り込み、もう十回も思ったことだが、どうして三十代半ばの男がこんな車に乗って、愚か者に見られないと思うことができるのだろうと、思った。

「次はどこへ行く、ジム？」

「コーヒーを飲もう」

ヴァルは普段、くだらないラップ・ミュージックをスピーカーが割れるほどの音量で流していた。色のついた窓ガラスの内側で低音がズンズン鳴り響き、中流家庭の黒人のガキか、彼らのようになりたい屑みたいな白人が、ビッチだの、ホーだの、ハジキを取り出せだの歌い、ジミーが思うに、MTVに出てくる女どもに訴えかけている。彼らの名前など、ケイティが友達と電話で話しているのを聞かなかったら、ジミーは知る由もなかった。しかしこの朝、ヴァルはステレオを止めていて、ジミーはそれがありがたかった。ジミーはラップを毛嫌いしていたが、それはラップが黒人の音楽だからではなく――それを言ったら、ファンクもソウルも数ある渋いブルースも黒人音楽だ――どうしてもそこに才能を見出せないからだった。『マン・フロム・ナンタケット』（作者不詳の有名な五行戯詩）の変化形をいくつか繋ぎ合わせて、DJにレコードを何度か前後にスクラッチさせ、反り身になってマイクに話しかけるだけじゃないか。オー、イェー、すばらしいぜ、ストリートだぜ、真実だぜ、マザーファッカー。雪におまえの名前の小便垂らして、ゲロ吐くぜ。ジミーは、ラジオでどこかの阿呆な音楽評論家が、サンプリングは〝芸術〟だと言うのを聞いて、〝芸術〟のことはよくわからないが、とにかくスピーカーの中に手を突っ込み、明らかに白人で、明らかに頭でっかちで、明らかに玉のない能なしの顔を思い切り引っぱたいてやりたいと思った。サンプリングが芸術なら、ジミーが子供のときから知っている盗っ人どものほとんどは芸術家だ。聞けば彼らも喜ぶだろう。

おそらく彼は歳を取ってきたのだろう。若い世代の音楽がわからなくなってきたら、それは自分の世代が時代の松明《たいまつ》を手渡したことの最初の証だ。それでも、心の底では、そうではないと固く信じていた。ラップは単にくだらないだけだ。ヴァルがそれを聴くのは、この車を運転しているのと同じで、最初から価値のないものにしがみついているだけだ。

ふたりはダンキン・ドーナツで停まり、店のドアを出るなりカップの蓋を捨て、スポーツカーのトランクに取りつけられたスポイラーにもたれてコーヒーを飲んだ。

ヴァルは言った。「昨日の晩、言われたとおり外でいろいろ訊いてまわったんだ」

ジミーは拳をヴァルの拳に打ちつけた。「ありがとうよ」

ヴァルは拳を打ち返した。「ジム、おれのためにあんたが二年間刑務所にはいってくれたってことだけじゃない。あんたの頭脳が采配をふるうのをまた見たいだけでもない。ケイティはおれの姪だったんだ」

「わかってる」

「生まれつきってわけじゃないが、おれは彼女を愛してた」

ジミーはうなずいた。「おまえさんたちは子供にとっても最高の伯父だったよ」

「冗談じゃなく?」

「冗談じゃなく」

ヴァルはコーヒーを飲んで、しばらく黙っていた。「ふむ。とにかく状況はこうだ。オドネルとファローについて警官たちが言ってたことは正しかったようだ。オドネルは郡の留置場にはいってた。ファローはパーティに出ていて、おれたちはそれを証明できる人間九人と直接話をした」

「少なくとも半分は」とヴァルは言った。「ほかにもいろいろ訊いてまわったところ、通りじゃ殺しの請け負いはしばらくないってことだった。ジム、おれが憶えているかぎりでも、請け負い殺人はここ一年半ない。だからもし今回のがそうだったら、必ず耳にはいっているはずだ」

ジミーはうなずいて、コーヒーを飲んだ。

「今や警察は総動員だ」とヴァルは言った。「バーにも、〈ラスト・ドロップ〉のまわりで行なわれている商売にも、あらゆる場所に押し寄せてる。おれが話した売春婦はみんなすでに職務質問されてたよ。バーテンダーも。あの夜〈マッギルズ〉と〈ラスト・ドロップ〉にいた連中もひとり残らず。警察の襲来ってとこだ、ジム。だからもう始まってる。誰も何かを思い出そうとしている」

「で、何か思い出したやつはいたか？」

ヴァルはコーヒーをもうひと口飲みながら二本指を上げた。「ひとり――トミー・モルダナードを知ってるか？」

ジミーは首を振った。

「ベイスン生まれで、家にペンキを塗ってる。それはさておき、彼はケイティが〈ラスト・ドロップ〉を出るほんの少し前に、駐車場で見張ってたやつがいたって言うんだ。そいつは絶対に警官じゃなかったらしい。正面のパネルの助手席側がへこんだ外国車を運転してたそうだ」

「わかった」

「もうひとつ奇妙なのは、サンディ・グリーンの話だ。〝ルーイ〟にいたんだが、憶えてるか？」

ジミーは教室の席についた彼女を思い浮かべることができた。お下げにした茶色の髪、ゆがんだ歯、いつも鉛筆を舐めて、口の中で折っては芯を吐き出していた。

「ああ。今は何をしてるんだ？」

「売春婦」とヴァルは言った。「ひどい老け方だ。おれたちと同い年ぐらいだよな？　なのに棺桶にはいったおれの母親のほうが元気そうに見えた。とにかく、彼女は〈ラスト・ドロップ〉あたりでは一番年かさのプロなんだ。で、その彼女の話だと、子供をひとり養子にしたんだそうだ。家出少年らしいんだが、その子も通りで働いてる」

「子供？」

「十一歳とか、十二歳の少年だ」

「なんてこった」

「なあ、それが人生ってもんだ。その子供だが、彼女は、本名はヴィンセントだと思ってる。みんなは〝ヴィンス坊や〟って呼んでるそうだが、サンディに言わせると、本人は〝ヴィンセント〟と呼ばれるのが好きらしくて、彼女はそうしてる。ヴィンセントは十二歳よりずっと歳を取ってる。わかるだろう？　彼はプロだ。ヴィンセントに何かちょっかいを出すと、ひどい目に遭うらしい。スウォッチのバンドの下に剃刀の刃を忍ばせてるとか、そういったことだ。週に六晩通りに立ってた。この土曜まで」

「土曜日に何があった」

「誰も知らない。しかし彼は消えてしまった。ときどきサンディの家に泊まってたらしいが、日曜の朝、サンディが家に戻ってみると、いなくなってたらしい。街を出たんだ」

「街を出た。いいことじゃないか。今頃こんな生活から脱け出してるかもしれない」

「おれもそう言ったんだ。しかしサンディは、ちがうと言った。あの子はすっかりこの道にはいり込んでいると。いずれ本当に恐ろしい大人になるけど、今はまだ子供で、この仕事を掘り下げてるんだと。もし街を出ていったのなら、理由はひとつしかない、と彼女は言った。それは恐怖だ。彼は何かを見たんじゃないかとサンディは言ってる。何かとても恐ろしいものを。そしてその恐ろしいものは本当にひどいもののはずだ、ヴィンスは容易なことでは怖がらないから」

「その件も訊いてみたか？」

「ああ。しかしなかなかむずかしい。子供の商売はあまり組織立ってないからな。ただ通りで生きてて、どんなことでもして数ドル稼ぎ、気が向けば街を出るだけだから。しかしほかの人間に頼んで訊いてもらってる。このヴィンセントって子を見つければ、たぶん〈ラスト・ドロップ〉の駐車場にいた男のことを何か知ってるだろうし、ひょっとしたらケイティの死についても何か見てるかもしれない」

「もし車の中にいた男と関係があるならな」

「モルダナードによれば、そいつはおぞましい雰囲気を発散してたそうだ。彼には何かあった、とモルダナードは言ってた。暗くてよく見えなかったけれど、あの車からは何か嫌な雰囲気が漂っていたと」

雰囲気、とジミーは思った。そいつはすばらしい、ずいぶん役に立つ。

「それはケイティが店を出る少しまえだったんだな」

「ああ、ほんの少しまえだ。月曜の朝は、警察が駐車場を封鎖して、まる一隊を投入してアスファルトを引っかいてた」

ジミーはうなずいた。「すると駐車場に何か残ってたわけだ」

「ああ、そこがよくわからないところだ。ケイティはシドニー通りから逃げたんだろう。十ブロックは離れてる」

ジミーはコーヒーを飲み干した。「彼女が戻ったんだとしたら？」

「はあ？」

「〈ラスト・ドロップ〉に。皆の見方はわかってる——イヴとダイアンを降ろして、シドニーを運転しているときに事件が起こったというんだろう。だが彼女がまず〈ラスト・ドロップ〉に引き返したんだとしたら？　戻ったところでその男に行き当たる。そいつは彼女を誘拐し、ペン公園に車で戻らせ、そこからは警察が考えているとおりになったんだとしたら？」

ヴァルは空いたコーヒーのカップを両手のあいだで右左に持ちかえていた。「その可能性はある。だがなぜわざわざ〈ラスト・ドロップ〉に引き返したんだ？」

「わからない」ふたりはごみ箱まで歩いていき、カップを捨てた。ジミーは言った。「ジャスト・レイの息子はどうだ？　何か見つかったか？」

「大まかに訊いてみた。どう見てもハツカネズミだ。誰にも迷惑をかけるタイプじゃない。あれほど男前じゃなきゃ、会っても誰も憶えてないんじゃないか。イヴとダイアンはふたりとも、彼は彼女のことを愛していたと言ってたよ、ジム。生涯たった一度きりってな感じの愛し方だったってな。なんなら直接会って話してみようか？」

「しばらく放っておこう」とジミーは言った。「やつをはっきり示すものが出てくるまで待ってようじゃないか。それより、ヴィンセントという子を探してくれ」

「ああ、いいとも」

ジミーは助手席側のドアを開けて、ヴァルがルーフ越しに彼のほうを見ているのに気がついた。ヴァルは何かを言わずに、噛みしめている。

「なんだ？」

ヴァルは陽の光に眼をしばたたかせた。「はあ？」

「何か言いたいことがあるんだろう。なんだ？」

ヴァルは顎を引いて太陽から顔をそらし、ルーフの上に両手を広げた。「耳にはいったことがあるんだ。家を出るちょっとまえに」

「そうか？」

「そうだ」とヴァルは言い、しばらくドーナツ屋の中に眼を向けた。「あのふたりの警官がデイヴ・ボイルにつきまとってるって話をな。岬のショーンと彼のパートナーの太ったやつが」

ジミーは言った。「デイヴはあの夜〈マッギルズ〉にいた。彼らは何か訊き忘れたことがあって戻ってきたんじゃないか？」

ヴァルの視線はドーナツ屋を離れ、ジミーの視線と合った。「警官たちは彼を連れてったんだぞ、ジム。おれの言いたいことがわかるか？　車の後部座席に坐らせて」

マーシャル・バーデンは、昼休みに殺人課を訪れ、受付の机に取りつけられた小さな扉を押してはいって来ると、ホワイティを呼び出した。「おれを探してるのはあんたらか？」

ホワイティは言った。「そうだ。はいってくれ」

マーシャル・バーデンは来年三十歳になるところで、歳相応に見えた。誰も望まないほど世界と自分自身を見つめてきた男の白く潤んだ眼をしていて、上背のあるたるんだ体は、まえというよりうしろに動きそうに見えた。手足が頭と敵対していて、頭のほうは取り引きから全面撤退したがっているかのように。彼は七年前から資産管理室にいたが、そのまえは州警察屈指の優秀な警官だった。部長の地位を目指して、麻薬課から殺人課、凶悪犯罪課と、とんとん拍子に出世したのだが、話によれば、ある日眼醒めると、怖くなったらしい。囮捜査官によくある病気で、ときに高速道路の巡回をする警官も交通違反の車を停められなくなる。運転者が手に銃を持っていて、何も失うものがないと覚悟しているように思えるのだ。マーシャル・バーデンもなぜかこの病気に罹り、ドアをくぐるのは最後になり、呼び出されるとのろのろ時間稼ぎをし、誰もが階段を上っているときにひとり足を止めて凍りつくようになったのだった。

彼はショーンの机の横の椅子に腰掛け、腐った果実の臭いを漂わせながら、ショーンが机に置いている《スポーティング・ニュース》の日めくりカレンダーをぱらぱらめくった。ページは三月にまで遡った。

「ディヴァインだな？」と彼は眼を上げずに言った。

「ええ」とショーンは言った。「はじめまして。警察学校であなたの扱った事件について習いましたよ」

マーシャルは過去の自分の記憶に煩わされたかのように肩をすくめた。カレンダーをさらに数ページめくる。「で、どうした？　おれは三十分で帰らなきゃならない」

ホワイティはマーシャル・バーデンの脇まで椅子を転がした。「八〇年代初めにＦＢＩとの合同捜査班で働いただろう？」

バーデンはうなずいた。

「そのとき、レイモンド・ハリスっていう小物を捕まえただろう。ロード・アイランドのクランストンの休憩所でトラック一杯分のカード・ゲームを盗んだやつだ」

バーデンはカレンダーに載っているヨギ・ベラのことばに微笑んだ。「ああ。見張られてたのに気づかずに運転手が小便をしにいったんだ。ハリスはトラックを盗んで走り出したんだが、運転手がすぐに電話で通報して、われわれはトラックをニーダムで捕まえた」

「しかしハリスは釈放された」とショーンは言った。

バーデンは初めて眼を上げて彼を見た。ショーンは男の乳白色の眼に恐怖と自己嫌悪を認め、自分はバーデンと同じ病気にならないようにと祈った。

「釈放されたわけじゃない」とバーデンは言った。「仲間を売ったんだ。やつを雇ってトラックを盗ませた、スティルスンという男を。たしか、ああ、メイヤー・スティルスンだ」

ショーンはバーデンの記憶力について聞いたことがあった。写真のように鮮明だという話だったが、実際に彼が十八年の年月を遡って、昨日のことのように霧の中から名前を引き出すのを目《ま》のあたりにするのは、屈辱的で、気の滅入ることでもあった。彼なら警察を牛耳ることもできただろうに。

「垂れ込んで、それで終わり？」とホワイティは言った。

バーデンは眉をひそめた。「ハリスには前科があった。ボスの名前を言っただけじゃ釈放はされない。それは無理だ。実は、ボストン市警の暴力団対策班が別の事件の情報を得ようと加わってきて、やつはそこでも人を売ったんだ」

「誰を？」

「〝レスター・ストリート・ボーイズ〟を率いていた男、ジミー・マーカスを」

ホワイティはショーンのほうを向き、片方の眉を上げた。

「MBTAの会計課を襲った事件のあとですね？」

「会計課の事件ってなんだ？」とホワイティは言った。

「それでジミーは捕まって服役した」とショーンは言った。

バーデンはうなずいた。「彼ともうひとりが金曜の夜にMBTAの会計課に忍び込んだ。はいって出るまでに二分だ。彼らは何時に守衛が勤務交代するかを知っていた。いつ現金を袋に詰めるのかも、正確に。通りに別の男がふたりいて、現金を取りにきたブリンクスの輸送車を停まらせた。見事な手際で、内部で手引きをした者がいるにちがいないと言われた。あるいは一年か二年以内に働いていたことのある者が」

「レイ・ハリスだ」とホワイティは言った。

「ああ。やつはわれわれにスティルスンを売り、市警にレスター・ストリート・ボーイズを売ったのさ」

「全員？」

バーデンは首を振った。「いや、マーカスだけだ。しかしやつが組織の頭脳だった。頭を切れば体は死ぬだろう？　ボストン市警は、聖パトリックのパレードの朝、倉庫から出てきた彼を逮捕した。その日、盗んだ金を分けようとしてたんだ。だからマーカスは手に金のぎっしり詰まったスーツケースを持っていた」

「ちょっと待った」とショーンは言った。「レイ・ハリスは公判で証言した？」

「いや。マーカスは事件が公判に持ち込まれるはるか前に取り引きをした。一緒に盗みを働いた人間については適当にごまかして、自分ひとりですべての罪を引き受けた。彼が裏にいたことなど誰も証明できないことがわかっている事件でな。当時、十九歳かそこらだったはずだ。二十かな？　十七歳のときからグループを率いていて、一度も逮捕されたことがなかった。地方検事は懲役二年、執行猶予三年で手を打った。公判に持ち込めば陪審を説得できない可能性が高いことを知ってたからな。暴力団対策班は激怒したそうだ。だがほかにどうすればいい？」

「ジミー・マーカスは、レイ・ハリスが裏切ったことを知らなかったんですか？」

バーデンはまたカレンダーから眼を上げ、潤んだ眼に微かに軽蔑の色を浮かべてショーンをじっと見た。「三年のうちにマーカスは十六件かそこらの大掛かりな盗みをやってのけた。一度など、ワシントン通りの宝石取引所のビルにはいっている十二軒の宝石商を同時に襲った。今でも、彼がどうやってそれをやり遂げたのかわからない。二十種類に近い警報装置をかいくぐらなきゃならなかったんだ。電話に繋がるものも、衛星や携帯電話で飛ばすものも、当時にしたら最新鋭の装置だ。十八歳だぞ。信じられるか？　十八歳で、四十代のプロの手にも負えない警報装置をすべて解除したんだ。ケルダー・テクニクスの仕事を知ってるか？　やつらは屋根から忍び込み、消防署の電波を攪乱した上で、スプリンクラーを作動させた。当時推測した範囲では、スプリンクラーから出た水が行動探知器をショートさせるまで、天井からぶら下がっていたんだそうだ。やつは天才だよ。あんなことせずにNASAで働いてたらどうなってたと思う？　今頃おれたちは休暇で妻や子供を冥王星に連れてってるぜ。それほどの頭を持ったやつが、誰が裏切ったかわからないと思うか？　レイ・ハリスは、マーカスがまた自由世界に戻ってきた二カ月後に、忽然と地上から姿を消した。その意味がわかるか？」

ショーンは言った。「あなたはジミー・マーカスがレイ・ハリスを殺したと思ってる」

「あるいはあのチビのろくでなし、ヴァル・サヴェッジにやらせたか。D7区のエド・フォランに訊いてみな。彼はそこの分署長だが、かつて暴力団対策班で働いていた。マーカスとレイ・ハリスのことはなんでも知ってるよ。八〇年代にイースト・バッキーで働いてた警官は皆同じことを言うだろう、もしジミー・マーカスがレイ・ハリスを殺してなかったら、おれは次のユダヤ教の教皇だってな」彼はカレンダーを指で押しやると、立ち上がり、ズボンをぐいと引き上げた。「そろそろ飯を食わなきゃ。またな」

彼は刑事部屋を横切って去っていった。頭を巡らして、あらゆるものを取り込みながら――かつて使った机、自分の事件が皆の事件と並んで書かれていた黒板、職場を離れるまえにここにいた自らの姿――その男は今や資産管理室にいて、いつかパンチカードを最後に打ち、彼がどのような人間になれたか誰も憶えていない場所へ行く日が来ることを待ち望んでいる。

ホワイティはショーンのほうを向いて言った。「身罷りしマーシャル教皇？」

冷え冷えとした部屋で、ぐらつく椅子に坐っていればいるほど、デイヴは今朝二日酔いだと思っていたものが単に昨晩の酔いの続きだったことに気がついた。本物の二日酔いは午《ひる》あたりから現われ始め、シロアリの大群のように体じゅうを這いまわり、血の流れに代わって循環器にはいり込んだ。そして心臓を圧迫し、脳を食い荒らし始めた。口の中がからからになり、汗が髪を濡らし、毛穴からアルコールの臭いがしみ出しているのに彼はふと気づいた。脚や腕には泥が詰まっている。胸が痛む。疲労の波が頭の中に押し寄せて、両眼の奥に溜まった。

もう勇ましい気持ちは去った。力も感じなかった。二時間まえには、体についた傷痕のように永遠に残るような気がした頭の明晰さが体を離れ、部屋を出て、通りに消えていった。それに取って代わったのは、これまで体験したこともない恐怖だった。もうすぐ自分は死ぬと思った。それもひどい状態で。今この椅子の上で脳卒中を起こして、後頭部を床に打ちつけ、眼から血を流し、舌を誰にも引っ張り出せないほど奥まで呑み込んで、体をぴくぴく痙攣させるかもしれない。あるいは冠動脈血栓症。心臓はすでに、鉄籠に入れられたドブネズミのように胸板に繰り返しぶつかっている。それとも、もしここを出られたら――そんなことを彼らが許したとして――通りに足を踏み出した途端に後方でクラクションが鳴り響き、仰向けに倒れたところへバスの太いタイヤが乗り上げ、頰骨を砕いてなおも進みつづけるかもしれない。

シレストはどこだ？　彼が捕まえられてここに連れてこられたことを知っているのだろう

か。そもそも彼のことを気にしているのだろうか。マイクルは？　父親がいなくて寂しがっていないだろうか。死んで一番つらいのは、シレストとマイクルがそれでも生きていくことだ。もちろんほんのわずかのあいだふたりを傷つけることになるが、彼らはそれに耐え、新しい人生を生き始める。それが日々の人間の営みだから。死者を思うあまり、人生が壊れた時計のようにぴたりと止まってしまうなどというのは映画の中の話だ。本物の人生では、死はありふれていて、本人以外の全員が忘れ去ってしまうことのできる出来事だ。

デイヴはときに、死者が、残してきた者たちを天から見下ろして、自分の愛した人間が自分なしでどれほどたやすく生きていけるかを知り、泣いているのではないかと思った。たとえば〝巨人〟スタンリーの子供のユージーン。病院の白い入院着を着て、小さな坊主頭で空のどこかから、父親がバーで笑っているのを見下ろし、思わないだろうか――ねえ、お父さん、ぼくは？　ぼくのこと憶えてる？　ぼくが生きていたことを。

マイクルにはきっと新しい父親ができる。たぶん大学にはいり、ガールフレンドに、野球を教えてくれた父親のことを話す。ほとんど憶えていない父親のことを。ずっと昔のことだから、と彼は言う。ずっと昔の。

シレストは充分魅力的だから、また新しい男を見つける。見つけなきゃならないの、寂しいから、と彼女は友達に言う。寂しさが身にこたえるの。彼はいい人よ。マイクルにも優しいし。そして彼女の友人たちはデイヴの記憶を一瞬にして裏切る。彼らは言う、いいじゃない、ハニー。それが健康よ。元の自転車に乗って、人生をまえに進んでいきなさい。

そしてデイヴは、ユージーンと一緒に空の上にいる。ふたりはそこから下を見下ろして、生きている者には聞くことのできない声で愛を叫ぶ。

なんてこった。デイヴは部屋の隅に縮こまって、膝を抱きかかえたくなった。ばらばらになりそうだ。今あの警官たちが戻ってきたら、話してしまう。彼らの知りたいことはなんでも話す、それで彼らが少しは優しくなり、もう一本スプライトをくれるかどうか確かめるために。

すると取調室のドアがデイヴのほうに——彼の恐怖と、人の温かみを求める心に向かって——開いた。はいって来た制服の警官は、若く、強そうで、警官らしい眼をしていた。わざと人間性を消し去り、傲岸さをたたえた眼を。

「ミスター・ボイル、来ていただけますか」

デイヴは立ちあがり、ドアのほうに向かった。両手はアルコールがまだ体外へ出ようとしているかのように、わずかに震えていた。

「どこへ？」

「何人かと一緒に並んでいただきます、ミスター・ボイル。あなたを見たい人間がいますので」

トミー・モルダナードはペンキの散った緑のTシャツにジーンズという恰好だった。ペンキはカールした茶色の髪にもいくらか散っていて、なめし革のワークブーツにも涙の粒ほどの染みが、分厚い眼鏡にも小さな滴がついていた。

ショーンが気になったのはその眼鏡だった。眼鏡をかけて法廷にはいる証人は、被告側の弁護人にとって、胸にひとり残らず標的の印をぶら下げているに等しい。陪審員にとっては言うに及ばず。《マトロック》と《ザ・プラクティス》（共にテレビドラマ）のおかげで、眼鏡と法律の専門家になった彼らは、証人台につく眼鏡の人間を、麻薬ディーラーや、ネクタイを締めない黒人や、地方検事と取り引きをした刑務所のドブネズミどもを見るのと同じ眼で見る。

モルダナードは検分室のガラスに鼻先を押しつけて、並んだ五人の男を見た。「真っ直ぐこちらを向いてちゃよくわからない。左を向かせてもらえますか」

壇上にいたホワイティは眼のまえのスウィッチを押して、マイクに話しかけた。「全員、左を向け」

五人の男は左を向いた。

モルダナードはガラスに両手を当てて、眼を細めた。「二番だ。二番かもしれない。もう少し近くで見られますか？」

「二番？」とショーンは言った。

モルダナードは振り返って彼にうなずいた。

列の二番目の男は、普段ノーフォーク郡に勤めているスコット・ペイズナーという麻薬取締官だった。

「二番」とホワイティはため息とともに言った。「二歩まえに出て」

スコット・ペイズナーは背が低く、口髭をたくわえていて、最近髪がとみに後退している小太りの男だった。デイヴに似ている度合いはホワイティと同じぐらいだった。彼が正面を向き、ガラスに近づくと、モルダナードは言った。「そう、そう。こいつがおれの見た男だ」

「確かか？」

「九十五パーセント」と彼は言った。「ほら、夜だったし、駐車場には明かりがなかった。それに酔ってたしな。でもそれを除けば、おれが見たのはこいつだと断言できる」

「このまえの話で口髭は出てこなかった」とショーンは言った。

「ああ、だが今思えば口髭があった、たぶん」

ホワイティは言った。「並んだ中でほかに似ている男はいないか？」

「いないね」と彼は言った。「かけ離れてる。彼らは誰だ――警官？」

ホワイティは壇上で下を向き、小声でつぶやいた。「どうしておれはこんなクソみたいな仕事をやってるんだ」

モルダナードはショーンのほうを見た。「何？　なんだって？」

ショーンはうしろのドアを開けた。「来ていただいて、ありがとうございました、ミスター・モルダナード。また連絡します」

「よかっただろう？　つまり、助けになったよな？」

「もちろん」とホワイティは言った。「勲功バッジを宅配便で送りますよ」

ショーンはモルダナードに微笑み、うなずいて、彼が出ていくなりドアを閉めた。

「目撃者はなしですね」

「ああ、冗談はよしてくれってとこだ」

「車の物証は法廷では役に立たない」

「わかってる」

ショーンはデイヴが眼の上に手をかざし、光に眼を細めるのを見た。デイヴは一ヵ月寝ていないように見えた。

「部長刑事、さあ」

ホワイティはマイクから振り返って、彼を見た。積もる疲労が顔に表われ、白眼の部分がピンク色になっている。

「くそくらえ」と彼は言った。「やつを釈放しろ」

24　追放された一族

バッキンガム大通りを挟んで、ジミー・マーカスの家の向かいにある〈ネイト&ナンシーズ・コーヒーショップ〉の窓際にシレストが坐っていると、ジミーとヴァル・サヴェッジが、半ブロック先にヴァルの車を停めて、家のほうへ歩いてきた。

もし本当にやるのなら、今しかない。すぐに椅子から立って、ふたりに声をかけるのだ。彼女は立ち上がった。脚が震え、手をテーブルの下に打ちつけてしまった。見ると、やはり震えている。親指のつけ根の皮を擦りむいていた。彼女は指を唇に当て、ドアに向かった。できるかどうか、今でもわからなかった。今朝モーテルの部屋で考えたことばを言うことができるのか。彼女ははっきりわかっていることだけをジミーに言おうと決意していた。日曜の早朝からディヴがとった行動のうち証拠のある部分だけを伝え、それの意味することは言わずに、ジミーの判断に委ねようと思っていた。あの夜ディヴが着て帰った服がないのに、警察に行っても始まらない。彼女はそう自分に言い聞かせた。つまるところ、彼女はこの場所で生きていくしかない。住む場所で起きた危険なことから人を守ってくれるのは、住む場所そのものだ。ジミーに話せば、彼だけではなくサヴェッジ兄弟も加わって、ディヴがとても越えようと思わない塀を彼女のまわりに築いてくれるだろう。

ドアを出ると、ジミーとヴァルは玄関の階段に近づいていた。彼女はひりひりする手を上げた。通りに踏み出しながらジミーの名を呼んだ。まちがいなく狂っているように見えるだろう、と思った。髪はぼさぼさで、眼は腫れ、恐怖の隈ができている。

「ジミー！　ヴァル！」

階段の下に来ていたふたりは振り返り、彼女のほうを見た。ジミーは小さな、戸惑ったような笑みを浮かべた。なんて開放的で、素敵な笑顔なんだろう、と彼女はまた思った。自然で、力強くて、偽りがない。おれは友達だ、シレスト、とその笑顔は言っていた。何か助けようか？

彼女は歩道にたどり着き、ヴァルは彼女の頬にキスをした。「やあ、シレスト」

「こんにちは、ヴァル」

ジミーも彼女の頬を軽く唇でつついた。それは彼女の体の中にはいりこみ、咽喉の奥で震えた。

彼は言った。「アナベスが今朝探してたよ。家にも職場にもいなかったって」

シレストはうなずいた。「わたし、あの……」好奇心も露わに彼女を見ているヴァルの発育の止まった顔から眼をそらした。「ジミー、ちょっと話をしてもいい？」

ジミーは「いいとも」と言った。戸惑ったような笑みが戻った。彼はヴァルのほうを向いて言った。

「このことはあとで話そう、いいか？」

「もちろん。じゃあまたな、シレスト」

「ありがとう、ヴァル」

ヴァルは家の中にはいり、ジミーは階段の三段目に腰を下ろし、自分の横にシレストの坐る場所を作った。彼女も腰を下ろし、怪我をした手を膝の上で撫でながら、ことばを探した。ジミーはしばらく彼女のほうを見つめ、待っていたが、やがて彼女が胸の内を明かすことができず、進退きわまっているのを感じた。

彼は軽い調子で言った。「このまえ、おれが何を思い出したかわかるか?」

シレストは首を振った。

「シドニー通りの上に昔からあるあの階段の上に立ってたんだ。みんなでよく行って、ドライヴインの映画を観て、マリファナを吸っただろう?」

シレストは微笑んだ。「あの頃あなたがつき合ってたのは——」

「おっと、勘弁してくれ」

「——すばらしい体のジェシカ・ルツェン。わたしはダッキー・クーパーとつき合っていた」

「〝ダックスター〟ね」とジミーは言った。「やつはいったいどうしてる」

「海軍にはいって、海外で妙な皮膚病をもらって、カリフォルニアに住んでるらしいわ」

「ほう」ジミーは顎を上げた。眼差しは人生の半分の歳月を遡っていた。シレストは不意に、十八年前も彼は同じ眼差しをしていたことに気がついた。髪は今よりブロンドで、やることは今よりはるかに無茶だったけれど。雷雨の中を電柱に上って、見つめる娘たちに、どうか落ちないでと祈らせたりして。最高に羽目をはずしていたあの頃でさえ、ジミーには今日のような静謐さがあった。突然立ち止まって自分を振り返るようなときが。少年時代でさえ、自分のことは差し置いて、ほかのあらゆることにじっくり考えを巡らせているような感じを、人に抱かせたものだった。

ジミーは振り向き、手の甲で軽く彼女の膝を叩いた。「で、どうした？　何かちょっと……」

「言って」

「いや、少し疲れてるように見えただけだ」彼はうしろの階段にもたれ、ため息をついた。「ま、疲れてるってのはみんなそうだけどな」

「昨日の夜はモーテルで過ごしたの。マイクルと」

ジミーはまっすぐまえを見つめた。「なるほど」

「わからない、ジム。もうデイヴのところには戻らないかもしれないわ」

彼女は彼の表情が変わったのに気がついた。顎の筋肉が強張り、彼女はふと、ジミーは彼女の言おうとしていることをすでに知っていると思った。

「デイヴのところを去ったのか」声は単調で、眼は通りに向けられていた。

「ええ。彼は最近、振る舞いが……なんだかおかしいの。彼じゃないみたいで。わたし、怖くなってきたの」

そこでジミーは彼女のほうを向いた。顔に浮かんだ笑みは氷のように冷たく、彼女は思わず平手打ちをくれそうになった。彼の眼の中に、嵐の中を電柱に上った少年がいた。

「最初から話してくれないか」と彼は言った。「ディヴが妙に振る舞い始めたところから」

彼女は言った。「何を知ってるの、ジミー？」

「知ってる？」

「あなた、何かを知ってるでしょう。驚いてないもの」

醜い笑みは消え、ジミーは体をまえに屈めて、両手を膝の上で組んだ。「彼が今朝、警察に連れていかれたことは知っている。助手席のまえがへこんだ外国車に乗っていることも。手を怪我したことについて、おれにある話をし、警察には別の話をしたことも。ケイティが死んだ夜、彼が彼女に会ったことも。だが彼は、警察に訊かれるまで、そのことをおれにはしゃべらなかった」彼は組んでいた指をほどいて、両手を開いた。「こういったことが何を意味するのかはよくわからないが、おれが悩み始めているのは確かだ」

シレストは、警察の取調室で、おそらくは手錠をはめられ、青ざめた顔にまぶしいライトをあてられている夫を想像して、一瞬哀しみの波が押し寄せるのを感じた。が、まえの晩ドアから首を伸ばして傾け、狂気に取り憑かれて彼女を見たディヴを思い出し、恐怖が哀しみを圧倒した。

彼女は大きく息を吸って、吐き出した。「日曜の朝三時に、ディヴは誰かの血にまみれてアパートメントに帰ってきたの」

ついに言ってしまった。ことばが口を出て、大気に混ざった。ことばは彼女とジミーのまえに壁を作り、さらに伸びて天井とうしろの壁になり、ふたりはいつの間にか、ひとつの文が形づくる密室に閉じ込められていた。通りの喧騒は消え、風は止まり、シレストの鼻をくすぐるのはジミーのコロンの匂いだけになった。まばゆい五月の陽射しが足元の階段を焼いた。

口を開いたジミーの声は、咽喉を締めつけられているようだった。「彼は何が起こったと言った?」

彼女は話した。すべてを――まえの晩の狂った吸血鬼の話まで。彼女は話し、そのひと言ひと言が彼の聞きたくなかったことばであったことを知った。ことばは彼を焼き焦がした。ダーツのように肌に突き刺さった。彼の口と眼のまわりが引きつり、皮膚が顔に張りついて下の骸骨が透けて見えた。長く尖った爪と、砕けた顎、ふわふわした苔のような髪をして棺に横たわる彼の姿を見た気がして、寒気が走った。

そして、涙が静かに彼の頬を伝い始めると、彼女はその顔を自分の肩に押しつけたい衝動を覚えた。彼の涙が自分のブラウスに染み込み、背中に伝い落ちるのを感じたいと思った。

彼女は話し続けた。もし口を閉ざせば、それきりしゃべれなくなることがわかっていたので。それに、どんなときにも寄り添うと誓った男からどうして逃げるように去ってしまったのか、誰かに聞いてもらう必要があった。彼女の子供の父親で、冗談を言って笑わせてくれ、手を優しく撫でてくれ、眠るときには胸を貸してくれる男。決して不平をこぼさず、彼女を殴ったこともなく、よき父親であり、よき夫であった男。その彼が突然消えてしまった気がしたときに――それまで彼の顔だと思っていた仮面が剝がれて床に落ち、いやらしい眼つきの怪物が彼女を見返したときに――どれほど頭が混乱したか、誰かに聞いてもらう必要があった。

彼女は話の終わりに言った。「今も彼が何をしたかはわからないの、ジミー。あの血が誰のものだったのかも。わたしにはわからない。はっきりこれだとは。わからないの。でも、本当に、心の底から怖いの」

ジミーは階段の上で向きを変え、上半身を錬鉄製の手すりにもたせかけた。涙は肌に染み込んで消え、口はショックで小さな丸を作っていた。シレストを見返した彼の視線は、彼女の体を突き抜け、通りを越えて、誰にも見えない数ブロック先の何かを見据えているように思えた。

シレストは「ジミー」と言った。が、彼は手を振り、眼を固く閉じた。頭を垂れ、口から酸素を吸い込んだ。

ふたりのまわりの密室は消え、シレストは通りを行き過ぎたジョーン・ハミルトンに会釈した。彼女はふたりに同情するような、しかし幾分怪訝そうな一瞥を送り、靴音を鳴らして歩道を去っていった。大通りのクラクションの音や、ドアの軋る音、遠く誰かの名を呼ぶ声がまた戻ってきた。

ジミーのほうをもう一度見て、シレストは彼の凝視に捕らえられた。眼は澄み、口は閉じられていた。彼は両膝を胸に引き寄せ、腕をその上に載せていた。激しく、戦いを挑むような知性が彼から湧き起こり、ほとんどの人間が一生かかっても到達できないような速さと独創性で、精神が働き始めたのがわかった。

「やつが着ていた服はなくなったんだな」と彼は言った。

彼女はうなずいた。「ええ、確かめたわ」

彼は膝の上に顎を載せた。「どれくらい怖い？　正直なところ」

シレストは咳払いをした。「昨日の夜は、ジミー、彼に噛みつかれると思った。何度も、何度も」

ジミーは顔を傾けて、左の頬を膝に載せ、眼を閉じた。「シレスト」と彼は囁いた。

「何？」

「デイヴがケイティを殺したと思うか？」

シレストはまえの晩の吐き気のように、答が体の中をせり上がってくるのを感じた。その熱い足は彼女の心臓を蹴り破った。

「ええ」と彼女は言った。

ジミーは眼を見開いた。

シレストは言った。「ジミー？　わたしを助けて」

ショーンは机の向かいに坐ったブレンダン・ハリスを見た。青年は混乱し、疲れ、怯えているようだった。狙いどおりだ。彼は警官をふたりハリスの家に送り込み、ここへ連れてこさせたのだった。そしてブレンダンを自分の机の向かいに坐らせたまま、コンピュータの画面をスクロールしながら、ゆっくり時間をかけて彼の父親について集めた記録を読み、ブレンダンを放っておいて気を揉ませた。

彼はまたスクリーンに眼を戻し、スクロール・ダウンのキーを鉛筆で押さえたままで言った。「親爺さんのことについて話してくれないか、ブレンダン?」

「えっ?」

「きみの親爺さんだ、レイモンド・シニア。憶えてるか?」

「ほとんど憶えてないよ。ぼくが六歳の頃、母とぼくを置いて出ていったから」

「すると憶えていないわけだ」

ブレンダンは肩をすくめた。「こまごましたことは憶えてる。酔ったときには歌いながら家に帰ってきたこととか。一度キャノビー・レイク・パークへ連れていってくれて、綿菓子を買ってくれたんだけど、半分食べてコーヒーカップに乗ったら、気分が悪くなって吐いてしまったこととか。父はあまりぼくたちのまわりにはいなかった。そういったことは憶えてる。なぜ?」

ショーンの眼はまたスクリーンに戻っていた。「ほかに憶えていることは?」

「わからない。シュリッツ・ビールとデンティーンのガムの匂いがした。それと……」

声に笑いを聞き取ったショーンがブレンダンのほうを見ると、彼の顔には穏やかな笑みが浮かんでいた。「それと、なんだ、ブレンダン？」

ブレンダンは、刑事部屋の中にない——同じ時間の中でさえない——ものに眼を凝らし、椅子の上で体を動かした。「いつもたくさん小銭を持っていた。ポケットに入れて持ち歩くものだから、じゃらじゃら音がしたよ。子供の頃、ぼくは家の正面の居間によくいた。今住んでいるところとはちがって、いい場所だった。ぼくは五時ぐらいになると居間に坐って眼を閉じ、父の小銭の音が通りを近づいてくるのに耳を傾けたよ。で、ポケットの中にいくらはいっているか当てられたら——だいたいのところまでってことだけど——父はぼくにそれをくれた」ブレンダンの笑みが広がり、彼は信じられないというように首を振った。「本当にたくさん小銭を持ってたよ」

「銃はどうだ？」とショーンは言った。「銃は持っていた？」

笑みが凍りつき、ブレンダンは英語がわからないかのように眼を細めて、ショーンを見た。

「えっ？」

「親爺さんは銃を持っていた？」

「いや」

ショーンはうなずいて、言った。「彼がいなくなったときにわずか六歳だったにしては、ずいぶんはっきり否定するな」

コナリーが段ボール箱を抱えて刑事部屋にはいって来た。ショーンの横を過ぎて、ホワイティの机の上に箱を置いた。

「なんだ、それ？」

「いろいろです」とコナリーは言って、中をのぞき込んだ。「現場捜査の報告、射撃特性、指紋の分析結果、九一一番にはいって来た電話のテープ、とにかくいろいろです」

「何度も言うな。指紋の分析結果はどうだった？」

「コンピュータの中に一致する指紋はありませんでした」

「全米のデータベースに当たってみたか？」

「インターポールも含めて調べました。何もなしです。ドアにひとつ完璧な指紋が残ってたんですがね。親指です。もしこれが犯人なら、背の低いやつです」

「背の低い」とショーンは言った。

「ええ。まあ、誰のものでもあり得るわけですが。あと六個きれいな指紋が採れましたが、どれも一致するものはありませんでした」

「九一一番のテープは聞いてみたか？」

「いいえ。聞かなきゃなりませんか？」

「コナリー、おまえは事件に関係のあることはとにかくなんでも知っておく必要があるんだ。いいな」

コナリーはうなずいた。「先に聞きます？」

ショーンは言った。「こういうことのためにおまえがいるんだよ」彼はブレンダン・ハリスに向き直った。「親爺さんの銃の話だったな」

ブレンダンは言った。「父は銃を持っていなかった」

「本当に？」

「ええ」

「そう」とショーンは言った。「だとすると、われわれはまちがった情報を与えられていたようだ。ところで、ブレンダン、きみは親爺さんとよく話したか？」

ブレンダンは首を振った。「全然。飲みにいくと言って、母とぼくを置いて家を出ていっただけだから。母は妊娠もしてたのに」

ショーンは彼の苦痛がわかるかのようにうなずいた。「でもお母さんは失踪届けを出さなかった」

「それは、失踪したわけじゃなかったから」とブレンダンは言った。眼の中に葛藤が見えた。「父は母に、愛していないと言ったんだ。いつもくどくど口うるさいと言った。その二日後に彼はいなくなった」

「彼女は彼を探そうとしなかったのか？　まったく？」

「探さなかったよ。金は送ってくるんだから、どうして気にしなきゃならない？」

ショーンは鉛筆をキーボードから離し、机の上に置いた。ブレンダン・ハリスを見つめて、彼の考えを読もうとしたが、憂鬱な気分とやり場のない怒りがわずかにのぞくほかには、何も読み取れなかった。

「金を送ってくる？」

ブレンダンはうなずいた。「月一度、時計仕掛けのように正確に」

「どこから？」

「えっ？」

「金のはいってる封筒だ。どこから送られてくる？」

「ニューヨークから」

「いつも？」

「ええ」

「現金で？」

「ええ。ほとんどは月に五百ドル。クリスマスにはもっとはいってるよ」

ショーンは言った。「手紙もはいってるのか？」

「ない」

「じゃあどうして彼だとわかる？」

「毎月ぼくたちに金を送ってくるなんて、ほかに誰がいます？　罪の意識があるんでしょう。母はいつも彼はそうだと言ってる。ひどいことをしても、悪いと感じてさえいれば、赦されると思ってる。わかるでしょう？」

ショーンは言った。「金のはいっている封筒を一通見せてもらいたいんだが」

「母は捨ててます」

ショーンは「くそっ」と言い、コンピュータのディスプレイを横に向けて視野の外に置いた。事件のあらゆることが彼を悩ませていた——デイヴ・ボイルは容疑者で、犠牲者の父親はジミー・マーカス、犠牲者はボーイフレンドの父親の銃で殺された。そこで彼はまた悩ましいことを思いついた。事件にはまったく関係がなかったが。

「ブレンダン」と彼は言った。「もし妊娠しているときに親爺さんが家族を捨てたのなら、どうしてお母さんは生まれてきた子に親爺さんの名前をつけたんだ？」

ブレンダンの視線は流れて、刑事部屋の中をさまよった。「母はいつもしっかりしてるわけじゃないから。わかるでしょう？　がんばってはいるんだけど……」

「なるほど……」

「母自身が忘れないためにレイと名づけたと言ってる」

「何を？」

「男のことを」彼は肩をすくめた。「男どもに少しでもチャンスを与えたら、できることを見せるためだけに、人を裏切るってことを」

「弟が口を利けないとわかったとき、彼女はどう感じた？」

「腹を立てたよ」とブレンダンは言った。小さな笑いが唇の上にちらついた。「でも母の言い分をある意味で証明することになった。少なくとも彼女の心の中では」彼はショーンの机の端にあった、書類止めのクリップ用のトレーに触れた。小さな笑みは消えた。

「どうして、父が銃を持ってたかなんて訊くの？」

ショーンは突如として、駆け引きをすることも、丁寧かつ慎重でいることも嫌になった。

「わかってるだろう」

「いや」とブレンダンは言った。「わからない」

ショーンは身を乗り出した。そのままブレンダン・ハリスに飛びかかって、手で咽喉を絞め上げてやりたい説明のできない衝動を感じ、なんとかそれを抑え込んだ。「きみのガールフレンドを殺した銃は、ブレンダン、親爺さんが十八年前に強盗で使った銃と同じものだったんだよ。そのことについて話したいか？」

「父は銃を持っていなかった」とブレンダンは言った。が、ショーンは青年の頭の中で何かが動き始めたのを見た。

「持ってなかった？　嘘をつくな」机を思い切り叩くと、ブレンダンは椅子の上でびくっとした。「ケイティ・マーカスを愛してただと？　おれが愛してるものを言ってやろうか、ブレンダン。おれは事件の解決率を愛してる。七十二時間以内に事件を解決する自分の能力を愛してる。そんなおれにおまえはクソくだらない嘘をつきやがる」

「ついてない」

「ついてるさ、坊や。おまえは自分の父親が盗っ人だったのを知ってるか？」

「父は地下鉄の――」

「おまえの親爺はクソみたいな泥棒だったのさ。ジミー・マーカスと働いてたんだ。やつもクソみたいな泥棒だった。で、ジミーの娘がおまえの親爺の銃で殺された？」

「父は銃を持っていなかった」

「クソくらえ！」とショーンは怒鳴った。コナリーが席から飛び上がり、彼らのほうを見た。

「人を舐めるつもりか、小僧。留置場の壁でも舐めてろ」

ショーンはベルトから鍵を取り、頭の上からコナリーに放った。

「この蛆虫《うじむし》野郎を閉じ込めとけ」

ブレンダンは立ち上がった。「ぼくは何もやってない」

ショーンはコナリーが青年のうしろに歩いていき、緊張しながら立つのを見た。

「おまえにはアリバイがない、ブレンダン。犠牲者と深い関係にあったし、彼女はおまえの父親の銃で撃たれた。ほかに有望な容疑者が現われるまで、おれはおまえを収監する。ゆっくり休んで、さっきおれに言ったことをよく考えてみるがいい」

「ぼくを捕らえることなんてできない」ブレンダンはうしろのコナリーを見た。「できるわけない」

コナリーは青年が正しいことがわかっていたので、眼を剝いてショーンを見た。理論的には、起訴できる内容が伴わないかぎり、青年を拘留することはできない。そして彼を起訴できる材料など端《はな》からない。嫌疑だけに基づいて起訴することは、この州では違法だ。

しかしブレンダンはそのことについて何も知らず、ショーンはコナリーに目配せで言った
——殺人課へようこそ、新入り。

ショーンは言った。「今すぐ何か言わなければ、坊や、おまえを収監する」

ブレンダンは口を開け、ショーンは今の酷な話が電気ウナギのように彼の体をすべり抜け

るのを見た。ブレンダンは口を閉じ、首を振った。

「殺人容疑だ」と彼はコナリーに言った。「留置場に放り込め」

デイヴは、午後にはいってから誰もいないアパートメントに戻ってきて、すぐにビールを取りに冷蔵庫へ向かった。何も食べていなかったので、胃は空《から》で、空気で泡立っていた。ビールをがぶ飲みするのに最適なコンディションとは言えなかったが、デイヴはとにかく飲む必要があった。頭の中にできた角《かど》を取り、首の凝りをほぐし、心の壁にぶつかり続ける狂ったドブネズミを押さえつける必要があった。

最初の缶は、がらんとしたアパートメントを歩きまわるうちに簡単になくなった。シレストは彼がいないあいだに帰ってきて、仕事に出かけたのかもしれない。オズマの店に電話してみようかと思った。彼女がいて、髪を切り、女性客とおしゃべりをし、パオロとふざけているかどうかを確かめるために。パオロは彼女と同じ勤務時間で働くゲイだが、気の置けない、しかし普通のゲイのようにまったく無害というわけでもない調子で彼女をからかう。あるいはマイクルの学校まで行って、大きく手を振り、抱きしめ、家まで連れ帰ってもいい。帰る途中でチョコレート・ミルクでも買ってやって。

しかしマイクルは学校にいないし、シレストは職場にいない。デイヴはふたりが彼から隠れようとしているのをそれとなく察した。だから台所のテーブルについて二本目のビールを空け、それが体にしみ渡り、あらゆるものをなだめ、眼のまえの空気をうっすらと銀色の渦に変えるのを見た。

彼女に話すべきだった。最初から妻に、本当に起こったことを話すべきだった。彼女を信頼すべきだった。子供の頃性的に虐待され、今もろくな仕事に就いていないハイスクールの野球選手に力を貸してくれる妻などそういはしない。しかしシレストはそうしてくれた。あの夜、流しのまえに立ち、彼の服を洗い、あなた、証拠は始末しておくから、と言ったことを考えるだけでも――まったく、彼女ほどの人間はいない。どうしてそんなことがわからなかったのだろう。どうして誰かとずっと一緒にいて、その人を見てもいないといったことが起こりうるのだろう。

デイヴは三本目で最後のビールを冷蔵庫から取り出すと、部屋の中をまた歩きまわった。体が妻と息子への愛情で満たされた。妻の裸の体に、自分の体を押しつけて丸くなりたいと思った。そして彼女に髪を撫でられたかった。冷たく、壊れた椅子の置かれたあの取調室でどれほど彼女のことを恋しく思ったか話したかった。最初は人の温かみに触れたいと思っていたのだが、実はシレストの温かみに触れたかっただけだった。彼女の体を自分に巻きつけ、彼女を微笑ませ、まぶたにキスをし、背中を優しく撫でて、彼女で窒息してしまいたかった。

遅くはない。彼女が家に帰ってきたら言おう。最近頭の配線がすっかり狂ってしまって、こんがらかっているのだと。手の中のビールはなんの役にも立たない。それはわかっているんだが、おまえが帰ってくるまではこれが要る。帰ってきたらやめる。飲むのをやめて、コンピュータの学校か何かへ通い、立派なホワイトカラーの仕事に就く。州軍が授業料の前借りをさせてくれるから、それに申し込んでもいい。家族のために、休むのはひと月に一度の週末と、夏の数週間だけでいい。家族のためならなんだってできる。それでまともな人間になり、ビール腹を元に戻し、頭をはっきりさせる。ホワイトカラーの仕事に就いたら、ここを出よう。家賃は上がり続け、スタジアムの建設計画は進み、やたらと高級になっていくこの街を。なぜしがみつく必要がある？　早晩追い出されるのだから。やつらはわれわれを追い出して〈クレイト＆バレル〉（家庭用品の高級店）の世界を作り、カフェや自然食の店が建ち並ぶ通りで、夏の別荘のことを話し始めるのだから。

でもおれたちはもっといい場所へ行こう——彼はシレストにそう言う。息子をきちんと育てられるまっとうな場所へ。新しくやり直そう。何が起こったのか話すよ、シレスト。耳に心地よい話じゃないが、きみが考えてるほどひどくはない。おれは薄気味悪い、邪悪なものを頭の中に抱えていて、たぶん誰かに診てもらわなきゃならない。自分でもむかつくような欲求を抱えているけれど、がんばってるんだ、ハニー。がんばって、いい人間であろうとしている。〝少年〟を葬り去ろうとしている。あるいは少なくとも、やつに思いやりというものを教えてやるつもりだ。

ひょっとすると、キャディラックの男もそれを探していたのかもしれない——ほんのわずかの思いやりを。しかし土曜の夜、〝狼から逃げた少年〟はとても思いやるどころじゃなかった。彼は銃を手に持ち、キャディラックの開いた窓から中の男を撃った。ディヴの耳に骨の砕ける音が聞こえ、赤毛の子供は這いずるようにして助手席側のドアから出て、ディヴが男を何度も何度も撃つのを、口をぽっかり開けて呆然と眺めていた。デイヴは手を伸ばし、男の髪をつかんでドアから引きずり出した。男は見た目ほどやられてはいなかった。死んだふりをしていただけで、デイヴが気がつくと、ナイフが彼のシャツを裂いて体に切りつけていた。飛び出しナイフで、力は弱かったが、怪我をさせるには充分な鋭さだった。デイヴは男の手首に膝を打ち込み、腕を車のドアに押さえつけた。ナイフが舗装の上に落ちると、デイヴは車の下に蹴り込んだ。

立ちすくんだ赤毛の子供は、怖がっていたが、興奮もしていた。理性を越えた怒りに駆られたデイヴは、銃の下部を男の頭のてっぺんに打ち下ろした。その力があまりに激しかったので握把が割れた。男は腹ばいになり、デイヴはその背中に飛び乗って、狼を感じ、男を憎み、この腐れ変態野郎、堕落しきった小児虐待者とばかりに、髪の毛をむんずとつかんで頭を引き上げ、舗装の上に叩きつけた。何度も、何度も叩きつけて、打ち砕いた――こいつめ、ヘンリーめ、ジョージめ、そして、ああ、デイヴめ。このデイヴめ。

死ね、このマザーファッカー、死ね、死ね、死ね。

そこで赤毛の子供は走り去った。デイヴは首を向けて、ことばが口から溢れ出していたのに気がついた。「死ね、死ね、死ね、死ね、死ね」デイヴは子供が駐車場を走っていくのを見て、両手から男の血を滴らせながら彼のあとを追った。赤毛の子供に、おまえのためにやったんだと言いたかった。救ってやったんだぞ。もしそうしてほしいのなら、一生守ってやってもいい。

彼は息を切らして、バーの裏側の通路に立った。子供がとうの昔にいなくなったことはわかっていた。彼は夜空を見上げて言った。「なぜ?」

なぜおれをここに産み落とした? なぜおれにこんな人生を与えた? どうしてこの病気を——よりにもよって、何より忌み嫌っている病気を——おれに与えた? なぜ美しく、優しく、子供と妻に対する愛情のちりばめられた瞬間でおれの心をかき乱す? あの車がギャノン通りをやって来て、おれを地下室へ連れ去らなかったら、自分のものになっていたかもしれない人生の瞬間を垣間見せたりして。なぜだ?

答えてくれ、頼む。お願いだ、頼むから教えてくれ。

しかしもちろん答はなかった。沈黙の中に雨樋の滴りが聞こえるだけだった。霧雨は次第に強くなっていた。

数分後、彼は通路を離れ、引き返して、車の脇に倒れている男に気がついた。

ひどい、とデイヴは思った。人を殺してしまった。

しかし男は転がって横向きになり、釣り上げられた魚のようにあえいだ。ブロンドの髪で、ほかは痩せているのに腹だけは枕を入れたように膨れている。デイヴは、開いた窓から銃を突っ込んで撃つまえの彼の顔がどうだったか思い出そうとした。唇が赤すぎ、大きすぎたことしか憶えていなかった。

しかし男の顔はどこかへ行ってしまっていた。ジェット・エンジンに押しつけられたかのように。デイヴはその血まみれのものが空気を求めてあえいでいるのを見て、吐き気の波に襲われた。

男はすぐ脇に立っているディヴに気がついていないようだった。膝を立てて、這い始めた。車のうしろの木立のほうへじりじりと進んでいった。小さな土手を這い登って、駐車場と隣りの屑鉄工場のあいだに張り渡した金網の柵にしがみついた。ディヴはTシャツの上に着ていたフランネルのシャツを脱ぎ、それを銃のまわりに巻きつけて、顔のない生き物のほうへ歩いていった。

顔のない生き物は、ひとつ上の段に手を伸ばしたところで力尽きた。地面にくずおれ、右に傾いて、柵に背をあずける恰好となり、両足を開いて、近づいてくるディヴに顔でない顔を向けた。

「やめろ」と彼は囁いた。「やめてくれ」

しかしディヴには彼がそのつもりではないことがわかった。彼もディヴと同じように、自分のなれの果てに疲れきっていた。

〝少年〟は男のまえにひざまずき、ボールのように丸くなったフランネルのシャツを腹のすぐ上に当てた。ディヴは今や宙に漂い、彼らを見下ろしていた。

「頼む」と男はしわがれ声で言った。

「しいっ」とディヴは言い、〝少年〟は引き金を引いた。

顔のない生き物の体が大きくびくんと跳ね、ディヴの脇の下を蹴った。そして生気がやかんの笛の音を立てて体を離れていった。

〝少年〟は言った――これでよし。

男を引きずってホンダのトランクに入れたところで、デイヴはキャディラックを使うべきだったことに気がついた。すでにキャディラックの窓は上げ、エンジンは切り、まえの座席も何もかも、触ったところはすべてフランネルのシャツで拭き取っていた。しかし男をホンダのトランクに入れ、捨てる場所を探して乗りまわしてどうする？　答は眼のまえにあったのに。

そこでデイヴは、しばらく誰も出てきていないバーの横手のドアに眼を配りながら、自分の車をバックさせ、キャディラックの横につけた。ホンダのトランクと、キャディラックのトランクを開け、死体を一方からもう一方に移した。そしてふたつのトランクを閉め、飛び出しナイフと銃をフランネルのシャツに包んで、ホンダのまえの座席に置き、その場を走り去った。

シャツとナイフと銃は、ローズクレア・ストリート・ブリッジの上からペニテンシャリー水路に捨てた。あとでわかった話では、彼がそうしている頃、おそらくケイティ・マーカスは公園の中で死に瀕していた。彼はそこから家へ帰った。車とトランクの中の死体はいつ見つかってもおかしくないと思いながら。

日曜遅くなってから、彼は〈ラスト・ドロップ〉の横を車で通り過ぎた。キャディラックの横に一台車が停まっているほかは、駐車場は空だった。その車はバーテンダーのひとり、レジー・ダモーンのものだということをデイヴは知っていた。キャディラックは何事もなかったかのように忘れ去られていた。同じ日、さらに遅くなってから戻ってみて、彼は心臓が止まりそうになった。キャディラックがあった場所には何もなかった。訊くわけにいかないことはわかっていた。たとえ「よう、レジー、あんたとこの駐車場は、長く停めすぎると引っ張っていかれるのか？」といった軽い調子でも。そこで彼は、車はどうなったにせよ、それを彼に結びつけるものが何もなくなったことに気がついた。

何も――赤毛の子供を除いては。

しかし時が経ってみると、あの子供も怖れてはいたけれど、喜び、興奮もしていたように思えてきた。彼はディヴの味方だ。何も心配することはない。

そして警察は何も握っていない。目撃者ひとりいない。ディヴの車からも証拠は得られなかった、少なくとも法廷で使えそうなものは。だからディヴはくつろいでいられる。シレストに話して心の荷を下ろし、細かいことは好きなところへ行くに任せて、妻に身を捧げ、傷はあるけれど変わろうとしている人間として、彼女が彼のことを認めてくれるのを待つのだ。正しい目的のためにまちがったことをした、正しい人間として。魂の中の吸血鬼を退治しようと必死で努力している人間として。

もう公園や公営プールのそばを車で通るのはやめよう、とディヴは三本目のビールを空けながら自分に言い聞かせた。空いた缶を持ち上げる。これもやめるぞ。

でも今日はやめない。もう三本飲んでしまったし、どうせシレストはすぐに帰ってきそうもない。明日にしよう。それがいい。互いに心の傷を癒し、立ち直る時間と空間を作ろう。

彼女は新しい人間のところへ帰ってくる。もう秘密など持たない、心を入れ替えたデイヴのところへ。

「なぜなら秘密は毒だから」と彼は、最後に妻と愛を交わした台所で大声を上げた。「秘密は壁だから」笑みを浮かべて「それにビールはもうないから」

いい気分だった。晴れやかといっていいほど。彼は家を出て〈イーグル・リッカーズ〉に向かった。外はすばらしい天気だった。陽光が通りに溢れていた。子供の頃、ここを高架鉄道が走っていた。クレッセント通りを真ん中で横切り、路上を煤だらけに、空を煙で真っ暗にして。そのことが、集合住宅地は世界から覆い隠された場所という印象をさらに強めた。追放された一族のように世界の片隅に追いやられ、流浪の身でいるかぎり、どんな生き方をしようとかまわない。

線路が取り払われると、集合住宅地は光のもとに晒された。しばらくのあいだ、彼らはそれをいいことだと思っていた。煤は大いに減り、太陽は大いに増え、肌は健康的に陽焼けした。しかし覆いがなくなると、人は他人の顔をまともに見ることができ、レンガ造りの家並みも、ペニテンシャリー水路の眺めも、ダウンタウンに近いことも評価するようになった。突如として、彼らは地下に潜む一族ではなくなった。超一流の不動産の上に住んでいた。

どうしてそんなことになったのか、デイヴは家に帰って考えるつもりだった。十二缶パックを空けながら理論を打ち立てるのだ。あるいは居心地のいいバーを見つけて、昼日中から暗がりに坐り込み、ハンバーガーを注文し、バーテンダーと会話を交わして、いつから集合住宅地が姿を消し始めたのか、いつから世界全体が彼らを取り残して進化し始めたのか、一緒に考えてみてもよかった。

それがいいかもしれない。それしかない！　革張りの椅子に坐って、マホガニーのカウンターにつき、午後をやり過ごすのだ。自分の将来を考えよう。家族の将来計画も立てよう。罪滅ぼしをする方法をひとつひとつ考え抜こう。長く大変だった一日のあとで、三本のビールが成しうることといったらもう驚くしかない。友達のようにデイヴの手を取って、バッキンガム大通りに向かう坂道をぐんぐん登らせている。彼らは言う――なあ、おれたちといってすばらしいと思わないか？　人生の新しいページをめくり、汚れた秘密を脱ぎ捨て、愛する者たちのために誓いを新たにし、昔からなれると思っていた人間についになるってのは、玉が踊り出すほどの気分じゃないか？　ああ、もうすばらしいぜ。

すると、眼のまえに誰が現われた？　見てみろよ。光り輝くスポーツカーを道の角に止めて、アイドリングさせている。おれたちに笑いかけている。ヴァル・サヴェッジだ。にこにこしながら、おれたちに手を振ってるぜ！　さあ、挨拶しろよ。

「伊達男デイヴ・ボイル」とヴァルはデイヴが車に近づいてくると言った。「調子はどうだい、兄弟？」

「いつも左寄りの急進派さ」とデイヴは言って、車の横で身を屈めた。窓のガラスがドアの中にはいる溝に肘を突き、ヴァルをじっと見つめた。「何してるんだ？」

ヴァルは肩をすくめた。「別に。一緒にビールを飲む相手はいないかと思ってな。何か食ってもいいが」デイヴは自分の耳が信じられなかった。ここにも同じことを考えていた人間がいる。「本当に？」

「本当さ。何杯か一緒にどうだ。ビリヤードをしてもいいが、デイヴ？」

「いいとも」

デイヴは心の中で驚いていた。ジミーとヴァルの弟のケヴィン、ときにチャックと一緒に過ごすことはあったが、ヴァルが彼の存在に無関心以外のものを向けたことは記憶になかった。ケイティのせいにちがいない、とデイヴは思った。彼女の死が皆を結びつけているのだ。失ったもののせいで皆の心がひとつになり、悲劇を分かちあうことで絆を強めているのだ。

「乗れよ」とヴァルは言った。「街はずれに知ってる店がある。いいバーだ。友達がやってな」

「街はずれ？」デイヴは今歩いてきた誰もいない通りを振り返った。「どこかの時点で家に帰らなきゃならないんだけど」

「ああ、もちろん」とヴァルは言った。「好きなときに送ってきてやるよ。さあ、行こう。真っ昼間から若者の夜をやろうぜ」

デイヴは笑い、ヴァルの車の正面を助手席側のドアにまわるときにも笑みを浮かべていた。真っ昼間から若者の夜。まさに求めていたものだ。彼とヴァルで、昔ながらの友達のように語り合う。それが集合住宅地のような場所のいいところでもあった。怖れていたことはやがて消え去る。しこった感情も過去のすべても、齢を重ねるにしたがって時の中で安らぐ。すべてが移ろい、残されるのは一緒に大きくなった人々と、生まれ育った場所だけになる。生まれ育った場所。どうか永遠のままでいてくれ——とディヴは車のドアを開けながら思った——われわれの心の中だけでも。

25　トランクの男

ホワイティとショーンは〝兵舎〟から高速道路でひとつ先の出口にある〈パットのダイナー〉で遅い昼食をとった。パットの店は第二次世界大戦の頃から開いていて、パット三世が、この店はまる三代分強盗に遭っていない個人経営のレストランだと言い続けたいかぎり、州警察の溜まり場であり続ける。

ホワイティはチーズバーガーの大きな塊を飲み込み、コーラで流し込んだ。「あいつがやったとは一秒たりとも思ってないんだろう？」

ショーンはツナ・サンドウィッチにかぶりついた。「あいつが嘘をついているのはわかってます。銃についても何か知ってると思う。それと——今はまだ可能性だけだけど——父親はまだ生きていると思います」

ホワイティはオニオンリングをタルタルソースにつけた。「ニューヨークから送られてくるひと月五百ドルか？」

「ええ。長年積み重なっていくらになるかわかりますか？　ほとんど八千ドルですよ。父親以外、誰がそんな金を送ってくるんです？」

ホワイティはナプキンを口に当て、またチーズバーガーに取りかかった。ショーンは、どうやって彼は心臓麻痺を避けているのだろうと思った。この調子で飲み食いし、事件が彼に牙を突き立てたときには週に七十時間労働をこなしながら。

「仮に生きているとしよう」とホワイティは言った。

「ええ」

「だとすると、娘を亡きものにしてジミー・マーカスに復讐することの裏にどんな陰謀があるんだ？　なんだ、おれたちは映画に出てるのか？」

ショーンはくすっと笑った。「誰があなたを演じると思います？」

ホワイティはストローでコーラを飲み、氷の上で音を立てた。「おれもいろいろ考えたよ。おれたちがこの事件を解決したら、本当にそうなるかもしれんぞ、敏腕刑事。〝ニューヨークから来た怪人〟とかなんとか？　おまえもわれわれが大スクリーンに登場するかもしれないと思ってるんだろう？　そうなったら、おれを演じるチャンスが一番あるのは、ブライアン・デネヒーだな」

ショーンはそのことについて考えた。「まったく見当はずれとも言えませんね」と彼は言い、どうして今まで気がつかなかったのだろうと思った。「彼ほど背は高くないけど、部長刑事、根性じゃ負けてない」

ホワイティはうなずいて、皿を押しのけた。「おまえは《フレンズ》に出てくる女みたいなやつらのうちのひとりが演じるんじゃないか。ほら、毎朝一時間は鼻毛の手入れをして、眉毛を切りそろえ、週に一度はペディキュアをやってるようなやつらだよ。ああ、彼らのうちのひとりがちょうどいい」

「羨ましいんでしょう」

「だが、そういうことだよ」とホワイティは言った。「レイ・ハリスの線はそのくらいの変化球だ。可能性指数は、そう、六ぐらいだな」

「十分の六？」

「千分の六だ。振り返ってみよう、いいか？ レイ・ハリスはジミー・マーカスを売る。マーカスはそれに気づき、刑務所から出てきたあとでレイを襲う。ハリスは、なんだ、どうにかして逃げ出し、ニューヨークへ行ってまっとうな仕事に就き、十三年間、毎月欠かさず五百ドル送ってくる。で、ある日眼が醒めると、〝さて、復讐のときが来た〟と言ってバスに乗り、キャサリン・マーカスを殺す。それも毎日見るようなありふれた殺しじゃない、ひどい損傷が加えられた殺しだ。公園の中のあれは異常者の激情だぞ。そしてレイ親爺《オールド》は――四十五歳だから、本当に歳《オールド》だ――公園じゅう彼女を追いかけまわしたあとで、またバスに乗り、銃を持ってニューヨークに帰る？ ニューヨークには当たってみたのか？」

ショーンはうなずいた。「社会保障番号は一致なし。彼の名前のクレジットカードはなし。彼の名前と年齢の雇用記録もなし。ニューヨーク市警と州警察は同じ指紋の人間を逮捕したことがありません」

「でも、彼がキャサリン・マーカスを殺したと思うわけだ」

ショーンは首を振った。「いや、はっきりそうは言えません。ただ殺人の凶器が彼の銃なのはほぼまちがいない。生きている可能性がある、というだけです。彼が生きているのかさえわからない。それにブレンダンは何かを知っている。ケイティ・マーカスが殺されたときに彼が家のベッドにいたことを証明できる人間もまちがいなくいない。だからあの中にしばらくいれば、何かしゃべるんじゃないかと思うんですよ」

ホワイティはあたりの空気を裂くようなげっぷをした。

「王子様のように上品だな」

ホワイティは肩をすくめた。「レイ・ハリスが十八年前にあの酒屋を襲ったのかどうかもわからない。そのときの銃が彼のものだったのかも。すべて推量だ。せいぜい状況証拠だろう。法廷では通用しないな。優秀な地方検事補だったら取り上げもしないかもしれない」

「そう、でも正しいような気がするんです」

「気がする、ね」彼はショーンのうしろのドアが開くのを見た。「おっと、抜け作コンビの登場だ」

スーザが、彼らの区画をまわり込んでやって来た。コナリーが数歩あとに続いた。

「取るに足らない用件だって言いましたよね、部長刑事？」

ホワイティは耳のうしろに手を当て、スーザを見上げた。「なんだって？　耳がよく聞こえなくて」

「〈ラスト・ドロップ〉の駐車場から牽引した車の記録を見たんです」とスーザは言った。

「それは市警の管轄だ」とホワイティは言った。「そう言わなかったか？」

「持ち主が取りにきていない車が一台あったんです、部長刑事」

「それがどうした」

「係員にそれがまだあるか調べてもらったんですが、彼は電話口に戻ってきて、トランクが漏れてると言いました」

「漏れてるって、何が？」とショーンは言った。

「わかりません。でも、腐ったようなひどい臭いがするらしいんです」

キャディラックはツートンカラーで、濃紺の車体の上に白いルーフが載っていた。ホワイティは両手を眼の横に当てて助手席側の窓をのぞき込んだ。「運転席側のドアのコンソールに何か怪しい染みがある」

コナリーはトランクのそばに立って言った。「なんてこった、鼻がもげそうだ。ウォラストンの干潟みたいな臭いがするぜ」

ホワイティはうしろにまわってきた。駐車場の係員がショーンにロック・パンチャーを手渡した。

ショーンはコナリーの横に立ち、彼をどかせて言った。「ネクタイを使え」

「なんですって？」

「口と鼻の上に当ててるんだ。ネクタイを使え」

「あなたたちは何を使ってるんです？」

ホワイティは自分のてかてか光る上唇を指差した。「来る途中でヴィックス・ヴェポラッブを塗ってきた。悪いな、売り切れだ」

ショーンはトランクの縁にロック・パンチャーの先を当てた。そしてキャディラックのトランクの鍵の上までそれを動かし、ぐいと押し込んだ。金属の上を金属がすべる感触があって、かちりと引っかかり、パンチャーは鍵の円筒全体をつかんだ。

「はいったのか？」とホワイティは言った。「一発で？」

「はいった」ショーンは力いっぱい引っ張って、鍵を円筒ごと引き抜き、空いた穴を見た。ラッチがかちりと音を立ててはずれ、トランクの蓋が上がって、干潟の臭いはもっとひどいものに変わった。沼地に漂うガスと、茹でた肉が大量のスクランブル・エッグの中で腐っているような臭いが混ざった、とてつもない悪臭だった。

「くそっ」コナリーはネクタイを顔に当て、車からあとずさった。

ホワイティは言った。「誰か、モンテ・クリスト・サンドウィッチを食べたいやつは？」

コナリーの顔は日蔭の雑草のような色になった。

しかしスーザは落ち着いていた。片手で鼻をつまんでトランクに近づくと、言った。「顔はどこだろう？」

「これが顔さ」とショーンは言った。

男は胎児のように丸くなっていた。首が折れたかのように頭を斜めうしろに跳ね上げ、体のほかの部分は反対方向に曲がっていた。背広は一流で、靴も然り。ショーンは男の手と髪の生え際を見て、歳は五十前後だろうと見当をつけた。スーツの上着のうしろに穴が空いているのに気づき、ショーンはペンで背中から生地を持ち上げた。汗と熱で下の白いシャツは黄ばんでいたが、上着の穴に対応する穴が背中のほぼ中央にあり、その部分は皺《しわ》になって体の穴に繋がっていた。

「射出孔です、部長刑事。まちがいなく銃創だ」彼はトランクの中を見渡した。「でも薬莢は見当たらない」

ホワイティは、ふらふらし始めたコナリーのほうを向いた。「車で〈ラスト・ドロップ〉の駐車場に戻れ。まず市警に連絡しろ。縄張り争いはごめんだからな。駐車場で血が一番溜まっていたところから道筋をたどるんだ。どこかに弾丸が落ちている可能性は高い。わかったか？」

コナリーは大きく息を吸い込みながらうなずいた。

ショーンは言った。「弾丸は胸骨の下四分の一のほぼ中央からはいっています」

ホワイティはコナリーに言った。「市警を怒らせない範囲で、現場捜査班とできるだけ多くの警官を行かせろ。もし弾丸を見つけたら、自分で鑑識に持っていくんだ」

ショーンは首をトランクの中に突っ込んで、ぐしゃぐしゃに潰された顔をよく見た。「砂利がついているところを見ると、誰かが舗装の上に、これでもかと言うほど叩きつけたんだな」

ホワイティはコナリーの肩に手を置いた。「殺人課の全員をここに寄越すよう市警に言ってくれ。技師、カメラマン、地方検事補も呼ぶんだ、それに検死医。パワーズ部長刑事が、現場で血液型を判定できる人間を要求していると言うんだ。さあ、行け」

コナリーは臭いから逃れられるというだけで元気づいた。警察車に駆け込み、ギアを叩き込んで、一分と経たないうちに車の尻を振って走り去った。

ホワイティは車のまわりを一周して、フィルム一本分の写真を撮り、スーザにうなずいた。スーザは外科用手袋をはめ、細長い針金で助手席側のドアの鍵を開けた。

「身元を証明するものは？」とホワイティはショーンに訊いた。

ショーンは言った。「ズボンのうしろのポケットに財布がある。手袋をはめますから、そのあいだに写真を撮ってもらえますか？」

ホワイティはまわって来て、死体の写真を撮り、カメラを首から下げると、レポート用紙に現場の見取り図を描いた。

ショーンは死体のポケットから財布を抜き取り、中を調べた。スーザは車のまえから呼ばわった。「車両登録者はオーガスト・ラースン、三二三、サンディ・パイン・レイン、ウェストンです」

ショーンは免許証を見た。「同じ男だ」

ホワイティは振り返った。「臓器提供者カードとか、その手のものはないか？」

ショーンは、クレジットカード、ヴィデオ屋の会員証、スポーツクラブの会員証、ＡＡＡ

（全米自動車連盟）登録証、とめくっていって、〈タフツ・ヘルス・プラン〉（医療サービスの非営利団体）の会員証を見つけた。掲げてホワイティに見せる。

「血液型はA」

「スーザ」とホワイティは言った。「指令所に電話してくれ。デイヴィッド・ボイルを全部署緊急手配だ。一五、クレッセント通り、イースト・バッキンガム。白人男性、髪は茶色、眼は青、五フィート十インチ、百六十五ポンド。武装の可能性あり、危険」

「武装の可能性あり、危険？」とショーンは言った。「そうは思わないけど、部長刑事」

ホワイティは言った。「それをトランクの男に言ってやれ」

ボストン市警の本部は牽引車の駐車場からわずか八ブロックのところにあったので、コナリーが行ってから五分後には、警察車と覆面パトカーの大群が門を出て、市検死局のヴァンと現場捜査班のトラックがそれに続いた。ショーンは彼らの姿を見るなり、手袋を脱いで、トランクからうしろに下がった。ここからは彼らの仕事だ。ショーンに何か質問するかもしれず、それは差し支えないが、ほかのことについては事件をはずれる。

黄褐色のクラウン・ヴィックから最初に出てきた刑事はバート・コリガンだった。ホワイティと同じ年代の老兵で、結婚がうまくいかず、ダイエットに失敗した過去も似通っている。彼はホワイティと握手した。ふたりは木曜の夜の〈JJフォリー〉の常連で、同じダーツのリーグに属している。

バートはショーンに言った。「この車の切符は切ったのか？ それとも葬式が終わるまで待ってる？」

「うまい」とショーンは言った。「最近は切符を切るのに誰に手伝ってもらってる、バート？」

バートは彼の肩をはたき、車のうしろにまわった。中をのぞき、臭いを嗅いで、言った。

「いかす《ファンキー》な」

ホワイティはトランクに近づいた。「殺されたのは日曜の早朝、イースト・バッキーの〈ラスト・ドロップ〉の駐車場だと踏んでる」

バートはうなずいた。「月曜の午後、そこでわれわれの鑑識の連中がそちらと顔を合わせなかったか？」

ホワイティはうなずいた。「同じ事件だ。今日もあっちに人を送ってくれたか？」

「ああ、数分前に。コナリー刑事と会って、弾丸を捜すんだろう？」

「ああ」

「無線でも名前を流したな？」

「デイヴィッド・ボイル」とホワイティは言った。

バートは死んだ男の顔を見た。「そちらの事件の記録を全部見せてくれ、ホワイティ」

「問題ない。あとしばらくいて、あんたたちの進捗を見ることにするよ」

「今日、シャワーを浴びたか？」

「おまえさんはどうする？」

「朝一番で」

「それならいい」彼はショーンのほうを見た。「こちらは任せます。スーザを連れていきます」

ショーンは言った。「話をしたい男を拘留してるんで、

ホワイティはうなずいて、車まで一緒について来た。「こいつはボイルの仕業だ。マーカス殺害にも繋げられるかもしれん。一石二鳥だな」

ショーンは言った。「十ブロック離れて二件の殺人？」

「ひょっとしたら彼女はバーから出てきて、殺人を目撃したのかもしれない」

ショーンは首を振った。「時間がめちゃくちゃだ。ボイルがあの男を殺したのなら、それは一時半と一時五十五分のあいだです。それから彼は十ブロック運転して、一時四十五分に通りを車で走っていたケイティ・マーカスを見つけなきゃならない。おれは無理だと思います」

ホワイティは車の横にもたれかかった。「ああ、そうだな」

「それに、あの男の背中に空いた穴は小さかった。三八口径にしては小さすぎると思う。だからちがう銃に、ちがう殺人者です」

ホワイティはうなずいて、靴の先を見つめた。「もう一度ハリスを尋問するのか？」

「彼の父親の銃が気になって仕方がないんですよ」

「父親の写真を手に入れて、年齢の効果を加えて、ばらまいてみるか。誰かが見てるかもし

れんぞ」

スーザが来て、助手席側のドアを開けた。「おれも一緒に行きます、ショーン?」

ショーンはうなずき、ホワイティのほうを振り返った。「大したことじゃありません」

「なんだって?」

「欠けてるものがなんであれ、ほんの些細なことですよ。解明してみせる。おれは事件を解決します」

ホワイティは微笑んだ。「おまえの皿の上に載った、最新の未解決の殺人事件は?」

名前がショーンの口をついて出た。「アイリーン・フィールズ。八カ月前に殺された」

「事件はどれもこれもたやすいわけじゃない」とホワイティは言い、キャディラックのほうへ戻り始めた。「言いたいことがわかるか?」


留置場で過ごす時間はブレンダンに優しくなかったようだった。彼はより小さく、幼く見え、そのくせ苦々しさが顔に表われていた。留置場の中で、この世に存在することすら知りたくなかったものを眼にしたかのように。しかしショーンは気を配って、彼を人間の屑や麻薬中毒者のいない独房に入れていた。だから何がそれほどおぞましかったのかわからなかった。本当に孤独が苦手というなら話は別だが。

「親爺さんはどこだ?」とショーンは言った。「ニューヨーク」

ブレンダンは爪を噛んで、肩をすくめた。

「会ったことはない？」

ブレンダンは別の爪に取りかかった。「六歳のときから会ってない」

「おまえはキャサリン・マーカスを殺したのか？」

ブレンダンは口から指を落とし、ショーンを見つめた。

「答えろ」

「いや」

「親爺さんの銃はどこだ？」

「父が銃を持ってたことなんて、何も知らない」

今度はまばたきはなかった。彼はショーンから眼をそらさなかった。残酷にも打ちのめされた疲労感を浮かべてショーンを睨みつけ、ショーンは青年に会ってから初めて、その中に宿る暴力の兆しを感じ取った。

独房でいったい何があったんだ？

ショーンは言った。「どうして親爺さんはケイティ・マーカスを殺したいと思ったんだ？」

「父は誰も殺してなんかいない」とブレンダンは言った。

「おまえは何か知ってるだろう、ブレンダン。なのに黙ってる。なんなら今、嘘発見器を試してみるか？　そこでもう少し質問したいことがある」

ブレンダンは言った。「弁護士と話したい」

「すぐにそうさせてやる。さあ――」

ブレンダンは繰り返した。「弁護士と話したい。今すぐに」

ショーンは声を低く保った。「いいとも。誰か当てはあるのか？」

「母の知り合いがひとりいる。電話させてほしい」

ショーンは言った。「なあ、ブレンダン――」

「今すぐ」とブレンダンは言った。

ショーンはため息をついて、机の電話を押しやった。「外線は九からだ」

ブレンダンの弁護士は年寄りのアイルランド人で、馬に引かれていた頃から救急車を追いかけていたにちがいない口上手だったが、アリバイの欠如であれ、ほかのどんな理由であれ、ショーンに彼の依頼人を拘留する権利はないとわかるくらいの経験は積んでいた。

ショーンは言った。「拘留した？」

「私の依頼人を独房に入れた」と弁護士は言った。

「鍵を閉めたりしたわけじゃない」とショーンは言った。「彼が見たいと言ったんです」

弁護士はショーンに心底がっかりしたという顔を見せ、ブレンダンと、一度も振り返らずに刑事部屋を出ていった。そのあとショーンは事件の記録をいくつか読んだが、ことばはなんの印象も残さなかった。ファイルを閉じ、椅子の背にもたれ、眼を閉じて、頭の中で夢のローレンと夢の子供を見た。ふたりの匂いを嗅ぐこともできた。本物の匂いがした。

彼は財布を開け、ローレンの携帯電話の番号を書きとめた紙切れを抜き出し、机の上に置いて、手で皺を伸ばした。もともと子供は欲しくなかった。飛行機に先に乗れるということ以外、子供のいいところを思いつかなかった。子供は親の人生を支配し、恐怖と疲れで満たすというのに、人は子供を持つことを祝福と見なし、かつて神のために取っておいた敬虔な口調で子供について語る。しかしつまるところ、くそガキどもが交通を遮って道を渡り、バーで騒ぎまくり、音楽を大音量でかけ、金を奪い、レイプし、欠陥車を売りつけるのだ。そういう屑どもは皆、歳を取った子供だ。奇跡でもなんでもない。そこに神聖さなどない。

それに、娘は彼の子かどうかもわからない。父子鑑定は受けなかった。彼のプライドが、そんなものクソくらえと言ったので。父親であることを証明するためにテストを受けるだと？　それほどみっともないことがあるか？　ああ、すいません、血を採ってほしいんです、家内がほかの男とやって妊娠したもので。

クソったれ。そう、彼は彼女が恋しい。そう、彼は彼女を愛している。そして、そう、彼は自分の子供を持つことを夢見た。だからなんなんだ。ローレンは彼を裏切り、彼を捨て、いなくなっているあいだに子供をもうけ、それでも謝ったことがない。そこまでしておいて、決して言おうとしない――ショーン、わたしがまちがっていた。ごめんなさい、あなたを傷つけてしまって、と。

ショーンは彼女を傷つけただろうか？　ああ、もちろん。彼女の浮気を知ったとき、彼は彼女を殴る寸前まで行った。拳を振り上げ、最後の瞬間で思い直して、ポケットに収めた。

ローレンはしかし、彼の切羽詰まった表情を見たはずだ。そして彼は彼女にあらゆる罵詈雑言を浴びせかけた。なんということだ。

しかし怒りも、彼女を拒否したのも、与えられた状況に反応したものだった。ひどい目に遭わされたのは彼だ。彼女ではなく。

そうだろう? 彼は数秒のあいだ考えた――そうだ。

彼は携帯電話の番号を財布に戻し、また眼を閉じて、椅子の上でうとうとしかけた。廊下の足音ではっとして眼を開けると、ホワイティが刑事部屋へはいって来た。眼に酔いがまわっているとショーンが見る間に、酒臭い息が漂ってきた。ホワイティは椅子にどすんと腰を下ろし、足を机の上に投げ出して、この日の午《ひる》過ぎにコナリーが持ち込んできた雑多な証拠の箱を足で押しやった。

「長くひどい一日だった」と彼は言った。

「見つけました?」

「ボイルか?」ホワイティは首を振った。「いや。家主は、やつが三時頃出かける音を聞いたが、それ以来見ていないと言ってる。妻と息子もしばらく見てないそうだ。職場にも電話してみたら、やつは水曜から日曜の勤務だから見てないとさ」彼はげっぷをした。「いずれ現われるさ」

「弾丸は?」

「〈ラスト・ドロップ〉に一個落ちていた。問題は、撃たれた男のうしろの金属の柱に当たったことだ。射撃特性班は特定できるかもしれないし、できないかもしれないと言ってる」

彼は肩をすくめた。「ハリスはどうだった？」

「弁護士がつきました」

「今になって？」

ショーンはホワイティの机まで来て、箱の中身を選り分け始めた。「足跡はないし」と彼は言った。「指紋は記録にある誰のものとも一致しない。銃は十八年前の強盗で使われたきり。なんなんだ、いったい」彼は射撃特性の報告を箱の中に戻した。「アリバイのない唯一の男は、おれが疑ってない唯一の男ときた」

「家へ帰れよ」とホワイティは言った。「本当に」

「はい、はい」彼は九一一番のカセットテープを箱から取り出した。

「それはなんだ？」とホワイティは言った。

「スヌープ・ドッグ（ラップ・ミュージシャン）」

「死んだと思ってた」

「それはテュパック（九六年に殺された）」

「ついていくのはむずかしいな」

ショーンはテープを机の隅にあったレコーダーに入れ、再生ボタンを押した。

「九一一番、警察です。どんな緊急の要件ですか？」

ホワイティは輪ゴムを指に引っかけ、天井の扇風機に向けて飛ばした。

「車があるんだけど、中が血だらけで、ええと、ドアが開いていて、ええ――」

「車はどこにありますか？」

「集合住宅地です」と少年は言った。「ペン公園の近く。ぼくと友達で見つけたんだ」

「通りの住所がわかりますか？」

ホワイティは拳を口に当ててあくびをし、別の輪ゴムに手を伸ばした。ショーンは立ち上がって背伸びをし、冷凍庫にはいっているディナーはなんだったかと思った。

「シドニー通り。中が血だらけで、ドアが開いてる」

「きみの名前は、坊や？」

「彼女の名前を知りたがってる。おれのことを〝坊や〟だとさ」

「坊や。きみの名前と言ったんだ。きみの名前は？」

「やめた、かかわりたくねえや。じゃあな」

電話が切れて、交換手は情報を中央指令所に伝えた。ショーンは停止ボタンを押した。

「テュパックはどちらかと言うとリズム・セクション寄りだと思ってたんだが」とホワイティは言った。

「それはスヌープ。言ったでしょう」

ホワイティはまたあくびをした。「家へ帰れ。いいな」

ショーンはうなずき、テープをレコーダーから取り出した。ケースに戻して、ホワイティの頭越しに箱の中に投げ入れた。机の一番上の抽斗からグロックとホルスターを取り出して、ベルトに取りつけた。

「彼女」と彼は言った。

「何?」ホワイティは彼のほうを見た。

「テープの子供だ。〝彼女の名前〟と言った。〝彼女の名前を知りたがってる〟と。マーカスの娘のことだ」

「そうだ」とホワイティは言った。「死んだ娘だ。おまえも〝彼女〟と呼ぶだろう」

「でもなんで彼が知ってる?」

「誰が?」

「電話した子供ですよ。どうして車の血が女性のものだとわかったんです?」

ホワイティは机から足を下ろし、箱を見た。手を入れて、テープを取り出す。手首をさっと翻すと、ショーンの手の中にテープが飛び込んだ。

「もう一度再生してくれ」とホワイティは言った。

26　宇宙の果てへ

デイヴとヴァルは街中を過ぎ、ミスティック・リバーを越えて、チェルシーのいかがわしい酒場にたどり着いた。ビールは安く、冷たく、客はほとんどいない。いるのは河岸で一生働いてきたように見える常連と、四人の建設作業員だけで、作業員たちは、明らかにすばらしい胸と蓮っ葉な態度の持ち主であるベティという女のことで言い争っていた。バーはトービン・ブリッジの下に抱えられるようにたたずみ、店の裏はミスティックに面していた。数十年はこの場所にあるようだ。誰もがヴァルを知っていて、彼に挨拶した。主人は痩せぎすで、漆黒の髪と抜けるように白い肌をした、ヒューイという名の男だった。カウンターで働いていて、ふたりに二杯ずつビールを振る舞った。

デイヴとヴァルはしばらくビリヤードをしたあと、ビールのピッチャーとウィスキーのショットグラス二個を持ってブースに腰を落ち着けた。通りに面した小さな四角い窓が黄金色から藍色に変わり、瞬く間に夜の帳《とばり》が下りると、デイヴはいじめられているような気持ちになった。ヴァルはいざつき合ってみると、ずいぶん気楽な相手だった。刑務所やうまくいかなかった盗みの話を、内容はひどく恐ろしいものなのに、うまく笑い話に仕立てる。デイヴはヴァルのような男でいるのはどういう気分のものなのだろうと思った。まったくの怖いもの知らずで、自信に満ち、しかし桁外れに小さい。

「昔の話だけどな、ジミーが刑務所に送られて、それでも仲間はまだやっていこうと思ってたときのことだ。おれたちが泥棒でいられたのは、ジミーが何から何まで計画してくれたからだってことがまだわかってなかったんだな。彼の言うことを聞いて、彼の命令に従ってればよかったから。だが彼がいなくなると、おれたちはただの間抜けだった。で、あるとき、切手収集家のコレクションを盗んだんだ。兄貴のニックと、カースン・レヴェレットというやつと一緒に、そいつをオフィスで縛り上げた。そのカースンてのがまた、教えてやらないと靴紐も結べないような阿呆でな。で、おれたちはエレヴェーターに乗って下りて行った。ばっちり決まってたよ。スーツを着て、いっぱしの人間に見えるはずだった。するとエレヴェーターに女が乗ってきて、はっと息を呑んだんだ。声まで上げて。おれたちはどうしてなのかわからなかった。みんな立派に見えるはずだろう？　ニックのほうを見ると、ニックはカースン・レヴェレットのほうを見ていた。その馬鹿者はなんと、まだマスクをしてたんだ」ヴァルはテーブルを叩いて大笑いした。「信じられるか？　やつはロナルド・レーガンのマスクをしてたんだ。あのにっこり笑ったやつ。よく売ってただろう？　あれをつけたままだったんだよ」

「で、気づかなかったのか？」

「そう。そこがポイントなのさ」とヴァルは言った。「オフィスから出て、おれとニックは自分たちのマスクをとって、カースンもとったものと思い込んでたんだ。あの仕事をやってると、いつもいろいろ馬鹿げたことに出くわす。緊張してるし、愚かだし、とにかく安全な場所へ逃れたいと思ってるから、一番簡単なことを見落とすんだな。それが眼のまえにぶら下がってても、見えなくなるんだ」彼はまたくすくす笑って、ショットグラスを空けた。

「だからジミーにいてほしかった。ジミーはこまごましたことをみんな考えてる。優秀なクウォーターバックがフィールド全体を見るみたいに、どんな仕事でもフィールド全体を見てた。うまくいかないかもしれない場合をすべて考え抜いてた。彼は大天才だったよ」

「でも堅気《かたぎ》になった」

「そのとおり」とヴァルは煙草に火をつけながら言った。「ケイティのために。そしてアナベスのために。ここだけの話、彼がそれで満足してるとは思えないが、まあとにかく、ときに人間は成長しなきゃならないってことさ。おれの最初の女房は、それがおれの問題だって言ってた──おれが成長できないってことが。おれは夜が好きでたまらなくて、昼間はただ寝て過ごしてるからな」

「ちがう感じがするものなんだろうな」とデイヴは言った。

「なんだって?」

「成長するっていうのは。ちがった人間になるってことなんだろう? 成長した気がするんだろう? 一人前の人間に」

「おまえはそんなふうに感じないってことか?」

デイヴは笑った。「ときには。ちらっとそんな気がすることもある。でも大抵は、十八歳とそれほどちがう感じがしない。眼が醒めて〝おれに子供がいる？　女房がいる？〟と思うこともしょっちゅうだ。どうしてそんなことになってるんだってね」デイヴは何も食べていなかったので、酔いで舌が重くなり、いつものように頭がふわふわしてきた。説明しなければと思った。ヴァルに、彼がどんな人間なのかをわからせ、その人間を好きになってもらうのだ。「いつか永遠にそうなるものだとずっと思っていた。つまり、ある日、眼が醒めると、自分は大人になったと感じるものだと。昔のテレビ番組に必ず出てきた父親みたいに、物事をしっかり把握している感じがするものだと」

「たとえばウォード・クリーヴァー（TVシリーズ《ビーバーちゃん》の理想的な父親）みたいにか」とヴァルは言った。

「ああ。あるいはジェイムズ・アーネスみたいな保安官（TVシリーズ《ガンスモーク》）とか。彼らは一人前の男だった。永遠に」

ヴァルはうなずいて、ひと口ビールを飲んだ。「刑務所で、ある男がおれに言ったことがある。〝幸せは一瞬訪れて、次の瞬間まで戻ってこない。それには何年もかかることがある。しかし哀しみは〟――」ヴァルはウィンクした。「――〝哀しみは居坐る〟ってな」彼は煙草をもみ消した。「おれはその男が好きだったよ。ばしっと決まる台詞をいくつも持っててな。おれはもう一杯飲む。飲むか？」ヴァルは立ち上がった。

デイヴは首を振った。「まだこいつを飲んでる」

「おいおい」とヴァルは言った。「景気よく行こうぜ」

　デイヴは彼のくしゃくしゃの笑い顔を見て、言った。「わかった。いいとも」

「そう来なくちゃ」ヴァルはデイヴの肩を叩き、カウンターへ歩いていった。

　デイヴは彼がカウンターに立って、飲み物を待つあいだに歳取った港湾労働者としゃべっているのを見つめた。ここにいる男たちは、一人前の人間でいることはなんなのか、わかっているのだろうなと思った。疑いを持たない人間。自分の行ないが正しいかどうかを問いただす必要のない人間。世の中や、世の中で自分が期待されていることに惑わされない人間。

〝怖れ〟だろう、と彼は思った。常に彼が抱いていて、彼らが抱いていないのは、それだ。幼すぎる頃、怖れが彼の中に居坐ったのだろう――永遠に。ヴァルの刑務所仲間が、哀しみがそうすると言ったように。怖れが彼の中に居場所を見つけて、そのまま離れなかったのだ。だから彼はまちがったことをするのを怖れ、失敗するのを怖れ、知的でないのを怖れ、いい夫でないことを、いい父親でないことを、一人前の男とは言えないことを怖れるのだ。怖れがあまりに長く居坐りすぎて、彼はそれなしで生きるのがどういうことだったか、もう憶えていないほどだった。

　通り過ぎる車のヘッドライトが入口のドアに跳ね返って、彼の顔を閃光のように白く照らし出した。ドアが開き、デイヴは何度か眼をしばたたいて、ドアからはいって来た男の輪郭だけをとらえた。大きな人影で、革のジャケットを着ているようだった。少しジミーに似てなくもなかったが、彼より大柄で、肩幅も広かった。

　しかしそれはジミーだった。ドアが閉まり、視界がまた戻って、デイヴは気がついた。ジミーは、濃い目のタートルネックとカーキ色のズボンの上に、黒い革のジャケットを羽織っていた。ディヴにうなずくと、カウンターにいるヴァルのところへ歩いていった。そしてヴァルの耳元に何か囁き、ヴァルは振り返ってディヴを見て、ジミーに何か言った。ディヴは頭がふらふらしてきた。空きっ腹に酒を飲んだからだ。まちがいない。しかしジミーにも関係があった。彼がうなずいた様子や、無表情な、しかしどこか決然とした顔つきに。それにどうしてあんなに大きく見えたのだろう。昨日から十ポンド体重が増えたみたいだ。そして娘の通夜のまえの晩だというのに、チェルシーくんだりで何をしているのだろう。

ジミーは近づいてきて、ディヴの向かいのヴァルの席に坐った。彼は言った。「調子はどうだ？」

「ちょっと酔っ払った」とディヴは認めた。「体重が増えたか？」

ジミーは怪訝そうな笑みを浮かべた。「いや」

「大きく見える」

ジミーは肩をすくめた。

「こんなところで何してるんだ？」とディヴは訊いた。

「ここへはよく来る。おれとヴァルはヒューイと長いつき合いなんだ。はるか昔からの。それを飲んでしまえよ、ディヴ」

ディヴはショットグラスを手に取った。「もう結構まわってるんだ」

「誰が気にする？」とジミーは言った。ディヴはジミーもショットグラスを持っているのに気がついた。ジミーはグラスを上げて、デイヴのグラスに当てた。「おれたちの子供に」とジミーは言った。

「おれたちの子供に」デイヴはなんとか言った。本当に具合が悪くなっていた。昼間からすべり出て、夜を越え、夢の中へはいり込んだようだ。皆で顔を寄せ合っているのに、声だけは下水管の底から聞こえてくるような、そんな夢の中へ。

デイヴは酒を飲み干し、ひりつくような感覚に顔をしかめた。ヴァルが彼の横にはいり込んできた。腕を彼の肩にまわし、直接ピッチャーからビールを飲んだ。「ここはいつもいいな」

「いいバーだ」とジミーは言った。「誰にも邪魔されない」

「そこが肝腎だ」とヴァルは言った。「人生で誰にも邪魔されないことが。自分にも、家族にも、友達にも、ふざけた真似をされないことが。だろ、デイヴ?」

デイヴは言った。「そのとおり」

「こいつは笑わせてくれるよ」とヴァルは言った。「腹が立つほど」

ジミーは言った。「そうか?」

「ああ、そうだとも」とヴァルは言って、デイヴの肩をぎゅっと引き寄せた。「我らがデイヴはな」

シレストはモーテルのベッドの端に坐っていた。マイクルはテレビを見ている。彼女は膝に電話を抱え、手を受話器に載せていた。

午後遅く、錆の浮いた椅子に坐って、マイクルと小さなプールのそばで過ごしているうちに、彼女はだんだん自分が小さく、虚ろになっていくような気がした。まるで見捨てられ、愚かで、しかも不誠実な自分を誰かが天から見下ろしているかのように。

自分の夫。彼女は自分の夫を裏切ったのだ。

おそらくデイヴはケイティを殺したのだろう。おそらく。しかしよりにもよって、ジミーにそれを言おうと思うなんて。どうしてもっと時間を置いて、じっくり考えなかったのか。どうしてほかのあらゆる選択肢を検討してみなかったのか。デイヴが怖かったから？

しかしここ数日のうちに彼女が見たデイヴは常軌を逸していた。ストレスの生み出したデイヴだった。

ひょっとしたら、デイヴはケイティを殺していないのかもしれない。ひょっとしたら。

要するに、はっきりしたことがわかるまで、少なくともデイヴのために疑問の余地を残しておくべきだった。彼と一緒に暮らしていけるのか、マイクルを危険に晒《さら》したものか、不安だったのは確かだけれど、行くなら警察に行くべきだった。ジミー・マーカスのところではなく。

わたしはデイヴを傷めつけたかったのだろうか。ジミーの眼を見て、自分の疑っていることを打ち明け、そこから先の何かを期待していたのだろうか。だとすると、何を？　世界のあらゆる人間の中で、なぜジミー、、、に話したのだろうか。

その質問には幾とおりもの答があった。そして彼女はそのどれも好きではなかった。彼女は受話器を取り上げ、ジミーの家の番号をダイヤルした。手が震え、頭の中で祈っていた――

――お願い、誰か出て。ジミー、出て。お願い。


ジミーの顔に浮かんだ笑みは今や揺れていた。まえにうしろに、片方の端が上がったかと思えばまた下がり、今度はもう片方が上がり。デイヴはカウンターに眼の焦点を合わせようとしたが、それもまた揺れていた。カウンターは船の上で、海が荒れ始めてきたかのようだ。

「レイ・ハリスをここへ連れてきたときのことを憶えてるか？」とヴァルは言った。

「もちろん」とジミーは言った。「古き良きレイ」

「思えばレイも」とヴァルは言って、デイヴのまえのテーブルをぱしんと叩いた。「やたら可笑しいやつだったな」

「ああ」とジミーは低い声で言った。「レイは愉快なやつだった。笑わされたよ」

「大抵の人間はやつのことをジャスト・レイと呼んでた」とヴァルは言った。デイヴは彼らがいったい誰のことを話しているのか注意を集中しようとした。「だがおれはレイ・ジングルズと呼んだね」

ジミーは指を鳴らしてヴァルに向けた。「そうだったな。あの小銭のせいだ（〝ジングルズ〟はチャリンチャリンという音）」

ヴァルはデイヴのほうに身を寄せて、耳元で言った。「あの男はな、どんなときにもポケットに十ドル分ほどの小銭を入れてたんだ。理由は誰も知らなかった。ただ小銭を持ち歩きたかっただけなんだろうけどな。あるいは、リビアか、どこか馬鹿げた場所に電話しなければならなくなったときに備えてかな。そんなこと、誰にわかる？　しかしやつは両方のポケットに手を突っ込んで歩きまわり、一日じゅう小銭をチャリチャリ言わせてたんだ。やつは泥棒だったんだぜ。それが〝レイ、おまえが近づくのに気づかないやつがどこにいる？〟ってな調子でさ。ま、さすがに仕事のときには家に置いてきてたようだったが」ヴァルはため息をついた。「おかしなやつだったぜ」

ヴァルはディヴの肩から手をはずして、もう一本煙草に火をつけた。煙が立ち昇ってディヴの顔に漂い、ディヴはそれが頬を這いまわって、髪の中を掘り進むのを感じた。煙越しに、ジミーが彼のほうを見つめていた。冷たく、決然とした表情で。ジミーの眼には彼の嫌いな何かが浮かんでいた。見憶えのある何かが。

警官の眼だ、と彼は気がついた。パワーズ部長刑事。心の中をまっすぐのぞき込まれているような感覚。ジミーの顔に微笑みが戻り、小舟のように上下に揺れた。ディヴの胃もそれに合わせて、波乗りをしているように跳ね上がった。

彼は何度か唾を呑み、空気を思い切り吸い込んだ。

「大丈夫か？」とヴァルは言った。

ディヴは手を上げた。みんなが黙ってくれれば、それでよかった。「ああ」

「本当に？」とジミーは言った。「顔が緑色だぜ」

それはデイヴの体の中で波のように高まった。気管が拳のように固まったかと思うとまた弾けるように広がり、玉の汗が額に噴き出した。「ちくしょう」

「デイヴ」

「気分が悪い」と彼は、吐き気がまた押し寄せてくるのを感じて言った。「まじで」

ヴァルは「わかった、わかった」と言い、さっとブースから立ち上がった。「裏口のドアを使え。ヒューイは便器の縁を掃除するのが好きじゃないから。いいな？」

デイヴはブースから体を押し出した。ヴァルは彼の肩をつかんで、ビリヤード台の先にあるバーの一番奥のドアを見させてやった。

デイヴはドアのほうに歩き始めた。一歩一歩踏み出して、まっすぐ歩こうとしたが、どっちみちドアは傾いて見えた。暗く、小さな、黒いペンキを塗られたオーク材のドアで、長年のあいだに傷がはいり、ところどころが欠けていた。デイヴは店の中の暑さを急に感じた。じとつく蒸し暑さで、よろめきながらドアに近づく彼に熱が吹き寄せてきた。彼は真鍮のノブに手を伸ばし、その冷たい感触をありがたいと思いながら、ノブを回し、ドアを押し開けた。

最初に眼にはいったのは雑草だった。次に水が見えた。彼はふらつきながら外へ出て、その暗さに驚いた。合図を出されたかのように、ドアの上の電灯が点き、眼のまえのひび割れたアスファルトをくっきりと照らし出した。頭上の橋の上を、クラクションを鳴らしながら轟音を立てて渡っていく車の音がした。彼は吐き気の波が嘘のように消えたのに気がついた。これで気分がよくなるかもしれない。彼は夜気を胸一杯に吸い込んだ。左手には、誰かが積み上げた腐りかけの木製の荷運び台と、錆びついたロブスターの罠があった。罠のいくつかにはサメに嚙まれたようなぎざぎざの穴が開いていた。これほどの内陸、しかも川縁に、どうしてロブスターの罠なんかがあるのだろうとデイヴは思ったが、どうせ酔っ払っているのだからわからなくてもいいことにした。積まれたものの山の向こうには金網の柵があり、ロブスターの罠と同じように錆びていて、雑草にすっかり埋もれていた。彼の右手には、ほとんどの人間より背の高い草が生い茂り、剝がれて割れたアスファルトのあいだに優に二十ヤードは伸びていた。

デイヴの胃がまたよじれた。今度の吐き気は今までで一番強く、体じゅうを打ちのめしながらせり上がってきた。彼はふらつく足で水辺に寄り、頭を下げた。怖れと、スプライトと、ビールが彼から溢れ出て、油の浮いたミスティックに落ちていった。純粋な液体だった。彼の中にはほかに何もなかった。正直なところ、最後にものを食べたのはいつだったか思い出せない。が、液体が口から出て、水面を打った途端に気分がよくなった。夕闇の冷たさを髪に感じた。柔らかなそよ風が川面から立ち昇る。彼は膝をついたまま、次の波が来るかどうか待った。来ないだろうと思った。まるで洗い清められたような気分だった。

橋を下から見上げた。誰もが街にはいるか、街から出ようと躍起になっている。皆ラッシュに巻き込まれて苛々し、家に帰ったところで気分がよくなるわけではないことを半ば納得している。彼らの半分はまた出かけていくのだ。買い忘れたものを買いに市場へ、バーへ、ヴィデオ屋へ、また並ぶためにレストランへ。なんのために？　なんのために列に並ぶのだろう。そうしてどこへ行くつもりなのだろう。いざ行ってみると、決して思ったほど幸せにならないのはなぜだろう。

デイヴは右手に、船外機のついた小さなボートがあるのに気がついた。とても埠頭とは呼べないような、小さくて、たわんだ厚板の脇に舫《もや》ってある。ヒューイのボートだろうと思った。死人のようなひょろひょろの男が、真っ黒な髪を風になびかせて油ぎった川に舟を出すところを想像して、デイヴは微笑んだ。

振り返って、荷運び台と雑草のまわりを見た。人々がここに吐きにくるのも無理はない。ここは完全に隔離された場所だ。対岸から双眼鏡で見ないかぎり、この場所は見えない。三方を封じられ、限りなく静かだった。頭上を通る車の音は遠くくぐもっている。カモメの鳴き声と、岸に打ち寄せる水の音以外、雑草がすべての音を遮っている。もしヒューイが利口な男だったら、雑草を刈り、荷運び台をどけて、埠頭を造るだろう。そうしてアドミラル・ヒルに引っ越してくるヤッピーどもの何割かを惹きつけて、チェルシーを、イースト・バッキーのあとの高級化の戦場に変えようとしているだろう。

デイヴは数回唾を吐き、手の甲で口を拭った。そして立ち上がり、ヴァルとジミーに、次の酒を飲むまえに何か食べなきゃならないと言うことにした。すばらしい料理である必要はない。腹に溜まればいい。振り返ると、ふたりが黒い戸の脇に立っていた。ヴァルは左、ジミーは右、ドアはしっかり閉められている。デイヴはふたりの雰囲気が妙なのに気がついた。

まるで、家具を運び込もうとしているのに、こんな雑草だらけの場所のどこに置けばいいのかわからないといった体《てい》だ。「よう、おふたりさん。おれが川に落ちてないのを確かめに来たのか？」デイヴは言った。

ジミーが壁から離れて、彼のほうに歩いてきた。ドアの上の電灯が消えた。ジミーは暗闇で黒い人影になって、ゆっくりと近づいてきた。橋の光をいくらか受けて、白い顔が影の中から現われたり、消えたりした。

「レイ・ハリスの話をさせてくれ」とジミーは言った。あまりに低い声なので、デイヴは身を乗り出さなければならないほどだった。「レイ・ハリスはおれの友達だった、デイヴ。おれが刑務所にはいってるときには、やって来て、話をしてくれた。マリータとケイティとおれの母親のところへ出向いて、何か必要なものはないかと気遣ってくれた。そこまでしてくれたんで、おれはやつのことを友達だと思ってた。だが本当の理由は罪悪感だったんだ。玉を万力に挟まれておれのことを警察にばらしちまったもんだから、罪悪感を感じてたんだ。やつは心底後悔していたよ。だが、やつが刑務所に顔を見せるようになって、妙なことが起こったんだ」ジミーはデイヴのほうに手を伸ばしかけて、止め、首を少し傾げて彼の顔をのぞき込んだ。「おれはレイのことが好きになっていた。本当に、やつといると愉しかった。おれたちはスポーツについて話し、神や、本や、お互いの女房のことや、子供のこと、最近の政治、とにかくなんでも話した。レイはどんなことについても話ができる人間だった。なんにでも興味を持ってた。そういう人間はめずらしい。ところがおれの女房が死んだ。知ってるだろう？　彼女は死に、看守がおれの房にやって来て、〝残念だが、おまえの女房は昨日の夜八時十五分に亡くなったよ。天に召された〟と言った。それでどうなったか。おれにとって、女房が死んだことで何が一番つらかったかわかるか、デイヴ？　彼女がたったひとりで死なきゃならなかったことだ。考えてることはわかるよ、おれたちはみんな死ぬときはひとりだ。それは真実だ。確かにこの世を去る最後のところでは、ああ、おれたちはひとりになる。だがおれの女房は皮膚癌だった。六カ月かけてゆっくりと死んでいった。そのあいだ、おれは一緒にいてやることもできたはずなんだ。死ぬまでの道のりであれこれ助けてやることも。〝死ぬとき〟じゃなくて〝死ぬまでの道のり〟で。しかしおれはいなかった。レイは——おれが好きだったやつは——おれとおれの妻からその機会を奪ったんだ」

デイヴは、橋の照明に照らされてインクのように青く輝く川面の光が、ジミーの瞳孔に散るのを見た。彼は言った。「どうしてそんな話をするんだ、ジミー？」

ジミーはデイヴの左肩の向こうを指差した。「おれはレイをあそこにひざまずかせて、二度撃った。胸と、咽喉を」

ヴァルはドアの横の壁から離れ、デイヴの左側にゆっくりと歩いてきた。雑草が彼のうしろに伸びている。デイヴの咽喉が絞まり、胃が干上がった。

デイヴは言った。「なあ、ジミー、おれはおまえが——」

ジミーは言った。「レイは命乞いしたよ。おれたちは友達だろう、おれには息子がいるんだ、女房もいる、女房は妊娠してる、となレイは、どこかへいなくなると言った。二度とおれに迷惑をかけないと。生かしておいてくれれば、子供が生まれるのを見ることができると。おれのことをよく知っていて、おれはいい人間で、こんなことはしたくないと思ってるはずだと」ジミーは橋を見上げた。「おれは何か言い返したかった――おれは女房を愛していた、その女房が死んで、それはおまえのせいだと思っている、それにものごとの筋からすれば、長生きしようと思ったら友達を売るもんじゃない。だが何も言わなかったよ、ディヴ。あまりに激しく泣いていたから。それほど哀しかったんだ。やつは泣きじゃくっていた。おれも泣きじゃくっていた。やつが見えないほどだった」

「だったらどうして彼を殺したんだ」とディヴは言った。声に必死の鋭さがあった。

「言っただろう」とジミーは四歳の子供に諭すような調子で言った。「ものごとの筋さ。おれは五歳の娘を抱えた二十二歳のやもめだった。女房の最後の二年間につき合ってやれなかった。そして大馬鹿者のレイは、おれたちの商売で一番のルールを破った――友達を売ってはならない」

ディヴは言った。「おれが何をしたと思ってるんだ、ジミー。言ってくれ」

「レイを殺したとき」とジミーは言った。「よくわからないが、おれは自分が完全にどこかへ行ってしまったような気がした。やつにおもしをつけて、あの水の中へ落とした自分を、神が天から見下ろすような気分で見ていた。そして神は首を振っていた。それほど腹を立てていなかった、本当に。嫌そうな顔はしていたが、小犬が絨毯にクソしたときみたいに、それほど驚いてなかった。おれはちょうどおまえが今立っている場所に立って、レイが沈んでいくのを見たんだ。頭が最後に沈んでいくのを見て、子供の頃、水の底まで泳いでいったら、頭がその底を突き破って向こう側の宇宙にぽんと出ると考えていたことを思い出した。そんなふうに地球を思い描いてたわけだ。だからおれは考えた。頭を地球から突き出して、宇宙と星と黒い空に包まれて、そこから落ちていく。宇宙に落ちて、流れていく。恐ろしく寒い中を百万年のあいだ流れていく。レイが沈んでいったときに考えたのは、そんなことだ。沈んでいって、この惑星のどこかの穴から飛び出し、百万年かけて宇宙に沈んでいくんだろうってな」

デイヴは言った。「ここで何か考えてるのはわかるよ、ジミー。でもまちがってる。おれがケイティを殺したと思ってるんだろう？　そうなんだろう？」

ジミーは言った。「しゃべるな、デイヴ」

「ちがう、ちがう」とデイヴは言った。ヴァルの手に忽然と銃が握られていた。「おれはケイティの死には何ひとつ係わっていない」

こいつらはおれを殺すつもりなんだ、とデイヴは悟った。ああ、なんてことだ、やめてくれ。心の準備をしておくべきだった。吐くためにバーの外に出て、振り返ったら人生の終わりだったなんて。だめだ。おれは家に帰らなきゃならない。シレストとやり直すのだから。食事もしなければ。

ジミーはジャケットの内側に手を入れて、ナイフを取り出した。刃を出すときに手が少し震えていた。上唇も、顎の筋肉も震えている、とデイヴは気がついた。希望はある。頭を凍りつかせるんじゃない。希望はある。

「おまえはケイティが死んだ夜、服を血だらけにして家に帰ってきた、デイヴ。どうして手を怪我したのか、ふた通りの異なる話をした。おまえの車は、ちょうどケイティが店を出る頃に〈ラスト・ドロップ〉で見られている。おまえは警察にも、ほかのあらゆる人間にも嘘をついている」

「なあ、ジミー、おれを見てくれ」

ジミーは地面から眼を上げなかった。

「ジミー、確かにおれは血をつけてた。だがほかの人間を殴ったんだ。こっぴどく殴りつけた」

「ほう、例の強盗の作り話か？」とジミーは言った。

「ちがう。やつは小児虐待者だった。車の中で子供とセックスしてた。やつは吸血鬼だったんだ、ジム。その子を汚染してたんだよ」

「強盗じゃなかったわけだ。わかった。子供を虐待してたんだな。いいとも、デイヴ、もちろん。そいつを殺したのか？」

「ああ。おれ……おれと〝少年〟で」

デイヴはどうして言ってしまったのかわからなかった。〝少年〟のことは誰にも話していなかったのに。言ってはいけなかった。言っても誰にもわからないのだから。たぶん怖いせいだろう。あるいはジミーに頭の中を見せて、理解してもらいたかったのだ。ああ、確かにおれの頭の中はごちゃごちゃだが、でもおれを見てくれ、ジミー。おれは罪のない人を殺すような人間じゃない。わかってくれ。

「すると、おまえと虐待された子供が一緒に――」

「ちがう」とデイヴは言った。

「何がちがうんだ。おまえと〝少年〟がやったと――」

「ちがう、ちがう。それは忘れてくれ。ときどき頭がおかしくなるんだ。おれは――」

「ふざけるな」とジミーは言った。「とにかく小児虐待者を殺したんだな。それをおれには言って、女房には言わないのか？　最初に言うべき相手だと思うがな。とりわけ昨日の晩、彼女がおまえの強盗の話を信じてないと言ったときに。どうして彼女に言わないんだ？　ほとんどの人間は、小児虐待者が死んだって、どうでもいいと思うだろう。デイヴ、おまえの女房は、おまえがおれの娘を殺したと思ってるんだぞ。で、おまえは彼女にそう思わせとくほうが、小児愛者を殺したと思われるよりましだと思ってるわけか。そんなことをおれに信じろと言うのか？　説明してくれ、デイヴ」

　デイヴは言いたかった――おれがあいつを殺したのは、おれ自身があいつになってしまいそうだったからだ。やつの心臓を食ったら、やつの精神を取り込んで、隠し持つことになる。しかしそれは声に出して言えない。その真実を明かすわけにはいかない。もう隠しごとはしないと今日誓ったが、しかしそれだけは隠しておかなければならない。隠すためにどれほどの嘘をつくことになろうとも。

「さあ、デイヴ。どうしてか言ってくれ。どうして自分の女房に言えなかったんだ――真実を？」

デイヴに思いつく最良の答は「わからない」だった。

「わからない。よし。だったら、このおとぎばなしの中では、おまえとその少年――彼はなんなんだ、子供だった頃のおまえか？――おまえと彼が一緒に――」

「おれだけだ」とデイヴは言った。「おれがあの顔のない生き物を殺したんだ」

「なんだって？」とヴァルは言った。

「男。虐待者。おれはあいつを殺した。おれひとりで。〈ラスト・ドロップ〉の駐車場で」

ジミーは言った。「〈ラスト・ドロップ〉の近辺で死んだ男が発見されたなんて話は聞いてないぞ」そしてヴァルのほうを見た。

ヴァルは言った。「このクソ袋に説明させろよ、ジム。おれをからかってるのか」

「いや、本当なんだ」とデイヴは言った。「息子に誓ってもいい。おれはやつを、やつの車のトランクに入れたんだ。その車がどうなったかは知らない。でもおれは本当にやったんだ、神かけて。おれは女房に会いたい、ジミー。おれは新しい人生を送りたいんだ」デイヴは暗い橋の下を見上げた。車のタイヤが橋を叩いていくのが聞こえた。黄色い光が家に向かっている。「ジミー？　お願いだ。おれから人生を奪わないでくれ」

ジミーはデイヴの顔を見た。デイヴはそこに自分の死を見た。死はジミーの中で狼の群れのように息づいていた。ディヴはそれを正面から見据えたいと心から願った。が、無理だった。死と直面することはできなかった。今ここにこうして立っているが——足を舗装の上に置き、心臓は血を送り、脳は神経と筋肉と臓器に指令を送り、副腎は目一杯広がってアドレナリンを送り込んでいるが——いつ訪れてもおかしくない次の瞬間には、ナイフが胸に突き刺さっているかもしれない。そしてありったけの苦痛とともに、はっきりとこの人生——彼の人生、彼のものの見方、彼の食事、愛の行為、笑い、触れ合い、匂い——は終わりを告げる。それを見つめる勇気はなかった。すがりつこう。そうしよう。もし彼らが殺さないと言ってくれるなら、なんだってする。

「二十五年前、おまえはあの車に乗った、ディヴ。で、別の人間が戻ってきたんだ。おまえの頭は壊れてしまったんだろう」とジミーは言った。「おれの娘は十九歳だったんだぞ。十九歳で、おまえに何もしたことはなかった。おまえのことを好きだったぐらいだ。なのに、彼女を殺しやがって。なぜだ？　自分の人生がうまくいかないからか？　美しいものを見ると胸がむかつくのか？　おれがあの車に乗らなかったからか？　なぜだ。教えてくれ、ディヴ。言ってくれ。言えよ」とジミーは言った。「言えば生かしといてやる」

「冗談だろ」とヴァルは言った。「ジミー？　だめだ、やめろよ。この下衆《げす》野郎に哀れみをかけるのか？　なあ——」

「黙れ、ヴァル」ジミーは彼を指差した。「刑務所にはいるときにおまえに組織をまるごと預けたのに、おまえはそれを地に落としやがった。おれがおまえにやったものは何もかもごみになった。で、できることといったら暴力とクソみたいな薬を売ることだけだろう。おれに指図するんじゃない、ヴァル。指図しようなんて、夢にも思うんじゃない」

ヴァルは顔を背け、草を蹴って、早口で囁くようにひとりごちた。

「さあ、言ってくれ、デイヴ。だが小児虐待者なんてでたらめはもうやめろ。今晩はでたらめを聞くような気分じゃないからな。いいか？　本当のことを言え。もしまた嘘を言ったら、おまえの体を切り裂いてやる」

ジミーは何度か息を吸った。ナイフをデイヴの顔のまえに持ってきて、また下ろし、右の腰のベルトとズボンのあいだに挟んだ。彼は両手を広げた。「デイヴ、おれはおまえに人生を与えてやる。どうして彼女を殺したのか言うだけでいい。刑務所に行け。でたらめじゃない。おまえは生きる。生きて呼吸する」

デイヴはあまりのありがたさに、神に大声で感謝したくなった。ジミーに抱きつきたかった。三十秒前には、彼は真っ黒な絶望に満たされていた。膝をついて、死にたくないとすがりつくつもりだった。まだ心の準備ができてない、まだ行くわけにはいかない。この人生の向こうに何があるのかわからない。天国じゃないと思う。明るくもないと思う。暗く、冷たく、果てしない虚無のトンネルだと思う。おまえが言う地球の穴みたいなものだ、ジム。何もないところでひとりきりになりたくない。何年も、何世紀も、冷え切った虚無の中で、おれの心だけが寂しく漂っているなんて。たったひとりで。ひとりきりで。

しかし今はまた生きられる。もし嘘をつけば。堪え忍んで、ジミーに彼の聞きたい話を聞かせてやれば。罵倒されるかもしれない。たぶん殴られるだろう。でも生きていられる。彼はジミーの眼にそれを見ることができた。ジミーは嘘はつかない。狼たちは去り、今彼の眼のまえにいるのは、ナイフを持った、結末を求めている男、知らないことの重みにつぶされそうになり、二度と触れることのできない娘のために嘆く男だけだ。

家に帰るぞ、シレスト。愉しく生きていこう。できるとも。そして約束する、もう嘘はつかない。秘密もなしだ。ただ、最後にひとつだけ嘘をつかなきゃならないと思う。嘘だらけの人生で最悪の嘘だ。なぜなら人生で最悪の真実を言うわけにはいかないから。どうしてあの小児愛者を殺したのか知られるよりは、彼の娘を殺したと思われるほうがいい。これはいい嘘だ、シレスト。われわれの人生を取り戻してくれるのだから。

「さあ、言うんだ」とジミーは言った。

デイヴはできるだけ真実に近づけて言った。「あの夜、〈マッギルズ〉で彼女を見た。彼女は、ずっと抱いていた夢をおれに思い出させた」

「どんな？」とジミーは言った。顔が崩れそうになり、声がひび割れた。

「青春時代についての夢だ」とデイヴは言った。

ジミーは頭を垂れた。

「おれにそんなものがあったとは思えない」とデイヴは言った。「彼女はその夢そのものだった。だからおれはどこかぷつんと切れてしまったんだと思う」

ジミーにこんなことを言うのは死ぬほどつらかった。彼の心をこうして引き裂くのは。しかしデイヴはひたすら家に帰りたかった。頭をすっきりさせ、家族に会いたかった。だからこうしなければならないのなら、やり遂げるつもりだった。きちんと後始末はする。一年も経てば、真犯人が捕らえられ、有罪判決が下されて、ジミーは自分が何を犠牲にしたか知るだろう。

「おれのどこかは」とデイヴは言った。「あの車から出ていなかったんだ、ジム。さっきおまえが言ったように。何か別のデイヴが、デイヴの服を着て近所に戻ってきたが、彼はデイヴじゃなかった。デイヴはまだ地下室にいたんだ」

ジミーはうなずいた。顔を上げると、彼の眼が潤んで光り、同情を——ひょっとすると愛さえも——浮かべているのにデイヴは気がついた。

「夢だったわけか、じゃあ?」とジミーは囁いた。

「夢だった、そうだ」とデイヴは言った。嘘の冷たさが胃の腑に広がり、それがあまりに冷たいので、デイヴは空腹と取りちがえているのかと思った。数分前に、胃の中のものをすべてミスティック・リバーに戻していたから。しかしそれはちがった冷たさだった。これまでに感じたどんな冷たさとも異なっていた。凍りつくような冷たさ。冷たすぎて、熱いほどの。いや、熱いのだ。今や火がついて、炎は舐めるように股間に下がり、胸まで上がり、彼の中から空気を吸い出していた。

眼の端で、ヴァル・サヴェッジが飛び上がり、叫ぶのが見えた。「そうだ! そうしろとおれは言ってただろう」

いていた。「われわれは罪をここに埋める、ディヴ。そして洗い流す」

彼はジミーの顔を見た。ジミーの唇はあまりにゆったりと、しかし同時にあまりに速く動

ディヴはくずおれた。腹に手を当てると、片方からもう片方に走る裂け目があった。

ら流れ出していた。体から血が溢れ出して、ズボンに染み込むのを見つめた。血は彼か

彼は言った――嘘をついたな。

ジミーは身を屈めた。「なんだって？」

嘘をついたな。

「見ろ、唇が動いてるぜ」とヴァルは言った。「唇を動かしてる」

「おれにも眼はあるさ、ヴァル」

ディヴはひとつの感覚が体全体を包み込むのを感じた。それは今まで味わった中でもっとも性質《たち》の悪い感覚だった。卑しく、他人行儀で、冷淡極まりなく、飾り気のまったくない感覚――おれは死ぬ。

ここから引き返すことはできない。ごまかすことも、巧みに逃げることもできない。頼み込んでも、秘密の裏に隠れても無駄だ。同情を買って挽回することもできない。誰の同情だ？　誰も気にしやしない。誰も。自分以外は。おれは気にする。大いに気にする。それにこれはフェアじゃない。ひとりでトンネルを耐え抜くことなどできない。お願いだからおれをそんなところへ行かせないでくれ。眼を醒まさせてくれ。おれは眼醒めたい。おまえを感じたい、シレスト。おまえの腕に触りたい。おれはまだ心の準備ができてない。

眼の焦点を無理に合わせると、ヴァルがジミーに何かを渡し、ジミーはそれを下げてデイヴの額に当てていた。それは冷たかった。燃えるような体に与えられた、思いやりと安らぎの冷たい輪だった。

待て！　やめろ。やめてくれ、ジミー！　それが何かわかった。引き金が見えた。やめろ、やめろ、やめろ、やめろ。おれを見てくれ。見ろ。やめてくれ。頼む。病院に連れていってくれればそれでいい。彼らが治してくれる。おお、ジミー、おまえの指でそんなことをしないでくれやめてくれおれは嘘をついた嘘をついたよお願いだここから連れ去らないでくれ頼むやめてくれ弾丸を頭に撃ち込まれる心構えなんてできてない。誰もできない。お願いだからやめて。

ジミーは銃口を下げた。

ありがとう、とデイヴは言った。ありがとう、ありがとう。

デイヴは仰向けに倒れて、光の束が橋の上を流れていき、夜の闇を切り裂いて輝くのを見た。ありがとう、ジミー。これでおれはいい人間になれる。おまえはおれに何かを教えてくれたよ。本当に。息ができるようになったらその何かを教えてやるよ。おれはいい父親になる。いい夫になる。約束する。誓う……

ヴァルは言った。「さて、片づいたな」

ジミーはデイヴの死体を見下ろした。彼の腹に刻んだ渓谷と、額を撃ち抜いた弾痕を。彼は靴を蹴って脱ぎ、ジャケットを脱いだ。次にデイヴの血のついたタートルネックとカーキのズボンを。そして下に着ていたナイロンのジョギング・スーツを脱いで、デイヴの死体の横の山に加えた。ヴァルがコンクリート・ブロックと鎖をヒューイのボートに載せる音が聞こえた。ヴァルは大きな緑色のごみ袋を手に戻ってきた。ジョギング・スーツの下に、ジミーはTシャツとジーンズを身につけていた。ヴァルはごみ袋から靴を取り出し、彼に投げた。ジミーはそれを履き、Tシャツとジーンズにどこかから血が滲んでいないか調べた。何もついていない。ジョギング・スーツもほとんど汚れていなかった。

彼はヴァルの横にひざまずき、服を袋に詰めた。そしてナイフと銃を拾い上げて、埠頭の先からひとつずつ、ミスティック・リバーの真ん中へ放り投げた。服と一緒にバッグに入れておいて、あとでデイヴの死体をボートから落とすときに捨ててもよかったが、わけもなく彼は今すぐ空中へ投げ出す感触を味わいたかった。武器はくるくる回りながら弧を描き、水面を打ち、柔らかな飛沫を上げて沈んでいった。

彼は水辺にひざまずいた。デイヴの吐いたものはとうの昔に流れていた。ジミーは、油が浮き、汚れた川の水に手を突っ込んで、デイヴの血を洗い流した。ときおり夢の中で、彼はまさにこうしている——ミスティックで手を洗っている——ことがあった。するとジャスト・レイ・ハリスの頭がまた浮かび上がってきて、彼を見つめるのだ。

ジャスト・レイはいつも同じことを言った。「おまえは汽車より速くは走れない」

ジミーは戸惑って言う。「誰も走れないさ、レイ」

ジャスト・レイは、また沈みながら微笑む。「だが、おまえはとくにな」

そんな夢を十三年間見てきた。十三年ものあいだ、レイの頭が水面をふらついていて、ジミーはいまだに彼が何を言いたいのかわからないのだった。

27　誰を愛してる？

ブレンダンが戻ると、彼の母親はビンゴに出かけていた。メモが残っていた――〝冷蔵庫にチキン。大丈夫でよかった。癖にならないように〟。

ブレンダンは自分とレイの部屋をのぞいてみたが、レイも出かけていた。台所から椅子を取ってきて、食器室のまえに置く。椅子の上に乗ると、左に傾いた。一本の脚のボルトがとれているのだ。天井の羽目板に眼をやって、埃の上についた指の跡を見ると、眼のまえの空気が揺らいで、いくつか小さな黒い染みが浮かんだように思えた。右の手のひらを羽目板に当てて、少し持ち上げる。手を下げ、ズボンで拭いて、何度かゆっくり息をした。

世の中には答を知りたくないことがある。ブレンダンは、成長してから決して父親に会いたいとは思わなかった。父親の顔を見て、どれほど彼のもとを去るのが簡単だったかを知りたくなかったからだ。ケイティにも昔のボーイフレンドのことは訊かなかった。ボビー・オドネルのことさえも。彼女がほかの男の上に横たわり、ブレンダンにキスするようにその男にキスするところを想像したくなかったからだ。

ブレンダンは真実というものについて知っていた。ほとんどの場合、それは正面きって見据えたいか、無知や嘘の心地よさとともに生きていきたいかの選択の問題だ。そして無知と嘘は過小評価されていることが多い。ブレンダンの知るほとんどの人間は、ひと皿の無知と、嘘のつけ合わせがなければ、一日たりとも過ごすことができない。

しかしこれは——この真実は直面すべきものだ。なぜなら彼はすでに独房の中で直面していたから。真実が弾丸のように彼の体を切り裂き、胃にとどまっていたから。それは外へは出てこない。だから彼は隠れることができなかった。そんなものはないと言うことはできなかった。無知はすでにあり得ない。嘘は方程式のなかの変えられる部分ではなかった。

「くそっ」とブレンダンは言って、天井の羽目板を横にずらし、暗がりに手を伸ばした。指が埃と木屑に触れ、さらに埃に触れたが、銃はなかった。ないことはわかっていても、そのあと一分はまわりを探っていた。父親の銃が、あるべき場所にない。世の中に出ていって、ケイティを殺したのだ。

彼は羽目板を元に戻した。塵取りを持ってきて、床に落ちた埃を掃き取った。そして椅子を台所に戻した。ここからの動きにまちがいがあってはならない。あくまで冷静でいることが肝腎だ。彼はグラスにオレンジジュースを注ぎ、テーブルの上に置いた。脚のぐらつく椅子に坐り、アパートメントの中央のドアが見える位置に体の向きを変えた。そしてオレンジジュースをひと口飲んで、レイの帰りを待った。

「ほら、これ」とショーンは言って、箱から犯人の可能性のある指紋のファイルを取り出して、ホワイティのまえで開いて見せた。「ドアから採った一番はっきりした指紋です。小さいのは、子供だからです」

ホワイティは言った。「老婦人のプライアは、ケイティが車をお釈迦《しゃか》にするまえに、通りでふたりの子供が遊んでたのを聞いてる。ホッケーのスティックで遊んでたと彼女は言っていた」

「彼女はケイティが〝ハイ〟と言うのを聞いたと言った。たぶんケイティじゃなかったんです。子供の声は女性の声のように聞こえるから。足跡がない？　もちろんないさ。彼らの体重はどのくらい――百ポンド？」

「あの子供の声に聞き憶えはあるか？」

「ジョニー・オシアの声にとてもよく似てた」

ホワイティはうなずいた。「もうひとりの子供はひと言もしゃべってなかったな」

「しゃべろうにも、口が利けないんですよ」とショーンは言った。


「やあ、レイ」とブレンダンは、ふたりの少年がアパートメントにはいって来ると言った。

レイはうなずいた。ジョニー・オシアは手を振った。彼らは寝室のほうへ向かい始めた。

「ちょっとここへ来てくれないか、レイ」

レイはジョニーを見た。

「ちょっとでいいんだ、レイ。訊きたいことがある」

レイは振り返り、ジョニー・オシアは持っていたスポーツクラブのバッグを床に落として、ミセス・ハリスのベッドの端に坐った。レイは短い廊下を歩いてきて台所にはいり、手をまえに出して、「何？」といった眼つきで兄を見た。

ブレンダンは足先で椅子を引っかけてテーブルの下から出し、それに向かってうなずいた。

レイは空中に何か嫌いな臭いを嗅ぎ取ったかのように首を傾げ、椅子を見て、ブレンダンを見た。

彼は手振りで言った。「ぼくが何かしたの？」

「それを話すんだ」とブレンダンは言った。

「何もしてないよ」

「坐れよ」

「坐りたくない」

「なぜ？」

レイは肩をすくめた。

ブレンダンは言った。「おまえは誰が嫌いだ、レイ？」

レイは頭がおかしくなったのかといった眼で彼を見た。

「答えろよ」とブレンダンは言った。「おまえは誰が嫌いだ？」

レイの手振りは短かった。「誰も」

ブレンダンはうなずいた。「わかった。おまえは誰を愛してる？」

レイはまた同じ顔になった。

ブレンダンは身を乗り出し、手を膝の上に立てた。「誰を愛してる？」

レイは靴に眼を落として、またブレンダンを見た。手を上げて、兄を指差した。

「おれを愛してる？」

レイは落ち着かなげにうなずいた。

「母さんは？」

レイは首を振った。

「母さんは愛してないのか？」

レイは手を動かした。「はっきりどう感じているとは言えない」

「だったら愛してるのはおれだけか？」

レイは小さな顔を突き出して、しかめっ面をした。手が飛ぶように動く。「そう。行ってもいい？」

「だめだ」とブレンダンは言った。「坐れ」

レイは椅子に眼を落とした。顔に血が上り、怒っていた。彼は眼を上げてブレンダンを見た。手を上げて中指を突き立て、くるりと振り返って台所から出て行った。

自分で動いたとも気づかないうちに、ブレンダンはレイの髪を引っつかんで、床から持ち上げていた。そして錆びた芝刈り機のコードを引っ張るように腕を引き、指の力を抜いた。

レイの体は彼の手を離れてうしろ向きに台所のテーブルの上を飛んでいった。壁にぶち当たり、テーブルに落ちて、上にあったものを粉々に砕きながらまるごと床に落ちた。「おれを愛してるのか?」とブレンダンは弟のほうを見もせずに言った。「おれを愛してるからおれのガールフレンドを殺したのか、レイ、え?」

そう言うと、ブレンダンが思っていたとおり、ジョニー・オシアが反応した。ジョニーはバッグを引っつかんでドアに突進した。しかしブレンダンは先にまわり込んだ。小僧の咽喉をつかむと、ドアに叩きつけた。

「弟はおまえがいなけりゃ何もしないんだ、オシア、何もな」

拳を振り上げるとジョニーは叫んだ。「やめて、ブレン! やめて!」

ブレンダンが少年の顔をまともに殴りつけたので、鼻の骨が折れる音がした。彼はまた殴った。ジョニーは床に倒れ、体を丸めて、血の混じった唾を吐いた。ブレンダンは言った。

「また戻ってくるぞ。戻ってきて、死ぬまで殴りつけてやる、このごみ野郎」

レイは割れた皿に足をすべらせながらふらふらと立ち上がりかけていたが、ブレンダンが台所に戻ってきて横面を思い切り張り飛ばしたので、流しに顔を突っ込んでまた倒れた。ブレンダンは弟のシャツをつかんだ。レイは、憎しみに満ちた眼から涙が流れ出している兄の顔を見つめ、自分は口から血を流していた。ブレンダンは彼を床に放り投げて、両腕を開かせ、のしかかるようにひざまずいた。

「話せ」とブレンダンは言った。「話せるだろう。話せ、この異常者。でなきゃ神かけて、レイ、おまえを殺してやる。さあ、話せ!」とブレンダンは叫び、両手の拳をレイの耳に打ちつけた。「話せ！　彼女の名前を言えよ！　言ってみろ！　〝ケイティ〟と言ってみろ、レイ。〝ケイティ〟と言えよ！」

レイの眼は霧がかかったようにぼんやりとし、また血と唾を自分の顔に吐きかけた。

「話せよ！」ブレンダンは金切り声になった。「話さないなら殺す！」

彼は弟のこめかみの脇の髪を両手でつかみ、床から頭を持ち上げ、レイの眼の焦点が合うまで左右に揺さぶった。そして頭をじっと持って、両眼の灰色の瞳孔をのぞき込み、そこに溢れんばかりの愛と憎しみを見つけた。その激しさに、弟の頭を切り落として窓から放り投げたいと思った。

彼はもう一度言った。「話せ」しかし今度は咽喉を絞めつけられたような、しわがれた囁き声だった。「話すんだ」

激しい咳の音がしたので振り返ると、ジョニー・オシアが立ち上がり、床に血を吐き捨てていた。彼はレイ・シニアの銃を手に持っていた。

階段を上がりながら、ショーンとホワイティは騒ぎを耳にした。誰かがアパートメントの中で叫んでいて、人が人を殴るまちがえようのない音が何度かした。〝殺してやる〟と誰かが言うのを聞いて、ショーンはグロックに手を当てて、ドアノブにもう一方の手を伸ばした。

ホワイティは「待て」と言ったが、ショーンはすでにノブを回していた。そしてアパートメントに踏み込み、六インチ先から自分の胸に向けられた銃を見た。

「待て！　引き金を引くんじゃない！」ショーンは血のついたジョニー・オシアの顔を見て、震え上がった。そこには何もなかった。最初から何もなかったのだろう。この少年は怒ったとか、怖いといったことで引き金は引かない。ショーンが六フィート二インチのヴィデオの映像で、銃がジョイスティックだから引き金を引くのだ。

「ジョニー、銃を床に向けなさい」

ショーンは敷居の向こう側にいるホワイティの息遣いを聞いた。

「ジョニー」

ジョニー・オシアは言った。「あいつはおれを殴りやがった。二回も。鼻が折れた」

「誰だ？」

「ブレンダン」

ショーンは左側を見た。ブレンダンが台所の入口に立っていた。両手を体の脇に下ろし、凍りついたように。ショーンがドアからはいってきたときに、ジョニー・オシアはブレンダンを撃とうとしていたのだ。ブレンダンが浅く、ゆっくりと呼吸しているのが聞こえた。

「ブレンダンを逮捕しよう、もしそうしてほしいなら」

「逮捕なんてクソみたいなことじゃなくて、あいつに死んでほしい」

「死ぬってのは大きすぎる、ジョニー。死んだら戻ってこないんだぞ。わかるだろう？」

「わかる」と少年は言った。「そのくらいわかってるさ。それ、使うのか？」少年の顔はひどく汚れていた。血が折れた鼻から噴き出して、顎から滴っている。

ショーンは言った。「何？」

ジョニー・オシアはショーンの腰に首を振った。「その銃。グロックだろ？」

「グロックだ、ああ」

「グロックはかっこいいよな。欲しいよ。使うの？」

「今か？」

「そう。おれに抜いてみせるの？」

ショーンは微笑んだ。「いいや、ジョニー」

ジョニーは言った。「何笑ってんだよ。抜けよ。どうなるか見てみよう。かっこいいぜ」

彼は腕をまっすぐに伸ばして銃を突き出した。銃口はショーンの胸から一インチと離れていなかった。

ショーンは言った。「先手を取ったな、相棒。意味がわかるか？」

「先手を取ったぜ、レイ」とジョニーは呼ばわった。「クソ警官相手に。おれが！　見てみろよ」

ショーンは言った。「さあ、撃ったりしないために――」

「映画を観たんだ。警官が黒人を屋根の上で追いかけるやつ。黒人野郎はそいつのケツを放り出すのさ。警官はああーってな感じで延々落ちてくんだ。その黒人はとんでもない悪《わる》で、警官に妻がいようが、子供がいようが気にしちゃいない。だから黒人はかっこいいのさ」

ショーンはまえにも見たことがあった。彼が制服組で、失敗した銀行強盗の群衆整理に当たっていたときだ。中の男は二時間のうちにだんだん強くなっていき、手に持った銃の力とそれのもたらす効果にしびれていた。ショーンは彼が怒ってわめき散らすのを銀行のカメラにつながれたモニターで見た。最初男はびくついていたが、やがてそれを克服した。銃と恋に落ちていた。

一瞬、ローレンが片手を頭の下に敷いて、枕から彼のほうを見ている姿が浮かんだ。ショーンは夢の娘の姿を見て、彼女の匂いを嗅ぎ、彼女の姿も、ローレンの姿も二度と見ずに死んでいくのはなんと惨めなことだろうと思った。

彼は眼のまえの無表情な顔に意識を集中して、言った。「おまえの左側にいる男が見えるか、ジョニー？　ドアロに立っている」

ジョニーの眼がさっと左に動いた。「ああ」

「彼はおまえを撃ちたくないと思ってる。撃ちたくないんだ」

「撃ちたくてもいいさ」とジョニーは言ったが、ショーンはことばが少年を捕らえたのを見た。彼の眼はウサギのように臆病になり、上へ下へと動いた。

「だがおまえが撃てば、彼に選択の余地はない」

「死ぬことなんて怖くない」

「わかってる。だがいいか、彼は頭を撃つんじゃない。われわれは子供を殺さないから。だが彼が今立ってる場所からおまえを撃ったら、弾丸はどこへ行くと思う？」

ショーンはジョニーを見つめ続けた。頭は磁石のように少年の手の中の銃に惹きつけられ、銃を見下ろして、引き金を見つめ、少年が本当に撃つかどうか確かめたい衝動に駆られていたが。ショーンは撃たれたくないと思った。とりわけ子供になど。それほど哀れなことはない。十フィート左に、微動だにせず立っているブレンダンもそう思っているだろうと感じた。

ジョニーは唇を舐めた。

「脇の下からはいって、背骨に達するんだ。おまえを麻痺させる。おまえはジミー基金のコマーシャルに出てくるような子供になるんだ。知ってるだろう？　車椅子に坐り、片方に凝り固まって、頭を垂れてるような。おまえは涎《よだれ》を垂らして生きることになる、ジョニー。カップを顔の横に持ってきてもらって、ストローで中身を吸うようになるんだ」

ジョニーは心を決めた。ショーンにはわかった。少年の暗い頭の中で光がひとつ消え、恐怖が彼を捕らえた。銃声を聞きたいというだけで引き金を引こうとしていた少年を。

「おれの鼻をどうしてくれる、この野郎」とジョニーは言って、さっとブレンダンのほうを向いた。

ショーンは驚きではっと自分の口から息が漏れるのを聞いた。そして下を見て、自分の銃が、三脚の上で回転するように腰からすっと離れるのを見た。まるで誰かが彼の腕を制御しているかのように。ホワイティが部屋にはいってきたときには、グロックに両手をかけて、少年の胸に突きつけていた。少年の口から音が漏れた——クリスマスのプレゼントを開けたら、中に体育の授業で使った汚れた靴下がはいっていたかのような、敗北感と驚きの声が。

ショーンは少年の額を壁に押しつけて、銃を取り上げた。

ショーンは「このクソ野郎が」と言い、眼にはいってくる汗にまばたきしながらホワイティを見た。

ジョニーは十三歳の少年にしかできないやり方で泣き始めた。まるで全世界が自分の顔の上にのしかかってきたかのように。

ショーンは少年を壁のほうへ向かせ、両手を背中に引っ張った。ブレンダンはやっと大きく息をついた。唇と腕が震えている。レイ・ハリスは彼のうしろで、サイクロンに襲われたような台所に立ち尽くしていた。

ホワイティはショーンの横に行き、肩に手を置いた。

「こいつは本当に撃つつもりだった」とショーンは言った。「どうだ？」着ている服のすべてが汗でびっしょり濡れていた──靴下まで。

「ちがうよ」とジョニーは泣きながら言った。「ふざけてただけだよ」

「いい加減にしろ」とホワイティは言って、少年の顔に自分の顔を近づけた。「おまえの涙など、おまえのかあちゃんしか気にかけないんだよ、このクソガキ。憶えとけ」

ショーンはジョニー・オシアに手錠をはめ、シャツをつかんで台所へ引っ張っていき、椅子に坐らせた。

ホワイティは言った。「レイ、トラックのうしろから放り出されたように見えるな」

レイは兄を見た。

ブレンダンはオーヴンにもたれた。すっかり力を落としていて、ほんのわずかなそよ風でも倒れてしまうのではないかとショーンは思った。

「知ってるんだ」とショーンは言った。

「何を知ってる？」とブレンダンは囁いた。

ショーンは椅子で泣きじゃくる少年を見た。そして何も言わず、早く彼らが帰れば奥の寝室でまたテレビゲームができるのに、といった眼で彼らを見上げているもう一人の少年を。ショーンは固く信じていた――手話のできる人間と、ソーシャル・ワーカーの助けを借りて少年たちに質問すれば、彼らがいくつもの〝だって〟のために殺人を犯したことがわかると。だって銃があったから。だって道で遊んでたら彼女が車で近づいてきたから。だって――もしかすると――レイは彼女のことが嫌いだったから。だってかっこいいと思ったから。だってこれまで誰も殺したことがなかったから。だって一度引き金に指をかけたら、引いてしまわないと、指がその先何週間もかゆくなるから。

「何を知ってる？」とブレンダンは繰り返した。声が嗄《か》れ、湿っていた。

ショーンは肩をすくめた。ブレンダンのために答があればいいと思った。が、ふたりの少年を見ていると、何も思い浮かばなかった。まったく何も。

ジミーは酒を手にしてギャノン通りに出かけていった。通りの端に、老人のための介護施設がある。一九六〇年代に建てられた石灰石と御影石の二階建てで、ギャノン通りの終わるところから始まるヘラー・コート通りの半ブロック分を占めていた。ジミーは入口の白い階段に腰を下ろし、ギャノン通りを見つめた。老人たちがこの建物から追い出されるという話を聞いたことがあった。岬の人気があまりに高いので、若いカップルが最初に買うコンドミニアムを専門に扱う男に、所有者が売り払おうとしているらしい。岬は跡形もなくなってしまった。このまえまでずっと、集合住宅地にとってつんとすましたお姉さんだったのだが、今や同じ家族とも言えなくなった。そのうち彼らは憲章でも書き上げて、名前を変え、バッキンガムの地図からあの場所を削り取ってしまうのだろう。

ジミーはパイント入りの容器をジャケットから取り出し、バーボンをちびちびやりながら、男たちがデイヴ・ボイルを連れ去った日に、最後に彼を見た場所を見つめた。車のうしろの窓から、彼の頭が振り返っているのが見えた。影に包まれ、離れているせいで紗《しゃ》がかかったようだった。

あれがおまえでなければよかったのに、デイヴ。本当にそう思う。

彼はパイント容器をケイティに持ち上げた。父さんはあいつを片づけたぞ、ハニー。父さんはあいつを成敗した。

「ひとりで話してるのか？」

ジミーが振り返ると、ショーンが車から出てきたところだった。ショーンはビールを手に持っていて、ジミーの容器を見ると微笑んだ。「おまえの理由はなんだ？」

「ひどく疲れる夜だった」とジミーは言った。

ショーンはうなずいた。「おれもだ。自分の名前が刻まれた弾丸を見たよ」

ジミーは横にずれ、ショーンは彼の隣りに腰を下ろした。「どうしてここにいるとわかった？」

「奥さんがここかもしれないって」

「女房が？」ジミーはここへ何度も来ていることなど、彼女に言ったことがない。まったく、彼女は本物の凄腕だ。

「ああ。ジミー、今日逮捕したよ」

ジミーは容器から長々と飲んだ。胸の鼓動が激しくなる。「逮捕」

「そうだ。娘さんを殺したやつらを逮捕した。証拠も押さえた」

「やつら？」とジミーは言った。「複数なのか？」

ショーンはうなずいた。「少年たちだ、実際のところ。十三歳。レイ・ハリスの息子のレイ・ジュニアとジョニー・オシアという少年だ。三十分前に自供した」

ジミーはナイフが耳から脳にはいり、反対側に突き抜けるのを感じた。熱いナイフが、頭の中を一直線に貫いた。

「まちがいないのか？」と彼は言った。

「まちがいない」とショーンは言った。

「なぜ？」

「なぜやったのかってことか？　自分たちでもわかってないよ。ふたりは銃で遊んでた。そこへ車が来た。ひとりが通りに寝そべった。車は路肩にそれ、エンストし、オシアが銃を持って車に駆け寄った。ただ彼女を怖がらせたかっただけだ、と彼は言ってる。ところが銃は発射される。ケイティは彼にドアをぶつけ、そこで彼らはかっとなってわけがわからなくなったそうだ。銃を持ってたことを彼女が人に言わないように、彼女を追いかけた」

「彼女を殴ったのは？」とジミーは言い、またひと口酒を飲んだ。

「レイ・ジュニアがホッケーのスティックを持ってた。彼はどんな質問にも答えようとしない。ほら、口が利けないだろう。ただ坐ってる。だがオシアが言うには、殴ったのは、彼女が走りまわって彼らをかんかんに怒らせたかららしい」彼は話の荒廃ぶりに彼自身も驚いたかのように、肩をすくめた。「腐りきったガキどもだ」と彼は言った。「このままだとお仕置きで家に閉じ込められるとか、そんな理由で彼女を殺したんだ」

ジミーは立ち上がった。口を開けて大きく息を吸い込むと、足がふらついて、また階段の上に坐り込んでいた。ショーンは彼の肘に手をかけた。

「飲みすぎるなよ、ジム。深呼吸しなよ」

ジミーは、地面に坐り込んだデイヴを見た。ジミーが横に切った腹の傷を指でなぞっているデイヴを。彼の声も聞こえた——おれを見てくれ、ジミー。おれを見てくれ。

そしてショーンは言った。「シレスト・ボイルから電話があったよ。デイヴがいないって。ここ数日、彼女はちょっと頭がおかしくなってたらしい。おまえが、ジム、彼の居場所を知ってるかもしれないと言ってたぞ」

ジミーはしゃべろうとした。口を開けたが、気管に濡れた綿の塊のようなものがびっしり詰まっているような気がした。

ショーンは言った。「ほかにデイヴがどこにいるか見当のつく人間はいないんだ。おれも彼と話さなきゃならない、ジム。先日の夜、〈ラスト・ドロップ〉の外で殺された男について、彼が何か知ってるかもしれないんでな」

「男?」ジミーは気管がまた閉じてしまうまえに、なんとかそう言った。

「ああ」とショーンは言った。声に硬い響きがあった。「前科が三件ある小児愛者だ。本物のクソ野郎さ。警察では、小さな子供との行為の最中に誰かが彼を捕まえて、ファック行きの切符をキャンセルさせたんだろうってことになってる。だから、いずれにせよ」とショーンは言った。

ジミーは首を振った。「デイヴとその件で話したいんだ。彼がどこにいるか知ってるか、ジム?」

ジミーは周辺視野の外のものが見えにくくなり、眼のまえにトンネルができてしまったような感覚を抱いた。

「知らない?」とショーンは言った。「シレストは、デイヴがケイティを殺したとおまえに言ったそうじゃないか。どうやらおまえもそう信じてたようだ。彼女は、おまえがそのことに対して何かするんじゃないかと思ってた」

ジミーはトンネルの先に、下水管の鉄格子を見た。

「これからは、シレストにも毎月五百ドル送るのか、ジミー?」

ジミーは眼を上げ、ふたりは同時に互いの顔に書かれているものを見た――ショーンはジミーがしたことを、ジミーはショーンがそれを知っているということを。

「やったんだろう。ちがうか？」ショーンは言った。「おまえは彼を殺した」

ジミーは手すりを握って立ち上がった。「なんのことを話しているのかわからない」

「ふたりとも殺したんだ――レイ・ハリスも、デイヴ・ボイルも。なんてこった、ジミー、おれはここに来る途中、なんて馬鹿げた考えなんだろうと思ってたんだが、おまえの顔にはっきり書かれてるじゃないか。おまえは狂ってる。精神に異常をきたした、ろくでもないクソ野郎だ。やったんだな。デイヴを殺したんだ。おまえはデイヴ・ボイルを殺した。おれたちの友達を、ジミー」

ジミーはふんと鼻を鳴らした。「おれたちの友達？　よく言ったもんだ、岬のお坊ちゃん。そうか、彼はおまえの親友だったたな。いつも一緒につるんでたわけだ、え？」

ショーンは彼の眼のまえまで近づいた。「おれたちの友達だった、ジミー。憶えてないのか？」

ジミーはショーンの眼を見て、おれを殴るのだろうかと思った。

「最後にデイヴを見たのは」と彼は言った。「昨日の晩、おれの家でだ」彼はショーンを押しのけ、道を渡ってギャノン通りに立った。「デイヴを見たのはそのときが最後だ」

「おまえはクソの塊だ」

彼は振り返り、両手を広げてショーンを見返した。「だったら逮捕すればいい。そんなに自信があるのなら」

「証拠を見つけてやる」とショーンは言った。「必ず見つけてやるからな」

「何一つ見つからんさ」とジミーは言った。「娘を殺したやつらを捕まえてくれてありがとうよ。ショーン、本当に。ただもう少し早ければよかったんだがな」ジミーは肩をすくめ、背を向けて、ギャノン通りを歩き始めた。

ショーンは、昔の家があった場所の街灯が切れてできた暗がりにジミーが消えるまで、その姿を追っていた。

おまえがやったんだ、とショーンは思った。本当にやったんだ、この血も涙もない獣め。最悪なのは、おまえがどれほど頭がいいか、おれが知っていることだ。捜査の手がかりなど何も残していないだろう。おまえはそんなことをする性質《たち》じゃない。細かいことにこだわる人間だからな、ジミー。この最低野郎。

「彼の命を奪ったんだぞ」とショーンは大声で言った。「ちがうのか、え？」

ショーンはビールの缶を道路の脇に投げ、車に歩いていった。そして携帯電話でローレンの番号にかけた。

彼女が出ると、彼は言った。「ショーンだ」

沈黙。

そこで彼は、彼女が聞きたかったのに彼が一度も言わなかったことが何かわかった。一年以上、言うことを拒み続けてきたことばがわかった。なんでも話す――と彼は自分に言い聞かせていた――そのことば以外はなんでも。

しかし彼は今、それを口にした。少年が彼の胸に銃を突きつけるのを見たから——なんの臭いもしない少年が。そして、今度ビールをおごるよとショーンが言ったときの可哀そうなデイヴを見たから——追いつめられたような希望をちらりと見せたデイヴの顔を。デイヴは、誰かが自分とビールを飲みたいなどということが本当に信じられなかったのだろう。そしてショーンは、心の奥底で、ローレンのためと同じくらい、自分自身のために言わなければならないと感じていたから、そのことばを口にした。

彼は言った。「悪かった」

ローレンは言った。「何が？」

「すべてきみのせいにしてたことが」

「そう……」

「なあ——」

「ねえ——」

「どうぞ」と彼は言った。

「わたし……」

「なんだい？」

「わたし……ショーン、わたしも悪かったわ。あなたを傷つけるつもりは——」

「いいんだ」と彼は言った。「いいんだよ」彼は、汚れ、すえた臭いのする警察車の中の空気を大きく吸った。「きみに会いたい。おれの娘にも会いたい」

ローレンは応えた。「どうしてあなたの娘だとわかるの?」

「彼女はおれの娘だ」

「でも血液検査は――」

「彼女はおれの娘だ」と彼は言った。「血液検査は要らない。家に帰ってこないか、ローレン? 帰ってこないか?」

どこか静かな通りで、発電機のうなりが聞こえた。

「ノラよ」と彼女は言った。

「なんだって?」

「あなたの娘の名前よ、ショーン」

「ノラ」と彼は言った。ことばが咽喉で潤った。


ジミーが家に帰ると、アナベスは台所で彼を待っていた。彼はテーブルの彼女の向かいに坐り、彼女は彼の好きな微かな、秘密めいた笑みを浮かべた。一生口を開く必要もないほど彼を知り尽くしていて、その上まだ彼の言いたいことを知っているような笑みを。ジミーは彼女の手を取り、親指を親指の上に這わせて、彼女の顔に映った自分の像に強さを見出そうとした。

ベビー・モニターがテーブルのふたりのあいだに置かれていた。先月、ナディーンが連鎖状球菌の炎症をこじらせたときにこれを使った。彼女が寝ながら咽喉をごろごろ言わせているのを聞いて、ジミーは溺れているところを連想し、ガラスのこすれるような咳が聞こえたらベッドから飛び起きて、彼女を抱え上げ、トランクスとTシャツだけで緊急医療室に駆け込むつもりだった。実際には、彼女はすぐに回復した。しかしアナベスはモニターをダイニングの戸棚の箱に戻そうとはしなかった。夜になると電源を入れて、ナディーンとセーラが眠る音を聞くようになった。

今ふたりは眠っていない。ジミーは小さなスピーカーから、ひそひそ声やくすくす笑いが漏れてくるのを聞いた。そしてふたりの姿を思い浮かべ、同時に自分の犯した罪のことを考えて、身震いがした。

おれは人を殺した。まちがった男を。

いいいいいいいいい

それを知ったことが、その恥ずかしさが、体の中で燃え上がった。

おれはデイヴ・ボイルを殺した。

いいいいいいいいい

それはまだ燃えながら、胃に滴った。そして体の中をじっとりと濡らした。

おれは殺した。罪のない男を。

いいいいいいいいい

「まあ、ハニー」とアナベスは彼の顔色をうかがって言った。「ベイビー、いったいどうしたの？ ケイティのこと？ あなた、今にも死にそうに見えるわよ」

彼女はテーブルをまわって来た。心配と愛情が恐ろしいほど渾然となった表情を眼に浮かべて。彼女はジミーの脚の上をまたぐと、両手で彼の顔を抱えて、じっと自分の眼を見させた。

「言って。何がそんなにつらいのか話して」

ジミーは彼女から隠れたかった。今は彼女の愛が胸を刺すように痛かった。彼女の温かい手から離れて、どこか暗い、洞窟のような場所へ行きたかった。どんな愛も、光も届かず、体を丸めて、悲痛な思いと自己嫌悪を闇に吐き出してしまえるところへ。

「ジミー」と彼女は囁いた。そして彼のまぶたにキスをした。「ジミー、話して。お願い」

彼女は両方の手首の裏側を彼のこめかみに当て、指で髪を梳き、頭に触れて、彼にキスをした。舌が口にすべり込み、彼の中を探った。苦痛の源を探り、吸いつき、必要とあらばメスに変わって癌細胞を取り去り、体の外へ吸い出す。

「話して。お願い、ジミー。話して」

彼女の愛をのぞき込んで、彼は悟った。彼女にはすべてを話さなければならない。さもなくば彼には行き場がなくなる。彼女が救ってくれるかどうかはわからないが、もし今自分をさらけ出さなければ、まちがいなく死んでしまう。

だから彼は話した。

彼女にすべてを話した。ジャスト・レイ・ハリスのことも、十一歳のときから胸に錨を下ろしているような気がする哀しみのことも、愛するケイティが、取るに足らない彼の存在が残し得た唯一のすばらしい成功だったことも。五歳のケイティ――彼を必要とし、けれど信用していなかった見知らぬ娘――は彼が向かい合った中で一番怖いもので、唯一彼が逃げ出さなかった雑事だったことも。彼は妻に話した、ケイティを愛し、ケイティを守ることが彼という人間の核だった、そして彼女が失われてしまった今、彼も失われたのだと。

「だから――」と彼は、ふたりのまわりで小さく、狭くなった台所で、彼女に言った。「おれはデイヴを殺した。

おれは彼を殺し、ミスティックに葬り、そして、この犯罪はこれだけじゃまだひどさが足りないのか、彼が無実だったことを知った。

これがおれのしてきたことだ、アンナ。もう取り消すことはできない。おれは刑務所に行くべきだと思う。デイヴを殺したことを自白して、刑務所に戻るべきだ。あそこがおれのいる場所だから。いや、ハニー、そうなんだ。おれはこの世界にはふさわしくない。おれはここじゃ信用されてない」

自分の声が他人の声のように聞こえた。いつも唇から出たときに聞こえる声とはあまりにかけ離れているので、彼はアナベスの眼にも自分が他人に映っているのではないかと思った。コピーされたジミー、空中に消えていくジミーとして。

しかし彼女の顔は引き締まり、落ち着いていた。絵画のポーズを取っているかのように動かなかった。顎を心持ち上げ、眼は澄んで、読み取れなかった。

娘たちの声がまたモニターから聞こえた。囁く声は、まるで風が木の葉を揺らす音のようだった。

アナベスは手を下げて、彼のシャツのボタンをはずし始めた。ジミーは巧みに動く彼女の手に見入った。体の感覚がなかった。彼女はシャツのまえを開き、肩から半分脱がせて、頬を当てた。耳が胸の真ん中に来るように。

彼は言った。「おれは――」

「しいっ」と彼女は囁いた。「あなたの心臓の音を聞きたいの」

彼女の手は彼の胸の骨を撫でて背中にまわった。彼女は頭の横をさらに強く彼の胸に押しつけた。眼を閉じ、唇に微かな笑みを浮かべて。

ふたりはそうやってしばらく坐っていた。モニターの囁き声は、娘たちの穏やかな寝息に変わっていた。

彼女が身を引くと、ジミーは胸に頬の感触が永遠にとどまり続けるような気がした。彼女は彼から下り、すぐまえの床に坐って、彼の顔を見つめた。ベビー・モニターのほうに首を傾け、いっときふたりで娘たちの寝息に耳を傾けた。

「今日あの子たちをベッドに寝かせるときに、わたしがなんと言ったかわかる?」

ジミーは首を振った。

アナベスは言った。「しばらくのあいだ、お父さんには飛び切り親切にしてあげてねって言ったの。わたしたちもケイティを愛してたけど、お父さんはそれよりもっと愛してたんだからって。あなたは彼女を心から愛してた。彼女に命を与え、彼女が小さかったときに抱きしめてやったから。彼女への愛が大きすぎて、心臓が風船のように膨らみ、愛することでぽんと弾けるような気がしたはずよ」

「たまらないな」とジミーは言った。

「お父さんはあなたたちもそのくらい愛してる、とあの子たちに言ったわ。お父さんには四つ心臓がある、四つとも風船で、愛が一杯詰まってて、痛いんだって。お父さんの愛があるから、わたしたちは何も心配することがないのよって。そしたらナディーンは〝絶対に？〟と言ったわ」

「お願いだ」ジミーは御影石の塊に押しつぶされそうな気がした。「やめてくれ」

彼女は一度首を振って、穏やかな眼で彼を見つめ続けた。「わたしはナディーンに言った。そうよ、絶対に心配しなくていいの。だってお父さんは王様だから、王子様じゃなくて。そして王様は何をしなければならないのかを知っている――それがむずかしくてもね――正しいことをするために。お父さんは王様よ、そして彼は――」

「アンナ――」

「――彼は愛する者のためになんでもするの。誰だってまちがうことはある。誰でも。偉大な男は正しいことを実現しようとする。大切なのはそのことなの。偉大な愛とはそういうことなの。だからお父さんは偉大な男なのよ」

ジミーは眼が見えなくなった。彼は言った。「ちがう」

「シレストが電話してきたわ」とアナベスは言った。今度のことばはダーツのようだった。

「それは――」

「あなたがどこにいるか知りたがってた。どんなふうにデイヴに対する疑惑をあなたに打ち明けたか、わたしに話した」

ジミーは手の甲で眼を拭い、妻をそれまで見たことがないかのように見つめた。

「彼女はわたしにも話したの、ジミー。わたしは思ったわ、どこの世界の妻が夫に対してあんなことを言うんだって。いい歳こいた大人が、どれほど腑抜けになればあんなくだらない話ができるの？　第一、どうして彼女はあなたに話したの、え、ジム？　どうしてあなたを頼ってきたの？」

ジミーには思い当たる節があった。シレストと、ときたま彼女が彼を見る眼つきには思うところがあったが、何も言わなかった。

アナベスは、答は彼の顔を見ればわかると言うように微笑んだ。「あなたの携帯電話にかけてもよかった。かけることもできたのよ。でもあなたが知ってることを彼女から聞いて、あなたがヴァルと出かけていったのは憶えてたから、何をしようとしているのかは見当がついたわ、ジミー。わたしは馬鹿じゃない」

彼女は馬鹿だった試しがない。

「でもあなたに電話しなかった。止めなかったのよ」

ジミーの声はことばのまわりでひび割れた。「どうして？」

アナベスは、答はわかりきっているでしょうと言うように彼のほうに首を傾げた。彼女は立ち上がり、心の中を読むような眼差しで彼を見下ろし、靴を蹴って脱いだ。ジッパーを開けてジーンズを腿まで下ろし、腰を屈めて踵まで押し下げた。ジーンズを脱け出すと、シャツを脱ぎ、ブラジャーをはずした。そしてジミーを椅子から引き上げた。彼の体を自分の体に押しつけ、濡れた頬骨にキスをした。

「彼らは」と彼女は言った。「弱い」

「彼らって？」

「みんなよ」と彼女は言った。「わたしたち以外のみんな」

彼女はジミーのシャツを脱がせた。ジミーは、初めてふたりで外出して、ペン水路に行った夜の彼女の顔をそこに見た。彼女は、犯罪は彼の血の中にあるのかと訊いた。そしてジミーはそうではないと彼女を納得させた。それが彼女の求める答だと思ったから。しかし、十二年と半年が経った今、彼女が彼に求めていたのは真実だったことがわかった。彼の答がなんであれ、彼女はそれになじんだはずだ。支えてくれたはずだ。そしてそれにしたがって人生を組み立てたはずだった。

「わたしたちは弱くない」と彼女は言った。ジミーは欲望が、生まれたときから積もり積もってきたかのように噴き出すのを感じた。もし痛みを伴わずに彼女を生きたまま食えるのであれば、その臓器をむさぼり食い、咽喉に歯を突き立てるところだった。

「わたしたちは決して弱くならない」彼女は台所のテーブルに腰掛けて、両脚をぶらぶらさせた。

ジミーは妻を見ながら、ズボンを脱いだ。これは刹那的なものだとわかっていた。デイヴを殺した痛みを忘れようとして、そこから身を避け、妻の力と肉体に溺れようとしているだけだ。しかし今晩はそれでもよかった。明日はだめだろうし、そのあともだめかもしれない。

しかし今晩だけは、まちがいなくこれでよかった。あらゆる回復はこうやって始まるのではなかったか？　こういう小さな一歩から。

アナベスは彼の腰に手を当て、背骨の近くに爪を立てた。

「終わったら、ジム？」

「なんだい？」ジミーは彼女に酔っていた。

「忘れずにあの子たちにおやすみのキスをしてね」

エピローグ　ジミー・〝フラッツ〟　日曜日

28　場所は取っとくよ

ジミーは日曜の朝、遠い太鼓の音で眼を醒ました。牛みたいに汗まみれの鼓笛隊が鳴らす太鼓やシンバルではなく、街のすぐはずれに野営している軍隊の深く、くっきりしたタンタンという音を。不意にブラスが調子っぱずれな音で高らかに鳴った。これも遠い音だった。十ブロックかそこら離れた場所から朝の空気に乗ってきて、始まったと思ったらすぐに消えた。続く沈黙のあいだ、彼は、日曜の朝のすっきりした静寂の中で身を横たえていた。閉じたカーテンの向こう側のまばゆい黄色の光から察するに、天気もいい。建物の縁に止まったハトがクークー鳴き、通りの犬が乾いた声で吠えた。車のドアが開いて、閉まり、エンジンがうなるかと思ったが何も起こらず、また鼓笛のタンタンいう音が聞こえた。よりはっきりと、自信に溢れて。

枕元の時計を見た。朝十一時。こんなに朝寝坊をしたのはいつが最後だったか……思い出せなかった。数年ぶり。あるいは十年ぶりかもしれない。ここ数日の気の遠くなるような疲労は憶えていた。ケイティの棺がエレヴェーターのように彼のからだの中を上がって、下りていったことも。昨日の晩、居間の寝椅子で酔ったときには、ジャスト・レイ・ハリスとデイヴ・ボイルが訪れてきた。彼は手に銃を持ち、ふたりがリンゴの匂いのする車の後部座席から手を振るのを見た。車がギャノン通りを遠ざかるにつれ、ケイティの後頭部がふたりのあいだに見えてきた。ケイティは振り返らず、ジャスト・レイとデイヴは狂ったように手を振り、呆けたようににやにや笑い、ジミーは手の中の銃に焦燥感を覚えた。オイルの臭いがして、銃身を口に突っ込もうかと思った。

通夜は悪夢だった。人でごった返している午後八時にシレストが現われて、ジミーにつかみかかり、拳を打ちつけ、彼を人殺しと呼び続けた。「あなたには彼女の遺体がある！」と彼女は叫んだ。「わたしには何があるの？　彼はどこ、ジミー？　どこなの？」ブルース・リードと彼の息子たちが、彼女を彼から引き離して連れていった。が、シレストはそのあいだもあらんかぎりの声で叫んでいた。「人殺し！　彼は人殺しよ！　わたしの夫を殺したのよ！　人殺し。人殺し！」

そして葬儀と、墓地での告別式があった。ジミーは立ちすくみ、人々が愛しい娘を穴に下ろし、棺に土や岩の欠片《かけら》をかけ、ケイティが、まるで生きていたことなどなかったかのように彼のまえから姿を消していくのを見守った。

それらすべての重みが、昨晩は彼の骨に達し、そこへ深く潜り込んだ。眼のまえでケイティの棺が上がったり下がったりを繰り返し、銃を抽斗に戻してベッドに倒れ込む頃には、動くこともままならず、骨の髄には死者がはいり込み、血は固まりつつあるような気がした。

おお、神よ、と彼は思った。これほど疲れたことはありません。これほど疲れ、哀しく、無力と孤独を感じたことは。過ちと、怒りと、にがいにがい哀しみで疲れ果てた。犯した罪でくたくたです。おお、神よ、私をひとりにして、死なせてください。そうすればまちがったことをしなくてすむし、疲れないし、自分の性《さが》と愛の重荷を背負わずにすむ。それらすべてから私を解き放ってください。もうひとりでやっていくには疲れすぎた。

アナベスは彼の罪の意識と、自身に対する恐怖感を理解しようとしたが、結局無理だった。彼女は引き金を引いたわけではなかったから。

そして今、彼は十一時まで眠った。続けて十二時間、ぐっすりと。アナベスが起きたことにさえ気づかなかった。

彼はどこかで、鬱病の顕著な特徴は、消えない疲労と我慢できないほどの眠気と書いてあるのを読んだことがあった。しかしベッドに坐って太鼓の音と、それに加わったブラスのほとんど調子の合ってきた響きを聞いていると、彼は爽やかな気持ちになった。二十歳になったような気がした。もう二度と寝る必要がないと思えるほど、ぱっちりと眼が醒めていた。

パレードだ、と彼は思い出した。ドラムとブラスの音は、正午からバッキンガム大通りを練り歩くバンドが準備をしているのだ。家のまえから車が出なかったのは、バッキンガム大通りが集合住宅地からまっすぐローム・ベイスンまで通行禁止になっているからだ。三十六ブロック分。彼は窓から大通りを見下ろした。明るい太陽の下に、くっきりとブルーグレイのアスファルトの線が延びている。ジミーが憶えているかぎり、これほど通りがくっきりと見えたことはなかった。青い木挽台がすべての交差点の入口を封鎖し、ジミーの眼にはいるかぎり、縁石に沿って左右両方向にずらっと並べられていた。人々はそろそろ家から出て、歩道の場所取りを始めていた。ジミーは、彼らがクーラーやラジオやピクニック籠を置くのを眺め、ダンとモーリーン・グーデンが〈ヘネシー・クリーニング店〉のまえにローンチェアを広げているのを見つけて手を振った。彼らが手を振り返すと、ジミーはふたりの顔に浮かんだ気遣わしげな表情に心を打たれた。モーリーンは口のまわりに手を当てて、彼に何か叫んだ。ジミーは窓を開け、網戸に近づいて、朝の太陽と、明るい空気と、網戸についたままの春の埃の香りを受けとめた。

「なんだって、モーリーン？」

「〝どうしてる？〟って言ったのよ」とモーリーンは叫んだ。「元気？」

「ああ」とジミーは言った。そして本当に気分がよくなっていることに驚いた。彼は、揺り戻しのようにまだケイティを胸の中に抱いていたし、狂った鼓動を打ち続ける怒れる心臓も抱えていた。そのことについて幻想を抱いているわけではない。嘆きは今や居坐って、手や足よりも彼の一部になっていた。しかし長い眠りの中で、彼はそれらを自分の要素として受け容れていた。彼の一部分として、それぞれのあり方にしたがって対処できるようになっていた。だから、事情を考えると、彼は思ったよりはるかに気分がよかった。「おれは……大丈夫だ」彼はモーリーンとダンに言った。「いろいろ考えてるけど」

モーリーンはうなずいた。ダンは訊いた。「何か要るものはないか、ジム？」

「なんでもいいのよ」とモーリーンは言った。

ジミーは、彼らとこの場所に対して変わらぬ愛情が湧いてくることに誇りを感じて言った。

「いや、大丈夫だ。でもありがとう。本当に。親切が身に染みるよ」

「降りてくる？」とモーリーンが叫んだ。

「ああ、降りようと思う」とジミーは言った。そう口にするまでは、はっきり決めていなかったのだが。「すぐに下で会おう」

「場所は取っとくよ」とダンは言った。

ふたりは手を振り、ジミーは振り返して、窓辺から離れた。胸はまだ圧倒的な誇りと愛に満たされていた。これが彼の人々だった。これが彼の住む場所だった。彼の故郷。彼らは場所を取っておいてくれる。取っているとも。集合住宅地《フラッツ》のジミーのために。

それがかつて年配の連中が彼を呼んだ渾名だった。彼がディア・アイランドに送られるまえに、彼らはジミーを、ノース・エンドのプリンス通りにあった社交クラブへ連れていき、言ったものだ。「よう、カルロ。これはおれがあんたによく話してた友達だ。ジミー。フラッツのジミーだ」

するとカルロだか、ジノだか、最後に0のつく男は眼を丸くして言う。「嘘だろ？　ジミー・〝フラッツ〟か。はじめまして、ジミー。昔からあんたの仕事には感心してたんだよ」

彼の歳に関するジョークがひとしきり続く——何？　おむつ止めのピンで初めて金庫を開けたんだって。しかしジミーはそこに、タフな連中が彼の存在に示す敬意を感じることができた。畏敬の念とまでは言わないまでも。

彼はジミー・〝フラッツ〟だった。十七歳で初めて仲間を率いた。十七歳だぞ、信じられるか？　やつは凄腕だ。舐めてかかっちゃいけない。口を閉じ、ゲームのやり方を心得、敬意の示し方を知っている。友達のために金を作ってやれる男だ。

あの頃、彼はジミー・〝フラッツ〟だった。そして今もジミー・〝フラッツ〟だ。パレードの通り道に集まりつつある人々は、皆彼のことを愛している。彼のことを気にかけ、わずかとは言え、できるだけ彼の哀しみを分かち合おうとする。そんな彼らの愛に、彼は何を返したのだろう？　彼は自問せずにはいられなかった。実際、何を返したのだろう？

ＦＢＩと組織犯罪取締法がルイ・ジェッロの一味を壊滅させてから、ここ数年、この界隈で勢力らしきものを持ったのは——誰だろう——ボビー・オドネルだろうか。ボビー・オドネルとローマン・ファロー。軽量級の麻薬ディーラーのふたり組で、最近は店の保護と違法な高利貸しに手を広げている。ジミーは噂を聞いたことがあった——どうやって彼らがローム・ベイスンのヴェトナム人ギャングと取り引きをしたか。彼らは東洋人が商売に割り込んでくるのを阻止し、縄張りの線を引き、提携を祝って、保護料を払わないとどうなるかという見せしめに、コニーの花屋に火をつけた。

それは正しい商売のやり方じゃない。商売は住む場所の外でやるものだ。近所を商売の種にしてはならない。近所の人たちは清潔で、安全に暮らせるようにしてやることだ。そうすれば彼らは、感謝の印にうしろを見張ってくれ、厄介ごとが囁かれるのを聞き取る耳になってくれる。ときに感謝の印が封筒になったり、ケーキや車になることもあるが、それは彼らの自由だ。安全にしてやることの報酬として受け取っておけばいい。

近所づき合いはこうでなくてはならない。慈悲深くだ。片眼は彼らの利益に、もう片方の眼は自らの利益に。ボビー・オドネルのようなやつらや、眼の釣り上がった結社員志望者に、近所の道をぶらぶら歩けば好きなものが手に入れられると思わせてはならない。神の与えたもうた手足で彼らがもといた場所へ帰りたいなら。

ジミーは寝室を出て、アパートメントに誰もいないことに気がついた。廊下の端のドアが開いていて、アナベスの声が上の階から聞こえた。娘たちの小さな足がヴァルの猫を追って床を走りまわっているのも聞こえる。彼はバスルームにはいり、シャワーの栓をひねり、温かくなってから踏み込んで、顔を上げて飛沫を浴びた。

オドネルとファローがジミーの店に近寄らないのは、彼とサヴェッジ兄弟の絆が強いことを知っているからだ。頭のついた人間なら誰でもそうだが、オドネルも彼らが怖い。そしてもし彼とローマンがサヴェッジ兄弟を怖れているのなら、それは自然とジミーをも怖れていることになる。

彼らはジミーを怖れていた。フラッツのジミーを。なぜなら彼自身、神のみぞ知る頭脳の持ち主だから。そしてサヴェッジ兄弟がうしろを固めているとなれば、彼は必要なだけの腕力と、度胸と、怖れ知らずの行動力を手にしているから。ジミー・マーカスとサヴェッジ兄弟に本気でやらせてみろ、そうすれば……

なんだろう?

近所を価値のある安全な場所に変えてくれる。

街全体を牛耳ることができる。街を手に入れることができる。

「お願いだ、やめてくれ、ジミー。なんてこった。おれは女房に会いたい。おれは新しい人生を送りたいんだ。ジミー? お願いだ。おれから人生を奪わないでくれ。おれを見てくれ!」

ジミーは眼を閉じた。熱く、激しい湯が頭蓋骨を穿《うが》つ。

「おれを見てくれ!」

見てるよ、デイヴ。おまえを見ている。

ジミーはデイヴの訴えかける顔を見た。唇に散った唾は、十三年前、ジャスト・レイ・ハリスの下唇と顎に散った唾と変わらなかった。

「おれを見てくれ!」

見てるさ、デイヴ。おまえを見ている。おまえはあの車から戻ってくるべきじゃなかった。わかってたか? いなくなったままでいるべきだった。おまえはおれたちの近所へ戻ってきたが、決定的なものがいくつかなくなっていた。元のデイヴには戻れなかった。やつらはおまえを汚染し、その毒は、おまえの中からいつかまた外に出ようと待ち構えていたから。

「おれはおまえの娘を殺しちゃいない、ジミー。おれはケイティを殺していない。殺してない、殺してない」

きっとそうなんだろう、デイヴ。おれにもわかったよ。おまえは本当に何も係わっていなかったようだ。警察がまちがった少年を捕まえた可能性もなくはないが、認めるよ、全体として見れば、おまえはケイティの件ではまったく無実だったようだ。

「それで？」

それでもおまえは別の誰かを殺した、デイヴ。おまえは人を殺したんだよ。シレストはその意味じゃ正しかった。それに、虐待された子供がどうなるかはわかってるだろう。

「わからない、ジム。話してくれ」

今度は彼らが虐待者になるのさ。遅かれ早かれ。毒が体の中にはいると、いずれは外に出さなきゃならない。おれはおまえの毒から、将来の可哀そうな犠牲者を守るつもりだったんだ、デイヴ。ひょっとしたらおまえの息子を。

「息子のことは言うな」

いいだろう。だったら彼の友達の誰かを。だがデイヴ、遅かれ早かれ、おまえは自分の本性を現わすことになったんだ。

「そう思ってやり過ごすのか？」

あの車にはいったからには、デイヴ、おまえは帰ってくるべきじゃなかった。おれはそう思ってやり過ごす。おまえはここにいるべきじゃなかった。わからないのか？　近所とはそういうものだ。一緒にいるべき人間が生きていく場所だ。ほかの人間はさっさと出ていくべきなのさ。

デイヴの声は湯と一緒に落ちてきて、ジミーの頭の中に叩き込まれた。「おれは今おまえの中で生きている、ジミー。黙らせることはできないぞ」

いや、デイヴ、できるとも。

ジミーはシャワーを止め、浴槽の外に出た。体を拭き、柔らかい蒸気を鼻孔から吸い込んだ。ともかく、これで頭はさらにはっきりした。彼は隅の小さな窓についた湯気を拭き取り、家の下を走る小道を見下ろした。あまりに晴れて明るい日だったので、小さな道でさえくっきりと見えた。なんてすばらしい天気なんだ。なんて完璧な日曜日。なんて完璧なパレード日和だ。彼は娘たちと妻を連れて通りに降りていき、手に手を取って、行進する人たちや、バンドや、山車《だし》や、政治家たちが、明るい陽光の中を流れていくのを眺める。みんなでホットドッグと綿菓子を食べ、娘たちに〈バッキンガム・プライド〉と書かれた旗とTシャツを買ってやる。シンバルと太鼓の音、ブラスと歓声の中で、癒しの道のりが始まる。それは彼らを包み込むだろう——彼はそう信じていた——歩道に立ち、この場所の創立を祝っているうちに。そして夜になり、ケイティの死がまた彼らに迫ってきて、彼女の重みで体が少し沈み込んだときにも、彼らは少なくとも午後を愉しく過ごしたことで、哀しみとの均衡を幾分保つことができるだろう。それが癒しの始まりだ。彼らは皆、少なくとも午後の数時間は、歓喜とは言わないまでも、愉しむことを知っていたのを思い出すだろう。

彼は窓から離れ、湯を顔にかけて頬と咽喉に髭剃りクリームを塗った。そして髭を剃り始めて、自分は邪悪な人間だということに気がついた。大したことではない。心の中で大地が割れるほどのベルが鳴り響いたわけではなかった。思いつき——胸を優しく指でつかまれたような一瞬の思いつき——だけだった。

おそらく邪悪なのだろう。

鏡を見たが、ほとんど何も感じなかった。彼は娘たちを、妻を愛している。彼女たちも彼を愛している。それは確信だった。揺るぎない確信。それを持っている男は——女を含めても——ごく少数しかいない。

彼は男を殺した、おそらくその男が犯していない犯罪のために。しかしさらにひどいことに、彼はほとんど後悔していなかった。さらに昔、彼は別の男を殺した。ミスティックの川の底に沈めるために彼らの死体におもしをつけた。彼は本気でふたりの男が好きだった——どちらかといえばディヴよりレイのほうを少し余計に。が、ふたりとも好きだった。それでも彼はふたりを殺した。筋を通すために。川縁の岩棚の上に立ち、命のない眼を開けたレイの顔が白くなり、沈んでいって、川面の下に姿を消すのを見つめた。そして長年のあいだ、ほとんど罪悪感を感じなかった。自分には感じていると言い聞かせてきたけれど。しかし彼が罪悪感と呼んでいたものは、実は、自分がしてきたことに対して自分か自分の愛する者に天罰が下るのではないかという恐怖感だった。ケイティの死は天罰そのものなのかもしれない、と彼は思った。考えてみれば、レイが彼の妻の子宮を通ってこの世に戻ってきて、ケイティを殺したのだ——天罰としか考えられないような理由で。

そしてデイヴは？　彼らはコンクリート・ブロックの穴に鎖を通し、死体にきつく巻きつけて、両方の端を閉じ合わせた。そしてなんとかボートの縁の高さの九インチまで持ち上げて、川に投げ込んだ。大人より子供の頃のほうがジミーの印象にはっきり残っているデイヴは、川底に沈んでいった。彼が落ち着いた場所など誰にわかる？　しかし彼はそこに——ミスティックの川底に——いて、水面を見上げている。そこにいろ、デイヴ。そこにいるんだ。

実のところ、ジミーはこれまでどんなことをしても、ほとんど罪悪感を感じたことがなかった。確かに、ニューヨークの友達に頼んで、この十三年間、ハリス家にひと月五百ドルを送ってもらっていた。しかしそれは罪悪感というよりは、ビジネス感覚にもとづいていた。ジャスト・レイは生きていると彼らが思っているかぎり、誰かに捜させようとは思わないはずだ。実際、レイの息子が刑務所にはいるなら、仕送りをやめてもよかった。ほかのいい目的に使えばいい。

この街だ、と彼は心を決めた。街の人たちを守るために使おう。鏡を見ながら、彼はまさにそれだと思った——〝彼の〟街。今から、この街は彼のものだ。十三年ものあいだ、彼は偽りの人生を生きてきた。まっとうな市民の考え方をする振りをして、自分のまわりで次々と機会が失われていくのを見過ごしていた。ここにスタジアムを造るのか？　いいだろう。われわれが出す労働者の話をしようじゃないか。いやだ？　そう、それならいい。機械に眼を光らせといたほうがいいな、あんたたち。火事なんかが起こると厄介だからね。

ヴァルとケヴィンと膝突き合わせて、将来について話し合おう。この街はまさに開かれようとしている。ボビー・オドネル？　彼の将来は——ジミーは決意した——イースト・バッキーにしがみつくつもりなら、明るくはない。

髭剃りを終え、もう一度鏡に映った自分の顔を見た。おれは邪悪だ？　いいじゃないか。それでもおれは生きていける。胸に愛があり、確信があるから。バランスを取るものがあるかぎり、それは半分も悪いものではない。

彼は服を着て、台所を歩いていった。長年そうあろうとしてきた人間がバスルームの排水溝に流れていったような気分だった。娘たちが叫び、笑う声が聞こえた。きっとヴァルの猫に死ぬほど舐められているのだろう。彼は思った——ああ、なんてすばらしい音なんだろう。

通りに出て、ショーンとローレンは〈ネイト&ナンシーズ・コーヒーショップ〉の正面に場所を見つけた。ノラはベビーカーで眠っていて、彼らはそれを日除けの蔭になったところへ置いた。ふたりは店の壁にもたれ、アイスクリーム・コーンを食べた。ショーンは妻を見て、これからうまくやれるだろうかと思った。それとも、一年離れていたことが決定的にふたりの関係を損なっただろうか。諍いの絶えなかった最後の二年間を除く、結婚生活の愉しかった日々と、ふたりの愛情を、消費し尽くしてしまっただろうか。けれどローレンは彼の手を取り、ぎゅっと握った。彼は自分の娘を見て、何か神々しいほどの雰囲気があると思った。彼を満ち足りた気持ちにさせる小さな女神。

流れ始めたパレードの列の向こうに、ショーンはジミーとアナベス・マーカスがいるのを見た。ふたりの可愛い娘たちは、ヴァルとケヴィン・サヴェッジの肩の上に乗っている。娘たちは、山車や、幌を畳んだコンヴァーティブルが通るたびに手を振っていた。

ショーンの知るところでは、二百十六年前、人々は水路の堤防沿いにこの地域で最初の刑務所を建てた。水路は結局それにちなんだ名前で呼ばれることになった。バッキンガムの最初の定住者は看守とその家族、および収監者の妻や子供たちだった。停戦協定は容易に成り立たなかった。囚人たちは、釈放される頃にはしばしば遠くへ移住するには疲れすぎているか、歳を取りすぎており、バッキンガムはほどなく人間の屑の溜まり場として知られるようになった。大通りや未舗装の道沿いには酒場が建ち並び、看守たちは文字どおり丘の上へ逃げ（〝テイク・トゥ・ザ・ヒルズ〟は逃げる、身を隠すの意）、捕らえた人間たちをまた見下ろすために岬の上に家を建てるようになった。一八〇〇年代には畜産が流行し、今、高速道路になっているあたりに次から次へと家畜飼育場ができた。輸送トラックがシドニー通りの端を走り、牛を降ろした。人々はそこから、今のパレードの通り道のほぼ中央まで牛を散歩させていた。何世代にもわたる囚人と、家畜処理業者と、彼らの子孫たちが、集合住宅地を貨物列車の線路まで押し下げた。刑務所は、忘れられていた改革運動の結果、閉鎖され、畜産ブームも終わって、酒場だけが生まれ続けた。イタリア人の移民の波に続いて、それに倍するアイルランド人の移民があった。高架鉄道が建設され、人々は職を探して都会に行くようになったが、その日の終わりには必ず戻ってきた。戻ってくるのはここに村があり、ここの危険も愉しみもよく知っていて、なかんずくここでは驚くようなことが起こらないからだ。腐敗にも、流血沙汰にも、酒場の喧嘩にも、スティックボールの試合にも、土曜の朝の愛の行為にも理屈があった。ほかの誰にもこの理屈はわからなかったが、そこがいいところだった。ほかの人間はここでは歓迎されなかった。

ローレンは彼にもたれかかり、頭を彼の顎の下につけた。ショーンは彼女のためらいを感じた。しかし彼への信頼を取り戻したいという決意と、切実な思いも伝わってきた。彼女は言った。「その子が銃をあなたの顔に突きつけたとき、どのくらい怖かったの？」

「本当のことが聞きたい？」

「聞かせて」

「膀胱を抑え切れなくなるかと思った」

彼女は頭を彼の顎の下から出して、彼を見た。「本当に？」

「ああ」と彼は言った。

「わたしのことを考えた？」

「考えた」と彼は言った。「きみたちふたりのことを」

「何を考えたの？」

「こうしていることを」と彼は言った。「今みたいなことを」

「パレードから何から、すべて？」

彼はうなずいた。

彼女は彼の首にキスをした。「あなたはいけすかない人だけど、ハニー、そう言ってくれるのはとても優しいわ」

「嘘じゃない」と彼は言った。「本当なんだ」

彼女はノラを見た。「この子はあなたの眼をしてるの」

「鼻はきみだ」

彼女は赤ん坊を見つめながら言った。「うまくいってほしいわ」

「おれもだ」彼は彼女にキスをした。

ふたりは一緒に壁にもたれた。眼のまえの歩道を、途切れることのない人の流れが通り過ぎていく。不意に、ふたりのまえにシレストが立っていた。肌は青白く、髪の毛にはふけが散り、指を手から抜き取ってしまいたいかのようにしきりに引っ張っている。

彼女はショーンを見て驚いたようだった。彼女は言った。「ハイ、ディヴァイン刑事」

ショーンは手を差し伸べた。彼女には触れられることが必要に思えたし、つかんでおかないとどこかへ流れていってしまいそうだった。「ハイ、シレスト。ショーンと呼んでください。かまいませんから」

彼女は彼の手を振った。彼女の手はべとつき、指は熱かった。触れたかと思うと彼女はすぐに手を引っ込めた。

ショーンは言った。「こちらはローレン、家内です」

「こんにちは」とローレンは言った。

「ハイ」

しばらく誰も何を言えばいいのかわからなかった。ぎごちなく、宙ぶらりんな状態で立っていると、シレストが道の向かい側に眼をやった。ショーンが彼女の視線を追うと、ジミーがアナベスに腕をまわして立っていた。ふたりは友人や家族に囲まれ、今日の空のように晴れやかに輝いている。ふたりにとってもう二度と失うものはないように思えた。

ジミーの眼はシレストを横切ってショーンの眼と合った。彼は挨拶代わりにうなずき、ショーンもうなずき返した。

シレストは言った。「彼はわたしの夫を殺したの」

ショーンはローレンが彼の手の中で凍りついたのを感じた。

「わかっています」と彼は言った。「まだ証明はできないけれど、わかっています」

「してくれます？」

「何を？」

「証明してくれます？」と彼女は言った。

「やってみますよ、シレスト。神に誓う」

シレストは通りのほうに眼をやって、ゆっくりした、しかし獰猛な仕種で頭を掻いた。まるでノミを掘り出そうとしているかのように。「最近、心がどこにあるかわからないの」彼女は笑った。「おかしなことになってるんだけど、わからない。どうしてもわからないの」

ショーンは手を伸ばして彼女の手首に触れた。彼女は彼を見た。茶色の眼は荒れ果て、歳取って見えた。ショーンに平手打ちを食わされると思い込んでいるようだった。

彼は言った。「医者の名前をお教えしますよ、シレスト。愛する人を凶悪犯罪で亡くした人のためのカウンセリングが専門の医者を」

彼女はうなずいた。彼のことばが慰めになっているようには見えなかったが。彼女の手首が彼の手から落ち、彼女はまた自分の指を引っ張り始めた。ローレンに見つめられているのに気づき、指先を見つめた。手を下ろし、また上げて胸のまえで交叉させ、手のひらが飛び立とうとするのを止めるかのように両肘の下にたくし込んだ。ショーンはローレンが彼女の絶望に感情移入して、微かに、ためらいがちな笑みを見せたのに気がついた。驚いたことに、シレストも小さな笑みで応えて、まばたきで感謝の気持ちを表わした。

彼はこれまでのどのときよりも深く妻を愛した。そして、失われた魂と即座に絆を結ぶことのできる彼女の才能に、自らを振り返って恥ずかしい思いがした。ふたりの結婚を窮地に追いやったのは自分だったのだとはっきり悟った。芽生え始めた警官のエゴと、人の欠点や弱さを少しずつ軽蔑するようになったことで、あの事態を招いてしまったのだ。

彼は手を伸ばして、ローレンの頬に触れた。その仕種でシレストは眼をそらした。

彼女が通りに眼をやると、野球のグラヴの形をした山車が進んできた。四方にリトル・リーグとTボール（子供向けにルールを変えた野球）のチームの選手たちが乗っている。子供たちは顔を輝かせ、手を振り、湧き起こる歓声に夢中になっている。

その山車の何かがショーンの背筋を凍らせた。おそらく野球のグラヴの形が、子供たちを乗せているというより、すっぽり包み込んでいるように見えるからかもしれない。しかし子供たちはそんなことにかまわず、弾けんばかりに笑っていた。

ひとりを除いて。その子は沈んだ様子で、スパイクシューズに眼を落としていた。ショーンはすぐに気がついた――デイヴの息子だ。

「マイクル！」シレストは彼に手を振った。しかし少年は振り返らなかった。彼女が彼の名をまた呼んでも、下を向いたままだった。「マイクル、ハニー！　こっちよ！　マイクル！」

山車は流れていき、シレストは名前を呼び続け、息子は彼女のほうを見ようとしなかった。ショーンは少年に若き日のデイヴの面影を見た――肩と、意気消沈した顎と、繊細と言ってもいいほど整った顔立ちに。

「マイクル！」とシレストは呼んだ。そして指を引っ張りながら、歩道から下りた。

山車は通り過ぎていたが、シレストはそのあとについて行き、人の波を掻き分けて進みながら、手を振り、息子の名前を呼んだ。

ショーンはローレンがぼんやりと彼の腕を撫でているのに気がついた。通りの向こう側のジミーを見る。たとえ残りの一生かかっても逮捕してやると思った。おれが見えるか、ジミー？　さあ。もう一度見ろよ。

ジミーの頭がこちらを向いた。彼はショーンに笑いかけた。

ショーンは手を上げ、人差し指を突き出し、親指を撃鉄のように立てて、落とし、撃った。

ジミーの笑みが広がった。

「あの人は誰だったの？」とローレンは言った。

ショーンはシレストの姿を眼で追った。パレードの見物人の列に沿って小走りで進み、山車が通りを遠ざかるにつれてだんだん小さくなり、コートをはためかせている。

「夫を亡くした人だ」とショーンは言った。

そして彼はデイヴ・ボイルのことを考えた。捜査の二日目に約束したように、本当にビールをおごってやればよかったと思った。子供の頃もっと優しく接すればよかった、デイヴの父親がいなくならなければよかった、母親の頭が狂わなければよかった、そしてこんなにも多くのひどいことが彼の身に起こらなければよかったと思った。パレードの通り道に、妻と、子供と立って、ショーンは数え切れないほどのことをデイヴ・ボイルのために祈った。しかしそのほとんどは、平和であれということだった。デイヴが今どこにいようと、ほかの何よりも、ほんの少しの平和に包まれていることを、彼は祈った。

いつもながら、ウォータータウン警察署のマイクル・ローン部長刑事に、ボストン市会議員のブライアン・ホーナンに、サフォーク郡地方検察局殺人課の長であるデイヴィッド・マイアーに、誤りを正してくれたテレサ・レナードとアン・グーデンに、ドーチェスターの〈ジェイムズ・A・マーフィ&サン葬儀社〉のトム・マーフィに、謝意を表する。

マサチューセッツ州警察のロバート・マニング刑事にはことのほか感謝しなければならない。試合開始のボールを置き、私のあらゆる質問に——それがいかに愚かな内容であろうと——きわめて真摯に答えてくれた。

終始私を導いてくれたすばらしい著作エージェント、アン・リッテンバーグと聡明な編集者、クレア・ヴァハテルにもっとも深い謝意を捧げる。

解　説

評論家　関口苑生

「わたしは、ミステリというものを、個々のプロットはどうあろうと、主人公が自分を探す物語であると考えています。わたしにとって、それが物語の核心です」

とあるインタビューで、自身の作品について語ったデニス・ルヘインの言葉である。

自分は何者であるのか、自分の居場所はどこにあるのか。この課題は、ルヘインに限ったことではなく、あるいはまたミステリとは言わず、広く〈文学〉にとっても最大のテーマと言っていいものだろう。ましてや現代は個人だけではなく、組織や国家といった形態までその範囲を広げていいと思うが、おのれがいま位置している場所の確認と今後の方向性を、みなが必死になって模索しているような時代でもある。

しかし、誰も彼もが自分は何者かを模索しているなかで、その思いの半分以上は嘘と誇張と勘違いで塗り固められているというのが実情だ。つまり、自分がこうなってしまったのは決して自分のせいではなく、ひとえに誰かのせいであり、責めるべき相手はほかにいるとの考え方である。そこからやがて、憎しみの感情が生まれ、憎悪はひとつの状況の産物となっていく。けれども、誰かを憎んだり羨んだりということは、相手の存在がやりきれぬほどの重みを持ってのしかかってくる意味にほかならず、自分に対する社会の不当な迫害の原因をどこかにぶつけていかざるを得なくなるのであった。俺はこんなところにいる人間じゃない。俺の能力をどうして誰もわかってくれない。俺は特別な人間なんだ……ほとんどの人間は、そうした不満を抱いている。それが正当な主張であるかどうかは別としても、ここではないどこか違う場所を探そうとし、本当の自分を理解してもらおうと声を荒らげるのだ。そこまでの過程は理解できなくもないが、デニス・ルヘインの視線はさらにその先にあるものへ向けられている。

本書『ミスティック・リバー』もまた、そんな人々の思い――登場人物たちがそれぞれの方法で自分を見つけようとする努力と苦悩を描いた渾身の一作である。

物語の始まりは一九七五年。十一歳になる三人の少年が主人公だ。冒頭でこの三人のエピソードが順次語られていくが、慎重に読んでいくと彼らの間には深い友情が芽生えているわけでは決してないことが見えてくる。とりわけそのうちのひとりは住んでいる地域も違うし、残りのふたりにしても固い結束があるわけではない。何よりも注目しなければならないことは、このときすでに三人の少年の心の裡に、まだはっきりとした言葉になってはいないが、言いようのない焦り、苛立ち、怒りの感情が芽生えていることだ。

ショーンは子供心に自分の居場所はどこにあるのかと悩んでいる。ジミーは自分が異質であることを自覚しつつあり、そのための孤独感を他人に指図することによる優越感に、身の置き所を探しあぐねている。そしてそのためにデイヴは自己主張もないままに、友達と群れていることの安心感に浸りきっている。

　事件はそのディヴがニセ警官に扮した二人組の男に連れ去られ、四日後に帰宅するという形で起きた。しかしその四日間に何があったのかは表立って語られない。ただ明らかに性的虐待があったことだけが、静かに暗示されていく。

　そこから物語は、いきなり二十五年後の現在に飛ぶ。ショーンは刑事となり、ジミーは一度は身を持ち崩したが更生して雑貨屋を営み、ディヴは薄給の職にあり日々の暮らしにあえいでいる。三人の間にかつてのような付き合いはもはやない。ところが、ジミーの娘が行方不明となり、やがて惨殺死体で発見されたことから、この三人の奇妙な縁が再び交錯し、運命の糸が絡み合っていくのである。がしかし、この作品の眼目は先のルヘインの言葉にもあるように、事件が起こって、動機を探って、犯人を逮捕するという具合に、通常のミステリの構造を形作る方向に向かうものではない。それよりもむしろ、物語の随所に挿入される三人の二十五年間の軌跡や、意識の変化、心の内の暗部を丁寧に抽出し描写することで、人間の無力さ——互いに互いを知る現実の難しさと奥深さを知らしめようとするのだ。

　ルヘインの巧みな構成と、際立ったキャラクター造形は、この三人の性格やそれまで生きてきた人生の重み——絶望と憎しみを静かに浮き彫りにしていくのである。

　それはルヘインの他の作品についても同様で、たとえばパトリック＆アンジー・シリーズの第一作『スコッチに涙を託して』では、事件の鍵を握る州会議事堂の職員（掃除婦）のジェンナは、自分のことを家具だと思い込んでいる。他人から掃除を頼まれるときには必要とされたが、人間として必要とされることは一切なかったという理由でだ。その彼女が行動を起こした結果、今度は誰もが自分を探し始め、自分が単なる家具ではなくなったことを自覚するのである。あるいは『闇よ、我が手を取りたまえ』の〝真犯人〟は、人間の条件に関する一般的な実験という意味で、人間を人間でなくする行為を繰り返して、自己の存在感を確認していこうとする。さらには『穢れし者に祝福を』のパトリックの師でもある探偵は、絶望の正体――絶望は人を蝕むこともあるが、本当の絶望が自分の手にあることを知ったとき、自分が何者であったかを知る。

そしてパトリックとアンジーにしても、仕事として失踪した人々の「居場所」を探ることは得意としたけれども、自分たちの居場所を探ることには依然として汲々としている。ことにパトリックの場合は、子供時代に父親から受けた虐待が今も精神的外傷となっており、自分の心のどこかにあるやも知れぬ異常性を危惧していた。

彼らはいずれも自分と他者、自分と社会に対する関係性に悩み、やがて憎しみと絶望感を抱くようになる。自分が必要とされない絶望感。人間の心に巣くう憎悪……。

ルヘインは、ときに胸が張り裂けそうな筆致でそれらを描いていく。

ちなみに、本書を一読して惚れ込んだクリント・イーストウッドは即座に映画化権を取得。監督はイーストウッド自らメガホンをとり、脚本には《ブラッド・ワーク》《LAコンフィデンシャル》のブライアン・ヘルゲランド。主演にショーン・ペン、ケヴィン・ベーコン、ティム・ロビンスと豪華メンバーを揃えて二〇〇三年十月に公開されるや大ヒットを記録した。評判も上々で、特に《ニューヨーク・タイムズ》は「イーストウッドはルヘインの世界を忠実に再現している。ショーン・ペンの演技は言い表すことができない。今年の映画界ナンバーワン、いやこの半世紀の間でナンバーワンの演技と言える」とべたぼめの評を寄せたものだった。

映画公開と同時にますます注目を浴びそうなルヘインだが、新境地を拓いた最新作『シャッター・アイランド』(ハヤカワ・ノヴェルズ)も刊行されている。これもまた注目作であることは、いうまでもない。

二〇〇三年十二月

本書は、二〇〇一年九月に早川書房より単行本として
刊行された作品を文庫化したものです。

レイモンド・チャンドラー

長いお別れ
清水俊二訳

殺害容疑のかかった友を救う私立探偵フィリップ・マーロウの熱き闘い。MWA賞受賞作

さらば愛しき女よ
清水俊二訳

出所した男がまたも犯した殺人。偶然居合わせたマーロウは警察に取り調べられてしまう

プレイバック
清水俊二訳

女を尾行するマーロウは彼女につきまとう男に気づく。二人を追ううち第二の事件が……

湖中の女
清水俊二訳

湖面に浮かぶ灰色の塊と化した女の死体。マーロウはその謎に挑むが……巨匠の異色大作

高い窓
清水俊二訳

消えた家宝の金貨の捜索依頼を受けたマーロウ。調査の先々で発見される死体の謎とは？

アーロン・エルキンズ／スケルトン探偵

〈アメリカ探偵作家クラブ賞最優秀長篇賞受賞〉

古い骨

青木久恵訳

老富豪事故死の数日後に古い人骨が……骨に潜む謎を解く、人類学教授ギデオンの名推理

呪い！

青木久恵訳

密林の奥、発掘中のマヤ遺跡で殺人が発生する。推理の冴えで事件に挑むギデオンの活躍

骨の島

青木久恵訳

骨に隠された一族の数々の秘密。円熟味を増したギデオンの推理が、難事件を解き明かす

暗い森

青木久恵訳

森林で発見された人骨から縦横無尽の推理を紡ぎ出すギデオン・オリヴァー教授の真骨頂

断崖の骨

青木久恵訳

博物館から人骨が消え、続いて殺人が……ギデオン夫妻の新婚旅行を台無しにする難事件

リンダ・フェアスタイン／アレックス・シリーズ

誤殺
平井イサク訳
性犯罪と闘う女性検事補アレックスの活躍を描く、コーンウェル絶賛の新シリーズ第一作

絶叫
平井イサク訳
巨大病院で女医が暴行され、惨殺された。さらに第二のレイプ殺人が！　シリーズ第二作

冷笑
平井イサク訳
画廊経営者を殺し、川に捨てた冷酷な殺人犯をアレックスが追い詰める。シリーズ第三作

妄執
平井イサク訳
アレックスが救おうとした教授が殺された。事件の鍵は小島の遺跡に？　シリーズ第四作

隠匿
平井イサク訳
メトロポリタン美術館所蔵の古代エジプトの石柩に女性職員の遺体が！　シリーズ第五作

サラ・パレツキー／V・I・ウォーショースキー

サマータイム・ブルース〔新版〕

山本やよい訳

たったひとりの熱き戦いが始まる。女性たちに勇気を与えてきた人気シリーズの第一作！

レディ・ハートブレイク

山本やよい訳

親友ロティの代診の医師が撲殺された！　事件を追う私立探偵ヴィクの苦くハードな闘い

バースデイ・ブルー

山本やよい訳

ボランティア女性が事務所で撲殺された。四十歳を迎えるヴィクが人生の決断を迫られる

ウィンディ・ストリート

山本やよい訳

母校のバスケット部の臨時コーチを引き受けたヴィクは、選手を巻き込んだ事件の渦中へ

ミッドナイト・ララバイ

山本やよい訳

失踪事件を追うヴィクの身辺に続発するトラブル。だがこの闘いは絶対にあきらめない！

訳者略歴　1962年生まれ，1985年東京大学法学部卒，英米文学翻訳家　訳書『野性の正義』マーゴリン，『オメルタ』プーヅォ，『フランクリンを盗め』フロスト，『シャッター・アイランド』ルヘイン（以上早川書房刊）他多数

HM=Hayakawa Mystery
SF=Science Fiction
JA=Japanese Author
NV=Novel
NF=Nonfiction
FT=Fantasy

ミスティック・リバー

〈HM㉘⑤-1〉

二〇〇三年十二月三十一日　発行
二〇一二年　八　月二十五日　十刷

（定価はカバーに表示してあります）

著　者　デニス・ルヘイン
訳　者　加《か》賀《が》山《やま》卓《たく》朗《ろう》
発行者　早川　浩
発行所　株式会社　早川書房

郵便番号　一〇一 - 〇〇四六
東京都千代田区神田多町二ノ二
電話　〇三 - 三二五二 - 三一一一（大代表）
振替　〇〇一六〇 - 三 - 四七七九九
http://www.hayakawa-online.co.jp

乱丁・落丁本は小社制作部宛お送り下さい。
送料小社負担にてお取りかえいたします。

印刷・株式会社亨有堂印刷所　製本・株式会社明光社
JASRAC　出 0315324-210　Printed and bound in Japan
ISBN978-4-15-174401-3 C0197

本書は活字が大きく読みやすい〈トールサイズ〉です。